曼陀罗悬疑馆

给您最好看的原创悬疑小说

黑潮：永夜

冷水寒　著

贵州出版集团
贵州人民出版社

图书在版编目（CIP）数据

黑潮：永夜 / 冷水寒著. -- 贵阳：贵州人民出版社,
2018.12
ISBN 978-7-221-14942-8

Ⅰ. ①黑… Ⅱ. ①冷… Ⅲ. ①长篇小说—中国—当代
Ⅳ. ①I247.5

中国版本图书馆CIP数据核字(2018)第280655号

黑潮：永夜

冷水寒 / 著

总 策 划 陈继光
责任编辑 陈继光
特约编辑 陈胤凡
装帧设计 唐锡璋
封面设计 源画设计
出版发行 贵州人民出版社（贵阳市观山湖区会展东路SOHO办公区A座）
印　　刷 北京中科印刷有限公司
版　　次 2019年3月第1版
印　　次 2019年3月第1次
印　　张 25
字　　数 450千字
开　　本 710mm×1000mm　1/16
书　　号 ISBN 978-7-221-14942-8
定　　价 46.00元

目录

第三日

第四日

前一日

黎明与黄昏

口哨式的音乐声，悠长缓慢，时断时续。

坐满人的餐厅里陈东独占了一张桌子。简直糟透了，他最讨厌坐在硬邦邦的塑料椅子和桌子之间——束缚、别扭又动弹不得。陈东皱着眉头看着面前纸盒中油光锃亮的鸡腿肉，他实在不明白自己为何会点这种油腻到令他难以下咽的食物。

陈东忍不住伸出食指戳了戳，没有想到鸡腿肉竟像浸透的海绵一样慢慢渗出油脂来。他立刻把手指往回缩，黏稠的油脂在手指和鸡腿肉之间拉起了一条长丝。噢！陈东差点吐了出来，他急忙在桌子上寻找餐巾纸，可是除了装着鸡腿肉的纸盒子之外，桌子上什么也没有了。

“喂！服务员！拿餐巾纸来！”

没有人理会他，他也没有看到服务员朝他走来，前台的女收银员慵懒地靠着身子摆弄手指甲。

没等陈东继续做出反应，隔壁桌的小男孩儿突然大声哭闹起来，母亲低声哄着小男孩儿，可男孩儿的哭声越来越大继而变成了尖叫。紧接着是小男孩儿的母亲，她毫无征兆地惊慌失措跟着尖叫起来。然后是邻桌的情侣，那男的甚至还大声地号哭。再接着身穿正装的中年男人像个受惊的女人抱着脑袋号叫……尖叫声就像迅速传播的病毒在餐厅里蔓延。

女收银员瞪着餐厅正门惊恐不已，陈东立刻朝正门望去，透过玻璃门能看到夕阳下的街道车来车往一如往常。还有人在瞪着天花板惊叫，可是那里空空如也。

尖叫声越来越大，陈东不安地从塑料椅子上站起身，充斥着整个餐厅的尖叫声快把他的耳膜震破了。他追随着每一个人惊恐的目光望去，可是没有任何发现。

“别叫了！你们到底在干什么！”陈东的怒号声被尖叫声吞没了。

“你们看到什么了？”

“你们怕什么？”

“你们……”

一个寒战，陈东醒了过来。他瑟瑟发抖喘着粗气，发现自己竟然在浴缸里睡着了。陈东没有马上摆脱冰凉的洗澡水，他把手慢慢伸向立在浴缸边的枪。在确定身边并没有发生任何异常情况后他才放松下来，只是梦里的尖叫声依然在他耳中回响，渐渐变得刺耳。

陈东缓缓从浴缸里站起身来，小心地不溅起水花发出声响。他慌忙擦干身上的水穿上衣服，一手拿着枪，一手轻轻拍打着耳鸣的耳朵，他要让耳朵赶紧好起来。随后陈东来到一间昏暗的房间，墙上刻满了“正”字的刀痕，他胡子拉碴地望着这面墙，目光呆滞。

半年了，陈东已经在这里生活半年了。他曾想过自杀，有一次他甚至把枪口放进了嘴里，只要扣动扳机，一切的折磨与痛苦就全都结束了。当时，陈东赤红的眼睛渗着泪水，口水不断顺着枪口淌下，浑身颤抖。不过，最后抉择的那一刻他没有动手，他起身把枪丢在屋子的角落，然后破口大骂了一声。

接下来便是无尽的沉寂。

是寂寞，发自心底的寂寞会让人发疯。

陈东倒吸了口凉气，回忆往事总是让他浑身不自在。在他终于赶走了耳鸣声的瞬间——他当时还没有意识到这一点，因为他听到了房子外面传来的声音。这也是他时刻小心谨慎保持安静的原因，他要留意外面传来的丁点声响。陈东犹豫了两秒钟便飞奔到窗户旁边，撅着屁股透过木板之间的缝隙向外张望。

几个人影正摇摇晃晃地向房子这边走来。

陈东端着枪迅速跑下楼梯直奔门外，头发上还没有干的水正顺着他的脖子流下来，可他根本无暇顾及。陈东端着枪悄声走出房门隐藏在阴暗处，等待着那几个人靠近房子。

当确定这几个人已经在射程范围内，陈东端着枪突然蹿了出来，瞄准了走在最前面的男人：“站住！别过来！”

所有人停住了脚步，陈东的余光察觉到有一把枪也在瞄着他。

“别开枪！我们只是路过这里，不是坏人，”被陈东瞄准的男人说，“先放下枪行吗？”

“我为什么要相信你？”

被瞄准的男人没有再吱声，眼睛只顾盯着陈东的枪口。他身边的女人朝前挪动了一步，身子略前于他："大哥，你相信这个世界上有神吗？"

陈东沉默不语，盯着眼前这位传教般说话的女人。

"过去我不信，可是所有的一切发生之后，我信了。"所有人都在安静地聆听着女人所说的话，"神赐给人类的时间只有一天，只是对于人类来说，这一天是非常漫长的。可是一天总会有结束的时候，现在已经到了黄昏，是神给予我们的黄昏，我们的一天即将结束了。我们都是被神抛弃的人。"

陈东打量着说话的女人，脏兮兮的污垢遮掩了女人本来的面貌。为了不让对方过于紧张，陈东慢慢把枪放下了，同时对面那把瞄着他的枪也做了同样的动作。

"跟我进去！"

陈东头也不回地低声说，他快步来到了房门前。待所有人鱼贯而入后，陈东立刻把那扇钉满木板的门锁好。陈东引着他们穿过门前走廊朝里侧走，来到了不算宽敞的客厅。他虽然没有用枪瞄准他们中的任何一个人，却没有丝毫放松。

在外面用枪对着陈东的男人走上前，伸出右手。陈东低头看了一眼，也伸出右手回应。两个男人握着的手同时向下用力一压，完成了灾难前最普通的社交礼仪。

"我叫李建华。"男人又把身后的同伴逐个介绍给陈东，先是与陈东对话的女人，"这位是朱晓颖，站在她旁边的那个女孩叫齐涵，长头发的是慕容雪。"

"这两位是万子明和莫冲。"

陈东的眼睛扫过所有人，朱晓颖刚在门前说过话，他尚且认得出来。接着是她身边的齐涵，齐涵留着短发，在她干枯蓬乱的头发下面可以看到她的右耳上还戴着一枚镶嵌着某种发亮宝石的细小耳钉，左耳上的那个大概是在逃亡中遗失了。至于长发的慕容雪，肮脏的面容下面掩藏着拘谨和不安的神色。

"你们要去哪里？"

李建华回头看了眼其他人，替所有人回答说："我们也不知道。"

"那你们以后有什么打算？"

李建华摇摇头，其他人更是沉默不语。

陈东没有追问下去，他对站在后面的女孩说："要洗澡吗？楼上可以洗澡。”

听说能洗澡，女孩们马上兴奋起来，原本枯涩肮脏的脸露出几分生气。陈东待众人把行囊都放下，带着她们到楼上的浴室去了。他还在二楼的房间里找了干净的衣服给她们换。

“别发出太大的声响。”陈东下楼之前叮嘱她们。女孩们虽说有些困惑，可并未多问，只是点点头。楼下的三人好奇地观察着客厅，并将随身携带的物品整理好之后便坐在椅子上休息。见陈东下来，叫莫冲的男人问：“大哥，我们还不知道怎么称呼你呢？”

“陈东。”

“这里安全吗？你在这里多久了？还有其他人没有……”

一连串的问话让陈东陷入了回忆，一幅幅画面在他脑海里翻转涌现，让他又想起了刚才在浴缸里做的梦。陈东深呼吸一口气再吐出来，说：“先等等再说吧，我相信她们三个也很想知道。”

没过多久女孩们就洗完澡回到了楼下，她们在洗过澡后恢复了本来的容貌——朱晓颖头发卷曲，脸上还挂着温热的潮湿气，面颊泛红。齐涵脸色发白，换上干净的衣服后，她右耳上的细小的宝石耳钉已经不那么显眼了。慕容雪则带着些许的媚气，或许是被逃亡路上的灰尘掩埋得太久了，经过清水洗礼的慕容雪散发着某种令人着迷的气息，举止投足间更显温柔。她们听说陈东要讲述他最初来到农场时的情景，也都满怀期待地坐到了椅子上。陈东语气低沉，说话的声音也仅限周围的六个人能听到而已。

“那是半年多以前，在灾难爆发后我逃离了城市。逃亡近一个多月，我终于来到了这里，这座荒凉的农场。”

陈东的声音竟然在这不算空阔的客厅里产生了回响，这声音就像早已在客厅里回荡多年，终于在此刻传入其他人的耳朵里。六双充满好奇的眼睛齐刷刷地盯着陈东，催促他继续说下去。

“我带着枪步行来到这里，衣服破烂不堪，脸上和身上也都是泥灰，很久没有洗过澡了。这座农场看起来像是私营的，规模不小，仓库就在房子的旁边。这里似乎什么也没有发生过，但是不见半个人影，大概原本住在这里的人在得知灾难发生之后逃走了……”

“我在仓库里找到了一些工具，虽然这里看起来没有发生过任何可怕的状况，但为了安全起见，我把所有的门窗都用长木板封死了。”

大家都在仔细地听着陈东的讲述，齐涵头发上尚未干的水滴无声地落在了地板上。

“除了食物，我还在仓库里发现了一台笨重的老式收音机，我赶紧捧着收音机溜回房子里锁好门。我先把收音机的音量调到最小，然后试着调频，我想知道其他地方都发生了什么，是否还有针对幸存者的救援行动。就在我怎么也调不出频道的时候，我听到了说话声……”

“什么？”

“请大家谨记。再重复一遍，请告知你的家人朋友，请务必保持在家中室内，不要外出，关闭好所有的门窗，不要为任何人开门……”

陈东生硬地学着收音机里的声音。其他人也都从惊奇的最高峰跌到了谷底。

“那是录播，是灾难刚发生时的录播。若是真的按照那收音机里说的做，恐怕大家早就已经死了。就这样，我在农场里生活了下来。这半年来我也算是耗尽心力，所幸的是我还活着，农场里也没有遇到在城市里蔓延的可怕东西。”陈东叹息后说道，“我每天都徘徊在房子的各个窗户前，透过长木板之间的缝隙来留意外面的动向，我始终不敢也不能掉以轻心。”

陈东简要地把自己的经历说了一遍。

莫冲告诉陈东，他们也逃出来很久了，而至于那些对所有人来说都是噩梦的情景，并非一言两语就能说清楚。

陈东打发其他人上楼洗澡，也为他们找来了干净衣服。

“我们真的很谢谢你了，能在这种时候收留我们。”朱晓颖怀着感激之情说道。

陈东只是礼节性地笑了笑，轻声回应：“饿了吧，我去做点吃的。”说完他就转过身朝厨房走去。

“你们休息一会儿，我去帮帮忙。”朱晓颖跟着陈东走向厨房。

“尽量别发出声响。”

陈东连头也没转，低声嘱咐道。朱晓颖无声地点点头。

饭菜非常简单，米饭已经算是难得，想吃到新鲜的蔬菜几乎是不可能的，只有些腌制过的咸菜——细长的萝卜丝和罐装的咸黄豆。

“这里真的不会发生可怕的事情吗？”

陈东看得出朱晓颖眼睛里掩饰不住的惊慌，他摇摇头说：“别放松。”

这三个字可以说是让陈东活下来的至理名言，他相信所有可怕的事情并未走远。

饭菜上桌，李建华他们几个也洗过澡下楼来。漆黑的夜晚，陈东只是开了一盏昏黄的灯。光芒往往寓意着希望，可是这昏暗的灯光却更容易让人感到绝望——七个孤独的灵魂在昏暗的客厅中躁动不安。没有人说话，只能听到咀嚼食物的声音。每个人都好似写满了字的纸张，给别人看的却都是那没有写字的一面。

突然，慕容雪拿筷子的手颤抖起来，她猛地起身跑进厨房大声呕吐起来。

"嘿，你怎么回事？"

陈东瞪大眼睛对齐涵做了一个动作——他用左手的食指挡住了自己的嘴然后发出"嘘"的声音。齐涵顿时不敢再出声。

陈东赶忙走进厨房倒了一杯水给慕容雪，很快他与慕容雪回到了客厅。坐在慕容雪身边的朱晓颖小声地询问她是不是生病了。

"慕容雪，你大口呼吸几次就好了。"陈东低着头一边吃饭一边小声说，"过度的恐惧会让人产生呕吐感，甚至会昏迷。"

慕容雪靠在椅背上，神情恍惚。

与其他人围坐在一起吃饭，这是灾难发生之前最稀疏平常的事情。而此情此景，让陈东又想起了不久前的噩梦，在餐厅里以尖叫声作为结尾的噩梦。

"你们有什么打算？"

在这个让人绝望而惶惶不安的时期，任何计划都不会有变化来得快。在女孩们不安的眼神交错中，李建华清了清喉咙开口说："我们也没有什么打算，能撑到现在就已经不错了，不知道你能不能让我们先在这里住下来。我知道我们人多，会给你添麻烦的，不过……"

"没关系，食物还有库存，你们先住下吧，走一步看一步吧。"

陈东感受到了感激的目光，对他而言最大的折磨并不是食物紧缺和逃亡的劳苦，而是寂寞和孤独。虽然有其他人的陪伴未必能够解除陈东的孤独，但是他不想错过摆脱的机会而继续在痛苦的深渊里挣扎。

"不过，住在这里要守这里的规矩。虽然我在这里住了半年多，但是我不能保证这里是绝对安全的，所以大家还是按规矩办事比较好。"

陈东停顿了一下，待所有人都赞同地点头后，他继续说："首先就是保持安静，无论什么时间，不管是白天还是夜里，都必须保持安静，我想大家都没有异议吧？"

陈东有意看了齐涵一眼，而齐涵也为刚才自己冒冒失失地大声说话而略显羞愧。

“其次，不要乱走动，更不能自作主张地拆掉钉在窗户和门上的木板，我想这一点大家也不会有意见吧？”

陈东再次停了下来，待所有人表示赞同之后再继续说：“还有，就是我在这里生活的时间比较长，对这里的状况比较熟悉。所以不管做什么事情，请先和我商量一下。这一点没有什么问题吧？”

大家依然表示赞同。就算不同意，陈东也并不担心，他独自一个人坚守至今，自信要对付这六个人并不很困难，更何况这六个人中还有三个看上去娇生惯养长大的女孩儿。即便同样都是死里逃生，她们也并不占多大的优势。

“生活在这里，总要有个分工，都说说自己过去是做什么的吧。”陈东提醒道，“要知道，在这里生活也不比在外面逃亡好过哪里去。”

陈东的目光首先停在了李建华的身上，他看得出六个人中李建华算得上是核心人物。其他人在骨子里都流露出了对李建华的依赖。

“我以前是公司的白领，是做财务的。”

紧接着是那个叫朱晓颖的女孩：“我以前是护士，我会做饭，不如从明天开始做饭的工作就交给我吧。如果谁有个什么感冒发烧的小毛病，我也能帮大伙看看。”

陈东点点头，等待着她身边的慕容雪接着说下去。慕容雪从恐慌中缓过神来，露出勉强的笑容：“我大学毕业之后爸爸妈妈不让我出去工作，我家是开公司的，所以我也……我可以帮晓颖的忙，帮大家做饭，做做家务什么的。”

“你呢？”陈东问齐涵。

“我还在……以前在读大学，读法学专业。”

“法学？看来你应该是个很严谨的人吧。”

齐涵自信道：“不管给我的分工是什么，我都会很好地完成的。”

“好，”陈东满意地点点头说，“咱们继续来！”

万子明沉默寡言，说起话来的语气很郑重严肃：“我以前是做销售的，卖电饭煲。”

陈东露出不可思议的神情来，像是没有想到如此沉默寡言的人竟然会去做销售。

最后是莫冲，他说话的语气很轻松，像在与人闲聊：“我家也是开公司的，毕业之后家人让我去公司帮忙，我不干，就跟家里要钱开了间酒吧。”

慕容雪白了莫冲一眼，不过莫冲依然在对自己过去优越的家境沾沾自喜，没有觉察到慕容雪的不满。

朱晓颖见大伙儿都介绍完了，便问道：“大哥，你以前是干什么的？”

“我，以前是个当兵的。”

“看出来了，你的气质看起来就是跟一般人不一样。”

陈东对于莫冲拍马屁式的夸赞并不领情，他继续问道：“你们对这里还有什么疑问？”

李建华将目光投向窗户：“大哥，能说说周围的环境吗？”

“这里是一座农场，水源连接附近的一条河。农场西南方向有一片树林，或许是森林，我不确定。最近的一条公路，就在你们来的方向。如果我没有猜错，你们是沿着公路走，无意中发现这里的吧？”

“大哥，好像你也不完全确定周围的环境到底怎么样，你没去看看？”

面对齐涵的疑问，陈东回答得很干脆：“能活到现在，我坚信一点，那就是不要冒险，尤其是没有必要的冒险。”

接下来便是一阵沉默。

“好了，你们刚到农场来，好好休息吧。”

说完，陈东就站起身，不过他并没有收拾桌子上的餐具，而是拿起了放在椅子边的枪。他对着大伙儿做了一个“嘘”的手势，便端着枪走进了厨房，透过厨房窗户上钉着的木板缝隙瞧了瞧外面。紧接着是大门口，他确认了门已经锁好之后，又走向了通往二楼的楼梯。几分钟后他就返回到了楼下。

其他人坐在椅子上看着陈东独自忙碌，陈东的举动让他们原本放松下来的神经又一点一点地绷紧了。陈东回到客厅开始收拾桌子上的餐具了。

“我来帮你吧！”朱晓颖站起身对其他人说，“你们把自己的东西拿出来整理一下，过会儿好好睡一觉。”

厨房里，朱晓颖下意识地想把剩下不多的饭菜放进冰箱里，却被陈东阻止了。陈东拉开了冰箱门，里面放着碗碟、勺子之类的餐具。陈东解释说，因为节约用电，所以电冰箱并不能时刻供电，只能当作储物柜使用。

两人回到客厅，万子明从破旧的行囊中翻出了一台小型收音机，在众人的注视下他轻轻地拉出了天线。

“请大家谨记。再重复一遍，请告知你的家人朋友，请务必保持在家中室内，不要外出，关闭好所有的门窗，不要为任何人开门……”

先是女人的声音，然后是男人的声音，重复播放。

万子明试着调频，其他的频率上都是些哗啦哗啦的杂音。

“只是不断重复这么一句废话。”陈东漫不经心。

“大哥，不见得吧。如果广播里说的真没有用处，咱们也不用悄悄地窝在房子里吧。”慕容雪用半开玩笑的语气说。

“如果按照广播里说的那样，我今天就应该‘不要为任何人开门’。”陈东淡然答道。

“离开城市的时间太久了，现在咱们也根本不知道城市里的状况，你们说会不会事情已经得到了解决呢？”

慕容雪的目光迷离而兴奋，似乎沉浸在了短暂的幻想中。莫冲轻轻地从鼻子里发出了“哼”的一声，听起来像是嘲笑。

慕容雪有些气愤地盯着莫冲，朱晓颖为了打破这尴尬的局面，赶忙说道：“小雪，别想那么多了，从过去发生的事情上来看……总之，还是别抱什么希望了。”

“大哥，咱们一共七个人，该怎么安排房间呢？”齐涵问。

女孩子们在相对安全舒适的环境下开始关心起居问题。慕容雪甚至拉住了朱晓颖的手，决定两人同住一个房间了。

“咱们就睡在这里吧。”陈东盯着地板说，“你们刚刚来这里，还是住在一起安全点。”

女孩们有些失望。

“这样也好，咱们也不是出来旅行的，无论何时何地都要以安全为前提吧。”

李建华表示赞同，其他人便更没有异议了。

“我去给你们拿被褥。”

陈东端着枪往二楼走，朱晓颖想上楼去帮忙，却被陈东制止了。很快陈东就捧着被褥走了下来，把被褥分给大家。

“不是很干净，将就一下吧。”

突然客厅里那昏暗的灯熄灭了。陈东听到了闷在喉咙里的声音，这是某个女孩的压抑住的尖叫声，这声音被强行封闭在了喉咙深处。

“不用担心，是发电机，按时自动关闭。”陈东淡定地解释道。

就这样，所有人都在黑暗中摸索着，准备铺开被褥睡觉了。

“把你的枪放好，”陈东嘱咐李建华，“不希望你晚上太紧张而让枪走火了。”

“大哥，我倒是担心你啊，这么长时间你都是一个人住，你不会半夜醒过来记不得我们了，然后拿枪一个一个把我们崩了吧？”

莫冲的玩笑话此时此刻却显得格外诡异。

“你住在这儿的半年里，发生过什么……类似在城市里出现的事情吗？”齐涵窝在被子里小声问道。

“到目前为止，还没有。”

陈东叹了口气，他躺在被褥上毫无睡意地睁着眼睛。很快他就听到了均匀的呼吸声，有人已经睡着了。猛然间他的心又被不安猛砸了一下，这不安犹如一把突如其来的钢刀插进了他的心里。

会不会有人在夜里趁他睡着不备时杀了他？陈东被这个想法吓了一跳，他瞪圆了眼睛望着天花板。

“大哥，我知道你还没睡。”李建华就躺在距离陈东最近的位置，他把脑袋挪了挪靠近陈东，“你半年多以前来到这里的时候，果真是一个人也没有吗？”

“我来的时候，这里就空无一人。”

“这里没有发生过危险的痕迹吗？比方说血迹……”

“我到处都检查过了，没有人，没有血迹，连一具尸体也没有。”

“既然这里没有发生什么可怕的事情，这里的人为什么要离开呢？”

“可能是因为害怕吧，或许他们担心这里也会发生什么意想不到的危险吧。”陈东依旧是漫不经心的腔调，“还有一种可能，他们做了一个让他们后悔的决定。”

李建华稍作思索道，“你的意思是，他们也像很多人那样，听说出事之后，便都回到城市里寻找自己的亲人？”

“可能性很大，如果真的如此，他们恐怕已经丧命了。”陈东说，“谈谈你们吧，你们不可能是一开始就认识的吧。”

“我们是在两个多月以前认识的，一开始我们有十个人，有两个人生病，死在了路上，另外两个人……”

“你们从哪里来？”

“哪儿都有，”李建华开始打瞌睡了，“全国各地，大城市小地方的都有。”

“噢，那你们真的很幸运了，我一直都是独自一人。”

“对了，大哥，你知道吗？起初我以为大家经历的事情差不多，但是我在第一次见到其他地方逃亡出来的人之后，才知道每个地方发生的灾难都不一样。”

陈东的耳边又响起了尖叫声，所有他不愿再看到的景象又浮现在了他的眼前，原本远离他的恐惧犹如黑暗的魔爪向他蔓延。

“你以前真的是军人吗？”

李建华好像快睡着了，他说话的声音已经变得有气无力了。

“是。”

“可是我觉得你不像。”

也许是因为意识被睡意所击溃，李建华直接说出了自己的看法。

陈东心里咯噔了一下，他能感觉到全身血液一下子都灌到头顶了，视线也随着心跳开始在黑暗中一下一下地颤抖起来。

“为什么觉得我不是呢？”

陈东尽量让自己的声音显得随意一些，他不想让李建华觉察到自己的波动，更何况还不能确定除了李建华之外，是不是还有人没有睡着。但是他并没有听到回答，李建华传来了均匀的呼吸声表示已经睡着了。陈东叹了一口气，缓缓地坐起身用力地摇了摇脑袋，他想努力甩掉黏稠在脑海中的可怕回忆，他不想再看到黑色的影子在眼前徘徊，也不想再听到女人和小孩的尖叫声了。他摸了摸身边的枪，然后告诉自己，他当初没有死在城市里，现在也不会被过去的可怕记忆所击溃。

不过，对于陈东而言这将又是一个不眠之夜。

黑湖永夜

第一日

提议

陈东整晚都处于半睡半醒的状态，毕竟他身边躺着六个昨天刚刚认识的陌生人，他会下意识地对不确定因素进行防备。醒来后的他眯着眼睛看着阳光从钉满木板的窗户缝隙照射进来，他悄声起身绕过其他人坐到了椅子上，注视着所有人的一举一动，包括他们的每一个动作、每一个神态。

经过一夜的安眠，莫冲起床之后靠坐在墙边，闭着眼睛微微地晃着身子。至于沉默寡言的万子明，他醒来后的第一反应就是对自己出现在这座房子里感到莫名其妙，他用迷离的眼神打量着周围所有人，就好像根本不认识大家一样。适应了几秒钟，万子明才渐渐地回想起昨天来到这里的经过。李建华起床后的第一件事情就是摸了摸身边的枪，确定它还在身边后松了一口气。

齐涵就好像在柔软的大床上睡醒的小姑娘，她伸了一个懒腰，随后便察觉到周围的气氛与想象之中大相径庭。她睁开眼看了看周围的人，然后把伸展开的身体又缩了回去。

朱晓颖只是搔了搔头发，然后就把自己的被褥叠好。至于慕容雪，她蜷缩在墙角，抱着头把脸埋在膝盖上，浅浅地传出了哭泣的声音。

“小雪，你怎么了？”朱晓颖关切地问。

“我做噩梦了，”慕容雪慢慢把头抬了起来，用微红的眼睛可怜巴巴地望着朱晓颖，“那个梦实在太可怕了！我昨天晚上梦到有个黑影一直在追咱们，咱们就一起往树林里跑。但是我越跑越慢，怎么也赶不上你们，我让你们等等我，你们怎么也不理我……”

“好了，那只是个梦罢了，别想那么多了，没事了。”朱晓颖轻轻地拍了拍慕容雪的肩膀，安慰道。

“大小姐，你别这么娇气好不好？”齐涵很不耐烦地瞟了慕容雪一眼，“咱们是来逃命的，不是出来玩的，没那么多闲工夫顾及你这些臭毛病！”

“小涵，你少说两句吧，她这不是做噩梦了吗？”朱晓颖低声劝说。

“做噩梦？从认识她开始，三天两头就是这个毛病那个噩梦的，就她怕死啊？她还以为她是慕容家的大小姐啊？那她也得考虑一下别人的感受吧？”

“好啦好啦，两位都是姑奶奶，小雪，你别哭了，坚强点吧。小涵啊，你也别说她了行吗？”莫冲摆着笑脸对两个人说，“别忘了在这儿的规矩！保持安静！”

莫冲苦笑着伸出食指在嘴前做了一个“嘘”的手势。

陈东待大家消停下来，便起身端着枪要往外走。

“大哥，你去哪儿？”

“我要到仓库去检查一下。”

“我和你一起去，顺便熟悉一下地形。”

说罢，李建华迅速把被褥打成一个铺盖卷推到了墙边，然后站起身正了正衣服跟了上去。

“那我来做饭吧。”朱晓颖对慕容雪说，“小雪，你昨天不是说来帮忙吗？做点事情就不会胡思乱想了。”

“我到楼上去打扫浴室吧，那里有点脏。”

齐涵不冷不热地看了看慕容雪，似乎有意要避开她。

“把你的枪给他们吧。”

李建华马上明白了陈东的意思，他把枪交给了万子明。坐在地上的万子明先是愣了一下，然后伸手接过了枪。

“你们俩负责在二楼盯着农场的周围，如果有任何异常情况，一定要告诉我。明白了吗？”

陈东给莫冲和万子明安排了任务，两个人听了他的话之后郑重地点点头。

陈东带着李建华来到了门口。外面阳光明媚，但是陈东的心里却没有因为外面的天气而拨开内心的阴霾。他趴在门前通过木板之间的缝隙仔细地查看门外，然后他轻轻地打开门锁，端着枪在门外探头张望片刻。紧接着他悄无声息地点头示意李建华跟出来。

李建华走出门的一刹那立刻用手在额前遮挡，适应着清晨的阳光。陈东谨慎地看了眼周围，然后在门边站定小心地仰望着房顶，当确定房顶也没有异常情况之后，他才带着李建华沿着墙边向仓库走去。

仓库距离房子并不算远，但是由于仓库在农场的侧面，又因为门窗被钉满木板条的房子更加显眼，所以它并不十分引人注目。仓库的后方远处是一片树林，通体深色的仓库很容易被混入树林一色。

从房子到仓库，并没有明显的道路。在离开房子周围之后，陈东选择了一条前往仓库的捷径。陈东一路上小心谨慎，脚步飞快。

仓库门前，陈东无意做停留，他用力地拉开了仓库门。一股干燥的气味扑面而来，仓库里面一片漆黑。陈东的枪口对向黑暗，站在门口朝里面缓步摸索着。片刻之后，里面出现了微弱的亮光。

陈东拿着一支早在十几年前就停产的圆筒手电，手电筒射出的光柱照到哪里，他的枪就指向哪里，在手电筒的照射下能看到空气中飘浮的灰尘。光柱照向远处，李建华看到了木箱和木架子之类的东西，上面搭着些零零碎碎的工具和抹布。只是光线一扫而过，李建华看得并不仔细。陈东在仓库里检查一圈之后，来到了一台老式发电机的旁边。

“你拿着。”

陈东把手电筒递给了李建华，他检查过发电机后，又从旁边的木箱里翻出工具袋。接着李建华就听到了拆卸的声音，没一会儿陈东就站起身，从架子上拿下一块抹布擦拭着手上的油污。

“大哥，这种老式的发电机，不可能有定时的功能吧。”李建华打量着发电机说，“昨天晚上你说发电机自动定时关闭，是为了不吓到我们吧。”

陈东把那块脏兮兮的抹布朝架子上一丢：“如果当时我说是发电机坏了，恐怕她们几个姑娘会很害怕。女人是缺乏安全感的，就算是一件不起眼的小事，她们的想象力也会变成放大镜把恐惧无限放大，惊慌失措。”

“但是你怎么能肯定是发电机出了问题，而不是其他原因造成的停电呢？”李建华低声问了一句。

陈东没有马上回答，而是先叹了口气，说：“不知道。”

随后他在手电筒微弱的光线中抬起脸对着李建华笑了笑：“现在住在这里的人多了，带个坛子回去吧。”

陈东从墙角抢起一个坛子递给了李建华，李建华双手捧住了。

“里面是什么？”

“咸菜。”

陈东来到仓库门前，他关掉了手电筒放在门边，整个仓库再次陷入了黑暗中。他轻轻地把门开了一个缝隙，光线从外面照射进来落在地上形成了一道光线。陈东依然很谨慎地观察着门外的情况，他打开门，迈出一只脚，端着枪望了望房顶，然后示意李建华可以出来了。

两个人快步回到房子门前，陈东敲了敲门，很快门内传来轻微的脚步声。片刻确认之后，朱晓颖为他们开了门。

进门之后，朱晓颖问：“你们去哪儿了？怎么去了那么久？”

“没事，大哥带我去仓库那边熟悉了一下地形。”

慕容雪站在一旁沉默不语，好像还没有从昨晚的噩梦里解脱出来。

朱晓颖接过咸菜坛子走进了厨房。

莫冲走下楼梯指着窗户外树林的方向对陈东说：“大哥，我在楼上看到那片树林了，你真的一次也没有去过？”

陈东点点头。

“你说农场里的人会不会逃到了树林里？”莫冲瞪大眼睛猜测道。

“我不知道。”陈东轻声回答。

“楼上浴室我收拾好了，”齐涵一脸疲惫地走了下来，“没有想到就那么点地方竟然这么脏。”

“万子明呢？”李建华问。

“他还在楼上把风呢。”莫冲回答说。

“现在时间还早，接下来咱们干什么？”齐涵坐到椅子上问。

“别太放松了，时刻提高警惕。”陈东回答说。

“那你平时都做什么啊？”

齐涵的问题让陈东觉得可笑至极，做什么？

“活着。”

说完，陈东就对着齐涵露出了笑容。这笑容让齐涵觉得不寒而栗，在她看来这本不该出现的笑容里包含着很多难以言喻、会引起她惊恐的秘密。

时间比任何时候过得都慢，陈东已经习惯了生活在这阴暗的房子里。不过其他人好像依然沉浸在逃亡的生活中，停留在一个地方会让他们惶惶不安。

陈东在午饭之前先去了二楼，透过窗户上木板缝隙查看农场的周围，确定没有任何异样后他才重回楼下。在一楼的客厅里，其他人都围坐在桌子旁等着他。中午的饭菜是昨晚剩下的，陈东坐到椅子上把枪搁置在旁边，当他先动了筷子，其他人才拿起筷子开始吃饭。

“我看你们这半天好像很焦躁？是不是不习惯这里的生活？”

陈东虽在说话，可眼睛却只盯着碟子里的咸菜，就像刚才的话不过是随口一提。

“大哥，你独自在这里生活了半年多，你一个人是怎么熬过来的？”朱晓颖的筷子停留在碗盘边缘。

“习惯就好了。”陈东回答，“不过我倒是想知道现在外面的情况，你们到这里之前都遭遇过什么事情？”

阴暗中，陈东平淡的语调好像触及了某种禁忌，他感到周围的空气凝固了。大家的呼吸瞬间停顿，脸色也发生了不易察觉的变化。

“我从来就没有认为外面发生的事情会有转机，不过我也听说不一样的地方发生的事情也都不同。”陈东看了眼李建华，“我知道好奇心太重不是好事，不过我很想知道你们居住的城市都发生了什么事情。”

沉默，所有人的目光都投向了态度平静的李建华，可是他偏偏不表态。

“不如这样吧，既然我们已经决定生活在这里了，虽然我们也都大概提起过自己过去的经历，但是还从来也没有这样坐在一起聊聊，”齐涵兴奋地提议说，“反正我们在这里也没有什么事情可做，不如就谈谈各自的经历吧。”

“这样也好，从逃亡开始，我就没有心思和别人谈论过这些事情。不如咱们就一起说说，说不定能从大家的经历中知道点什么。”莫冲压低声音神秘地说道，“说不定，咱们会知道灾难爆发的原因！”

“这样不好吧。”慕容雪很不情愿。

“不会吧？你害怕了？”齐涵嘲讽地瞟了慕容雪一眼。

“谁害怕了？说就说！”慕容雪好像已经摆脱了噩梦的影响。

“好了，你们俩都少说两句吧！”朱晓颖劝道，“那么多风风雨雨，咱们可都是一块儿走过来的。”

“你觉得怎么样？”

李建华看了看身边的万子明。而万子明没有答话，他只是点了点头。

“那好，既然咱们都想知道各自在灾难当中的经历，不如这样吧，咱们就从最开始出现不正常事件的时候说起，说不定能有什么眉目。”

其他人纷纷对李建华的提议表示赞同。

陈东见状，便接言道：“既然没有人反对，那么谁先开始？”

一指宽

如果没有人愿意先开这个头，陈东就准备先说说自己最初的经历。他早已做好了准备，知道自己该从何处说起。

“没有人愿意主动先说？那我就……”

还没等陈东把话说完，就被人打断了。

“还是我先来吧。”说话的人是朱晓颖。

陈东没有想到这个看起来文静的女孩会先开始讲述经历，便对朱晓颖说：“既然你想先说，那就女士优先吧。”

“虽然不敢肯定，不过我最初的遭遇应该与后来发生的灾难息息相关。”说着，朱晓颖就开始了她的叙述。

* * *

我是一名护士，差不多八个月之前吧，我还在实习期。实习护士不好做，因为竞争压力实在太大了。当时我还遇到了一件很头疼的事情，那就是我们医学院临床医学专业的一个男生在追求我，我已经明确拒绝过他了，不过他一直穷追不舍让我实在无可奈何。起初我是在一家儿童医院实习，但他每天都来找我，为了避免他的纠缠我只好离开了那家医院。后来经过老师推荐，我去了外地一家私人养老院的医务室实习。虽说养老院修建在偏僻的山腰上，但是基础设施很完善，绿化环境也很优美。

养老院的庭院非常宽敞，最中央有一座喷泉，喷泉当中立着两只天鹅交互的雕塑。喷泉四周是绿油油的草坪，经常可以看到几位老人结伴在草坪之间的小道上说笑散步。在喷泉的后面是一座四层建筑，以供老人日常活动使用。在四层建筑靠后的两侧，是两栋九层的楼房，左侧的那座是养老院的医院，右侧那座是老人的公寓。在养老院庭院中央草坪的最边缘，还有几座三层高的精致楼房，那是提供给工作人员居住的公寓。

我到的那天，是养老院医务室的陈美丽医生接待了我。她是一个年近四十岁的女人，我一直觉得作为医护人员，穿着打扮应该尽量简洁整齐。可是陈医生却完全不同，她喜欢浓妆艳抹，嘴唇鲜红。

我跟着陈医生来到了医院楼内，在一间装修豪华的休息室隔壁，就是我工作的医务室。走进医务室之后我完全惊呆了，这里的医疗器械齐全、先进，简直可以抵得上一家小医院了，在这里做一场小手术简直绰绰有余。

在医务室工作的还有一位和我年纪相仿的护士——张卓娅。张卓娅是个很活泼外向的女孩，她在这里工作了已经一年多了。按照陈美丽医生的要求，张卓娅带着我来到了员工公寓楼，二零七房间。房间内干净整洁，冰箱、空调、电视机应有尽有，浴室里还安装了浴缸。

很快我们俩就来到了二楼，二零七房间。她用钥匙打开房门之后我发现房间里的设施也非常齐全，不比宾馆的豪华间差。屋子里一共有两张床，一张是张卓娅的，另一张空床则是我的。

“我一个人住很孤单，现在好了，有你跟我做伴了。”

我不敢懈怠，赶紧把行李简单地收拾完就换上了护士服随张卓娅回到了医务室。一路上我们俩有说有笑，俨然相识多年的闺密。张卓娅还告诉我说，在这里的工作很有季节性。老年人一般都会在季节变化的时候身体才很敏感，这里老人的去世大多都是在季节交替的时候。

回到医务室之后，陈医生让张卓娅带我到楼上的病房去熟悉工作流程。我跟着张卓娅一起来到了楼上的病房区。虽然这里只是一家养老院，可我俨然觉得自己是来到了一家正规医院——干净整洁的地面，病房门上一尘不染的玻璃，穿着整齐护理服的护工。

每一间病房都是双人间，本以为病房里的老人会因为生病的缘故而闷闷不乐。可是进了病房才知道，老人家正一边打着点滴一边聊天，护工坐在门口的凳子上随时等候需要。

这是我第一次接触养老院里的老人，他们真的像张卓娅说的那样，很和善，甚至把我和张卓娅当作自己的孙女一样对待。我想这可能跟他们长时间住在这里思念亲人有关。

晚饭之后我和张卓娅坐在医务室里聊天，她问我实习期结束之后想不想留在这里工作。实话实说，当时我真的被这里的气氛感染了。总以为人到老年都会很恐惧死亡，但是当我见到这里的老人才发觉，他们面对即将到来的死亡竟然是如此平静和坦然，就好像在等待一位多年不见的老朋友将来拜访一样。

“晚上他们都会做什么呢？”

“做什么的都有啊，”张卓娅微笑道，“有的老人喜欢看电视，就聚在活动厅里看看电视剧什么的；有的喜欢拉二胡，就聚在音乐厅拉拉二胡。还有的老人呀，在谈恋爱呢……”

“谈恋爱？”

“很可爱呢，就像咱们年轻人谈恋爱一样啊。”

虽然只是刚到这里一天，可我越来越喜欢这个地方了。

“对了，卓雅，怎么不见其他护士呢？”

“哦，因为最近不太忙，所以小钱和小赵请了一周的假，过几天就回来了。”

这时，陈医生和一个矮胖的男医生从办公室里走了出来。张卓娅向我介绍说，那矮胖的男人是吴永顺医生。

“你就是新来的护士吧。”吴永顺医生主动与我打招呼，我笑着点头说是。

“小朱啊，你第一天来，没有什么事情的话就早点回去休息吧。”接着陈医生就对张卓娅说，“今天晚上是小张值班吧？”

“是的，陈医生。”

“我和吴医生要出去一趟，有什么事情的话就给我打电话吧。”说完陈医生就和吴医生离开了。

“今天晚上你自己值班行吗？”

“这有什么不行的，你就早点回去休息吧，我晚些时候也会回去的。”

我拿着钥匙回到了房间门口，这个时候我注意到了对面的门是开着的，从里面传出了接电话的声音。从声音上判断，对面应该是住着陈医生。挂掉电话之后，她拿着一个塑料口袋从房间里走了出来，见我站在门口先是愣了一下，打过招呼后她匆匆离去。

洗漱完毕后，我打开电视机躺在了床上。我一向对电视节目不感兴趣，本来想消磨一下时间，等张卓娅回来之后继续聊天，但是我很快就躺在床上睡着了。

深夜，我被门外传来的声响吵醒。我睁开眼睛，眼前是一片黑暗。张卓娅不知道何时已经回来了，她正躺在床上熟睡。迷迷糊糊中我本想继续睡觉，可能是因为突然换了住处的原因，所以很难入睡。

这时门外再度传来异样的声响，在好奇心的驱使下，我披了件外衣，蹑手蹑脚地来到了门前。当我侧耳倾听的时候，门外的声音消失不见了。可还没等我转身回到床上，门外的声音就又传了进来。

我马上把耳朵贴在门上仔细听，像是金属擦碰的声音。就在金属将要发出更多碰撞声时，声音却戛然而止。我记得曾经在儿童医院实习的时候听到过类似的声音——有护士不小心碰翻了手术器具，随后她猛地按住了散乱的器具以防止它们发出更多的响声。

紧接着，我听到了推车的声音。我按捺不住好奇心，决定打开门一探究竟。车轮在地砖上摩擦的声音时断时续，那手推车似乎走走停停。当声音渐行渐远，我才轻轻打开了门，走廊尽头有一个穿着白色大褂的人影，正是陈医生。我实在是想不到她在这午夜时分会去做什么，难道有了急诊？是不是我应该回到医务室去？

我刚想走出门叫住她，询问是否需要我帮忙。正当她来到走廊尽头的转角处时，她停住了脚步很突然地朝身后走廊里小心翼翼地看了一眼。出于本能，我一下子闪回了房间里。

当推车的声音渐渐远去之后，我才再次探出头来。我不由得怀疑陈医生在午夜时分推着手推车外出的原因，到底是什么事情让她如此神秘而鬼祟？

我马上揣起钥匙朝走廊尽头奔去，我尽量放轻脚步又加快步伐的频率。陈医生已经乘电梯到了一楼，我立刻悄声来到楼梯跟了下去，来到公寓楼外。欧式路灯立在路旁，灯光昏黄而凄冷，白天热闹的庭院此时异常冷清。

陈医生沿着小路推着手推车，她时不时地回头张望。我偷偷摸摸地跟在后面，不时地往草丛里躲避，我就这样走走停停跟着她来到了医院楼下。可她并没有走向门厅，而是绕到了楼的后侧，我蹲藏在了一棵法国梧桐后面看着她打开了一扇不起眼的备用门。陈医生推着车走了进去，我快步上前用力地拉了拉备用门，发现门已经从里面锁上了。

既然进不到里面去，我总不能在这里等着，若是不小心在门前与陈医生碰见了实在是不太好。回去的路上，我边走边想，那扇门到底是通向哪里的？陈医生这么晚到底是去做什么？手推车里到底放着什么东西？

第二天醒来之后，我的脑子里还装着一大堆对昨晚事情的疑问。见到陈医生的时候，我还会因为昨晚好奇心驱使的跟踪而不由自主地感到紧张。

“小朱，昨天晚上睡得好吗？”

陈医生简单的问候也会让我惶恐不安。

“还好。”

简单回答后我便灰溜溜地跑去工作了。

吃过午饭，我和张卓娅到庭院里散步。我刻意带着她来到了昨晚看到的门前，装作若无其事地问道：“卓雅，那扇门是做什么的？”

“那个啊，通常都是运货的时候才用的，里面好像还有电梯呢。”

“那你进去过吗？”

“没有，我听说那电梯只是在楼内装修的时候用过。”

既然这里面有电梯，那么就一定可以通向这座楼里的某一层。可是陈医生为什么深夜到这里来？这里有什么见不得光的东西？

接下来的两天，每当深夜时分我都会醒过来，听着陈医生推着车子远去。直到第三天，发生了一件事情。乐观和蔼的王大爷突然去世了，前一天他还和老伙伴们一起坐在凉亭下面拉二胡，唱小曲。当真是世事无常，他是夜里在睡觉的时候去世的，他的老伙伴们并没有太多的悲伤。他们都说王大爷的去世是享福了，没有生病，没有痛苦，这样的死法是最好的。

处理王大爷后事时，陈医生的表现有些反常。按道理来说她本该对于生老病死比平常人看得更淡，但是她的眼神中竟然透露出了恐惧，一种让人颇感意外的恐惧。这种恐惧是她无论如何也掩饰不住的。

没有想到就在当天晚上，我有了一个绝好的机会上楼查看。也许平日对张卓娅很好的王大爷的去世让她有些伤心，白天又着了凉，张卓娅病倒了。那天晚上本是她值班，既然她生病了，只好让我来接替。

晚饭后，张卓娅回公寓休息了。我则来到了医务室的楼上，我并没有乘电梯，而是一层一层地爬楼梯。这栋楼一共九层，前六层楼都在使用中。从第七层开始被当作库房，很多医疗器械都陈列在各个房间中。

我来到第九层的时候，发现这里与楼下几层不同。这层不像楼下那样一目了然，可以把整层楼的结构格局都看得一清二楚。这层的走廊多了几处拐角，站在楼梯口我也不知道这层有多少房间。更重要的一点是，楼梯口和电梯口的周围竟然有铁栅栏。

在楼下的几层楼里我都没有看到楼后侧备用货梯的出口，我怀疑备用货梯直达九层。而那个货梯出口应该就在这道铁栅栏之后的走廊尽头。

我在栅栏外面站了许久，发现头顶的天花板有一指宽的缝隙。原来天花板是可以移动的，只要我能爬上天花板，就可以从天花板上方绕过铁栅栏到里面的走廊了。可是在楼下几层里的查看耗费了太多的时间，我必须回到医务室去值班，否则会引人怀疑。

医务室里，陈医生和吴医生也在，二人正神色紧张地整理资料。我本想上前帮忙，可他们并没有让我插手。很快他们就把资料放回柜子里锁好匆忙离开。

我坐在医务室里对着白色的灯管发呆熬时间，等到值班的时间一结束，我就重回第九层。虽然无论在第九层楼藏有什么秘密都与我无关，可是我还是被难以言喻的好奇心驱使着。时间一分一秒地过去了，到了可以回去休息的时间。我关掉了医务室的灯，锁好门。

前六层的楼梯里有灯，可是到了第七层就一片漆黑了。越是紧张便越是容易让人胡思乱想，我甚至开始打退堂鼓了，不过好奇心最终还是占了上风。

我一边悄声上楼，一边在想九楼到底藏着什么秘密。难道楼上放着什么贵重的药品？陈医生每天晚上都去偷盗药品拿出去卖钱？又或者楼上其实是一间实验室，陈医生在那里用医院的药物提炼毒品……我一步一缓地向上走，借着手机发出的光亮才能不被台阶绊倒。

我终于回到了第九层的铁栅栏前面，我看了眼时间，距离陈医生到这里来还有一阵子。

就在我踏上铁栅栏准备从天花板翻越过去时，它发出了刺耳的金属碰撞声。我心里一沉，不敢动了，想等彻底安静下来再继续爬。很多可怕的想法冒了出来，如果这层楼还有其他人怎么办？会不会听到声音而冲过来？于是我一咬牙，在哗啦哗啦的声响里爬到了最顶端，然后用力一顶天花板迅速地爬了进去。

天花板里漆黑一片，我很担心会有老鼠或是虫子出现，在这个密闭的空间里我瞬间被汗浸透了。于是我迅速拆开一块天花板，顺着墙边滑了下去。我没有马上迈向走廊深处，因为我并不确定这里有没有其他人。我决定先找一个房间藏起来，等到陈医生来了之后再见机行事。

我进入了一个房间，在靠墙的位置坐下身，装医疗器械的箱子正好可以挡住我。我躲在黑暗中等待着陈医生的到来，虽然不断提醒自己千万不要睡着，可我还是会忍不住打着瞌睡。不知道过了多久，外面传来电梯开门的声音，随后走廊深处传来了脚步声和推车的声音。我慢慢从器械后面爬出来挪到门口，我小心探出头。陈医生并没有朝这边走来。

我脚步轻快地冲进走廊，飞快躲进了拐角处的一个房间里，我感到喉咙干燥，耳膜随着心跳一鼓一鼓。

“现在该怎么办？”

有男人的说话声，几秒钟的反应之后，我确定那是吴医生。他刚才就在第九层？说不定刚才在爬铁栅栏的时候声音再大一点就会被他发现的！太悬了。

我苦笑了一下，愚蠢地以为陈医生每天晚上来这里是和吴医生约会。虽然他们二人都是有家室的人了，到这里约会根本就是婚外恋情，不过这也是他们俩的隐私，与我何干呢？或许推车里面是煎好的牛排，精致的蜡烛台和高脚杯。

不过这一切都是我的想象罢了，因为就在我刚想嘲笑自己的多事和低俗的想象力时，我听到了陈医生的哭泣声："我也想知道该怎么办？你问我我问谁？"

难道是两个人吵架了？

"今天他死的时候我就担心，事情根本就没有解决，你自己看啊！"

原本以为事情已经很明了的我又糊涂了，如果说跟死人有关系的话，那天只有王大爷去世了。怎么还和王大爷的死扯上关系了呢？

"已经一个月了，咱们还是不要再瞒下去了，这件事情不是我们能解决的。"

接着，两个人开始争执起来了。为了更清楚地听到他们的谈话内容我向外挪了几步，因为长时间地坐在地上，我的腿发麻，起身的时候没能站稳，踉跄中我的手机掉到了地上。啪的一声，我赶忙捡起了手机。

"什么声音？"陈医生非常慌张，"会不会晚上的时候又……"

"我去看看。"

听到吴医生拿起了某样东西的声音，我心里一惊，看来事情真的不如想象得那么简单。无论这里隐藏着什么秘密，我被发现的话都不会有什么好下场。吴医生正一个房间一个房间地搜查，继续躲在房间里会被他发现的。可是我能怎么办呢？

我顺着墙角望去，有几个箱子正好可以让我爬上天花板。我直奔箱顶用力一蹬钻上了天花板。我趴在天花板上连大气也不敢喘，黑暗中我通过缝隙看着房间里的情况。吴医生肥胖的身体很快就蹿了进来，他的手里拿着一根钢管，在仔细检查过之后，他谨慎地退出了房间。

钢管！吴医生手里拿着钢管！我的天啊，如果刚才我没有爬上来，如果我被他发现的话……

"没事，没出事，应该只是老鼠。"

走廊传来吴医生安慰陈医生的声音。可是这里究竟藏着什么秘密让他如此惊慌谨慎？他们俩到底在担心什么？

"不行的，不能让事情继续发展下去了！"

"美丽啊，我说过了，就算你说要解决这些事情，你总是要知道事情的原因吧……"

"我承担不住了，真的，我瞒不下去了。"陈医生哭了起来，"我受不了了。"

我轻轻地移动了一块天花板，借着一指宽的缝隙看着下面的情景。陈医生与平时工作时的干脆判若两人，她激动地指着一个房间说："今天又发生了同样的事，继续发展下去的话会怎么样？”

房间？我慢慢地向陈医生所指的房间上方爬去。到达那房间边缘时我轻轻地掀开了一块天花板，通过缝隙可以看到房间里有几个身影，他们看起来苍老而佝偻。我又望向门口，竟然是一扇锁着的铁门。难道他们是被关在这里的？正在我疑惑不解的时候，我发现了一个熟悉的身影。那个身影就坐在靠墙的椅子上，那蜷缩的坐姿、佝偻的身形，正是当天刚刚去世的王大爷的！难道王大爷没有死？不可能，王大爷去世的时候我就在他身旁，而且他的遗体已经被他那有钱的儿子领走了。

突然，铁门上的小窗口被打开了。亮光照射进去，只见王大爷和其他几位老人同时睁大眼睛望着铁门上的小窗口。在手电灯光的反射下，我看到了让我至今仍然感到浑身发寒的一幕。几位老人的眼睛里冒出了绿光，这让我立马想起了猫！没错，就是猫的眼睛，那幽绿、冰冷翠色的目光。

很快门上的小铁窗被关上了，老人们同时从椅子上站起身朝上望，就好像他们能无视天花板的阻隔直接看到我一样。我从缝隙中看着他们，他们也用泛着绿光的眼睛看着我。突然，他们同时露出了诡异的笑容，他们咧开嘴巴，笑容都是一模一样的。我捂住嘴才不让自己叫喊出来。

我不敢再往下看，赶紧把天花板合上。我颤抖着身体向我来的方向爬去，满脑子都是疑问和惊恐。王大爷明明已经死了，为什么又出现在这里？其他几位老人呢？难道也都死了吗？陈医生和吴医生为什么把他们关在这里呢？

我的脑海里不断浮现着一双双翡翠色的眼睛。我浑身颤抖着继续往外爬，直到我爬到铁栅栏外掀开天花板滑落下去之后，踉踉跄跄蹿进了楼梯里。我的腿已经软了，但不敢停歇只顾着往楼下跑。

回到公寓房间里，张卓娅睡得很熟。我悄声走进卫生间，镜子里的我满身灰尘。我赶忙洗澡换了衣服，可心里的恐慌并没有消除。我裹着被子躺在床上，怎么也睡不着。我忘不了在天花板上看到的景象，那一双双翡翠色的眼睛都在盯着我。

早上醒来，张卓雅见我无精打采便问我是不是不舒服，我说可能有点小感冒没有大碍。

“对了，卓雅，你有没有档案柜的钥匙？”

我想到了一个寻找线索的方法。

“有啊，怎么了？”

“是这样的，”我撒谎道，“昨天值班的时候，陈医生和吴医生让我帮忙整理王大爷的档案资料，但是我好像把别的资料夹在里面了。你也知道，我刚刚来实习，不敢把这种低级错误告诉陈医生。”

张卓雅冲着我吐了吐舌头：“没有问题，一会儿咱们俩早点去医务室！”

来到医务室，卓雅用钥匙帮我打开了柜子，我按照昨天的印象检查了陈医生和吴医生放档案的地方。我打开档案袋，是王大爷的资料，然后我又打开了其他几个档案袋。

“怎么了？找到没有？”

我苍白着脸勉强笑了笑说：“没找到，可能是我记错了。”

在档案里看到的照片，分明都是昨天晚上在这座楼第九层里的那几位老人，而且档案资料里都说明，他们是在最近一个多月内去世的。

没多久陈医生就来到了医务室，她的妆看起来更浓了，我怀疑她是为了遮掩脸上的愁容。

“小朱啊，怎么了？昨晚没睡好？”

“没事，就是有点感冒。”

“那你要注意身体才行，不要传染给老人，老年人的免疫力可不比年轻人。”

我点点头，同时产生了一种很怪异又在情理之中的念头。我开始有点害怕这些看起来面目和善的老人了。我不敢一个人待在走廊里，哪怕是白天。我不敢乘电梯，害怕突然会有一个从第九层下来的老人出现在电梯里。越来越多的怪异想法折磨着我……

我下定决心要离开这里，离开这个看似阳光温暖背后却藏着阴森恐怖阴谋的地方。我本想把这件事情告诉张卓雅，但是却不知道怎么开口。

就这样我在惊悚中度过了两天，我跟陈医生说家里出了些事情，要请几天假。请假不过是能够让我尽快离开的托词，我不会再回来了！

陈医生答应了，还说她正好要下山去买点东西，可以顺路送我下山。临别时分，张卓雅依依不舍。陈医生把我送到了山下的汽车站，叮嘱我路上小心。我买了回学校的车票，看时间还早就决定四处转转以消除最近几天堆积在心头的阴霾。

刚走出汽车站我的手机就响了，是张卓雅打来的，她告诉我办完事早点回去，这几天其他两个护士就要回来了，可以认识一下。听说我决定不再回去了，她很惊讶，问我原因。我没有解释，只是劝她也赶紧离开。

我独自一个人在街上转着，无意中看到陈医生的车停在路边巷口。当我诧异之时，她从巷口里走了出来，很吃力地拖着一个黑色的口袋装进后备箱，开车离开了。

想起陈医生说她下山来买东西，我便好奇地走进了那条狭窄的巷子，越往里面走血腥气就越重。我捂住口鼻走到巷子的尽头，一个年轻男人叫住了我："美女，你也是来买肉的吗？"

"买肉？"我小声嘀咕着，"刚才出去的那位大姐是不是也买了些肉？"

"是啊，那位大姐最近都是在我们家买肉，每次还不少买呢。你就不用去别家了，"年轻人指着他身边的深色大门，"我们家的肉保证物美价廉……"

回到学校之后的一天晚上，我的手机响了起来，是张卓雅打来的电话。

"喂，卓雅吗？"

电话那头并没有马上搭话，而是传来了很嘈杂混乱的声音。张卓雅的手机啪的一声掉在了地上，紧接着又被她捡了起来。

"晓颖，"张卓雅的牙齿在打战，"救救我，救我……"

我急忙问她发生了什么事情，但是没有回答。电话那边传来了怪异的声音，阴沉又深邃，紧接着传来张卓雅的尖叫声。很快电话就被挂断了，无论我再怎么回拨都没有人接听。

养老院一定发生了可怕的事情，我拨打了当地的报警电话。

我在忐忑不安中等待了一天，其间无论怎么拨打张卓雅的电话，始终都没有人接听。于是我再度联系了当地警察局，警察告诉我说那家养老院已经关闭了。我问起原因，那边只是回答说经营不善。

从那之后，我没有再给张卓雅打过电话，也没有那家养老院的任何消息了。

* * *

偷

朱晓颖的声音逐渐放轻，所有人都安静地听着她讲述完了这段经历。

慕容雪轻声问道："这么说，你也不知道养老院到底发生了什么事情？"

"嗯，不过我想……一定与在第九层楼里的死人有关！"

"那家养老院是不是叫'畅清院'？"

朱晓颖瞪圆了眼睛望着李建华："你怎么知道的？"

其他人更是用惊异的目光投向李建华，只有陈东没有被他们带来的气氛所感染，继续低头吃饭。

李建华回答说："我的大学同学当了警察，那天我们正在通电话，中途他突然被叫走了，挂掉电话前他说有家养老院出了情况。我在电话里听到他跟同事的对话，他说的就是'畅清院'。"

"后来怎么了？"朱晓颖焦急道，"他有没有和你说起那里发生的事情？"

李建华苦笑着摇摇头："没有，他没能回来。"

"你是说他死在那儿了？"朱晓颖瞪圆眼睛。

莫冲小声嘀咕着："难道真的是那些死人……"

朱晓颖回忆道："我不知道那些死去的老人为什么会出现在第九层楼里，从档案资料上看，至少是在那之前一个月开始的。"

"陈医生和吴医生为了不引起恐慌，就隐瞒了在第九层楼里出现已经死去人的事情？"齐涵猜测。

"那些肉呢？难道他们把生肉喂给死人？"

慕容雪露出厌恶的表情。

"只能猜测吧，"陈东咽下一口米饭，"大概后来发生的情况有些出乎他们的预料，他们想弥补也已经来不及了。"

始终沉默不语的万子明突然开口道："不管怎么样，你们还是先把饭吃完吧，我饱了。"

陈东看了眼万子明，他脸色苍白，饭并没有吃多少。大家没有继续就朱晓颖的经历继续讨论下去，都低下头先把剩下的饭吃完了。

"晓颖已经说完了，下一个谁来？"陈东问。

"我来接着说吧。"李建华说，"我开始遇到怪事的时间大概跟晓颖的差不多。"

过去大家都认为自己经历了痛苦磨难，对别人的遭遇很淡漠——都是从血雨腥风中披荆斩棘而来，怎么可能会对别人的遭遇感到好奇和惊讶？可如今不用继续逃亡，坐下来听别人的叙述，感受却发生了翻天覆地的变化。

下面就是李建华的自述了。

* * *

做财务工作没有那么轻松，尤其是在大城市的公司里。再加上大城市的消费水平很高，工资虽然看起来不算低，可除去房租水电费什么的也都剩不下多少了。

我记得那段时间里什么都涨价，我原本租住的公寓也要涨价了，房东肥婆完全也是一种你爱住不住的态度，搞得我很是郁闷。那间公寓真的很不错，距离我上班的公司不算远，周围小店铺比较多，交通也很便利。

当然了，继续住下去的前提条件是我必须能够承担得起房租才可以。房租上涨了，房东的态度又实在恶劣，不得已我动了搬家的念头。可是产生想法很容易实现起来就难了，首要问题就是我该搬去哪里？

就在我一筹莫展的时候，同事韩泽说起了他的苦恼：“阿华，你那边公寓房租多少？我这边的现在又涨了！”我顺势也向他大倒苦水。

下班的时候韩泽突然叫住了我：“你想不想搬出来？”

此时的韩泽一点也不像上午牢骚时那样愁眉苦脸，而是面带喜色眉飞色舞起来。

“怎么回事？”

“遇到好事了，天大的好事！”

我示意他不要卖关子。

韩泽依然是嬉皮笑脸：“我大学一个女同学和她的女同事想跟别人合租房子。”

“你是说，你想找我去合租？”

“是啊，我是希望咱们俩一起去跟人家俩女的合租！”韩泽春光满面，“住的地方是一座二层楼。”

“哎哟，”我惊叹道，“还是别墅啊？这合租也租不起啊！”

“别琢磨了，什么别墅啊，就是个院子！而且四个人平摊下来也没有多少钱。”

我还真的心动了，因为韩泽告诉我的价格比我租住的公寓涨房租之前的租金足足便宜了三分之一！

韩泽告诉我先别着急做决定，等周末的时候可以跟着他一起去看看那院子。

“你听我的肯定没错，等周末的时候你见到我那个女同学还有她的同事，我不让你搬来你都得跟我急！”

我当时想法也很简单，多几个人一起住也是好事。总比每天下了班，洗个澡窝在房间里睡觉强吧。终于等到了周末，我跟着韩泽乘地铁去看房子了，原本以为这样的院子应该是在很偏僻的城郊，但是没有想到出了地铁站没走多远就来到了院子门前，门口已经站了两位女孩。

“介绍一下，这是我的同事，也是我的好哥们儿，李建华！”韩泽又转身对我说，“这位是我的大学同学，刘嘉。”接着又指了指刘嘉身边那位短头发、皮肤白皙的女孩说，“这是她的同事，徐梦梦。”

与我握手后，两个女孩竟然脸红起来。

“哎哟，你们俩这是看到帅哥还矜持不少啊，怎么，连看都不看我一眼了。话可先说明白了，他来不来合租还不一定呢。”

两个女孩开玩笑般地挖苦韩泽，我站在院门口仔细观察了整个院子的轮廓。这院子不算大，但是很干净，院子里的空地上还有空间能够种点花花草草。

没多久，一位年轻人赶了过来，他就是房东。他告诉我们说这院子是他姐姐的，他的姐姐全家都移民美国了，要他帮忙把院子租出去。他带我们进了院子，参观了那座二层小楼。楼里的装修并不陈旧，设施也很齐全。两个挑剔的女孩也赞不绝口，我们很快就决定租下这里了，而且平摊下来的房租令大家都很满意。

一周之后，我们就正式搬进了院子。入住的第一天，我们买了很多好吃的好好庆祝了一番，两个女孩都会做饭，而且厨艺了得。后来几天的工作虽然忙，但是每次下班我都会心情大好，一天的工作压力也能够很快得到释放。

我们是这样安排卧室的——两个女孩住在楼下的一间卧室里，我和韩泽则睡在楼上的两间卧室里。楼下有厨房客厅，楼上也有浴室卫生间。我们晚上无事可做的时候，就会到院子里去乘凉，一起喝点啤酒聊聊天什么的。两个女孩也觉得这院子里稍微显得空荡荡的，所以在网上买了些花种子种在了院子空地上。

不愉快的事情发生在一个早晨，早饭时刘嘉和徐梦梦相对无言。我和韩泽有点搞不清楚状况，平时好得像一个人的闺密之间发生了什么矛盾呢？大概是一点鸡毛蒜皮的小事，两个人没能说清楚造成了误会。

晚上下班回来，我和韩泽决定帮这对闺密解决一下矛盾。刘嘉在院子里修理那些个花花草草。我对这些植物一窍不通，不过我还是坐到了刘嘉的身边。

“刘嘉，梦梦到哪儿去了？”我明知故问。

“她好像是出去买东西了吧，我不太清楚。”

刘嘉始终没有抬起头来，只顾着弄她那些个我说不上来名字的奇花异草。

“你们俩是怎么了？早上也不说话，在一家公司上班竟然也不一起下班回来，是不是有什么误会了？”

刘嘉放下铲子，有些无奈：“其实我也不想计较什么，但是这件事我实在忍不了！”

我问及原因，刘嘉竟然告诉我说，她有一对耳环，很漂亮，她很喜欢。但是今天早上起来的时候她发现那对耳环不见了，装那对耳环的首饰盒是打开的。

“你怀疑是梦梦拿的？”

“我也不希望是她干的，但是门窗都锁着，而且除了我们俩知道装耳环的地方，别人都不清楚。除了她还能是谁？”刘嘉义正词严道。

人一着急做事情就容易冲动，在冲动的情绪之下想问题自然也就不会很全面。

“你想想看，你们俩住在一起，先不说梦梦到底是不是这样的人，不过‘兔子还不吃窝边草’呢？如果真的是她拿了你的耳环，就那么一个房间，她肯定首先就是被怀疑的对象，她不可能那么做的。”

刘嘉听我这么说，她低头不说话了。

“是不是你上次戴过之后忘记放在哪里了？”

我建议刘嘉再回去找找看。一个大男人到女孩的房间去帮忙翻东西的确是不太好，于是我就先回房间上网了。韩泽来到我的房间，告诉徐梦梦买东西回来了，问我事情解决得怎么样了。当时我挺有自信的，觉得刘嘉一定会在她的首饰当中找到那对耳环。就在我沾沾自喜的时候，刘嘉来到我的房间，告诉我和韩泽，耳环还是没有找到。

如此一来我只好到楼下去帮忙了，徐梦梦看见我们来到了房间帮刘嘉找耳环，脸上有些挂不住了。我和韩泽帮刘嘉把她所有的东西都找过了，却还是没找到那对耳环。

“用不用把我的东西也翻一翻？”徐梦梦白了刘嘉一眼，“要不然你怎么能安心呢？”

“哼，”刘嘉冷笑道，“不做亏心事，不怕鬼叫门！”

气氛已经开始紧张起来了，我赶紧劝说：“都是误会，刘嘉啊，梦梦是什么人你还不知道吗？可能是你上次戴的时候不小心弄丢了。”

“不可能！我就放在首饰盒里了。”刘嘉态度坚决。

直到晚上两个女孩的矛盾没有任何缓和。徐梦梦说她不愿意和刘嘉住一个房间，省得她又丢了什么东西怪她。于是那晚我把房间让了出来，和韩泽凑合挤在他房间的床上。

不过第二天早上开始，事情的发展开始令人出乎意料了。

早上我被敲门声吵醒了，我睡眼蒙胧地打开门，是刘嘉。她告诉我说，又丢东西了。韩泽爬在床上还没完全睁开眼睛，问道：“又丢什么了？”

“是一条项链。”刘嘉的眼神里流露出不安。

“你不会又认为是我偷的吧？”

徐梦梦不知道什么时候从隔壁房间来到走廊，很不屑地白了刘嘉一眼。两个女孩的矛盾在不屑的眼神之下完全化解掉了。刘嘉见到徐梦梦之后完全没有了昨天的火气。

“梦梦，真的是我错怪你了。”刘嘉对大伙儿说，“我现在相信绝对不是梦梦拿了我的耳环和项链，但是，我却找不出我耳环和项链丢失的原因！”

这件事的出现既算得上是好事，也算是坏事。说这是好事是因为徐梦梦和刘嘉因为丢项链的事情和好了，说这是坏事是因为家里有贼。刘嘉说昨晚她把房间门窗锁得好好的，毕竟昨晚只有她一个人在楼下住。所以理论上讲，不可能有人走进房间拿走项链。

恰逢周末，所以我们想赶紧把这件事情查清楚。如果真的有贼来偷东西的话，我们必须报警。

“怪不得房租这么便宜，原来这里的治安这么不好。”徐梦梦红着脸小声嘟囔着。

“先去你房间看看吧。”

因为前一天晚上徐梦梦没有在房间里住，所以她的床铺得很整齐。韩泽转了一圈之后，问道：“昨天晚上你确定把落地窗锁好了吗？”

“锁好了，睡觉前我检查过了。”刘嘉再次确认。

韩泽继续在房间内踱步，我则是趴在徐梦梦柜子边翻动着她的那些首饰。如果真的是遭了贼的话，为什么她其他的首饰都没有丢呢？

“刘嘉，你的钱包和那些值钱的东西丢了没有？”

刘嘉听到我这么问，这才赶紧去找钱包，检查过后说：“钱包在，里面的钱和银行卡也没有少。”

“可是，我的东西少了。” 徐梦梦憋红了脸坐在自己床头柜边，气喘吁吁地说。

“你少了什么东西？”

“我的首饰也少了一些！昨天还在的。”

说着，徐梦梦继续翻动自己的首饰盒。

事情有点蹊跷了，如果真的是贼进来的话为什么不拿走所有的首饰？这两个女孩只是普通白领，首饰自然也贵不到哪里去。即便贼不识货，又怎么可能不带走钱包里的财物呢？

“这个房间是不可能进来贼的！你们看看，房间门和窗都是锁着的，而且是从里面锁着的，外面是不能打开的。换句话说，这是一间密室。”韩泽的眼睛始终在门窗之间徘徊。

我接着说：“而且，如果真的是进来贼了，那么为什么其他的财物都没有丢？”

“刘嘉，你该不会是梦游你自己不知道吧？”韩泽半开玩笑似的说。

“怎么可能！”刘嘉立刻睁大眼睛，“你们俩不会是怀疑我吧？”

“不是你在恶作剧？”我稍微直接了点。

“不可能！”徐梦梦说，“我觉得刘嘉不会做这么无聊的事情，咱们只顾着窝里斗了，还忽略了一个人。”

“你是说房东？”韩泽惊讶地问。

“比咱们了解这座房子的人只有他了，也许他有其他备用钥匙，或者他知道其他的什么方法能进到房间里来。”

听到徐梦梦这样讲，刘嘉浑身发冷一样地抱住了双臂。

“如果真的是他做的，那么他是不是有什么怪癖吧？不拿别的东西只拿女人的首饰？”

“有些人是心理有问题，这个我也说不准。”我摇摇头，“不过，咱们也没有证据证明就是他做的呀。”

“不是他还能是谁啊？房租这么便宜，原来另有目的……”

刘嘉显得焦躁而不耐烦。

“就算是他，咱们也得有证据！”我很严肃地说，“什么证据也没有，人家不承认，咱们能把人家怎么办？”

“那就抓他个现行！”韩泽恶狠狠地说，“到时候咱们就让他把房租都退回来，然后作为补偿让咱们在这儿白住！”

“行了行了，也不怕被人告你个敲诈？”徐梦梦说。

“我才不怕呢，如果他真的想把这件事闹大的话，我还真就豁上了。”韩泽满脸的不在乎。

大家已经把那个年轻的房东确定为嫌疑人了，当然我也不例外。

“真没想到那个房东看着一脸正气的，竟然能做出这么龌龊的事情来。”刘嘉自言自语地嘀咕着。

“咱们不要把声势弄得太大，不然会打扫惊蛇，到时候再抓他就难了。”

我们订了一个计划，徐梦梦和刘嘉就当作什么事情也没发生一样待在房间里。当然在房间里两个女孩可不是就寝睡觉，而是在里面关了灯做好准备。至于我和韩泽，就守在黑暗的房间里，开着窗户，拿着棒子准备好随时下去给那个小子沉重的打击。

“记住了，就算遇到那个小子了，你们俩也别大喊大叫的。”

我提起了曾经看过的新闻，关于杀人犯原本无意杀人，但是当受害者大声尖叫的时候，杀人犯便会一时慌乱而狠下杀手。

夜晚很快降临，我们按照计划各就各位了。我和韩泽站在窗口，把身体淹没在微薄的窗帘后面。

巷子里已经是漆黑一片，韩泽瞌睡连天。我倒是有点担心楼下的两个女孩会不会耐不住困乏已经睡着了。外面的风越来越大，窗帘被吹动起来，院子外面的树也在沙沙作响。

“你说那小子今天晚上还来吗？”

我听得出韩泽有点迷糊了，恐怕心里已经打起退堂鼓了吧。

“我也不知……”

我的话还没有说完，楼下便传来了细微的声响，这声音听起来有点像有东西滑过了草地。我应声悄悄地探出头向窗外看。

“你刚才听到什么声音了吗？”我低声询问身边的韩泽。

韩泽在黑暗中摇了摇头，学着我的样子探出脑袋向楼下的院子里望去。月光之下，看不到院子里有什么异样。于是我示意他把头从外面收回来，担心被准备溜进房子的房东看见。大概过了十几分钟吧，楼下女孩的房间里突然传出了尖叫声。

“怎么回事？”

我还没来得及回答韩泽的问话就一下子冲出了房门直奔楼下。

我用力地砸房门："梦梦，刘嘉！快开门！"

砰砰砰！

徐梦梦猛地打开了门，她慌张地看了我一眼，然后注意力又回到房间里面，就好像是有什么东西随时会扑向她一样。

"发生什么事情了？"紧跟过来的韩泽问道。

徐梦梦沉默地指了指缩在床上的刘嘉，只见刘嘉脸色苍白地蜷缩在了床上，双眼透露出恐惧，就好像有什么东西还在她的身边，随时都会伤害到她。

"刘嘉？"我又小声试探着，"到底发生什么事情了？"

刘嘉注意到了我，就好像我毫无预兆地突然闪到她的面前一样。她吓了一跳，然后一把抓住了我。

"建华，刚才有人进来了！"

我和韩泽对视了一眼，然后问徐梦梦："梦梦，到底是怎么回事？"

"我不知道啊，刚才我们俩一直就坐在床上等着人进来，都快睡着了。刘嘉突然叫了起来，然后嘟囔说房子里有人，她把灯按开了，然后一下子又蹿回了床上。接着你们就来了。"

这是怎么回事？刚才我和韩泽站在窗边根本什么人影也没有看到，即便已经入夜，但如果是有人从院子里进来的话我们俩一定能够察觉到。难道是房东从房子其他地方进来了？

"刚才，我在床上坐着，靠在抱枕上，"刘嘉断断续续地说，"本来以为今天晚上不会有人来了，但是我突然感觉有人碰到我了。"

"不会是梦梦不小心碰到你了吧？"

韩泽学着两个挨着很近的人，胳膊不小心触碰的动作。

刘嘉用惊恐的眼神看着徐梦梦，徐梦梦很无辜地看了看我们，说："没有啊，我当时都快睡着了，在自己床上使劲地揉脑袋呢，我们俩压根儿就没在同一张床上……"

这么说真的有人进来了？

"这窗户锁得好好的啊，刚才我和建华还在楼上看着呢，根本就没有人进来，"说完，韩泽又来到了门口，"刚才你们开门之前，这门也是锁着的吧？"

徐梦梦点点头回答："是啊，的确是关着的，而且不从里面开门的话，不会有人进来的。"

“真的感觉有人碰到你了？”

我怀疑刘嘉是不是睡着后做了噩梦，又或者是精神紧张产生了错觉。

“真的，”刘嘉瞪大眼睛看着我，似乎希望我相信她的话，“刚才那个人就碰了我的胸一下。”

刘嘉不是一个说话随意的女孩，换作平时她肯定羞于说出这样的话来。但是此时的她说出这句话的时候脸色只是苍白的，根本没有任何含蓄的意思。

“这么说，真的是有人进来了？”韩泽觉得不可思议。

“对了，我要看看我的东西少没少？”

说着，刘嘉来到了衣柜旁边。

“你们看，衣柜开着的！”徐梦梦大声说。

衣柜果然是开着的，虽然只是露出不大起眼的空隙。

“我明明记得这衣柜门我关得好好的，现在怎么开着的？”刘嘉惊讶道。

如果真的有人进来了，这个人是怎么躲过我们的眼睛，然后进到屋子里，又挑衅般地对刘嘉做了很无耻下流的事情。到底是怎么做到的？

我这个人平时根本就不信什么鬼神，但是那瞬间所有过往不相信的东西一下子都充斥到我的脑子里了。刘嘉道出了我不愿言语的揣测：“不会是鬼吧？”

“你可别吓我啊！”徐梦梦被吓得够呛，“怪不得房租这么便宜，原来这是个凶宅啊，说不定这屋子里还死过人呢！”

刘嘉更加恐惧了，她靠在衣柜旁边一动也不动，恨不得钻进衣柜里关上门不再出来了。韩泽马上劝慰道：“你们俩就别吓唬自己了，也许事情不是你们想的那样呢！”

“不是鬼是什么！？我就觉得那只手摸到我的胸的时候，透着衣服我都觉得冰凉冰凉的！”刘嘉惊恐地诉说着自己的感受。

我注意到韩泽一直盯着刘嘉的胸看，我下意识地碰了碰他，因为这个时候两个女孩已经注意到韩泽的眼神了。

“是不是因为睡衣胸前的纽扣太耀眼了啊？”

为了给韩泽台阶下，我用了这样蹩脚的理由。可没有想到我却歪打正着了。

韩泽的脸上没有丝毫的尴尬神色，他严肃地解释说：“你们看刘嘉胸前的睡衣上有什么？”

“怎么了？”

刘嘉依然是一脸恐慌，似乎任何一点动静都能让她联想到恐怖的事情。刘嘉不敢碰自己胸前一下，就好像有只蜘蛛挂在上面。

“睡衣胸前有纽扣，上面还有……”徐梦梦仔细盯着刘嘉胸前的睡衣，“有土！”

我仔细一瞧，真的是土。

“这是怎么回事？”刘嘉看着胸前说，“睡衣怎么会沾上土呢？”

“这土就是院子里的，我认识，我和刘嘉当时去院子里种花的时候留意过。”徐梦梦盯着那衣服上的土，并伸手捏了点在指间轻轻揉搓。

“这有没有可能是你当初穿着这件衣服去种花了，所以沾了土？”韩泽猜测道。

“怎么可能呢，这是睡衣，我怎么可能穿着睡衣出去种花呢？”刘嘉解释说。

“当时你注意到自己面前有人吗？”我问。

刘嘉摇摇头说：“没有，一点感觉也没有啊。要知道，就算是黑暗中什么也看不到，可是面前站着个人的话，一定会有感觉的！”

“我在旁边也没有感觉到有人，如果真的有人进来了，那么大个人，怎么可能注意不到呢？”

“不会真的有鬼吧……”

我听到刘嘉又这样讲，差点就笑出了声。

“刚才在楼上窗户边的时候，我们听到在草丛里有什么声音。当时我们俩都以为是有人走进来了，但是却不见人，现在我大概已经知道是怎么回事了。”我自信满满。

“建华，你知道什么了？快点讲到底是怎么回事？”韩泽急了。

“你们想想看，虽然外面风有点大，但是还不至于把院墙里种的低矮草花吹得声音这么大，而且我们俩还没看到人。换句话说，有东西进来了，但未必就是人啊，很有可能是一种小动物。”

“小动物？”刘嘉有点怀疑我的说法。

“你们不知道吧，在外国就有人训练动物来偷窃，比如说有一家酒店里，总是有人丢失放在桌子上的贵重钻戒，但是门又是锁好的，楼层又很高，根本不可能有人进来。就连走廊的监控器也没有发现可疑的人。后来警察调查发现，有位客人养了只鹦鹉，他训练鹦鹉叼走了放在桌子上的戒指。”

“你的意思是，你怀疑有人训练动物来盗窃首饰？”韩泽问。

“如果真的有人进来偷东西还不被人发现，那么这个贼就一定是个高手，既然是个高手还能辨别不出首饰的真假？”我笑了笑对刘嘉和徐梦梦说，“你们俩丢的首饰也不都是真货吧？”

两个女孩同时点点头。

“所以说，我觉得这更加可能是有人训练了动物来偷东西，而动物是很难辨认出什么是真的首饰，什么是假的。动物只可能会去辨别精致的金属，你胸前精致的纽扣吸引了那动物的注意力，所以那动物才会跳到你身上。”我继续说，“如果没有猜错的话，房间里一定有一个很狭小的洞，供这小动物走动。”

说完，我们在靠窗的地方、刘嘉的床下面发现了那个洞。那洞不算大，也就半个巴掌大小。看着洞口还算新鲜的破损边缘，我知道我的猜测是正确的。

我蹲在地板上看着这个洞，这个洞伸向地下，然后从方向来看，应该是通到院子里了。我打开了落地窗，望着院子。

“你们俩种花的时候注意到地上有洞了吗？”韩泽拿着手电筒照着院子里那妖艳的花。

“还真没有，方向上看是这边，但是也不一定啊，也有可能通向更远的地方呢。”徐梦梦说。

“这大晚上了，你们别找了，”我对他们说，“我倒是有一个办法，明天我和韩泽去搞两个老鼠夹子，说不定能捉到那动物。”

这天晚上，我们并没有把那个洞封上，只是把床放回原位，然后把放着首饰的箱子拿到了楼上。两个女孩也不敢睡在房间里了，她们俩搬到了我的房间，我还是跟韩泽挤在一张床上。

第二天中午下班，我跟韩泽都来不及吃饭就跑到旧物市场去了。毕竟这年头老鼠夹子并不好买。到了晚上，我们就把老鼠夹子放在了衣柜里，当然那动物也不可能平白无故地上钩。于是我们用了假戒指当作诱饵。待到深夜，我们离开了房间站在门外，一旦听到老鼠夹子闭合的声音我们就立马冲进去。

就这样，我们安静地守候在门外，韩泽很快就哈欠连天了。

“哎，”韩泽推了推我，“你说会不会这房子里还有别的洞？那东西从别的地方进来了？”

这一问不要紧，本来就不轻松的两个女孩更加紧张了。

“你啊，别吓唬人了！”

我虽然带着指责的口气，可是心里却在犯嘀咕。不过没等韩泽再开口说话，里屋就传出了老鼠夹合拢的声音。

“抓着了！”

我马上打开门把房间的灯按亮了。同时我听到有东西敲打的声音，似乎被抓到的动物在挣扎。

这下看你往哪儿跑。

我马上冲到已经被打开的衣柜门前，顿时不知所措。身后的两个女孩也凑上来，接着我就听到她们俩嗓子眼里挤出的惊呼声。

衣柜下面，老鼠夹夹住了一样东西，那是一只人的手，一只断手。那手更像是一只手套，因为我看到那手残缺不全的断处竟然冒出了几棵草，那草展现出了植物不该有的活力。相比断手，里面的草更像是一只手，把我眼前这只断手当作了自己的手套。那草替代了断手里的骨头。

“这是什么东西啊！”韩泽也惊慌地大喊大叫。

那犹如傀儡般的手好像有一双无形的眼睛，它看到了我们。我能感觉出来，它甚至没有任何的恐惧，不过因为老鼠夹的禁锢，很难摆脱束缚。这手散发出了一股腐臭，这只手就在我们惊讶的目光中带着老鼠夹迅速躲进了床底下。

“不好，那东西要跑！”

我示意韩泽帮我把床挪开，至于两个女孩，她们俩没有继续发出尖叫声就已经不错了。挪开床之后，除了那个洞之外什么也没有，看来那东西真的已经逃走了。

“这个洞到底是通到哪儿的？！”韩泽愤恨道。

“不知道，不过我有个法子！”我盯着洞口说，“咱们往里面灌水，看看水从哪里流出来！”

我从厨房的柜子里找出了一条胶皮管子，连接到水龙头上往洞里灌水。

“我一想到昨天是那么个东西在我身上，我就觉得恶心。”刘嘉抱着双臂惊恐不安。

“别说了，我怕。”徐梦梦的脸色很苍白，“可是，那到底是什么啊？一只手？刘嘉，昨晚你没闻到……臭味吗？”

我不想让两个女孩继续等在这里胡思乱想，就对她们俩说：“你们俩拿着手电筒到楼上去，看看周边什么地方有水冒出来。”

两个女孩按照吩咐上了二楼。

“建华，那东西只是人的手吗？还是别的什么像手的东西？”

韩泽这是想在自己认知的范畴内找到合理的解释来安慰自己。

“我也不知道，”我按住那通向洞里的水管，却不敢靠近那个洞，我生怕有一只手会从里面伸出来把我抓住，我嘟囔着，“不过那肯定不是什么好东西。”

话还没说两句，就看见徐梦梦急匆匆地冲下楼来到房间里。

“你们快看看院子里吧！”

听到她这么说，我马上打开落地窗。此时的院子里已经变成了沼泽地，院子里的花全都不见了，只剩下了泥泞的泥水。

“那东西就在咱们院子下面？！”刘嘉惶恐地走进房间。

徐梦梦提议：“咱们还是报警吧！”

“报警？你怎么说？说咱们看到了一只手爬进了房间里偷东西？警察会相信吗？”韩泽苦笑道。

“那怎么办？”

刘嘉依然处于恐惧不安的状态中，完全没了主意。

我态度坚决：“挖！”

我和韩泽找来了两把铁锹，站在了全是泥水的院子里。我表面上看还是处乱不惊的，其实我非常担心会在这泥泞的院子下面出现一只手抓住我的脚踝。

同时，我的心里还有另外一个疑问，满院子里的花都哪里去了？虽然院子里都是水，但是还不至于把那些花都淹没了。而且我和韩泽在挖掘的时候也没有发现花的任何痕迹，连片叶子都没有。

“建华，你说咱们会挖到什么东西？”韩泽气喘吁吁地问。

我清楚得很，韩泽心里已经有了想法，只不过他不想自己去面对，他想得到我肯定或是相似的回答。

“死尸。”

从常理上来说，如果一只腐烂的手出现在我的面前，我马上联想到的当然是这尸体的其他部分。我也希望韩泽他们能有个心理准备。

我们挖到一米多深的时候，坑里已经有很多的积水了。我擦了擦头上的汗水，盯着脚下的泥水。

“你们看！”

徐梦梦指着水坑叫了一声。

我站在水里并没有发现什么异常，韩泽则马上跳出了水坑，见我无动于衷赶忙拉了我一把：“建华，快点上来！”

蹿出水坑后我才发现，泥水正在快速消失。看起来就好像盛满水的浴缸被拔掉了塞子。没几秒钟那些泥水就好像从来也没有存在过一样，一具尸体就这样出现在了我们的面前。

我拿过刘嘉手里的手电筒，照亮了坑里的尸体，那正是我们一直怀疑的对象——房东。他看起来已经死了很多天，若不是他身上依然是那身那天见我时穿的衣服，恐怕我也不能马上认出他来。

不过，这坑里还有另外一些东西，那就是在院子里消失不见的花，它们都在这尸体周围。

“他怎么会死在这里？”

韩泽惊奇地盯着死尸，身体微微地打战。只见原本低垂着的花朵一下子都扬起了头，犹如有无数双眼睛盯着我。我被这些无形的眼睛定住了，甚至连身体也动弹不得了。

那些花猛然间都钻到了尸体下面，而尸体就好像一个抽搐的病人不停颤抖着。那尸体原本断掉的手回到了尸体上。看来那腐烂的手已经挣脱了老鼠夹。

“小心！”刘嘉惊叫道。

只见那死尸的手扬起来，伸向了韩泽。

我一铁锹挥舞过去，接着那死尸又抬起了头，他的嘴张开了，里面伸出的不是舌头，而是一朵花，接着那妖艳的花越来越多，把那死尸的嘴巴完全撑开了。

我马上又是一铁锹拍在尸体的头顶，只听“噗”的一声，那尸体里发出了数不清的尖叫声。随后尸体便四分五裂，一股臭气扑面而来，我不由得遮挡口鼻。从炸裂的尸体中窜出了很多花草，纷纷钻进了地下的泥土里消失不见了。

“马上报警！”

我淌着酸涩的口水，大声对徐梦梦和刘嘉喊。

没多久警察就来了。我们把这两天的事情告诉了他们。其实我早就做好了准备，被警察怀疑是杀人凶手的准备。从当时的情况来看，谁会相信一个大活人被种在院子里的花杀死然后又埋在院子里？

可警察根本就没有怀疑我们，他们做得最多的事情就是窃窃私语。我从警察的神态中发现，他们似乎并不是第一次遇到这样的事情。对我们四人的询问只是走个程序，好像他们完全可以不通过我们的叙述而知道整个事情的发生经过。

那天晚上，我们收拾东西离开了那座院子。我隐约觉得那段时间发生过很多事情，只是我们都不知道罢了。熙熙攘攘的都市，每个人都有自己的生活，每个人都在忙碌自己的事情，可是大多数人并没有察觉到某些隐秘之事正在悄悄发生。

这就是我最开始遇到的事情，至于后来又发生的事情，我还是明天再说吧。

* * *

小镇疑云

“这么说，你们种的那些花草出了问题？”莫冲惊讶道。

“警察并没有追查那些种子的来源，后来我们也上网查过，很多人都买过那些种子，也不见谁出了问题。我们还把剩余的种子给了懂植物的专家查看，不过是些普通的种子。”李建华不紧不慢地解释道。

“那么后来呢？还有那些花为什么去偷首饰呢？”慕容雪感到不解。

“后来的经历，我想那就应该是另外一件事情了吧，我还是明天再说吧。”李建华笑了笑。

“果然每个人的遭遇都是不同的，那么下一个谁来？你？”

陈东的目光停在万子明身上，不过万子明只是面无表情地摇了摇头。

“还是女士优先怎么样？”莫冲提议。

“那我来吧……”

齐涵话还没说完，就被慕容雪抢了先：“不！我先来。”

齐涵愣了一下，并没有反驳。

陈东的脸上擦过不易被察觉的微笑，慕容雪抢先讲述经历无非是对之前齐涵的刁难进行反击罢了。

于是，不等其他人提出异议，慕容雪便开始了她的讲述。

* * *

我们家一直很有钱，大概你们都听说过我们慕容家的企业吧。从我记事开始，我就没缺过钱，父母也很宠着我。

当时，我因为一丁点小事和父母吵架了，说白了就是父母为我介绍男朋友的事情。我才不愿意让他们干涉我的个人感情，而且他们给我介绍的男朋友不是高干子弟就是富家公子，除了能给我买一些零零碎碎的名牌皮包和衣服之外，再就是跟别家的公子哥们比比排场和阔气，别无他用。我们家反正也不缺钱，我才懒得理他们那些幼稚的举动。

可是我父母这次好像铁了心，偏要我跟那个富家公子见面。

“我不去！”我大声地站在庭院游泳池的旁边对他们叫，我实在被他们逼烦了，“他家就那几个钢镚儿？那咱们家算什么啊！我才不要去！”

过去只要我撒娇，无论如何他们也不会再逼我。但是不知道这次是怎么回事，无论我怎么发脾气也没有用，而且他们大有越逼越急的趋势。

于是当天晚上我离家出走了。其实这也算不上什么离家出走，对我来说离家出走就是出去旅行，最远的一次我拿着护照去了法国，在那儿生活了小半年。最终还是家里人派人到法国把我接回家了。

这一次我可不想走那么远，我带了银行卡和现金离开了家。我大半夜从窗户跳进了院子，因我对庭院里保安巡逻的时间和位置了如指掌，所以我很顺利地就逃了出去。离家后我先把手机关机，换了一个新的电话卡。

先吓唬他们一个星期再说。我跑到了一位朋友家里，我有辆车存放在她家车库，家里人并不知道这辆车的存在，如果我开着家里的车出走，他们很容易就会找到我的。

我开着车离开市区上了高速公路，先是在最近休息区超市买了很多吃的东西，然后开始计划着应该去哪里找点乐子。我一个女孩子单独出去，很可能遇到意外情况，所以买了一把刀子以防万一是很有必要的。这时我注意到了买刀子时，老板用来包裹的一张类似广告单的东西。

我拿起那张广告单，被上面的广告吸引住了。那上面刊登的是一个度假胜地的广告，白金汉小镇，名字听起来挺洋气，但是细琢磨还是俗气。给人的印象像是到处都建着劣质粗糙的建筑物的旅游集散地，既不中看也不中用。不过详细地看过介绍之后，我还是有点动心的。上面的照片让我很满意，介绍说那是一座规模庞大的西式风格小镇，甚至可以租到单独的别墅，而且别墅里面的设施一应俱全，包括院子里的独立游泳池。只是那个白金汉小镇实在有点远，好在广告单背面就印着去那里的地图。

我二话没说，马上开车动身前往。路上我一共加了两次油。我一早出发，下午才到了小镇附近的一片树林。穿越树林的马路看起来很破旧，我在停车休息时注意到一个问题，广告单上的日期竟然是两年前的。我顿时心凉了半截，只怪自己太冒失了。如果那个地方现在已经废弃了，或者正好赶上重新修建的话，那岂不是白来一趟？

我已经没有退路了，如果开车回去的话，到最近的城市也要半夜了，我只好硬着头皮继续开，去碰碰运气了。夕阳把整条路都染红了，我来到了小镇边缘的入口。一块很大的木牌立在入口处，木牌上爬满了植物，已经有段时间没有人照料过了。

白金汉度假小镇欢迎各位的到来！

那行字的下面是英文对译。

我想尽快找到住处便开车进入了小镇，但是眼前的景象让我觉得有点不可思议，街道两边的建筑完全仿造欧式风格，石砖的人行道，精致的路灯。街道两边店铺林立，橱窗高耸。不过这里所有的东西都太破旧了，破旧到了让人无法接受的地步——石砖上面被风吹起的废纸，路灯上的玻璃已经碎了，橱窗里的商品上都是灰尘，里面的模特已经东倒西歪，没有想到那么多的奢侈品竟然在这里一文不值。

这还不算最揪心的，我开着车缓慢行驶在路上，可我一个人影也没有见到。天色已经不早了，我开始担心起来，如果让我独自在空无一人的小镇上过一个晚上，真是太可怕了。

我真的后悔自己的冒失，我独自来到这鸟不拉屎的地方根本就没有人知道。于是我马上拿起了手机，想给朋友打个电话，但是我发现这里压根就没有信号。我的心一下子就凉了半截。

当时我真是害怕极了，不过害怕也没有用，只能靠自己了。我把车开到了街角的一家银行旁边，这银行的建筑很有哥特风格。我心想，银行这种金融机构毕竟不会说搬就搬，说不定还有人在。下车之后来到银行门前，沉重的大门很难打开，我敲了敲门，但是没有人来开门。就在我准备转身离开的时候，身后的大门吱嘎一声打开了。我马上回过身，那门开了不大不小的口，容得下一人通过。难道有人开门了？

我对着里面喊了一声：“里面有人吗？”

没有人回答。

也许是刚才在我用力之后门松动了，我走到门前，再一用力，那门发出了更大的响声，我壮着胆子走进了银行。

银行里面很昏暗，厅堂的窗户都安装在很高的位置上，又因为已经是夕阳西下了，所以厅堂里越来越暗。地上散落着各式各样的单据，坏掉的椅子也倒在地上，玻璃散落一地。

难道这里要重新装修吗?

我看到墙角有一排自助提款机，便走了过去。地上的杂物实在很多，我尽量小心地绕过地上的碎玻璃。大多数提款机都已经坏了，只有一台提款机的屏幕上有显示。只不过显示的都是些乱码。屏幕上面布满灰尘，就好像是坏掉多年的电视机。

“倒霉死了。”我低声咒骂了一句。

就在我准备离开银行的时候，我听到了脚步声，我以为只是我脚步声的回音所以并没有在意。就在经过大厅中央的时候，我注意到了地上的吊灯碎片。水晶吊灯？没有错，水晶这东西我还是认识的。只是我当时没有想到，就算是银行要重新装修也不至于如此奢侈浪费吧？水晶吊灯直接废弃摔碎？连我这样从小就在钱窝里长大的千金小姐都觉得很不爽。

就快走出银行大门时，我又听到了脚步声。这一次我敢保证这声音不是从我脚下发出来的，因为我停下脚步没挪动一步的时候，声音又传来了。我转身纵观整个大厅，根本没有人影，但是那脚步声还是没有停下。

难道有人从我一进到大厅开始就在暗中盯着我？想到这里我不寒而栗。

我急忙跑到大门口，可是沉重的大门竟然关上了，无论我怎么用力那门却纹丝不动。那脚步声越发地靠近我了，还没来得及继续多想，就感觉到身后靠着的大门吱嘎一声被打开了。我听到了咳嗽的声音，只是那么沉重的一声。但是我不敢回头确认，只顾着钻出了大门。

回到车上的我心怦怦乱跳，我能感觉到刚才聚集脚底的血液一下子又都回到了头顶，我感觉到脑子里的血液在沸腾，脸在燃烧。我马上发动车子离开了那条街。

到底是谁在银行里面？没有想到才刚刚进去银行那么一会儿，天就完全黑了下来。打开了车灯的我顿时有些慌乱，就算是有那广告单上的地图，我恐怕也找不到住处了吧。

街道边那些破旧的路灯都一个接着一个亮了起来，虽然有些路灯已经坏了，但是还是发出抖动不停的光。路灯并没有让我产生丝毫的安全感，隐约中我感觉到这个小镇有点不同寻常。我大口呼吸几次让心情平复下来，可是我放在方向盘上的手还在微微颤抖。唯一能为我指引方向的也只有这张广告单了，我一只手捏着广告单，一只手掌握方向盘。

广告单上的地图标示，在隔壁街上有一家酒店。我开车沿着萧条的街道来到了酒店，酒店的大门敞开着，外观看起来与银行差不多——破烂不堪的窗户，满地的碎玻璃，萧条而凄凉。

车灯正对着酒店的大门，酒店深处更加黑暗深邃。就在我仔细地盯着广告单想寻找其他住处的时候，我的余光感觉到被照射的酒店大门里有人影一闪而过，当我的视线跟过去的时候，那里却空空如也。

在广告单背面的地图上标示，小镇的西边是别墅住宅区，看来那里能找到住的地方。天色渐深，我感到饥饿难耐，虽说一路上吃了不少零食，可薯片、果冻之类的东西却无法充饥。

当我开车小心朝小镇西边去的时候，突然一只花猫蹿到了街道上，我赶忙一个急刹车。尖锐的刹车声划破天际，但是那只花猫却依然缓慢地从我地车前走过，就好像我的车根本就不存在一样。我看着这只无比淡定的猫，觉得这家伙根本就不像是只猫，更像是人。不！就算是人怎么可能会在这样的情形下如此淡定呢？

没有把那只猫吓到，我自己先害怕了。这到底是个什么地方，不见人影不说，好不容易见到活物，谁想这猫竟也如此诡异和不正常。

终于来到了小镇西边的别墅区，我惊喜地发现别墅都亮着灯。我应该先找到这里的管理员，让他安排住处。我甚至想象着，管理员见到我时的惊讶神情："现在整个小镇重新翻修整理，你竟然还来了？没看到最新的广告通知吗……"

我把车停在了距离出口最近的别墅旁，下车穿过院子来到门前。别墅虽然豪华，却也脏得很，院子里更是杂草丛生。

我按了一下门铃，却没有听到任何响声。早该料到的，这该死的门铃也坏了。于是我用力地敲着门，瞬间整座别墅里的灯突然都熄灭了，就好像我触动了安装在门上的电闸开关一样。

“谁！”

门里一个男人的声音传了出来。

“我是路过的，不小心迷了路，想在这里住一晚。”

长久的沉默，也许这家人对陌生人有很强的防备心吧。就在我准备转身离开去另一座别墅的时候，门开了。先是一个脑袋探出来，枯燥的头发，充满血丝的眼睛和紧张的眼神。他冲我挥挥手示意我进门。我没有犹豫地走了进去。房子里的灯一下子又亮了，我看清了眼前的男人，穿着蓝色的工作服，看来他真的是这里的管理员。

“请问……”

还没等我把话说完，男人就接言道：“我叫张军，这是我女儿张婷婷。”

一个看起来与我年纪相仿的女孩从他身后站了出来，她好奇地盯着我，就好像我是不请自来的入侵者。

“我叫程芳，打扰你们了。”

我并没有把我的真名字告诉他们，因为这里并没有给我丝毫的安全感。

这父女俩眼睛直勾勾地盯着我，断定我还有话要说。

“我迷路了，开车到了这里，所以想借宿一晚。不知道是不是方便？”

父女俩互相看了对方一眼，然后又看了看我，就好像我的谎言正被他们赤裸裸地看穿。

“你就跟婷婷住在一个房间，早点休息吧。”

我跟着张婷婷来到二楼，房子看起来很不整洁，而且不透气，窗户都关得严严实实的，杂物也都堆放在过道里。

“卫生间里可以洗脸，不过不能洗澡。”

我走进了卫生间，打开水龙头，流出来的水流真的是小得可怜。我简单地洗了洗脸，对着镜子埋怨自己当初的粗心大意。希望明天一大早就离开这个鬼地方，本来我是出来散心的，但是所有的状况看起来都是我自己在找罪受。

出了卫生间，张婷婷坐在床上看着我，那眼神似乎就要穿透人心。我没有吱声，来到窗户旁边掀开了脏兮兮的窗帘，落地窗被锁着。透过玻璃我能看到后院的游泳池，只是里面浮着杂物，池边的躺椅翻倒在地，好像很长时间没人打扫过了。

“你怎么会来这里呢？”张婷婷毫无征兆地问我。

“我出来玩，结果开车走错了方向。对了，这里要重新翻修吗？”

两秒钟的停顿，张婷婷缓慢地点头：“是的。”

“我明天早上就离开这里……”

本来我想说几句话套套近乎，谁知道张婷婷冷冷地说：“既然要早起，那就早点睡觉吧。”

但是我躺在床上怎么也睡不着，脑子里装满了疑问。这小镇怎么也找不出旅游胜地、度假小镇的影子了——这里更像是被废弃了。不过，话又说回来了，这里为什么会被废弃？既然被废弃了，那么为什么在这别墅区里还有人居住？

我躺在床上翻了个身，把脸靠在了床边，床下的一张照片引起了我的注意。我把那张照片捡了起来，在黑暗中靠到了眼前。照片上站着两个女孩子，其中一个正是张婷婷。两个女孩穿着短裙，戴着顶很滑稽的帽子卖冰淇淋。从照片里的建筑风格看，拍摄地点就是这座小镇。

这样繁荣的景象看起来像是很久之前的事情了，但是我注意到了照片边缘的红色日期，拍照的时间竟然是两个多月之前。两个多月之前？为什么短短两个月时间小镇会变得如此破败？既然这样的话，这照片岂不就是在小镇废弃的前夕拍下来的？

就在我端着照片胡思乱想的时候，一只手伸过来把照片夺走了。接着我就看到张婷婷那面无表情的脸，她对我说：“你还是好好睡觉吧，然后明天一早赶紧离开这里。”

“这里不可能是在翻修吧？小镇被废弃了？”面对我的疑问，张婷婷沉默不语，我继续说，“我刚才路过银行，发现门没有上锁，里面也没有人。东西散落一地，水晶吊灯也摔得粉碎，不像是搬走……”

“银行并没有搬走。”

什么搬走没有搬走的？如果银行没有搬走，怎么可能空无一人、如此破败呢？

还没等我再次问话，张婷婷突然用手捂住了我的嘴，示意我仔细听别墅区里传来的叫喊声。接着门外走廊里传来脚步声，门开了，我的脸一下子被走廊里的灯照亮了。一个黑影走了进来，是张军。

“你们俩待在屋子里不要出门，我出去一趟马上回来。”

我没有接话，眼睛直愣愣地盯着张军手里的一杆猎枪。

张婷婷嘱咐张军要小心，随后张军的脚步声逐渐远去。而外面那混乱的叫喊声听得人胆战心惊。

“外面出什么事了？”

我听张军的脚步声彻底消失，连忙问张婷婷。

“我可以让你知道发生了什么事情，但是你得答应我一个条件。”张婷婷依然是不紧不慢。

“什么条件？”

“你要带我一起离开这里！”

离开这里？带她离开？这是什么意思？

“我现在不能解释原因给你听，既然我爸爸出去了，那么就一定是发生了所有人都害怕的事情！”张婷婷站起身对我说，“你跟我来，我带你见一些你肯定没有见过的场面！”

说着，她露出了让我感到很莫名其妙的笑容，这笑容很僵硬而又有点不怀好意。

我跟着张婷婷来到了楼下，此时整座别墅的灯都关着，漆黑一片。在嘈杂的叫喊声中，我们俩蹑手蹑脚地来到了大门前。

“要记住！我也在冒险，别给我找麻烦！也不要被人发现！”

“行！”

门外附近没有人，旁边的那栋座别墅也是门窗紧闭，里面一片漆黑。我们俩快步绕过堆着杂物的别墅的后院，叫喊声也越来越近了。绕过车库，我看到了几十个人站在一座别墅外围，手里都拿着家伙，有的是猎枪，有的则是扳子、铁锹之类的工具。

他们要做什么？就在我疑惑不解的时候，发生了这样一幕。一对男女从别墅里出来了，两个人几乎是爬出来的，那女人弯着腰挪动身体，边往外爬边呕吐着。至于那个男人，捂着嘴巴边咳嗽边喷溅出异物。

“他们……”

“嘘！”

张婷婷示意我别出声。

大家把这对男女围了起来，气氛很快就沸腾起来——“杀了他们！”

只见几个男人抡着铁锹和扳手冲了上去，用力砸在了女人的头上，可是那女人并没有晕倒，而是挣扎着站起来张大嘴巴。那女人的脖子突然变得粗肿了，这粗肿一直蔓延到脸，好像一大股呕吐物将要倾泻而出。我感到一阵恶心。

随后几个男人一拥而上打破了那女人的头，接着他们就像避瘟神一样躲开了尸体。然后是那男人，他趴在地上想呕吐但是怎么也呕吐不出来。他的脖子也变得粗肿了。

“砰！”

那男人被人开枪打死了。

“走！”

还没等我缓过神来，张婷婷就拉着我要离开。我捂着嘴巴不敢动，我从来也没有见过杀人的场面！我甚至忘记了自己是如何跟着张婷婷回到的别墅。

“他们为什么要杀人？咱们俩赶紧报警，找镇上的警察来！”

我甚至能感觉到自己的眼神随着身体在颤抖，耳膜也因为血液的冲击嗡嗡作响。

张婷婷却笑了，那笑容平静得不可思议、难以琢磨：“警察？这里已经没有警察了！”

没有警察是什么意思？

“千万不要让我爸爸知道你刚才看到的事情，不然的话我们都会很麻烦。”

虽然我听不懂她的话，但是我还是点点头。

“记住，如果我爸爸回来看到咱们俩没有睡觉的话，恐怕他会怀疑到咱们，尤其是你！”

张婷婷连续的提醒，让我更加谨慎了。

“刚才他们为什么要杀人呢？那个男人和那个女人到底做了什么事情才被杀的？”我还是忍不住赶紧问道。

“事情要从两个月前说起，当时白金汉小镇还是个很繁华的旅游小镇，每年都会接待众多游客。我们全家都在镇上工作，我妈妈在银行上班，我爸爸在别墅区做管理员，我和闺密在繁华区开了一家冰淇淋店。两个月前的一天，一位游客独自开着车来到小镇。他的车破损得厉害，整个人也脏兮兮的，满脸的憔悴。谁也不知道他从哪里来，不过他出手阔绰，非常有钱。”

张婷婷有气无力地讲述着这个陌生男人。

“他租下了最贵的别墅，每天都待在别墅里喝酒，不像其他游客那样出来找乐子。我爸爸见过他几次，说那个男人好像遇到了什么磨难，想向别人倾诉，却欲言又止。后来，一个去他别墅里打扫的清洁工对我说，那个男人喝醉了酒躺在客厅的沙发上，闭着眼睛不停地嘟囔着‘别过来，别过来，我不会和你们一样的’，应该是做了噩梦。

“这个男人来到小镇也就一个星期吧，他生病了。每天都不停地咳嗽，他去药店买了不少药，清洁工说，每天在他租住的别墅门口的垃圾箱里都会看到很多的空药瓶。一开始我爸爸猜测他吸毒，毒瘾犯了，又没有毒品，所以只能依靠其他药物暂时替代。后来他的病越来越严重，咳嗽得连话也说不出来了。那天清洁工在清理他租住的别墅的时候，发现他躺在客厅里，不停地咳嗽，很多口水都喷溅在地板上。那清洁工马上就给镇医院打电话，很快救护车就来了，但那男人在看到医护人员来的时候好像很抗拒他们的救助。”

“难道是他不想活了？”

“不，我想他当时是想传达一个信息给所有人，但是已经来不及了！他的脖子突然粗肿了起来，在医护人员准备把他抬上担架的时候，那男人开始呕吐了，粗肿蔓延到了他的脸然后是他的嘴巴。他的嘴巴里竟然出现了一个伸着爪子的东西，就像是什么动物要从他的嘴里爬出来。这个男人抽搐着站立起身子，嘴里的东西开始向外挣脱。他的五官几乎都被挤在了一起，只有嘴在不断扩大。最终他的嘴里出现了一个伸着爪子的长形动物，而那男人的身体好像没了骨头，掩在了地上……”

突然，张婷婷不说话了，她好像在留意着什么声音。

“怎么了？”

“我爸爸回来了，咱们必须装成睡着的样子！快！”

门外传来张军的脚步声，房间门被打开了。张军在确认我们俩在睡觉之后，门被轻轻地关上了。

“没事了。”

我这才慢慢地睁开眼睛，赶忙问张婷婷：“后来怎么了？”

“从嘴巴里爬出来的动物好像蛇一样，跳起来咬住了一位医生的脖子，其他人都尖叫着逃开了。被咬伤脖子的医生也开始抽搐起来。”

如果不是刚才看到那对男女被杀之前的样子，我恐怕很难相信张婷婷的话。

“就在警察赶来准备救人的时候，怪物慢慢地缩回到了那男人的身体里，那男人的身体像充了气一样被撑起来了。警察也顺势救出了医生……”

“当时你在哪里？”我慌忙问道，“也在别墅区？”

“是的，那天中午我来这里找爸爸。可当时谁也不知道医院里发生了什么，等到大家清楚了事情的严重性的时候，已经晚了。”

“严重性？”

“被送到医院抢救的医生很快就死了，他的尸体发生了和那个男人一样的变化，从嘴巴里伸出了怪物，那怪物袭击了医院里的医生和护士，继而所有的人开始发生着同样的变化！不断地扩散开来，根本就来不及处理！人们一个个倒下，然后嘴巴里又长出肉色、伸着爪子的怪物。很快这怪物就扩散到了整个小镇，时间绝对不超过两个小时！”

“只有两个小时？整个小镇上的人都变成了那种怪物一样的东西？”

“只有两个小时？整个小镇上的人都变成怪物？”

“不完全是这样的，有些游客被袭击之后并没有变成怪物，而是被吃掉了。起初我们在别墅区里还不知道镇上发生的事情，一个全身是血的人突然从外面跑了进来，她说外面出事了，很多怪物正在到处追杀镇上的人们。我们也没有再去理会客厅里缩在男人体内的那个怪物，而是锁上了那幢别墅。不断有人逃进了别墅区，他们当中不少人都受了伤。就在大家慌忙报警的时候，一个警察冲了进来，有人上前询问发生了什么事情，而那警察突然张开了嘴巴，脖子一下子撑大了，从他的嘴里冒出了那怪物扑向走近他的人。所有人都惊呆了，趁那怪物在啃食被扑倒的人时，大家都散到了别墅里，关上了所有的大门和窗户，躲在二楼看着外面的景象。我看到妈妈全身血污地逃进别墅区，但她身后紧紧跟着三个人，不，那不是人，是怪物，他们追着妈妈，妈妈一边跑一边哭泣求救，但是很快她就被扑倒了。”

我浑身发冷地听着张婷婷用平淡的语调，讲述着自己母亲身亡的经历。

“很快就到了晚上，怪物没有继续闯入别墅区来，而别墅区内的怪物纷纷离开了这里。它们有的站立着行走，有的则是像爬虫一样在地上扭曲，时而起身时而卧在地上。我们这些躲避在别墅里的人聚集在一起，商量着对策，有的人说想逃离小镇，当然也有人付诸行动了。我爸爸劝说他们，不要太着急，因为根本就不了解那些怪物，也不知道别墅区外的情况。但是那两男一女根本就不听劝，他们开着车离开了别墅区。”

“他们逃出去了吗？”

“没有，大约过了半个小时，那个女人独自逃回来了，她几乎崩溃了，她颤抖着说有一大群怪物在路边，好像在等着他们的到来，她说其他两个人都死了！”

“那些怪物都没有来别墅区吗？”

“没有，不知道为什么，它们没有来到别墅。从那之后就再也没有人提逃走的事情了，大家每天都躲在了别墅里，我们家就是负责望风的，住在别墅区的大门口。爸爸说他当初就是这里的管理员，不管发生了什么事情他都要守在这里。”

“后来呢？”

“后来？那些在附近找食物的人告诉我们，镇上一片荒凉，通信已经被破坏了，我们也根本无法与外面取得联系。一个月前还隐约能见到在街道上的尸体，现在连血迹都消失不见了。”

“但是刚才那对男女被杀掉也是因为他们可能要变成怪物了？”

“因为我们发现，这些怪物的出现很可能是一种类似于病毒的东西造成的！”

“病毒？”

“是的，最初是从那个男人开始的，他不停地咳嗽，然后身体发生了可怕的变化。接着是他身体里的怪物袭击了来救助他的医生，那医生在医院里发生了变化，袭击了其他医生和护士，病毒就开始扩散了。不仅仅是被咬到，我们还发现病毒还会通过其他的方式传播，那侥幸逃回来的女人，虽然身上没有伤口，但是不超过一天，她也发生了同样的变化！她最终被人用枪杀死了，尸体也被焚烧掉了。大家开始陷入了惊恐，谁也不敢轻举妄动，也没有人敢提离开的事情了，大伙更不知道小镇之外是不是与这里一样！”

“那我可以告诉你，外面根本就没有发生任何不正常的事情，”我对张婷婷说，“你看看我就知道了！”

“这是自然的，我看得出，你开着车完全没有任何顾虑来到这里，小镇之外应该是安全的，所以我才想让你带我离开！”张婷婷说，“但是我有一点想不通，为什么你来到小镇上没有遇到那些怪物？”

我不由得有些后怕，想起了在银行里听到的脚步声，难道那就是张婷婷所说的怪物？难道那怪物真的在黑暗中爬行，而我没有注意？

“为什么我刚进来的时候，你爸爸他不向我说明情况呢？”

“因为你的到来非同小可，我爸爸大概是想先稳住你，他会召集大家一同商量，可到了那时候，是不是可以离开就不是你我说了算的了。说不定他们还会像胆小鬼一样躲在这里，也不会允许我们离开，包括我爸爸。”

惊恐之余，我还有一个困惑："那个男人变成了怪物之后，一直被关在别墅里面？"

"没错，我们把所有的门窗都钉上了，没有放那东西出来，有些人说正是因为我们把那东西关在了别墅区里，所以那些怪物从来也不会袭击这里！"

他们竟然把这场灾难的源头关在别墅区里，而且还与这东西生活了一个多月，这实在是让我难以想象。

"那个怪物还活着吗？"

"不知道，没有人敢进入那别墅，也没有人知道别墅里那东西不吃不喝会不会活下来。"张婷婷说，"我们从来没有听到那别墅里发出任何的声音。"

如果那怪物还活着怎么办？如果那怪物从里面逃出来怎么办？我的脑海里有了很多可怕的想法，我想离开这里，赶紧离开。

"我知道你害怕了，"张婷婷仿佛看出了我的心思，"只不过想离开这里可不容易，要知道这里的人现在都已经变得安分守己了，他们怕了，不敢越雷池一步。在他们眼里任何越轨之事都会招惹来那些怪物的袭击！"

"我们要逃走的话也根本不关他们的事情！"我因为担忧而变得急躁起来。

"你想错了，他们认为如果想从这里逃走的话，就会激怒外面的那些怪物，所以就算是有人要离开也绝对不会被允许的。"

"也许我们可以等到别人再度来到这里之后，向他们求救。"我提议说。

"你认为这近两个月里没有人再到镇上来吗？"

"还有人在我之前来过？他们现在在哪儿？被扣在这里？"

"不，没有人到别墅区里来过，你是唯一一个。"张婷婷解释说，"不过你想想，这么久，不会没有人想到镇上来的，恐怕他们开着车刚到小镇的时候，就已经死了。"

我听着张婷婷的话觉得有些讽刺的意味。

"你决定放弃你爸爸，就咱们两个离开？"我问，"我的车可以再带上你爸爸，我们三个人可以一起走，而且如果有你爸爸的帮助，我们也许会更顺利的！"

从张婷婷眼里划过一丝冷漠，她对我说："我妈妈死的时候，他都无动于衷，我为什么要带上他？他真的可靠吗？”

“可他毕竟是你爸爸啊！”

张婷婷再次冷笑了，就好像我讲了个幼稚的玩笑一样：“我说一件事情，你恐怕就不会有带上他的想法了。”

我惊讶地瞪着张婷婷。

“他也已经开始咳嗽了。”

听到张婷婷的话，我顿时无言以对。

张军已经开始咳嗽了，是不是代表他很快就要变成怪物了，可是为什么我一直没有见到他咳嗽呢？

“我爸爸每天都躲在房间里吃很多很多的药，大多数都是镇咳的。”张婷婷继续解释。

“那我们什么时候离开？”

就在张婷婷还没来得及回话，楼下便传来说话的声音。我们俩把房门打开一个缝隙，偷听着楼下的说话声。张军正在和其他几个人说话，我隐约听得出他们的说话内容，他们说知道我已经来到了小镇别墅区，而且还说不准让我离开，他们不想激怒别墅区外的那些东西，他们不要打破平衡。

当听到他们说要开走我的车时，我和张婷婷听到这里的时候互相惊慌地看着对方，顿时觉得我们俩真是傻得厉害，只是知道在里面偷听，但是却忽视了门外放着那么一辆醒目的汽车。

怎么办？如果没有了汽车，想离开这小镇几乎是不可能。

“我有办法，你跟我来！”

说着张婷婷就打开了房间的窗户，站到阳台上，示意我跟着她从排水管爬下去。来到地面，我们俩低着身子从别墅的院子穿过，躲藏在别墅墙边。

“你要做什么！”我低声问。

“现在只有一个办法了！我们到那座关着怪物的别墅去，把那东西放出来，吸引这些人的注意力，这样咱们俩才有机会马上离开这里。”张婷婷一边朝远处张望着，一边对我说。

“如果那个怪物已经死了呢？或者那怪物活着的话，我们会不会有危险？”我惊慌地问。

张婷婷很无奈地叹了口气，然后问我：“你真的想离开吗？”

我用力点点头。

“那就要冒险，不然在这里早晚有一天也会死！”

说完，张婷婷就拉着我来到了那座荒凉别墅的外围。那别墅的院子里长满了杂草，所有的窗户都被钉死了，门上不仅被钉住了，还被沉重的铁箱子抵住了。

“快点来帮忙，别愣着！”

张婷婷在地上捡起一个粗长的木棍开始撬开窗户上的木条，我急忙上前帮忙。这种体力活对我们两个女孩来说实在太困难了，很快我和张婷婷就已经汗流浃背了，不过那窗户上的木条终于被打开了一个洞。我感到胆战心惊，生怕里面的怪物会突然探出脑袋来。“你们在干什么！”一个声音把我们喝止住了，我吓了一跳。我转身一看，一个中年女人冲了过来。她看上去脾气暴躁，满脸写满了愤怒，不断大声嚷嚷着：“你们疯了吗？如果把那怪物放出来的话外面的怪物也会闯进来的……”

女人还没把话说完，一只手就从撬开的洞里伸了出来，一把抓住了她，将她朝洞里拉。

“啊！”

中年女人凄惨地尖叫着，很快她整个身体都进入了洞里面。

“我们走，快点走！”张婷婷拉着发愣的我离开了。其他人闻声后陆续朝这边赶来，见到张婷婷之后问她发生了什么事情，张婷婷告诉他们说中年女人打开了别墅上的窗户。于是，那些人急忙拿着手里的武器奔向那栋别墅。

就在我们快要跑到张婷婷住的别墅门口时，她指着门前对我说：“看，车还在！车边没有人，快开车门！”我把手伸向裤兜，竟然没有钥匙！我把车钥匙落在了房间里，一定是床上！因为从床上离开之前我还能感觉到钥匙在裤兜里。我们俩来到别墅门口，张婷婷突然把我拉到了一旁，原来张军已经闻讯从别墅里赶出来了。我们蹲在台阶墙角不敢作声。

张军一离开，我们马上冲进别墅，迅速来到房间里。果然在床上找到了钥匙。

“看！”

张婷婷站在窗边，指着吵闹的别墅区。外面的景象比我们想得要可怕，很多人已经被传染了，他们在追逐着那些逃命的人，我看到最近那幢别墅被变成怪物的人破门而入，里面发出了女人和小孩的哭喊声。怪物越来越多了，再不走就来不及了。　　我和张婷婷急匆匆地来到了楼下，别墅外一个女人被几个怪物扑倒在地，瞬间便被分食了，她根本来不及号叫呼救。

张婷婷指了指停在旁边的车说："它们在吃东西，我们只要速度快，他们应该不会注意到我们！"我们俩飞奔出了别墅大门，我用钥匙打开了车锁，周围几个怪物听到车锁被打开的声音并没有太大的反应。于是我也放大了胆子和张婷婷一起冲向汽车。

刚刚关上车门，还没等我发动车子，一个人……不！是一个怪物就扑上了挡风玻璃。从那怪物的衣着上我认出那就是张军，他已经变成了怪物，他的嘴里吐出了黄绿色的液体，嘴不停地扩大，一个肉色的东西从他嘴里钻了出来，他的舌头也被挤到了外面。

"快开车！"

我发动了汽车，一脚油门把张军推到了一边。这个举动引起了其他怪物的注意，它们纷纷冲上前来，它们不断向我的汽车扑过来。

"我看不见前面的路了，它们挡住了车窗！"我大叫道。

"撞开它们！快撞！"张婷婷怒号，"它们已经不是人了，都是怪物！"

我撞开了这些怪物，把车开到了街道上。我听到有人在车后面尖叫，好像是在向我求救。不过我没有停车，因为我知道我一停车那些怪物就会冲上来。那求救的人很快就被怪物们扑倒了，无尽痛苦的呐喊声在车后逐渐消失不见。

"它们没追过来，"张婷婷兴奋地望着车后忙于分食尸体的怪物，就好像在看一场惊悚电影，外面的惨状与她无关，"不要走路过银行的那条路，那些怪物可能会在那里，它们就喜欢没有光又阴暗的地方。"

我没有说话，只顾着开车，并警觉地盯着周围的情况。

"太好了，终于离开这个鬼地方了，不用担惊受怕了。"张婷婷依然兴奋异常。

"等手机有信号的时候，我就要报警！"我精神紧张，"会有人来处理这件事情的，绝对会把这些怪物消灭干净的。"

按照张婷婷的指引，我很快就把车开到小镇边缘了。

"太好了，终于可以离开了，"张婷婷话还没有说完，她就咳嗽了起来，"咳咳咳。"

听到咳嗽声让我浑身一颤，张婷婷也被感染了！一定是这样的，我为什么忽视了这个问题呢？张军咳嗽，因为他被传染了，张婷婷也与他生活在一起，她怎么可能幸免于难呢？

张婷婷好像看出了我的怀疑与紧张，她轻描淡写地说："我刚才太紧张了……”

但是这句话她也没有说完，就再次咳嗽了起来。她一定是被传染了！

我勉强笑了笑，然后对张婷婷说：“你把车窗打开，透透气，那些怪物不会追上来了。”

张婷婷白着脸点点头，打开了车窗。就在她开窗的一刹那，我加快车速，然后做了一个冒险的举动——把她的头推出车窗然后立刻把车窗关上，她的头和企图挣扎的手就卡在了狭窄的车窗缝隙之间。

张婷婷的脚不停挣扎着，她在外面大声叫喊，她在怒骂我。我听不清楚她在骂我什么，我当时非常紧张，我要把她丢出去，绝对不能让她在车里。我一边避开她乱踹的腿开车一边打开车门，费了很大劲儿才把她推出车。她扶着车门，头依然在车窗里，车速不快，她的双腿在跟着车跑。我想把车窗打开，但是却发现怎么也打不开，我只能加快车速，她不停地挣扎着。她用力地把头从车窗里挣脱出来，跌落在了路上。我重新将车开得平稳，甚至不敢停下来关上车门。一直行驶了很久，确定已经远离了那个小镇，可以看到公路上第一个路灯的时候我才停下来关上车门和车窗，坐在车子里瑟瑟发抖。

我终于逃出来了，而且我的身上既没有伤口也没有被感染，我大概是那个小镇上唯一的幸存者。

* * *

慕容雪说完了最初遭遇的经历，她沉默不语，等待着其他人对这段经历的看法。

“你的遭遇还真是惊心动魄啊，”莫冲还沉浸在慕容雪的经历中，“你的承受能力也真够强大了，一开始就遭遇如此惊险可怕的事情。”

李建华低声说：“看来是那个张婷婷提起的男人带去了灾难，他的车破损得厉害，很可能他事先经历过类似的事件。说不定他跟你一样，从某个充满危险的地方侥幸逃离，不过他没能摆脱被感染的命运。”

“想不到，小雪，你竟然会遇到类似于病毒爆发的事件，实在太可怕了。”朱晓颖满脸惊恐神色，仿佛她才是小镇上可怕经历的亲历者。

万子明面无表情，他只是一言不发地听其他人讨论慕容雪的经历。

陈东依然盯着所有人的一举一动，仔细听着他们所说的每一句话。

“大哥，你觉得这是怎么一回事？”莫冲询问陈东。

“我觉得你们所说的都有道理，不过目前也都只是揣测罢了。”陈东说完了。

“哼，”这是齐涵从鼻子里发出的声音，她用不屑的眼神盯着慕容雪，“你实在是够狠毒的，张婷婷只是咳嗽了两声，你竟然就把她推下了车。如果她根本就没有感染呢？你就是害死她的凶手！”

安静，谁也没有出声。遭到齐涵指责的慕容雪眼神低垂，既不看着谁，也不做任何辩解。

“怎么不说话了，你和张婷婷一样，为了能离开小镇，竟然不惜把别墅里面的怪物放出来！你知不知道因为你们俩，小镇上的幸存者都死了！”

慕容雪终于不再沉默了，她冲着齐涵说：“我能有什么办法？我不想办法离开那儿死的就是我。如果当时是你遇到这样的事情了，我看你还不一定会怎么样呢！”

“你就是杀人犯！你和杀人犯没有区别！就为了自己活命就能害死别人！说不定早晚也会把我们害死！”

齐涵尖锐地指责着慕容雪。

仓库

慕容雪被气得浑身颤抖，她红着眼睛死盯着齐涵，大声说：“你凭什么指责我，你看看你那副德行吧……”

“好了，你们俩别吵了！都少说两句吧，事情都已经过去了，现在咱们只是为了了解发生过的灾难。”朱晓颖低声劝说二人。

虽说慕容雪和齐涵谁也没有继续纠缠下去，但是从气势上看两人依旧水火不容。

“我说过，在这里不准大声说话，无论出于什么原因。”

陈东话里话外不带任何情绪，却俨然有着主人的威严。

“下不为例。”陈东补充了一句。

“现在来看，你们三个人已经把最初遭遇的经历讲完了，好像还不能从中找出背后的原因，那么咱们继续讲下去？”

莫冲先是看了看李建华、朱晓颖和慕容雪，然后又看了看其他三个还没有叙述过经历的人。

“不着急，事情要慢慢来说，”李建华另有所想，“大哥，不如先让大家休息会儿，咱们俩出去巡逻一圈。小雪的这段经历不仅惊险刺激，而且还不短呢，这么久了，还是出去瞧瞧比较妥当。”

陈东仿佛早已知道李建华会如此提议，他应声点点头表示赞同。

“我跟你们俩一起去？”莫冲问道。

“不用了，我之前跟大哥出去过，对周围比较熟了。再说这么大的房子，需要你和子明两个男人守着！”

陈东微笑着听李建华把话说完，并不插言。李建华见他笑而不语，一种说不出的慌张感犹如没有凉透的开水直接灌入喉咙里，从上热到下，从外热到了里，汗水猛然大增。

陈东检查了手里的枪，然后示意莫冲拿好另一支枪。

“你们先休息一会儿，我们去去就来。”

李建华似乎很急切地要跟陈东出去。

陈东对他离开之后的安全问题非常谨慎，他严肃地叮嘱莫冲说：“记住，我们俩出去之后，你要仔细盯着房子周围的一切动向。”

“我上楼去盯着。”万子明直奔二楼，他并没有征求别人意见的意思，似乎他是上楼监视房子周围的不二人选。

女孩们都没有说话，只是安静地候在椅子上。

陈东站在门口观察着外面的状况，然后他无声地开了门，李建华紧跟其后。外面太阳高挂，没有一丝风吹过，四周充斥着一股干巴巴的气息。陈东确认房顶安全后，便引着李建华沿着房子下面走。

仓库门前，陈东端着枪用力地打开了仓库门。他摸索到门边的手电筒后照亮了仓库，刚踏入仓库门内干燥的气味再次扑面而来。陈东在检查过仓库的每一个角落之后，转过身回到仓库门口，把门留下一道缝隙，盯着仓库外面。

“说吧，你找我到底有什么事？”

陈东的眼睛始终盯着门外。

李建华对陈东的直白毫不惊讶：“大哥，果然不是一般人，我的确有话对你说。”

“有话直说。”

陈东听出了李建华的恭维。

“慕容雪在撒谎。”李建华直切主题，态度也有了很大转折。

“什么意思？”陈东依然盯着门外。

“慕容雪在撒谎，她说了谎话，或者说她刚才说的一部分经历是谎话。”

“何以见得？”

李建华犹豫片刻：“根据慕容雪的说法，她开车来到已经被怪物占据的小镇，她为何能够大摇大摆地进去而没遭遇危险？”

见陈东毫无反应，李建华继续说：“另外，作为旅游区，游客失踪的话，家属联络不上应该会寻找或者报警，近两个月的事件难道小镇之外没有人知道吗？”

“嗯！说得有道理。”陈东点点头，“不过就慕容雪的讲述来看，并不能确定她是否真的说谎。依我看，她能活下来，很大程度上取决于运气吧。”

“运气？”

“虽然不知道大家后来的遭遇，不过能够活到今天的，大抵上也都是踏着别人的尸体走过来的。见识过太多人的死亡，才获得苟且偷生的机会。不是运气还是什么呢？”

“繁荣的旅游小镇，突然发生了这样的事件，外面的人可能会丝毫没有察觉吗？”

“也许正如张婷婷所言，不是没有人到过镇上，只是在接近小镇的时候就被杀死或者感染了……”

陈东的解释并未让李建华甘心：“那么住在别墅区的人呢？怪物近两个月毫不进犯？”

“我不了解那些怪物的习性，更不知道它们有何目的，”陈东从黑暗中转过身来，“不如听听慕容雪明天又会告诉大家怎样的经历，谎言与否再做判断。”说完，陈东回过身盯着门外，“不过，有一点我不明白，既然你对慕容雪的经历有所怀疑，为何不当着大家的面指出来呢？”

“我目前只是发现了她有撒谎的苗头而已，若是她一口咬定说她毫不知情，我也是无可奈何的。同时还会引起她的警觉。”

“就算是慕容雪撒谎，那也无关紧要。难道她撒谎还会让这个世界更糟吗？”陈东慢悠悠地继续说，“莫非对于慕容雪是否撒谎这件事情，你并不十分自信，或者说你想得到别人的赞同？”

李建华沉默不语，微微低垂着脑袋，许久才从喉咙里发出沉闷的声音："因为只有你才值得信任！"

在陈东看来，李建华之前要跟随自己来仓库的目的，并非跟他说起慕容雪经历中的种种疑点。或者说，李建华并未真正地说出他之前决定向陈东坦白的事情。陈东不由得猜测，李建华在转变态度之前，到底想对他说什么呢？

陈东决定回去，既然李建华并不想吐露心中所想："咱们还是回房子里吧，时间久了其他人会担心的。"

"好吧。"话虽如此，李建华依旧略显不悦。

"不过，只信任我这种话，还是少说为妙。其他人知道了恐怕会心里犯嘀咕的。"

或许是听出了弦外之音，李建华没有回应。

陈东从门缝里盯了一会儿，然后打开了仓库门。

李建华在陈东的背后低声询问："大哥，这里是不是有你担心的东西存在？"

陈东并不转身，他端着枪对着仓库门外，语气淡然："你想多了。"

两个人走出了仓库，外面依然没有一丝风，陈东小心谨慎地引着李建华按照原路返回到房子门前，敲了敲门。开门的是莫冲，进门之后，陈东仔细把门锁好。

"外面情况如何？"朱晓颖关切地问道。

"一切正常。"李建华回答，"不然我跟大哥怎么能平安回来？"

不过陈东却并没有因为回到了房子里而放松警惕，他趴在窗户上的木板缝隙之间，仔细地盯着外面的状况。

"咱们可以继续了吧！"齐涵态度平静，似乎暂时搁置了与慕容雪的争执，"对了，还是先让万子明下楼来吧。"

"我去叫他。"

李建华匆匆走上二楼，万子明很快就跟着他回到了一楼。众人又重新聚集在了桌子旁坐好。

"在继续讲述经历之前，不如先总结一下已经讲述过的经历吧。"莫冲看了眼朱晓颖说，"晓颖是在实习期间遇到了已经死去的老人复活的事件，然后那座养老院也关闭了。"

朱晓颖点点头。

莫冲的目光转向李建华："接着就是李建华，他遭遇的事件是院子里种植的花草变成了活物，并且房东意外身亡？"

李建华默认了莫冲的说法。

"慕容雪在离家出走之后进入了一个小镇，在小镇里遇到了类似于病毒爆发的事件。"

慕容雪可怜巴巴地点点头。

"从大家最初的经历来看，根本分析不出原因来，这几件事情看上去也毫无关联。"莫冲说，"不如咱们就继续吧，说不定通过其他人的经历可以找到一些蛛丝马迹。"

纸条

"下一个谁来？"李建华问。

"我来！"

齐涵瞥了慕容雪一眼，似乎对刚才慕容雪抢先讲述经历心怀不满。很快齐涵的眼神迷离起来，开始回忆着她与灾难有关的某段往事。

* * *

我所遭遇的事件应该是从"纸条"开始的。我自认为是第一个发现"纸条"的人，只是相比其他人我幸运多了。至少我还活着。

那是个下着大雨的周末，起床之后我懒得动弹，便躺在床上读小说。那阵子同寝室的女生都说多喝蜂蜜水对皮肤有好处，所以我早上起床就喝了一大杯。于是在床上躺了十来分钟就想去上厕所了，但是小说里的情节又实在是太吸引人，索性我就拎着书去了厕所。刚刚蹲下我就不小心把书掉在了地上，就在我拾起书的一瞬间，我发现地上破旧的地砖中间断裂开了。我甚至没有看看书页上有没有被弄脏，却鬼使神差的直勾勾地盯着那块潮湿发霉的地砖。我竟然用手指抠开了那块碎地砖，后来想想都觉得很恶心。

地砖下面有一块又黏稠又绿的石头，那块石头下面竟然有张蜷缩的纸条，纸条已经泛黄发黑了，边缘也发霉了。我犹如梦中惊醒一般，甩手丢掉了那张恶心的纸条。我暗暗觉得刚才的举动荒唐至极，竟然在厕所里捡东西，实在是太恶心了。

周一早上，我上课迟到了，潜入教室后我便坐到了最后一排。与我同寝室的赵琼丹正和男朋友坐在靠前几排，她正小声跟旁边的吴瑶说话。而吴瑶好像被地上的东西吸引住了，她弯下腰从地上捡起来了那东西。紧接着两个人又开始小声地叽叽喳喳起来，赵琼丹从吴瑶手里接过了一样东西，是一张纸条，泛黄发黑，边缘发霉。与我在厕所里发现的纸条相差无几。当时我没有多想，觉得那只是巧合罢了。

下课回到寝室，赵琼丹对我说："小涵，咱们班的滞销货卖出去了！"

"滞销货？卖出去了？"

赵琼丹冲我翻了个白眼，笑嘻嘻地说："今天上课的时候，吴瑶收到了别人约她的纸条。"

话说吴瑶的长相我真是不敢恭维，甚至没有男生愿意多对她瞧一眼，竟然有人向她表白了？

"上课有人传纸条给她？"

"有男生把纸条直接扔在她脚下。"

"说不定那纸条根本就不是给她的啊，在地上捡的，又不是亲手交给她的，很有可能有人拿她恶作剧呢。"

总之吴瑶捡到纸条的事情在我和赵琼丹的谈话中不了了之，不过事情的发展很快就超出了我的想象。首先是吴瑶失踪了，其次是收到纸条的人越来越多。

起初吴瑶的失踪并没有引起大家的重视，夜不归宿也没有什么大不了的。就连她们寝室的女生也认为吴瑶是跟那个给她纸条的男生出去玩了："没有想到吴瑶谈起恋爱来也挺疯狂啊，多半是缺爱太久，需要弥补……"

从那开始，陆陆续续有人收到纸条。而且发现纸条的方式都很奇怪，有的人是在枕头下面发现的，有的人是在书里，有的是从洗衣店拿回衣服的口袋里，更有甚者是在为手机更换电池时，在手机里发现了压扁的纸条。

关于纸条的传说也沸腾起来，都说收到纸条的人会实现一个愿望。不管是真还是假，总是有人如此，只要是跟自己切身相关的事情，总是希望是好事。所以实现愿望的说法，根本就是那些收到纸条的人传出来的。

我们寝室的女生都没有捡到纸条，从赵琼丹他们每次谈论起某人神奇般地捡到了纸条时那迷离的眼神，就会知道寝室里其他人对纸条非常向往。

吴瑶没有再出现过，学校报了警并通知她的家人。可她的失踪根本就没有引起大家的重视，相反大家的注意力完全集中在了纸条上。而且新的传说又出现了，有人说这纸条是一对的，当女生拿着自己的纸条找到男生手里相对的纸条，就会得到真爱！简直是无稽之谈。

可是寝室里的女生们竟然为此开始逃课了，每天都聚在一块儿讨论着纸条的事情。我实在受不了要替寝室其他人在教室应付老师点名，回到寝室我就对她们说："你们不去上课，总是瞎寻思着什么纸条干吗啊？"

"你不知道那些传说吗？小涵？"赵琼丹满脸的痴迷相。

"你也知道是传说了，传说哪里会是真的？"

"你就不能阳光点吗？"赵琼丹冷着脸，"把世界想得美好点，说不定愿望真的会实现呢。"

"好啊，阳光点，你先告诉我吴瑶哪儿去了？她拿到纸条之后就不见了，这也是你该阳光点的理由吗？"

"你别乱说，这两件事情根本就没有关系！"赵琼丹气愤道。

"你还是学法律的吗？你现在还有理性吗？"

那天的谈话不欢而散，我实在无法理解这群着了魔一样的女生竟然对纸条如此向往和痴狂。

当时跟我关系很要好的女生住在我们寝室对门，叫朱萍。那段时间因为寝室里每天都在讨论纸条的事情，让我心烦不已，所以我会经常找朱萍聊天。

朱萍劝我说："女生都喜欢幻想，有点浪漫的小想法也没有关系的。"

"但是，小萍啊，吴瑶她失踪了！"

朱萍思索了一阵，竟说出了跟赵琼丹相似的话："也许只是巧合呢，也许吴瑶根本就没有失踪呢？"

"已经五天了！"

"我知道，但是我觉得这只是巧合而已啊，其他人也根本就没有出事，所以你别为这些事操心了。"

"你有没有捡到纸条？"我好奇地问道。

"没有啊。"她立马回答说。

"那你听说过纸条上写的是什么吗？"

"不知道，有些女生说上面的字不能给别人看，看了就不灵了。"

我突然想起来吴瑶在上课的时候发现了纸条，她马上就拿给赵琼丹看了。赵琼丹一定知道那纸条上写了什么，没错，说不定能查出吴瑶失踪的线索。

于是我立刻回到寝室找赵琼丹，见她不在便打电话给她。

“小丹，你还记得……”

我话还没说完，电话那边就传来了她的呼救声。

“救命，救救我，小涵，快来救救我啊！”

我心里一紧：“出什么事了？”

“纸条！是纸条！”电话那边的赵琼丹声音颤抖，似乎就快崩溃了，“救救我，救救我啊！”

纸条？与纸条有关？

“小丹，发生了什么事？快告诉我你在哪里？”

赵琼丹的惊叫声戛然而止，我听到咕噜咕噜类似于吞咽的声音。

“小丹！”我冲着电话大声喊，“你在哪儿？”

赵琼丹的电话掉在了地上，我依然听得到她的尖叫声，没一会儿声音就全部消失了。赵琼丹出事了，绝对出事了。我赶忙打电话报警，说我的同学出事了，但是不知道她在哪里。紧接着我又给赵琼丹的男朋友打电话，她男朋友也不知道她的去向。至于寝室其他人，只是说上午上完课之后赵琼丹就不见踪影了。

两天之后，终于找到了赵琼丹，确切地说是找到了她的东西。就在市郊的山顶，一处水泥平台上，那里有她的一只鞋和钱夹，却不见她的人。赵琼丹一定是发现了纸条，并按照纸条上的指示来到了那处水泥平台。警察在附近搜索过，却不见她的任何踪迹，活不见人死不见尸。

事情就此一发不可收拾，越来越多的人失踪了。可依然有很多人着魔般对纸条痴迷着，对失踪事件更是不理不睬。不过还有人很清醒，提出了异议，说纸条根本就是带来诅咒的不祥之物，会让捡到纸条的人失踪。但是那些对纸条着迷的人却说，失踪的人是没有遵守规则，把纸条上的内容告诉了别人，才会受到了惩罚。

那天，我因为赵琼丹的失踪而心烦意乱，便找到朱萍，向她倾诉心中的苦闷。

“警察已经忙得不可开交了，还告诉大家不要再去捡纸条，但是他们不知道这纸条根本就不是捡的，压根就是送上门来的。但是我始终也想不通，纸条会平白无故从天而降？”

“我看啊，是上天眷顾咱们这些心诚的女生，所以才会恩赐了这些纸条吧？”

朱萍的话听起来很是怪异反常，她竟然赞扬起纸条来了。

“也不光有女生捡到纸条吧？”我紧张地问她，“你不会也捡到了吧？”

“没有，没有。”

朱萍面色绯红，眼神迷离。她在撒谎。

“小萍，你别骗我，千万不能按照纸条上的话去做啊，很多人都为这件事失踪了……”

“那是她们不守规则，乱来！”

“你果然还是捡到纸条了。”

“是啊，那又怎么了？”

朱萍很是激动，跟平时理性、冷静的她完全不同。

“这样很危险的……”

“你根本就是嫉妒别人捡到纸条了！”朱萍突然变得不可理喻起来。

“我也捡到过，但是我扔掉了！”

“现在后悔了吧，生气了吧，所以嫉妒别人有你却没有了吧……”

虽说朱萍越来越不讲道理了，但是毕竟事关人命，我并未气愤到失去理智摔门而去。我平复下心绪，继续劝说道：“小萍，无论如何也要小心才对。我听说猫能辟邪，如果你一定要按照纸条上的话做，那你就带一只猫吧。这样你既没有告诉别人纸条上的内容，不算破坏规则，也能保证自己的安全。”

说完，我就离开了。

其实我不会对朱萍不管不问的，我一定要调查清楚纸条到底是怎么一回事。一方面我的确听说猫可以辟邪；另一方面我想碰碰运气，朱萍如果抱着一只猫到处转悠是很引人注意的。这也是一个信号，看到她抱着猫我就可以跟踪她，看看她到底会去哪里。

那段时间，学校里的人们越来越浮躁了，传说也越来越邪乎，有人说按照纸条上的指示做之后竟然中了大奖。幼稚可笑。但是不知道为何，许多人竟对此深信不疑。这种诡秘的气氛在蔓延，从我们学校到其他学校，再从其他学校到学校之外，竟然有越来越多的人开始相信所谓的纸条传说。

终于，朱萍遵循纸条上的内容开始行动了。

周末，我躺在床上听歌，我已经厌烦身边人对于纸条的赞扬了，那种近乎于病态的盲目崇拜。

“依我看赵琼丹根本就不是失踪了，她是从纸条上得了好处不想告诉别人，所以躲起来了！”

“她就是那种人，得了便宜就卖乖，小气，有什么东西都不跟咱们分享，就是那德行！”

虽然戴着耳机，可我依然能听到这些走火入魔的女生在讨论着纸条。她们的声音越来越大，后来竟然开始争执起来，我不知道原因，也没有兴趣知道其中的原因，所以我赶紧躲了出去。刚刚关上寝室门，我就听到了猫叫声。那一声猫叫从走廊转角处传来，我突然想到了朱萍。我悄声跟了上去，看到朱萍挎着一个竹编的篮子，一只可爱的小猫就在篮子里。

我怎么也想不通，既然她听我的劝，知道带上一只猫，就说明她还没有完全失去理智，心里还有是点顾虑的。既然有顾虑那为什么不听从我的建议，不要按照纸条上的话去做啊！

朱萍看起来满脸春色，像是遇到了天大的好事。她带着小猫快速离开了寝室楼。我躲在朱萍身后很远的地方跟踪她，不过她没有任何警觉，不仅不知道我跟在她身后，甚至都不会向身后试探着看看。

朱萍上了出租车，我也叫了一辆车跟在后面，一个小时后在一处人烟稀少的地方下了车。因为那地方人很少，所以我格外谨慎，担心她发现不远处下车的我。不过我的谨慎完全是多余的，我甚至怀疑朱萍是在梦游，她完全沉浸在虚幻的世界当中，身边的现实事物仿佛都与她毫无关系。

朱萍挎着篮子站在路边，她小心翼翼地从裤兜里拿出了纸条，她的眼神看起来既迷离又兴奋。她看完纸条上的内容，好像是吃了一颗定心丸，她把纸条重新放回裤兜里，然后走向马路另一边通向一座矮山的路口，这不算宽敞的马路上几乎没有行人和车辆，如果朱萍在这穷乡僻壤之处发生意外，根本就不会有人知道。

我继续跟在朱萍的身后，她时不时地会停下来张望。不过，她并不是回身看是不是有人跟在她身后，更像在寻找着标志性物体。就这样跟了朱萍一个小时，眼看着已经正午时分，我又渴又饿，可是朱萍却毫无倦意。篮子里的小猫不停叫唤着。

就在我快体力不支的时候，朱萍停了下来，盯着路边的一个路牌看。我立刻躲到了路边的树后，朱萍从裤兜里又拿出了纸条，盯着那个路牌，很谨慎地再次确认自己的位置。

这里只有一条整齐干净的马路，并没有什么特别的地方。朱萍很兴奋地四处张望，好像在等待着什么人的到来。我靠在树后张望，担心会突然出现什么人对朱萍不利。

朱萍突然摔倒了，本以为是她滴水未进又过度疲劳的缘故，可是她没有重新站立起来，而是在地上挣扎着。我马上发现了异样，朱萍的脚下变成了红色，犹如血液凝结成的沼泽地，她的一只脚已经深深地陷了进去。那血色沼泽中伸出了几条手臂，爪子般的手突然抓住了朱萍的身体。朱萍惊叫起来，慌乱中她把篮子丢掉，里面的小猫摔在了地上。

朱萍看到小猫就像看见了救命稻草，她赶紧一把拉住小猫抱在怀里。但是毫无作用，朱萍的身体开始陷入那沼泽当中，那些爪子不断向下拉扯她。

“朱萍！”

我朝她狂奔而去。

朱萍手里的猫挣脱了她的束缚。可是猫刚刚落在地上，就被那红色的沼泽包裹住了半个身子，猫在凄惨地惊叫。

就在我马上就要赶到朱萍身边的时候，沼泽中的爪子抓住了朱萍的脸，尖叫中她的身体慢慢向血沼泽里深陷，她的双臂不断挥舞。还没等我伸出手拉住她，沼泽中的爪子便将朱萍完全拉进了沼泽中。

瞬间，那吞没了朱萍的血色沼泽便在我面前消失得无影无踪，只剩下了被丢弃的空篮子，还有半只猫。没错，只有半只猫。猫另外一半身体已经被那血色的沼泽吞噬掉了！连同朱萍一同消失了。

我不敢继续靠近朱萍消失的地方，我害怕靠近那块马路时我的脚下又会变成血色的沼泽。我颤抖着身子拿出了手机报警，由于地处偏远，警察过了许久才来到。在这期间，这条马路上竟再无一个行人、一辆汽车经过。

警察来到这里之后，我便把事情的经过都告诉他们了。我当然能明白，发生了这样耸人听闻的事情，根本就不会有人相信我，他们也根本不愿意相信这样颠倒三观的事实。

我怪自己太笨，为什么当时不用手机把朱萍消失的画面拍下来。不过想来可笑，我又怎么可能放弃拯救她的机会，只顾着用手机拍摄呢？我陷入了矛盾的苦恼中。

我还记得一个女警察当面说我是借着纸条的事情搞恶作剧，企图引起别人的注意。我当时非常生气，我让她解释地上的这半只猫。她说有可能是汽车行驶过程中不小心轧了过去。

“汽车轧过去的话，那么猫的另外半只身体不会被轧得一点痕迹也没有了吧！”

“好了，好了，你先把你的联系方式留下，我们有什么发现的话一定会跟你联系的。”

就这样，我被打发走了。

我有预感，最近失踪的人恐怕与朱萍的遭遇一样。我想起了赵琼丹的失踪，吴瑶的失踪。她们都是被血沼泽中那些爪子抓走的！血沼泽是从哪里来的？为什么会突然出现？又为何消失不见？

我想起了我在厕所里发现的纸条，不禁有点后怕，如果我当时也像着了魔一样地打开纸条，下场会不会与她们一样？

那段时日，即便发生了众多的失踪事件，很多人依然像着魔了一般，对那些纸条有着让人琢磨不透的崇拜！但是我知道，危险才刚刚降临。

* * *

鬼

“你的经历跟其他人的比起来也根本就算不上吓人嘛！”慕容雪神色嘲讽地不屑道，她似乎早就在等待着齐涵讲述完经历了。

“我只是在叙述事情的经过，又不是讲鬼故事。更何况，我尽力去救人，而不是把别人踢——下——汽——车。”齐涵冷冷地回击。

慕容雪狠狠地白了齐涵一眼，但还没等两个人继续争执，莫冲就赶忙岔开话题：“看来齐涵最初的遭遇，跟纸条有关。”

“依我看纸条只是某种媒介，”李建华陷入沉思，“我们应该寻找纸条背后的……东西。”

“那些从血色沼泽里伸出来的爪子？”朱晓颖疑惑道。

“先别着急嘛，咱们一步一步来分析。”莫冲清了清嗓子，“这么说吧，想要知道纸条背后的真相，那么就得先清楚纸条的来历，不如先说说齐涵遇到的那张纸条。”

“我的纸条就是在厕所里发现的，不过被我随手扔掉了。”

陈东依然没有开口，他还是坐在一边盯着所有人的反应。慕容雪没有参与讨论，万子明也悄无声息，不过陈东可以断定，这两位的脑子绝对是在飞快运转着。

“幸亏你把纸条扔掉了，不然的话你恐怕也跟吴瑶她们的下场一样。”莫冲说。

“我依然记得在厕所里发现纸条时的感受，就好像着了魔一样，谁会没事在厕所里抠碎地砖？嫌脏还来不及呢。”齐涵满脸的厌恶。

“着魔？”李建华一边小声嘀咕，一边皱着眉头揣测这两个字。

“这纸条竟然有蛊惑人心的力量？”朱晓颖悠悠说道。

“血色的沼泽又是从哪里来的？为什么会突然出现，然后又消失不见了呢？”莫冲一边遐想一边小声自言自语。

“大哥，你怎么看？”李建华询问坐在旁边默不作声的陈东。

陈东笑了笑，漫不经心道：“我不知道，不过我们可以大胆猜测一下。”

所有人的目光都转向了陈东，但陈东并不着急，他眼神低垂，好像在从脑子里寻找一些相关的线索来。

“我记得在某些宗教或者古老的部落中，比方说巫毒教的巫术，有一些是用来诅咒别人的。让可怕的恶魔抓走被诅咒的人，然而这些巫术的施展需要媒介，例如一些很细碎的小东西都可以成为媒介。”

“你的意思是说，‘纸条’就是用来施展巫术的媒介？”朱晓颖猜测道。

“当然，先前条件必须成立，那就是如果齐涵遇到的事件是一场巫术的话，那么‘纸条’就是媒介！”

“巫术？”莫冲感到难以置信，“如果是巫术的话，那么是谁在背后操纵？”

“一想到从红色沼泽里伸出来的爪子，就觉得揪心！”朱晓颖不安地看着地面说，“打开纸条的人，当真是被诅咒了？可是那么多人啊……”

“我更感兴趣的是，打开‘纸条’的人会是怎样的体会？”

“纸条上好像写着字……”齐涵回忆道，“我记得有人提起过，上面是有字的！”

“我看未必，”李建华缓缓摇头，“也许只是接触到‘纸条’的人以为自己看到了上面的字，也有可能上面什么也没有，是纸条上的某种力量在作怪……"

"就像有人在脑子里说话？无法摆脱的声音在指示着人们去某些地方？"朱晓颖紧皱眉头。

"太匪夷所思了，那么国外呢？其他国家呢？那里又发生了什么令人恐惧的事情呢？"

"你们觉得人的恐惧来源于什么？"陈东突然将话题转移。

沉默的万子明将目光移向陈东，但他却无意回答陈东的问题。

"人的恐惧来自于未知。"李建华答道。

陈东笑着点点头："其他人呢？"

沉默，没有人回答。

"令我们感到恐惧的是地狱之类的、大家并没有真正见识过的东西，甚至可以说，'地狱'是恐惧源头的代表。我们每天恍恍惚惚地生活，心底却一直有那么点恐惧，地狱那种地方存不存在？"陈东并不着急，依然慢声慢语，"未知，不知道那种地方是不是存在。未知，不知道那里究竟有什么！"

"纸条、媒介、诅咒，"齐涵说，"简直就像地狱一样。"

陈东依然带着笑容："猜测，只能猜测，我们目前知道得太少了，也许我们应该继续下去，听听其他人最初遭遇的经历。"

"那么接下来谁来？"李建华问。

"我来！"莫冲立刻回应道，"我来讲吧，正好咱们说起了'地狱'，大概我最开始的经历就与那里有关吧。"

莫冲的脸色明显有了变化，他比任何时候都要严肃和紧张。他开始叙述最初发生在他身上的故事。

* * *

我家的条件虽然算不上是大富大贵，不过开了家公司，我从小就衣食无忧。我爸那个人很愿意多管闲事，嫌我衣服不顺眼，又觉得我不会说话、发型不合适，索性我就搬出去住了。

大学毕业，家里让我去公司帮忙，天天在我爸的眼皮底下干活儿肯定没有什么自由了。当然我也会打软牌，我爸平时最听我小妈的话——那个娘们儿也不是什么好玩意儿，我妈去世之后，她就缠上我爸了，就是看中我家的钱了。

虽然很烦那个贱娘们儿，但是我还没傻到明目张胆地跟她闹别扭，表面上我跟她关系很好，实际上我是知道的，所有的家产根本就到不了她手里。我爸虽然听她的话，但是到了钱的问题上，所有的东西都是我的。我大学念的是财务专业，那个娘们儿想把财产转移是不可能，我也有我的手段。

我知道那个娘们儿最喜好穿衣打扮，就买了几件名牌衣服送给她。

“妈，你就帮我跟爸爸说说吧，我想开家酒吧。”我坐在沙发上对着那娘们儿一副哀求相。

没有想到那个娘们儿真的以为我把她当“妈”了，立马拿出一股子长辈的气势，语重心长地对我说：“小冲啊，我和你爸很关心你的，我们俩也不希望你在外面混久了学不到东西，所以还是希望你到家里帮忙的。”

她以为我到家里公司帮忙是给她赚钱啊？这个傻娘们儿，还不知道所有的钱早晚是我的。

“妈，那你看看，你和爸不就是为了让我生活得快乐开心吗？你就帮帮忙吧！”我装作发嗲的样子恳求那娘们儿，“妈，爸最听你的话了，你就帮我说说好话吧。”

不久之后，我的愿望实现了。酒吧的生意非常好，每天都会有很多年轻人来玩。你们也知道，酒吧这种地方通常都是三教九流什么样的人都有，不过我也喜欢过这样的生活。可以认识很多人，可以听到很多平时生活中听不到的奇闻怪事。

我认识了几个关系不错的年轻人。他们有的是大学生，有的跟我一样，家里条件好很多，所以就不着急工作，每天只管玩。他们都是酒吧的常客，大家聊得很开，所以渐渐就熟悉了。

何承志就是我那个时候认识的一个朋友，他父母去世早，有钱的叔叔和婶婶把他带大，也很宠着他。他从美国留学回来之后就没工作过。

有天晚上何承志对我说：“想不想玩点刺激的？”

“喂，你不会想带我嗑药吧？我可不是那种人啊！”

我虽然挺爱玩的，可我有原则，有些东西坚决不碰。

“你想到哪儿去了？”何承志打量着旁边几个女孩。

“那你的意思是说咱们找几个姑娘……”我半开玩笑半当真。

“你这个人啊，先把你的龌龊给戒了吧！”何承志把眼神收了回来。

听他这么讲，我急着问：“你说的‘刺激’到底是什么事啊？”

何承志还没回答，我们其他几个朋友也来了。郑阳和贾晓鹏是情侣，也是附近大学的学生。他们俩走了过来，叫了两杯酒，郑阳问我："莫冲，你考虑得怎么样了？要不要一起玩？"

我还没搞清楚状况，另外两个朋友也到了。一个叫凌云鹤，她是附近一家咖啡店的老板。另一个是附近的小混混，叫董平。别看董平只是个小混混，他对朋友还是很讲义气的。

"我们几个呢，早就商量好了，准备找点刺激。"董平递给我一支烟。

"阿平，我知道你好色，我告诉你，约那么多人干那啥这样的事情可别找我，"我对郑阳和凌云鹤说，"你们俩也是，怎么也不管管他？"

"满脑子想什么呢，你还真是龌龊！"凌云鹤拍了我脑袋一下。

"行行行，我龌龊，那你们别卖关子，赶紧说，到底要做什么'刺激'的事情。"我有点不耐烦了。

他们五个人都凑了过来，何承志低声问："玩过'通灵游戏'吗？"

"没。"原来他们所谓的刺激就是这个东西，"你们想玩这个？"

"怎么样？我们几人可都商量好了，就差你一个！"凌云鹤揉了揉长发，用诱惑的目光盯着我。

"没兴趣，酒吧里的事还不够我忙的，我可没工夫跟你们扯淡。"我瞥了他们一眼，表示对这件事情根本就没有兴趣。

那个时候我和大多数人一样，压根儿就不相信什么鬼神，自然也不会觉得通灵游戏能玩出结果来。所以我不会对没有任何结果的事情付出时间和精力。

"靠，你不是怕死吧你？"董平很不屑地瞅了瞅我。

"滚滚滚！"我对董平说，"没吃过猪肉还没见过猪跑啊？那些流行的通灵游戏我还是知道的，什么'碟仙'之类的。哎？我说你们是不是老港片看多了，怎么想起玩这样的东西了？"

"莫冲，你就说你玩还是不玩吧？怎么磨磨蹭蹭的？"郑阳催促道。

"小阳和鹤姐都不怕，你这个大老爷们儿不会是害怕了吧？"贾晓鹏紧跟了一句。

有的时候我们总是会做不喜欢做的事情，说到底无非就是面子问题，男人尤甚。我当时就是因为面子上觉得过不去所以才答应了他们，现在觉得当时的决定非常蠢，而且愚蠢到了极点！

"行，我参加，我看你们啊，都是闲出屁来了！"我无可奈何地摇摇头。

“这他妈才有个老板的样儿，”董平把手臂搭在我的肩膀上，“对吧，莫老板？”

我把他的手臂从肩上抖下来，然后问：“你们说吧，去哪儿玩？怎么个玩法？还有，咱们这次游戏的目的是什么？”

“我说你目的性也太强了吧？就是娱乐！”凌云鹤说。

“一边玩去！忽悠我啊，你们撅下屁股我就知道你们拉什么屎，跟我来这套？再不说我就不玩了啊！”我威胁道。

“服了你了，”董平说，“见鬼！懂吗？”

“见鬼？”我带着几分嘲笑，“就是见见鬼？没别的了？”

“你什么时候胆子这么大了？见鬼还不够啊？”郑阳说。

“好啊，我就陪你们玩玩吧，还没说去哪儿呢？”我追问道。

“去我那儿！”董平说，“今天晚上到我家玩！”

“那我还用准备什么吗？”

“不用，知道你和云鹤要照顾生意，你们俩什么都不用准备，只要晚上人能到就可以了。”

就这样，下午我在酒吧照顾生意，凌云鹤也回到咖啡店。其他人则去准备需要的东西了。我没有想到，那个下午是我最后的平静时光。很快，我的生活将变得一团糟，而且还有着一发不可收拾的态势！

晚上打烊已经很晚了，如果不是董平给我打电话，我差点就把玩通灵游戏的事给忘了。我按照董平的指示到了咖啡店，除了董平之外其他人都在，凌云鹤正准备打烊了。

“你们怎么都在这儿？”我一屁股坐下，明知故问道，“你们还真准备玩什么通灵游戏啊？”

“废话，本来以为东西都准备好了，但是刚才发现少了一样，买完之后就过来集合了。”贾晓鹏跟郑阳扭扭捏捏地抱在一起。

“董平已经在等着了，咱们几个也赶紧过去吧。”何承志已经急不可耐了。

董平的家在一个有点老旧的住宅小区里，房子不算大。敲门进屋之后发现董平应该是收拾过家了，不然他的家绝对乱得下不去脚。董平开门之后就光着上身去了厨房，凌云鹤刚刚坐到沙发上就从屁股下面的垫子之间拿出一样东西，并把董平喊了过来。

“你看看你的种！”

凌云鹤把发现的东西扔向董平，那竟是一个用过的避孕套。避孕套打在董平胸前然后落在了地板上。

“你小子是不是又糟蹋无知少女了？还在沙发上搞？”我戏谑道。

董平嬉皮笑脸的没搭话，赶紧把避孕套拿去丢掉了。

“东西都准备好了，我先说说通灵游戏的玩法。”郑阳郑重其事地站起身，所有人的目光都聚集到了她的身上，“每个人都会得到一根蜡烛，然后我们围坐成一个圆圈点燃手里的蜡烛，放在身边。记住，千万不能让蜡烛熄灭，否则很危险。”

“如果灭了的话，会怎么样？”董平问了一句。

“我也不知道，不过咱们玩的可是通灵游戏，是跟鬼打交道，后果不用我多说吧。”

董平小声嘟囔了一声“靠”。

“随后，用一只碗装满粳米放在大家中间，我会杀死一只公鸡，让鸡血浸透整个碗，然后我会烧掉一些冥币。不过在冥币烧毁之后，还需要用我们每个人的血浇在冥币的灰烬上……”

“等等，”凌云鹤打断了郑阳的话，“咱们还要流血啊？”

“放心吧，不会很多的，每人只要几滴就可以了！”

简直就是胡闹，一会儿杀鸡一会儿流血，又是在房子里烧冥币，董平竟然也会答应在房子里做那么多晦气的事情。

“我把血滴在灰烬上之后，所有人都守着自己的蜡烛，记住，不能让蜡烛灭掉。”郑阳强调，“接下来会发生什么，我不敢肯定，不过据说这个时候就会有鬼出现了。”

“出现？怎么出现？”我用玩笑的语气问，“敲门进来？”

郑阳白了我一眼，继续说：“不知道，不过应该就会是在这个时候，我会对着那只碗说一些话，你们千万别出声。无论看到什么也别出声！因为鬼对于活着的人来说，是瞎子，只要你们都不要出声，鬼是不会发觉的！”

“我们都是男的，当然是不害怕，可是你们两个女的……”

想起某些听说过的说法，女人阴气重什么的，我怀疑地盯着郑阳和凌云鹤。

“那可不一定，到时候你们几个男的可别吓得尿裤子就行了。”凌云鹤毫不留情地反击。

“别废话了，听我把话说完。”郑阳继续讲，“到时候鬼就会出现，你们可以从影子里看到鬼的样子，然后悄无声息地转过身，就可以看到鬼的样子。”

“我有个问题啊！”何承志说，“我们围成一个圈，蜡烛都点燃了。那么我们应该不可能看到鬼的影子，而且鬼有影子吗？如果能看到影子的话，我想也应该是我们的影子才对吧？很难分辨啊！”

“不要用惯性思维来思考这件事情，要知道我们今天做的事情本身就不能按照常理来判断，所以一切都要看结果就行了，要那么多的解释干什么？你小子是不是在国外留学把脑子学傻了？”

距离午夜时分还有半个小时，我们开始为游戏做准备。

郑阳分给我们的蜡烛都是白色的，既宽又长，烛芯也比一般蜡烛要粗一些。

“这蜡烛不是谁都能弄来的！是我在蜡烛坊里找到的，纯手工制作的，保证质量，想灭都难了。”郑阳一边打量着手里的蜡烛一边自信地说。

“不过你还是没说如果蜡烛灭掉的话，会发生什么事？”董平问。

“不知道，反正一定不会是好事！阿平，你该不会是害怕了吧？”郑阳讥讽道。

“我怕过谁？你开玩笑吧？就算有鬼我他妈的也砍了他！”董平话虽然这样说，但是我还是感觉到他的语气较平时犹豫些。

至于盛米的碗，郑阳告诉我说，那可不是一般的碗，是晚清古董。

“为什么要用古董呢？很贵重呢？”我仔细地端详着手里的碗。

“这种事情当然是用的越贵重越好！”郑阳得意地望着这只碗说。

“你就不用担心了，这种碗再贵也贵不到哪里去。我花钱，你莫老板担心什么。”凌云鹤说。

时间越来越接近了，我们关好窗户围坐在客厅的地板上。我们中间放着一大盆冥币，旁边是盛满粳米的古董碗。郑阳去厨房抓来一只公鸡，公鸡被绑住了爪子，嘴巴也被捆了起来。灯被关掉了，房子里一片黑暗。

“现在，点燃你们身边的蜡烛！”

我们纷纷点亮了身边的蜡烛，房子里亮了起来，气氛却分外诡异。虽然不信鬼神，但是这种气氛却能让人内心慌张。郑阳再次拾起地上的公鸡。

“要开始了，谁也不要说话。”

郑阳一刀划破了公鸡的脖子，公鸡挣扎了几下，鸡血溅得四处都是。郑阳马上把鸡的脖子对准那碗粳米，鸡血浸透碗底。

“现在，你们都转过身去。”

我们听话地转身坐着，接着我感觉到身后有火光，想必是郑阳把冥币都点燃了。因为不通风的缘故，房子里充满了纸灰味。郑阳走到我们身边，用一根针在我们手指上取血，然后滴在那只装着粳米和鸡血的碗里。取完血她走回去，把碗放回原处。

“请各位上来吃饭，请各位不要客气，小女子无事相求，只求各位上来吃饭。”

听了郑阳的絮絮叨叨，我这才想通那淋了血的饭原来是引诱鬼到这里来的诱饵。这么无趣！到时候什么也请不来不说，还弄得满屋子里都是血气味，我倒要看看以后董平这小子还怎么骗姑娘来房子里做那事。

可是很快我就见到了难以想象的景象。原本模糊的烛影突然发生了变化，周围出现了人形的影子，并且影子越来越多了。难道真的是鬼出现了吗？

我缓缓地转过身，小心着不要打翻身边的蜡烛。眼前的景象令我惊恐不已，七八个男男女女正跪在地上抢食那只碗里浸泡着鸡血的粳米。这一定就是鬼，他们看起来衣着破烂，身体发黑，根本看不见他们的眼睛，只有黑漆漆的深洞。

郑阳已经回到了自己的位置上去，眼睁睁地看着这些鬼的出现，就好像一切都在她的意料之中一样。凌云鹤就没有那么淡定了，她捂住了自己的嘴巴，不让自己发出一丁点声音，眼睛瞪得老圆。董平看起来异常兴奋。何承志和贾晓鹏则惊讶得嘴巴也合不上了。

碗里的粳米越来越少，那些鬼便开始舔地上喷溅的鸡血。同时，我有了疑惑，我们能够请来这些鬼，又该怎么送走他们呢？俗话说“请神容易送神难”，神都已经够难伺候了，更何况是鬼呢？不过转念一想，郑阳应该有办法解决的。

很快，地上的鸡血也被舔干净了。鬼突然都不动了，虽然我根本就看不到这些鬼的眼睛，但是我能感觉到他们在盯着郑阳。突然他们一下子全都扑向了郑阳。是鸡血！刚才郑阳杀鸡的时候身上被溅到了鸡血，这些鬼在舔舐完其他地方的鸡血，一定会扑向郑阳的！

郑阳从淡定变得惊慌失措也只用了不到一秒钟，她一屁股坐在地板上。这群鬼全部压到了郑阳的身上，她开始大声号叫起来了。号叫？这样不是很危险吗？

贾晓鹏马上爬了过去，也惊慌地叫出了声：“小阳，现在我们该怎么办？”

就是这么一叫，鬼好像这才注意到房子里还有其他人的存在。他们看了看贾晓鹏，贾晓鹏也不敢再动一下了。接着鬼再次趴下身扑在郑阳的身上舔舐着尚未干涸的鸡血。

“救命啊，救救我！”郑阳不小心打翻了她的蜡烛，蜡烛灭掉了。这个时候我们注意到鬼少了两只，难道这些蜡烛就是鬼存在的媒介吗？贾晓鹏见状马上灭掉了自己的蜡烛，其他人也是如此。不过还没等我熄灭蜡烛，所有的鬼都已经消失不见了。就好像它们从来就没有出现过一样。

我们马上查看郑阳的身体，她身上并没有伤口，但是有些地方有点发黑。

“这就是那些鬼舔过的痕迹吗？”凌云鹤战战兢兢地说。

董平打开了房子里的灯，何承志打开了所有的窗户，风一下子灌了进来，我那根亮着的蜡烛闪晃了几下便被吹灭了。贾晓鹏把郑阳抱到沙发上，问她感觉怎么样了。

“应该没什么事情了，刚才吓死我了，是我没考虑周全，身上竟然沾了鸡血，那些鬼也应该只是冲着鸡血来的。”郑阳松了口气说，“我休息一会儿就好了。”

郑阳的皮肤上虽然有黑色的痕迹，但是衣服上却没有丁点儿血迹。这就是鬼的本领吗？将血舔舐得干干净净？

我们离开了董平家时，已经是凌晨了。见郑阳并没有大碍，大家也就散了。

***

莫冲没有继续讲下去。

“后来呢？后来怎么样了？”

慕容雪似乎对莫冲的经历很感兴趣，急于知晓他后来的遭遇。

莫冲笑了，他解释说：“我不是在讲故事，而是在把发生的经历重新复述一遍，既然咱们是要找到灾难背后的真相，而且要说的是最开始发生的事情，那么我最开始遇到的事情就是这些，至于后来的事情，以后再说。”

莫冲借口般的理由竟然无人反对。

“你的事情说白了就是见鬼了。”李建华的表情有些复杂，既感到不可思议，又强撑出一副淡定的神情，“你们用通灵游戏的方法竟然真的把鬼召来了。”

“可还是没有任何的线索，”朱晓颖皱着眉沉思道，“不过这种事情在灾难爆发之前听起来绝对耸人听闻的。”

陈东一言不发，他始终盯着莫冲，眼神里既没有怀疑，也没有任何惊奇。万子明虽然沉默不语，可他的目光里充满了惊讶的神色。

“虽然现在咱们知道了莫冲的事情与‘鬼’有关，但是过去玩什么通灵游戏不过是传说而已，可是莫冲他们竟然真的把鬼召来了。”齐涵若有所思，“为什么真的会成功呢……”

“话不能这么说，”莫冲大呼了一口气，“也许事实一直就摆在那儿，只不过在那之前我们都不愿意相信罢了。”

“不过，你遭遇的经历我还真的想继续听下去，你的经历，很特别。”慕容雪声音渐低。

陈东看了眼窗户的方向，天色已经暗了下来。不知不觉中已经过了一个下午了。

“既然依然在猜测，不如停下来休息一下，换换脑子吧。”陈东说。

朱晓颖也注意到了浅晚的天色：“不如准备一下晚饭吧，我们有很多的时间讨论呢，吃饱了饭再琢磨。”

“也好，只剩下大哥和万子明没有讲过了，等吃完晚饭了咱们再继续。”李建华表示赞同。

“快到晚上了，咱们来分下工吧。大哥，你说我们都该做什么？”朱晓颖很聪明，她依然记得这里的主人是陈东，所以她征求了陈东的意见。

“做饭的工作就应该给姑娘吧，男人主要是把好风。不过天黑了，需要更加谨慎才行。”陈东平淡的语气让人胆寒，其他人的注意力都集中在了“天黑”和“谨慎”上，不过谁也没敢多问一句话，生怕会听到他们不愿面对的事实。

“至于其他人，就看看哪里需要收拾一下。不过还是老话，保持安静，不管做什么都必须保持安静！”陈东在说这句话的时候，有意看了眼慕容雪和齐涵。

“不过在天黑之前，我要先去仓库一趟。”陈东说完就站起了身。

“大哥，你天黑也要出去？”李建华问。

“顺便巡逻一圈，查看附近的情况。”陈东一边检查枪一边说。

“我跟你一起去吧，毕竟我白天跟你出去过，情况还算了解的。”

李建华清楚得很，虽说夜晚的农场里风险更大，但是他还是想跟陈东单独相处。

“行。” 陈东爽快地答应了。

像之前一样，陈东让万子明到楼上望风，莫冲依然负责把守在门口。陈东小心翼翼地打开门，他的谨慎根本就没有因为多次外出而减少分毫。在确定外面没有异常情况之后，陈东打开了门，然后带着李建华迅速走出门去。陈东出门之后的第一反应就是用枪指着房顶的方向，直到确定房顶没有安全隐患之后，他才将枪口指向他处。

此时太阳只剩下了一个红色的圆圈，挂在远处的树林边缘，也就只有几秒钟时间，整个太阳一下子就消失不见了。就好像有一根看不见的锁链，猛劲将太阳拉了下去。太阳仿佛再也不会出现了。

“怎么会这样？”李建华瞪大眼睛看着突然暗下来的树林。

“你们一直在逃命，所以从来也没有注意过太阳吗？”

李建华沉默地摇摇头。

“我来到这里的第一天的时候就注意到了，太阳已经发生了变化。”陈东并没有将目光望向树林的方向。

“已经异常到了这种程度，这样的现象无论用什么学说都很难解释……”

关键的名字

李建华的话还没有说完，陈东便接言道：“我倒是觉得这是必然结果，现在所有的事情都朝着我们难以理解和想象的方向发展。所以太阳如此，我觉得不必大惊小怪吧？”

说完陈东便朝着仓库的方向走去，李建华回过神来紧跟在端着枪边走边留意着周围风吹草动的陈东。由于太阳的不正常坠落，瞬间天色就暗了下来。走入仓库大门，陈东点亮了手电筒。

“说吧，你找我有什么事？”陈东直截了当。

“大哥还真的是了解我，我的确有事找你说。”李建华低声细语，略带谄媚。

“那你就讲，不要磨磨蹭蹭的。”陈东看着不算亮的灯光下李建华的影子，并没有正视他。

“别着急，大哥，其实你也想跟我谈谈，不然你也不会把我带到这里来，这么开门见山的……”

听了这话，陈东冷笑了一声，冷笑中还有些嘲讽的意味。这一笑让李建华不敢轻举妄动，不知该如何说下去了。

“有话就说吧。”

见陈东表态，李建华立刻说倒：“先说说慕容雪，她在撒谎！”

“然后呢？”

“莫冲，他有点小聪明，你不觉得他刚才是故意停止的吗？”

“莫冲已经解释过了，我也很赞同他的说法，我们不是在讲故事，而是在寻找原因，所以我能理解莫冲的点到为止。”

李建华低声说道：“又或者大家都藏着与他相同的小心思……”

“你口口声声说信任我，可你并没有把话全都说出来。你留有余地！”陈东断言，“而且就算慕容雪撒谎了，那又如何？”

“大哥，你太轻视这些问题了！”

“既然你说我轻视这些问题了，那么我想问问你，难道我们就能够拯救世界吗？别傻了，幸存者就要有个幸存者的样子，生存下来才是王道！”陈东轻视地瞄了李建华一眼。

“大哥，事情并没有想象得那么简单。”

“那就爷们儿一点，把想说的话都说出来，不然就别耽误时间。”说着陈东朝着仓库门看了一眼，“在房子外面，恐怕没那么安全。”

“既然这样，大哥，我提醒你一下，你还记得‘程芳’吗？”

陈东犹豫了一下，但李建华并没有让他多考虑，直接说道：“慕容雪在讲述经历的时候，提起了一个人名！她告诉张军和张婷婷自己的名字叫‘程芳’。”

“那又怎么了？”陈东毫不惊讶，“她是在撒谎，她不想让陌生人知道她的身份，这有什么值得怀疑的吗？”

“不！如果‘程芳’只是她随口一说的名字，那么为什么后来她没有再提起这个名字？”

陈东的表情没有变化，他沉默地盯着李建华，希望他继续说下去。

“我的想法就是慕容雪并不是胡编的一个名字，这个名字，不，应该是这个名字的主人，这个女人一定跟慕容雪有着很密切的关系。”

陈东笑了，他无奈地摇了摇头，说：“单凭一个名字？你就开始妄加猜测？”

说完这句话，陈东就收起了笑容，谨慎地站在仓库门口，外面天色渐黑。

“不，大哥，按照习惯来说，即使是一个胡编出来的名字，她都会不止一次地提到，就是为了加强别人的认同感。可是慕容雪却没有，她仅仅提到了一次！”

“继续！”陈东眼睛依然盯着外面。

“那就说明慕容雪在讲述经历的时候，当她需要一个名字时，她下意识地想到了‘程芳’，说明这个人对她至关重要。而且她提起了一次，就说明她又不想让大家注意到这个人！”

“这又说明什么呢？”

“在讲述经历时无意提到的一个人，却又不想让大家关注这个人。”李建华沉思半晌，“慕容雪撒谎！她一定知道她遭遇灾难的真相！而她下意识地提到的‘程芳’，这个女人一定就是那场灾难的关键！”

陈东将眼神移到李建华身上：“就算‘程芳’是关键，难道你就这么去跟慕容雪理论？你还有什么证据证明她在撒谎？就凭一个人名？”

李建华没有吭声，但是他心有不甘。

“好了，时间也差不多了，你先盯着外面，我去把发电机打开。”说完，陈东挪进到里面，启动了发电机。

“还是赶快回去吧？”陈东用那块黑色抹布擦了擦手，“不然他们会担心的。”

“担心？不如说他们会‘疑心’吧！”李建华冷笑道。

在陈东的心中仍有疑问，为什么李建华格外留意慕容雪？为什么李建华要偏偏认为慕容雪在撒谎？如果按照李建华之前所说，他只相信陈东一个人，那么他对其他人的经历心存怀疑？那么李建华的怀疑依据究竟是什么？

陈东站在仓库门口通过门缝盯着外面，不过他的注意力却没有完全放在仓库门外。不仅仅是因为外面几乎已经黑得看不清了，更是对李建华无意中的防备。这是他自从逃亡以来形成的习惯。

就在陈东打开仓库门之际，李建华轻声地对他说：“大哥，虽然每一个人都在讲述过去的经历，但是谁又如何保证自己没有说谎呢？”

“那么你又怎么保证你没有撒谎呢？”

言罢，陈东打开了大门，用枪指着门外，示意李建华跟着他。月亮尚未升起，不远处被木板钉得严严实实的窗户里透出丝丝光亮，发电机已经为房子供电了。

咚咚咚！

陈东敲门之后马上转过身，把目光伸向房子一侧的边缘之处，以小心地应对黑暗中那不可预料的一切。脚步声之后，门内传来询问声：“是你们回来了？”

门内是齐涵，陈东也低声尽量只让一门之隔的她能听到自己的声音：“是我们，开门吧。”

门开了，齐涵紧张地看着陈东和李建华：“怎么去了那么久，大家都急坏了。”

陈东看了眼门内走廊，问齐涵：“莫冲哪儿去了？怎么没有把门？”

“天黑了，你们俩又去了那么久，莫冲守在门口不见你们俩回来有点着急，在盯着窗户外面呢。”齐涵解释说。

陈东并未因为莫冲没有把守门边而心存不满，他只是理解地点点头。

莫冲闻声赶来，低声道：“你们现在才回来，搞得大家都很紧张，我去窗边盯着，但是什么也看不见，连你们俩的脚步声都没听见呢。”

永不分离

陈东把门锁好朝客厅走去，朱晓颖走出厨房迎上前来。

李建华问道：“晓颖，晚饭做得怎么样了？”

“就快好了。”朱晓颖用围裙擦了擦手上的水，“你跟大哥赶快进去好好休息吧，一会儿就能吃饭了。”

慕容雪从楼上走了下来，额头上还沾着汗水：“我把楼上的浴室和房间打扫了一下，大哥，你以前是住在楼上的吧。”

“你看出来了吧。”陈东的笑容有点僵硬。

“是的，大哥，看来你真的在这里住了很久，我看到你在墙上刻的字了。”

慕容雪露出了发现他人不知道的秘密时才有的窃喜笑容。

陈东望了眼通往二楼的楼梯，问道："万子明还在楼上吗？"

"嗯，他在楼上盯着呢。"

陈东倒觉得万子明这样沉默寡言又沉得住气的人很适合在楼上把风。陈东看着昏暗的一楼客厅，桌子上的餐具摆好了。

李建华出奇地沉默，陈东感觉到他的眼睛始终盯着慕容雪和莫冲，那眼神始终包含着一种有待爆发的情绪。

"好了，准备吃饭吧。"朱晓颖把简单的饭菜端上桌，"对了，叫万子明下来吃饭吧。"

饭桌上，平时让人觉得干涩的咸菜变得很爽口，大家纷纷表示咸菜的味道极好。

"我在咸菜里加了点香油，这样味道就会柔和些。"朱晓颖言语里透露着自豪。

陈东并不言语，只是低头吃饭。

"刚才我和大哥出去巡逻，为了安全起见子明在楼上把风监视附近的情况，"李建华看了陈东一眼，"可现在我们所有人都聚在这里吃饭，不会出什么问题吧？"

听了李建华的问话，陈东这才咽下米饭回答道："我把房子修得很结实，我之所以让万子明在楼上把风，那是因为房子里的四个男人中两个外出了，无论对于房子里还是外出的人都很不利。而现在咱们全部都聚集在房子里，如果还有什么人或者什么东西能轻而易举地闯进这房子，我想那种情况也并非我们合力能够阻止得了的。"

"现在只有万子明和大哥还没有说过他们最初的遭遇了，那么咱们吃完饭就开始吧？"李建华提醒道。

万子明的筷子停在碗边，随后他微微点头。陈东则毫无反应，仿佛一切本该如此。收拾好桌子之后，大家都围坐在桌子旁想听下一个人讲述经历了。

"谁先开始？"莫冲的目光在陈东和万子明之间游移，"你们俩谁先来？"

朱晓颖把双脚抬到了椅子边缘，她抱着双腿看着两个人，似乎认定接下来的经历会让她心惊胆寒。

见万子明始终没有表态，陈东便对他说："如果你不想先说，那我就先来吧？"

"那就从大哥开始吧。"李建华的语气大有着一锤定音的意思。

"不！"万子明推翻了李建华的定论，"还是我先来吧，跟我同来的人都讲完了，也应该轮到我了。”

陈东侧眼望着目光沉着的万子明，他开口的时机颇具玩味。

万子明在众人的注视中，开始了他的叙说。

* * *

不怕你们笑话我，我最初的遭遇还要从我喜欢上了一个女孩开始说起。

像我这样没有后台，完全靠自己能力打拼的人实在是不容易。我大学毕业之后到一家很有名的集团公司做销售员。说得好听点叫销售员，实际上不过是个卖电饭煲的。刚被录用时公司安排我们去集训，我在那里认识了她，刁雪宣。

她绝对是我一生中再难碰到的女人，虽然都是来集训的，她跟其他的女孩就完全不同。有的女孩根本是异想天开，认为靠自己的本事保准能步步高升。还有的则更是可笑，根本就是丫鬟的命，却要摆出大小姐的架子，根本就不肯踏踏实实地干。

我坚信这样的女孩根本就干不长久，果不其然在两年当中很多女孩纷纷辞职。可是刁雪宣不同，她有着女孩的温柔，又具备男人的果断，做事情不拖拉不娇气，人也漂亮。

我一穷二白，根本不奢望能跟刁雪宣在一起，我什么也给不了她。不过我不想远离刁雪宣，我愿意照顾她，帮助她，保护她。所以我选择跟她做好朋友，仅仅是好朋友而已。

不知道是不是上天怜悯我，刁雪宣并没有拒绝跟我做朋友。我也在暗暗努力，希望能有所发展，才有机会正式向刁雪宣表明心意。这样我也不用每天看着刁雪宣每天辛辛苦苦地卖东西，还要被那群根本买不起东西的老色鬼刁难了。

我和刁雪宣住得不远，她跟人合租了一套小房子，我就住在对面街的另一间狭小的房子里。我承认之所以会租住那么狭窄租金又高的房子，只是为了能与刁雪宣住得近些。仅凭这一点，我就觉得心里暖洋洋的，工作也有干劲。

有一天晚上，下班后与刁雪宣步行回家，那天她格外兴奋，眼睛不停地四处打量。依我对她的了解，她绝对有心事，而且绝对是好事。

“遇到好事了还不从实招来？”已经快到她家楼下了，我笑盈盈地站在她身边问。

刁雪宣红着脸支支吾吾："我想告诉你一件很重要的事情……"

我不由得心跳加速了，难道我梦寐以求的事就要实现了？难道刁雪宣对我……

"我谈恋爱了！"

我立马从万里高空跌到了谷底，她口中的恋爱对象当然不是我。原来只是空欢喜一场，刁雪宣好像根本就没有注意到我的情绪变化，她依然沉浸在喜悦当中。

"主要是陆云的条件比我好太多，我实在不想让太多人知道这件事，怕大家说我是拜金女。"

我勉强地笑了笑："那为什么你愿意告诉我呢？"

"因为你跟别人不一样啊，你是我的好朋友，即便知道了绝对不会像其他人那样恶意揣测我的。"

虽然心里不舒服，但是听了刁雪宣的话我还是感到欣慰。那晚我见到了叫陆云的男人，他的宝马车就停在刁雪宣家的楼下。陆云个子高，人也帅气，身上的名牌就足以让我自惭形秽。

刁雪宣接过陆云递上的一大束玫瑰花，我从来也没有见到过刁雪宣如此开心过，她的笑容远比玫瑰花更加娇艳暖心。刁雪宣向陆云介绍我，说我是她的好朋友。陆云很有礼貌地与我打招呼，丝毫没有富家公子哥的傲慢无礼。虽说我真心祝福刁雪宣找到了如意郎君，但是心里还是很难受。为了消解内心的苦楚，我找了好哥们儿夏东阳到附近的大排档借酒浇愁。本来想发泄郁闷，没想到喝过酒后不满越沉积越多。

"东阳，我就不明白了，感情上我怎么就这么倒霉？"

"感情这个玩意儿本来就难琢磨，这跟你倒霉不倒霉可没有关系！"

"我喜欢她两年多啊，人有几个两年多！"

"行了行了，那明明是你单相思！你一个大男人，刚才还说祝福人家小姑娘，现在怎么那么小气？"

"就算不是倒霉，我就不明白了，"我红着脸打了个酒嗝，"有的人许个愿就能实现，我怎么天天求着老天爷让我和刁雪宣能有可能在一起，怎么就实现不了呢？"

"我跟你讲这么个道理吧，老天爷灵验不灵验呢？答案是肯定的！不过呢，这有个概率问题，就好比是幸运抽奖一样！老天爷把大家伙的愿望收集起来，然后抽取几个幸运的，帮忙给实现一下……"

“得了得了，你就别在那儿胡说八道了。”我拿起酒瓶扔给他，“你先把酒干了！”

半夜回到住处，我一下子就栽倒在床上，我告诉自己，刁雪宣已经不是我该继续思念的人了。男人就是这样，想要放下一份感情就要做一件里程碑式的事情，比如我，选择了醉酒，酩酊大醉。

第二天我头疼得厉害，早上吃了点解酒药才好受些。上班之后我有意不向刁雪宣工作的地方看。中午工作餐，和刁雪宣同组的女孩过来我旁边坐了下来。

“小万，你知道小宣为什么没来上班吗？”

她告诉我说，经理很生气，而且不管怎么打她的手机，她就是不肯接。刁雪宣是一个很有责任心的女孩，不可能连假也不请就旷工。就在我困惑不解的时候，脑海里又出现了她跟陆云在一起的情景，嫉妒心油然而生。

不过后来我越想越担心，因为报纸上经常会报道有人贩子欺骗女孩拐卖的新闻。于是整个下午一有空我就拨打刁雪宣的手机，一开始只是没有人接听，到了后来竟然关机了。我有了可怕的想法——刁雪宣由于迫不得已的原因，无法接电话，所以电话一直都是开机却没有人接的状态。当拨打她手机的次数多了，手机不停地响，一直到手机没了电。

难道是刁雪宣出了意外？这个时候我想起了一个人，就是与刁雪宣合租的女孩，有一次刁雪宣让我帮忙去她家里搬东西，为了方便我进门，她给了我那个女孩的电话。我拨打过去之后，那个女孩很快就接听了电话，我赶忙询问刁雪宣昨晚是不是回去了。那女孩告诉我，刁雪宣跟男朋友出去过夜了。

直到下班，还是没有刁雪宣的消息。我只能安慰自己，也许刁雪宣真的有急事来不及请假吧。只不过这个安慰没有维持很久，就在我准备回家的时候，警察找到了我。

警察表示，要了解一下昨晚见到陆云和刁雪宣的情况。警察如此询问，只有一种可能，那就是刁雪宣和陆云真的出事了。

“我们今天下午在陆云的宝马车里发现了陆云和刁雪宣的尸体，请问你在最后见到他们俩的时候，他们俩有没有什么异常的地方？”

我顿时觉得天塌了下来，我可以理解刁雪宣跟别人恋爱，也可以理解刁雪宣不接受我，但是我真的无法接受刁雪宣就这么突然死去了。

“刁雪宣是怎么死的？”

警察只是告诉我刁雪宣和陆云被发现死在了郊区，具体死因却没有告诉我。昨天人还好好的，怎么说死就死了呢？警察只是问过我最后见到两人的情况，随后便离开了。下班之后我没有回家，想四处转转散散心。天虽然黑了下来，热闹的街上却依旧是人来人往。商场门口的椅子上坐着几对情侣，疲乏的我坐到了距离最远的椅子上。

我很后悔，我应该在昨晚就告诉刁雪宣我喜欢她，即使她恋爱了也没有关系，也许因此就不会马上跟陆云出去过夜了。就像蝴蝶效应一样，事情的某个细节稍微变动，结局就会发生重大改变。

我看着这一对对亲密的情侣，心里难免会很难受。我突然想起夏东阳对我说过的玩笑话："祝天下情侣都是失散多年的亲兄妹！"

当初听到他这么说还觉得很好笑，可是现在我却感到无限悲哀。我坐在椅子上直勾勾地盯着一对亲热的情侣，他们彼此对望，突然那女孩羞涩地笑了，红着脸盯着她男朋友。男孩慢慢靠近，然后两个人的嘴贴在了一起。两个人正在接吻。

甜蜜的场景无情地摧残着我，为什么别人能跟心爱的人在一起，而我却不能？又为什么要让我心爱的女人死去呢？

就在这个时候，甜蜜的场景发生了变化，这对情侣突然面色大变。女孩惊恐地瞪圆了眼睛，嘴里发出呜呜呜的声音，眼睛慌乱地转动着。

这是怎么回事？就在我感到不解时，两人同时站起身来，男孩更加慌张，他甚至开始用力地推搡女孩。但是两个人的嘴却始终也没有分开过。

坐在其他椅子上的情侣们也看出了不对劲，纷纷投来了好奇的目光。这对情侣猛地用力推搡对方，男孩掏出手机想拨打电话，但是他却始终无法停止接吻。我终于看出门道了，他们俩的嘴巴分不开了！

聚集的人越来越多，都在围观这对情侣怪异的举动，甚至有人上前询问他们发生了什么状况，可这对情侣只能用惊恐的目光斜着眼睛看着周围的人。没有几分钟，两个人的脸就变成了紫色，随后倒在地上不动了。接着有人拨打了报警电话和急救电话。

围观的人谁也不敢靠前，我站在人群的最里面看着侧躺在地上的情侣，好一对苦命鸳鸯。警察和救护车很快就到了，当移动这对情侣的时候，却怎么也无法分开两个人。

"他们俩的嘴……"

医生沉浸在惊讶和恐慌中。没一会儿，警察来到他们面前示意他们马上把这对情侣抬走。看着救护车离开，人们议论纷纷。警察也在询问几个目睹事件过程的围观者，就在我准备离开时，一位警察突然拦住了我。我定睛一看，竟然是早前找我询问过的警察。

“你刚才一直在这儿？”

我点点头，没吱声。那警察沉默了很久，最后说了句：“你还真行，总能碰上这种事。”

我望着那位警察离去的背影心生疑惑，他刚才说我总是遇到这样的事情？我突然想到了一个很有可能的事情，难道说刁雪宣和陆云也是发生了同样的事情？两个人本来在接吻，嘴巴却无法分开了？

这叫什么事啊！？我压根儿就没有看到那对情侣在接吻之前有什么异常的举动。还有另外一个更加不靠谱的可能，那就是他们俩的嘴突然长在了一起！不知道为什么，我突然觉得这才是他们俩的嘴无法分开的真正原因。

围观的人都离开了，其他情侣也觉得这个地方实在是晦气，没人继续坐在这里的长椅子上谈情说爱。不过我没有离开，我来到了这个刚刚发生过诡异事件的椅子旁，这个时候我看到了在椅子上的一行字——永不分离。

慢慢靠近，我发现这四个字不像是刻在椅子上的，而是不知道用什么东西写在上面的。哼，这四个字还真是讽刺。永不分离？很极端地讲，这对情侣真的算是永不分离了。我立刻来到了其他椅子旁边，发现其他椅子上根本就没有“永不分离”这四个字。本以为这是所有椅子上的标记，现在看来并非如此。

深夜，我做了一个梦，我梦到自己站在刁雪宣的身边，她转过身闭上眼睛，我轻轻地抱过她，慢慢地低下头吻她。突然我的嘴巴竟然跟刁雪宣的长到了一起！我开始慌乱，开始用力地推搡刁雪宣。但是她好像并没有发觉，无论我怎么摇晃，她只是闭着眼睛。不对，刁雪宣已经死了，我正在和一个死人接吻。我挣扎，我感觉到了从她嘴里进入到我身体中的腐臭！

我猛然醒来，并大口大口地呕吐起来。那一夜，我的脑子里全是噩梦中的景象。我愈加确定刁雪宣和陆云的死因一定和我见到的那对情侣一样。

到了第二天，所有人都在讨论昨天街道上嘴巴没法分开的情侣。几乎所有人都知道他们的诡异死法，事情传播的速度竟然如此迅速。

“太邪乎了吧，我看八成是假的！”

午饭时间，一位男同事滔滔不绝地说。

“我觉得是真的，大街上那么多人都看见了！”

“那都是以讹传讹，”男同事继续发表自己的观点，“现在有一些人都是闲着没事干的，到处胡说八道，以吸引别人的关注。不明白吗？缺乏存在感嘛……”

真正缺乏存在感的明明是他自己吧，我可没工夫听他鬼扯。如果想知道事情的真相，有一个人倒是能帮得上我。夏东阳的发小在警队工作，这小子挺仗义，虽然说我们喝过几次酒，但还是经过夏东阳见面比较好。夏东阳倒是爽快，很快就约了他的那个发小徐晓龙。我们约在一家小饭馆里见面，当然在没说正事之前，我们喝了不少酒，没一会儿徐晓龙就已经是红光满面了。

“小龙，跟你打听件事儿，你知道这两天发生的案子吗？就是情侣接吻之后嘴分不开的案子？”

我询问得很小心，假装自己只是个好奇的局外人。

徐晓龙夹了一口菜，然后笑嘻嘻地说：“你啊你，就是听谣言，根本就没有那么回事，就是得了啥急症，根本就没有什么分不开嘴之类的事。”

接着我们就碰了杯子，我偷偷瞅了徐晓龙一会儿才想明白了，真是人醉心不醉啊，喝了这么多的酒还能守口如瓶真是了不得。

“不瞒你说，当天在街上发生的事情，我就是重要目击者之一。”

夏东阳装作没有听到我的话，就只顾着低头夹菜避免尴尬。徐晓龙的脸严肃起来，他点了点头，然后说：“行，那我跟你们交实底吧。”

夏东阳抬起头来好奇地盯着徐晓龙。可徐晓龙并不着急，而是喝了口酒，斟酌了一番。

“最早的一例，是前天晚上，一对情侣坐在一辆宝马车里的……”

我身体震动了一下，夏东阳的眼神也转移到了我身上。

“昨天中午我们才接到报警，住在附近的居民发现宝马车从前天晚上开始就停在那儿，当时车头是对着山谷的，居民说那里风景不错，经常有情侣开车过来。当然也有不少人在那儿玩过车震，不过很少有情侣停那么久的。”

徐晓龙又不慌不忙地喝下一口酒，我有点心急：“然后呢？”

“附近的一位大嫂有点担心，她听说有情侣因为家庭的原因双双殉情了，就担心这车里的情侣跳山崖自杀了。哪跟哪啊，都他妈开宝马了，还殉情个屁啊。结果这大嫂走到车头向里面一看，吓得够呛，马上报警了。”

“你们到的时候他们俩就已经……”夏东阳随口提了一句。

“已经死了，当时我们同事打开车门的时候并没有觉得怎么样，只是觉得这两人死相不太好看，竟然是接吻死的，一开始怀疑是激情过火没喘上来气。别觉得我说没喘上来气是胡诌，我们遇到的案子多了，什么怪事都见过。刚要把他们俩分开，却发现怎么也不行，他们俩的嘴巴之间根本就没有缝隙！”

“是黏在一起？”夏东阳好奇地问，“还是被缝上了？”

“不，根本就没有黏合或者缝补的痕迹，完全像是长在一起的，好像从来就没有分开过一样。”

徐晓龙在说这话的时候也是十分惊讶，就好像他是第一次听说这件事情一样。

“这个不太可能吧。”

夏东阳明显不相信。

“起初谁也不相信，后来法医检查过，可结果就是那么耸人听闻。两个人的嘴巴长在一起？”

“后来怎么样了？”

“后来？”徐晓龙接着说，“后来还真的发现了另外一件事情，就是在后车窗上，竟然写着字，而且这字是从里面写的。”

永不分离？我突然回想起在长椅上发现的字。

“上面写着四个字，‘永不分离’。”徐晓龙接着说，“他们本来是想玩浪漫，没有想到倒是成真了，连死都不会分开了。”

说完他就再次与我们碰杯，于是我又提起了昨天晚上的案子，说我就在现场。徐晓龙告诉我，那个案子也挺蹊跷的，一对情侣在众目睽睽之下发生了同样的诡异事情。

“他们俩来不及抢救就已经死了。”

我没有把在那对情侣坐过的椅子上写着“永不分离”这四个字的事情告诉徐晓龙，不知道他如果听到这四个字也出现在昨晚的现场会怎么想。

离开饭馆，我们刚走入了一条巷子，就看到两个身影并排走出来。从影子看，这两个人的动作滑稽至极，歪歪扭扭、踉跄着往巷子外挪动。待两个人挪到巷子外的路灯下，我们才看清楚，这是一对情侣，他们的嘴巴连接在了一起。两双斜着的眼睛看着我们，嘴里发出呜呜呜的声响。男的用力推搡女的，但是惊恐的女人只是发出了更大的声音。

“快叫救护车！”徐晓龙的一句话把我从醉酒中叫醒了。

我叫救护车的同时徐晓龙打电话给他的同事。夏东阳则是站在一边不知所措。这时男人突然从口袋里拿出了一把刀子，女人惊恐地瞪圆了眼睛，但却无能为力。男人拿着刀子比画着嘴边，像是在估摸位置。

“别乱来！”

徐晓龙大声喊道。

但是已经晚了，男人的眼睛已经变成了红色，女人开始哭泣，看样子就要昏厥过去了。男人颤抖着手拿的刀子，毫不犹豫地开始切割自己和那女人的嘴巴。那女人大声地尖叫着，可是因为她的嘴巴是与男人连接在一起，尖叫声只能在两个人的身体里回荡着。

两个人连接的部分开始分离，血肉不断显露出来，鲜血流淌不止。剩下最后一点皮肉的时候，那男人用力推搡，一声撕扯，两个人分开了。路上不多的行人都围了过来。

女人瘫坐到了地上，她的嘴巴被完全豁开了，甚至已经盖不住她的牙齿了，她大口呕吐着鲜血。男人的嘴巴虽然打开了，但是还连接着多余的部分，就是女人的嘴巴，他摸着自己的嘴巴，对着天空痛苦的叫喊。

救护车来带走了两个人，徐晓龙也把事情经过跟同事说清楚了。我和夏东阳跟着警察走回那条巷子，在墙壁的砖石上发现了四个字——永不分离。

从那之后，又陆陆续续发生了相似的事件，以至于那段时间情侣们都不敢接吻。而我由于无法接受刁雪宣真的以这样离奇的方式死去，我甚至产生了调查这离奇诡异事件的想法。

* * *

大家本以为万子明会继续说下去，都在默默地等待着接下来的经历，但万子明的声音逐渐低沉、消失，再无声息。

慕容雪实在忍不住了，问道："后来你调查得怎么样了？"

"以后的事情，我们还是下次再说。"万子明回答。

"为什么呀？"齐涵似乎还没有听够。

"我不想急于把后来发生的事情说出来干扰大家的判断，我希望大家能从我的讲述中听出来一些我忽视的细节。"

"有一个问题我不明白，"莫冲抓了抓脑袋上的短发，不解道，"就算是两个人的嘴巴连在了一起，真的会死吗？"

朱晓颖若有所思："我们可以假设一下，如果两个人的嘴巴被完全缝合在一起，会带来什么影响呢？"

"共用呼吸道？"陈东猜测。

"没错，"朱晓颖用手指蘸了杯子中的水，在桌子上比画留下不会立刻干涸的水痕，"两个人共用呼吸道，这是他们的肺……"

朱晓颖很快在桌子上画出了简图，大家都很认真地看着她的动作。

"看，就是这样，"朱晓颖指着未干的简图说，"共用呼吸道，要满足两个肺的呼吸需要，但是口的呼吸作用失去了，只有通过鼻腔获取空气，而人呼吸所需要的是空气中的氧气。"

"这我懂。"慕容雪恍然大悟。

齐涵白了她一眼，慕容雪立马安静了下来。

朱晓颖接着说："鼻腔要吸入空气，然后肺利用空气中的氧气完成呼吸过程，呼出二氧化碳。不过两个人的鼻腔根本就满足不了两个人的呼吸需要。设想一下，两个人在接吻的时候嘴巴突然粘到了一起，必然会慌张，呼吸就会加速，所以原本狭窄的鼻腔就更加满足不了两个人的呼吸，于是就会争夺氧气。"

"争夺氧气？"

莫冲既兴奋又恐惧。

"没错，这是下意识的行为。氧气不足，肺活量大的一方一定会更加卖力呼吸，不过即使是这样，吸入的很大程度上是对方呼出的二氧化碳。这样其中一个人先昏迷或死亡，剩下的一个人继续呼吸也是没有用的，因为嘴巴连接在一起，呼吸也会通过已经失去意识的人，空气流入了尸体中然后再供给自身的呼吸，这很难实现！"

"你的意思是两个人这样下去一定会死？"齐涵问。

朱晓颖点点头："理论上应该是这样的。"

"如果真的遇到了这样的情况该怎么办呢？"齐涵下意识地舔了舔嘴唇。

"那男人的做法我非常赞同！"朱晓颖语气坚定，但脸上却带着些许的无可奈何，"即使是破坏身体，至少还能活下来。在当时的情况下，医护人员还在路上，两个人又十分慌张，没有几分钟就会窒息昏迷的，倒不如强行将两个人分开！"

听了朱晓颖的回答，慕容雪大口喘息了几次，就好像刚才她的嘴巴被封上了一样。

"不过像我这样的人宁愿憋死也下不了手！"

"没事，你下不了手我来帮你。"齐涵的话让慕容雪脸色更加苍白。

"接下来咱们是不是该从万子明的经历中寻找线索了，看看是不是能从里面找到关于真相的蛛丝马迹。"李建华提议。

所有人都陷入了沉思，只有风吹进房子的声音在微微作响。

过了许久，陈东说：“就像其他人的事情一样，完全都是没有任何征兆就发生了。”

没有人接话，看来其他人在沉思过后得出了同样的结论，毕竟万子明的这段经历虽说诡异惊奇，但是却没有复杂到隐藏难以揣摩的细节的程度。

莫冲叹了口气：“现在六个人已经讲完了最初的经历，这些事件就像大哥说的那样没有任何征兆。那咱们真的有必要进行下去吗？”

“不，既然我还没有讲，就应该让我也说完，说不定能从我的经历当中找到线索……”

陈东面带笑容，像是得到了热烈的邀请一般。只是他的笑容让其他人觉得浑身不自在。

“那大哥可以开始了吧？”李建华询问陈东。

“不如当作我给大家讲的睡前故事，怎么样？”陈东说道，“不过我要先出去……”

话音未落，慕容雪关切道：“大哥，你又要出去巡逻吗？”

“如果我不出去一趟的话不光我自己睡不踏实，你们也不会放心的。”

“建华你还是一起去吧，”朱晓颖对李建华说，“两个人总比一个人安全点。”

“那倒不必，”陈东摇摇头，“你们来之前，也都是我独自一人到外面去的。”

“情况不同了啊，大哥，现在咱们住在一起了，任何事情总是要共同分担的，对吧。”齐涵笑盈盈地说。

陈东并未接话，而是提醒道：“在离开房子之前，我要先关掉灯。因为我要去仓库把发电机关掉，我怕你们看到灯突然灭了会害怕。”

“另外，”陈东的目光移向三个女孩，“我不建议你们在晚上洗澡，这样做可不安全。”

图书馆夜

女孩们不约而同地点点头。于是陈东站起身关掉了灯，瞬间房间内一片黑暗。不过陈东没有在房子里的灯熄灭之后，立刻动身离去。

“我等大家眼睛都适应了黑暗之后再出去。”

陈东话毕，客厅内陷入沉寂，当大家逐渐在黑暗中可以看清楚其他人的身影之后，陈东站起来低声问道：“谁跟我出去？”

“我！”

李建华在他人尚未做出反应，便不由分说地快速站起身跟了上去。

陈东摸了摸手里的枪，对莫冲和万子明说：“莫冲，你负责把门，万子明，你带着另一把枪到二楼去。女孩子就负责帮大家把被铺整理好吧。”

陈东带着李建华很谨慎地来到了门前，当门打开之后，李建华感到风猛地吹进来，一阵凉爽。迈出门，李建华既没有注意远处被风吹得作响的树林，也没有望向空旷的园地。他被一样东西惊得目瞪口呆。

“为什么月亮……是红色的？”李建华几乎要惊叫出来了。

陈东并没有指责李建华的冲动叫喊，更没有丝毫惊讶的神色，仿佛他早已预料到李建华的惊讶：“没什么，一直都是这样的。”

“不！不可能！”李建华双眼木愣愣地盯着赤月，低声念叨着，“虽然在一直逃亡，不过我注意过月亮，黑暗中往往只有月光能照亮前行的道路！”

“你还是老样子，对于事物变化大惊小怪，我们所有人的经历在灾难爆发之前思考起来都显得难以置信。那些既然你都已经接受了，仅仅是月亮的变化，你就如此吃惊？”

陈东带着李建华来到了仓库门前，他飞快地打开了仓库大门，随后立马抓住门口的手电筒，枪跟随着手电筒发出的光在仓库里盯了一圈。此时仓库里只有发电机运作的声音。陈东示意李建华看守大门，他去关掉了发电机，发电机的声音慢慢减弱直至消失。

陈东关掉了手电筒，干燥的仓库重新陷入黑暗。李建华并不能在黑暗中看清陈东身影，听着陈东轻微的脚步声和规律的喘息声得知陈东回到了仓库门前。

“你既然如此决然的想跟我出来，想必是又有了怀疑对象吧？先别急着说，让我猜猜。”陈东的声音听起来很黏稠，“这次你在怀疑万子明？”

“你说得没错，我怀疑万子明。”李建华坦言道。

“好吧，你说说理由我听听。”

“认识万子明也有一段时间了，逃亡路上我们相识之后，他给我们的印象就是很内向，话也不多。但是从他的叙述来看，他过去并不是一个寡言少语的人！”

“那有什么可疑之处呢？”

“有两种可能，第一种可能，万子明后来的经历对他打击很大，以至于让他性情大变；第二种可能，万子明故意为之，他在悄悄观察所有人，他头脑里冒出的鬼点子绝对不会像他的话一样寡少。”李建华又补充了一句，“我更相信后者。”

陈东无声地笑了：“你相信后者的理由是什么？”

“他似乎对自己的经历并不困惑，相反，他在之前结束刚才那段最初经历的时候，并非因为困惑而停止的。他把自己的经历当作筹码，权衡其他人的经历之后，适时地停了下来。或许他知道了我们其中一个人或几个人不可告人的秘密，他不想让别人先看透他，他想先试探着掌握其他人的命脉。”

“按照你的思路来看，万子明城府很深，又非常聪明。他既然有如此的头脑，他可以在讲述自己经历的时候再收敛一点，不露出任何破绽。按照你的猜测，他如此精明，必然有这个本领。”

陈东依旧是不慌不忙，这让李建华觉得他完全不重视自己的观点。

“咱们还是回去吧，不能让他们在房子里待太久，让别人为自己担心总是不好的。”

说完，陈东站在仓库门口从门缝盯着门外，外面被红色的月光照得血亮。陈东打开门，李建华就跟在陈东的身后，他眼睛直盯着红色的月亮，他觉得月亮更像一颗红色的鸡蛋，不过这颗鸡蛋里面进入了细长的虫子，那红色的月亮里好像有东西在游动。

此时房子里，朱晓颖正在漆黑的厨房里收拾东西，齐涵悄声走了进来，她轻轻地拍了朱晓颖一把。朱晓颖猛地一颤：“你想吓死我啊！”

“过来看看你需不需要帮忙。”

“对了，小雪在干什么呢？”

“她啊，”齐涵轻蔑道，“收拾自己那点东西呢。”

“你们俩又不是小孩子了，别总是吵架，不然的话大哥会不开心的。”朱晓颖劝说道。

“那又怎么了？”齐涵有些不服气，“明明是慕容雪有问题，咱们又不是出来度假的，咱们是逃命！我看早晚得让她矫情死！”

朱晓颖只顾收拾东西没有说话。

“还有件事，不知道你有没有发现。”齐涵把声音压得更低了。

“什么事？”

“你没注意今天大哥出去了几次吗？”齐涵语调神秘，“你没发现李建华很积极吗？”

“哎呀，你到底想说什么啊？”

“我觉得这里面有猫腻，他们俩每次都出去那么久，肯定在商量些什么不想让咱们知道的事儿！”齐涵鬼鬼祟祟地看了眼大门的方向，继续说，“你没发现李建华自从到农场之后跟过去完全不一样了吗？”

朱晓颖沉默地摇摇头。

“而且咱们才到这里一天，这个陈东到底是什么人，咱们都不知道。我总感觉他怪怪的。”

“别胡思乱想，现在终于有了一个落脚的地方，这也是大哥愿意收留我们……”

“怕他做什么，反正咱们人多。”

齐涵话音未落，大门就被敲响了。齐涵担忧地望着大门，就像刚才的话已经被门外的人听到了一样，一副做贼心虚的样子。

莫冲守在门口，在确定是陈东之后，他打开了门。陈东待李建华进门后亲自锁好了大门。所有人都陆陆续续坐到了自己的被铺上。

陈东问万子明：“楼上的窗户都检查过了吧？”

万子明无声地点点头。一时间谁也没有再说话，都在等待着陈东的讲述。风依然在吹，与房子的某个缝隙不断摩擦，瑟瑟作响。

“那么我就来讲讲，我最初的遭遇吧。”

陈东开始了他的讲述。

* * *

我当过兵，离开部队之后在一座图书馆工作。之所以会去那儿工作因为我很喜欢读书，尤其痴迷战争类的书籍。当兵的时候我就喜欢研究二战将领，并且对坦克情有独钟。在图书馆里，我可以翻阅关于二战时著名的“坦克怪杰”古德里安和“沙漠之狐”隆美尔的书籍。

我工作的图书馆规模不大，负责图书管理的一共有五个人。其中叫林岗的大哥晚上住在图书馆，兼职夜里的保安工作。林岗是个书痴，每天必须读书到深夜，于是深夜里的图书馆成了林岗的天堂。至于其余三位管理员，都是岁数不小的大姐了。

那天午饭时，林岗突然端着一盒饺子坐到我身边。

“东子，来，你嫂子让我给你带点饺子尝尝。”

林岗两口子都是实在人，平时做点好吃的也惦记着我。不过我预感到他有求于我，因为他每次有事找我就会脸色发红。

“你有事就说！净整这些没用的事儿！”

话虽如此，可我嘴巴没停，饺子相当美味。

林岗憨憨地笑了：“啥事都躲不过兄弟你的眼睛啊。”

“你就说吧！什么事儿！”

“兄弟，是这么回事儿，你嫂子她老家要迁坟，我俩要带孩子回去一趟。这一走可能就要一个星期，你也知道，馆里晚上一直是我守着，我走一个多星期的话晚上得有人在这儿住吧。”

原来是这么回事。我平时也是自己一个人住，而且就一个星期，也不管住在哪儿。

“咳，就这么点事儿？成！”

林岗见我这么爽快，很是高兴。而所有的事情也就是开始于那天晚上。

闭馆之后，我到楼上去巡视了一圈，确定读者都已经离开后，我挑了几本喜欢的书回到楼下林岗睡觉的房间。

房间挺干净，除了床、桌椅和柜子之外，还有一台电视机。我打开电视机躺在床上小憩了会儿，然后便翻开了桌上的书。其实在图书馆过夜根本就不用担心会有人进来偷东西，这里的书那么沉，偷出去了也卖不了什么钱。

快入夜时，我到楼上去转了一圈，这次是为了检查有没有火灾隐患。我把楼上的电闸关掉后，又回到了房间里，很快我就躺在床上不知不觉睡着了。

不知睡了多久，我被吵醒了。吵醒我的声音虽说不算大，却很有穿透力，让我实在是难以入睡。我听到熙熙攘攘的吵闹声，就像众人聚集在一起闲聊似的，很让人心烦。我用力摇摇脑袋，想摆脱这犹如蚊蝇般的声音。

已经夜深了，我从床上爬起身想看看窗外到底发生了什么事情，竟然会聚集了如此多的人。我趴在窗台边向外看，街道上除了路灯之外什么也没有。吵闹声也没有丝毫减弱的意思，本以为是电视机没有关好或者是出了故障，所幸就拔掉了插头。可声音却没有消失。

我烦躁地起身打开房间门，那声音突然变大了些。难道有人闯进来了？我看着漆黑的走廊，随手抓起手电筒走了出去。我先来到了图书馆的正门口，门锁得好好的。也许是从窗户里进来的？我一边沿着走廊检查窗户，一边忍受着这让人心烦意乱的吵闹声。

窗户没有被撬开的痕迹，更何况大多数的窗户外面还有护栏，怎么可能会有人能从窗户里闯进来呢?

我停住脚步仔细听，那声音貌似是从楼上传来的。

是不是忘关收音机了？我记得负责楼上的大姐有台收音机，不会是她临走的时候忘记关上了？不过我很快就打消了这个想法，下班之后我每层楼都走过了，当时怎么没听着?

我沿着漆黑的楼梯往上走，吵闹声在走廊里回荡徘徊不止。来到二楼，我走进摆满书架的厅堂，声音熙熙攘攘地充斥着整个厅堂。我检查过所有的书架，还是没能找到声音的来源。我闭上眼睛，站在厅堂中央。我想听清楚这熙熙攘攘的声音到底是来自何方。

闭上眼睛的瞬间，我仿佛置身于菜市场中，身边都是讨价还价的争论声。

“真他妈是群苍蝇！”我暗暗地咒骂道。

实在找不到声音来源的我离开了二楼，准备到三楼去。同时我产生了奇怪的想法——会不会在我打开三楼厅堂大门的时候看到一大群人站在里面?这让我想起了我一位移民去了英国的朋友，他回国探亲的时候对我说过，在英国如果你发现一个有意接近你并在与你聊天的时候彬彬有礼，而且还操着正宗的英伦口腔，那么这个人很可能是邪教徒。

对，没错，我想到的就是邪教。如果是邪教集会，深夜的图书馆无疑是个绝佳选择。如果他们不是第一次来这里的话，就应该知道这里在晚上有人看守。难道林岗在这件事情上也有猫腻?

不管怎么说，我还是要上楼去查看。手电筒并没有给我带来足够的光亮，我凭感觉在漆黑的楼梯上一步一步往上走，真想不到林岗竟然每晚都要如此巡逻，经历这样一番的阴森与寒意哪里还会有读书的乐趣?

来到三楼的厅堂门口，我没有贸然打开门。我站到了门的一侧，用耳朵贴近门，声音是从里面传出来的。我把手电筒关掉，然后用了一个能使出全力攻击的方式握住了它。

图书馆的门平日里维护得比较周到，开关的时候从来也不会发出刺耳的噪音。我轻轻地拉开门，里面一片漆黑，虽然让人看不清楚周围的事物，但是对于熟悉这里地形的人未必是坏事——三楼正是我工作的地方。

我悄悄走了进去，来到门边的办公桌旁，我打开柜子摸出了扳手，然后把手电筒别在腰间。厅堂中央被书架包围成圆环状，中央完全是空出来的。如果真是一群邪教徒在这里做什么仪式，最有可能会是在那里。我慢慢穿越书架往厅堂中央走去，声音也越来越逼近了。我绕过最后一个书架，于是震惊的场景出现在我的面前。

厅堂中央里三层外三层地围了一大群人，所有人都背对着我。从背影可以看出，他们有男有女，都抻着脖子使劲朝中央看。他们的发型都很奇怪，男人的脑袋后面是一条大辫子，女的则大多数是梳着发髻的，看起来更像是清朝的发式。百年前的发式？难道我遇到鬼了？

我绕到了另外一个书架旁，那里有一个梯子方便工作人员上下书架取东西。于是我轻步走上梯子爬到书架顶，想看清楚这群鬼东西到底在做什么。我发现在他们的脚下是土地，并且人群中央立着一个木架子。厅堂的地面我再熟悉不过了，这里应该是大理石的地面，怎么可能会是土地？

突然架子上被押上来一个犯人，嘈杂声更大了。随后一个魁梧的男人走上架子，他满脸横肉，披着一件玄色布衫，散着纽扣，手里拿着一口大刀。他是刽子手？难道这里是刑场？只见，手起刀落人头落地，犯人的头不知道滚落到哪里去了。

我听说过什么人死了之后阴魂不散就会出现在死去的地方重复着死亡时发生的事情。难道这图书馆过去是什么不干净的地方？

这群鬼并没有四散离开，他们依然一动不动地围在原地。我注意到一些鬼的脸并不昏暗，相反他们的脸上好像涂了发亮的东西。只是他们的眼窝深陷，看不清楚他们的眼睛。

一个转身我腰间的手电筒掉出来落在了地上，手电筒发出了巨大的响声亮了起来。我当时吓了一跳，曾经倒也听说过不少神神鬼鬼的传说，若是被鬼发现了我的存在，我能有什么好下场？

就在手电筒落在地上后转动摇摆，光线照射到那群鬼的方向时，所有的鬼顿时烟消云散了，嘈杂声也随之消失。我从书架上跳下来捡起了地上的手电筒，慌乱中奔出了厅堂去把电闸拉开了。我返回到三楼的厅堂里打开了灯，仔细地检查厅堂的中央，别说刚才那群鬼脚下的土了，我连一粒沙土也没有发现。

天亮之前我都在寻找着找蛛丝马迹，从一楼到四楼所有的厅堂我都找过了，根本就没有任何异常的痕迹。于是乎我更加确定那些东西是鬼，既然不是从外面进来的，就是始终潜藏在图书馆里的东西。

天微微亮的时候我便开始查找资料，当然是关于图书馆的记录。可是有关这座城市的地方志里，都不曾记录图书馆与生死打杀有关——这里过去既不是刑场，也不是坟场，更不是古战场。

既然如此，这里根本就不具备有鬼出现的条件。我也听说过，什么藏尸在墙壁里之类的事件，不过刚才出现的可不止一个鬼，难不成这里的墙都是由尸体砌成的？我很快排除了这个想法，但是我又找不到着实的证据证明这些东西存在的理由。

林岗胆子非常小，如果他遇到过这样诡异的事情早就辞职不干了。这说明林岗以前根本就没有遇到过，看来我是头一份！

不过这件事情，只是所有事件的开端。

* * *

“好了，我最初的经历就是这样的。”

“大哥，那后来呢？你调查过后来的事情了吗？”慕容雪问。

“当然调查过了，而且调查之后也有一定的结果，但是还不足以证实事件背后的真相。”陈东答道。

“那后来究竟发生了什么？”齐涵很是急切，“那些真的都是鬼吗？”

“不要着急，以后再说，有些事情不要搞错了顺序，我们在寻找原因，而并非只关注于结果，别搞混了。”陈东笑了笑，“我现在只说这些，也是为了不干扰你们的思路。”

齐涵坐在被子上，斜着眼睛看着慕容雪，哼笑了一声说：“对啊，事情还是简练点说得好，何苦说那么多的废话，也没什么重点。”

“什么意思啊你……”

慕容雪面对齐涵突如其来的指责刚想发火，但是被她身边的朱晓颖劝住了。

李建华用怪异的眼神看着陈东，这眼神陈东早已发觉，但他并不介意。相反，他也盯着李建华，直到把李建华的目光逼到别处。

不眠之夜

“不过大哥，你刚才所说的经历的确已经够详细了，不过我觉得你遇到的那些恐怕不是鬼。”莫冲低声细语。

“我们要找的是原因，我想知道你们从我刚才的叙述中有没有听出我忽视的细节。”

“为什么一点点的线索都没有，哪怕是一丁点的征兆，我们都可以继续往下琢磨，现在我们七个人的经历都已经说完了……”

“不，你说得不对，”李建华打断了莫冲的牢骚，“应该说‘七个人最初的经历’已经讲完了。”

“但是毫无线索的话，咱们今天讲述的经历不就没有意义了吗？”慕容雪叹了口气。

“先别急着下定论，咱们不仅要讲述过去的经历，更要大胆猜测，当然并不是没有根据胡乱猜测，只要猜测合理的话我们就应该可以接近事情的真相。”李建华鼓励道。

“还是要一个一个地分析，先是晓颖的经历。晓颖的经历发生在养老院的，我们已经分析过了，死人复活事件应该在她到达养老院工作之前就已经发生了！”莫冲回忆，“这样的话，晓颖也只是最初经历中的一位过客而已。”

朱晓颖无声地点点头。

“接下来是我的，”李建华把话接了过去，“跟同事一起租房子的时候遭遇了植物杀人事件，警察对事件并不是很惊讶，这说明他们很可能碰到过相似的事件。”

“我离家出走之后来到白金汉小镇，而在我到达小镇两个月之前那里发生了病毒爆发的事件……”

“等一等，”齐涵打断了慕容雪，“你到了那个小镇之后，很多事情都是张婷婷告诉你的，有没有可能你根本就是被骗了，也许事情根本就不是她说的那样，说不定她们背地里做着什么见不得光的勾当。”

“你别处处针对我了好不好！”慕容雪有些不高兴了，但她谨慎地降低了音量。

“小雪，你先别着急，”朱晓颖劝慰道，“大家也都是就事论事地猜测和假设，并不是针对你。”

“说得也对，那也只是张婷婷的一面之词罢了。”莫冲赞同齐涵的说法，“所以对于你所说的关于张婷婷告诉你的事情，也可以说，是张婷婷选择性的转述，真实性还不能确定。”

“也无所谓了，毕竟事情已经发生过了，现在去追究也没有意义了。”慕容雪低语，“张婷婷可能都已经死了。”

“还好意思提。”齐涵小声嘟囔着。

不知道慕容雪是真的没有听到还是装作没有听到，总之她并没有发作。李建华则目不转睛地盯着慕容雪，好像要用眼睛穿透她一样。

“下面就是我的经历了，我觉得我是第一个发现纸条的人。”齐涵开门见山毫不犹豫，“不过我运气好，没有打开纸条，不然我的下场恐怕也好不到哪里去。”

“你根据什么说你是第一个发现纸条的人？”李建华直接问道。

“因为我是女人，女人的直觉，”齐涵很自信地应对李建华的怀疑，“而且，女人之间总是会有那么一点攀比心理，尤其是对自己先拥有而别人没有的东西，总是会拿出来炫耀的。”

“比如你那两个女同学？”莫冲搔了搔头发问道，“叫什么名字我忘了，就是把自己发现的纸条给你寝室的人看的那女生，她是不算得上比较早发现纸条的人呢？”

“应该是吧，她应该是比较早发现纸条的人。”齐涵说。

“但是话说回来，为什么你是第一个发现纸条的人呢？”莫冲感到不解。

齐涵顿了顿，思索片刻：“这我就不知道了，我也考虑过，但是毫无头绪。”

“既然没有头绪，就说说我的经历吧，”莫冲说，“我就是见鬼了，实实在在地见鬼，过去我可不信！”

“我的事情不用解释了。”万子明言语简练，“自从刁雪宣死了之后，我就考虑过原因，也根本毫无头绪。”

“既然你自己都想不到，那么大家就不用费心讨论了。”李建华似乎也不想让万子明解释什么，相反他应该是着急等待着另外一件事情。

“现在大家都说完了，大哥再说说你的吧。”

“我还有什么可说的吗？我刚刚讲完了我的经历，既然大家也都想不出个所以然来，那就没有必要在这里浪费时间了。”

此时夜已经深了，可是众人却丝毫没有睡意。

陈东说：“来日方长，就算是有什么想不明白的地方也不如明天再说，今晚就好好休息换换脑子。”

“大哥，咱们明天要做什么啊？”慕容雪问。

“明天再说明天的事情，你们才来到这里一天而已。”陈东说着从被铺上站起身，“我去楼上一趟，你们先躺下吧。”

陈东在李建华的注视下，带着枪起身去了二楼。

“还是快睡觉吧！”莫冲躺下身，闭上了眼睛。

陈东从楼上下来的时候，所有人都已经钻进了被窝。陈东在黑暗中摸索着躺在了被子上。

“咱们以后都能像今天一样平平安安地过日子就行了。”慕容雪的语气听上去很是满足。

“希望如此。”李建华用几乎只有他能听到的声音说。

“以前逃亡的时候，只是觉得能够活下来就行了，”莫冲打了个瞌睡，“现在总算是安定下来了，但是又觉得少了点什么。”

“你啊，别刚刚过上了点好日子就开始琢磨着养尊处优了。”齐涵戏谑。

陈东注意到并不是所有的人都有所放松，朱晓颖躺在被窝里只露出了一个脑袋，她瞪着眼睛盯着莫冲和齐涵，万子明闭着眼睛不知道是不是真的睡着了。

陈东也闭上了眼睛，他听到了风声，房子之外那风吹树林的声音。

“大家晚安，我要睡觉了。”慕容雪有点嗲声嗲气。

“哼。”齐涵用鼻子哼了一声。

“唉，大家还是别放松警惕，大哥之所以能在这里生活这么久还能平安无事，是因为大哥够谨慎。”李建华提醒。

陈东没有睁开眼睛，他知道李建华此时此刻正在盯着自己看。李建华不断地提醒陈东有人说谎，到底是他真的知道别人的秘密，还是根本就是为了引起陈东的关注和重视？可是，让陈东注意他又是为了什么呢？总要有个目的吧？在不知真相的情况下这就好像是一个循环的怪圈，不断地问为什么，却始终也找不到答案。

渐渐地，陈东听到了均匀的呼吸声，有人已经睡着了。夜越来越深了，外面的风也越来越大。树林传来的声音也越来越响，房子竟然传出刺耳的吱嘎声，这声音没能把躺在地上的七个人唤醒。过了一会儿，所有的声音渐渐地消失了。

有一双眼睛在黑暗中慢慢地睁开，扫视着已经沉睡的人……

第二目

黑湖永夜

一个人的仓库

雨点稀里哗啦地砸在房顶上，微弱的光线从木板缝隙钻进潮湿而闷热的客厅。

“啊！”莫冲闭着眼睛伸了个懒腰，“这一觉睡得才叫个舒坦。”

醒来的陈东二话没说马上起身收拾被铺。

“外面下雨了。”朱晓颖睡眼蒙眬地望着窗户。

慕容雪起身来到窗户边，透过窗户上钉着的木条缝隙看着外面，“真没想到啊，昨天还是晴天呢！本来屋子里就暗，现在更是什么也看不清了。”

“无所谓，反正只是在房子里待着。”齐涵低着头边整理被铺边嘟囔着。

万子明整理好被铺后起身去了二楼卫生间。

倒是李建华，他虽然已经醒来，可依旧仰面躺着，紧皱眉头，额头尽是汗珠。

“建华，你怎么流了那么多汗？发烧了？”朱晓颖关切道。

李建华长长叹出一口气，回答说：“我觉得后背不太舒服。”

“起来让我看看。”

李建华在朱晓颖的搀扶下慢慢坐起身，可是就在他完全坐起的一刹那，他表情扭曲地叫了起来。

“嘘！”

陈东做了一个收声的手势，提醒他时刻都不能发出太大的声响。然而让所有人惊慌的事情发生了，李建华的后背竟然将褥单黏了起来，褥单上面半干的血迹。

陈东放下手里正在检查的枪，来到了李建华的身边。

“我后背怎么了？”李建华已经感觉到背后疼痛难忍了。

“你先别乱动。”

朱晓颖动手帮李建华把粘在背上的床单揭下来，但是由于伤口和褥单贴在一起，朱晓颖不敢太过用力。

“你用点力气吧，不要紧的。”李建华咬紧牙关。

朱晓颖用力扯下了被血浸透的被单，李建华原本光滑的背上竟然出现了几道伤痕。有些伤口上的血原本已经快干涸了，可是在朱晓颖用力撕扯被单的时候再次开裂，伤口又流出了不少血。

莫冲惊讶道：“你怎么把后背弄伤了？”

“怎么可能是他弄的呢？”慕容雪瞪大眼睛看着李建华的伤口，“伤口在后背，他不可能自己碰得到的。”

朱晓颖赞同地点点头。

“你就这么忍着？怎么不早点告诉大家？”

“我根本就不知道，刚才醒过来的时候才感觉到后背有点疼。”

“你不知道？”莫冲低身看着李建华的背略显惊讶，“伤口可不浅啊！”

蹲在地板上的朱晓颖仰起脸对陈东说：“大哥，我得先给他包扎一下。”

“药品和急救包在楼上，我去拿。”陈东朝着楼梯的方向走去，与不知何时已经回到了楼下的万子明擦身而过，万子明正站在楼梯旁看着忍受疼痛的李建华。

“谁去帮我弄些凉开水来，厨房柜子下面有干净的盆。”朱晓颖头也不抬地对其他人说。

万子明并不应声，他从楼梯的方向径直走向厨房。

陈东很快就提着急救包下来了，朱晓颖麻利地打开急救包拿出药品和纱布，万子明把盛装了清水的盆放在朱晓颖面前。朱晓颖开始给李建华清洗伤口。

“建华，你说你根本就不知道自己受了伤？”莫冲不解，“你晚上睡得也太死了吧？”

“我也觉得很奇怪，”朱晓颖疑惑道，“伤口这么深，就好像是你刚受了伤便立刻就躺回到被子里，所以血没有流太多。但是……”

“但是什么？”

李建华喘着粗气，额头上的汗水顺着面颊滚滚落下。

“这伤口至少有几个小时了，都跟褥单黏在了一起！”朱晓颖虽然并未停止处理伤口，但语气中满是惊讶。

“建华，你不会迟钝到受伤了也发觉不到的地步吧？”慕容雪感到难以置信。

“咱们别围在这里只盯着他的伤口好不好，如果伤口不是他自己造成的，那么到底是谁伤了他？”

莫冲提出了问题的关键，所有人都屏住了呼吸。齐涵低着眼睛，面无表情，慕容雪则是抱着自己的双臂来回搓着，好像房子里突然降温了一样。万子明还是老样子，只是沉默地立在一旁，仿佛眼前发生的事情与他毫不相关。

“有人伤了建华。”莫冲把关键部分又重复了一遍。

在陈东看来，在场的所有人恐怕早就考虑过这个问题，可是在无法将心中猜测说出口的同时，谁也不愿主动提及问题的关键所在。为什么李建华受到伤害时并未察觉？伤害李建华的人又是谁呢？

“是谁干的啊？”

齐涵把目光转向了慕容雪。

“什么意思啊你？”慕容雪不满地白了齐涵一眼，“你看我做什么啊？”

齐涵板着脸将目光移向面容扭曲的李建华和他身后正在处理伤口的朱晓颖，朱晓颖把眼睛贴近李建华的伤口，闻到一股血腥气：“这伤痕……看起来像是被指甲抓伤的。”

“指甲划伤的？”莫冲低声嘟囔着。

“对，伤口这么深，很像女人的长指甲造成的。”朱晓颖回忆说，“我曾经处理过这种伤口。”

虽然受伤的是李建华，可他只是安静地坐在被子上任由朱晓颖处理伤口一言不发。莫冲和万子明的目光在这几个女孩之间徘徊，不过陈东只是低头盯着李建华。李建华在感受到目光之后，斜着眼睛看了陈东一眼。

“不是我啊，你们看我的手！”慕容雪扬起手背给所有人看，她的指甲很短，“我昨天就把指甲剪掉了，来到这里也算安定了，所以洗澡的时候收拾了一下。”

“我的指甲也……”

还没等齐涵解释，朱晓颖对众人说道：“看这个。”

只见朱晓颖用镊子从李建华的伤口下面取出了一片断裂的指甲。

“太恶心了。”慕容雪捂住嘴，满脸的厌恶，“建华，你的伤口下面竟然有指甲！”

朱晓颖用镊子端着那片指甲看了看，然后扔到了一块用过的纱布上：“大哥，还好你这里有急救箱，不然很有可能会感染的。”

一道闪电划过，强光从木板缝隙钻进来，照亮了李建华背后的伤口。接着巨大的雷声传来，女孩们都吓了一哆嗦。又是一道闪电，齐涵突然向后退了一步，惊恐地指着李建华的后背低声说了一句话，却被再度传来的巨大雷声遮掩住了。

“你刚才说什么？”莫冲连忙询问齐涵。

齐涵瞪着眼睛指着李建华的背，朱晓颖也紧盯着李建华的后背，却不知齐涵所指。莫冲看出了苗头，他起身来到齐涵身边的位置，瞪大了眼睛。

“他……后背上有字！”

“有字？”朱晓颖恍然大悟地站起身站到了齐涵的身边。一道闪电，再度照亮了李建华的背。

“我的天啊，”慕容雪在雷鸣声中看清了李建华背上的字，“你后背上的伤口竟然是两个字！”

万子明惊讶地望着其他人。

陈东问：“什么字？”

莫冲看着网状的伤口，犹豫着说：“谎——言——？”

李建华微微颤抖，他张了张嘴，却没有说话。外面风雨交加，雷雨声忽远忽近。

“为什么会是这两个字？是谁干的？”齐涵惊慌道。

朱晓颖开始为李建华包扎伤口。

“我们的指甲都没有断掉，不可能是咱们干的。”莫冲扬扬手说。

万子明回过神来猛冲上了二楼，陈东则不紧不慢地端着枪来到了门廊，门锁得好好的，没有被撬开的痕迹。陈东回到客厅。

“楼上也没有闯入的痕迹。”万子明从楼梯上下来。

“那到底是谁弄伤了建华？”

慕容雪颤抖着身体靠在莫冲的身边。

“也许那断掉的指甲不过是为了掩人耳目，用来伤人的工具而已。”

齐涵的目光划过所有人，却不敢在任何人身上停留：“或许那断掉的指甲，某个人早就带在身上了呢？”

“为什么会是‘谎言’这两个字？”陈东皱着眉头低声揣测。

慕容雪有些犹豫：“是在暗示有人撒谎吗？”

“你想说是我？”李建华声音僵硬。

“我不是那个意思……”

“这两个字是在我的背上，怀疑我也在情理之中。”李建华有气无力。

“先别乱想了，还没搞清楚状况呢，咱们就别互相猜疑了。”朱晓颖低语。

“那么这两个字为什么会平白无故地出现呢？那可是后背啊？怎么可能……”惊恐的齐涵有些语无伦次了。

“好不容易到了这儿，本以为现在没事了，没有想到这里也不安全。”慕容雪抱着双臂靠到墙边。

“大哥，你在这里生活了那么久，有没有遇到过类似的怪事？”朱晓颖转向陈东。

“没有，你们来到这里之前从来也没有过。”

“我们要不要离开这里啊？”慕容雪紧张兮兮地建议道。

“不！”齐涵态度坚决，“门窗都关得好好的，根本就不可能有人闯进来，之前这里没有发生过危险的话，只能说明是咱们当中有人……”

“咱们当中有人用那片指甲伤了建华，在他背上刻上了‘谎言’，目的呢？”莫冲摇晃着脑袋，似乎觉得齐涵的假设太不可思议了。

李建华苍白着脸说：“目的在于暗示我们当中有人在说谎。”

“你的意思是说，刻上这两个字的人，对我们当中某个人的经历产生了怀疑，或者说根本就知道某个人真正的经历？”莫冲皱着眉头仔细地琢磨。

“我看未必，”沉默寡言的万子明突然发话了，“也许不过是大伙儿的集体癔症。”

“集体癔症？”

闪电与雷鸣的交相呼应中，万子明在自己面前用手指比画着谎言两个字。

“谎言？或许那单纯只是伤口而已，结果有人认为那是两个字，在这种情绪的影响下，其他人也都认为那是‘谎言’两个字了。”

“虽然那伤口的痕迹非常模糊……可是……”齐涵一时间不知该如何解释。

“我明白他的意思了，如果伤口根本就不是两个字，伤口就有可能是我自残搞出来的。”

李建华的冷漠眼神移向墙边的万子明。

“无论是何种猜测，似乎都与我们的经历有关。不然伤害建华就变得没有意义了，如果真是我们当中有人伤害了他，我们就必须要找出这个人，因为这个人或许知道灾难发生的真相，还有……”

朱晓颖突然犹豫了，于是李建华接过话继续道：“还有，这个人可能知道我们当中有人在撒谎，那么撒谎的原因呢？”

“那我们应该怎么办？”慕容雪不知所措，“找出这个人？怎么找啊？”

“既然如此，我们今天就应该继续说下去。”陈东说。

莫冲肯定了陈东的想法：“继续说下去，只能在经历当中寻找线索。”

“先帮我扶建华起来。”

朱晓颖和万子明合力扶起李建华到椅子上坐好，李建华小心翼翼不让背靠在椅背上。

“不过你们有没有想过，也许建华背上的伤口，根本就不是我们所为呢？”陈东提出了大家都在回避的问题。

“如果这里开始发生我们无法想象的事件呢？你们会离开这里吗？”

“大哥，离开这里，我们还能去哪儿呢？”朱晓颖有些无奈，“经历过那么多的风雨，也许这已经不算什么了，只是希望这件事情可以渐渐平息。”

“如果你们真的不害怕，那就继续留下吧。”陈东淡然道。

“对，不管这‘谎言’两个字为什么会出现，我们都不能走，如果我背后的伤口并不是人为，即便离开了这里，又怎么能确定可以摆脱危险呢？”李建华虽说面无血色，可语气坚定。

陈东朝前挪了几步，对其他人说：“不过我现在倒是对你们见面之后发生的事情更感兴趣。”

“大哥不用着急，我们已经决定讲述各自遭遇的经历，那么早晚我们都会说到我们六个人相遇的事情。”李建华的目光掠过陈东。

“我明白，只要继续讲述下去，你们六个人的经历早晚会交汇到一个点的。”陈东点点头。

不知何故，顿时气氛尴尬起来。陈东检查着手里的枪，然后说：“各位，我先出去一趟。”

一道闪电之后，雷声轰鸣。

“大哥，这么大的雨，你就别出去了。”齐涵忧虑地望了一眼窗户说，“而且外面说不定……”

“我要到仓库里去看看发电机，如果雨水渗进了仓库，以后的夜晚咱们就只能靠蜡烛过活了。”陈东看了眼李建华，“你就好好休息吧。”

“那我还是负责看门，子明去二楼，行吗？”莫冲不忘征求陈东的意见。

陈东点头默许。

“你自己一个人出去可以吗？”朱晓颖关切道。

“当然，我住这里可不是一两天了。”

陈东转身走向门口，莫冲跟在他身后，万子明直奔二楼。

陈东打开门，雨水击打着地面的声音不绝于耳。陈东端着枪钻入雨中，原本蓬松的头发瞬间完全贴在他的脑袋上。一道闪电把整个房子的轮廓映照了出来，陈东望向远处，树林犹如雨夜下的黑雾重叠绵延。

陈东迅速奔到了仓库门前，他打开仓库大门然后迅速拿起门边的手电筒，并用枪顺着手电筒的光扫视了整个仓库一遍。确定没有异常，陈东迅速关上仓库大门来到墙边一屁股坐在了箱子上，并大笑起来。陈东努力克制自己不要笑出声音，谨慎的他甚至把枪放到了脚边。他空出双手捂住了嘴巴，但是笑声仍然在他的体内回荡，并从嘴角迸发出来。许久之后，陈东的双手已经沾满口水。

陈东知道自己发笑的原因，是他独自生活得太久，许久没有见到其他人的缘故。没有想到在遇到其他人并一起生活之后，他还是需要宣泄另外一种情绪，那种孤独带来的后遗症。

陈东喘着粗气坐在木箱子上，拾起了放在一旁的枪。他没有想到短短一天的安稳生活就可以让房子里的六个人放松警惕，觉得已经置身灾难之外了。

当然，陈东还有一个猜测，那就是为什么发生了李建华背后受伤这等诡异事件后，没有一个人真正愿意离开这里。大概，大家都在其他人的身上找到了他们想要却尚未得到的东西吧。陈东更加明白，李建华若不是身上有伤，绝对会跟着自己来仓库的。从刚才李建华的态度上看，他似乎知道一些不为人知的秘密，而且这个秘密与这里的一个人或所有人有关。“谎言”这两个字出现在李建华的背上，倒是大有深意。作为此次事件受到伤害最大的李建华，竟然支持大家继续讲述经历，可见他知晓的秘密远比他受伤的原因更为重要。

精神病患者

“我觉得陈东有点变态！”厨房里齐涵小声对朱晓颖嘀咕着，“你没发现他阴阳怪气的吗？”

“别瞎琢磨了，大哥只是一个人在农场里生活得太久了，有点古怪也是正常的。”朱晓颖把坛子里的咸菜掘出来，“你就别胡思乱想了。”

“我没乱想，他在楼上的房间里刻了那么多的‘正’！”齐涵偷偷瞧了眼厨房门外，“你说他会不会有精神病啊？”

“又来了，他是不可能有精神病的！”朱晓颖很肯定地回答。

“你怎么敢保证啊？”

“其实，”朱晓颖的脸色暗了下来，“我当初在……”

还没等朱晓颖把话说完，门口就响起了敲门声。莫冲确认之后谨慎地打开了门，陈东犹如在水中浸泡过一样，每走一步都会发出“扑哧扑哧”挤压水的声音。陈东脱下了鞋，里面倒出不少雨水来。

慕容雪递来一条已经不算干净的毛巾，陈东接过毛巾擦了擦头发。

“大哥，你快去洗个澡暖和暖和吧，洗完了就可以吃早饭了。”朱晓颖走出厨房。

陈东点点头直奔通往二楼的楼梯，顺便告诉万子明可以下楼去了。当他洗完澡换上干净衣裤回到一楼时，所有人都围坐在了桌边的椅子上等待着他。

“既然大哥下来了，那么就准备开饭吧。”朱晓颖笑盈盈地说，“我刚才熬了粥。”

吃饭时，莫冲发现朱晓颖吃得很少：“你胃口不好？”

“没什么，我一般早上起来吃不了太多东西。”

“我们既然决定继续讲述下去，就不应该浪费时间了，咱们可以一边吃饭一边讲。”李建华提议。

“今天怎么个讲法？”齐涵问。

“就按照昨天的顺序吧！”慕容雪说，“昨天是不是从晓颖开始讲的？”

“好，就按照昨天的顺序吧，我先来。”

朱晓颖把筷子和碗朝前挪了挪，开始讲述她接下来的经历。

* * *

离开畅清院之后我另外找了家医院实习，只是我的能力有限，只能去工作环境和条件都很苦的精神病医院。我如果不能在实习单位好好表现让医院留下我的话，再去找工作恐怕会很困难。

精神病医院，并非到处都是关起来的、情绪激动的精神病患者。精神病医院分为治疗部门和住院部门，情绪激动并且难以控制的患者都在住院部里。需要心理治疗和有待确诊的患者，都在治疗部。我起初在治疗部实习。

那段时间我经常失眠，每当闭上眼睛我就发现自己又趴在了天花板上，挪开一块天花板，借着那一指宽的缝隙盯着那些碧绿眼睛的老人。日子就那么一天天过去了，我很积极努力地完成工作，希望能留在医院。但是没过多久医院就发生了人事变动，因为我在医院工作没有什么关系和人脉，便被安排到了住院部实习。

“你们不知道吧，”有个护士在午饭时神经兮兮地说，“以前有个护士在住院部工作，有一天她去病房里送药，那个平时很听话的病人，突然咬住了那个护士的手指……”

“啊！”旁边的两个护士吓得惊叫连连。

“四根手指都被咬下来了！当时她就晕过去了，如果不是后来马上就有护工冲进来，我看她说不定会被咬死的。”

我不由得一阵恶心，端着餐盘赶紧走开了。

医院的领导也找过我象征性地谈话，说就是因为我工作严谨所以被安排到了住院部。领导还说那里工作虽然辛苦，但是补贴相当丰厚，还说不到一个月我就能成为正式工。

住院部在郊区的一条公路旁，我站在生锈的铁门外，心里有了一丝凉意。朝着铁门两旁望去，暗灰色的围墙上爬满了墨绿色的植物，看起来阴冷潮湿。保安走了过来，反复确认我的身份之后为我打开了门。

住院部只有两栋楼，占地面积最大的楼房是给病人住的，所有的医疗设施和病房都在这栋楼里。另外一栋较矮的是职工宿舍楼，只有两层高。

一位年轻的男医生接待了我：“我叫鲁宁，是赵宝章医生的助理。是赵宝章医生叫我来接你的。”

鲁宁接过了我带来的东西，带我往病房楼走去。住院部的院子很大，铺着石砖的地面上长满了绿苔。院子的中央有一座喷泉，但是早已废弃了，损毁的塑像上面污迹斑斑。

“这里曾经是日本人的部队医院，抗战胜利之后就改成了地区医院。后来随着城市的迁移，这里就成了四院的住院部。”

鲁宁口中的“四院”就是指精神病院。

几位患者被护工带出来散步，有位患者正在对着一棵树滔滔不绝，仿佛那棵树是他的一个熟人，跟他就某件事情争论不休。

我惊讶之余把脸转向鲁宁，从鲁宁毫不关注的态度上看，他早就对此习以为常。一路上，鲁宁告诉我赵宝章是全国知名的精神科专家。专家这个名头虽然很大，但是谁能知道里面的水分有多少，而且他面对的都是精神病患者，到底医术是否高明也很难说清楚。只看这里的工作环境，就容易让人心生怀疑。

“对了，鲁助理，这里一共有多少护士？”

“只有你一个人。”

只有我一个护士？这里条件再差，也不至于连护士都没有吧。我忍着困惑没有发问，跟着鲁宁走进了病房楼的大门。主任办公室门前，鲁宁敲了敲门，带我走了进去。办公室很宽敞，木质的旧地板上有明显的压痕，靠窗的暖气下面摆着几盆花，墙角立着衣架，上面挂着几件衣服和皮包。

“你就是朱晓颖吧。”

一个干瘦的男人从办公桌后面的皮椅子上站起身，他头发稀少，架着一副黑框眼镜，鼻子看上去只是稍微比脸高出那么一点点来。他就是赵宝章医生。

赵医生为我介绍了住院部的日常工作，他还不忘夸赞我几句：“已经听治疗部的同事说了，你虽然是实习生，但是工作认真负责，过一个月如果没有问题的话你就能成为正式工了。”

这话对我来说无疑是一针强心剂，让我忍着所有的困难继续努力。

鲁宁带我去了职工宿舍楼，看着铺着地板的走廊，让我怀疑整个楼都是木制的。

“虽然只有你一位护士，但是这里的护工不少，你的工作不会很辛苦，主要是协助赵医生和我管理药品，其他工作基本上护工都会做。”

我随鲁宁来到二楼走廊尽头的房间，房间比我想象中的条件还要糟，一张已经铺好了床单和被罩的床、陈旧的木桌子和一把配套的椅子。桌子上有一把钥匙，正是这个房间的钥匙。木制的窗框已经受尽了风吹日晒，几乎成了朽木。门边还立着一个放着脸盆的木架子，旁边墙上挂着一面并不透亮的镜子。我抬头朝墙角望去，那里还有暗色的痕迹，应该是下雨天漏水潮湿造成的。我的心顿时又凉了半截。

“这里的环境不是很好，不过过一阵子会重新翻修，你暂时先住下，等有合适的房间也可以调换。”鲁宁似乎看出了我的心思，“你先休息，等一会儿我带你到楼下去吃饭。”

鲁宁走后，我坐到了床上。我用手一摸被单，竟然湿乎乎的。我告诫自己不管条件多差，都要挺住，不管面对多大困难我都要坚持下来。

待我整理完私人物品，天色已经暗了下来，鲁宁来房间找我下去吃饭。病房楼的后院，还连着一串低矮的楼房，那里就是食堂。鲁宁帮我把饭打来："别看食堂餐厅很旧了，不过后厨非常干净卫生。"

接着鲁宁示意我看远处的桌子，那坐着赵宝章和另外一个老头儿。那老头儿看起来岁数已经很大了，跟赵宝章医生一样戴了副眼镜。老头儿跟赵医生一边吃饭，一边不知道在嘀咕着什么。

"坐在赵医生旁边的就是郑国栋院长。"鲁宁为我介绍。

"是不是还有人没有来？"我问鲁宁，"来吃饭的护工好像不多。"

"当然了，这个时候不会全员到齐的。因为很多病人都需要看护，所以吃饭也是轮班倒。"鲁宁解释。

吃过饭我就回了房间，想好好收拾一下然后睡觉。宿舍楼内只有公共厕所，水房在厕所的隔壁。我端着脸盆来到了水房，七个水龙头里面有三个不好用，凹凸不平的地面上满是积水。

我赶紧洗漱完后往房间走去，回到门口的时候，我发现房间的地上竟然有一排脚印。脚印很明显，是光着脚踩过水之后留下的。脚印从门口一直延伸到了房间的中央。刚才有谁进过房间？我回身看了看对面的房间，门紧闭着，门缝下面也看不到光亮。可能是住在对面某个房间里的人睡觉醒来急忙起床去卫生间然后走错了门吧。

就在我走进屋要关上门的一瞬间，我愣住了。我看着地上渐渐干涸消失的脚印，发现自己忽视了一个很重要的问题——我只是看到进屋的脚印，为什么没有离开房间的脚印？我突然心生寒意，难道那个进来的人压根儿就没有出去？

我打量着整个房间，总共就这么大，床下也是一目了然，根本就不可能有藏身的地方。还没等我再多想，身后的门就被敲响了。我立马回过神来："谁？"

"鲁宁。"

我打开了房门，鲁宁提着暖瓶站在门口。

"刚才忘记告诉你了，需要热水的话就去食堂，门口有一个锅炉房，那里可以打热水。这个给你，我已经帮你打好了。”

接过暖瓶我非常感激。

“我就住在走廊另一头，有事的话可以找我。”鲁宁又接了一句，“不过今晚我值班。”说完鲁宁就告辞了，那些脚印也已经完全消失了。

第二天一早，我换好衣服来到医务室。医务室木制的架子上摆放着各类药品。我坐到椅子上不知道该干什么，我甚至没有看到需要消毒的医疗器皿。医务室就在院长办公室和主任室的旁边，主任室的门是紧锁着的。我敲了敲门，里面没有人回应。

我刚刚回到医务室坐下，鲁宁就来了。

“刚才我去找你……”

“有个患者自杀了。”鲁宁表情凝重，“院长和主任都去处理这件事情了。”

我一听，慌了神：“这种情况怎么处理啊？”

“病房值班的护工肯定是要承担责任的，不过你不用太担心。”鲁宁问我，“对了，你刚才去找我有什么事情啊？”

“噢，就是咱们住院部的情况比较特殊，我不知道平时我都需要做什么。”

“你现在需要了解一下这里的药品，有病人需要药品的话，你负责送一下就行了。有需要我就会来通知你的。”

接下来的几天里，我只是按部就班地睡觉、起床、在医务室里坐着、吃午饭，再回到医务室里，晚饭、下班、睡觉……如此循环往复。别说努力工作了，我简直都快闷死了。

不过某件事情的发生让我怀念起这种沉闷的生活了。

那天早晨我醒来第一眼看到的是墙角暗绿色痕迹，让人直恶心。难闻的气味比任何一个闹钟都要好用，我忍着难闻的潮湿气味起床穿好衣服，洗漱完我就到食堂吃饭去了。

鲁宁坐到了我的身边，我已经好几天没在吃饭的时候见到他了。

“今天你有工作要做了，”鲁宁的表情依旧像前几天那样凝重，“一会儿吃过饭我就去医务室找你。”

饭后，鲁宁来到医务室告诉我说，有一位患者的药使用完了，需要我送药给患者服用。

“病人住在四楼，你到四楼去找那层的护工，他们会告诉你420病房在哪儿。”

“420的病人叫什么名字？”

“她叫王月。”

我明显能感觉到鲁宁提及这位患者的时候有些不悦。

“不过你一定要记住，你要看着她把药吃下去，她是精神病患者，你的工作不是听她胡言乱语，你只要看着她把药吃下去。懂吗？”鲁宁很严肃地嘱咐我。

我点点头：“明白。”

“你刚刚来这里上班，一定会不太适应。这里是精神病院，你以后会面对很多的精神病患者，我相信你能胜任你的工作。”

我带着药先来到了二楼，这里的格局跟楼下没有太大分别，只是原本是办公室的位置都变成了一间间狭窄的病房。我刚来到四楼就看到一位满脸横肉的女护工走过来：“你是新来的护士吧，跟我来吧。”

女护工由不得我答话，转身就走，我赶紧跟在她的身后。

420病房要比我想象得整洁，我从门上狭窄的窗户可以看到里面的摆设，干净的床铺、纯白色的桌子，桌子上还有几本书。一位中年短发女人坐在椅子上若有所思。

“王月，吃药了！”女护工冲着她喊了一声。

王月缓缓地站起身，正对着铁门。她看起来像是位知识女性。女护工打开门让我进去。

“你好。”王月竟然主动跟我打招呼。

当身后的门关上了，我才想起了到这里来的目的。

“你是带药来的吧。”王月见我不吱声继续说道，“你不用担心，她去拿水了，一会儿就回来。你是新来的吧？”

我隐约觉得王月似乎把我归为精神病患者一类了。

“你胆子真大！”王月的口气有点嘲笑的意思。

“水！”

女护工突然打开铁门，把一个纸杯递进来，我打开纸袋把药交给王月。

“你刚才说什么？”

“我想和你聊聊……”

“聊什么？”我故意让语气听上去很生硬。

“你害怕跟我这个精神病患者聊天吧，不过我还是希望救一个人的。”

王月低声细语。

“好了没？”

铁门的小窗户打开了，女护工冷着脸问。

“快了。”

我很干练地回答。

“你先把药吃了吧。”

我话音刚落外面走廊里就传来患者的叫喊声，我皱了皱眉头，而王月好像对外面的叫喊见怪不怪了。

“晚上九点半，你准时到我病房来。我只能保证你在我房间里不会让人发现，至于路上，你自己机灵点吧。”

“你怎么知道我会来找你？”

王月没有回答，只是笑而不语。

“赶紧离开吧，不然别人会怀疑的。”

我离开了420病房，边走边下意识地记着走廊的格局，到底怎么做晚上来到这里才不会被值班的护工发现呢？

那天下午，我始终回想着与王月的见面，她根本不像是精神病患者。同时我又想起了鲁宁的嘱咐，也许精神病患者的种类很多，可能她只是看起来很正常罢了。可我在王月身上感受到了一种让我无法抗拒的力量。

晚上，我躺在房间的床上，王月的话一直在我的耳边回荡着。我又想起了在畅清院天花板上，通过那一指宽的缝隙看到的景象。这里的病房也有铁门，而且铁门上还有一个狭窄的窗户。我不由得心慌了，还要不要去420病房？

还没到九点我就已经按捺不住了，就在我站在房间门口准备溜出去时，门外传来脚步声，平时我这头的走廊里很少有人出入。而且我从来没有见过住在对门的人，可是声音分明就是从对门传来的。

我蹲下身来，趴在地板上从门缝下面朝外看，我看到了一双脚，光着脚？我当初怎么没有想到呢？我来的第一天看到房间里有脚印，可即便是起夜去厕所，也没有可能光着脚啊？

我轻轻地把门开了一个缝隙朝外看，对面的门关着，走廊的灯很昏暗。我把脑袋慢慢地探出去，看见了一个女人的背影。她穿着一身护士装，只是修长的衣服下摆破烂不堪，她光着脚一步一步往走廊外走去。她是谁？这里不是只有我一个护士吗？怎么又冒出一个来？

我隔壁房间的门打开了，一个睡眼蒙眬的女人从里面走了出来。她先是眯着眼睛瞅瞅我，然后嘟嘟囔囔趿着鞋往厕所的方向走去，全然没有留意到她背后走廊远处的女护士。我再往走廊更远处望去，那护士已经不见了踪影。

我换上了一双轻便的运动鞋来到了病房楼下，看着昏暗的病房楼，心里不免忐忑。我先悄声走入大厅，收发室里的保安开着灯坐在里面看电视喝茶水。我低身从玻璃窗下面爬了过去，悄悄潜到了二楼的缓步台。通过二楼和三楼比我想象的要容易很多，当时护工都去查房了。不过四楼有点麻烦，有个女护工正端坐在楼梯口。时间马上就要九点半了。

王月告诉我九点半到她的病房，我相信她不会平白无故地约这个时间见面，所以我安静地站在墙角里偷偷盯着女护工。

九点三十分，护工看了眼墙上的钟，然后站起身拿起手机。电话是给她男朋友打的，我站在缓步台上都能听到她肉麻的情话。

“我要查房了，反正不耽误和你聊天。”女护工开始向走廊深处走去，“没事，都是精神病，听到了也没关系。”

我马上闪身上来，立马钻进了420方向的走廊，并按照记忆寻找着那间病房。

“王月，我来了！”我轻轻地敲了敲420病房门。

“进来吧。”

于是我拉开了门锁钻了进去。

王月站在黑暗中望着我：“不用担心，她一时半会儿不会回来的。”王月示意坐到椅子上，她则倚靠在门口的床边，“你想知道我为什么我要找你来？”

我点头默认了。

“我曾经是这里的副院长。”

“副院长？那你为什么会在这里？”

我有点后悔来见王月了，我开始怀疑她真的是精神病患者了。我记得以前看电影的时候，只要讲到精神病患者，大都会有一个类似于患者自白的桥段，说自己是医院的医生。

王月不紧不慢地讲述着我似懂非懂的话：“在精神病院外面，说一个人是精神病，也许只是个玩笑话。但是在这里，如果有医生坚称你是精神病患者，你的所有举动就都是病态行为。”

我没吱声，不明白王月到底想说什么。

“你根本就不该来住院部，你被欺骗了。”王月突然加快语速。

“我被骗了是什么意思？”

“以前这里还有一位护士。”

“这我知道。”

“那个护士已经死了。”

王月的话着实让我吃了一惊，我似乎嗅到了阴谋的气息。

“死了又怎么样？”

我尽量不让王月听出我的慌乱。

“她不是正常死亡的。”

我很难接受一个人好像挤牙膏一样的问一句答一句：“如果你想告诉我实情，不如就赶快说，不然再晚一会儿我恐怕就出不去了。”

“两个月前我还是住院部的副院长，因为规模和经费等客观条件，这里一般只配有一位护士。如果有患者得了重大急病，我们会马上把他们送往治疗部去。当时这层楼里的一位患者有点感冒，每天都让护士送药到这里来。那天下午，护士刚走进病房，突然那平日里很稳定的患者冲了过去，一下子就咬住了护士的脖子。护工听到护士的叫喊声，马上冲了进去，发现只有全身是血的护士倒在地上。”

我打了个寒战。

“护工发现那咬人的患者躺在了床下，病房地面上都是血迹，可那患者身上却干干净净。于是护工就碰了碰那患者，发现她已经死了。”

“那个患者已经死了？”

“没错，护工又叫来其他人，当时我也在场，我亲自查看了那个患者，她的确死了，而且死了有一段时间了。”

“那么是谁咬死了那个护士呢？”

“护士失血过多死了，临死前什么也没有说。这几乎成了悬案，当然我们没有报警，精神病院有精神病院的规矩，更何况这也只是算得上是一场事故，医疗事故。”

“怎么算是医疗事故呢？这根本就解释不通，患者已经死了，护士总不能咬死自己吧？”

“当时的情况也是无可奈何，只能对外宣布称患者失控咬死了护士然后病发身亡了，而那间病房也空了出来。医院里出了此等大事，我作为副院长理所应当要加强工作的监督，那天晚上我来到了这层楼，发现了一件很可怕的事情。”

黑暗中，我瞪圆眼睛听着王月叙述着这让人匪夷所思的事件。

“我来到那间病房门口，下意识地打开了铁门上的小窗户朝里面看。结果黑暗中我看到了一个人影，以为自己是走错了病房，可是那个人影迅速闪到了铁窗旁。借着走廊的灯光我看清楚了那个人的脸，正是死去的患者，她张开嘴巴冲着我笑，我赶忙关上了铁窗。我以为自己花眼了，真的被吓到了。”

“然后呢？”

“为了证明我只是出现了幻觉，我再次打开了铁窗，可是那张脸依然存在！

“我顿时浑身冰凉，眼睛不住往门上的窗户望去。

“我甚至不敢伸手把铁窗拉上，跌跌撞撞地赶紧离开了。对了，你住的宿舍是哪一间，是不是二楼左侧最里面的房间？”

“没错。”

“那过去是我的宿舍，对面就是那护士的房间。不过那个房间没有人愿意住，觉得很晦气。”

我突然想起刚才在宿舍走廊里看到的女护士，可是她不是已经死了吗？

“那晚，我回到宿舍楼，就在我进屋准备关上房间门的时候，我身后也传来了关门声。我马上回身，发现那声音来自对面的房间。我壮着胆子走过去敲门，没有人回答。第二天一早，食堂的工人找到了我，说食堂冰柜里的生肉都不见了。亲自去食堂检查过之后我去找了院长，院长说大概是小偷溜进来干的。可是食堂里其他的东西都没有丢，小偷进来为什么只偷生肉呢。‘不识货吧，食堂里还能有什么值钱的东西？’院长就是这么回答我的，我也不好再啰唆什么。”

我觉得院长的解释并没有什么不妥，这个穷乡僻壤的地方多一事不如少一事，一个院长何苦为少了几块肉的事操心。

“院长只是说要加强保安管理，还为冰柜加一把锁头。”

“从那之后肉没丢过？”

“不可能再丢了，那上面的锁头可是货真价实的。不过事情没有就这样结束了，之后的几天里我没有再到病房区来过，我想把那天晚上在病房窗口看到的脸忘记。那段时间，我经常失眠，精神也越来越差。晚上我依然会听到走廊有开门的声音，我不相信这只是幻觉。有一天我终于忍不下去了，我让我的助理鲁宁帮我把对门打开。”

“鲁宁以前是你的助理？”

“没错，我让他负责宿舍楼的房间管理，所以他有那个房间的钥匙。他打开了房门，一股恶臭扑面而来，在房间的地上有很多的腐肉，看起来像是吃剩下的。我问鲁宁，这个房间还有谁有钥匙，他告诉我除了他之外，只有那个死去的护士有一把。但那护士死得突然，整理遗物的时候并没有发现钥匙，所以也就不了了之了。”

听着王月的回忆，我感觉身体越发得冰冷了。突然，王月做了一个收声的动作，我听到铁门外传来了脚步声和说话的声音，我立马靠在了门边的阴暗处。还好女护工并没有发现门上的锁是开着的，她继续边在走廊里徘徊边打着肉麻的电话。

待护工渐行渐远，王月接着讲：“我找到了院长，把事情的始末告诉了他，包括我见到了那位死去的患者。院长只是说我没有休息好，太过疲劳的缘故。不过晚上我还是会听到有人进出对面房间的声音，我为此还跟院长发生了争执，可意想不到的事情发生了。”

“发生了什么？”

“院长和赵宝章说我疯了，说我工作压力太大已经疯了，然后我就被强行注射了镇静剂并关进了这间病房。”王月无奈地摇摇头，“这是阴谋，这是篡权。因为患者咬死护士的事故，上级有意把郑国栋从院长的位置上撤下来，让我担任院长。如果我无法出任院长，郑国栋的位置就保住了。赵宝章也是如此，别看他现在还是主任，要不了多久，上级就会任命他做副院长了，其中当然少不了郑国栋的周旋。鲁宁也被他们拉下水了，主任的位置很快就是他的了。”

“他们竟然为了权力污蔑你患上了精神病？”

“不仅仅是权力，你看这里的设施还不明白吗？上级拨款并不少，但是郑国栋并没有对住院部进行大规模地修整和改建，钱哪儿去了？这都是油水！”王月小声愤然道，“他们拔除了我这个障碍，大把的钞票就都进了腰包。”

“你已经发现了郑国栋腐败的证据？”我怀疑地问道，“而且他们怎么可以就这样把你关进来？你的家人知道这件事情吗？”

“我孤身一个人，我把我的毕生精力都奉献给了精神疾病研究，事业就是我的丈夫，研究成果就是我的子女，我的父母和其他长辈都已经过世了。”王月叹息道，“只要被确诊为精神病人，你的所有解释都是徒劳的。被关的这段时间，我始终在思考为什么病房里会出现已经死去的患者？还有宿舍房间里为什么会有腐烂的生肉？答案只能有一个，那就是死人出现了。”

我立刻陷入了在畅清院的可怕回忆，我也看到了死人，每天陈美丽医生都会送生肉给那些死人。在这里竟然也发生了同样的事情，我想起了张卓娅给我打来的电话，然后又被告知畅清院莫名其妙地被关闭了。

“而且我怀疑，这里大多数的患者恐怕都已经死了。”

“你说什么？！”我忍不住惊呼。

“对面病房，过去住着位女患者，她曾是我的病人，她患有重度抑郁症，并且有自杀倾向。有天晚上，她突然在对面叫我的名字，她说她的心脏不舒服，后来无论我再怎么唤她她都没了反应。我大声地叫护工过来，但是却迟迟没人来，那女患者应该已经死了。第二天我把昨晚的事情告诉了来查房的护工，护工当着我的面打开了对面病房门上的窗户，那女患者就站在门前，脸色跟平时完全不同，她露出了诡异的笑容，那笑容跟我那晚在病房里看到的已经死去的患者一样。”

此时此刻，我不再疑心王月有精神病，我们俩的经历开始有了交集。

“这些死人回来了，并不是尸体复活过来，你懂吗？医院想早日了结医疗事故，被咬死的护士和那患者的尸体早就火化了，所以死人的归来与尸体无关，那么对面病房女患者的尸体哪儿去了？”

我的大脑一片空白。

“既然死人需要吃肉，他们在归来之后会不会吃掉了自己的尸体？最开始出现的死人咬死了护士，还没有来得及吃掉自己的尸体，所以尸体被火化掉了。死去的护士每天都去食堂寻找生肉，可是冷柜被锁住了，她没有肉了。该怎么办？那就是其他患者！”

“那你根据什么说这里的患者大多数已经死了？”我心里依旧存有疑问。

“了解，”王月出奇冷静和简练，“这里一半的病人是我经手的，我对他们的病情非常了解。有一天我被护工带到外面散步的时候，我发现了一些患者的反常举动，他们的笑容出奇一致，所以我才推断他们已经死了。”

“那么你为什么认为我会相信你？”

“我循规蹈矩地生活了几十年，而在这里当了几十天的精神病患者我才明白，人生其实是场赌局，我找你就是赌一次，你相信我的话那就是命运的安排：如果不相信我也不会埋怨命运的不公。”王月定了定神接着说，“如果可以出去的话，我要把发生在这里的事情公布于众，不然任由事情继续发展下去实在太可怕了。”

“你想让我带你离开？”我苦笑着摇摇头，“我能够进来见你已经很不容易了，带你逃出住院部是不可能的！”

“不，有可能，”王月坚持道，“住院部是当年日本人修建的，在距离大门一百米左右的位置，有一扇铁门。由于植物的覆盖，所以根本就没有人知道那扇门的存在，我是在那附近散步时无意中发现的那扇门，它可以让我们神不知鬼不觉地离开。”

“有多大的把握？”

“不知道，尽力而为。”王月毫不犹豫。

我又想起在宿舍走廊里看到的女护士，我无法再对王月隐瞒下去了，我把看到女护士的经过全盘托出：“对了，就在我离开房间来这里的时候，那个已经死了的护士又从房间里出来了！”

我听到王月长长地叹了口气。

“我们该怎么……”

就在我想与王月商量逃出去的方案时，外面传来的尖叫声。

我惊慌地拉开了铁门，小心地探出头，顺着走廊另一端的尖叫声望去，并看到了惊心的一幕。女护工在地上爬着，她身上都是血，腿上的肉被撕掉了，隐约可以看到腿上的森森白骨。

女护工不远的身旁，我看到了那女护士正弓着腰、耷拉着脑袋开始一步一步走向另一端的病房。每走过一扇门，就打开门上的锁，病房的铁门被打开了。有的病房里悄无声息，有的病房则马上有患者冲了出来钻进了其他病房里，随后尖叫声四起！我们最担心的情况还是发生了。我想起了张卓娅的电话，我想起了电话另一端的尖叫声，张卓娅难道也遭遇了同样的情况？

“我们走，不然那些死人就要到这里来了！”

我拉住王月的手，感觉到她手心冰凉。我们俩迅速钻进了走廊，女护工伸出手向我们求救：“救救我……”

可她瞬间就被旁边病房内的死人拖了进去，尖叫声也很快就消失了。我们俩来到了通往三楼的缓步台，只见三楼已经血流成河。

我和王月对视了一眼，我从她的眼睛里读出了恐惧。

“我们可以逃出去的！”

我鼓舞着王月，不过我的腿已经发软，随时都可能瘫倒在地。

我们很快绕过了三楼，来到了二楼，正当我们准备继续下楼时，一个人影突然闪了出来。我定神一看，竟然是鲁宁。一个死人正趴在他的腿上啃食着，鲁宁用刀子插进了那死人的眼睛里，然后用力将其甩开。

鲁宁身上的白褂子已经染成了红色，见到准备下楼的我和王月，他抹了一把脸上的血惊讶地说：“你们怎么……”

鲁宁还来不及把话说完就被从走廊里冲出来的死人扑倒在地，他很快就被几个死人分食掉了。我忍不住想尖叫，王月用那颤抖的手捂住了我的嘴巴。

最终，我们俩逃出了病房楼，不远处的宿舍楼已经燃起了大火。一个男人正在被几个死人追逐着，我不敢多看，继续跟着王月朝大门奔去。王月突然停住了脚步，我向她所指的方向望去，一个保安拼了命地向高大的院门奔跑而去，他身后引来了很多的死人追逐。

“那扇铁门，围墙上的铁门！”

王月指着大门左侧一百米左右的地方，我们拼命地向那扇还看不到踪迹的门奔去，在大门附近的死人已经注意到了我和王月，朝着我们俩飞奔过来。

“快点打开门！”王月大声叫喊。

我的手已经摸索到了植物后面的门，急忙寻找门把手。那群死人越来越近了，我终于找到了把手的位置，猛地用力向下拉。大概是时间太久生锈的缘故，门把手纹丝不动。就在我使尽了全身力气终于拉动了把手的时候，王月被扑倒了，我耳边只有她惊恐的尖叫声。我救不了她，她瞬间被分食掉了。我颤抖着跨出了铁门，然后又用最后的力气把门关上了。我终于逃出了精神病院。

不远处的警车闪着灯光，我被一盏探照灯照得浑身发热。眼看着几个警察冲了上来，我晕了过去。

* * *

朱晓颖的头微微低垂着，额头上的汗水顺着面颊向下淌，像是受到了极大的磨难。

“当我……”

朱晓颖本来想继续讲下去，但莫冲阻止了她：“还是先说到这儿吧，我看你好像不太舒服？”

朱晓颖这才长长地叹了一口气，如释重负。

“你说了这么多也足够让我们好好琢磨一番了。”陈东表示赞同莫冲的做法。

李建华一言不发，他先是看了看朱晓颖，接着眼神又落在陈东身上。万子明则目光呆滞陷入了沉思。

“我去下卫生间。”

朱晓颖面色苍白地起身离开椅子，让人很担心她会突然栽倒在地。

“我去看看她。”齐涵站起身跟了过去。

“看样子，这段经历对于晓颖来说真的是不堪回首的。”莫冲望着朱晓颖离去的方向。

“不过，这段经历好像也没有太多值得深究的内容。刚才晓颖讲得很清楚，王月在担任副院长期间，精神病院住院部实际上就已经开始发生了死人复活的事件。”李建华直入主题道，“跟她刚刚离开畅清院的时间差不多，不过因为当时精神病院住院部在进行权力之争，导致事件没有被重视起来。”

“挺吓人的，”慕容雪扶着额头说，“先是死人咬死了护士，但是死人尸体却被发现一直藏在了床下，而且咬死护士之后尸体身上也没有血迹……我怎么觉得脑子有点乱？”

失踪

“你进入了误区，死人归来不代表死尸复活，这远比死尸复活更加让人匪夷所思。”莫冲提出了不同观点。

“大概晓颖她也不知道是怎么一回事吧？我看她的样子是被过去的经历吓坏了。不过，那些死人竟然会吃掉自己的尸体，真够恶心的。”慕容雪把面前的空碗推了推，一脸厌恶。

万子明看上去像是在发愣并在脑海中与自己进行着思想斗争，偶尔会微微摇头，似乎否定自己的某个不切实际的想法。

“你怎么看？”李建华破天荒地询问了万子明的看法。

万子明没有想到李建华会主动发问，他先是一愣，然后缓缓说道：“不清楚，目前为止还只是畅清院事件后的延续。”

万子明的话听起来好像并没有说完，犹如老旧的收音机突然断电般，声音猛地消失了，让人觉得突兀又别扭。

朱晓颖和齐涵一前一后地从楼梯上下来。

“晓颖没事了吧？”李建华关切地问。

“刚才晓颖吐了，好像很难受，而且手上也被什么东西划伤了。”

“那你赶快处理一下吧，别感染了。”慕容雪说，“我去帮你拿医药箱来。”

朱晓颖沉默地回到了椅子上坐下，脸上不知是汗水还是洗过脸后留下的水痕，她右手的手心还在冒着血。她拒绝了慕容雪的帮助，并用一只手麻利地给自己另一只手包扎。

见朱晓颖剪断了多余的绷带之后，李建华问：“你怎么搞的？这么不小心？”

“没留神。”

朱晓颖低着脑袋目光呆滞，略显恍惚。

“大家怎么都这么容易受伤，先是建华，再是晓颖，然后接下来会是谁……”

莫冲随口之言让慕容雪十分惊慌，就好像另外一场伤害会随时降临到她的身上。莫冲也觉得自己说错了话，便不再作声了。

“刚才我们讨论了你的经历，不过没有讨论出个结果来。”李建华直言。

“其实我是想继续说下去的……”

“不不不，”李建华摇摇头，“今天说这些就足够了，不过就刚才那段经历，你没有什么要补充的吗？关于细节？”

“没有了，”朱晓颖毫不犹豫，“我逃了出去，警察救了我，这就是我的第二段经历。至于细节，我已经尽最大的努力回忆了，可当时的情况实在混乱。”

“这段经历基本上就是畅清院事件的延续，或者说我们搞清楚了畅清院当晚发生的事情。其实这两件事在本质上没有区别，都是不知道缘由的死人归来，且并绝非死尸复活！”李建华强调道。

沉默似乎成了七个人讨论过程中的惯例，已经没有人觉得沉默会使气氛尴尬了。所有人都在默默地思索着，但是到底在思索些什么彼此之间毫不知情。

“我来把桌子收拾一下吧。”

朱晓颖脸色依旧惨白，她生硬地冲着所有人笑了笑，像是在逃避某些不愿面对的问题。

“别了，你需要休息一下，你刚才讲述经历太辛苦了。”莫冲站起身站在朱晓颖的身后压住她的肩膀让她坐下了。

“你们俩帮忙收拾收拾桌子，”陈东先是对齐涵和慕容雪说，然后又对万子明说，“我去楼上瞧瞧，你帮忙检查一下门窗。”

万子明并不应答，直接起身走向门廊。陈东端着枪走上楼梯。

齐涵不屑地白了慕容雪一眼，极不情愿与她合作。

雷鸣在雨水击打声中回响，仿佛是在提醒所有人外面天气依然恶劣。万子明检查完门后又进了厨房，他趴在窗户前从木板缝隙望着外面，一道闪电照亮了他的脸，外面还是灰蒙蒙的一片。

没多久，所有人再次聚集到了一楼客厅内，室内昏暗到大家只能看清楚彼此的影子而已。外面的风呼呼地灌进来，把所有的阴郁都挤进了客厅当中。毫无头绪，七个人本想在各自的经历中找到灾难的根源。但是连跟灾难根源有关的蛛丝马迹都没能发现，一切都还在过去经历的悲剧之中徘徊不前。

“希望你不要让大家失望。”陈东仿佛看出了其他人的忧虑，他意味深长地冲着李建华幽幽地说了一句。

“我只知道想客观地描述一件事情的话，尽量不要附加太多的形容词，这样会扰乱听者的判断。至于我接下来的经历，我看到的只是‘过程’而并非‘起因’。但愿你们能发觉我没能贯穿真相的细节。”

于是，李建华在阴郁的气氛中，开始了他的第二段经历。

* * *

离开那院子之后我们四个人暂时住进附近的旅馆。

“注意到警察的态度了吗？一点也不惊讶，一丁点也没有！”

我们围坐在房间里谈论着不久前那惊心动魄的一幕。

“妈的，这事他们绝对是知道的，肯定不只是咱们遇到过这种倒霉事儿，还有人碰到过！”韩泽越说越激动。

“也不一定吧，”徐梦梦将信将疑，“警察毕竟是见过大场面的，不觉得惊讶也很正常吧。”

刘嘉随声附和。

“大不了不种那些花花草草了。”我摆摆手疲惫道，“明天还得上班呢，洗洗睡吧，别瞎琢磨了。”

“我有点怕，”刘嘉拉着徐梦梦的手，“我一想到刚才遇到的事就害怕。”

“锁好门，有事就喊！我们俩就在隔壁，反正这里隔音不怎么样。”

我刚说完，其他房间就传来了男女在床上肉搏的声音，让人心烦意乱。

第二天，忙碌的工作让我暂时忘记了昨晚那让人不安的经历。下班回到旅馆之后我们没有再提起那件事情，只是商量着应该找个新住处。人与人就是如此，共同经历了某段难忘的事件之后就会达成了某种默契，已经认可了彼此，没有了分开租房子的想法。

后来几天，我们四个人都在留意新住处，两个女孩每天都是买很多报纸查看租房信息，我跟韩泽一下班就会去查看房屋中介信息。可是忙了几天都没有结果，不是地方太偏了就是房租太贵了。

“这难度也太大了，咱们总不能每天都住在旅馆里吧！”

这是韩泽在失踪前一天晚上睡前的感慨。

第二天韩泽在公司里忙前忙后，下班之前终于完成了全部工作。我就没有那么幸运了，因为每天除了上班就是寻找房源，搞得身心疲惫，所以工作效率自然下降。

“今天你就不用去找房子了，把工作做完就直接回旅馆吧，我自己去看看就成了。”说完韩泽就先离开了公司。

三个小时之后，我拖着疲惫的身体回到了旅馆。徐梦梦和刘嘉坐在我和韩泽房间的床上，我刚进门她们俩就开始埋怨起来。

“你这么晚才回来啊，刚才韩泽打电话给我们说有好消息了，说找到了合适的房子。”徐梦梦抢着说。

“他还告诉我们说你在加班，先别打电话打扰你，等你回来了一起出去庆祝一下。”刘嘉兴奋道。

韩泽这小子很急嘛，我们仨还不知道那房子究竟是什么情况，他就打算出去庆祝了。

“我要洗澡了，你们最好回避一下，”我对两个女孩说，“等我洗完澡了韩泽那小子就该回来了。”

洗澡时难免心中惆怅，若不是在先前住的院子里发生了那骇人听闻的怪事，我们此时应该是坐在院子里喝啤酒聊天吧。洗过澡，我来到女孩的房间。

“他怎么还没回来啊？我都饿死了快。”

徐梦梦等得不耐烦了，她依偎在刘嘉的身旁，刘嘉看起来也没精打采的。

于是我拿起手机给韩泽打电话，过了很久才有人接电话。

“你小子快回来吧，她们俩都饿得受不了了。”

韩泽在电话那边没有吱声。

“我说你小子是怎么回事？”

他还是没有说话，我以为是信号不好就先挂掉了电话。

“不知道这小子搞什么鬼，接电话了也不吭声，可能是快回来了吧。”

半个小时之后韩泽依然没有回来，两个女孩再次拨打他的手机却没人接听。一阵埋怨之后我们三个人便先到外面去吃饭了。

“说不定韩泽有艳遇了，没空理会咱们。”徐梦梦开玩笑地说道。

回到旅馆，洗漱之后我就准备睡觉了，反正韩泽这小子也有钥匙，我不必为他开门。不过半夜我起床去卫生间的时候，韩泽的床依然是空着的。

第二天一早韩泽还是没有回来，两个女孩来敲房门了。

“韩泽一夜未归？”刘嘉有点惊讶。

我打着瞌睡点头。

“真是的，就算有艳遇不回来了，也该告诉大伙儿一声啊！”徐梦梦埋怨着。

“我上班见到他会把你们俩的意见转告给他的。”

可是韩泽并没有去公司上班，当我再度拨打他手机后，他接了电话却沉默不语。

“韩泽，你小子连班都不上了啊，昨晚到现在一点动静也没有……”

电话那边依然没有人说话，我只好挂掉了电话。这一天里我没少给他打电话，中途我还给徐梦梦和刘嘉打电话问她们俩是不是能联系上韩泽，结果她们跟我一样。晚上我下班回到旅馆时，两个女孩已经在等我了。

“韩泽没有回来。”

我打开了房门，房间里根本就没有他回来过的痕迹，我们仨坐在一起讨论韩泽的去向。我很了解韩泽，别看他平时大大咧咧的，但是不至于不打招呼玩失踪。

“他会不会被人绑架了啊？”刘嘉胡乱猜测着。

“我们都是穷白领，绑架也该绑架那些有钱的，咱们还没有资格被绑架呢。”我揉搓着太阳穴说道，“如果真的有人看走眼把他绑架了，他就不可能接电话了。”

“但是他为什么不说话呢？”徐梦梦困惑道。

“大概他的手机坏了吧，可能他在电话那边大声说话咱们也听不见吧。”刘嘉猜测。

我依然有想不通的地方：“就算他的手机坏了，也应该借个电话给咱们回一个吧？可他今天连假也没请，直接旷工了。”

夜里我躺在床上怎么也睡不着，还不能报警说韩泽失踪了，毕竟他还不算真正失联，他还会接听手机。当晚，我做了一个梦，梦的内容我已经记不得了，不过一定是个噩梦，醒来时床单已经被我的汗水浸透了。

我擦了擦脖子上的汗水，看了眼旁边的那张床，还是空的，韩泽依然没有回来。我拿起手机拨打了韩泽的手机，电话响了几声就有人接了，这次我并没有急着说话，而是用耳朵仔细听。我没有听到韩泽在说话，但我清楚地听到了汽车驶过的声音。

“韩泽，说话呀？你到底在哪儿？”

没有回应。

“为什么不说话，是不是你不能说话？”

电话那边还是没有任何的回应。

我挂掉了电话，我刚才绝对在电话里听到了汽车驶过的声音，这说明韩泽就在路边不远处。可他为什么接了电话却不能说话呢？

韩泽一定是出了意外，而且意外发生的地点就是在马路边。最有可能的地点就是马路上的井盖下面，说不定那天夜里韩泽正准备回来与我们庆祝找到了新住处，可在路上他不小心掉到了井盖下面，而井盖又被阴差阳错地盖上了。摔下去之后韩泽受了重伤，摔裂了下巴之类的情况也很有可能，所以他不能动，也不能说话，只能别人打电话来的时候按动接听键……

天还没亮我就敲响了隔壁房门，徐梦梦和刘嘉睡眼蒙眬地为我开了门。我把想法说了一遍，两个女孩儿也恍然大悟般表示赞同。

“那我们能怎么办啊？”刘嘉顿时了没了主意，“马路上有很多的井盖，怎么找啊？”

“其实并没有那么多，从公司到房屋中介再到旅馆，排除地铁那段线路，所以只要沿路找的话是没有问题的！不过，单凭我们三个人想查遍沿途所有的井盖几乎是不可能的，还是要去派出所走一趟。”

说完我们就去了附近的派出所，我把了解到的情况跟警察说了一遍，警察觉得我提供的线索很重要，劝我们先不要着急。

再后来韩泽的手机打不通了，应该是已经没有电了，如果他重伤在身的话坚持不了多久了。接下来的两天里，不仅沿途的井盖都被找过了，而且那些街道附近的井盖也被检查过，可根本就没有韩泽的人影。

我的推测不可能有错，汽车行驶过的声音听上去那样近，绝对就只有井盖下面了。

最后一天夜里，我们都聚集在旅馆附近的街道上。这条路很少有人路过，昏暗的路灯之下树影晃晃，空旷的街道显得很萧条，路边只有等待拆迁的旧房子。

“那小子躲债去了吧？”

警察站在井盖旁边，几个来帮忙的下水道管道工人已经打开了井盖。

“我看也是，怎么可能这么巧？掉到井盖下面了，井盖又被盖上了？”

刘嘉听到警察的对话简直气疯了，她冲上前去冲着那两个警察大喊大叫愤愤不平。我只是沉默地站在旁边思考，觉得自己忽视了某些重要的细节。

管道工人爬上来，摇摇头，这已经是最后一个井盖了，这里找不到韩泽的话，我们也无计可施了。就在我们绝望之时，一辆轿车突然失控般地冲我们飞速而来。大伙儿四散开来，徐梦梦和刘嘉反应及时躲到了一旁。还好我闪得快，不然肯定被撞飞了。

车轰的一声把街道旁的树撞残了，树干完全破裂开来。车速度可见一斑。

“先救人！”警察大喊道。

车门已经走形了，大家费了很大工夫才把车门撬开，浓烈的酒精味扑鼻而来。醉酒驾车，怪不得车开得那么猛。

躲在路旁的徐梦梦和刘嘉突然发出了惊天的叫喊，所有人的目光都聚集在了她们俩身上。

只见刘嘉闭着眼睛趴在徐梦梦的身上浑身发抖，徐梦梦抬起手指着被撞裂开的大树。我和几个警察赶了过去，树的里面有一具被树藤紧紧缠绕的尸体，不断发出恶臭。

我定神向里面看，从尸体的衣着装扮上看，分明就是韩泽。韩泽的嘴巴被树藤缠绕住了，他的手虽然也被缠绕着但一直紧握着手机。突然一种窒息感充斥着我的全身，原来韩泽失踪的头两天他还活着，可他身体和嘴巴被树藤紧紧缠绕，他虽然能接手机却不能求救。一直到最后手机没电了，他也死了。

警察没有贸然把尸体抬出来，而是叫来同事拍摄现场照片。我发现韩泽的腿竟然露出了白骨，恶心感从我的身体中散发而出——韩泽被吃了！韩泽被消化了！而消化他的东西就是这棵树。

我怕两个女孩受不了这样的刺激，赶紧先把她们送回了旅馆。我再次回到了现场时，路边停满了警车消防车。其他几棵树都被消防员撬开了，每一棵树内竟然都有尸体，有的是一具尸体，有的则更多，有的尸体刚刚开始腐烂，有的几乎成了白骨。

* * *

“这就是我后来的经历。”

“那么你亲自为自己这段经历总结一下吧。”

陈东干巴巴地跟了一句。

李建华的脸色稍显不快：“树是活的，那棵树一定是在韩泽路过的时候将他吞进树里的。不过这段经历，我还是不知道与背后原因有关的线索。从院子里的花花草草，到路边的树，从我当时的角度看，事态的发展越来越严重了。”

“我从你的经历中找不到线索，”莫冲叹气道，“咱们就这么一段一段地讲述过去的经历，真的有用吗……”

“别那么早下结论，”朱晓颖的脸色依然很难看，“虽然从现状来看，我们根本就无力改变什么了。就像是一只破碎成灰的碗，想重新变回原来的样子，绝对是不可能的。我们都是灾难的受害者，但至少我们还活着。可是你们真的甘心对这场灾难背后的原因毫不知情吗？”

"蝴蝶效应，你们知道吗？"

惯于沉默的万子明突然开口说话了，其他人更感兴趣的并不是回答万子明的提问，而是万子明开口的动机。

"蝴蝶在热带地区轻轻扇动一下翅膀，就可能引起遥远国度的一场飓风。"万子明缓缓道来，"再通俗些的解释，就是说任何事件的结果都是由细微事件串联在一起引发的。"

"你的意思是说，即便我们的经历在整场灾难中很不起眼，也有可能是很重要的一个环节？"莫冲的语气听起来并不那么自信。

"反正我们每天在这里也没有什么事情可做，就当解闷儿也不错。"慕容雪很无所谓。

齐涵先是很轻视地从上到下打量着慕容雪，然后用不屑的口吻说："解闷儿？你昨天说这种话我还能忍受，现在你这样讲话就是看不出火候了，倒是没有人在你后背上刻字是吧？"

慕容雪没有反驳，她偷偷瞧了李建华一眼，觉得刚才的确失言了。

"我想去下卫生间，"李建华突然从椅子上站起身，他的动作触动了伤口，眉头紧锁，"大哥，你能扶我去卫生间吗？"

"当然。"陈东起身扶住李建华，"大家稍等，我们去去就来。"

"一会儿就轮到你了，"齐涵白了慕容雪一眼，"你可别撒谎，不然说不准有什么字会出现在你的脸上！"

"你……"

慕容雪刚要回击，就被朱晓颖冷着脸劝住了："好了，你们俩别吵了。"

二楼走廊更加漆黑阴暗。陈东的眼睛并没有受到黑暗的限制，他扶着李建华一步步走进卫生间。外面潮湿的空气从卫生间窗户的木板缝隙之间渗透进来，让卫生间里凉丝丝的。

"这次你又想说什么呢？"陈东开门见山。

"我当然有话要说，只是大哥你好像并不信任我。"

李建华一只手扶着墙，闪电的光亮让他看清了陈东严峻的面容。

"我是否信任你并不重要，既然在你不确定我是否信任你时依旧要单独见我，不如你就有话直说吧。"

"我会证明给你看的。"李建华很有自信，"朱晓颖终于露出马脚了。"

"哦？"陈东深表怀疑。

"不如咱们哥俩先聊聊今天早上发生的事情吧。"

“从发现你的背后被刻上字开始？”

“没错……”

“这就奇怪了，你好像怀疑其他人也不是一天两天了吧。”陈东不慌不忙，“你们认识的日子也不算短了，你不可能是到现在才开始怀疑吧？”

李建华并未立刻回答，他低首沉默了一阵，才缓缓说道：“因为，他们并不值得我信任，也不会向任何人坦言我的怀疑……”

陈东赶紧点头：“嗯，懂了。”

于是李建华继续说道：“今天早上我的背上出现了‘谎言’两个字，是朱晓颖帮助我包扎的，她从我皮肤下面找到指甲。这让我想起了昨天，在万子明讲述经历之后，朱晓颖分析了那些情侣是如何窒息死亡的。”

李建华说到这里的时候停顿了一下，在等待陈东的回应。

“这我都知道，我当时也在场。”

“从她的种种表现来看，她绝对不是护士那么简单。”

陈东无声嗤笑：“那你觉得她不是护士又是什么？”

“她懂医疗知识，但是绝对不是护士！”李建华强调，“还记得她刚才讲的经历吧？我认为她隐瞒了一些事情。”

“经历？隐瞒？”陈东的语气中带着笑音。

“有一个细节，朱晓颖说王月在420病房里告诉她，王月看到对门的患者已经死了，并且说是死人吃掉了自己的尸体。王月是怎么知道的？难道她看到了？我觉得是朱晓颖隐瞒了一些事情，王月所说的话根本不合常理。”李建华大有越说越激动的态势。

陈东听闻后先是嗤笑一声，然后低声说道：“你这是吹毛求疵。”

绑架

李建华木愣愣地盯着陈东，一时间竟不知道该如何接话。

“也许只是王月的猜测而已，”陈东说，“你这样吹毛求疵一点技术含量也没有。照你看每个人都能说出疑点来，再过一会儿是不是就要开始说我也有可疑之处了？”

闪电，雷鸣。

李建华并没有回答，他突然俯下了身，忍着背后伤口带来的疼痛，艰难地趴在卫生间的地上。

“你干什么呢？”

李建华没有回答，他继续在黑暗中摸索着，过了一会儿他才扶着墙爬了起来。

“今天朱晓颖在讲述经历的过程中，她的情绪有很大变化。”李建华粗声喘息，仿佛在忍受背部伤口带来的疼痛。

“嗯。”

“她从平静到慌张，再到惊恐。”

“这跟她讲述的经历有关，她沉浸在惊恐的回忆中。”

“还有另外一种可能，她的恐惧并非来自回忆，而是担心谎话被揭穿。当然不是被我们揭穿，而是害怕在我后背上的字！”李建华摊开手给陈东看，“你看过之后就会相信朱晓颖是在撒谎。”

陈东摊开手，李建华把攥在拳头里的东西放进了他的手中。陈东把落在手里的东西靠近眼睛，他勉强可以看出这是一根钉子。钉子是黑色的，有些粗短，陈东用手指摸了摸上面好像还有花纹。

“这就是你刚才找到的东西？”陈东仰起脸问道。

“是的，刚才我在地上找的就是这个。刚才她们俩回到楼下的时候齐涵说朱晓颖吐了，并且朱晓颖的手受了伤。我当时注意到了朱晓颖的表情，她的表情不是女孩受伤时该有的表情，不是疼痛，而是恐惧。”李建华继续回忆道，“我又注意到朱晓颖的手是被刺伤的，她在给自己包扎的时候也实在是很麻利。我联想到了她的呕吐，我的印象里，卫生间里根本就没有什么利器，为什么会刺伤她？既然不是在卫生间里的东西，最有可能就是朱晓颖自己带来的，我大胆地猜测，那就是这钉子是从她嘴里吐出来的。”

“你的意思是朱晓颖在玩杂耍？灾难之前大家还有心思玩这东西，现在恐怕不会这么无聊吧。”陈东带着几分嘲笑的意思，“你说我这卫生间里没有钉子，那只是你一厢情愿的想法。我把这里的窗户都用钉子钉得很结实……”

“不可能是你钉在窗户上的钉子，你也可以仔细看看那钉子上面的纹路。”

“我看过了，上面的纹路的确不像是普通的钉子，不过上面根本就没有血迹，我摸过钉子了。”陈东一副不可思议的表情，“就根据这根钉子？所以朱晓颖在撒谎？”

李建华的额头淌着汗水，他在与后背破裂伤口带来的疼痛进行对抗。

“牵强！”陈东坚决道，“那么你背上的字呢？是不是说明你在撒谎呢？”

“这不一样，这……”

陈东看着李建华的表情，没有愤怒或是羞愧。这不是李建华词穷的表现，他本可以继续解释下去说服自己，但是他却理智地停了下来。

“既然这样，我觉得现在并不是继续讨论这个问题的最好时机……”

突然，陈东抬起手示意李建华不要说话，他轻轻挪步到卫生间的门前，向门下的缝隙望去。几道闪电划过，一个人影随着电光一闪而过，脚步声被随后响起的雷鸣遮盖住了。

“我们该下去了，看来他们等不及了。”

陈东言罢打开了卫生间的门，外面依旧漆黑一片不见人影。楼梯上，李建华一只手按住了扶手，另一只手则搭在了陈东的肩膀上。两个人回到一楼时，所有人都围坐在桌旁。

“你们俩怎么去了那么久？”莫冲随口一问。

“对啊，怎么去了那么久？”慕容雪也应声询问。

“我后背有伤实在不太方便，还幸亏大哥陪我上楼了。”李建华瞟了陈东一眼，“对了，刚才你们谁上去找我们了吗？”

“没有啊，我们都等在这儿。”齐涵回答。

陈东注意到朱晓颖的脸依然苍白，沉默无语。不过慕容雪在听完李建华的问话之后瞪圆眼睛：“该不会是你们看到什么了吧？”

“怎么会呢？就是我和大哥担心你们等急了上去找我们俩，所以我才问问的。”

李建华笑着解释完，然后便怀着深意望着陈东。

慕容雪听到李建华的解释之后，微微地松了一口气，不过紧张的情绪还是从慕容雪的身上散发出来。

“瞧你紧张那样，不是害怕在你讲述经历的时候出什么意外吧？”齐涵低声嘲笑慕容雪，“那你真的要小心了，千万——别——说——谎！”

慕容雪恶狠狠地白了齐涵一眼，并未过多理会。

“下面就该轮到小雪了。”朱晓颖低声提醒。

闪电和雷鸣再次传来，慕容雪打了一个寒战。不过她好像很担心别人看穿自己的惊恐，马上直了直身子。

陈东搔了搔头发把背靠在椅子上，万子明的目光始终没有离开过慕容雪。至于李建华和朱晓颖，表情格外严肃。齐涵虽说也在盯着慕容雪，但脸上挂着淡淡的轻蔑。

* * *

我终于逃出了白金汉小镇，天渐渐亮了起来，我甚至怀疑小镇上的经历根本就是一场不真实的噩梦。我边听着歌边开车，这种重获新生的感觉太棒了。

不知何时开始，我的后面跟了一辆卡车，那卡车既没有着急超车也没有鸣笛。到了路口处，卡车突然加速冲上来撞到了我的车尾。在巨大的冲击力下，我的车失控直接撞到路边的树上，我的脑袋撞在了方向盘上。恍惚中我渐渐恢复意识，我晕乎乎扶着脑袋愤然那该死的卡车竟然会追尾，又气愤我的车竟然没有弹出安全气囊来。

卡车上下来了几个男人冲到车门旁打烂了车窗，突如其来的状况把我吓坏了：“你们要干什么？”

有个男人一把抓住我的头发盯着我的脸看了一阵：“没错，这丫头就是慕容家的大小姐。”

说完，我就被他们拖出了汽车。

“你们是谁？想干什么？”

我尖叫着被他们抓到了卡车上，我那辆车也被他们拖上了卡车。

“你们认错人了，我不是你们要找的人。”

根本就没人理会我蹩脚的谎言。我偷偷地盯着这几个男人，他们一共有五个人，而且都没有戴面罩。看来他们根本就不担心我记住他们的长相，他们一开始就计划好拿到钱就撕票。

我刚从白金汉小镇里逃出来的，他们是怎么找到我的？

“求求你们，千万别杀我。我真的不是你们要找的人啊。”

我害怕了，不停哭闹。其中一个长着络腮胡子的男人说话了：“慕容雪，你就老实点吧，我们跟踪你两天了，昨晚跟丢了，可老天开眼今天还是让我们哥儿几个逮到了。”

他的话里带着嘲讽的意味，眼神也冰冷冰冷的。

不知过了多久，卡车停了下来，我被他们拽下了车。周围都是树林，路边空旷场地的中央有一座破旧的大房子。从门里慢悠悠地走出来一个挺着大肚子的女人：“她就是慕容家的小婊子吧。”

“老婆，接下来该怎么办？”

满脸络腮胡子的男人堆叠着笑容。至于那孕妇，她完全是一副女王的姿态，简直比我在家的时候还要霸气。

“你们把她关到我房间里！都准备好了。”

紧接着我被他们带上了二楼最里面的房间。房间非常阴暗，一张旧床立在了房间中央，挂帐脏兮兮的泛了黄。房间角落里有一样东西几乎让我崩溃了，那是一个巨大的铁笼子。

那孕妇一声令下，我就被扔进了铁笼子里，笼门上加了一把大锁头。钥匙在孕妇的手中。

“小妹妹，你不用害怕，我们拿到钱之后就会放了你的。”

说完他们就一窝蜂地都离开了。

这根本就是牢房嘛！笼子里有一张木板搭起来的勉强能称作床的东西，上面铺着被褥和枕头。笼边还放着一张破旧的桌子，桌面正对着笼子上的一处扁平的小口。

“这他妈叫什么事儿啊！”

我毫无顾忌地大声怒号。

我一头栽倒在破床上，一股难闻的气味扑鼻而来。我后悔了，我不应该离家出走的，不然我根本就不会到那该死的小镇上去，更不会被这些人绑架。不过后悔归后悔，一定要想个办法自救才行。可我一个弱女子，既不会开锁也敌不过这些大男人，我还能怎么办呢？不过也并非一点希望也没有，那个孕妇绝对就是这帮人的软肋。她看上去不单单是其中一个绑匪的妻子，更像是整件事的策划者。

就在我脑子一团糨糊的时候，他们又回来了，孕妇扶着腰被她丈夫拥进来：“来，小妹妹，准备吃饭吧。你可是我们的摇钱树，如果你死了的话，我们可就赔钱了。”

有个男人端着盘子从扁平的小口递到了笼子里的桌子上，那盘子里装着米饭和炒土豆丝。

“你们抓错人了，我不是你们要找的人。”

“是吗？既然你不是慕容雪，那么要你就没有用了，是不是可以一枪干掉你呢？”

说着孕妇从她丈夫腰间掏出了手枪对准我，我吓得坐在床上一动也不敢动了。

“大嫂，她的手机在我这儿，要不要现在就联系她家里要赎金？”

“阿东，你太着急了，”孕妇瞄了我一眼，“她想逃走是绝不可能的，今晚大家先好好庆祝一番，事情都在我的掌握中。”

说完这些，他们都离开了房间，只留下我在这肮脏难闻的房间里。我看了那盘子一眼，这种破东西给谁吃啊！不过这个时候发脾气也是于事无补的，把这帮人激怒了的话恐怕我的小命也不保了。

很快就到了晚上，我一口饭也没有吃，他们也没有再送饭菜来。我在铁笼子里能够隐约听到他们狂欢的声音，我也越来越饿了，可是那盘饭菜实在难以下咽。

不知深夜何时，孕妇被她醉醺醺的丈夫扶进了房间。

“你去陪弟兄们喝酒吧，不用管我。”

接着夫妻俩旁若无人地在我面前热吻起来。那个络腮胡子男人在离开之前还用眼神剜了我一下，让我浑身不自在。

孕妇缓慢地坐到了床上，以一个最舒服的姿势侧对我。

“小妹妹，千万别打什么歪心思，就算你能逃出这房子，徒步也要走上两个钟头才能遇到别人，这期间早就被我们抓回来了。你们慕容家那么有钱，我们借点钱来花花也不为过。我也想让我肚子里的孩子生下来就比别人强，当娘的心思嘛。”

我没有搭理她，谁知道这个女人会不会没有积攒下来什么阴德，如果跟我说话的时候不小心动怒流了产，我的小命就不保了。

我忍受着难闻的气味躺在了床上斜着眼看着孕妇，不知道她是在睡觉还是在闭目养神。外面的吵闹声渐渐消失了，我的脑袋越来越昏沉，在难闻的气味中不知不觉地睡着了。

深夜中，我翻了一个身，突然听到了“咕叽咕叽”的怪声。我摸了摸肚子，以为是我空荡荡的肚子因为饥饿而发出抗议。

“咕叽咕叽！”

我打了个激灵坐起身，月光从狭窄的窗户照射进来，孕妇挺着个大肚子躺在床上无声地睡着。我东瞅瞅西看看，希望千万别是老鼠。

就在我把双腿蜷缩到床上时，我又听到了“咕叽咕叽”的怪声，地上的影子也随之混沌了。孕妇的肚子正伴随着那一阵阵奇怪的声音不停地起伏着。

“喂，你怎么了？”

她会不会要生了？我虽然没有生过孩子，但是我听说这个世界上最疼痛的事情莫过于女人生孩子，如果她真的要生产了为什么一点反应也没有呢？

“咕叽咕叽！”

孕妇的肚子上下起伏着，没一会儿她便毫无意识地张开了双腿。她肚子的起伏逐渐减缓了，接着我听到了黏稠液体滚动的声音。瞬间那孕妇肚子瘪了，就好像气球里面的气一下子被全部放出来了。

难道她真的生了孩子？可为什么没有孩子的哭声？是不是还要提着孩子的脚打屁股什么的？还是说她生了个死婴？

我悄声来到铁笼子边缘，发现她生下的根本就不是孩子，而是通体肉色的东西，即使是在黑暗中也很显眼。那东西身上没有血迹，血管也隐约可见，它看起来更像是一条蜥蜴，不过它没有后面的两条腿，脑袋也像婴孩儿一般白皙。它微微一动，从床上顺到了地上。它慢慢地睁开眼睛，然后伸了一下爪子般的手，指头之间半透明的蹼让人浑身起鸡皮疙瘩。

我捂着嘴巴，悄悄地抬起双腿，把身体蜷缩在床上。顾不得那难闻的气味，把被子轻轻地盖到了身上，我屏住呼吸仔细地盯着那个东西爬到了门口。门开了，外面静悄悄的，只有那东西往外爬动的声音。

“喂，你有没有事啊？”

我小声问那孕妇，但是她好像死了般一动也不动。如果她生下那么个东西然后死了，明天那些人到这里看到这场景还不得怪到我的头上吗？唯一的办法就是逃走！但是铁笼子的钥匙在那个女人的身上，我站在铁笼子里面，怎么才能拿到钥匙呢？就在我无能为力急得浑身大汗的时候，门外又传来“咕叽咕叽”的怪声。我急忙回到了床上盖上了那难闻的被子，我低头一看，那个东西竟然回来了。它好像是没有骨头一般扭曲着爬上了床，钻进了那孕妇双腿之间。

“咕叽咕叽！”

又是那一阵怪声，孕妇的肚子又鼓了起来。大概一分钟之后，孕妇轻轻地挪了挪身子。她竟然还活着？那个夜晚我吓得窝在被子里不敢动，生怕她肚子里的东西会爬到我的身边。

黎明将近，我猛然醒过来。那孕妇还在睡觉。我坐起身，擦拭着额头上的汗水，不知昨晚那惊悚一幕究竟是不是噩梦。络腮胡子冲了进来，他满脸慌张地轻轻摇醒了孕妇。

“老公，怎么了？”孕妇睡眼蒙眬地捧着肚子。

“阿庆，死了！”

他们当中有人死了？我突然想到了昨天晚上看到的情景，会不会是那孕妇生出来的东西……

“他是怎么死的？”

“不知道，昨晚上喝酒的时候还好好的，喝过酒我们就在楼下那屋里睡着了。醒来的时候阿庆就已经死了。”

孕妇眯着眼睛，一看就是在算计着什么。

“人各有命，阿庆没有这个富贵命，告诉其他三个兄弟，这次大家能多分一份了。”

听到妻子这么说，络腮胡子急忙点头出去了。孕妇见我已经醒了，便扶着肚子来到笼子边。我一看到她挺着大肚子，仿佛看到那肚皮下面正有一个恶心的东西在蠕动，身体便不由自主地向后倾。

“今天我们就会跟你家里联络，拿到钱马上就放了你。”

我只能听天由命了，不知道自己究竟能不能活着离开这里了。

没多久，其他人又聚集到了房间，只是少了那个叫阿庆的绑匪。

“我刚才出去打电话了，但是不管怎么打都打不通！”脸上有刀疤的男人不满道。

“阿东，电话号码确定没有错吗？”孕妇靠在床上问道。

“大嫂，绝对没有错的，我从她的手机里找过号码，跟我们查到的号码是一样的。”阿东回答。

“你去哪里打的电话？”

“我开车去了距离这里很远的地方。”

“可能是电话信号出了问题，不如明天再联络吧。”孕妇瞟了我一眼，“只要这个小婊子在我们手上，就不怕他们不给钱。”

“你最好期盼你家能赶紧给钱，我们兄弟已经死了一个，别再惹到我们了。”一个绑匪面露怒色。

整个白天我都非常苦闷，那孕妇则挺着大肚子好似炫耀一般躺在床上闭着眼睛。可是她肚子里的到底是什么东西？难道就是我在白金汉小镇里见到的怪物？这些事情之间会不会存在联系？

入夜了，我依然把自己裹在肮脏的被子里，只留了一条缝隙看着躺在床上的孕妇。我担心的事情还是发生了，伴随着“咕叽咕叽”的怪声，她的肚子又瘪了。那怪物好似没有骨头一般从床上滑落到了地上，一蹭一蹭地爬出了房间。

没过多久，怪物又回到了房间，慢慢爬回到孕妇的肚子里。我惊得一身冷汗，又是一个不眠之夜。天亮以后，我蜷缩在床上，甚至不敢再看那沉睡的孕妇一眼。

“老婆！老婆！又出事了！”络腮胡子慌张地冲进房间。

“又怎么了？”孕妇缓缓地睁开眼睛。

“阿四也死了。”

“你说什么？阿四死了？”

“昨天晚上还好好的，可是刚才发现……阿四已经死了。”

孕妇犹豫了一下，接着问：“他死的时候是什么样的？”

“他，”络腮胡子颤抖着身体，“是张着嘴巴死的，而且眼睛瞪得很圆。六子说可能是见鬼了！”

“鬼个屁！别人说什么就信什么！我看是喝酒喝死的，今天别他妈喝酒了！”接着孕妇犹豫了一下，“尸体还没处理吧？带我去瞧瞧！”

说完这夫妻俩就出去了，我则有些幸灾乐祸。竟然敢绑架本大小姐？不管那怪物是什么，最好把他们都干掉。

过了一会儿，他们都怒气冲冲地回到了房间。那个叫阿东的男人非常愤怒，他红着脸冲我叫道：“小婊子，都是你，抓了你之后我们已经死了两个人了！”

“依我看，她绝对是个丧门星！大哥大嫂，就让我他妈一枪崩了她！”说着，那个叫六子的男人掏出了腰间的手枪。

我吓得捂住头：“不是我，真的不是我……”

我慌里慌张地把这两晚看到的全都说了出来，六子和阿东下意识地看了那孕妇一眼。

“小婊子，再胡说八道我撕烂你的嘴！小心老娘拿到钱就把你一枪崩了。”孕妇轻轻地抚摸着自己的肚子对其他人说，“好了，死了兄弟我也不开心，但是没有办法，既然干了这票就不能让到嘴的鸭子飞了，你们去办事吧。”

三个男人离开了房间，孕妇斜着眼盯着我：“小妹妹，放心吧，我是不会生气的，我说过我们只要钱，不要命，但你也别把老娘我惹急了。”

我直勾勾地盯着她的肚子，仿佛能看到里面有双眼睛在恶狠狠地盯着我。

下午三个绑匪回来了，只不过依然是电话打不通，根本联系不上我的家人。

“依我看就宰了这个婊子算了。”六子恼怒异常。

“不，再给她一天的时间，如果明天电话也打不通，撕——票——”

孕妇恶狠狠地盯着我。

让人惊恐的夜晚再次降临了。我躲在被子下面眼睁睁地看着孕妇的肚子上下起伏着，伴随着“咕叽咕叽”的怪叫声怪物又出现了。跟前两个夜晚一样，它离开房间后没多久就从外面回来钻进了女人的身体。我刚把头从被子下面探出来，便有人闯了进来，灯也被点亮了。

“老婆！你没事吧？”

络腮胡子很关切地询问躺在床上的孕妇。

“怎么了？”

孕妇缓缓地睁开眼睛，用手遮挡着刺眼的光线。

“还他妈的怎么了？老子一枪毙了你！”六子拿着枪指着床上的孕妇。

“有话好好说，”络腮胡子抱着孕妇，“老婆，阿东也死了。”

“你说什么？”孕妇很是惊讶。

“你他妈的别装了，那个婊子说得没错，你肚子里的东西根本就不是孩子，那是个怪物!”六子情绪激动，“我们晚上根本没有睡觉，没有想到怪物还是杀了阿东！”

“够了！”孕妇反驳道，“你亲眼看到了有怪物从我身体里出来吗？简直胡说八道！神经病！”

“我看到了，刚才那个怪物就从你的身体里出来了，然后离开了房间……”

就在我准备添上一把火的时候，孕妇不知道从哪里掏出枪对着我：“马上闭嘴！我说过不准再说我的孩子！啊！”她突然痛苦地捂住了自己的肚子。

“老婆，你怎么了？”络腮胡子关切地问道。

六子举着枪对着床上的孕妇。

“咕叽咕叽！”

又是那阵可怕的怪声，孕妇的肚子开始起伏，她疼痛地闭眼皱眉。

“怪物要出来了，要出来了！”我惊恐地大叫起来。

“闭嘴！”络腮胡子冲着我喊道。

“大哥你让开，我必须杀了这怪物！刚才你也看到了，这怪物扑在了阿东的脸上！然后阿东就死了……”

还没等六子说完话，络腮胡子猛地扑了过去争夺他手上的枪，两个人翻滚在地上。

“啊！”

这是孕妇最后一声尖叫，她的肚子又瘪了，怪物正爬出她的身体。它的头先钻了出来，然后是它犹如扇子的爪子弯曲着前伸，接着就是没有腿的后身也跟了出来。

此时六子占了上风，他正站起身用枪指着络腮胡子。那怪物一声怪叫，后身蜷缩猛地弹起直接跳到了六子的脸上。怪物犹如蜥蜴尾巴的后身一下子插入了六子的嘴巴里，顿时六子的脖子变粗了。

络腮胡子颤抖着向后挪身，他爬到床边扶起了面无血色已经死去的孕妇，他用枪对着依然盘踞在六子头部的怪物，而那怪物竟然飞快地钻进了六子的嘴巴里！

门突然被撞开了，闯进来两个男人！不，他们已经不是人的样子了，他们的腰完全已经折断了，肚子上裂开了一个大口子，怪物就盘踞在他们那开裂的肚子上。而他们的上半身已经折在了后面成为一条沉重的尾巴。

络腮胡子开枪射向了其中一个，但只是击中了被怪物附着的尸体上，怪物继续向络腮胡子靠近。络腮胡子慌不择路踏过地上六子的尸体奔向门外，怪物也追赶出去了。

整个房间里除了在铁笼子里的我，还有六子和孕妇的尸体。我该怎么办？现在绝对是我逃出去的最佳时机，如果再晚一点，那些怪物干掉了络腮胡子说不定还会回来的。但是我无法够得到女人腰间的钥匙。

就在我束手无策的时候，又听到了“咕叽咕叽”的怪声，我急忙向后退盯着孕妇的肚子，但是她已经瘪下去的肚子根本就没有任何的变化。

“咕叽咕叽！”

是六子的肚子里发出的声音，他的肚子开始胀了起来，我突然想到了刚才闯进来的两个怪物，它们所盘踞的尸体正是已经死去的阿四和阿庆。

门又开了，络腮胡子满身是血地冲了进来，他把手里的铁管别在了门上慌张地自言自语：“阿东也来了，阿庆也来了，都来了。”

他红着眼睛看到了我，我吓得后退到了木板床上。

“对对对，里面是安全的，我要到笼子里面去！”

络腮胡子急忙从孕妇尸体上找到钥匙，就在钥匙刚刚插入锁孔的一瞬间，六子一下子站了起来，他的眼睛变成白色了。腰部一下子断到了身后，肚子爆裂开了……

突如其来的状况吓坏了络腮胡子，同时门被撞开了，怪物扑倒了他。他起初还在挣扎着呼救，但很快就没了声音。

惊恐中，我残存的理智支撑着我走到门前拔下了钥匙。然后我蜷缩在床上用被子盖住了自己，在缝隙中我看着络腮胡子那血肉之躯正在渐渐消失，血肉、内脏、骨头，一点点的残渣……

我开始呼吸困难，头晕并意识模糊起来，最终昏倒在被子当中。不知道过了多久，我醒了过来。房间里只剩下了血迹和尸体的残渣，怪物已经离开了。

于是我立刻打开了铁笼子的门，躲避着地上的血迹，并恶狠狠地冲着孕妇的尸体吐了口水。

“贱货！”

我拖着疲惫的身体向外走，走廊已经是血流成河。来到屋外空地，依旧没有那些怪物的影子，我不知道它们是不是已经走远了，不过我必须尽快离开。房后除了那辆卡车，旁边还有另外一辆旧轿车，幸亏还能开动。我的心脏扑通扑通地加速跳动，生怕那些怪物出现，我开着车的同时还不由自主地看着车的后座，生怕有怪物从身后扑过来。

***

讲述完这段经历之后，慕容雪微微地叹了一口气，仿佛积攒许久的压力终于得到了释放。她把后背轻轻地向后靠，然后低着头闭上了眼睛。

“太可笑了！”所有的人都盯住了齐涵，不过她没有在气势上有丝毫的退让，“避重就轻，我说得没错吧。”

本以为慕容雪会发作，可没想到她只是睁开眼睛白了齐涵一眼，并未多理会。

“我说错了吗？明明就是避重就轻，你心里比谁都清楚！”齐涵依然揪住慕容雪不放。

“你凭什么说我就是说谎！”慕容终于忍无可忍。

不过回应慕容雪的人不是齐涵，而是陈东：“我说过，不准大声说话，任何时候都是一样。”

陈东平静的提醒远比怒号更有震撼力，他依然能够算得上是这里的主人，至少他的气魄如此。

“下一个讲述经历的就轮到我了，但是今天大家的表现已经让讲述经历失去意义了。咱们不是为了知道灾难背后的真相吗？不是想在各自的经历当中找到可疑之处进行分析吗？”

齐涵将原本低垂的目光落在李建华和慕容雪的身上，继续说道：“今天大家是不是都太严谨了？只因为早上发生了……奇怪的事情？我们什么风浪没见过？至于为此这样恐慌吗？”

莫冲觉得气氛实在尴尬，便说道：“齐涵，你太敏感了，若是没有实质性的证据，那就不要胡乱宣泄情绪。”

慕容雪趁机反击道：“你根据什么就说我是避重就轻？你可别说是女人的直觉。照这种说法，我现在的直觉就是你一会儿根本就不会说实话。”

“好了，你们俩就别再争了。”朱晓颖有气无力地劝说着。

“那么下面就轮到我讲述经历了。”齐涵板着脸说。

“不，”陈东摆了摆手，“你刚才也说了，我们的目的是为了知道灾难的原因。按照老规矩，现在我们回想一下慕容雪刚才讲述的经历，看看是不是有什么我们忽视的地方。”

齐涵不屑地撇了慕容雪一眼，就好像她刚才的经历完全没有必要探讨似的。

“我有个问题，那女绑匪的肚子里怎么会有那种东西？”莫冲皱着眉头回忆慕容雪讲述的经历。

“我不清楚，也许是从白金汉小镇上传出来的就是病毒。”慕容雪仔细琢磨，“不过他们并没有去过白金汉小镇……”

李建华先看了眼陈东，然后将目光移向面色苍白的朱晓颖：“晓颖，你是学医的，你觉得有没有可能是从小镇传播出的病毒？”

“有这种可能，只是我不能从小雪的描述中得到更多的信息了。如果那些绑匪没有去过小镇，那么病毒的传播途径就值得思考，也不排除小雪在离开小镇后，那里发生了其他变故。”

李建华听到朱晓颖这样回答并没有说话，只是低着脑袋笑了笑。

雷声再次传来，这轰鸣的雷声犹如敦促的呐喊，不希望他们停止对往事的追述。

莫冲清了清喉咙，摇摇头说：“我琢磨不出来，小雪在离开了小镇之后就遇到了绑架，不过这段经历好像是小镇经历之后的延续。我倒是同意晓颖的说法，病毒。”

听了莫冲的话，朱晓颖那只受了伤的手颤抖了一下。

“你怎么看？”李建华询问了旁边的万子明。

万子明先是摇了摇头，然后又点了点头，似乎在筛选心中的几种猜测：“朱晓颖是学医的，她比我们更了解慕容雪的经历，应该是病毒。”

“这就完了？”齐涵似乎对大家的讨论结果并不满意，“我说避重就轻，你们还不信。既然你们都确定那是病毒，并且不了解传播途径，绑匪没有去过那小镇，可孕妇却感染了病毒。慕容雪去过小镇，接触过小镇上后来被确认感染的人，为什么没有被感染？其中的原因恐怕只有她知道吧，这还不算避重就轻吗？”

齐涵的矛头已经不仅指向慕容雪了，她将怀疑扩散到了其他人身上，认为他们并没有抓住经历的实质。

慕容雪毫不慌张：“哦？我没被病毒感染就是罪过喽？那你倒是说说，为什么你身边的女孩捡到纸条失踪了，可为什么你却没有失踪呢？你是不是也在避重就轻呢？”

齐涵无言以对，她埋怨地望着其他人。陈东感受到了大家的反常，自从早上李建华的背受了伤，大多数人都隐藏起了对经历深究的热情。

姑且不说朱晓颖是不是真的像李建华说的那样吐出了钉子，总之她在右手受伤之后就变得谨小慎微。而后背受伤的李建华陷入类似于神经质的疯狂状态，这种疯狂状态并没有让他胡乱猜疑，而是将原本不会轻易吐出口的推测向陈东和盘托出，并且大有将他人不可告人的秘密一条一条挖出来的架势。

镜子？镜子

至于其他人的反应，无论是齐涵和慕容雪的争辩，还是莫冲谨小慎微的圆场，又或是万子明的深思熟虑，都紧紧围绕着朱晓颖与李建华的经历和态度。

“既然大家都没有其他想说的了，那么也该让齐涵讲述她下一段经历了。”陈东的目光转向齐涵。

齐涵用深邃的眼神扫过所有人：“无论如何，我都不会屈服于那些个莫名其妙的原因，什么谎言不谎言，我会按照我的方式继续下去！”

朱晓颖下意识地摩擦了一下双手，李建华始终在偷偷瞄着她的小动作。

雷声和风雨声不断传入房子，齐涵开始了她的经历。

* * *

纸条引发的事件渐渐地引起了公众的关注，正如我当初告诉其他人的那样，千万不要按照纸条上的话去做。

我被学校保研了，当然保研只是一种安抚手段，因为我是唯一一个见证朱萍离奇消失的人。虽然得到了学校的特殊优待，不过我打心眼里不领情。如果学校真的认为我在胡说八道，又怎么可能把保研资格给我呢？不过我妥协了，我只是个平凡人而已，更何况见识到朱萍失踪的过程，那简直就是一场将困扰我终生的噩梦。保研，不过是小小的补偿而已。

“有什么了不起，只不过运气好罢了。”

我收拾东西准备搬进研究生宿舍楼的时候，同寝室的女孩撇着嘴巴白了我一眼。她竟然会认为看到那样恐怖的景象是好运气，她在旁边低声嘟囔个不停，我发火了，上前给了她一记耳光。

“我就要走了，你不如留个好念想给我，我能被保研我就敢打你，我倒看看谁敢管。”

出了寝室门我就哭了，我竟会沦落到为这种不值得的人动手打人的地步了。

研究生宿舍的环境非常好，两人一间，设施全，空间也够大。我刚到宿舍的时候室友还没到，我躺在舒服的床上开始向往着新的生活，很快便睡着了。

新的环境和对生活的期望并没有真的让我快乐起来，我做了噩梦。我在梦里见到了朱萍，我告诉她千万不要按照纸条上说的做。但是朱萍却一直笑个不停，说我嫉妒她。我的脚下突然变成了血色沼泽，数不清的爪子抓住了我的脚踝，我向朱萍求救，可她却无动于衷……

第二天一早醒来，房间里多了个女生，她正躺在另外一张床上，行李箱就放在床边。这女生就是我的室友，从她的衣着上看，她应该家境殷实，衣服、鞋子都是名牌。不久，她醒了过来，并向我介绍说，她的名字叫金爽。

我和金爽很投缘，刚认识就好像多年的闺密般亲密。我们俩一起收拾宿舍，尽量把房间整理得像家一样舒适。从那一天开始，我不再感到孤单。

当时距离假期还有一段时间，我们俩每天都无所事事，不是上网、看电视，就是出去逛街。金爽虽然大把大把地花钱，但是却没有一丁点大小姐的架子，不矫情，不多事。

那天晚上我们俩逛街回来，拎着一个个装满衣服的购物袋。就在快到宿舍楼下的时候，金爽突然停住脚步拉着我的手很严肃地盯着我："我有事想告诉你……"但不知为何，金爽又不肯继续说下去了，只是强装笑容道，"没事了，没事了。"我也不好再继续问下去，毕竟每个人都有自己的秘密，朋友之间的相处之道就是不要难为对方一定要说出她不想说的事情。

然而，岁月静好的日子并未持续很久，所有事情开始于我们俩共用的梳妆台。梳妆台上摆满了我和金爽的护肤品，她指导我该怎么护肤，说如果女人只靠化妆过一辈子的话那就完蛋了，卸妆之后依旧清爽美丽才是王道。那梳妆台并不很精致，不过足够宽敞，上面镶嵌着一块很大的镜子，镜子可以前后转动。

那天晚上，我独自到外面去买水果。金爽精通电脑，在宿舍帮我重装系统，作为奖励我买了她最喜欢的木瓜。我回到宿舍打开门的时候，金爽正站在客厅里不知所措，见我回来依然非常惊慌。她周围的地板上，全都是我们俩摆在客厅各处的东西。

"发生什么事了？"

金爽大口喘着气，摇摇头没有回答。

"是不是有贼闯进来了？"

我的笔记本电脑也落在了地上，见金爽愣在原地，我赶忙冲过去拾起来。

"小涵，对不起，电脑我会帮你修好的，只是……"

"你有什么事情应该告诉我才是，该不会是你的渣男前男友来骚扰你吧？"

其实那不过是我的胡乱猜测，谁知道金爽马上紧张起来，脸上还掺杂着痛苦的神色。虽然我没有继续追问下去，但我心里的疑惑并没有减少。

“好了，我不问了。我买了木瓜犒劳你。”

“哪里需要犒劳啊，”金爽勉强露出笑容，“还是很对不住你啊，我明天就去为你买一台新的电脑！”

不过在收拾地上东西的时候我发现了另一个异常情况——地板上的东西大多是金爽亲自动手整理的，但是她怎么也不肯靠近梳妆台了。我去把梳妆台旁边的名牌护肤品碎片收拾干净了，看着那些没用多少的名牌护肤品被摔得粉碎，真是让人心疼啊。

收拾完房间，当我端着切好的木瓜回到客厅时，金爽依旧惊慌，她不停地东看看西瞅瞅。我猜测金爽的确有一个很难缠的前男朋友，想想看也会明白，金爽家的条件这样好，某些心怀不轨的男孩恐怕不会接受分手的现实，所以便纠缠不休地追到了宿舍。金爽拒绝复合，那个脾气暴躁的渣男便开始大闹起来。

可惜，一切都是我一厢情愿的想象。

深夜金爽难以入睡，天气越来越热了，她却把自己严严实实地裹在被子里。我在黑暗中眯着眼睛盯着金爽，她微微颤抖着身子瞪圆眼睛，眼珠子始终在乱转。

第二天一早我醒来的时候，金爽早已经起床了。可我发现她竟然在厨房里洗漱，洗面奶和牙具悉数放在厨台上。

“怎么不用卫生间呢？”

我端着牙刷从卫生间探出头来看着正在洗脸的金爽，她勉强地笑了笑：“我让出地方给你用啊。”

当时的金爽脸色非常难看，黑眼圈，满脸倦容，这跟平时很注重保养的她完全不一样。中午我带她到外面去吃饭，她说没胃口，我只好买了些她平时爱吃的蛋挞。下午她说要去帮我买电脑，却不准我跟去，我只好待在宿舍里等她回来。

下午我躺在房间里睡觉，醒来见金爽还没回来，便睡眼蒙眬地坐在了梳妆台前看着镜中的自己。不知何时金爽回到了宿舍，见我坐在梳妆台前用力把我拉到一旁。

“小涵，别坐那儿！”

“为什么啊？”

“不为什么！”金爽笑着岔开话题，“电脑已经买来了，最新型号，看看喜不喜欢……”

晚餐遵照减肥计划，我们俩决定用酸奶、苹果外加木瓜做减肥餐。

“我要去买水果和酸奶了，你要不要跟我一起去啊？”见金爽一直在发愣，我便顺势说道，“我看你精神不是很好，是不是昨晚没睡好呢？那你就再当一回大小姐，我去给你买回来。”

说完我就拿着钱包离开了宿舍。我先去了超市，挑选了热量最低的酸奶，接着是水果店，挑选好苹果和木瓜后我就拎着东西往宿舍走去。这一趟下来，花的时间不过半个小时。

我用钥匙打开宿舍门时发现里面一片漆黑，刚走进房间就觉得有东西抓住了我的腿。我吓了一跳，“啊”的叫出了声。

“小涵，是我，是我啊。”

“你怎么在地上了？”

我拨动了几次开关，灯才亮了起来。金爽正趴在地上，一只手拉着我的腿，另外一只手支撑着自己，不停朝着屋子里面望去。

“救救我，”金爽拉着我的腿，“小涵，救救我。”

金爽的嘴角渗着血，像是被打伤了。我扶着她坐到沙发上，屋子里的东西又被丢得乱七八糟，我找来药帮她擦拭伤口。

“你快告诉我到底是谁干的？是不是你男朋友？”

听到我这么问，金爽瞪大了眼睛。她先是沉默了许久，过了几分钟才缓缓地抬起手来指着房间角落，说：“就是那个！”

我顺着她所指的方向望去，正是梳妆台的镜子。

“镜子？镜子怎么了？”

“事情是从昨天开始的。昨天你去买水果，我总是觉得自己有点眼袋，就坐在梳妆台前面按摩。可是就在我盯着镜子看自己的时候，镜子倾斜了不少。我本以为是风吹的，就没当回事。可是突然有一股力量把我掀翻在地上，屋子里的东西全部被打翻了……”

金爽越说越紧张，她的眼珠子不停地乱转着。我也被她的惊恐情绪感染了，倒吸了一口凉气。

“那么刚才呢？”

“刚才？我并不想让你离开宿舍，我害怕又出现我解释不了的怪事。”

“我明白了，你是害怕镜子对吗？所以你连早上也不敢到卫生间里去洗漱，所以今天我坐在梳妆台前面的时候你把我拉走了？”

“对，我怀疑我看到的东西跟镜子有关！”金爽继续说，“你走了之后，我坐在沙发上看电视，希望能分分神。但是不知道为什么电视机一下子就关上了，接着所有的东西又被打翻了，不过这一次不一样了，我看到所有的东西都飞到了半空中然后又掉落到了地上。我很害怕，想逃出去，但是刚起身就被看不到的东西撞倒了，于是我只好向门外爬，接着你就回来了。”

“会不会是有人从阳台外面进来了，你没注意？这是二楼，也许有人爬上来啊。”

面对无法解释的事情，我只能寻找贴近可理解的原因。

“不可能的，当时房间里根本就没有其他人，我肯定。”

金爽的眼珠子又在四处打转，我决定赌一次：“你是不是有事情在隐瞒我，你既然把我当作是好朋友，那么你就告诉我实情！”

金爽开始小声哭泣起来，我轻轻地拍了拍她的肩膀，安慰道：“不要害怕，我们可是好姐妹，有什么事情我帮你一块儿分担！”

金爽战战兢兢地对我说：“你知道关于纸条能够实现愿望的事情吗？”

纸条？金爽揭开了我的旧伤疤，朱萍消失在血色沼泽的情景再度浮现在我的脑海中。

“大家都希望能捡到纸条，因为传说得到纸条后按照上面的提示去做就可以实现愿望。可结果出事了，很多捡到纸条的人都神秘失踪了。”

我感到一阵心痛。

“当时大家都只是沉浸在对纸条的迷恋中，我也不例外。我的男朋友许牧竟然在枕头下面发现了纸条。那天我也在场，他并没有马上查看纸条，而是先去浴室洗澡了。有那么一瞬间我甚至嫉妒他竟然会得到传说中的纸条。我便拿走了纸条，偷偷离开了住处，带着纸条来到楼下花园。我坐在长椅上，等待着许牧来找我，过去我们俩经常这样恶作剧。可是我等了半天他也没有下楼来找我，于是我好奇地打开了那张纸条。”

金爽犹犹豫豫，但我并不催促，希望她能详细地把事情经过告诉我。

“那张纸条就像被水浸泡过一样，上面画着一幅看不清楚的图画。我想拿近些仔细看看，结果纸条被看不见的火焰燃烧掉了，瞬间变成了炭黑色的纸灰。但是那纸灰并没有飘走，而是完全镶嵌进了我的皮肤里面。我用力地揉搓着手背，但是我并没有感觉到烧灼的疼痛，那些纸灰消失不见了。”

“纸灰进入到了你的身体里？”我惊讶道。

“我非常害怕，想赶紧去找许牧。我跑到楼下望着楼上阳台的窗户，许牧光着身子一下又一下地猛撞着玻璃。没撞几下，阳台的玻璃就碎了，许牧赤身裸体地从楼上掉落下来摔在地上，死了。”

“后来呢？”

“警察来了，发现整个屋子乱作一团。他们告诉我说许牧临死前正在洗澡，不知道为什么会突然坠楼身亡。而且根本就没有人强行开门的痕迹，他们还问我下楼之前有没有关好门。我说我确定已经关好了门才离开的。只不过我对警察隐瞒了发现纸条的事情，因为那张纸条已经不见了，我根本就没法解释清楚纸条的去向，而且我也害怕警察会怀疑到我身上。”

我无声地微微点头。

“我和许牧在一起快三年了，却眼睁睁地看着他死在我的眼前。家里人非常担心我的状况，所以就花钱自费让我来读研究生，”金爽流着泪说，“然后，很快就有关于纸条的新传闻，说纸条会带来不幸，让人失踪。于是我更加确定许牧的死跟纸条有关了。但是我根本不敢与别人说起这件事情。”

“咱们刚认识的时候，你就想告诉我了？”

金爽点点头。

“你怀疑这两天发生的事情都与纸条有关，甚至觉得你的遭遇跟许牧临死前的遭遇完全一样？”

金爽用纸巾擦了擦眼泪。

“那么你告诉我，刚才有什么不寻常的地方吗？”

“不正常！所有的事情都不正常！”金爽惶恐不安，“我觉得那些看不到的东西先是从镜子里出现的，接着我就听到了奇怪的声音……”

“你遇到的事情都发生在晚上，对吗？”

“没错。”

“那好，明天晚上的这个时间，我陪着你，咱们一起来面对这些奇怪的事情。我来保护你。”

我之所以如此帮助金爽，是因为我对朱萍的失踪充满了愧疚。朱萍是我的好朋友，可我却没有能在生死关头救她。金爽也是我的好朋友，我不能再错一次了。

那天晚上，我跟金爽开着灯躺在同一张床上睡觉，她始终在瑟瑟发抖，眼睛里布满血丝，紧紧地拉着我的手蜷缩在靠墙的一侧。不过那天晚上，并没有发生任何怪事。

第二天一早我被金爽打破梳妆台和卫生间的镜子的声音吵醒了。

“小涵，没事了，我把镜子打碎了就不会有事了，我安全了！”金爽痴傻般地笑着。

“可是，那都是学校的……”

“没事，这几块破镜子我还是赔得起的，再说没有什么比得上我的性命要紧吧？”

金爽整个人都变得神经兮兮的，她虽然不停地嘀咕着事情已经过去了，可就连窗帘被风吹动，她都会一惊一乍的。

夜幕降临，金爽便越发得不安。时间一分一秒地过去了，金爽坐在沙发上一动不动。

“你看！我把镜子都打碎了，那些看不见的东西就不会来了！”

金爽近乎于病态的兴奋有些让我感到窒息，可我还没能搭话，宿舍里的灯突然灭掉了。

“别害怕，也许是功率过大造成跳闸了……”

我的话还没说完，金爽就由病态的兴奋变成了惊恐，她带着哭腔道：“不是的！来了，已经来了！”

宿舍里并非一片黑暗，楼下的路灯照射进了宿舍中。天花板上的树影清晰可见，窗帘晃动的影子也看得清清楚楚。

“来了！来了！小涵，真的来了！”

“你冷静点！”

我紧紧地抱住了金爽，她突然举起手指着阳台说：“外面有人！”

阳台的门是开着的，有个黑影一闪而过。我起身朝阳台走去，可是那里根本连个人影也没有。我刚转过身回到房间，金爽就指着天花板尖叫起来，我赶忙回到她的身边，向着她所指的方向望去。

天花板上的树影扭曲变形逐渐扩张，很快就伸展到我和金爽的头顶。我拉着金爽慌忙闪开，突然间犹如爪子般树影朝我们俩追赶而来。屋子里的东西随之散落了一地，我们俩也摔倒在地，已经失去镜片的梳妆台开始猛烈摇晃。

我刚扶起金爽站起身来，就被一股强大的力量打倒了。只见金爽突然双腿悬空倒挂在房间中央，她的头随着一阵啪啪的声响左右摇晃，就好像有人在扇她的耳光。

接着金爽又被重重地甩到地上来，我拉起她向门外逃。只见门下的缝隙可以看到一双脚的影子就站在门外，一阵野兽般的嘶叫声传了进来。

“别出去，就在门外！”

金爽一把拉住了我，我们俩只好向后退。

“去阳台，这里是二楼，我们能逃走的！”

就在只差几步的时候阳台门一下子被关上了，无论我怎么用力也拉不开门。

“啊！”

我扭头一看，金爽竟然被电视机的电源线缠起来了，并倒挂在了半空中，就像一条不断蠕动的长虫。伴随着金爽的尖叫声一股力量把我推到墙边，我的头撞到了墙上，一阵眩晕。金爽再次被甩到了地上，窗帘也破碎四散在周围。金爽几乎动弹不得，嘴角淌出了鲜血。我捂着头爬向金爽，从她眼睛里看到了血色和惊恐。她把手伸过来希望我能救她。可我还来不及抓住她的手，一股力量将她拖走了，她的指甲在地板上留下长长的痕迹。我急忙爬过去，却被金爽的血迹滑倒。金爽则被推到了阳台的玻璃门上，一下又一下地猛撞着。

我爬起身向金爽冲去，玻璃门瞬间碎掉了，我踩着碎玻璃奔到了阳台。金爽的整个身体都悬了起来，我一把拉住了她下垂的手，她有一半身体都悬在了阳台之外。金爽就要失去意识了，已经没有力气再拉着我了。

为了救金爽，我原本抓住阳台栏杆的手也拉住了她。与我争夺金爽的力量更加强大了，我的身体也被拉扯出了阳台摔落到了楼下。我浑身疼痛难忍，恍恍惚惚中我看到了救护车，然后我就什么也不知道了。等我醒来的时候发现自己躺在了医院病房里，我慌忙问身边的护士金爽怎么样了，可是护士感到很费解地说，只有我一个人被送进了医院。

难道金爽从楼上跌下来摔死了，我感到深深的自责，如果不是我想要查明怪事的真相，如果我带着金爽早早离开宿舍，也许事情就不会落得这样的下场。

很快警察来了，一位女警察问我是如何从二楼阳台坠落而下的。

“我不知道，当时我和金爽在宿舍里，没有想到却被一股看不到的力量拉扯了出去，我们俩跌落到了窗户外面……”

“等等，你是说当时还有一位女同学跟你在一起？”

“是啊！”

“我们接到保安的报警电话赶去的时候，只有你一个人晕倒在楼下。”

我惊讶地瞪着女警察，在金爽跌落到楼下之前就已经身受重伤，外加从二楼跌落到楼下，伤势比我还要严重，怎么可能起身离开呢？她到底哪儿去了？

后来警察在宿舍里的确发现了金爽留下的痕迹，证实了我说的话，但是他们却解释不了金爽的失踪。

＊＊＊

“好了，我就说到这里吧。”齐涵说话的时候并没有看着任何一个人，“我之所以现在停下来，是想告诉大家我未必完全不知道我经历的真相。”

齐涵的话好似一颗炸弹，引起了巨大的杀伤力。她像是在赌桌上押下了诱人的筹码，只要其他人压上同样的赌注，才能让赌局继续进行下去。

李建华刚想开口，就被莫冲抢了先机：“那你为什么不直接告诉我们你所知道的真相？”

“这不公平，而且我也不能保证后来遇到的事情就是引起灾难的原因，再说我也担心自己错过了某些细节。”

齐涵的回答并没有得到其他人的认同，首先是慕容雪：“你在故弄玄虚信口胡说，既然不能保证又算什么真相？”

齐涵没有动怒，她笑了笑慢条斯理地说道：“你如果觉得这是故弄玄虚也无所谓。我之所以说‘不公平’，是因为我不希望大家因为担惊受怕而对自己的遭遇有所隐瞒。”

“那么你又怎么能证明你说的就一定百分之百没有任何偏差？”李建华问道。

“我当然不能保证，我只能无限接近于我当初遭遇的经历。”齐涵回答，“这是我现在唯一能做到的事情。”

“我说，小涵啊！”朱晓颖用轻柔的声音说，“也许，是你想得太多了，大家并没有任何刻意的隐瞒，只不过每个人的经历都不同罢了，别想太多了。”

“不要把你自己跟其他人对立起来。”

这句话出自万子明之口，说完他又沉默下去了。就好像刚才他闪回到了与大家相处的客厅里，这话说完他立刻又神游回只有他自己的世界之中。

面对万子明的提醒，齐涵回答说:“我只是希望大家不要太过于顾忌，没错，咱们能幸存下来必定是经历了很多的苦难，可现在还有什么是值得担忧呢？”

“好了，既然大家现在没有什么争论的了，我们还是继续讨论一下齐涵的这段经历吧。”陈东说。

“从齐涵的这段经历看，确实挺诡异的，不过听起来完全没有什么头绪。”莫冲用手揉了揉太阳穴。

“不过我们还是有可深究的线索的，这段经历是纸条事件的延续，这一点是毫无疑问的。”李建华边回忆边说，“我记得昨天齐涵说捡到纸条的人会被拉扯到血色的沼泽中。这次是金爽偷偷拿走了男朋友的纸条恶作剧，结果男朋友坠楼身亡，而她的身上也发生了怪事。”

“是的，如果不是她说起偷拿男朋友纸条的事情，我也根本无法将在宿舍里发生的怪事以及她的失踪跟纸条联系起来。”齐涵紧皱眉头。

“金爽的男朋友被抛下了楼，她也被以同样的方式扔下楼，”莫冲一副苦涩的神情，“可是我想不通了，金爽的男朋友虽然死了，可是尸体被发现了，那么金爽哪儿去了？活不见人死不见尸……”

一道闪电从窗户木板上的缝隙照射进来，慕容雪赶忙捂住耳朵，地面被巨大的雷鸣震得颤动。待雷鸣声彻底消失，齐涵补充说道:“后来，在医院里警察找我问过话，他们坚持说楼下只有我一个人。他们认为按照我的叙述，金爽当时的伤势非常严重，根本就不可能在跌落到楼下之后再起身离开。”

“那有没有可能是有人在警察和救护车来到之前把金爽带走了？”莫冲怀疑道。

“不太可能，事后警察告诉我，在我跌落到楼下之后学校保安立刻就赶了过来，而且学校安保一向很严格，如果有人抬走了受伤的金爽，会去哪儿？学校的大门有很多保安看守，根本讲不通。”

“还是纸条，”朱晓颖苦思冥想，“金爽的下场本该是她男朋友的遭遇……”

慕容雪接过话来：“我明白你的意思了，金爽虽然拿走了纸条，可纸条对她男朋友的影响并没有消除，同时还影响到了她。如果不是金爽拿走了纸条，那么她的男朋友的下场应该在被抛到楼下后失踪？”

“不是失踪，”莫冲分析道，“别忘了，这可是纸条事件的延续，朱萍的遭遇还记得吧？”

“你怀疑，金爽也陷入了血色沼泽中？”慕容雪摇着头说，“可是为什么没人看到呢？”

“而且，这次事件中纸条似乎也在发生变化，燃烧成灰进入皮肤中……”莫冲用食指顶着太阳穴，满脸困惑的神情。

客厅陷入了沉默之中，远处又传来了轰鸣的雷声，仿佛大地也被震得颤动起来。

“在我看来，齐涵的这段经历无非就是两个‘什么’！”

李建华打破了沉默，但是他的话却让人一头雾水。李建华继续说道：“一个是‘为什么’，另一个是‘是什么’。”

大家都在好奇地盯着李建华，好像他的话能揭开真相一般。

“‘为什么’，为什么在金爽身上会发生这样可怕的事情，齐涵在金爽的经历中更像是一个并无实际关联的看客；‘是什么’，看不到的东西到底是什么，齐涵说她跟金爽逃到门口的时候，通过门缝看到了门外是有人的，同时金爽说那就是来伤害她的人。那看不到的到底是什么？”

李建华把大家的疑问集中了起来。

陈东摇摇头说：“从这段经历来看，只是又回到原点了，虽然是事件的延续，却难以发现纸条背后的原因。”

“既然这样就没办法了，”慕容雪耸耸肩说，“那么下一个就该轮到莫冲了。”

“大家说了那么久也该吃饭了，我先去做点东西给大家吃吧。”说完朱晓颖站起身，往厨房走去。

“时间很快嘛，不知不觉就那么久了。”莫冲说。

“现在谁能说出确切的时间？”陈东的突然问话并不是在寻求答案，更像是对众人的提醒。

谁也没作声，昏暗的天气让人以为就要进入黑夜了。朱晓颖顿了顿脚步，然后继续走向厨房。

“不知道，我的手表上的时间不知道是不是准确，现在……”

齐涵打断了莫冲的话：“算了，只知道个大概就行了，时间对于我们来说已经不重要了。”

“我去帮晓颖做饭，她看起来也不是很舒服。”慕容雪也离开了椅子，只是她看起来更像是不愿意跟齐涵同处一室。

“也好，大家都休息一下换换脑子吧。”李建华说。

“我去楼上，看看。”万子明起身直奔二楼。

客厅里只剩下了陈东、莫冲、李建华和齐涵。四个人虽然同处一室却相顾无言，齐涵低着头不看任何人，李建华始终用余光瞥着陈东，陈东虽有觉察但全然不理会。莫冲靠着椅背闭目养神，仿佛他一会儿就要做很消耗精力的工作一样。

不过在陈东看来，莫冲此举还有隐藏心中恐惧之嫌。只要生活在这农场的房子里，谁也无法对身边人身上发生的可怕事情置之不理。对于莫冲而言，李建华背上出现了犹如字迹的伤痕，他无从解释，却只能从在房子里每个人都会做的事情上考虑，每个人都要讲述自己的经历。不过莫冲若是知道李建华固执地认为朱晓颖呕吐出了钉子，又会作何感想？仅仅是闭着眼睛关闭释放恐惧的窗口？

午饭的菜仍然以咸菜为主。外面雷雨不断，房子里依旧潮湿沉闷。阴暗的天气下，大家几乎看不到自己面前的碗。

“外面风雨这么大，大家不要搞得气氛那么紧张好不好，说点什么吧。”慕容雪想打破这令人窒息的沉闷气氛。

“行啊，既然一会儿轮到莫冲了，那么可以围绕着莫冲上一段经历聊聊。”李建华把话题引向了莫冲。

“莫冲，你们玩通灵游戏无意中真的看到了鬼，我听说鬼都是没有脚的，是真的吗？”

慕容雪瞪大眼睛看着莫冲。莫冲的脸色很难看，他低着脑袋咽下一口米饭之后，用略带嘲讽的语气问：“谁告诉你的？”

慕容雪无言以对，齐涵看见她如此尴尬，嘴角流露出了笑意。

“不过既然你们都很想知道我接下来的经历，不如我现在就开始好了，反正也不耽误我吃饭。”

莫冲夹了点咸菜到碗里，边吃边开始了他的第二段经历。

＊＊＊

原本玩什么通灵游戏也都是大家一时脑热，根本就没有想过会有严重的后果。之后的几天，谁也没有再提起见鬼的事，每个人都有自己的生活，日子也都一如既往。每天照顾着酒吧的生意，我的日子过得轻松自在。

董平这匹种马总是无所事事，喜欢来酒吧泡妞，哄骗女孩上床。那天他对一个漂亮姑娘搭讪失败后，愤然地对我说："现在的妞都想什么呢？就是一块儿玩玩，老子长得也不丑，体格倍儿棒，都他妈想什么呢！"

我在一边偷笑没搭话。

董平喝了口酒说："哎，对了，最近大伙儿好像就从来没齐过。"

"嗯，是，有段时间大家没一块儿聚过了。"

"最近在这儿我倒是差不多挨个都见过了……等会儿，等会儿，"董平摆摆手回忆道，"有两个人我好像我一直没见着！"

听董平这么一说，我这才想起来贾晓鹏和郑阳最近没露面。

"这俩货，是不是天天打炮？也不怕打死！"董平猥琐地笑道。

我扬起脸大笑："你小子根本就是精虫上脑了，你以为谁都跟你一样啊。他们俩还上学呢，可能是最近学业忙。"

这时，凌云鹤走进酒吧，她平日只是在咖啡店打烊之后来喝上一杯解乏，中午就能见到她实属难得。

"凌老板今天这么早就来光临啊，让小店蓬荜生辉啊。"

"生你妹！"凌云鹤没好气地说，"就知道嘴贫，有事找你们呢！"

董平冲着凌云鹤坏笑："该不会是美女寂寞了吧，不过我这个人有原则啊，我可不跟熟人玩。"

"滚！"凌云鹤狠瞅了眼董平，"你们两个没良心的，一个只想着赚钱，另一个就色得要死。"

"古语有云啊，"董平反驳道，"食色，性也……"

"你不用'食'，就靠后面那事儿就能活命了！"

"好了，凌老板，不闹了，你就赶紧说什么事儿吧。"

"最近你们谁见过郑阳和贾晓鹏？"

"刚才我还寻思这事儿呢，是不是他们俩学业太忙了？没工夫出来玩？"我猜测道。

"再忙也不至于不接电话吧。"

"你给他们俩打电话了？"

"嗯，周末我想去买点东西，我就给郑阳打电话想让她帮我参谋一下，但是她关机了。我就给贾晓鹏打电话，他的电话倒是开机了，但是直接把我的电话挂了。”

“说不定人家在办好事儿呢。”董平插了一嘴。

凌云鹤板着脸没搭理他：“后来我问过承志，他说他见过贾晓鹏。”

“承志怎么讲？”

“他说那天在路边看到贾晓鹏从药房里出来，不过贾晓鹏好像有意躲着他。承志追了上去叫住了贾晓鹏，问他怎么装作没看见自己，还问他去药房做什么。贾晓鹏支支吾吾说郑阳病了。”

“这不就得了，郑阳生病了，贾晓鹏又要照顾她，所以没跟大家碰面，没什么大惊小怪的。”我松了口气说。

“那也不至于避着承志吧，就算生病了我打电话也不至于不接吧？”

“你就不让别人有那么点见不得光的事儿吗？”董平戏谑道，“说不定贾晓鹏这小子当爹了，又把种给摘了，还不得让郑阳休息几天？”

“你嘴巴再乌七八糟的老娘就阉了你，看你还怎么骗姑娘上床！”凌云鹤一句话让董平闭嘴了，“再说了，朋友生病了咱们也得去看看吧。”

“他们俩在学校外面租了房子，我只是知道大概就在这附近，具体在哪儿我就不知道了。”我表示对寻找这对情侣无能为力。

“承志知道，有一次他去找贾晓鹏拿什么东西，去过他们俩租的房子。咱们就一起去看看郑阳吧。”

下午我们仨约了何承志一起去探望郑阳。贾晓鹏和郑阳租的房子就在附近的一个小区里，何承志领着提着水果和营养品的我们来到了门前，凌云鹤按下了门铃，但是没人来开门。董平在旁边不满地低声嘟囔着什么。

凌云鹤开始敲门，咚咚咚，许久也没有人来应门。

“会不会不在家？”

何承志走到门前冲着猫眼看了看。

“不可能不在家，”凌云鹤很肯定说，“我刚才听到门里面的脚步声了，而且刚才猫眼暗了一下，里面肯定有人。”

凌云鹤继续敲门，还是没人应门。董平不耐烦了，他走上门前用力地拍门，那敲门声远比凌云鹤更有力度。

“快开门！”董平喊道，“我知道你俩在里面！”

还是没有动静，董平又猛敲了几下。不过隔壁那扇门倒是开了，一个年轻男人很不满地看着我们，他这一看把董平激怒了。

“妈的，你看个屁啊！”那门立刻就又关上了，“欠揍！”

“你们俩知道我脾气啊，再他妈不给老子开门老子就撬门了！”

董平话音刚落，门就开了。

“你他妈……”

董平本想发泄心中不满，但是开门后的景象让他没了脾气。眼前的这个人跟我曾经认识的贾晓鹏相比，形上像六分，神嘛，也就三分相似吧。

“你这是怎么了？”何承志问，“前几天见你还不这样呢。”

贾晓鹏面色发灰，眼圈深陷，面颊紧绷骨瘦如柴，这让他的脑袋显得很大，稀疏的头发让他原本还算秀气的脸蛋像一张被揉搓过的废纸。

“搞错了吧？不是说郑阳病了吗？我看是你生病了！”我情不自禁地冲着贾晓鹏说。

“我没病。”

贾晓鹏皮肤紧绷，说话时嘴唇几乎没有动。他身后房间里即使在白天也灯火通明，不过还是给人一股幽幽的凉意。

“进去再说吧。”凌云鹤提议。

贾晓鹏转过身，把我们让进门，看着他沧桑的背影，让人怀疑他随时会倒地不起。

“郑阳在房间里休息吗？”凌云鹤关切地问道。

通向里间的房门在炎热的天气里竟然也关得严严实实。

“鹏仔，”董平经常这样称呼贾晓鹏，“郑阳到底得了什么病？大热天的关着门不热啊。”

贾晓鹏坐在沙发上愣着神一言不发。

“晓鹏，我们买了些水果和补品，你和郑阳都得多吃点。”何承志把茶几上的东西朝着贾晓鹏推了推。

贾晓鹏还是一言不发。

“好了，我进屋去看看郑阳，”凌云鹤从沙发上站起身，“你们先坐一会儿，她一个姑娘家的在房间里你们大男人进去不方便。”

“别去！”凌云鹤被这贾晓鹏猛然一喝给镇住了，随后贾晓鹏却只是又低下了头一副萎靡相。

“到底发生了什么事？”凌云鹤连忙问。

“不要开门，开门的话你们会后悔的。”贾晓鹏缓缓抬起头来，他暗灰的眼圈更加凹陷了。他站起身来走到了门边，伸出手摸到了门把手。

“不，我不要进去了，我要离开这里，我要离开。”

贾晓鹏并没有开门，他突然失措般的一屁股坐在了地板上，抱着头在瑟瑟发抖。

“你这是怎么了？”

贾晓鹏慢慢地抬起头来，他在眼眶里打转的眼泪也泛着血色：“我受不了了，真的。”

“好了好了，先起来再说。”

凌云鹤把贾晓鹏扶到沙发上，我始终盯着里间的那扇门。其他人都在安抚贾晓鹏，我则想象着房间里的景象。

我不由得想起了一则新闻，说是一个男孩要跟一个女孩分手，女孩不甘心想挽留。只可惜那个男孩子的心已经另有所属了，不管女孩怎么做那男孩都不会回心转意了。于是女孩狠下心毒死了男孩，然后用一些防腐的药物来保存男孩的尸体，每天跟男孩的尸体同床共枕……

虽然我不相信贾晓鹏会杀死郑阳，但会不会是郑阳得了急病死了，贾晓鹏接受不了现实所以把郑阳的尸体放进了房间。这样热的天气里郑阳的尸体恐怕早就不成样子了，再联系到贾晓鹏的反应，我越来越觉得我的猜测很靠谱。

“晓鹏，告诉我们，到底发生了什么事情，郑阳是不是在房间里？郑阳怎么了？出什么事了？”凌云鹤轻声追问道。

“我不愿意再想了，”贾晓鹏抱着脑袋说，“如果你们一定要知道的话，就进去看吧。”

董平最先起身，他这个人性子急躁，早已经等得不耐烦了。我们也跟了上去，只留贾晓鹏一个人坐在沙发上用凹陷眼睛看着我们所有人。

房门被打开了，房间里亮着灯，我们所有人一窝蜂地全都拥进了房间。刚走进房间，凌云鹤便好似没了骨头一般瘫坐到了地板上，她捂住了嘴巴瞪大眼睛看着床的方向。

郑阳躺在床上，她的身体好像正在熔化的蜡烛一样，皮肤完全松散了，仿佛随时会流淌下来。郑阳听到我们走进门，呼吸更加沉重了。她的睡衣已经被她液体般的皮肤浸透了，她的胸部上下起伏让人看得出她还活着。郑阳轻轻地抬起手臂，她的手跟睡衣之间竟然连起黏糊糊的液体。

我顿时觉得恶心不已，险些呕吐出来。

贾晓鹏突然从我们身边走过，来到了床边轻轻地为郑阳拉了拉被子。之后，贾晓鹏转身回到我们身边，“我们还是出去再说吧。”

我扶起了坐在地上的凌云鹤回到了客厅的沙发上，凌云鹤始终念叨着“这不是郑阳”，仿佛得了癔症。

“我先给鹤姐倒杯水。”贾晓鹏去厨房端着一杯水回来，凌云鹤喝了水之后脸色好多了：“晓鹏，那真的是郑阳吗？”

贾晓鹏沉重地点点头。

“郑阳怎么会变成那样？”董平问。

“你们还记得一个多星期之前咱们玩的通灵游戏吗？”

大家都以沉默来给予肯定的回答。

“我本来以为事情都结束了，但是第二天早晨，郑阳说她身上很疼，我发现她身上发黑的面积越来越大了，我们俩便去药房买了一些药膏回来用。一天之后，情况还是不见好转，我就带她去了医院，但是医生也说不出个所以然来，一会儿怀疑内分泌紊乱，一会儿又说黑色素沉积，只是让郑阳在家好好休息。”

“你小子别跟屁一样不挤不出来！快点说啊！”董平按捺不住了。

“很快，郑阳的脸上也开始出现了黑色的痕迹，她告诉我说晚上的时候她的身上就更是痛苦难忍。于是那天晚上，我决定看看她晚上睡觉时身上的黑色东西有没有恶化……是鬼！都是鬼做的！”

贾晓鹏毫无征兆地用那双惊恐的眼睛望着房间门。

被贾晓鹏这突然间举动吓一跳的何承志赶紧安慰道：“你先别激动，慢慢说！”

“那天晚上我又见鬼了，都是鬼做的！求求你们了，别让我说了……”

“振作点，告诉我们，你又见鬼了？鬼到底对郑阳做了什么？”

我的语气很平和，心脏却扑通扑通快跳不止。

“你告诉我，今天晚上鬼会不会出现？”何承志试探着问。

“会的，还会出现，”贾晓鹏突然变得兴奋起来，原本灰暗的眼睛冒出光芒，“你们今天晚上陪陪我，好不好？”

我们几个人都互相看了看，并不确定彼此的想法是否一致。

“喂！”董平先发话了，“别告诉我现在朋友有难你们都不管啊！”

“我没有问题。”凌云鹤爽快道，“我一个女人都不害怕了，你们几个大男人该不会退缩吧？”

凌云鹤的话让所有人都无法拒绝，谁都爱面子，不过总是会有人为了面子而做了后悔的事情。后来发生的事情就是这个道理的见证。

“这样吧，现在距离晚上还有一段时间，我们回去准备一下，然后晚上再过来。”我提议说。

“谢谢你们，真的谢谢你们。”贾晓鹏咧着嘴巴哭了。

“娘的，一个大老爷们儿哭个鸟啊。”董平鼓励似的拍了贾晓鹏一把。

我们几个来到了凌云鹤的咖啡店，大家坐在一起一言不发，个个紧锁眉头。

“晓鹏不应该是骗人的，他们一定是遇到鬼了！”何承志憋了半天。

“那咱们是不是该找个懂行的人？比如找个风水先生什么的？”

我突然想起来经常到我酒吧去的客人，他跟我说他的舅舅还是叔叔什么的就是风水先生。

“还没搞清楚状况呢，咱们还是见识一下再说。”何承志的目光掠过大家。

“但是，”凌云鹤有些担忧，没了刚才在出租房里的豪气，“会不会再出什么事？要知道那可是鬼啊。”

“怕什么，当初玩通灵游戏的时候你胆子可不小，而且贾晓鹏见鬼这么多天了不也没事嘛！”董平尽量让自己的语气听上去很随意。

我回想起通灵游戏时的意外——郑阳身上溅上了鸡血，结果引得鬼扑到了她的身上舔舐鸡血。郑阳身体犹如蜡烛溶化是不是有可能因为鬼舔舐造成的？

我马上说出了我的想法，首先得到了何承志的赞同：“我觉得其中必定是有关系的。”

“不过我觉得还有疑点。”凌云鹤犹犹豫豫，“既然是通灵游戏时召来了鬼，那么为什么之后的夜晚还会有鬼出现？”

大家无言以对，只能等到夜晚时看看到底会发生什么。

晚上，我们谁也没有提起吃饭的事情，见过郑阳的样子谁还能吃得下东西？回到出租房后，我们都坐在沙发上，贾晓鹏低头不语，失了魂一样。

“晓鹏，什么时间我们可以看到……”

凌云鹤不敢贸然说出“鬼”这个字。

贾晓鹏轻轻地抬起头，双目无神地看了钟一眼：“时间还早，要到午夜。”

在等待的几个小时里，我虽然坐在沙发上翻看着杂志和报纸，不过我的思绪却在贾晓鹏身上。贾晓鹏这些天晚上是不是都坐在沙发上，在黑暗当中望着钟表上的时间一秒一秒地走着。当午夜时间来临，贾晓鹏打开房间门，颤抖着身体走入了房间去面对他不得不面对的现实。

想到这里，我后背上都是冷汗，我偷偷地瞄了贾晓鹏一眼，没有想到他也在紧盯着我。我赶忙收回了眼神。

时间终于到了，贾晓鹏惴惴不安起来，其他人也从瞌睡的状态中提起了精神。

“好了，咱们现在可以进去等了。”

贾晓鹏旁若无人，缓慢地走向里间打开了房门。房间里一片黑暗，可以听到郑阳微弱的呼吸声。

“时间还没到，再等一会儿。”

贾晓鹏悠悠说完，便坐到了门旁的地板上。

黑暗中，我看不清楚郑阳的样子，她均匀的呼吸听起来就像是在睡觉。

贾晓鹏毫无预兆地颤抖起来，看来他害怕的事情就要来临了。同时，老式的木床发出了声响，仔细听那细微的声音就是从床下传来的，我不由自主地向后面挪了挪。突然，一只手臂突然从幽黑的床下伸了出来。

“啊！”

凌云鹤捂住了嘴巴，把尖叫声压进了嘴巴里。

一个脑袋也从床下钻了出来，接着又是另一条手臂。月光透过窗帘，让我们看清了那披着毛草长发的女鬼，模样与我们玩通灵游戏时见到的差不多——黑色的眼眶，破烂的衣服。女鬼紧贴在床板的下面慢慢爬出来，游弋到了郑阳身上。贾晓鹏无动于衷，他盘腿坐在地板上，前后轻轻摇摆着身体不知道嘴里在嘟囔着什么。

女鬼压在郑阳的身上，可郑阳却没有丝毫的反应。女鬼张开了嘴巴，一条修长的舌头从她的嘴里卷曲而出。那看起来又黑又黏稠、如活物般的舌头乱窜起来，一下又一下地舔着郑阳的脸和身体。黏稠的舔舐声随着女鬼舌头卷曲的频率传入我的耳朵里，听起来就像小孩子在贪婪地舔着自己最喜欢的冰淇淋。

看到这触目惊心的景象，我终于知道了郑阳身上的皮肤为什么会变成黏稠的液体了——每晚都是这女鬼从床下爬出来然后来舔舐郑阳的身体。

董平猛然起身，冲着女鬼大声骂道：“滚！你妈的给我滚下去！”

说完，董平马上打开了房间里的灯，灯一下子就亮了。我很希望在灯亮的一瞬间，那女鬼也会灰飞烟灭，或者快速窜回床下，至少不会光明正大地暴露在灯光之下。

可是我错了，那女鬼非但没有消失不见，反而更加形象了。女鬼的皮肤发暗，穿着破烂的浅色碎布花纹衣服，她的眼睛依旧空洞。女鬼注意到了开灯的董平，她丝毫没有要回避的意思，继续用长舌头用力舔了一下郑阳。郑阳发出了痛苦的呻吟，她融化的皮肤在女鬼的舔舐下露出了粉嫩的肉来。女鬼回过头用那双我们看不到的眼睛盯着董平，舌头在下巴和鼻子之间来回转了一圈。女鬼就像一只倒着走的蜘蛛，贴着床面回到了床下。

虽然董平还在站着，可他的腿却在微微地颤抖着。贾晓鹏依然没有抬头，他保持着一前一后抖动的动作，嘴里还在不停念叨着。凌云鹤捂住嘴巴，眼睛依然瞪得很大。何承志谨慎地弯着腰，战战兢兢地望向床下的方向。

之后，我们检查了床下，可是什么也没有发现。下午我们见到郑阳时她虽然体无完肤，但是那黏稠的皮肤至少还附着在她的身上。此时的她身上只留下了没有渗出血来的嫩肉。

我们急忙拨打了急救电话，但是一切都来不及了，郑阳在救护车上就已经死了。郑阳的死因被定义为皮肤病，她的父母来处理了后事。

那段时间里我一直很侥幸地认为，郑阳身上发生的只是特殊情况，一切都会以郑阳的死亡而告终。郑阳的后事料理完，我们五个人聚在凌云鹤的咖啡店里，算是对郑阳这件事做一个了结吧。不过事情并不像预想得那么顺利，当时我们五个回想起……

***

“停下！”

李建华示意莫冲停止讲述，并做出了不要出声的动作。

脚步声缓慢而沉重。所有人都仰头望着天花板，脚步声就是从楼上传来的。

慕容雪把面前的碗向桌子里侧推了推，然后抱住了双臂。朱晓颖和齐涵的目光同时投向楼梯。陈东缓缓地站起身用手指了指莫冲，示意他留在楼下。李建华也站起了身，只是猛然起身让他背后的伤口开裂了，他紧皱眉头扶着桌角。

沉重的脚步声再度传来，众人的目光全部投向了楼梯，不过楼梯的方向并未传来有人下楼的声音。

陈东压低声音指示李建华："你也留在楼下！"接着他又指了指万子明，万子明站起身来走向陈东。李建华虽然极不情愿，但他还是坐下了身。

脚印

陈东端着枪与万子明一前一后来到了楼梯旁，二楼漆黑一片就连扶手也很难看清楚。陈东轻步往楼上走去，万子明紧跟其后。原本熟悉的走廊在黑暗中尤显陌生。外面的雨越下越小，电闪雷鸣渐行渐远。

二楼到底是谁？怀揣着困惑的陈东和万子明终于来到了二楼，原本熟悉的房子此时却显得格外陌生。走廊里静悄悄的什么声音也没有，外面的雷雨也在莫冲讲述经历的过程中暂时停歇。

陈东先是端着枪进了卫生间，里面空荡荡的，冰凉的地砖充满了寒意。若是这里有光亮，恐怕呼吸出的热气都会清晰可见。接着，两人立刻警惕地退出了卫生间，向其他房间走去。

楼下，剩下的五个人都端坐在桌子旁。

"刚才的脚步声你们也都听到了吧。"慕容雪用惊恐的目光扫视着其余四个人。

"废话。"齐涵虽然紧张，但是依然不忘数落慕容雪，"那么大的脚步声谁能听不见。"

朱晓颖用颤抖的目光看着慕容雪和齐涵，却始终一言不发。

"他们俩已经上楼去查看了，别担心。"李建华安抚道。

"脚步声到底是怎么回事？"慕容雪惶惶不安地看着其他人，"会不会楼上还有其他人？"

"你是说有人借着雷雨天闯进来了？"

莫冲缓缓站起身，轻手轻脚地来到了楼梯下面，朝楼上望去。

此时的二楼，陈东和万子明来到了一间空房间。房间有一张床和衣柜，窗户上和其他的房间一样，都钉满了木板。床上的床垫已经被移走了，床下的状况一目了然。陈东走到了衣柜旁，把衣柜门开了一个缝隙，先把枪口伸了进去。随后他把衣柜的门完全打开，里面只有几件旧衣服和一只鞋盒子。

陈东蹲下身打开鞋盒子，里面有长短参差的蜡烛和火柴盒。陈东把蜡烛递给了万子明，然后点燃了蜡烛。就在火光亮起的一瞬间，陈东见万子明在盯着自己。

“刚才的脚步声是怎么回事？”万子明干脆地问道。

“我不知道。”陈东回答。

“大哥是真不知道，还是不想让我知道呢？”万子明端着蜡烛幽幽地站在陈东面前。

“我若不想让你知道，又何必要带你到楼上来呢？”

“因为你不想让另外一个人跟你上来。”万子明回答。

“多说无益，想知道是怎么回事就跟着我一起去瞧瞧。”

说完陈东就带着万子明去检查了其他房间，还有最后一个房间两个人没有进去过了。万子明对这房间记忆深刻，他认为陈东在他们到来之前就住在这个房间。万子明端着蜡烛打量着房间内的摆设，低矮的床上有叠好的被褥，靠近门的墙上刻着很多“正”字。

检查完窗户之后，两人朝房间外走去。蜡烛突然熄灭了，陈东和万子明定住脚步一动不动。端着蜡烛的万子明没有感到一丝风，陈东划着了一根火柴，可火柴头上的火焰瞬间就缩小不见了。陈东不慌不忙地又划着了一根火柴，同样的事情再次发生，火光刚刚燃亮便瞬间熄灭。

“也许，有个看不见的人就站在我们俩的身边，每当你划着一根火柴，那人就把火柴吹灭了。”万子明低声细语。

陈东不加理会，他再次划燃了一根火柴，这次火柴没有熄灭。蜡烛再度被点亮。

“这次，没有问题了。”陈东说完转身离开了房间。

“去哪儿？”万子明问。

“下楼。”

万子明叫住了陈东：“等一下。”

“怎么了？”

陈东停住脚步背对万子明，他对于万子明这样简单又干脆的提问很反感，但是对于万子明这样的人他无可奈何。

“我们还没有查清楚脚步声呢。”

“那是雷声。”

陈东缓缓转过身来。

“不可能。”

万子明手里蜡烛流着的蜡汁滚落到他的手上，再从手上落到地上，他的手上已经有了一层干硬的蜡汁。万子明没有感觉到滚烫的疼痛，他在等待着陈东的回答。不过陈东并无意与他争辩。

万子明手里剩余不多的蜡烛又灭了。

“不用点了，还是下楼吧。”陈东语气平和。

“不。”万子明坚持要点亮蜡烛。

于是，陈东又划了一根火柴，蜡烛被点亮了。蜡汁继续滴落在地板上，万子明的眼睛也顺着蜡汁向地板上看，已经凝固的蜡汁旁赫然有一双脚印。

万子明端着蜡烛蹲下身看着这双脚印，就像有人光着脚踩在光滑的地板上而留下了印记。两个人盯着这脚印，脚印始终也没有消失不见。仿佛有个看不见的人就站在两个人之间，盯着两人的一举一动，嘲笑着他们俩竟然盯住自己的脚。可是这脚印的主人到底是男是女，是老是少，是高是矮，没有人知道。

脚印开始消失了，从脚趾到脚掌，霎那间无影无踪，就像是脚印的主人顷刻间离开了两个人的视线范围。脚印完全消失之后，万子明端着快要燃尽的蜡烛在周围寻找着离开的脚印，但一无所获。

“走吧。”陈东站起身。

“大哥，刚才的你也看到了。”

蜡烛终于燃尽了。

“那，是，雷，声。”

陈东每一个字都说得很清楚，说完便转身下楼。

回到楼下，陈东和万子明回到椅子上。

“楼上到底是怎么回事？”李建华连忙问。

“是雷声。”陈东拿起杯子喝了一口水。

李建华没有继续试探询问陈东，他将目光投向万子明，目光充满了疑惑。

“你的脸色怎么这么难看？”齐涵询问万子明，“生病了？”

“没事。”万子明简言道。

“大哥，楼上当真是雷声？”慕容雪惊讶道，“但是雨已经快停了啊。”

“嗯，不过刚才那会儿的确是在打雷。”陈东微笑着解释道。

也许因为刚才谁也没有注意过天气状况，所以便没有再继续追究刚才究竟是雷声还是脚步声的事情。

“既然是雷声，就不用担心了，”莫冲松了口气，“那么是不是我可以继续讲下去了？”

“你说到这里就可以了。”李建华说。

“为什么呢？”莫冲不解道，“可我这段经历还没讲完呢。”

“刚才大哥和子明到楼上去，中断了这么久，不如趁现在大家还对那段经历有印象赶紧讨论一下吧。”朱晓颖建议道。

“难道我们还要分析那段鬼故事？”

齐涵的话引起了莫冲的不满：“你这话是什么意思啊？”

“你想多了，我只是比喻了一下而已。”

“你该不会又觉得我在撒谎吧？”莫冲怒目而视。

“不！”齐涵态度平淡，“你的这段经好像没有线索……”

“废话，我们现在要做的事情不就是找莫冲可能忽视的细节吗？”慕容雪为莫冲抱不平。

“只不过是因为玩通灵游戏遇到了鬼，还能怎么样？”见慕容雪火上浇油，齐涵也没了好气，“我觉得莫冲他们只不过发生灾难前人们众多遭遇中的某一个，想要找到……”

“你们应该让我把经历说下去，不然的话小涵会觉得这段经历毫无用处。”莫冲闷闷不乐。

“不，现在我们是在寻找事情的真相！”朱晓颖又转向齐涵，“将容易忽视的细节串联起来寻找规律，这才是找到真相的关键所在。”

“虽然我觉得是多此一举，不过我很乐意参与其中。”齐涵僵着脸。

“莫冲他们是玩通灵游戏时见到了鬼，而且有鬼扑到了郑阳的身上……导致了她的死亡，对吧？”慕容雪说。

“如果不是后来发生了灾难，这段经历顶多也只是在坊间流传，成为别人闲聊的谈资，不会有人当真。”莫冲双目放空回忆着经历中的细节，“虽然表面上看是因为通灵游戏造成的，不过总是觉得不太对劲。尤其是后来发生的事情。”

“不管怎么说，都觉得是见鬼了，至于原因……”慕容雪声音渐低。

一时间，所有人都陷入了沉默。似乎都在等着别人发现他们忽视的细节，只是结果不尽如人意。许久之后朱晓颖苍白的脸上露出勉强的笑意：“就算是分析不出原因也没有关系，所有的事情都是相互关联的，我相信莫冲的这段经历不会毫无用处。”

陈东在旁边听了一会儿，觉得是他开口的时候了：“既然大家都找不到更多的线索了，那么就不要耽误时间了。”

“大家吃完了吧，我把桌子收拾一下。”

朱晓颖和慕容雪去把碗碟收拾到了厨房里，虽然每顿饭之间的间隔似乎并不久，可是每顿饭不过是清汤寡水，倒也没有人觉得吃不下去。外面的雨虽然渐小，但是天气还是阴沉沉的。

“我有话对你说，”万子明挪到陈东的身边低声嘀咕，“刚才在楼上的时候，我还看到……”

“你们俩在说什么悄悄话呢？”

慕容雪跟朱晓颖从厨房回来了，她见万子明靠近陈东便随口问道。

“男人之间的小问题，”陈东又转过脸笑对万子明说，“等有时间再说吧。”就好像两个人在闲聊着无关紧要的事情一样。

这不过是讲述经历的第二天，但陈东发现大家已经显露出疲惫感。仔细想来齐涵今天的情绪变化恐怕也源于此，只是她爆发了出来，其他人不安的情绪恐怕也会随着早上李建华背后上的字和楼上的脚步声而继续积攒，不知道下一个爆发的人会是谁。

“那么接下来轮到万子明了。”

李建华的话并没有让大家萎靡的精神振奋起来，大家的思绪都沉浸在迷茫当中。今天已经有五个人讲述过他们的经历了，但是却越来越让人感觉到无所适从。每个人都清楚地知道，他们讲述的经历不过是灾难的开端，即便有所怀疑却又不敢妄加猜疑。但是谁也掩盖不了内心的困惑，这困惑就好像气管里的一个肿瘤，越来越大，让人感到窒息。

“行，轮到我讲了。”

万子明坐定，开始了他的叙述。

* * *

那段时期就像噩梦一般，曾经代表相爱的亲昵举动变成了死神的毒药。旅馆里常常抬出赤裸的尸体，尸体的嘴是连着的。不过话又说回来了，人不能不吃饭，不能不喝水，但是不接吻却是可以的。所以人心惶惶之后，接吻似乎成为了禁忌，甚至情侣之间要克制这种亲昵的冲动。

因为我始终介怀刁雪宣的离去，不能接受她在与人接吻时死去的事实，所以我一直在调查相似事件。那段时间只要细心观察，就会在边边角角的地方发现“永不分离”四个字，这触目惊心的文字正暗示着周围曾经发生过情侣的嘴粘连在一起的事件。

周末一起喝酒时徐晓龙劝我说：“你查了也没用，我们警察调查了很久了，也没查出个所以然来！”

我醉了，迷迷糊糊中情绪很激动：“我接受不了，凭什么是她，为什么一定是她呢？”

“好了好了，咱还是喝酒吧。”

夏东阳又递过来杯子，他宁愿我醉倒也不想再听我说关于刁雪宣的事了。

第二天一早我醒来之后，发现自己的衣服扔在卫生间的盆里，里面都是污物。我头疼欲裂，根本就记不起来昨晚是如何回家的。

我拖着沉甸甸的脑袋打开了窗户，想呼吸一下新鲜空气。因为醉酒厉害，连楼下何时来了警车我都不知道，楼下看热闹的人群已经被警戒线隔开了。看这架势应该是出了大案子了，不过我住的这地儿平时少有人往来，治安也出奇地好，能出什么案子呢？

我把脑袋又朝外探了探，竟看到地上有很多的血迹和尸体的残块，这让原本就很头疼的我备感恶心。我来到卫生间想洗洗脸，打开水龙头却没有水，而且家里连喝的水都没有了。我口干舌燥，只好到楼下的超市去买矿泉水。

我穿了件衣服就出去了，楼下围观的人群越来越多，警察开始疏散人群。我沿着人群最外围走，注意到地上有白色的图案。白色的图案是用粉笔画的，我小的时候会跟小伙伴拿着粉笔在地上画一些图案，比如我们想玩跑火车的游戏，就会在地上画铁轨，然后在上面跑来跑去。只不过眼前这铁轨画得有板有眼、很工整，跟真正的铁轨像极了。

“现在的小孩子还玩这个？”我沉着脑袋自言自语，“能画得这么逼真还真挺厉害的。”

走出超市，我赶紧灌了一瓶子矿泉水。人群依然没有散去，我毫不关心地往家走。

“子明！”突然有人叫住了我。

我转身一看，正是徐晓龙。

“你小子怎么狼狈成这德行了？”

“家里停水，我刚起来，昨晚喝得太多了，”我挠了挠头，从口袋里拿出了一瓶矿泉水递给他，“喝点水吧。”

徐晓龙接过矿泉水：“没想到昨晚送你回家，我这大清早还得转回来。”

“对了，什么案子？”

徐晓龙警惕地看了看周围压低声音说：“这案子挺怪的，是车祸。”

“车祸？”

如果是车祸的话，何怪之有呢？

徐晓龙依然很谨慎：“把人撞散了，得多快的速度？”

我心里咯噔一下：“尸体的旁边是不是有粉笔画？”

“我们也注意到了，尸体残块就散落在那些粉笔画的周围，可能是小孩玩的时候留下的。”

回家之后，我把家里积攒的杂物和灰尘清理出去了。中午出门吃了点快餐，马路上尸体残块被清理掉了，粉笔画的铁轨被清理成了几段。午饭之后我坐在家里看电视，正当我走马观花地不停换频道时，传来了敲门声，门外是徐晓龙。他这个人倒是很干脆，坐到沙发上开门见山：“今天早上见到你之后，我就觉得有些事情不太对劲。”

“什么不对劲啊？”

“昨天晚上咱们一块儿喝的酒，后来你喝大了，我和东阳把你送回来了。”

“嗯。”

“昨晚你是没少喝，但是我和东阳可没喝多。送你回来的时候已经是凌晨快一点了，你们家楼下也有路灯，可是我根本就没有看到马路上有粉笔画。”

“你的意思是？”

“起初我们都觉得粉笔画应该是小孩子胡闹，可是在凌晨一点钟马路上还没有画上铁轨的图案，为什么我们在发现车祸的时候就出现了呢？”

或许当时还没有彻底醒酒，我还是没听出徐晓龙所指。

“谁会让小孩子在凌晨之后到外面的马路上玩？”徐晓龙解释说，“是晨跑的人报警说看到了马路上的尸体残块。”

“小孩子会在尸体残块周围画粉笔画？这是绝对不可能的……是不是还有其他疑点？”

“对！”徐晓龙更加严肃了，“要把一个人撞散架可不是一般的速度。我们得出的结论是至少要每小时一百八十公里以上，而且还要重量极大的车才能做到。”

一百八十公里每小时？

“这么快的速度？”

“我们调查了周围的街道，一般的车辆想要达到每小时一百八十公里可不容易，需要一段时间加速。周围的街道不存在这样的条件，楼下的街道又旧又短。说起重量大，货车算是重量大，可是货车以那么快的速度在这条街上……”

“你是想问我有没有听到什么异样的声音？”

“是啊，你在凌晨四点半到五点半之间，有没有听到什么不同寻常的声音？”

我不好意思地笑了笑说：“你也知道，我的酒量实在是差得很，我喝多了就什么也不知道了。连你和东阳怎么送我回来的我都不知道。”

“噢，对。”徐晓龙也反应过来了，“还以为能遇到熟人提供点线索，但是现在看来是没有指望了。”

“真不好意思了。”

“没事，我的同事也在走访住在附近的居民，如果你听到邻居说起关于昨晚的事故，不管是什么风言风语还是小道消息，你都告诉我一声。如果真的是肇事逃逸案，一定要查出肇事者。”

送走了徐晓龙，我站在窗户旁边看着楼下已经淡去的粉笔画拿起手机给夏东阳打电话，跟他说起了今天楼下发生的案件。夏东阳说他早上接到了徐晓龙的电话，问他昨晚离开我家的时候有没有注意到马路上有粉笔画。

“我敢肯定没有，”电话那边夏东阳语气坚定，“送你回家之后，我和晓龙往回走，在楼下的马路上我把钱包掉在地上，地上如果有粉笔画我捡钱包的时候肯定会注意到。”

于是，事情暂时不了了之，徐晓龙的案子也没有进展。周日，一位同事在他家里办了个聚会，酒过三巡，男同事神神秘秘地对其他人说：“哎！你们知不知道这一阵子发生的事情？”

“就是那个什么‘永不分离’的事儿？”

“嘿，说白了不就是两个人接吻之后嘴黏在一起了吗？”

“哪有你想得那么简单？”男同事故作神秘，“就不好奇怎么会发生这种事儿？”

“滚滚滚，你净瞎寻思，我到现在还不敢跟对象儿亲热一下。”

刁雪宣刚死不久，他们就拿这件事情调侃，我感到非常苦闷，但是又不好发作。离开同事家那会儿已经夜深了，我不想乘车回去，想独自散散心。同事想顺路同行，我又不好推脱。他虽然不用我搀扶，但是也醉得歪歪扭扭了。

一路上他胡言乱语，一会儿女人一会儿酒的。在一条僻静的胡同里，同事实在难受，便走进胡同口里扶着墙角大口大口地呕吐起来。我站在路灯下叹了口气望着满天繁星，心里百感交集。妈的，这叫什么事儿啊？我一个大男人是不是贱啊？人家刁雪宣根本就是喜欢陆云的，虽然他们俩是窒息死的，谁知道两人在车上是不是玩过车震了？那陆云是不是得了便宜爽过了？我一阵急火攻心，所有的血都冲到头顶了。

过了许久，我都没有听到同事呕吐的声音了。我等不及了，明天还得上班呢。

“你小子完事没有啊，不会是又要撒尿吧？”

他没应我。

“喂！”

他还是没动静。

我沿着胡同往里走，黑暗中我隐约能看到他的手扶着墙趴在墙上，头依旧低垂着。

“你小子有完没完啊？”我已经很不耐烦了。

他的手突然抽搐起来，我赶紧走上前去。

“你到底怎么了？”

当我来到他身边时，我不由得用力揉眼睛，简直不敢相信眼前的景象。他保持着低身呕吐的姿势，可是胸部以上的身体都陷入了砖墙当中，只留下了一条腿、一半的后背和那条原本是扶着墙的手臂。

没错，他竟然陷入了砖墙当中！

我不敢用力拉他出来，担心会发生危险。我急忙拿出了手机打了急救电话并报了警。很快救护车就来了，医生判断我那个同事已经死了。

“子明，是你报的警？”徐晓龙也来了。

我一边把刚才经历的事情告诉徐晓龙，一边看着警察和消防员忙碌。

“已经确定你的同事死了，现在我们正在调查他的死因。”

“从现在的状况来看呢？”

“刚才我们找到了附近街道的大妈，她说这条胡同有几十年了，你同事呕吐的地方根本就没有空隙。而且也不可能是拆了墙再把人放进去再重新砌上吧，这根本不现实啊。”

徐晓龙的同事走了过来，示意他去看看，他把我也带过去了。我们来到了我同事陷入的墙前面，灯光照亮了墙壁，我那同事的尸体还垂在墙边。

“你们看！”

徐晓龙的同事指着砖墙上方，我这才注意到了墙上的异样。就在尸体旁边，那砖墙上清晰地有一个拱形门的痕迹。那痕迹赫然就是粉笔画出来的。

徐晓龙让我到局里一趟，毕竟是我报了警，而且我算是最近距离见证了整个过程的人。坐在警察局里，我很详细地讲述了当时的情况。外面下起雨来了，雨点噼里啪啦地打在玻璃上。心想也难为这些警察了，大半夜的有了案子，整个警察局都灯火通明地加班，实在是不容易。

外面进来了位女警察，低声对徐晓龙说了些什么，徐晓龙脸色大变。

“子明，你跟我们一起去现场吧，又发生了一起相似的案子！”

徐晓龙开着车把我带到了市郊的矮边，山脚下几辆救援车正闪着灯，轰鸣声不绝于耳。停下车，我跟着徐晓龙冒雨来到了矮山下，在忙碌的人群中我注意到了一处断壁。

“情况怎么样了？”

徐晓龙问赶过来的同事。

“还有一个人活着，不过……”

那警察的字里行间带着为难，不过既然有人活着我们就一定能问出点头绪来。

“那人情况怎么样？”徐晓龙询问急救人员。

“不太妙，就算救出来恐怕也很难活下来。”

徐晓龙带着我继续往里面走，断壁边，几株野草之上，我看到了一个人的头跟他的肩膀。这个场面可以说是惊心动魄，让我想起了《西游记》中被压在五行山下的孙悟空。不过孙悟空有通天法力，而我面前的断壁中的只是一个凡人。

这个人看起来也就二十岁，他艰难地支撑起脑袋来，急救人员赶紧找来架子让他舒服些。消防员正在想办法用工具开凿断壁救他出来。

“你能告诉我们发生了什么事情吗？”

徐晓龙声音急促，为了能够听清楚年轻人的话，我们俩凑上前去。

年轻人缓缓地睁开了眼睛，面无血色：“不知道，我不知道……”

“里面还有多少人？”

“八……个……”

“你们为什么会进入到石壁里去？你慢慢说！”

进入到石壁？这立马就让我想到了刚才我同事陷入砖墙里的事！

“刚才我跟工友……喝完了酒往厂里走……结果下雨了……我们看到山边有个洞……很大的洞……工友说可能是……”说到这里，他喘了几口气，稍作停缓他才继续说，“可能以前有个大门……里面是仓库……我们进去避雨……我就探头出来看雨小点没……刚探出头我就发现自己在……”

话还没说完，他便大口吐出血来。

见状，徐晓龙没有继续问下去。救护人员马上过来抢救，说他因为肺腔受到巨大压力，恐怕抢救不过来了。

“刚才问过住在附近的居民，这里从来就没有什么山洞！”徐晓龙的同事告诉我们。

徐晓龙二话没说就往远处走，我也跟在他后面。走出二三十步，我们俩停下来抬头望着断壁，出现在我眼前的是一幅不起眼的粉笔画——巨大的拱门形状在断壁上被勾勒了出来。雨水中，我感到寒意阵阵。

事后在那断壁中开凿出了九具尸体，其中包括那个跟我们对话的年轻人。当然这些都是后话，因为我和徐晓龙百思不得其解地望着粉笔画的痕迹时，另外一个电话把徐晓龙叫走了。

“你们家楼下的案子有眉目了！”

徐晓龙开车，我在副驾驶上。

“有什么眉目了？”

“监控器。”

监控器？我住的那个地方还有这东西？老旧的街道上连红绿灯都没有，怎么可能会有什么监控器？

我把疑问问了出来，徐晓龙这才解释道：“刚才我接到电话了，又发生了一起案子，跟你家楼下的案子如出一辙。”

现场距离商业区不远，由于是深夜所以不见行人。停下车，来到现场附近，地上是尸体残块和血迹。我又看到了熟悉的粉笔画，只不过因为那阵雨的冲刷，地上铁轨的痕迹已经不是那么清晰了。

“跟我来。”

我被徐晓龙带到现场附近的一个小区，小区保安把我们迎进了保安室里。那里已经有一位警察在等我们了。

“龙哥，小区大门的监控器已经把案发过程拍下来了。”

“清楚吗？”

“清楚得很，外国进口的监控设备，我们物业非常重视业主安全。”

保安好像在念着广告词一样抢着回答。

从画面的时间上看，当时还没下雨，马路上已经勾勒出了铁轨的粉笔画了。一位行人路过，是个穿着时髦的年轻女人，她在路边左右张望了一下，然后准备过马路了。就在她的脚刚刚踏上铁轨的一瞬间，一列飞驰的绿皮火车竟然把她撞散了。

“能倒回去慢放吗？”

徐晓龙出奇淡定。他的同事马上照做。火车竟然匪夷所思地出现在了马路上，并以地上的粉笔画作为铁轨。火车是那种很老旧的绿皮车，看不清车次牌。虽然难以相信，但是监控画面是不可能骗人的。

画面再次倒回慢放，这一次我注意到的是火车的车窗。徐晓龙也察觉出了异常，他让同事把画面停了下来。画面中绿皮火车车窗里发出淡淡的光来。幽光之下，车窗里只是有一个个的人影，有的看起来是长发的女人，有的则像是个坐在座位上的小孩。但是他们看起来怎么都干巴巴的？

“你们当时都在保安室？”徐晓龙问其中一个保安。

“对！”那保安很憨厚的样子，“我就在这儿一直盯着呢，我看见那个女人过马路来着，但是突然就被火车撞了。”

“那么你没有听到火车开过的声音吗？这里距离小区大门口的马路并不远。”徐晓龙继续问。

“没有，一点声音都没有。”保安如实回答。

“你把画面继续向回倒，我倒是想看看到底是谁在马路上搞鬼！”

徐晓龙的同事继续回倒，画面突然变成了白色。继续回倒，然后开始播放了。当时的马路上空无一人，粉笔画也还没有出现。不到半分钟，画面开始出现了雾气，浓雾渐渐地把整个画面都遮盖住了，然后又很快散去，那铁轨便赫然出现在了马路上。

我想到了徐晓龙和夏东阳把我送回家之后的晚上，是不是也出现了像监控器画面里同样的情景？

“妈的！”徐晓龙怒吼道，“雾里到底是谁在搞鬼？”

后来的日子让人匪夷所思，大家不明白为什么会被告知不要到任何陌生的地方、夜里不要出门，看到粉笔画需要回避。我已经没有心思去思考刁雪宣的死因了。虽然说各个媒体用各种理由告知大家“禁止事项”，但是各种各样的意外还是不断发生，依旧有嘴巴粘在一起的尸体被发现，怪异的车祸依然在深夜的马路上发生着，还有在画着拱门形的粉笔画的墙壁中被发现的尸体。我知道这一切都绝对跟粉笔画有关，但是这些粉笔画又为何会出现呢？

从那开始，无论我身在何处总能闻到血腥味，还会担心在我不注意角落里会出现形状各异的粉笔画。我每天都在忧虑中度过，可我不知道自己害怕的到底是什么。那段时间人们议论纷纷，说之所以让大家远离粉笔画，是因为犯罪分子会把粉笔画画在门上作为作案的目标。但他们根本不知道粉笔画的背后隐藏着什么可怕的秘密。

* * *

万子明好像从另外一个世界回到了现实中，他以沉默来结束了他的第二段经历。万子明在讲述完这段经历的瞬间，他的眼睛转移到了陈东身上。陈东迎接了这个饱含着深刻含义的眼神，他在灾难爆发之前见过喜欢自己的女孩曾经如此看着自己，那是在遭到他无情拒绝之后的幽怨目光。

陈东领会地笑了笑，他明白万子明是有话要对自己讲，一定还是跟出现在二楼的脚印有关。

“一会儿是接吻嘴巴长在一起了，一会儿又是被砌进墙壁里了，还有什么火车？真是莫名其妙！”齐涵对万子明的经历感到焦躁不安。虽然万子明毫不在意，但是慕容雪对齐涵的态度很不满：“说实在的，我真的不知道你是怎么活到现在的，你这样无缘无故发脾气很惹人讨厌。”

“我的大小姐，我只是说了实话而已，难道我们还要在这里浪费时间吗？”齐涵的语调尖锐无比，“两段经历完全没有联系，难道分析下去不是浪费时间？”

“齐涵，你太霸道了吧，你先是处处针对我，现在你又向其他的人宣泄情绪，你这种人也配活到现在？”

慕容雪开始转变态度挖苦齐涵。齐涵的脸色变得非常难看，似乎马上就要发作。

“够了！”朱晓颖好像在忍受着巨大的痛苦一般，话从牙缝里挤了出来，“你们俩不要再吵了行吗？”

朱晓颖擦了擦额头上的汗水，放缓语气对齐涵说：“小涵，你的心情我们都能理解，可是事情要慢慢来，不能操之过急，事情要慢慢分析。”

说完，朱晓颖又转向了慕容雪：“小雪，你也一样，不要总是吵架，讲道理也不是你这种方法。”

“小涵，别太着急，我知道大家现在都很迷茫，都觉得讲出了该讲的第二段经历，却又希望别人能够有突破。”李建华似乎戳中了齐涵的要害，齐涵不再吱声。

“那么，今天只剩下我了是吗？”陈东用目光扫过所有人，“我会在临睡之前把我的经历告诉大家。”

突然一阵雷鸣，雨点随着雷鸣猛烈地击打着房子。

“雨又大了。”慕容雪望向窗户小声嘀咕着。

“我们试着分析一下万子明的经历吧。”陈东说完这话便跟万子明对视了一眼。

“我觉得关键就在‘迷雾’上，”莫冲早有准备，“虽然表面上看是‘粉笔画’造成的，但是那监控器下看到的那团‘迷雾’到底是什么？”

“或者说，”朱晓颖脸色依然难看，“那‘迷雾’下面到底是谁？谁拿着粉笔画了铁轨？”

“等一下，我觉得咱们忽略了一个问题，既然事情是一件一件发展下来的，那么今天这段经历与昨天的又有什么关联呢？”

陈东注意到当李建华提出异议的时候，万子明的嘴角微微地向上扬了一点。

“我想不出来，别说这事情背后的原因了，我们就连子明今天说的经历和昨天的经历都不能联系上。”齐涵的言语里还带着抵触情绪。

“太心急了，发觉细节可不能心急。”李建华轻声劝道，“更何况我们是在寻找跟灾难爆发有关的细节，怎么可以心急呢？”

“现在大家还对万子明的事情有什么看法吗？”陈东问。

先是三个女孩分别摇了摇头，其他人虽都默认不语，可依然在回想着万子明经历中的蛛丝马迹。

“好吧，”陈东说，“雨又大了，我要到仓库去检查一下发电机。对了，还有一件事情要告诉大家，今天晚上不能用电了，将就一下用蜡烛好了。”

所有人都点头表示理解。

“那么李建华就好好休息吧，万子明还是你去楼上盯着周围。”

陈东的话音未落，就听到两个人同时说：“不！”

大家的目光都投向了李建华和万子明，气氛有点尴尬。

讲述经历后一直沉默的万子明先开口了：“既然建华身体不适合出去，你自己出去也实在不安全，莫冲可以到二楼去查看房子周围的情况，我陪你去仓库。”

“还在担心二楼的脚步声？”陈东对万子明说，“你之前跟我到二楼看过了，那是雷声。”

陈东又把最后几个字说得很慢，三个女孩听闻之后用好奇的目光盯着万子明。同时，陈东又把头转向了李建华，无声地询问他有何意见。

“我轻车熟路，我陪你到仓库去吧。”李建华说。

“不，你身体状况不允许。”陈东很干脆地拒绝了。

“经历过比这严峻的情况我都没死，这点伤算不得什么，而且总是坐在椅子上对我的伤势没有好处。”

“可是，被雨水淋湿伤口的话……”

没等朱晓颖把话说完，李建华便坚决地站起身，就在起身的一瞬间，他因伤口的疼痛而皱了一下眉头。

“好吧，万子明去二楼，莫冲守着一楼。其他女孩至于谁去收拾房间，谁去做饭，你们自己安排吧。”临了，陈东又嘱咐了一句，“不准大声说话，谨记。”

慕容雪又抱紧了双臂，仿佛气温突然冷了下来。

“别忘了把蜡烛拿下来，”陈东提醒万子明说，“你知道放在哪里。”

万子明极不情愿地点点头。

猜猜我是谁

外面的雨比想象还要大，夜晚在粗密的雨水下显得更加漆黑和神秘。如果不是偶尔有雷电闪过，农场几乎完全沉浸在墨黑色的雨水之中，远处只有混沌和阴暗。

“你现在想回去还来得及。”陈东端着枪对身后的李建华说，他的眼睛一直盯着大雨滂沱的门外。

“没事，走吧。”

两人冲进雨中，直奔仓库的方向。进入雨水的瞬间，陈东感觉到自己的身体完全湿透了。两人踏着雨水用最快的速度赶到了仓库，陈东并没有因为暴雨而鲁莽开门进去，他依旧小心翼翼地打开仓库门。

仓库里，陈东依然没有放松警惕。检查过仓库后，陈东才又回到门口。暴雨中的仓库显得格外闷热，让人在湿透的衣服下面又烘出了更多的汗水。

“说吧，”陈东的脸冲着仓库门，不知道是不是为了方便从门板的缝隙中盯着外面，“我把这个机会留给你了，难道你不想赶快说点什么吗？”

李建华的背硬挺着，雨水让他背后的伤口有些刺痛。

“你也真是拼命，身上伤成这样还跟我出来。”陈东低声说，“我想知道你的动力到底是什么？”

“大家都混乱了。”李建华答非所问。

“说来听听。”

陈东的回答让李建华觉得自己很被动。“说来听听”只有四个字，但是这四个字好像一双无法拒绝的推手，却又让他觉得陈东并不重视自己。

“昨天大家还满怀信心，可是到了今天大家都进入了混乱的状态，只不过轻重程度不同罢了。”李建华解释说，“自从早上我的后背出现了伤痕开始，几乎所有人都表现出了不同的混乱状态，而且愈演愈烈。表面上看是在担心自己的身上发生同样诡异的事件，比如说齐涵……”

“她怎么了？”

陈东简练的询问在李建华听起来更像是敷衍，不过他只能继续硬着头皮说下去。

“齐涵很矛盾，她不停地怀疑别人在说谎，也不过是希望用指责别人的方式来把某个‘看不到的东西’的注意力转移到别人的身上。”

“你的意思是，有看不到的东西伤了你的背？”

“不，也许刺伤我的人在我们当中，只是我想不通这人是如何做到的，意欲何为？”李建华的声音微微颤抖，“不过尽管齐涵反应激烈，也不能排除她的嫌疑。”

“除了齐涵，还有慕容雪和朱晓颖，你都有所怀疑。”陈东的语气听上去像是在挖苦和嘲笑。

“我不是无缘无故的怀疑，在卫生间里找到钉子的时候你不也看到了吗？”

“好吧，我问问你，到底什么让你这么坚决地要知道你所谓的真相？”陈东完全是一副惊奇又嘲讽的态度，“别告诉我你们想要拯救世界？别逗了，既然能活下来就已经很幸运了，安稳地生活在这里也没有什么不好。”

“你真的以为我们可以安全地生活在这里吗？”李建华叹了一口气，“你看到了我后背上的伤，你也知道了朱晓颖吐出了钉子，这些怪事还不足以说明问题吗？”

陈东沉默不语。

“而且我希望你能告诉我你之前跟万子明在二楼查看时，到底发现了什么？”李建华顺势将他心里的疑惑都问了出来。

“这话怎么讲？”

“我能从万子明看你的眼神里瞧出些不同寻常，所以我确定你们俩在二楼看到了某些东西，我想你告诉我‘脚步声’到底是怎么回事。”

“那是雷声。”

“如果真的是雷声，万子明的反常表现就说不通了。”李建华并不满意陈东的回答，“他急于跟你一起到仓库来，一定也有原因吧？”

“跟我出来的人是你，我哪里有机会知道他出于什么原因呢？”陈东哼着气，言语中带着几分笑意。

电闪雷鸣中，李建华转而神秘兮兮地说：“也许另外一件事情，你可能会感兴趣的。”

“说说看吧。”陈东语气依旧平淡。

“关于我背上的伤痕！”李建华坦言，“虽说在卫生间里你并没有提起我背后的伤痕，不过我不相信你对我背后伤痕的事情毫无兴趣。”

“那就试着说说看吧。”

李建华虽然看不清陈东的目光落在何处，可陈东对自己依然有一种震撼力，他甚至怀疑自己的一举一动在黑暗中被其尽收眼底。

“昨天夜里，我睡得很熟。朦胧中，我感到头下面有东西在动，那感觉就好像我脑袋下面并不是枕头，而是一大团活物。这活物就在我头下不停地蠕动着，然后我醒了过来。”李建华短暂的停歇之后继续说，“我把枕头翻了个身，然后用力揉了揉，不过是个枕头，实在没有什么异常的地方。我以为是做了噩梦，便又躺下身。就在我快要睡着的时候，我感觉脸很冷，就像是一双冰凉的手在摸我的脸。突然那双手捂住了我的眼睛，同时有声音在我耳边低语：'猜猜我是谁'？"

"后来呢。"

"我一下子挣脱了那双手，坐起身来盯着枕头，然后我又左右瞧了瞧，其他人都睡着了。一开始我以为是某个女孩趁我睡着了之后对我恶作剧，但是她们三个都睡得很熟，回想起那说话的声音的确难以分辨。"

李建华紧皱眉头，呼吸急促。

"难以分辨？"

"分辨不出身份，甚至分辨不出男女。"李建华语气生硬，他继续说道，"之后我放大胆子躺下来，如果那双手再次出现我就会一把抓住！刚躺下的时候我很紧张，但是我渐渐地还是被睡意击垮了……"

"接着你就睡到了天亮，醒来之后发现后背上有伤痕，我说得没错吧。"陈东语气轻松，仿佛并未把李建华的话当回事。

"没错，我怀疑在我耳边说话的人，就是刺伤我的人。"李建华不安道，"既然刺伤我的人就在我们当中，那么这个人是谁？"

"不过我也要说一件你会感兴趣的事情，要不要听听？"

黑暗与雷鸣中，陈东的轮廓在李建华的眼中从未如此神秘莫测。

"你真的以为当时所有人都睡着了吗？"陈东缓缓道来，"还有一个人并没有睡着，那就是我。碰巧当时我睡得不熟，我看到你突然坐了起来，然后又躺下了。紧接你突然再次坐了起来，然后回身抓了抓枕头接着又躺下了。"

"这么说你都看到了！？"

李建华没有想到自己的经历有了见证者。

"我当然看到了，你反复起身再躺下，我慢慢靠近你，可是你却对我视而不见。你对每个女孩都看了一眼，唯独对我视而不见……"

"怎么会这样？"李建华喃喃自语。

"你大概有梦游症吧，只是你不知道而已。"陈东给出一个解释，"不必为此担心，我看你是长期得不到休息，外加上过度的惊吓才造成的。"

李建华依旧小声嘀咕，好像并不相信自己真的有梦游症。

"不过请允许我也提出怀疑，自从灾难爆发到现在，你始终保持着领导者的风范。不过昨晚的梦游出卖了你，其实你心里是隐藏着巨大恐惧的。”陈东不慌不忙，“我想知道你到底经历了什么事情，让你如此怀疑其他人。”

“不过，大哥！我也有个问题，会不会梦游的那个人其实是你，也许是你听我说了昨晚的遭遇后才将你的梦游联系起来？”

李建华本想引起陈东的反驳，可是事情依然不在他的掌控中。“我们该回去了，如果你背后的伤口感染了，可就太对不住朱晓颖了，她帮你包扎了很久。”

李建华再次陷入了被动中，陈东根本就没有要跟他争辩的意思。闷热的仓库里，李建华再次变成了一叶在平静海面上的扁舟，失去了方向。

陈东打开了仓库门快步走了出去，李建华皱了一下眉头，他跟在陈东的身后进入雨中。雨水的冲刷让李建华瑟瑟发抖，他感觉到背上的伤口有些麻木了。

陈东端着枪，踏着积在地上的雨水，警惕地打量着周围。李建华每次看到陈东的谨慎的身影都不会觉得乏味和多此一举，恰恰相反，他认为陈东在这种相对安全的环境下依旧如此小心必定是有原因的。

都是幸存下来的人，谁信谁啊？

李建华看着陈东的背影，这念头一闪而过。

陈东在雷鸣间隙中敲响了房门，门被打开后他先让李建华进了屋，然后他才倒退着回到房子里锁好门。

房子里依旧死气沉沉，若是没有这场灭世灾难，他们是在这农场的房子中逃避都市的浮华，在城市之外享受着恬静、愉悦的放松，又将是另外一番景象。不过灾难之后，他们选择了寻找真相，于是过去的经历成为了每个人手中的筹码，如何用最少的代价赢得他人手中的筹码才是关键所在。

万子明很快就冷着脸拿着几根蜡烛从楼上走了下来，陈东问：“楼上怎么样？外面没有什么异常吧。”

“没。”万子明只答了一个字。

蜡烛被点燃了，陈东把蜡烛倾斜着，让几滴蜡汁滴落在桌子上，然后把蜡烛立在蜡汁上。

朱晓颖为李建华和陈东递来了毛巾和干净的衣服，并关切地对李建华说：“我替你看看背后的伤口吧，被雨水淋过，小心感染。”

厨房里偶尔发出轻微的声响，慕容雪独自在厨房里准备饭菜。朱晓颖重新替李建华包扎好伤口后便走进厨房帮忙了。雷雨声时有时无，大家虽处于同一屋檐下，但都相顾无言。

齐涵规律地喘息着，眼神发愣，不知在沉思着什么。莫冲好像犯了烟瘾，他先是把嘴巴挤成一个小小的缝隙，用力的吸一口气，然后把那股气完全吸进了肺里，接着再吐出来。

晚饭后，朱晓颖和慕容雪把碗碟收拾回厨房。烛光下的客厅越发的沉闷，莫冲打了个瞌睡：“大哥，不如来说说你的经历吧？”

“建华背上有伤，咱们早点休息也好。”齐涵低声应和。

陈东并无异议：“既然这样，我去检查一下整个房子，你们先收拾一下被褥吧。”

陈东先是到了门口，确定房门锁好之后。他直奔二楼，在检查过所有房间之后，他顺着楼梯回到了楼下。

夜巡

“我已经把整个房子检查了一遍，大家安心休息吧。”

陈东的语调郑重，让人听上去多了几分安心。

话音刚落，原本低着头坐在被子上的万子明瞬间抬头盯了陈东一眼。立于七个人中央地板上的蜡烛，让万子明的脸显得格外阴森。

陈东坐到了被子上，其他六个人的注意力都聚集到了他的身上。

“好了，下面我就讲讲我后来的遭遇。”

陈东开始了他的第二段经历。

* * *

在图书馆遭遇怪事的当天晚上，我便排除了见鬼的可能，经过我的调查这里并不具备见鬼的条件。而每天工作的图书馆，在那晚之后变得神秘起来。

第二天，闭馆时间到了，最后一位阅览者离开之后，其他管理员做完整理工作便离开了。下班之后，我出去吃过晚饭后便匆匆赶回图书馆。虽然天气炎热，但是在我打开图书馆大门的一瞬间却能感觉到一股子阴冷气吹得人浑身不自在。

回到睡觉房间里，我躺在床上心情复杂。既期盼着嘈杂的声音再出现，却又不希望再发生怪事。我完全没有心思翻书了，就连电视机也没有打开。我担心外面已经传来嘈杂声、楼内发生怪事的时候，自己却浑然不知。于是我从床上起身，干脆开门确认一番。黑漆漆的走廊里静悄悄的，我对着门外轻轻喘息，甚至听到了细微的回声。正当我刚关上门转过身时却听到了一阵急促的敲门声。

我不知道各位有没有过这样的体会，夜深人静独自待在家中，关好了防盗门，又检查好所有的门窗后。回到卧室休息了，可刚刚关上卧室门的时候，突然卧室门竟被敲响了……

我呆立在房门前，紧接着又是一阵急促的敲门声。不过我没有马上开门。我要等门再次被敲响的时候突然打开门，我必须知道敲门的到底是谁。当时，我已经做好了准备，不管是谁在敲门，我会先甩出一拳将其放倒再说。

当门再度被敲响，我迅速拉开了门。可是门外空空如也，走廊里的黑暗和肃静仿佛可以吞掉一切。我见门外没有人，便缓缓地关上门，生怕错过发现敲门的人的时机。到底是谁在敲门？为什么我打开门之后却没有发现任何人？当我转身时注意到了挂在墙上的镜子，心里有了答案。

门果然又被急促地敲响了，我快速打开门直接低下头，终于找到是谁在敲门了。因为在照镜子的一瞬间，我想到了自己的身高，接近一米九的个子一定会让我的视野受到限制，我会忽视地面、尤其是脚边的东西。

此时，地上站着一只木偶，像个瘦小男孩的木偶。我记得我在一部纪录片里见到过这种木偶，可以将手伸进木偶中进行操作，而操纵这种木偶的艺人大多会腹语。

刚才敲门的就是这玩意儿？它木头的脑袋上刻出了头发的形状，上面涂着黑亮的油漆。木偶穿着一件量身定做的西装，站在门口一动也不动。

有人恶作剧的可能性完全可以排除了，我早就把图书馆所有可以出入的通道都关闭了，我更不相信有谁能在我拉开门的瞬间便在这幽长的走廊里逃走不见。

木偶突然挪动身子准备逃走，我毫不犹豫伸出手来想抓住这家伙。可是那木偶竟然灵活地躲开了，我左右摇晃着身体在走廊里奔驰，它原本只可以上下活动的嘴巴竟然发出了“哈哈哈”的笑声。这笑声听起来顽皮而得意，就好像顽皮的小孩恶作剧成功了一样，不过它的笑声更像是在犀利地尖叫着。

我马上追了上去，可是木偶那么小，走廊这样黑，我根本就盯不准那矮瘦的家伙。当我追到楼梯的时候，就彻底寻不到它了，只能听任它嘲讽的笑声渐渐远去，直到消失不见。

在部队里的岁月让我知道有勇无谋的下场，我回到了房间里锁好门，决定想一个对策来应付眼前发生的状况。

当晚我并没有失眠，相反睡得很好。早上按时起床洗漱然后打开图书馆的大门，就好像什么也没发生过一样。不这样做还能如何？难道我要找个人诉苦？说我看到图书馆里有一群人？图书馆变了刑场？有木偶半夜敲门？别逗了，谁会信？

我也想了很多应对的办法，比如说，找几个捕鼠器之类的东西来抓住木偶。不过这种想法被我彻底打消了。拜托，拜托了，虽然我只见过那木偶一次，但是那木偶虽然矮小但跟活人差不多，我不相信一个小小的捕鼠器就能抓住它。

下班，吃饭，锁好图书馆大门，回到房间之后就是等待了。不过这天晚上我并没有把电闸关掉，我需要随时打开图书馆任何一个房间的灯。不知道是我的胆子够大还是实在没心没肺，我躺在床上渐渐地进入了梦乡。不知睡了多久，我听到了流水的声音，顿时清醒过来。

不会是楼上的管道漏水了吧？我立马从床上坐起身，要知道如果图书被淹受损的话可是很严重的事情。我光着膀子连鞋也顾不得穿就跳下床，就在我跳下床的瞬间，我发现自己竟然踩在水里。

我打开房间门，蹚在水中寻找水流的来源。我并没有打开走廊灯，担心漏水会影响到电路，保不准还会把我给电死。关掉电闸之后，我站在积满水的走廊里，门窗紧闭的图书馆风却很大。我再次闭上了眼睛，感觉自己就像站在海边一样，海风正一阵阵吹在我的身上，海浪的声音细微入耳。

等等！我的身体僵直了，透过细微的海浪声我还听到了一个女人的说话声，很像是快速的窃窃私语声。那语速实在太快，我根本听不清这女人在说些什么，更不敢断定她说的就是我所知晓的语言。

我睁开了眼睛沿着走廊继续前进，来到楼梯前发现有水不停地从楼上顺着楼梯流淌下来。我迈上了楼梯一步一步地向楼上走去，跟随着一阵阵海浪声，我来到了三楼的厅堂。

我蹚着水进了进去，发现自己竟然站在了沙子中，我踩着沙子继续向里走。风吹得我眼睛都要睁不开了，那女人窃窃私语的声音仿佛就在附近不远处。原本圆环形的厅堂已经失去了边界，一个个高挺的书架消失不见。我站在沙滩上，望着远处波涛汹涌的大海，头顶是漫天的乌云。

这是怎么回事？我怎么来到了海边？我转过身，厅堂的大门就在我身后不远处。我看看门，再看看已经发生变化的厅堂，那扇门似乎在给我一个选择的机会——只要我离开这里，就可以当作眼前的一切都没有发生过。

但我没有离去，而是一步一步地走向了本不该存在的海边，海风越来越大了，女人窃窃私语声也不停地在我的耳边回响。我眼看着厅堂上空的乌云越来越密，紧接着便是电闪雷鸣，雨点打了下来。

我顶着雨水在沙滩上行走，想找到那窃窃私语的女人。我沿着沙滩走了没多远，不远处赫然出现了一尊塑像。虽然我不懂艺术品，但这塑像是如此精致完美——一个抱着孩子的半裸女人，惊恐地转过身，好像看到了什么很可怕的东西。此时她的眼睛正盯着我，以至于我怀疑身后会不会就是让这女人惊恐的东西。我快速回身，可身后只有昏暗无边的大海。

真的很难想象是哪一位艺术家雕刻出了这尊雕像，我看过画册上米开朗琪罗的作品，凭借我一个门外汉的眼光来看，若是米开朗琪罗看到如此精美的艺术品也会自惭形秽的。

那阵窃窃私语声不断提醒着我此行的目的，我好不容易把眼神从那件稀世珍宝上挪了下来，并在厅堂的门口看到了那女人的身影。在闪电的映照下，我依然无法看仔细那女人的模样，只知道披散着头发的她发觉我盯着她时便转身逃出了厅堂大门。

“等等！”

我在风雨和海浪中拼命向厅堂门外追去，在厅堂门前忍不住回过头希望再欣赏一眼那尊塑像，可是眼前的一切都不一样了，应该说是恢复了原样——厅堂里漆黑的一片，一排排书架映入了我的眼帘。地上的水也消失不见了，更别说沙滩、大海和乌云雷鸣了，一切的一切都像从来也没有出现过一样。

我站在原地盯着自己的脚，随意向前走了几步，看到了自己湿淋淋的脚印。我摸了摸我光着的上身，还很潮湿，就连短裤也是湿透的。

不是幻觉！我身上的水就是证明。可我还是解释不了刚才发生的事情。可我竟然鬼使神差地不断回想着那座精美绝伦的雕塑，那怀抱孩子的女人每一个神态、她的动作、她的眼神……没错，我被她的眼神感染了。那种恐惧，完全是一个活着的人才会拥有的，那种恐惧是发自内心的。难道那雕刻雕像的艺术家将惊恐也融入了雕像之中？

我全然不记得自己是如何湿着身子就躺到床上的，我睁着眼睛躺在床上整整一夜，直到黎明也毫无睡意，满脑子都是各种各样的猜测。困惑，就像我前一天夜里看到的海浪一样，一下又一下地冲击着我，让我心神不宁——鬼？不对，不对，怎么可能呢？早就查过了，图书馆不具备出现鬼的条件。可又该如何解释前一天晚上的景象呢？

白天的工作并没有让我感到疲惫，我的大脑始终保持着高度紧张的状态。我站在昨晚看到大海的厅堂，看着悄声读书的人，寻找着雕像出现的位置。那个白天，我觉得自己已经站在疯癫的悬崖边了，稍不留神就会跌入万丈深渊。

又是夜晚，一切如常。胃口不好的我并没有急着回到图书馆，我站在图书馆的大门外看着整座楼。瞅着这一扇扇漆黑的窗户，我心里有点发毛。总觉得若是走进去了，就不可能再活着走出来了。

我一边骂自己是个软蛋，一边愤然地看着大门。这时，我在玻璃门里看到了一个女人的身影，女人站在门的里面，一直盯着我看。某个瞬间，我真的希望那个女人冲着我大喊，告诉我说是她忘记了闭馆时间，被锁在图书馆里。

希望总归是希望，起不到任何现实作用。女人站在门口缓慢地把手举起来然后贴在了玻璃上，我甚至能看到她的手掌和修长的指甲。远处的路灯只能让我清楚女人的轮廓，她穿着暴露，暗色的衣服缠绕在她的身上。她慢慢地把手从玻璃上收回并转过身，缓缓地走了两步之后又转过身看了我一眼。那眼神实在太锐利了，仿佛有无数双眼睛正直勾勾地盯着我。随后，那女人再次转身缓缓走向图书馆深处。

我被激怒了，这是挑衅！我的血液全都蹿进脑子里了，立刻冲上前掏出钥匙打开了玻璃门。

“你给我出来！”我一边在黑暗中摸索着开关，一边大声喊道，“别以为你是个女人我就会手软，现在你主动站出来还他妈来得及！”

我的耳边又响起了窃窃私语声，刚才看见的一定就是昨晚我见到的女人。这声音一直在我的耳边回响，我已经分不清声音来源的方向了。一会儿觉得这声音是从左耳的方向传来的，一会儿我又觉得她在我右耳边窃窃私语。

我停住脚步，闭上了眼睛，任由那窃窃私语声在我耳边回荡。当我睁开眼睛的时候，已经可以适应黑暗了。我扶着墙来到了开关的旁边，将手伸向开关。

一只手！在开关上有一只手，僵硬而冰凉。顺藤摸瓜就一定能搞清楚这个女人是谁，我轻轻地摸着女人的手，就好像在抚摸冰块。我顺着手指摸到指甲，一直到指甲的边缘。

可这只手在我准备牢牢抓住的时候瞬间抽身离去，于是我马上打开了开关，灯亮了。可是我身边根本就没有人，我也没有听到离开的脚步声！

窃窃私语声让我视线模糊，我浑身上下都冒着汗水，我被这声音围困在一楼大厅里。虽然灯光明亮但是我却失去了方向感，我双眼充着血，这可怕的私语声快把我逼疯了。我捂住了耳朵，想暂时逃避影响。不过我发现即使我捂得再紧，那声音就好像能穿透我的皮肉骨头直接敲打着我的耳膜。

我的眼睛不断搜索着那个窃窃私语的女人！墙角？没有！通向一楼各个房间的走廊？也没有！最终我在楼梯上看到了她，她站在通往二楼的楼梯上，一楼的灯光只能让我看到她下一半身体，并看不到她的脸，甚至连下巴都看不见。

我向上追，她就逃，我慌张，她淡然。这根本就是戏耍，她在捉弄我。她逃进了二楼的厅堂，我快速打开了走廊里的灯，却只是看到了她的背影。

就在我刚刚踏入厅堂的瞬间，一直在我耳边回荡的窃窃私语消失了。月光通过窗户照进了厅堂，一排排书架立在厅堂当中，虽然没有发生变化，但是昨晚的情景依然历历在目。

我轻声走向厅堂中央，一个女人，不过不是我刚才看到的女人，她穿着红色的旗袍。月光下我能看到这个女人的发髻有些乱，蓬乱的头发稍稍下垂。当我慢慢靠近时才发现，女人的舌头微微外露。她已经死了，是被吊死的。

穿红旗袍的女人被吊死在了厅堂的中央，一根绳子捆住了她的脖子。我并没有感到丝毫的风吹，可尸体好像被风吹动一般不断摇摆着。随着女人的摇摆，我还听到了干枯的摩擦声，就好像是快断裂的朽木在风中摇曳着。

吱嘎吱嘎的声音让我心惊不已，我慌忙去打开了厅堂里的灯，当整个厅堂亮起来，那被吊死的女人消失不见了。厅堂中央什么也没有，所有的窗户也都紧闭着。我感觉到一阵闷热，汗水直流。到底是怎么一回事？我不可能看错，刚才那个女人还吊在厅堂中央，现在又到哪里去了？

我站在厅堂中央，仔细地听着周围的任何声音，一点动静也没有。是不是今晚发生的怪事全都结束了？我回想着这几天夜里发生的怪事，最先看到的是一大群奇怪的古装人，接着就是一个木偶敲了我的门。然后呢，我听到了流水声，三楼厅堂变成了海边，绝美的雕塑也出现在海滩……今晚，那个女人再次出现，可我没能在这厅堂里发现她，却看到了一个穿红色旗袍的女人吊在厅堂中央。

我试着把我遇到的事情联系起来，但是我找不到任何的交集。那么到底什么是怪事发生的关键所在呢？是那个女人吗？她出现的频率最高。木偶？可是木偶只是出现了那么一次，那么个小东西也会是事情的关键？等等，那也不一定吧，也许就是这个相对来说最不起眼的东西会是关键也说不定呢。如果这么说，那么刚才看到的红旗袍女人呢……我不愿意再想下去了，我感到头痛欲裂。

那个夜晚，我没有回到房间里睡觉，我在图书馆的大门外站了整整一夜，曾经熟悉的图书馆在我的眼里变得万分诡异。那晚，我没有再踏入图书馆，我把那扇玻璃大门锁得严严实实，不愿多看上一眼。

我披着厚衣服站在门外，只是为了做到对这份工作的承诺。我不管图书馆里面是有几个女人，几个木偶，又或是里面已经泛滥成河，都跟我没有任何关系。我只要熬过这几天等到林岗回来就万事大吉了。反正不管晚上图书馆里发生什么怪事，等到白天都会恢复原样。

连续三天下来，我疲惫不堪，白天偷闲睡觉，晚上站岗，这让我想起了在部队当兵的岁月。值得欣慰的是林岗提前回来了，他给我带了些特产，对我这些天夜里替他值班很是感谢。

我也在犹豫是不是该告诉林岗这些天夜里发生的怪事。最后我还是决定什么也不说，如果林岗发现了异常，也会告诉我吧。也可能在我站在门外的几天夜里，图书馆里也都恢复了正常呢？

* * *

“这就是我的第二段经历。”

蜡烛早已熄灭，房间里一片黑暗。陈东虽然已经讲述完了他的这段经历，但那些出现在夜晚图书馆的诡异画面依旧停留在众人的眼前。

“现在大家想想有这段经历有没有值得注意的地方吧？”齐涵有意压低了声音，可掩饰不住她毫无倦意的好奇心。

“我觉得脑子有点乱了，”李建华叹了口气，“大哥，你这段经历的确让人琢磨不透。”

听了这句话，陈东嘴角向上翻了翻，没有解释和回答。慕容雪这会儿正陷入沉思，齐涵下意识地向身边的朱晓颖靠了靠，似乎还对经历中的怪事心有忌惮。莫冲的嘴角动了动，像是在无声地自言自语。至于一直也没作声的万子明，又拿出了一副与眼前所有事情都无关的态度来。

“一群看起来像是百年前的人，刑场？一座美轮美奂的雕塑，海边？还有敲门的木偶，神秘的长发女人，最后是那个吊在厅堂中央的红旗袍的女人……”慕容雪把疑问念叨了一遍。

谁在说话？

“我想不明白它们之间有什么关联。”朱晓颖微微摇头。

“大哥，你是不是什么都知道？至少你遇到的事情你是知道答案的，是不是啊？”慕容雪异常惊恐，似乎只有得到陈东的确切回答才能安下心来。

“也许明天会有进展吧，你嘴里说的‘答案’我还是不太明白，这些事情当然是我经历过的。我有一个答案，但是我不确定这就是事情的真相。”陈东解释道，“我们讲述经历并非只是在其中寻找线索，就好比建华当警察的同学，无意中涉足了畅清院事件，恰好正是晓颖的经历。这也算是我们不曾注意的线索，若是不讲述经历，建华和晓颖之间的、哪怕是微乎其微的关联我们恐怕也不会知道。”

又是一阵沉默，房间里只能听到远处的雷鸣和暴雨击打房子的声音。

“蜡烛已经烧完了，夜也深了，大家还是早点休息吧。”

陈东先钻进了被子里闭上了眼睛，他的手在被子下面握着枪。其他人见状也纷纷躺下身，李建华的手背贴在紧皱的额头上，他的背刚刚因为接触到被褥而疼痛不已。

“大哥，我总觉得好像在哪里见过你。”慕容雪说完这话，紧张的呼吸声也随之出现了。

“见过我？在哪儿？”陈东的语气随意而懒散。

“你怎么总是问这么奇怪的问题？”

或许是已有睡意，齐涵没了讽刺的口气。

“小雪，大哥也问你了，你究竟在哪里见过他？”李建华追问。

莫冲也应和道：“对啊，在哪儿见过？”

“也许，在灾难发生之前吧？某条人来人往的街道上，我和大哥擦身而过，还不知道彼此还会有再次相见的机会……”慕容雪幻想般地徐徐道来，“而且，大哥，我还觉得你不像一个当过兵的人。”

“怎么说？”

虽然只有三个字，但是陈东的语气却异常轻松。只是其他人几乎都屏住了呼吸，既没有跟风询问，也没有质疑慕容雪的突然问话。前一秒，慕容雪还在叙述着少女般的迷梦，下一秒就问出了让人惊叹的问题。

“我的意思是说，军人很注重尊严，通常都不应该会揭自己的短，但是刚才大哥在讲述经历的时候，说起自己也害怕了，我觉得这就是揭自己的短……”慕容雪低声解释。

“我觉得也是……”齐涵毫无缘由地应和了一句。

“是谁！？”齐涵突然又跟了一句，语气完全不像一秒钟前那么轻松，她非常慌张。

“齐涵，你这是怎么了？”李建华关切道，可紧接着他变了态度，“你是谁？”

“你们俩这是干什么呢？”朱晓颖原本语气轻快，可是紧接着她惊慌起来，“这到底是怎么回事？刚才我没有……”

“你们嚷嚷什么呢？赶紧睡觉吧！”万子明这句话说地生硬响亮，可是紧接着他猛坐起身用不大的声音说，“我根本就没有说话……”

房子中顿时喧哗起来，声音不大但是却嘈杂，每个人都在毫无缘由地自说自话。

一根火柴被划着了，嘈杂的说话声随着火柴光亮瞬间消失了，客厅中只能听到外面的雷雨声。火柴亮着的几秒钟里，大家表情各异，可是这些表情都表达同一种情绪，那就是惊恐。除了陈东，他燃亮了火柴，紧皱眉头用目光扫过每一个人。火柴熄灭了，一切又归于黑暗当中，不过这一次大家并没有继续说话。

“刚才是怎么回事？”陈东打破了沉静。

李建华低声回答说：“刚才一开始我并没有说话，并没有询问齐涵发生了什么事情，但是我却听到了我自己的声音！”

“我刚才也没有说话。”陈东告诉众人，“我并没有询问慕容雪在哪里见过我！”

“真的吗？”慕容雪的声音微微颤抖，“那到底是谁在说话？”

万子明、莫冲和朱晓颖也表示起初自己并没有说话，当听到自己的声音时才慌忙分辨。

“如果不是我们在说话，那会是谁？”

原本沉默的万子明突然冒出一句，让人觉得说话的并不是真正的万子明。

“大哥，我总是觉得这房子里不太对劲，总是感觉这房子里还有其他人……”齐涵用惊恐的目光在黑暗中搜索着。

“你这话太含蓄了，”莫冲直接道，“刚才的事情实在太瘆人了，我可不觉得那是一个人就能做到，谁的口技可以厉害到模仿我们七个人的声音？”

莫冲的问话已经包含了所有人的疑惑，于是所有人都成为了提问者，谁也无法解答。七个人围坐在一起，三个女孩紧紧相拥，仿佛她们之间的任何缝隙都会穿插进一个她们看不见的人。

“大哥，你真的什么也不知道吗？你是不是有事情隐瞒我们？”

齐涵的喘息声中带着颤抖。

“我没有隐瞒你们任何事，我不知道为什么会发生刚才的状况。如果你们觉得这一切我都知情，我心里的苦又对谁说呢？你们来这里之前我住得好好的，可为何你们来了之后就发生了这么多的怪事呢？”陈东语气一转，“会不会是你们当中有人隐瞒了什么呢？”

再也没有人说话了，这漆黑的雨夜让人惶恐不安，似乎再多说一句话，就会有一个模仿他人的声音出现。难道真的像陈东说的那样，有人隐瞒了不可告人的秘密？

雷雨交加的夜晚，农场的房子中，簇拥在一起的七个人正焦急和惊恐地等待着黎明的到来。

第三日

表决

雨夜已过，阳光从木板之间的缝隙钻进闷热的房子里。三个女孩依旧紧紧靠在一起，朱晓颖坐在最中间半睁着眼睛，齐涵的头斜在了她的肩膀上。慕容雪闭着眼睛还在睡着，一只胳膊挽着朱晓颖，另一只手抓着坐在旁边的李建华。

万子明眼睛泛红，有些呆滞地盯着通过木板缝隙射入客厅的光柱。陈东依旧闭着眼睛，不知他是不是还睡着，神情安逸。莫冲窝在李建华的身旁，双腿蜷缩，眯着眼睛。

七个人好似用巨大树根雕成的木雕，团在一起难以分割。这种根雕般的姿势持续了很久，直到慕容雪慢慢醒来，缓缓地抬起手臂。

“好了，大家都起来吧。”

陈东最先挪动了身体，他依然枪不离手。李建华也应声起身，压在腿下的枪露了出来。

“建华，你背上的伤好点了没有？”朱晓颖询问李建华的伤势。

“应该没什么要紧了。”李建华轻轻活动了下背部。

“哎哟，我的腰都快散了。”慕容雪伸了伸腰。

齐涵用鼻子“哼”了一声：“昨晚苦了晓颖被裹在两个大活人中间，我也算是知道什么叫‘没心没肺睡得香’了。”

朱晓颖冲着齐涵摇摇头，示意她不要再针对慕容雪。

“我该去准备早饭了。”朱晓颖最先离开了众人的视线。

陈东端着枪去了二楼，莫冲和万子明萎靡不振地从地板被褥挪到了椅子上。慕容雪和齐涵低着头把被褥整理好，随后慕容雪有意避开齐涵来到窗户边盯着外面。

“天晴了，今天不会再下雨了！”

慕容雪像个因为阴雨天气困在家里的小女孩一样，终于见到了雨过天晴，可以到户外去玩耍了。

齐涵默默地瞥了慕容雪一眼，她怀揣心事，搞不懂为什么所有人都对昨晚发生的怪事只字不提。她先轻步走进厨房，告诉朱晓颖说有事情要找大家一起谈谈。朱晓颖走出厨房，面色发白略显憔悴。

陈东来到了楼下，也并未提起昨晚出现的怪异说话声："你们三个姑娘不先去洗漱一下吗？"

"先不急，我觉得咱们应该谈谈了。"

齐涵严肃的态度把其他人的注意力都吸引过来了。除了万子明，他好像还在另外一个世界里徘徊神游。

"有什么事就直说吧。"陈东示意齐涵继续说下去。

"你们对昨晚发生的事情不好奇吗？"齐涵开门见山，"起初大家谁也没有开口说话，可是我们陆陆续续地听到了自己的说话声。既然不是我们，那么跟我们说话声几乎完全一样的声音是从哪里来的？"齐涵有点情绪激动了，见无人应答，她便转向陈东说，"大哥，我也相信你说的话，过去这里没有发生过什么怪异的事情。可我觉得问题就出在我们讲述的经历上，我们刚刚来的那天，什么怪事也没有发生。可是为什么就在我们讲述经历的第一天之后，建华的后背就被抓伤了？昨晚又……我觉得我们应该停下继续讲述经历了！"

六双眼睛齐刷刷地盯着齐涵，齐涵则大有一锤定音的意思。

"我也这样想。"平日里处处与齐涵针锋相对的慕容雪此时竟然站在了她的一边。

"什么灾难不灾难的，反正已经这样了，为什么会造成现在的局面我们根本无法解释。我们只不过是运气好罢了，老天开了眼留给咱们一条命，我们干吗要跟自己的命过不去？冒这个险做什么？"慕容雪流露出了憧憬的神情来，"我们明明可以安心地生活在这里，粮食不够了我们可以种，如果担心这里不安全我们可以把农场里的东西搬去更加偏僻的地方生活！生存下去的方法有很多，为什么我们一定要探个究竟呢？"

莫冲听闻之后缓慢地点头，万子明和李建华则面无表情毫无反应。

"我想听听大家的看法，大家是不是也都赞同停止讲述经历，如果赞同的话我们就别再继续做这些荒唐的事情了！"齐涵焦急道。

"不过我倒是有个问题！"陈东插言道，"也许其他人可能碍于某些原因不好开口吧，毕竟，我是第一个来到这里的人，还是我来问吧。"

陈东瞅了一眼李建华，李建华的余光也扫到了陈东。

"李建华后背上有伤口，按照你的说法，这伤口是因为我们讲述的经历造成的。可是你有没有想过，停止讲述经历怪事真的会就此终结吗？事情会不会更加严重了呢？”陈东的声音越来越低沉了，“你甘愿冒险？如果发生了更加可怕并且难以收拾的状况，那该怎么办？谁能确定事情不会发生在自己的身上？”

陈东把目光投向其他人，但没有人敢直对他的目光，都在有意无意地回避着。

“大哥，话不能这么说，也该听听别人的看法吧？”齐涵转向朱晓颖，“晓颖，你说呢？”

齐涵本以为把终止讲述经历的希望寄托在朱晓颖身上要比其他人更加可靠，可没想到朱晓颖却陷入了犹豫。朱晓颖紧皱眉头，没有开口，她的两张嘴皮子好像黏在了一起了。她用力地握了握包裹着伤口的手。

“晓颖，你倒是说话啊！”齐涵催促着，慕容雪乞求的目光也投了过来。

“我觉得应该继续讲下去。”朱晓颖终于把话从嘴里吐出来了，她又紧握了一下受伤的手，眼睛看也不看齐涵和慕容雪。听了朱晓颖的话，齐涵泄了气。

慕容雪并不死心，她对其他人说：“咱们是七个人，既然大哥和晓颖想继续讲下去。我和齐涵反对继续下去，现在是二对二，那么你们其他人是什么意见？”

此时已经表态的人将注意力转移到了莫冲、万子明和李建华的身上。

“我反对继续讲下去。”

万子明倒是干脆，不过他没有言说理由。

三对二。

齐涵和慕容雪的眼神同时兴奋了起来，目前她们俩的意见占了优势。

“我觉得应该继续下去。”李建华的意见并不让人意外，他背后有伤，并怀疑伤害他的人就在其他人当中。而继续讲述经历，很有可能帮助他揪出这个人来。

三对三。

莫冲已然成为了是不是继续进行下去的关键，他被六对目光紧盯着，他笑了。

“我怎么一下被推到这个位置上了？被关注的感觉还真是不妙。”

莫冲越是不马上说出自己的看法便越是让人心急，齐涵的脸也拉得很长，面色也蜡白蜡白的。

“讲下去！”

莫冲的三个字让齐涵和慕容雪彻底成了瘪茄子，可是莫冲似乎还是想把同意继续说下去的理由讲出来："我的身上没有发生实质性的损伤，不过李建华同意继续讲下去的话，想必是他不愿意再受到任何的肉体伤害，虽然我们昨晚都听到了奇怪的声音，不过谁受到的伤害有他大？"

没人搭话。

"所以站在保护受伤者的角度上，我同意继续讲下去。既然认为是我们的讲述带来了怪事，我还想知道为什么这房子里会发生这些事件，我不想不明不白地停下对过去经历的讲述，然后让怪事在房子里停留。"

莫冲的这番话内容如何，大家并不十分在意。只是他的态度决定了是否继续讲述经历。事情已经尘埃落定，齐涵跟慕容雪已经无法提出异议了。

"我们既然能在灾难中幸存下来就不会那么容易死去的，"李建华安慰两个女孩说，"大风大浪都见过，难道会被发生在这里的事情吓到吗？"

陈东见事情已成定局便起身朝着门外走廊走去。朱晓颖头也不抬地跟着站起身来，小声说了一句"我去厨房了"便再度离开了众人的视野。

"大哥，今天就让我陪你去仓库吧。"

对于莫冲的建议，陈东不反对也不赞同，他想看看万子明和李建华会作何反应。李建华眉头紧锁，万子明也略显惊讶，两人似乎都没有想到莫冲会想凑这个热闹。

"你们两个休息一下吧，我也出去瞧瞧，总是大门不迈二门不出的也不是那么回事啊。"莫冲笑呵呵地说。

陈东若是不反对的话，莫冲将会跟随他到外面的仓库。陈东知道李建华和万子明都有跟随他出门的想法，但是他更加好奇莫冲想要去仓库的动机所在。

"这几天都憋在房子里，出来的感觉真是不错啊。"黑暗中，莫冲有点像没话找话。陈东在检查完发电机之后便侧身靠在门边。

"你知道吗？大哥，其实子明并不是真的反对大家继续讲述各自的经历，他大概已经知道除了齐涵和慕容雪之外，所有人都会赞同继续讲下去，他不想让她们俩太过孤立了。"

"你怎么这么清楚万子明的想法呢？"

莫冲淡淡一笑，回答说："其实都到这种地步了，就将心比心呗。"

在陈东看来莫冲跟着他来到了仓库必定是有事情要说的，怎么会简简单单地告诉他要宽心待人的大道理呢？陈东觉得莫冲绕来绕去不肯直入重点很是不爽快，可是陈东又没有可以发火的地方，这让他郁闷不已。

"你不对昨晚发生的事情好奇吗？你是不是跟他们一样，觉得我会知道怪事发生的原因？”陈东只好先把话题引了出来。

“我啊？对现状已经很满足了，能活下来就已经是老天爷眷顾了，活一天算一天……”

莫冲别别扭扭的絮叨让陈东感到不同寻常，这两天李建华和万子明总是主动找自己说一些他们发现的问题，可莫冲偏偏没有这么做。

过于正常其实就是反常，陈东反其道而行：“那么你觉得大家的经历怎么样？”

陈东故意把问题问得很模棱两可，如果莫冲马上就能领会他说的话，说明他刚才是在装糊涂。

“什么怎么样？”莫冲满脸狐疑。

“我的意思是大家的经历都很诡异。”

“挺意外的，没想到每个人的遭遇都不一样，而且每个人遇到的事情都很诡异。”

每到了关键的地方莫冲就停下来了，他俨然成为了一块陈东试探路上的绊脚石，陈东准备继续敲打这块不识抬举的石头。

“之前咱们都是在房子里分析大家的经历，现在咱们到了仓库里，我想听你说说对大家经历的看法。”

“我的看法？”

莫冲招牌式的笑容在黑暗的仓库中若隐若现，从门缝里挤进来的一丝光亮让陈东看到了他的表情变化。

“对于别人的经历嘛，我没有什么太多的看法。我只是好奇我经历事件的真相而已，什么‘世界大灾难、大变故’的对我来说无所谓了。”

“世界大灾难、大变故”这些字眼陈东还记忆犹新，这是灾难爆发伊始电视机里滚动而过的内容。只不过陈东回想起来在那段惊心动魄的日子里，新闻会使用如此情感匮乏的字眼形容这场灾变。

“至于其他的什么事情，我更不关心。但是既然大哥问起来了，我就说说我的一点小疑惑吧。”莫冲变得严肃起来，“我和他们五个人刚认识的时候，就只是知道我们是来自不同地方的。当初条件恶劣，也都没有心思提及过去发生的灾难，大概也都默认为遭遇的灾难都一样吧。但现在我又知道了每个人的经历根本就不同，但每个人的经历也都不足以带来这种毁灭性的灾难。我们过去不曾相信的事情都发生了，引发末日的不是海啸，不是火山爆发，更不是大地震，也没有什么陨石冲击，竟然都是我们身边原本不起眼的事情。”

陈东没接茬儿。

“为什么这些事情会突然发生？我觉得这背后绝对有‘一个’原因能解释清楚！”莫冲有意强调，“这‘一个’原因绝对能解开所有的谜团。虽然现在大家还是按部就班地讲述经历，但是我觉得到了最后就一定能找到汇聚点……”

“你的意思是说我们所有人的经历早晚都会交汇到一个点上，而那个点就是解开谜团的关键？”陈东接过话来，“换句话说，我们的经历都是有关联的，对吗？”

“我觉得是！不然怎么可能同时发生这么多怪事？”莫冲顿时来了精神。

“有点道理。”陈东点点头，“我还想问问你，你认为有没有可能会有人隐瞒事实呢？”

“隐瞒事实？为什么？”

“不知道，也许是有不可告人的秘密呢？”

“不大可能吧，事情已经如此了，还有必要隐瞒过去的经历吗？”

“当然有可能，也许有人做了什么即使是在灾难当中也会遭人唾弃的事情呢？”

陈东这一问让莫冲语塞了。

“好了，”陈东伸手拍了拍莫冲的肩膀，想结束话题了，“我也只是说说罢了，我们能活到现在必定是平日里做足了好事积了德，怎么可能做过遭人唾弃的事情呢？”

“大哥，我倒是有个问题了，那你为什么不问问我后来的经历呢？”

陈东发觉莫冲看似平淡的问题却是招招致命的，莫冲在两个人的对话上大有反客为主的架势。其他人对于自己的经历遮遮掩掩，倘若别人不问，自己压根不会牵头提起。都是轮到了谁，谁再继续讲下去。可是莫冲却直接提起这件事，既不是询问陈东后来的经历，也不是怀疑别人，单单就是他莫冲自己的经历。这说明什么呢？是为了证明自己问心无愧？毫无掩饰？

犹如榔头落地一般的声音在陈东的脑子里回荡，这让他悟出了一个很可能存在的事实，莫冲的道行远比其他人要深得多，他软绵绵犹如棉花的状态中，却暗藏着一根不易察觉的针。

陈东觉得如果继续绕下去恐怕自己会落入莫冲有意无意铺设的陷阱，于是他只是回答说：“顺其自然，待轮到你的时候再说给大家听吧。”

“不不不，大哥，你没明白我问话的意思。”莫冲果然紧追不舍，“我问的不是‘结果’，而是‘原因’。”

陈东沉默地望着莫冲。

“我问你‘为什么’不问问我后来的经历呢？”莫冲放慢了语速，“‘为什么’？难道你就不好奇吗？”

莫冲是六个人中第一个让陈东有些慌了神的人，陈东只是回答说：“好奇害死猫。”

“咳，”莫冲突然放松了下来，“没那么夸张吧，咱们之所以讲述过去的经历，不也都是因为好奇吗？”

说完这句话两个人的交流也就基本终结了。这次的交流让陈东原本积攒的火没有释放，相反还更加旺盛了，只不过他面对莫冲给予他的挫败感马上消化了。他知道回到房子中之后该做的事情是什么了。

“好了，这里没有什么状况，这么久了，该回去了。”陈东对莫冲说。

房子里，齐涵走进厨房帮助朱晓颖做饭。慕容雪则趴在窗边透过木板缝隙看着窗外，这样明媚的天气让她蠢蠢欲动。就好像是见到了许久没有品尝过的美味，令她垂涎三尺。

李建华坐在椅子上，他既无动作，也不与人说话，看不出他的脑子里在琢磨些什么。万子明又去了二楼，虽然这两天他始终都在二楼的窗户上盯着外面，但经过昨天出现脚步声和脚印的事件之后，他对二楼失去了好感，甚至认为二楼跟楼下根本就是两个毫无关系的空间。对于二楼而言，他更像是一个闯入者。他通过从二楼窗户的木板缝隙，看到陈东正带着看上去懒散而悠哉的莫冲谨慎地往门口走来。

厨房里，齐涵很想跟朱晓颖说上几句话，她并不想让朱晓颖觉得两个人之间有任何隔阂。

“晓颖，我并不怪你刚才没跟我站在一边。”齐涵在拿出一只碗交给朱晓颖的时候说。

“没什么的，”朱晓颖低声回答，“你现在害怕了也是正常的，不过大家之所以不想停下来，也必定是有原因的。”

说完这些，朱晓颖又缩了缩受伤的手。

齐涵看到了朱晓颖这细微的小动作，齐涵马上关心地问：“晓颖，你手上的伤怎么样了？”

朱晓颖勉强一笑：“没事，不碍事了。”

听到门被敲响，朱晓颖颤抖了一下。齐涵朝着门口的方向望去：“他们俩回来了！我去开门。”

齐涵在确定门外是陈东和莫冲之后打开了门。陈东进门时的谨慎这两天大家都已经司空见惯了，莫冲大大咧咧地回到客厅，就像刚才只是外出散步了一样。莫冲悄无声息地回到了一楼。

饭菜上桌后，陈东好像很饿了，他扒了几口饭进嘴里，然后把空碗向前一摆，神态悠闲。

“大家的胆子都很大嘛，昨晚的事情似乎并没有吓到大家伙儿，至少没有人提出要离开这里。”

其他人只是沉默地看着陈东。

“不管发生什么事情，咱们都该感到庆幸，至少咱们都还活着。所以在不破坏规矩的前提下，我们为什么不轻松轻松，聊聊天呢？”

陈东仿佛像个乱臣贼子，在劝说着每日疲于朝政、忧国忧民的皇帝放下重担，尽享奢靡生活。在他眼里，作为幸存者，理应会更加敏感和惜命。可遭遇了昨晚发生的怪事之后，他们六个人中竟然没有一个提出要离开这里。如果坚持要留下的话，那目的呢？

“对了，你们谁知道国外发生了什么诡异事件？”陈东聊天般地引起了话题。

李建华咽下饭，说道：“当我知晓事情的严重性时，灾难几乎完全爆发了，外国的情况我就不了解了。”

“我觉得国外发生灾难比我们这里早很多，只不过我们不了解情况而已。”齐涵接言道。

“从哪里看出来的呢？”陈东决定把这个话题展开来。

“新闻，”齐涵进入了陈东设置的状态，“对于国外的新闻报道看起来大同小异，但是多多少少还是会让人觉察出来不对劲的。”

接下来的谈话中，都是围绕着新闻可能出现的征兆讨论着。陈东注意到朱晓颖紧皱的眉头舒展开了，放松，是一件很好的事情，人在放松的状态下往往会不经意间暴露更多值得琢磨的问题。

气氛终于缓和下来了，不过有一个人并没有融入其中。万子明怀揣心事一般盯着陈东，陈东的眼睛也捎带地瞅了瞅他，他知道自己一直也没有给万子明向自己诉说的机会。

“说不定我们也不是最倒霉的人吧，”朱晓颖淡淡地说，“至少我们还活着呢，国外的事情说不定更加严重，更难以想象呢？”

陈东在这话里微微地尝到了一丝幸灾乐祸的味道。

“说起国外，我也想到了一个话题可谈。”

惜字如金的万子明开口了，他开口说话本就引人注意，外加上他竟然提及了一个话题，所有人都用好奇的目光盯着他。

“你们有没有听过‘BTK’？”

“有点耳熟。”莫冲随口一言。

其他人则默默摇头表示不了解。

“‘BTK’，绑架、虐待、杀害，三个单词的缩写。这是国外某些杀人虐待狂的癖好。既然说到这里了，我就不得不提起一个外国人，他的名字叫戴维·帕克·雷。这家伙可以说是‘BTK’的集大成者，他曾经在人迹罕至的山区里建造了隔音的房子，在那里他利用各种各样的刑具来折磨和杀害别人。你们知道他对他人进行虐杀的过程中，最专注的事情是什么吗？”

突如其来的问题让所有人为之一颤，女孩们似乎被那些与死亡有关的字眼吓到了，全都紧闭着嘴巴默默地盯着万子明。

“我记得变态都会对人的肢体产生兴趣，他们通常会在被害人还活着的时候进行肢解！”李建华答道。

“建华，你猜错了。戴维·帕克·雷最专注的事情是对性器官的虐待。”

“恶心。”慕容雪面露厌恶小声嘟囔着。

万子明继续说：“这不仅仅是一种变态行为了，还具有剥夺的意味，比如过去我们常常说，男人最重要的是‘金钱’和‘性’，其实这两样东西完全可以延伸到任何人的身上。但话又说回来了，戴维·帕克·雷为什么要杀人？杀人过程中的感觉是什么呢？对于器官的虐待又是什么含义呢？”

“快感！”朱晓颖猜测道，“精神上的快感？”

“可以再深入一些。”万子明的话几乎终结了其他人的猜测，一时间没有人能回答出来。

“不仅仅是变态的欲求，那是一种深入的心理满足。‘性’作为一个人不可缺少的重要组成部分，遭到虐待，而且其生命最终也会被剥夺。实际上戴维·帕克·雷在让自己扮演着上帝的角色，让人活着的时候剥夺他最重要的东西——‘性’，然后又可以掌握着一个人的生杀大权，这种高高在上的感觉不正是‘上帝’吗？”

陈东感觉到万子明的眼神游弋而来。

沉默中，一时间谁也不知该如何将话题进行下去，更不知道万子明为何会在此时此刻提及这个让人胆战心惊的话题。

“既然国外的情况我们都不清楚，大家也都吃得差不多了，我是不是可以开始接下来的经历了？”

朱晓颖的眼睛转了转，放下了筷子，她就像是急于脱离万子明引起的话题般，开始讲述她后来的遭遇。

* * *

我得救了，在闪烁的警灯的警笛声中，我晕了过去。

当我恢复意识的时候，我已经躺在医院的病床上了，医生正站在病床旁望着我。我一时恍惚，甚至怀疑自己并没有逃出精神病院。病房里除了查看我的医生，还有一位女警察。

“她的情况怎么样？”女警察询问之后，医生转过身跟她小声说了些什么，然后便转身离开了病房。

我慢慢坐起身，看清楚了那位女警察。她与我年龄相仿，面颊单薄，几乎看不到眉毛，板着脸，目光锐利。

我急于知道精神病院住院部的情况，赶紧问她：“住院部现在怎么样了？你们有没有救到其他人！”

“你是唯一一个在火灾当中活下来的人，现在你能跟我说说火灾发生的经过吗？”

“那里不光发生了火灾……”

“火灾除了你之外，再无一人幸免于难。”

“不，你听我说，火灾……”

“你先冷静一下好吗？”女警察态度冰冷，“根据目前的调查情况看，起火原因是食堂用火不慎，外加医院的住院部位于较为偏远的市郊，救火不及时导致了火情扩大……”

根本就不是那样的！我极力辩解可又不敢让自己陷入疯狂的状态，如果我表现得过于失控就会被注射镇静剂，那时候我连争辩实情的机会也没有了。

听完我的解释，女警察对着我笑了，言语中更是带着不信任的腔调：“死人复活？是死人复活引起的火灾？如果真的……”

“不是死人复活！”我纠正道，“概念完全不同，是死去的人‘回来了’。”

“好的好的，”令我反感的笑容再次出现了，“是死去的人‘回来了’，就按照你的说法吧。”

我有点生气了。

“按照你的说法，当时有人在追你和……那个女人是叫王月，对吧？然后她被抓住了，死了，你逃出来了。这说明王月不是死在火灾中，而应该在围墙附近。”

我极不情愿地点点头。

“可是我们后来马上随着消防车进入大门，并没有看到你所说的那些‘回来’的死人，围墙附近更没有什么王月的尸体。按照你的说法，就算是死人‘回来’了，杀了人，那么为什么他们都不见了，我们一直在住院部的外围，也不见他们有逃出来。”

为什么那些死人会消失不见？我想到了畅清院里发生的事情，虽然不曾亲历，但是张卓娅的声音依旧在我耳边回响……

“不如咱们先聊到这里，你冷静一下，好好休息。”

窗帘一下子被女警察拉开了，阳光直射入病房，我下意识地用手遮挡眼睛。

“我来这里多久了？”

“现在是中午，你昏迷有十个小时了。”

说完，女警察就离开了病房。

看着明媚的阳光，我心里像打翻了油罐子一般，想理出一条思路却发现太过油腻难以清理。这个时候，一位女护士走进病房送饭，在她开门的一瞬间我看到有警察守在门外。

“我想问一下我什么时候才能出院？”

女护士帮我把饭菜放好之后对我说：“还需要留院观察几天。”

“对了，咱们俩是同行，我也是护士呢。”

我本想与她拉近距离多聊几句，可守在门外的警察突然朝里面望了望。这一望，女护士的脸色马上就变了，急匆匆地离开了病房。

下午那女警察又来了，她说想带我四处转转。白色的走廊里除了守在门口的警察之外，空空荡荡，不见其他病患和医生、护士。在楼梯口旁边，我看到了一扇门，灰暗的房门与白色的病房门相差甚远，引人注意。

女警察看出了我的困惑："这是审讯室！"

"医院里为什么会有审讯室？"

女警察不慌不忙地解释："这里是内部病房，一般只有两种人会在这里住院。一种是因为某些案子受保护的证人，另外一种就是重案的犯罪嫌疑人。要不要进来看看？"

女警察不由分说地打开了审讯室的门，我战战兢兢地朝里面望去。审讯室里非常阴冷，周遭的一切都是暗色的。冰冷的桌子和金属椅子被固定在地面上，坐上去一定会寒彻骨髓。

女警察带着我往审讯室里面走，来到金属椅子旁的时候，我轻轻地碰了碰椅背，果然冰凉刺骨。

"说起这间审讯室，算得上是犯罪嫌疑人的克星。"女警察语速缓慢，似乎是为了让我听清楚她说的每一个字，"也就是在几天前，有一个重刑犯。当然了，在当时说他是重刑犯好像还有点为时过早。因为我们抓住他之后，他不认罪，对关键证据绝口不提。杀了五个人，其中有两个小孩，尸体被肢解掉，然后烹尸毁灭证据。"

"烹尸？"我感到胃里一阵翻腾。

"没错，这种人若是逃脱了法律的制裁实在天理难容，可就算我们都知道他就是凶手，那也没有用，证据不足。那个时候恰好他生了病，于是就带他到这里治疗。在他好转之后，我们在这里对他进行审讯。不过他这种人真的很难办，极少能见到如此心理素质好、犯罪智商又高的家伙。正巧那天我们把他单独关在审讯室里大概一个小时吧，当我们回来的时候，发现他竟然坐在椅子上发抖，然后什么都招了。在他交代的作案工具匿藏地点，我们找到了关键的证据，终于形成了证据链。"

"是他自己招的？"

"是的，招了之后他就央求我们赶紧押他离开审讯室。不久之后，又有一位嫌疑人在这里被审讯，也就是那么一段短暂的时间，他也被单独留在这里，我们再回来的时候，他也马上招供认罪了。"

我惊讶地盯着这间审讯室，除了阴暗冰冷之外，再也没有特别之处了。

"同事都开玩笑说，这把椅子是'包公椅'，嫌犯坐在上面必定会认罪的。"

半信半疑的我将目光挪向身边的这把金属椅子。

“你累了吧，来，坐下休息一下吧。”

女警察二话没说就把我按到了椅子上，我顿时惊慌失措，感到寒彻全身。

“朱晓颖，”女警察厉声问道，“昨天晚上住院部到底发生了什么事情？”

我大脑一时空白，我的声音带着颤抖，把昨晚在住院部里发生的情况重复了一遍。

“我的同事已经把现场调查的情况告诉我了，在那里找到了被烧焦的尸体，可是根本就没有任何有关‘死人’的证据，你的说法太扯了。”

“那你告诉我到底发生了什么？”

“火灾，食堂失火并蔓延至整个住院部。”

“这是不可能的，我昨晚明明……”

“朱晓颖，”她再次重复了我的名字，“如果你坚持自己那些荒诞的想法的话，我们很有理由怀疑你不是真正的朱晓颖，你很可能是住院部的患者。还有另外一种可能，那就是在发生火灾的时候你受到了惊吓，所以出现了妄想的症状，如果这样的话你就需要继续住院观察，直到精神恢复正常。”

这是赤裸裸的威胁，可即便如此我也束手无策，我知道自己所讲述的事实在不知情的人看来是多么荒诞和不真实。

“好了，我该送你回病房休息了。”

我随她走出了冰冷的审讯室，回到走廊的一瞬间，我感到身体又恢复了温暖。就好像刚才我进入的不是审讯室，而是一座冰库。

在女警察即将离开病房时，我叫住了她：“你刚才在审讯室里对我说起的那两个罪犯，你们是在当天什么时间审讯他们的？”

“晚上。”

晚上？为什么会在晚上审讯？为什么那么巧，他们都单独被留在审讯室里？又为什么当警察回到审讯室的时候他们都招供了，当他们单独在审讯室的时候发生了什么事情？

想到这里，我顿时觉得那间审讯室实在是太让人恐惧了，天不怕地不怕的亡命之徒竟然会独处一段时间后自行招供？

我吃过晚饭后躺在病床上，集中精神在回忆着愉快的往事，希望为我带来过喜悦的回忆可以将昨晚的恐怖经历排挤出去。夜晚，我睡得并不沉，总是偶尔睁开眼睛看看周围，然后再次睡去。在半睡半醒之间，我突然听到门外传来说话声，守在门外的警察正在低声打电话。

“行了行了，不用管我了！”

电话那边不知道说了些什么，那位警察有点无奈。

“你怎么这么倔呢？”

接着，他尽力用平和的态度和语气说话。

“我这是工作，今天晚上都是我……好好好，我到门口去拿，别让我等啊，我得马上回来！”

病房门被打开了，见我躺在床上闭着眼睛便关上，他的脚步声渐渐远去。我睁开眼睛，想起那间令人心惊的审讯室与病房在同一条走廊，我就感到惶恐万分。是不是该把病房门锁好？我光着脚来到了门口，发现病房门根本就无法从里面上锁。这种感觉太糟糕了，若是门外有不速之客即将破门而入，而我无论如何也无法锁上这最后一道防线。

我把病房门打开一道缝隙偷偷盯着走廊，只有我所在的病房门前是亮着灯的，越往走廊两侧越黑暗。灯光尚能延伸到审讯室附近，我隐约看得到审讯室冰冷的门。

我刚想把病房门关上，就听到走廊深处传来咯噔的声音，那声音不绝于耳，由小变大，由远到近。仔细听来那声音像是金属微微碰撞的声响，我屏住呼吸听清了声音的来源，正是审讯室一侧走廊传来的。

我打开了病房门来到了走廊，审讯室的金属门在轻轻碰撞着，就像被风吹动一般。可是白天我去过那间审讯室，里面根本就没有窗户，夜晚的走廊里我也没有感受到有风在吹，审讯室的门为什么会……我本想些类似于气流在封闭空间涌动的理由来安慰自己，可我竟然鬼使神差地光着脚慢慢靠近了审讯室。

回想起女警察早些时候告诉我关于嫌疑犯招供的事情，我更是对这间审讯室充满疑惑。来到审讯室门前，我感觉到了一阵阵凉风从里面吹出来，咯噔的碰撞声没有再出现。

这里究竟有什么奥秘呢？我的手触摸到了冰冷的门把手，我大胆地走进门打开了审讯室的灯并关上了门。虽然夜里的审讯室看起来与白天并没有什么不同，可还是让人觉得凄冷庄严，将法律的无情演绎到极致。

我来到了“包公椅”的旁边，几天前两个罪犯就是坐在这上面全部招供的。我晃晃悠悠地再度坐到了这把冰冷的金属椅上，不明白这椅子到底有什么特别之处？

我闭上眼睛，轻轻地叹了一口气。接着我听到了渐渐靠近的脚步声，起初以为那是看守病房的警察回来了，不过立刻我就打消了这个想法。如果真的是那个警察回来了，他发现我不在病房里了，不会如此淡定的。那么门外的人会是谁？

我赶忙快步去把灯关上了，然后我蹲下身子把门打开一个狭小的缝隙，朝着脚步声传来的漆黑走廊尽头望去。脚步声“啪啪”作响，这不是鞋子落地的声音，而是光着脚踩在地砖上的声音。

脚步声更近了，我不敢再偷偷观望，赶紧关上门钻到了金属桌子下面。门外的脚步声没有停留或是犹豫的意思，那个光着脚的人打开了审讯室的门，轻车熟路地走到了那把金属椅子上坐下来，双脚就在我的面前。我惊恐不安地捂住了嘴巴，看着这双脏兮兮的脚不知所措，更不知道坐在金属椅子上的人究竟是谁？

紧接着，我听到了大口吃东西的声音，狼吞虎咽，食物在牙齿之间撕扯摩擦。正在这个人大口咀嚼的时候，有样东西掉落了下来。借着门外昏暗的光线，我看清楚那是一片沾着血滴的指甲。

我吓得捂紧了嘴巴，把尖叫声完全压在了嘴巴里。咀嚼声突然停了下来，那人已经注意到落在脚边的指甲了，他的手缓缓地伸了下来。我眼看着地上的指甲被他拾起来，接着我听到了咀嚼指甲的声音。

与此同时，走廊里传来皮鞋踩踏在地面的声音，脚步声先是缓慢而有规律，紧接着又突然急促起来。一定是那个警察回来后发现我不在病房内，所以想要赶紧找到我。

我想叫喊，但是又怕没等警察找到这里来我先被坐在椅子上的人发现了。我的头微微地侧向门口一边，估摸着如何才能快速爬出桌底，在椅子上的人注意到我之前逃出审讯室。

我颤抖着身体回过头看了一眼，那个人的脚已经不见了。我急忙坐在桌子下面转了一个身，生怕他蹲下来正在某个我没有注意到的角落凝视着我。我的脑海里闪过一个可怕的念头——他正站在桌面上，随时会趴在桌面上探下脑袋……

灯亮了。

“你怎么在这儿？”

看守病房门的警察蹲下身询问我。难道他没有注意到桌子上的人吗？还是说桌子上根本没有人？

我在警察的搀扶下爬出了桌下，并编了一套说辞，说白天来审讯室里的时候把头发上的一根发卡弄丢了，所以来找找看。

夜里，我失眠了，我不断回想着刚才在审讯室里的遭遇，本以为逃离了精神病院住院部我的噩梦就已经结束了，可刚才的经历不断提醒着我，或许那些地狱般的场景还会再度出现。

我似乎知道了之前那两个在审讯室里招供的嫌疑人看到了怎样的场景，他们俩坐在椅子上眼睁睁地看着死人在大口大口地咀嚼着尸块……可那死人是如何消失的？难道踩在桌子上爬进了天花板？我又情不自禁地想起了在畅清院天花板上看到的一切。我抬起头看着病房里的天花板，会不会有那么一道一指宽的缝隙，里面有一双眼睛在盯着我？

回想白天从昏迷中醒来的我，听女警察说他们在住院部根本就没有找到任何死人的踪迹，那么我刚才看到的死人会不会也是以同样的方式消失不见了呢？还有一点我实在不明白，如果嫌疑人单独被关在审讯室的时候看到了死人，那么死人为什么没有攻击那两个嫌疑人呢？

那个夜晚，我竭尽全力想要把我的遭遇串联起来，从畅清院到精神病院住院部，再到我所在的内部医院，为何都会有死人的身影出现？可我无论如何也找不到头绪，我惶惶不安地挨到了天亮，不愿意继续待在这家医院了。

第二天一早，在我的要求下，那女警察再度来到了病房。我告诉她说，前天晚上在精神病院住院部发生的事情，都是火灾引起的，我当初说的什么死人归来根本是看到同事被烈火吞噬时受到了惊吓而产生的幻觉。

女警察露出不可思议的神情：“那王月呢？你昨天还反复跟我说起她……”

“她？只不过是个精神病患者，我给她送过几次药，听她说过几次疯话罢了。怎么？警察同志，我现在都不相信她的疯话了，你倒要相信了？”

女警察微微点头，又试探着问了我几个问题，我都小心回答，没有让她起疑。

下午，我惴惴不安地在病房内等待着女警察带来让我出院的消息。我在病房内来回踱步，当我到走近病房门前时，听到两个换班的警察在说话。

“这事儿挺恶心的，听说了么，停尸房里的尸体少了一些，不是整具尸体不见了，是少了部分……”

我惊慌地回到了病床上，蜷缩在被子中瑟瑟发抖，只期待可以等来让我出院的消息。

可是女警察带来了让我失望的消息，她说我的情况还需要留院观察几天。虽然心里有很多的不满和恐惧，但是我不能让她看出我的不满情绪，我担心她以此为由让我在这里待得更久了。

就在女警察话音刚落，病房门开了，有人进来与她耳语了几句话，她突然脸色大变，随后立刻离开了病房。几分钟后，女警察走进病房白着脸告诉我："你可以走了。"

我简直不敢相信自己的耳朵。

"不过，你要记住，精神病院住院部的火灾中，没有幸存者！"

我似懂非懂地点点头。

女警察拿出一张火车票："这是送你回家的火车票，一个小时之后开车。"

说完她示意门外的同事提着包走了进来，她把包放在病床旁边的椅子上："里面是你的私人物品，你换下衣服就可以离开了。"

我换上衣服，随女警察向门外走去。离开医院门厅，我渐渐感受到了温暖，终于看到了被阳光铺洒的街道，感受了希望的气息。

医院大门前，强烈的冲动和好奇心让我不得不问女警察一个问题："那两个嫌疑犯，为什么要把他们单独留在审讯室里呢？"

"那几天医院的供电线路有点小毛病，会短暂停电。为了安全起见，只能暂时把他们俩单独锁在审讯室里。"

女警察目送我离去，我头也不回地快步朝着车站的方向走去。街道上人来人往，一切如旧，看着这再平常不过的景象，之前我所经历的一切似乎成为了不真切的噩梦。我只想融入茫茫人海中，不愿再回忆起那可怕的往事。

* * *

"这段经历听起来，很耐人寻味。"慕容雪把胳膊拄在桌子上托着下巴。

"这只是前奏而已。"李建华低声感慨道。

"不过，我如果是晓颖的话，我也会想逃避，想赶紧离开医院，完全出于本能。"莫冲说。

"那么大家还觉得有必要就这段经历说点什么吗？"陈东说，"比如，觉得这段经历有什么不妥的地方？"

"晓颖的经历，已经处在灾难爆发的临界点了。"李建华边琢磨边说，

“正如她刚才说的，这几个出现死人的地点并不集中，并且毫无规律可循！”

万子明若有所思，看上去似乎对朱晓颖的经历有些想法，但他并没有说话的意思。

见没人再表示对朱晓颖的这段经历有任何的看法，李建华便说道：“那么下面就该听听我的经历了，我的这段前奏。”

“别急嘛，先把饭桌收拾干净吧。”

三个女孩几乎同时起身，只是虽然在桌子和厨房之间忙碌，但是齐涵和慕容雪始终相顾无言。朱晓颖从厨房拿出一块儿抹布擦拭着桌面上的水痕，当擦到桌角边缘时，她看到桌子下面有一样东西，像是一张被折叠起来的纸。于是她弯腰捡了起来。

“这是什么东西？”

所有人的目光都聚集在了朱晓颖手里的纸上。

“打开看看吧。”

七个人的脑袋全都凑到了一块儿，朱晓颖慢慢地打开了折着的纸，上面只写着一个字“六”。

“这是什么意思？”莫冲很是费解。

“可能这东西以前就在这房间子里，也许是粘在桌子下面什么的，过去没发现，这次收拾桌子的时候掉出来了。”齐涵猜测道。

其他人对这张纸条的来历似乎并没有异议了，不过在陈东眼里，没有异议和对纸条及其上面的文字不感兴趣是两回事，也许在其他人的心里会对这张纸条大加猜测，可此时谁也不想将心中所想吐露给其他人。

“既然这张纸没什么用，就别理会了。”李建华从朱晓颖手中接过了那张巴掌大的纸，拧成团丢在桌子上，“大家都坐好了，下面就是我的经历了。”

公寓

***

韩泽死后，我跟刘嘉和徐梦梦就分开了。韩泽的死法蹊跷，我们三个聚在一块儿又总是会自然而然地想起他，徒增痛苦。

那段时间，坊间流传着一种说法，要打架远离树木。这若是放在过去，听起来很是可笑。可是在当时，所有人都表现得很疯狂，住在单独院落里的人如果院子里栽着树，干脆雇来铲车把树推倒，然后连根掘出。

韩泽死后不久，我升职做了部门经理。按照公司福利，我有资格享受公司为部门经理租用的高档公寓。爬到部门经理这一级，在公司里算是一种信号，高工资，高待遇，之后在公司里会平步青云的。任命那天，老总在会上紧握住我的手说："年轻人，大有前途！"

当时我满脑子里想的都是之后我会如何发达，如何继续高升，大把大把地赚钱，高不可攀的社会地位。至于韩泽，我早就忘到了脑后。人，就是这么个玩意儿，尝到了甜头，就沾沾自喜，眼里只有对未来的无限憧憬，殊不知自己只是走在了筷子一样细的独木桥上。落水是必然，只是时间早晚的问题。

即将搬到公寓的那天，我请刘嘉和徐梦梦吃了顿饭，那天晚上我们有说有笑，只是对韩泽的死绝口不提。这感觉就像太监逛窑子一样，说笑、玩乐，却唯独少了最关键的东西。大家心知肚明，可又都不点破。

公司为我租住的公寓地处在繁华地段，公寓大楼伫立在环境极佳的庄园中，环境一流。楼的最顶端是单面玻璃组成的三角形建筑，而顶端建筑几乎占了整座建筑的三分之一，让这座八十层的公寓看起来高大雄伟。

那天中午，我戴着太阳镜站在公寓下面仰望，这种感觉实在过瘾。身后庄园之外的白领还在每天辛勤忙碌着，而我已经到了他们可能这辈子也无法企及的新阶段。过去看不起我的同事成为了我的下属，一个个都从狼变成了哈巴狗，那德行看着就想让人踹上一脚。

我所遭遇灾难的前奏，开始于我入住公寓后的一个星期后。那是个周末，辛苦工作了一周的我睡到中午，醒来后我依然感到困倦不堪。外面的天气很差，阴森森的，浓厚的黑云中闪电划过天际，犹如闪着电光的巨龙飞过，这画面极为震撼。

一上午都没有吃东西，我觉得有些饿了，便走进厨房做饭。这时公寓门口响起了敲门声，同时门外传来小女孩儿的说话声："妈妈，我回来了，快开门啊！"

我打开门，发现门外站着一个捧着洋娃娃的小女孩，她模样乖巧可爱，正好奇地抬头望着我。

"咦？你不是我妈妈啊，我妈妈哪儿去了？"

还没等我开口说话，对面公寓的门就打开了："娜娜，怎么又走错门了呢？妈妈在这里呢！”

小女孩儿抱着洋娃娃转过身，看着她的妈妈，另一只手抓了抓头，然后跑进了对面的公寓。

“实在不好意思，给你添麻烦了，小孩子在走廊里乱跑，总是走错门。”

我笑着表示理解。

“你是刚搬来的吧？”

我点点头：“对了，请问怎么称呼你啊？”

“我姓吴，我丈夫姓金。”

“原来是金太太。”

虽然我不愿意这样称呼别人，但是我知道住在这里的人好像都很讲究这些。在自我介绍后，我和这位年轻的母亲聊了几句，她的丈夫被总公司派到这座城市里常驻两年，所以他们就暂时住在这公寓里。

那天下午，外面一直下雨。我本想躺在床上看会儿书，可迷迷糊糊又睡着了。当我迷迷糊糊醒来的时候，已经是下午三点半了，外面犹如黑夜一般。

走廊里传来小孩子玩耍的吵闹声，公寓门也被碰得叮当作响。家里的食材已经用尽，我便想趁着雨小的时候出去买些东西，顺便把垃圾丢掉。当我一手拿着垃圾，一手提着雨伞来到公寓门外的时候，我发现门前放着一只洋娃娃。我认识这个娃娃，就是对门那个叫娜娜的小女孩儿的。于是我拿着洋娃娃敲响了对面公寓的门，很快金太太就为我开了门。

“请问，有什么事情吗？”她非常客气。

“你女儿的洋娃娃掉在我家门口了。”我把洋娃娃递给了她。

“娜娜还没回来呢，她啊，贪玩得很，可能又去走廊那头的小朋友家去玩了。”金太太道谢后拿着洋娃娃回了家。

我去超市买完东西之后，又到附近的茶馆喝茶暖身子，本想喝完茶就回去的，可外面下起了倾盆大雨，直到天黑之后雨才小了些。

回到公寓大楼，我收了伞走进大厅直奔电梯。很快电梯就到了我住的三十七层，走廊里我看到金太太正焦急地与一个男人交谈着。我没有急于拿着钥匙开公寓门，毕竟我刚刚搬到这里来住，表现得热情一点也没有什么不好。

“请问，发生了什么事情？”

金太太先是愣了一下，然后介绍说，这个男人是他的丈夫金先生。金先生虽然神情焦急，但是还是礼节性地跟我握了握手。

“娜娜不见了。”

"什么时候的事？"

"下午出去玩之后就一直没有回来，平时我丈夫回来之前，娜娜一定会到家的，可是……"

"找了多久了？"

"一个小时了，我下班回来之后就开始找了。"金先生回答，"我们还去了她经常去玩的那个小朋友家，可是李太太说她女儿生病了，所以一直在家里睡觉，娜娜并没有去她家玩。"

"上下这几层楼都找过，没找到娜娜！"金太太说着眼泪滚落下来，"楼这么大，这可怎么找啊？"

"两位先别着急，走廊里是有监控器的！"我抬起手指了指走廊上方，"不如找保安调监控吧。"

我们来到楼下的监控室，保安为我们播放了三十七层的监控录像。一个小时前的监控录像画面里，金娜娜捧着洋娃娃在走廊里跳来跳去，走廊里也只有她一个人而已。突然，监控器好像被什么东西挡住了，一片漆黑。很快监控画面开始从一个边缘慢慢恢复正常了，在那之后地上就只有金娜娜的洋娃娃了。几分钟后，我打开房门走出来，看到地上的洋娃娃，拾起来，然后敲了对面公寓的门。金太太应门走了出来，我们俩在交谈之后，金太太回了家，我则走向电梯。

"刚才……画面一黑是怎么回事啊？"金先生连忙询问。

"可能是监控器出了点小故障，不过你们的女儿应该没有走远，毕竟监控器故障的时间很短。"保安安慰道。

金太太脸色苍白，叹了一口气，然后用不知所措的目光望着金先生。

"楼下的监控器也开着吧？娜娜有没有可能到外面去了？"

面对金先生的问题，那保安的脑袋摇得像拨浪鼓一样："不可能，当时我在楼下当班记得很清楚，天气差，很少有人出去，而且出去的人里面根本就没有小孩子。"

说着保安又播放了楼下门厅的监控录像，真的没有出现过金娜娜的身影。

"你们俩也不要太着急了，"我安慰他们俩，"小孩子都贪玩，说不定走到哪家看到了小孩子，就在一起玩了。咱们也回去看看，说不定她已经回家了呢？"

"这里不是有监控器吗？看一下不就能知道娜娜是不是回家了吗？"金

先生说。

“还是回家去保准，刚才这监控器不就坏了吗？”金太太白着脸说，“老公，要不我先回家去等着，你继续看监控录像。”

我见已经帮不上什么忙了，便跟着金太太一起回到了三十七层。吃过饭，我悠哉地上着网，偶尔站在窗边看着雨水击打着玻璃。就在我准备洗完澡睡觉的时候，门又被敲响了。门外是神色急切的金太太：“李先生，请你帮帮忙。”

金娜娜还是没有回家。

“我丈夫又去了监控室，他说要把这几层的包括电梯和楼梯的监控都看一下，所以劳烦你帮忙四处找找看。”

我立马换了件外套来到走廊，这时金先生匆匆赶来。他身后跟着几个保安，金先生告诉我们监控录像里都没有发现金娜娜离开这层楼的影像。

“这么说，金娜娜就在这一层！既然她没有出现在电梯和楼梯的监控画面里，所以根本不可能离开这一层。”保安断言道。

“这样的话，我们就问问这层的住户，看是不是有见过娜娜。”

我还提议让保安打开这层楼里为数不多的没有住户的公寓，看金娜娜是否在里面。

接着，我们便在三十七层楼里挨家挨户地敲门，可是所有的住户都异口同声地表示没有见到过金娜娜。金先生和金太太决定到附近几层楼去问问，感激之后让我先回家了。

深夜，我被公寓门外的声音吵醒了，那声音听起来像是有人在哭泣。外面还在下雨，门窗紧闭的房间里我没有感到丝毫闷热。听着哭泣声缓缓远去，我猛然起身，会不会是金娜娜？我马上打开公寓门追了出去，就在我冲进走廊的一瞬间，哭泣声便消失在我的耳边。走廊里空荡荡的，没有人影。对门公寓里传出争吵的声音——金先生埋怨妻子没有能照顾好孩子，而金太太则嚷着说她也没有想到孩子在家门口会走丢，说完又哭了起来。

我刚才听到的大概就是金太太哭泣的声音吧，当我正要关上门时，走廊墙角发现了一只小孩子穿的鞋子。这一定是金娜娜的，我立刻拾起鞋子，敲响了对面的门。金太太满脸泪痕打开了门，金先生看到我手里的鞋子，瞪大了眼睛，确定那正是金娜娜穿的鞋。

在我的建议下，金先生和金太太决定报警。警察很快就来了，金先生告诉警察女儿遭到了绑架，金娜娜的鞋子突然出现在家门前，很可能是绑匪有意为之！

因为我是发现洋娃娃和鞋子的人，所以也被问了很多问题。既然警察已经介入，我便回到了公寓里，那天晚上门外一直有警察说话的声音。第二天我早早地起床了，开门的时候警察依旧聚集在走廊。一位年纪不小的警察好像正在跟夫妻俩说着什么，金太太脸色苍白，好像承受着巨大的压力，突然她歇斯底里地大叫起来：

“是我做的，就是我做的！”

我站在门口愣住了，不知道这一夜究竟都发生了什么事情。

“我说什么她都不听，我让她别乱跑她也不听……”

金先生颤抖着身体，用难以置信的眼神望着情绪失控的妻子。

“我们在垃圾桶里发现的沾有乙醚的毛巾就是作案工具之一吧。”

原来警察已经调查出了关于金娜娜失踪的线索，可是金太太的话是什么意思？是她做的？母亲绑架了亲生女儿？

“我的确想杀了她，昨天下午，我让她赶紧回家来，但她还在外面跳来跳去。我生气了，便用沾有乙醚的毛巾把她迷晕。我想把她抬回家里，却发现公寓门关上了，我赶紧拿出钥匙开门。打开门之后我一转身，她本来是躺在地上的，但是却不见了……”金太太苍白脸上的诡异笑容突然凝固住了，“我很害怕，不知道怎么回事，我怕被别人看见，于是赶紧进了门。过了一阵，有人敲门，是对门的李先生，他捡到了娜娜晕倒时掉在地上的洋娃娃。”

“别故弄玄虚了，金娜娜到底在哪儿？”

面对警察的质问，金太太瞪圆了眼睛：“我是想杀她，但是还没动手，她当时只是晕倒了。她不见了……我不知道……”

金先生上前给了金太太一个耳光，怒号道：“你为什么要杀死女儿，你说，娜娜在哪儿？”

“哈哈哈，”金太太捂着脸狂笑起来，“在你心里，女儿是第一位的，你外面养的小骚货排第二，我只是个伺候你们的老妈子。我斗不过那个骚货，就除掉排第一的女儿，让你恶心一辈子！”

刚才还愤怒不已的金先生顿时蔫了。

看到这样的结果我才明白，自己竟然莫名其妙地参与到了这场家庭纠纷带来的凶杀案中，一个女人为了报复出轨的丈夫而杀死了自己的亲生女儿。

想到可爱的金娜娜成为父母之间仇恨的牺牲品，我不由得唏嘘不已。

“其他楼层的监控器根本就没有坏，由此证明你杀死金娜娜之后是不可能把尸体运送到其他地方，不如你早点坦白省些麻烦。”

“我没有杀她，她当时还没有死！”

金太太在被警察带走时不断重复着这句话。

“这个女人还真是冷静，晚上拿出一只鞋扔在外面扰乱视线。”门口的警察对同事嘀咕着。

因为下雨的缘故，公寓房间沉闷压抑，我洗过澡换了身衣服，趁着雨小赶去了附近的一家茶馆。这两天发生的事情让我心情郁结，想喝点茶去去晦气。

我在暴雨来临前赶回了公寓，走廊里一个警察也没有。我来到门前准备用钥匙开门，隔壁公寓传来了电视机的声响。

出于好奇，我往隔壁公寓的门前挪步而去。那间公寓里住着个年轻人，昨天我跟金太太来敲门时，年轻人的态度可不怎么好。金太太告诉我说，这个小白脸被富婆给包了。不过回想金太太当时的状态，很难看出就是她杀了自己女儿。

那间公寓的门开着，房间里的电视机声音很吵，越是接近那扇门，我就越觉得声音不对劲。站在门口一看，妈的，那小子竟然在看黄片。那也不至于把门敞开着看吧，附近几户人家里可是有小朋友的。

“有人吗？”除了电视机里发出了呻吟声之外，我没有听到任何回应，于是我推开门走了进去。

“能不能关上门再看这种东西，不是谁都愿意看……”

房间里好像没有人，床上的被子拖在地板上，床上凌乱不堪，床下堆着衣裤，不仅有男装，还有女装。一幅淫秽的画面出现在我眼前，看来富婆来跟这小白脸约会了。衣服都还在这里，人跑到哪里去了？浴室的门开着，里面不见人影。这两个人该不会是一时兴起光着身子到别处激情了吧？

正当我站在门口感到匪夷所思的时候，有人轻轻地拍了拍我的肩膀：“你住这间？”

我吓了一跳，回头一看，是个警察。他四十来岁，短发，眼睛很小，鼻子挺拔。

我摇摇头：“不是，我住金先生家对门，刚才听这屋声音很大，就过来瞧瞧。”

“没人？”

“没有人，挺怪的，衣服裤子还有鞋都在这儿，这俩人却没影了。”

警察看到电视里播的东西，拿起遥控器关了电视机。

“金娜娜找到了吗？”我问。

警察皱着眉摇摇头。

“金娜娜还没有找到，隔壁这两位又不见了，这之间有什么联系吗？”

“其实金娜娜到底是死是活我们还不清楚。按照这个思路看，很有可能金娜娜是在被吴媛迷晕之后，没有来得及把她带回去加以杀害，就被其他人拖走了。”

“吴媛？”

“就是‘金太太’。”

听了警察的解释，我才知道金太太本名叫吴媛。

“这样的话，抓走金娜娜的人，还在这一层？”我惊讶道。

“我们调取了监控画面，”警察微微摇头，“但是监控器出了问题，监控画面总是从一侧向另一侧黑屏。”

“你们检查过监控器了？难道出了故障？”

“三十七层的监控器并没有损坏，可是在很短的时间内就是看不到影像。我刚才一直在看这层楼的监控录像，这间公寓的确来了一个女人，而且两个人并没有离开过三十七层。”

“电梯和楼梯的监控器都没拍到他们俩离开三十七层的画面？”

“的确。”

“你们是不是还在怀疑，这层楼里住着一个变态的连环杀手？作案时故意用外物遮挡住监控器，然后将被害人藏在公寓当中？”

“我们已经考虑过这个疑点了，但是我们几乎是挨家挨户查过，都没有作案的可能性。而且，作为连环杀手就必须有处理掉尸体的方法，把三具尸体长期藏匿在公寓房间里是不可能的。”

回到公寓之后，我感到惴惴不安。在金娜娜失踪之后，隔壁公寓又失踪了两个人，难道这栋公寓大楼里住着一个变态连环杀手？也就在警方严密调查和监视三十七层的时候，楼上三十八层发生了同样的事件。清洁工在打扫走廊的时候消失得无影无踪，只留下了清扫工具。监控器同样受外物遮挡，楼梯和电梯的监控器里也没有看到清洁工离开三十八层。

一时间大厦里的气氛诡异起来，对门的金先生因为家里的重大变故而一蹶不振。听保安说三十八层的住户也有些骚动了，有几户甚至已经搬走了，纷纷传说这栋楼闹鬼。暂时不能搬走的人纷纷在房门内外贴上了符纸一类的东西，过去就总听说越有钱的人越迷信，这回算是见识到了。我的做法简单又实用，锁好门，把两个玻璃杯叠在一起放在门边。若是晚上有人趁我睡觉撬开门的话，玻璃杯翻倒就会叫醒我。

但是那个变态连环杀手并没有因为警方介入而有所收敛，失踪事件已经从三十七层开始蔓延开，上下几层楼都有人失踪——要么公寓的门敞开着，饭菜还在锅里，人却不见了；要么就是走廊里出现了鞋子、手机，门前出现钥匙的话大概是准备开门的时候不见的。警方对这些的案子感到头疼，听说有警察假扮成住户在走廊里游荡，但凶手并未上当现身。

保安和警察把手机号告诉了我，说是每个住户都有他们的电话，还让我设成紧急呼叫的模式。我明白，如果真的发生了意外情况，电话拨打给在楼内巡逻的他们要比直接报警更及时有效。

我永远也忘不了那个夜晚，我没有吃晚饭，躺在床上看电视的时候睡着了。我在半夜被饿醒了，当时电视机正在播购物节目，两个主持人跟打了鸡血针一样介绍着便宜离谱的商品。我起身关掉电视机，准备去厨房弄点吃的。我刚走出卧室，突然听到了奇怪的声音从门外传来——“啊”的一声之后，接着是钥匙落在地上的声音。

两个声音都很短促，那个“啊”根本没有完全发出来就消失了。我立刻打开了公寓门，一串钥匙落在了对面金先生家的门口。

“咯噔咯噔。”

这声音很微弱，我仰头向上看，声音是从排气口里传出来的，排气口旁边就是监控器。我跟随着这个声音沿着走廊来到了楼梯。我放轻脚步跟随着声音往楼上走去，跟了几层楼之后，我拨打了保安的电话号码。

“我是三十七层的李建华，先听我说，楼的顶层是什么地方？”

保安告诉我说，楼顶三角形的建筑原本要安装太阳能设施。可后来公寓大厦的老板为了节约投资成本，空闲未启用。

“我已经知道是怎么回事了，叫上警察，快来顶楼！”

咯噔咯噔的声音突然变快，我的步伐频率已经跟不上那声音的速度了。于是我钻进了电梯，直奔顶层。电梯门开了，一道铁栅栏门横在我的面前，而那声音由小变大再变小，最终消失在我头顶。

我马上又拨通了警察的手机，由于信号不佳，电话那边模糊地告诉我，不要轻举妄动，他的同事正在赶过来。但我不能坐视不理，毕竟人命关天。

我看到走廊墙边的玻璃柜子里的消防斧，我走上前用力踹碎了玻璃取出了消防斧用力地劈开了栅栏门上的锁。

我拎着消防斧快步走上通往顶层的楼梯，终于来到了顶层三角形建筑里。黑暗中，男男女女的呻吟声不绝于耳。我要先找到照明灯，看清这里到底发生了什么。我沿着墙边慢慢摸索，终于找到了开关，我用力拉动电源开关，周围亮了起来。

我从来没有见到过这样巨大的树，这棵树的顶端几乎达到了三角形建筑的最高处。我所处的位置是这棵树的根部，这棵深色的大树晃动了几下，我听到了更多的呻吟声。

我注意到了这粗大的树枝上面仿佛粘连着很多人，这些人都与树枝合为一体。不，应该说是这棵树把人融合到了树中。有的还活着，有的已经分辨不出死活了。这棵巨大的树几乎没有树叶，它每条粗长的树枝仿佛都是一条有力的手臂。

“李先生，救救我！”

不远处的树枝上缠绕着一个人，我定神一看是金先生。

“你别怕，我来救你。”

我拎着消防斧准备爬上前去，突然树又活动了起来，树枝犹如手臂一样伸向金先生。金先生惊恐不已，他面无血色地惊叫着：“救救我，救救我！”

树枝猛力把金先生撕扯开了，血液溅射到了我的全身。金先生的上半身已经断了，但他还没有死，嘴巴里发出痛苦的呻吟声。我抹了一把脸上的血，眼睁睁地看着金先生的上半身被塞进了树干里。

随后树猛烈地抖动了一下，呻吟声再度传来。

“这是一棵树？”

警察终于赶来了。

“你还是叫增援吧，情况不是我们能处理得了的。”我绝望地对他们说。

“小心！”

警察猛地推了我一把，粗长的树枝从我身边掠过直接伸向一个保安，他立刻被那树枝纠缠住了，并被两根树枝合力撕碎，顿时血肉横飞。

这棵巨树已经觉察到了我们的存在，整棵树都开始躁动和疯狂起来，见势不妙我们迅速向楼蹿去。树枝舞动的声音从我的身后传了过来，那些树枝正在朝我们袭来。

与此同时，楼下的保安接到了警告，拉响了消防警报，公寓里的住户们听到警报响起纷纷朝着公寓大厦之外逃窜。不过那棵大树并不愿轻易放过血肉美味，树枝不断从排气口钻进走廊里抓走那些来不及逃脱的人。一时间，惊惧的哭喊声回荡在整栋公寓大厦里。

八十层的高楼，我跑了很久才有幸逃脱，我前前后后不少人都消失在了排气口和消防通道内。后来统计，整座公寓大厦有一半的住户都死了。整整一半的住户啊，几百条人命！

来到楼下，我不敢停歇，赶紧奔向最近的警车，受伤的人也马上被送上了救护车。依然有人源源不断地从大厅跑出来，而顶楼那三角形的建筑一下子破裂开来。直升机不停地围绕着楼顶的巨树，巨树在吸食了众多血肉之后，看上去那样茂密，只是那茂密之中带着极重的阴森气息。

原来我们一直住在巨树的下面，四通八达的树枝攀沿在整个楼体当中，这一天它终于完全暴露了出来。

* * *

“好了，我已经讲完了。”李建华停了下来。

“你的前奏好像来得比我们其他人更加猛烈，”莫冲的眼睛里充满惊奇，“那棵树，竟然会长在楼顶？”

“大概是因为公寓顶楼很适合植物的生长吧。”李建华应道。

陈东留意到所有人都对李建华这段经历很有兴趣，都将注意力集中在那棵生长在公寓大厦顶端的巨树上，但是却没有人提起经历中母亲企图残忍杀害女儿的案件。

“还有一件事情你们根本就想不到。”李建华引诱着众人的好奇心。

“什么事啊？”慕容雪立刻询问。

“那棵巨树，”李建华说话慢条斯理，“在引发了如此恐怖的事件之后，竟然有人提议为这棵巨树命名！”

“都那种时候还有人会做这种蠢事？”莫冲瞪着眼睛问。

“我当时也很不能理解，我们逃出公寓的人都非常不解和惊恐，可是根本就没有人给出准确的答复和说法。这棵巨树究竟为什么会长在楼顶呢？也就在这时候，开始有人提议为这棵树命名。”

见没人接话，李建华继续说：

“当时分成了两种意见，一种意见认为这是已知的最大的植物，其研究价值是巨大的，甚至可以说是‘开创了植物学的新篇章’，他们主张的名字是‘亚当’，意为‘新生植物的鼻祖’。另外一种意见，认为这棵‘巨大植物’是产生于中国的，所以应该以‘盘古’来命名。”

“他们当时不知道公寓里发生了什么事情吗？”

面对陈东的问题，李建华无奈地摇摇头说：“怎么可能不知道呢？”

“既然知道的话，也没有丝毫的警惕？”慕容雪问。

“这是人类盲目的自信，认为自己已经是食物链的顶端，认为公寓里的悲剧不过是在毫无准备的时候发生的。”朱晓颖两眼迷茫，“我们太自信了。”

“所有的目光都被吸引到了那棵巨树上去，谁又会在意发现过程中死去的人呢？”

叹息声中，陈东感觉到有双眼睛始终在瞄着自己。

“其实最大的疑点就是，那棵树为什么会长在公寓楼顶呢？”慕容雪问。

李建华无奈地说：“其实就算是把我的这三段经历串起来，也未必看得清到底是怎么一回事。”

莫冲边回忆边说道：“很明显，你的第一段经历是房东死在院子下面的花花草草中；第二段经历是韩泽死在了树里；第三段，也就是你刚才讲述的那段经历，一棵巨大的树竟然长在了公寓上面。”

“唯一能够推测出的只有一点，你所经历的灾难与可以活动的植物有关，”齐涵突然放慢了语速，“除非，你忘记告诉我们经历中的某些细节了。”

李建华微笑着摇摇头，并没有理会齐涵的暗示。

“说到这里，我倒是想起了一件事情。”陈东说着把桌上被拧成一团的纸团捡了起来。

六双眼睛都紧盯着陈东的动作，他将纸团端在众人眼前，然后靠在了椅背上轻轻地打开了纸团：“你们都还记得上面写着什么吧？”

“六。”

“我还记得刚刚到农场来的时候，我检查过房子所有的边边角角，我想任何人到了一个陌生、又准备长住的地方都会这样做。”

陈东把展开的纸团摊出来给其他人看，“六”字清晰地展现在所有人的面前。虽然早些时候看过这张纸，但是所有人却又像勾去了魂魄似的盯着上面的字，原本掩饰起来的好奇心暴露无遗。

“既然每一个角落我都查看过了，为什么没有发现这张纸呢？”

“你的意思是说，这张纸原本不存在于这个房子里？”

朱晓颖的眼睛盯着桌下发现纸条的位置。

“我不知道这张纸怎么会出现在桌子下面，不过上面的信息到底是什么意思呢？”陈东摇晃着脑袋，“‘六’，只不过是一个字而已，为什么是这个大写的‘六’，不是数字‘6’呢？”

“如果写数字‘6’的话，被认为是‘9’也未尝不可啊。”万子明低沉道。

“可是我不明白这个‘六’有什么含义呢？”陈东问。

“我有点印象，我记得‘666’指代魔鬼。”齐涵解释说。

“代表魔鬼？”莫冲似乎不明白齐涵为何提起了这个话题。

齐涵点点头：“在拉丁文中，‘VICARIUS FILII DEI ’这个字与宗教有关，源于天主教。西欧国家的说法是‘The one who in this world wants to play God ’，意思是‘想扮演上帝角色的人’，说白了就是指‘撒旦’。”

“你真的是学法律的吗？”莫冲随口道，“女孩子懂这么多，也算是很厉害了。”

“那有什么用，懂得再多，现在还不是跟我们一样。”面对慕容雪的低声挖苦，齐涵不屑一顾。

“也许是巧合吧，不过是一张纸而已。”李建华轻描淡写，“人在紧张的环境下，很可能会有疏漏。也许大哥在检查这房间的时候并没有注意呢？”

“说得也对，”陈东又把这张纸拧成一团，“何苦为了这一张纸大费周章呢？想多了还真的是一件苦恼的事情。”

纸团被陈东扔到了桌子上，他偷瞄着所有人的举动，大家虽陷入到了沉默中，可表情各异，就像话剧演员们在无声地默背着下一幕的台词。

误会

一张无形的幕布被拉开了，慕容雪作为女主角的表演即将开始了。慕容雪微微地仰起头来，用征求的目光扫视着其他人：“是不是轮到我了？”

话音刚落，慕容雪突然散发出一股媚气，她轻轻地眨了眨眼睛身子向前倾了倾。

“既然大家都没有其他问题了，我就开始了！”

* * *

我开着那辆破旧的汽车逃走了，我没有了手机，也不认识路，只能沿着大道毫无目的的飞速前进。车速越来越快了，风不停地往我的眼睛里灌，眼泪止不住地往下淌。

“啊呀呀！”

我先是像个疯子一样的大声喊叫，然后开始狂笑。车闪到了路边撞到了树上，我没有受伤，也不觉得害怕。若是过去遭遇了车祸，我一定会惊恐万分，不知所措，可此时我要提防的是那些怪物。

于是我从撞坏的破旧汽车里爬出来，马上沿着大道继续奔逃。不知道跑了多久，我来到了一条河旁，我停了下来，蹲在在河边一边洗脸一边担忧地看着身后，生怕有怪物扑上来。这一路上我没有看到任何人，让我觉得这个世界上只剩下我一个人了。

我沿着道路继续前进，终于来到了一座小县城。我去了当地的派出所，得到了警察的帮助。我无法言明自己的经历，我一个女孩，蓬头垢面的告诉警察，说我在一个镇上遇到了怪物，然后我又遭到了匪徒的绑架，谁会信？我不要再惹麻烦了，于是我告诉警察说我独自出来玩，结果在山里迷路了，身上的钱包手机都丢了，好不容易才走出山林。这座小县城距离我住的城市不算很远，警察雇了一出租车送我回家。

天已经彻底黑了下来，出租车司机闲聊道：“你一个大姑娘怎么想起连夜往回走了？再住一天多好。”

简直就是废话！若不是我大半夜的需要车回家，还轮到你赚钱吗？

汽车行驶了整整一夜，起初我还能跟司机有一句没一句的闲聊，后来我就躺在后座位上睡着了。等我睡醒过来，天已经快亮了，司机听着深夜广播开夜车很是疲倦了。

“我有个挺新奇的故事，想听听吗？”

“那你就说说吧。”

或许是疲倦的缘故，司机的语气很敷衍。

于是我就把自己这些天的经历讲了一遍，司机听得很带劲，倦意全无。

“你说这编故事的人脑子是怎么长得？真是刺激啊。”

车子突然抛锚了，司机骂了一句，然后下车去修。这里距离市区还有一段距离，但我已经不想跟着这个废物司机一起耗时间了，等他把车修好要等到什么时候？

“什么呀？你这钱还没给呢！”

司机听说我要步行回去，怒气哄哄地瞪着我。

“警察不是已经给过你钱了吗？”

“你不是说到了还给吗？”

我笑了，轻蔑地瞅了这个穷鬼一眼：“你也说了，到了给钱，现在这是在什么地方？还要我给钱？”

司机开始扯着嗓子跟我吼，说车是因为送我才坏的，又说大半夜的什么一路辛苦。一个大男人站在路边冲着比他矮上一个头的女人嚎叫，真是让人瞧不起。我没有理会他转身向着城市的方向走去。

“妈的，算我倒霉！”

司机望着我离去的背影，踢了轮胎一脚。

太阳缓缓升起来了，整座城市的轮廓渐渐浮现在我的眼前。当我步入市区的时候，时间尚早，几乎看不到行驶的车辆。在一条空旷的街道上，我听到了清扫大街的声音。我之前不知道，原来清晨四点多的时候就已经有环卫工人出来工作了。

我随着声音来到街边，看到了一位环卫工人在拿着扫帚清扫着大街。环卫工人见到我先是一愣，然后停下了手里的工作。

“请问一下，往市中心方向的公交车，现在发车了吗？”

清洁工摘下了口罩，对我说：“姑娘，你是刚刚从外地回来的？”

我点点头，不知道为什么她会所答非所问。

“现在时间还早，公交车和地铁都没开，所以，你还是等等吧。”

就在我道谢准备离开的时候，那个清洁工提醒道：“我还是劝你不要去市中心区了。”

我停住了脚步，回身问她为什么。可是她只是低着身继续抡着那把大扫帚清扫大街。我没有继续追问，只想赶紧找到一辆可以送我回家的车。

因为平时爸爸工作很忙，所以大多时间家里人都会住在公司附近的别墅里。想见他们，我必须回到市中心去。我很后悔当初不声不响的离家出走了，这几天爸妈一定担心死了。我沿着马路向市中心的方向走去，就在我又累又渴的时候，终于等到了一辆开往市中心的公交车。车上的乘客少之又少，就在公交车距离市中心尚有一段距离的时候车里只剩下我一个乘客了，司机告诉我已经到了终点站了，我只好下了车。

不知道是不是因为时间太早的缘故，在我印象里一向繁华吵闹的商业区竟然很少有人，很是荒凉。偶尔能看到几个人，也只是匆匆路过。越是靠近市中心的位置，就越是觉得哪里不对劲。

远远的，我看到了一道高耸的金属围墙，围墙挡住了我去市中心的道路，我站在墙外能看到市中心林立的高楼。我才离开没几天就建起了金属墙？我沿着金属墙走了大概半个钟头，却没能找到能进入这金属墙的入口。我不由得心生怀疑，金属墙究竟是用来做什么的？里面到底发生了什么事情？

无计可施的我想到了一个去处，朋友郝丹家。郝丹就是当初帮我存放车子的人，我们俩关系非常铁，从小学开始就是好朋友。还好她家并不在那金属墙范围内，不然我真的不知道该去哪里了。来到了郝丹家院门前，我按响了门铃。

“小雪？”对讲机里，郝丹得知是我非常惊讶，“你这几天去哪了？你光说出去几天，为什么我打电话你都不接？”

“你先让我进去再说吧。”

郝丹的声音有点犹豫，“小雪？你是一个人吗？”

“是啊，”我有点不耐烦了，“就我一个人。”

很快，郝丹来到院门前为我打开了门，可开门的空间只容得下我侧身通过。我进门之后发现，郝丹对待我并不热情。

“是不是我来得太早了？影响你睡觉了？”

我顺眼望向门廊墙边的欧式立钟，什么？！上面竟然显示的时间是上午十点半！这是怎么回事？外面的景象看起来只是大清早，可是此时竟然已经快中午了。

“你的钟是不是坏了？”

郝丹无声地摇摇头。

“那你告诉我外面到底发生了什么？为什么看上去那么……”

这座首屈一指的大都市为何会如此萧条？市中心的围墙又是怎么一回事？

“你离开的这些天发生了意外情况。”

郝丹扭扭捏捏的样子让我心急如焚：“你个死丫头，怎么开始跟我耍花腔了？有话就说！”

“那你先回答我几个问题，”郝丹看起来很犹豫，“好吗？”

“行！”

“你是怎么回来的？”

“当然是坐车！”

“开车？”

这一问勾起了我的那些让人心惊胆战的经历，我不想让那些画面在我的脑海里浮现，摇摇头对郝丹说：“没，不过说来话长……”

“你回到这里的时候有没有人拦截你？”

“没有，只是回来的时候街上的行人和车辆都很少。”

“难道都是些传言？”郝丹嘟嘟囔囔的自言自语。

我连忙询问究竟发生了什么事情。

“就在你离开之后的第二天，发生了一件没有任何征兆的事情。你知不知道冷战时期德国的‘柏林墙’？”

我点点头表示听说过。

“当年柏林墙一夜之间拔地而起，外面你看到的那道墙也是一样的。早上起来的时候，我站在窗边看，不知道什么时候开始，那里竖起了一道铁墙。后来的新闻上说市中心的那道墙是‘隔离墙’，可是新闻还没播完，画面就切换了。”

“没继续解释隔离墙的事？”

“没有，‘隔离墙’这个词一听就明白了，肯定是墙里面出了些情况，不得不把市中心跟外界隔离开。”

起初，我并没有把我这几天的经历告诉郝丹的想法，尤其是我听说了“隔离”这个平时很难接触到的词之后，总觉得其中存在某种联系。

“被隔离了多少人？”

“少说有上万人吧。”

“把电话给我用一下，我要给我爸妈他们打电话，不知道他们是不是在隔离墙里。”

“小雪，不用打了，我们的父母也在隔离墙里。”郝丹满脸失落的神情，“当时我父母在市中心，我看到隔离墙之后急忙打电话给他们，结果根本就无法接通。我想起你父母也在里面，便打电话给他们，可是也打不通……”

“到底发生了什么事情，为什么他们会被隔离在市中心？在被隔离之前有没有发生什么特别的事情？”

我颤抖着站起身，在窗户旁边望着隔离墙内的高楼大厦。

“小雪，你走后的第二天外面就立起了高墙，如果发生了什么算得上是征兆的事情的话，你也应该知道的。”郝丹接着问道，“你还没告诉我这几天你去了哪里？”

于是我把这些天在白金汉小镇和遭遇绑匪的事情讲述了一遍。

“怎么会遇到这种事情？”郝丹惊讶地瞪圆眼睛，并下意识的不断摇着头，“绑匪之所以打不通你父母的电话，是因为他们已经被隔离了。”

“那么他们出于何种原因被隔离了呢？”

“有没有可能围墙里发生的事情，正是你这几天遇到的事情呢？”

我摇摇头，不知道该如何回答郝丹。

“传言说市中心闹了传染病，而且这病的传染性很强，所以才建起高墙隔离了市中心。”

“我看大家也都是猜测，未必是什么病毒。”我不愿将隔离墙内发生的事情跟自己的遭遇联系起来，“外面虽然少有人走动，但是大家还是照常生活，没有什么特别的吧。”

“大概吧，而且这几天有传言说要封城，但你还不是毫无阻拦的回来了吗？”

随后，我和郝丹站在阳台边，瞭望高楼林立的市中心，里面一片寂静，与隔离墙外一样的萧条。我很担心父母的安危，如果不幸被郝丹说中了，隔离墙里爆发了病毒该如何是好？

我在郝丹这里有一张银行卡，里面是我应急用的钱。我问郝丹现在城市的金融机构是不是还在正常运作。郝丹称是。

“这就对了，其实根本就没有什么大事，可能就是以讹传讹，没有那么夸张，不然的话那些金融机构早就瘫痪了。”我既是在安慰郝丹，也是为了宽慰自己，“我得买部新手机，然后去营业厅补办一张电话卡，如果我爸爸妈妈他们能联系上我了，打我的手机会打不通的。”

说完我就拉着郝丹出门，她虽不情愿但还是陪着我去了。

街道上一片萧条，完全看不出已经是中午时分。大多数的饭馆、商店都开着门，但是鲜有顾客进出，路上偶尔能看到几个行人也是神色匆匆。一路上都是这番景象，若不是天气闷热，真是像极了深秋的黎明。

在自动提款机前取了钱，我们又来到了数码商城，商城内格外的冷清，几个营业员白着脸一脸苦相，极不情愿的站在柜台旁。

“摆臭脸，谁欠他们的啊？”

我小声在郝丹的耳边嘀咕。

“其实他们也都不愿意上班，本来就没人出来买东西。应该是为了稳定人心吧，”郝丹解释说，“这样看起来很正常，不是吗？该营业的场所都在营业。”

买完手机，我和郝丹又回到了街上，准备去营业厅补办手机卡。在转过一个路口的时候，我看到了几个行人，他们走过路口时刻意加快了脚步。

我顺眼望去，路口旁停着一辆车，车轮下面有血迹。交警在听脸色蜡黄的司机说着些什么，我没有看到受伤者，大概刚刚被送到医院抢救了。周围不见一个围观者，倒显得有些不正常了。交警和司机谈话的声音不大，并同时看了我和郝丹一眼，那眼神带着警惕，让我浑身不自在。我赶紧拉着郝丹离开了。

补办好手机卡后，我马上开启了新手机给父母打电话。电话依然打不通，于是我自我安慰般的发了一条短信给他们，让他们给我回电话。

发完短信我听到了头顶传来声响，抬头仰望看到了一架直升机消失在高楼之间。

郝丹看上去并不惊奇，跟我说，这些天经常有直升机朝着隔离墙内飞去：“听有说，是派了疾控专家来控制病情的。”

随后我和郝丹去超市买东西，超市里得顾客很少，都是匆匆的买了些水和面包、方便面之类的食品就离开了。

“刚刚修起隔离墙的那天，水啊饼干啊什么的都被抢空了，这两天才有所好转。”

我和郝丹来到了蔬菜区，五十多岁的导购大姐大概是长时间没遇到客人了，无聊得很，见到我和郝丹便打开了话匣子：“你们俩不知道吧？洋葱是好东西，增强抵抗力，吃了这个不得病，肯定不会被隔离。”难得见到这样热情的导购大姐，我们俩干脆多买了两个圆葱。

“小雪，你遇到了这么多的事情，你就没想过要报警吗？”郝丹推着购物车低声问我。

“报警？别傻了，遇到那种事情有几个人会相信，若不是咱们俩认识了这么多年，突然窜出一个人跟你说了那么多匪夷所思的事情，你会信吗？我现在只想联系上我爸妈，我爸有的是人脉，他的影响力肯定会把事情解决的！”

回到了郝丹的家，我见她的情绪不高，便劝慰道：“丫头，别瞎琢磨了，我相信咱们爸妈根本就不会被传染，只是市中心有人得了病，暂时把他们隔离了，早晚会联系上他们的。”

晚饭的时候，为了分神，我们俩一边看电视一边吃饭，电视上一直播放着偶像剧，竟然不插播广告。

“真难得，电视剧也可以一次看个够了。”

“最近几天一直都是这样的，只播电视剧。”郝丹见惯不怪。

“这几天一直是这样的？”

“对啊，新闻都不播了，只有电视剧。”

郝丹话音刚落，我的手机突然响了起来，只响了两声就没了动静，上面显示了一个很陌生的座机号码。我立刻拨了回去，可是却没人接听。我自然而然的猜测，难道会是隔离墙里面的父母打来的吗？

夜里，我睡得很熟，枕边的手机响了起来。

“谁啊，这么晚……”我身边的郝丹小声嘟囔着。

我迷迷糊糊的睁开眼睛，手机上显示的依然是晚饭时接到的那个号码。

“喂？是谁啊？”

电话那边只有类似于广播调频的声音。

“爸？妈？”

电话那边传来急促的呼吸声，“——雪——”

虽然只能听清楚一个字，不过我听得出那是我父亲。

“爸，你是吗？”

“——雪——救，明晚——八点——东华——商厦——记——”

声音断断续续，我赶紧问：“爸爸，你在说什么？妈妈怎么样了？”

可是电话被挂断了，因为手指无意中触碰到了屏幕上的录音键，所以我重复听着这通模糊不清但是却让人感到无比沉闷和压抑的电话录音。

“——雪——救，明晚——八点——东华——商厦——记——”

黑暗的客厅，敞开窗户的阳台，外面没有一丝声响。整座城市犹如死城一般，我蜷缩在沙发上，一遍又一遍地听着父亲对我说的话。

“小雪，救救我，明天晚上八点我会在东华商厦附近，记住。”

这是唯一符合逻辑的推断，可见隔离墙里面真的发生了很严重的病毒传染。不过我父亲应该并没有被感染，可是为了安全起见，里面的人并不想放走我的父亲，父亲受到了惊吓，所以希望我去救他！

清晨，郝丹起床见我蜷缩在沙发上，揉着眼睛说："你这么早就起来了啊？"

我把昨晚发生的事情都告诉了郝丹，并把手机里的录音给她听。接着我把推断父亲想要告诉我的话完整的重复了一遍。

"今天晚上八点，我必须去救他们。"

"小雪，你应该说'我们'！"

"你也跟我一起去？"

"是啊，而且我也想知道我父母的情况。"

经过一整天的漫长等待，终于迎来了夜晚。七点钟，我和郝丹开车前往东华商厦。过去晚上七点钟本是这座城市最热闹的时间，数不尽的灯红酒绿，帅男美女成群狂欢，要么寻找刺激，要么在寂寞中寻求归宿。可曾经繁华的城市在这个夜晚竟然一片寂静。

东华商厦距离郝丹的家不算近，但一路上畅通无阻，过去开车要用四十分钟路程这次只用了二十分钟不到。来到了东华商厦附近，我看到了延伸到这里的隔离墙。

"爸爸为什么要我来东华商厦？"我困惑不解。

我开着车在商贸大厦下面转了一圈，我的注意力全都放在商贸大厦一侧的隔离墙上，既然父亲让我到这里来，必然是由原因的。

"停！"

郝丹让我注意前方的隔离墙，那里有一段缺口是用铁丝网连接的。我把车开到隔离墙边，车灯照射在铁丝网上。这里竟然有缺口？

"应该就是这里了，"我把车熄掉，"现在时间差不多了，就在这里等等看。"

我们下了车走到铁丝网的旁边，焦急地等待着父母的出现。时间一分一秒的过着，八点很快就到了，我听到了脚步声，匆忙而慌张。

身影由远及近，只有一个人，是我的父亲，我终于见到他了。

"爸！"我快哭出来了，"妈妈在哪？"

父亲很慌张，他在铁丝网另一面看着我，眼睛泛着红："小雪，小雪……"

父亲焦急的回头望了一眼，好像很害怕有人会追上来。他拎着一把斧头，用力撕扯着铁丝网。突然有探照灯从最近的楼里照射过来，几个穿着黑色衣服荷枪实弹的人冲了过来。他们抓住了父亲，并将斧头夺了下来。几把枪隔着铁丝网对着我和郝丹，父亲红着眼睛看着我，然后哀求他们说："求求你了，我有钱，我可以给你们好多钱……"

父亲拉扯着铁丝网呼喊着我的名字，铁丝网内侧悬挂的牌子甚至被扯掉了地上。曾经在商场上叱咤风云的他，竟然落到了如此狼狈的地步。我站在枪口前，不敢做声。眼睁睁地看着他们拖走了哀号的父亲。

我拉着惊慌失措的郝丹回到了车上，回想着父亲被抓走的情景，我不得不怀疑，父亲已经被感染了，如果母亲没有跟随他一起来的话，说不定母亲已经……

郝丹哭了起来，我知道刚才我父亲的情况让她担心自己的父母的境遇。

等在这里也不是办法，我想开车先回到郝丹家里再想办法。可是刚刚驶过商贸大厦，最近的一栋居民楼里的灯光有些不对劲，我看到有人在窗户旁呼救尖叫。而且，不是一户人家出现了这种情况，整栋楼看上去混乱不堪，有的甚至着起火来了。附近的几栋楼里也发生了同样的情况，远处警车和消防车的声音传来。

同时，隔离墙里面传来异样的声音，墙内的探照灯亮了起来，轰隆轰隆的声音不绝于耳。直升机从市中心纷纷起飞，直奔远方。

我马上调转车头开到了刚才遇到父亲的围墙缺口铁丝网前，"丹子，千万别下车，等着我。"

我打开车门下了车，眼看着最后一架直升机离开了。我伸手拾起落在铁丝网旁边的斧头，用力伸向掉在地上的那块牌子。我把牌子捡起来回到了车子里，借助车内的灯光下，我看清楚了上面的字，郝丹看过后也大惊失色。周围的楼里纷纷传出人们的呼救声，火光四起，牌子上面写着"隔离区，请勿穿越"，而且这牌子原本是挂在围墙里面的。

是我误会了，这金属墙的确是一道'隔离墙'，不过我们才是身处隔离区被隔离的人。隔离墙里面的人已经乘坐直升机离开了，爸爸然我到铁丝网前面来是想救我的，他其实是想把我带离隔离区，想接我一起走的！

* * *

慕容雪叹息道，"这就是我的经历。"

"这个结局有点让人……"莫冲呼吸急促，仿佛刚才他始终憋着气，"没想到整座城市除了市中心，都是隔离区！"

“看来，你父亲原本是不允许与外界联络的，不过他还是想办法与你联系上了，他希望在最后时刻把你救走，可还是被发现了。”李建华推测道。

“我也这么想，”朱晓颖表示赞同，“铁丝网那里应该是有人守着的，只是因为他们将要撤离了，所以看守时有所松懈，你父亲才想借机救你。”

“爸爸当时真的是用心良苦，但是我还是没能把握住机会，不然也许我……”慕容雪深深地叹了口气。

洗牌

莫冲说：“可见，不仅仅是那个白金汉小镇，其他地方也出现了相似的事件。小雪，你决定离家出走的时候，城市里就已经出了状况并立刻被隔离了。”

“事后看来，应该就是这么一回事。”

接着，莫冲与慕容雪互相应和了几句，内容无非就是围绕着那道用来保护市中心的金属隔离墙。

“其他人还对这段经历有什么疑问吗？”陈东问道。

“当然有！”李建华早有准备，“从刚才的经历上分析，小雪的父亲趁着撤离前的间隙通知了她见面地点。并且，撤离的时间与城市中病毒爆发的时间几乎一致。那么隔离墙内的人，为何会知道爆发的时间呢？”

“你认为，这段经历的灾难是人为的？”齐涵低声揣测。

陈东注意到慕容雪突然颤抖了下身子。

“人为，也分为很多种，有意或是无意。”李建华目光深远，仿佛在望向更远的地方，“但是如果他们知晓病毒爆发时间的话，又该如何解释呢？”

慕容雪一只手扶着额头：“这我就不清楚了，不过市中心隔离墙内的人想必也在寻求解决的途径吧，或许他们发现了病毒爆发的临界点吧。”

顿时，所有人又都陷入到沉默中。许久之后，齐涵才打破沉寂道：“已经中午了，是不是我们可以准备吃中午饭了？”

“对了，大哥，”朱晓颖突然对陈东说，“你能不能带我到仓库去？”

面对他人惊奇的目光，朱晓颖毫不退缩：“每天只是让大家吃咸菜和米饭，太单调了。所以想去仓库找找其他食材。”

“其实……”

万子明本想找点理由打消朱晓颖的想法，可是陈东认可道：“行啊，跟我去仓库找找吧。”

见陈东已经应允，其他人没有再提出异议，陈东安排道：“晓颖跟我去仓库，万子明去楼上盯着，莫冲守着楼下。其他人随意，不过还有最重要的一点——不要大声说话！”

陈东的安排留下了一个很尴尬的局面，李建华背上有伤只能坐在椅子上休息。厨房里需要准备午饭的话，就只剩下了慕容雪和齐涵两个人，没了朱晓颖在中间做调和，很难想象两人在厨房里会如何相处。

朱晓颖自从来到农场之后，就再也没有离开过那房子。不过看着走在前面端着枪的陈东，朱晓颖不敢有所放松，快步跟在陈东的身后。

进入仓库之后，陈东关上了仓库门，一道光线斜挎在他的脸上：“你还真有点胆量啊。”

“为什么这么说呢？”

朱晓颖闻到了一股干燥沉闷的气味。

“一个女孩子敢跟着我这个大男人到外面来，而且这么黑的仓库，想也不想就跟了进来。”

“因为我信任你。”

听了朱晓颖的回答，陈东咧开嘴巴无声地笑了：“你不是第一……”

可没等陈东把话说完，朱晓颖接言：“你是想说，我不是第一个对你说这句话的人，也不是第一个跟着你出来的人，更不会是第一个……”

“更不会是第一个有话要对我讲的人。”陈东在黑暗中慢慢靠近朱晓颖，“我这么说，没错吧？”

“没错，我的确不只是来找食材的。”朱晓颖朝后轻轻挪了半步，“我想告诉你要提防一个人。”

“谁？”

朱晓颖不由自主地压低声音：“李建华。”

“李建华？为什么要提防他？”

“因为我认识他的时间要比你久，从很早的时候我就感觉他有点不对劲。”

“说来听听。”

“表面上看他是我们的‘领导者’，他看起来也挺像是这么一回事，不过这种事情嘛，很难讲。”

“哎？既然都出来了，不妨有话直说好了。”

“一个人成为领导者，有两方面原因，比如这个人也许的确能给人安全感，尤其是对于我们女人来说；另一方面，就是因为某些原因，其他人不得已而将他放到这个位置上去，也就是说大家并不是心甘情愿的。”

“你们五个人出于某种原因，不得不把李建华放在领导者的位置上？”

“没错，而且我相信，听完我说的原因，你也会很惊讶的。”

“不过，你所说的原因恐怕也都是过去的事情了，现在你们已经到了农场来，又何必在意过去某些不得已的决定呢？”

朱晓颖口气突变，有些嘲讽地说：“大哥，目前一切的法律都不再起约束作用了。虽然活了下来，即便不会再遇到可怕的灾难了，那么同伴就是最大的威胁。”

“嗯。”陈东点点头，“有道理。”

“听了发生在李建华身上的事情，你就不会觉得我在危言耸听了，有些事情要比遇到的经历可怕得多。”

“你现在就在危言耸听，”陈东的口气听起来有些不屑，“难道还有什么事情比大家遭遇过的灾难还值得担心吗？”

朱晓颖失去了继续说下去的动力，她认为陈东并未完全信任自己。

“既然这样，不如我们下次再详谈这件事情吧。”朱晓颖稍作思索，“虽然你现在没有兴趣听，但是早晚你会想知道的。但是看你们俩单独接触的时间比较多，想必他一定对你说了些事情，我劝你不要相信，因为他很危险。”

黑暗中的陈东立着身靠在门口，朱晓颖只能看到那道照在他脸上的光，却看不清他的表情。

“你既然借口出来找吃的东西，空手而归可就说不过去了。”

说完，陈东就点亮电筒从箱子后面翻出一个罐头，递给了朱晓颖。

“这个东西没有几个，但是偶尔也可以给大家改善一下。”

朱晓颖无声地接过了罐头掂了掂：“肉的？”

“嗯。”

两个人离开了仓库，朱晓颖跟在谨慎的陈东身后原路返回。

一路上，朱晓颖望着陈东的背影困惑不已，陈东为什么会对自己刚才在仓库里讲的事情毫无反应呢？难道陈东与李建华达成了某种同盟关系吗？还是说陈东更信任李建华呢？朱晓颖不知道自己这一次的冒险举动到底会不会带来危险的结果……

避祸

“大家看，这是什么。”

回到房子里的朱晓颖拿着罐头对其他人晃了晃。

“肉的？”莫冲两眼发直。

“我先去把饭做好。”

朱晓颖笑呵呵地转身走向厨房，慕容雪赶紧跟进了厨房。齐涵站在窗户旁边透过木板缝隙看着外面，用向往的眼神望着被阳光普照的树林。

“别被表面景象蒙蔽了。”

陈东悄声走到齐涵的身边，头低到跟她同样的高度，从同一排的木板缝隙之间看着窗外。

万子明从二楼走了下来，他看了眼正在低声交谈的莫冲和李建华，然后又望向陈东。他走到了陈东的身边，趁人不备偷偷地把一张折好的纸塞在了陈东的手里，随后他回到了自己常坐的那把椅子上。

肉罐头的分量虽然不轻，可分给七个人吃，每个人碗里那点着实少得可怜。尽管如此，却没有人牢骚抱怨，他们已经太久没有见到肉了，肉对他们而言是很奢侈的食物。

饭桌上，齐涵边吃饭边偷偷地咂摸着筷子尖，所有人都沉浸在罐头肉的腻香中。陈东的余光感觉到了万子明的眼神，他擦了擦嘴角，随手摸了一把裤兜里的纸。

饭后，大家似乎还在怀念着肉罐头的腻香。朱晓颖和慕容雪很快就把饭桌收拾好，大家重新聚集在桌子前。

“下面该轮到齐涵了。”李建华提醒道。

虽然齐涵早有准备，不过她还是深深地叹了一口气，好像正承载着巨大的压力一般。

***

金爽不见了，活不见人死不见尸。

警察一遍又一遍地让我回忆当天晚上事情的经过，希望从中找到线索。警察甚至不对我和金爽在跌下楼之前发生的诡异事有任何的怀疑，“是不是幻觉”“你是在开玩笑吗”或者更严重的“是不是你对金爽做了什么事情”都没有，警察好像关心的只有结果，金爽到哪里去了？

我父母来了，我却不敢告诉他们我的遭遇，他们岁数不小了，我不想他们为此惊恐不安。住院期间，我经常做噩梦，被母亲叫醒后的第一件事情就是问她：“妈，我刚才说了什么吗？”

“你吓死我了，你刚才什么也没说，就是身上抽搐了几下，哎呀，肯定是摔下来的时候吓到了……”

金爽的事情是如何处理的，我不得而知。我没有见到金爽的家人，警察也没有再因为金爽的事情来过。我开始怀疑我经历的一切都是幻觉，金爽真的出现过吗？会不会宿舍里只有我一个人？难道我每天都在对着空气自言自语？

那天我躺在病床上深陷自我怀疑和惴惴不安之中，一个面目冰冷的女人没有敲门就走进了病房，她身后还跟着两个男人，看起来岁数跟我相仿。那个面目冰冷的女人站在病床边，直愣愣地瞅着我的脸，真像一个勾魂来的女鬼。

“打扰你了，”那个平头的男人问，“你是齐涵吗？那个念法学专业的齐涵？”

“你们找我有什么事情？”

平头的男人并没有正面回答我的问题，而是继续问：“跟你住在一起的同学失踪了？对不对？”

我没了耐心：“你们找我到底有什么事情？”

另外那个男人插了一句：“我们才不会闲得蛋疼来找麻烦，肯定是重要的事情。”

他的态度太差劲，我实在不愿理会，便转身躺倒在床上：“请你们出去，我要休息了。”

那个女人见状马上说：“我们来找你真的是有很重要的事情，我们的家人都遭遇了奇怪的状况。”

“家人”两个字，让我立刻联想到了出去买东西的父母，一种无法言明的担忧从我内心里迸发出来，于是我表示愿意听听他们的来意。那个女人自我介绍说，她叫魏如宜，那个平头的男人叫李元斌，另一个叫赵诚。

“我们的经历跟你的遭遇很相似，所以才来找你。”

李元斌告诉我，魏如宜原本是个五岁孩子的母亲，可是有一天她的儿子说在幼儿园捡到了一张纸条。魏如宜并没有当回事，可是后来不久的一天，孩子在房间里消失不见了。

纸条？

李元斌，有一个未婚妻，两个人就快结婚了。在商场购置婚礼用品的时候，未婚妻说她几日前捡到了一张纸条，还告诉他说传言捡到纸条的人会有好运。接着李元斌的未婚妻去了卫生间，李元斌在门外拎着购物袋等候。突然他听到卫生间传出了尖叫声，冲进去的时候他肯定未婚妻还在隔间里，因为他听到了呼救声。可是当他撞开隔间门的时候，里面除了未婚妻的高跟鞋，什么也没有。

又是纸条。

赵诚家里很困难，父母去世早，只剩下他跟弟弟两个人。他放弃了上学的机会到外面打工，供弟弟上学。他弟弟也算争气，考上了这座城市的重点大学。每周末赵诚都会去看弟弟，可是有一天，他被告知弟弟失踪了。弟弟的朋友告诉赵诚，在他弟弟失踪之前，捡到了纸条。

“都是跟纸条有关的事情。”我小声念叨了一句，“那你们来找我做什么？”

“我们知道你也经历了同样的事情，而且你曾报警说你目击了一起失踪事件。这次与你一同跌落到楼下的女生不是也失踪了吗？”

“你们是怎么知道的？”

“这个不重要。”赵诚回答说，“我们都想知道到底为什么会发生这种事情，我也知道失踪事件都跟纸条有关，但是其中的联系……”

“对不起，我不想管这些事情了。”

李元斌似乎已经预料到了我的态度：“不查清这件事，我们都不能安心。宜姐根本无法面对这样的现实，儿子失踪之后，她快疯了，她想知道儿子失踪的原因。结果她丈夫不愿意再提起这件伤心事，两个人总是为此争吵，最后离婚了。儿子没了，家也没了。”

我瞄了魏如宜一眼，她的脸上没有悲伤和难过神情，依然冷冰冰的。

“还有赵诚，他的希望就是他弟弟，他那么辛苦的工作就是为了弟弟有个好的未来，他爹妈泉下有知也会瞑目的。可是他弟弟不见了，希望就没了，你看见过一个大男人毫无希望的生活吗？”

“我呢，未婚妻就跟我隔着一道门，我还是救不了她。我们原本应该已经结婚了，幸福快乐的……你知道吗？我未婚妻的妈妈已经哭瞎了眼睛，我不甘心啊。”

“那你们想让我怎么样？”

“你就忍心你的朋友就这么不明不白地失踪了吗？”赵诚也来逼问我，“你不也是眼睁睁地看着朋友出事儿了吗？”

我看了眼时间，我父母他们就快回来了。

“不如这样，你们把手机号码留给我，我稍后会联系你们，你们先让我冷静一下。”

魏如宜理解地点点头，然后从手包里拿出一个记事本，写下一个号码然后撕给我。

那天晚上我失眠了，不断回想着他们三个跟我说起的经历。他们来找我的目的其实很明确，他们希望我也加入他们，追查纸条背后的真相。这虽然是我目睹了朱萍失踪之后的想法，不过亲身经历了金爽的神秘失踪后，我便打了退堂鼓。

可是他们根本就不知道失踪的景象是多么可怕，根本就不知道血色的沼泽里到底有什么。我很矛盾，如果把我看到的景象告诉他们，他们会怎么做？是会跟我的想法一样打退堂鼓，还是继续执着地查下去？我看了眼睡在病房另外一张病床上的父母，脑海里出现的都是父母消失在血色沼泽里的画面。

于是在办完出院手续之后，我马上让父母回家去，远离我所在的城市。

“爸妈，记住了，有些人心理不正常，把传染病毒抹在纸条上，然后故意传染给别人！看到那种东西千万不要去碰。”

母亲听到我这么说，吓得脸色发白了，念叨着现在的人心如何如何坏了。某些时候无知也是一件好事，我相信父母就算遇到了纸条，也不会在尚能抽身的时候触碰纸条。

我出院后不久就联络了魏如宜，我们约了中午见面，地点是市中心广场。中午的广场上人并不多，到了约定的时间，远远地看着他们三人如幽灵般向我走来。

“很感谢你愿意见我们。”

魏如宜虽然说着感激的话，可依旧面无表情，看不出任何感谢的意味。

“我们之前联系过一些遇到过失踪事件的人，但是他们要么不肯见我们，要么说不想再提起这件事情了。”李元斌略显无奈，“所以你的加入还是让我们很激动的。”

加入？我哪里说要加入他们了？

“请你们搞清楚状况，我来见你们并不能代表什么，我并没有想要加入你们的意思。”

虽然我想知道有关纸条背后的真相，但是我并不想早早地亮出底牌、暴露目的。

魏如宜皱了皱眉头：“就算你不要加入我们，也请你告诉我们一些细节，好不好？我想知道我的儿子究竟哪里去了……”

“大姐，你的儿子不仅仅是失踪了，或者不见了而已，他已经死了。”

我说的话想必魏如宜早就考虑过无数次了，但是亲耳听到别人坦言告诉她，依旧难以接受。她冰冷苍白的脸上划过一丝不易觉察到的哀伤，我猛然间有了罪恶感。

“还是请你具体、详细地告诉我们，你和你的同学、室友到底遭遇了什么事情。”李元斌态度坚决，让人难以拒绝。

我花了整整两个多小时来讲述自己的遭遇，朱萍是如何被血色的沼泽中的爪子抓走的，金爽在失踪之前拿走了男朋友的纸条，从而导致她也神秘失踪。

魏如宜用她那双直愣愣的眼睛紧盯着我：“这么说，金爽也……失踪了？”

我直白地将魏如宜不敢吐出口的话说了出来：“其实你想说，金爽的失踪跟朱萍下场一样。虽说，我跌到楼下之后就晕倒了，但很可能金爽也被拉进了血色的沼泽当中。”

“我不要死！我不要死！”魏如宜的突然失控让我措手不及。

“宜姐，你冷静一点，别害怕。”李元斌一把拉住双手撕扯头发的魏如宜，想让她冷静下来。而我从魏如宜的反常举动中发现了其他苗头，可见所谓的调查纸条根本就不如他们所说的那么简单。

“你们还有事情在瞒着我，对吧？”

情绪暂时稳定下来的魏如宜颤抖着身体，紧紧盯着自己的脚下，时不时地原地挪动脚步。

“不是我们想要瞒着你，只是还不是向你坦白的时机。”赵诚双手插在兜里，心虚般地不愿与我对视。”

“我对你们没有任何隐瞒，如果你们还觉得我是个不值得信任的人，不肯坦言相告，那么我想我可以离开了。”

魏如宜拉住了我的胳膊，虽不说话，可眼神里尽是哀求。

赵诚看起来还算是个能说明白事的人，我把脸转向他，于是他对我讲：“希望你留下来的原因有两个，第一个原因，你是经历过两次事情还能活下来的人，你见证了诡异事件；第二个原因，你也惹上了麻烦。”

“我也惹上了麻烦？这话是什么意思？”

赵诚继续说：“我弟弟的失踪，我已经面对现实，他已经死了，不会再回来了！但是他的同学在与我见面之后也神秘失踪了，那个同学绝对知道那个狗屁纸条不是啥好东西，打死他也不会去碰的，但是他失踪了。”

李元斌等不及了：“我未婚妻也一样，她消失在卫生间的隔间里之后，她的母亲几乎哭瞎了眼睛。有一天我去探望她，老太太在房间里发出尖叫。当我打开房门之后发现，房间里的东西乱成一团，可根本不见了老太太的踪影！”

魏如宜拉着我的胳膊说：“还有我，我的儿子失踪之后，我和丈夫都发疯了一样想找到儿子。可是我的丈夫同样神秘失踪了！没错，我们撒谎了，根本就不是丈夫跟我离婚了，而是我丈夫也……失踪了！”

“我想，你们之所以会聚集在一起的，恐怕不光是担心失踪事件会波及自己，你们一定还有其他原因！”

见被我说中了心事，他们互相望了望彼此。随后，李元斌从口袋里拿出了一个小玻璃瓶。这种小瓶子随处可见，有些商贩会把里面装满红色的豆粒来卖。李元斌将小瓶端到我的面前，看到里面的东西之后我大惊失色——里面装着一张纸条，更确切地说，那是纸条的一部分碎片。

“你们怎么会有这东西？”

“你别害怕，”李元斌赶忙收起了瓶子，“这是宜姐儿子发现的那张纸条的一部分，这是唯一可以直接接触到的证据了。”

“什么意思？”

“不仅仅是捡到纸条的人会神秘失踪，他们身边的人，跟他们有关联的人，似乎也难逃厄运。”

于是我陷入了沉思，朱萍跟我是朋友关系，金爽与我相识不久，但也算得上是朋友。换句话说，我遭遇不幸的概率还是很大的。我更担心的是，我若遭遇了不测，我父母会不会也将遭到波及？

“你也想活命，想活命的话我们就应该站在一起，我们之前联系过几个有类似遭遇的人，都他妈的以为天下太平了一样，说什么‘不想再考虑这件伤心事了’，这帮傻逼，早晚都他妈会死。”赵诚越说越激动。

“你们有什么打算？”

“不管怎么样，多一个人就会多一份力量！我们觉得纸条的事情极有可能与诅咒有关！”李元斌语气坚定，仿佛已经认定了自己的猜测。

“诅咒？”

“不然我们也解释不了这纸条的来由，我们原本打算找个高人指点一下。”赵诚坦言道，“这几天我们联系了一个高人，约了时间准备前去拜访，以求指点迷津。”

高人？我能理解他们被逼上梁山的感觉，盲目求助的话也就是试试运气。于是，我决定与他们一同前往去会会那所谓的高人。

高人家住城郊，好似所有的高人都要证明自己异于常人、超凡脱俗的。至于怎么个脱俗法，最常见的就是远离都市喧哗，可是真的进了深山老林远离了世俗却又断了财路，于是就搞边缘化，来到了城郊。

城郊的一座旧屋里，我们见到了这个所谓的高人，白话了很长时间却说不出个所以然来。明白这个高人就是个骗子之后，原本心怀期待的赵诚狠狠揍了他，直到他承认自己是骗子为止。

失去了高人指点这救命稻草之后，魏如宜好像失了魂一样，一言不发，李元斌也垂头丧气地蹲在地上。至于赵诚，他依旧在低声咒骂着给他带来过期望的世外高人。

“我有一个去处。”听了我的话，三双眼睛齐刷刷地盯着我。

我在社会学课程上认识了一位教授，都说独身的女人性格会很奇怪，周教授就是这样的人。她性格怪僻，为人心直口快，而且有很深的文化底蕴。通常她这种人极具煽动性，她能把枯燥不堪的社会学讲得妙趣横生，班上有个男生很迷恋这个半老徐娘，觉得这种女人很有魅力，气质不凡。周教授不仅在社会领域学颇有建树，她对历史学也深有研究。后来我与周教授交往频繁，当时朱萍甚至说我跟她接触多了绝对会成为极端女权主义者，说不定还会跟她一样保持独身。

我与周教授算是忘年交，而且我深知她的兴趣，现在我们手上有纸条的残片，也许她会给出我想知道的答案，或者相关的线索。

来到周教授家门前，因为事先与她通过电话，所以门铃声音未落，门就开了。进门之后，周教授请我们坐在沙发上，我将他们三人依依介绍给周教授。

“李元斌他们在村屋里找到了一本族谱，但是在带回来的过程中不小心遗失了，很有可能是被人偷走了。包里只剩下那么一点的残片。虽然家谱没有了，但依然很有研究价值，所以希望您帮忙鉴定一下。”

李元斌从口袋里掏出那个装着纸条碎片的瓶子，递给了周教授。周教授扶了扶眼镜，她表现出了对纸条碎片的浓厚兴趣。

周教授并没有贸然取出瓶子里的纸条碎片，她轻轻地转动着瓶子：“这东西暂时先放我这儿吧，我要花点时间研究一下，明天晚上你们再来。”

第二天天气晴朗，傍晚，我们四个再次见面。魏如宜依旧是冷冰冰的表情，李元斌的精神有点萎靡，赵诚则还是一种天不怕地不怕的凶相。按照约定时间，我们就来到了周教授家的门口。就在我要按响门铃的时候，李元斌拦住了我，他用手在门的边缘用力一扣，外面没有门把手的防盗门就被打开了。

门竟然没锁？难道周教授是故意留门给我们的？

“周教授，您在家吗？”我冲里面叫道。

没有人回答。

赵诚先走进了门，我们三个也跟了进去。夕阳照进了客厅，我们在暗红之下寻觅着周教授的身影。

魏如宜站在书房门口，示意我们往里面看。我迈步来到书房门前，我发现里面有点不对劲。两个高大的书架翻倒，书散落一地，书桌上的笔记本电脑也侧翻在地上。我走上前去拾起了地上的电脑，放回桌子上。此时电脑的桌面上仍然运行着一个程序。

“这是干什么用的？”赵诚看着程序不解道。

我小心地拾起鼠标，生怕不小心关掉了程序。

“周教授平时如果在研究时有所发现，她就会用这个程序录下来。她说过，有新发现的时候往往是最兴奋、记忆最清楚的。为了不忘记成果，应该直接把语言或者影像保存下来。看来，周教授一定有所发现。”

我直接打开程序，果然发现了几个小时前周教授录下来的一段视频。画面中，周教授先是调试好笔记本电脑的位置，端正好电脑之后，她对着摄像头说："这是我没有预料到的发现结果。"

她满脸的兴奋，却没有注意到书房里的气氛变化，她背后的窗帘，在没有开窗的时候飞速抖动着。我屏住了呼吸，眼睛紧盯着画面。

"这个结果我还不能确定，但是不出意外的话这将是一个重大发现，可以从历史学和社会学角度改变人们对……"

周教授终于觉察到了身后的异样，当她小心翼翼地回头时，书架一下子倒了下来。周教授惊叫了一声，接着她突然直立起身体往窗户的方向看。

虽然已经过去了几个小时，但是看到视频画面之后，我们四个会不由自主地看着书房里散落一地的东西。

画面中，周教授无力地叫喊了几声，然后抽打的声音不断传来，紧接着电脑便摔落在了地板上。周教授跌倒在地，脸上有明显的伤痕。她瞪大眼睛对着侧翻在地板上的电脑惊叫着。

有人把她拖走了！周教授很快就被拖出了摄像头的拍摄范围，她的手在扒着地板，可是我敏感地觉察到她的左手始终都是握着拳头的。她手里有东西！周教授哭喊的声音渐渐变小，直到消失。影像到此结束。

从画面上看，周教授被拖出了书房。我们赶紧奔出书房，赵诚立刻打开了隔壁的卧室门，映入我眼中的首先是周教授的双腿。

站在门前的赵诚惊恐地停住了脚步，我走进房门才看清楚，周教授吊在了卧室中央，可是却看不到是什么东西把她吊起来的，仿佛一条肉眼看不见的绳子拴住了她的脖子。

"妈的，这是什么情况……"脾气急躁的赵诚目瞪口呆。

我在卧室里围着周教授绕了一圈，根本就没有物体把周教授支撑起来。难以置信，周教授竟然是悬在半空中的。在我们几个人惊慌失措之际，周教授突然掉下来重重地摔在地板上。同时有东西从她的口袋里滑落出来，正是那个装着纸条残片的瓶子。

魏如宜把脚下的瓶子捡了起来："里面的纸条还在。"

我靠近了周教授的尸体，发现她的脖子上有一道很明显的痕迹，但不像是细长的绳子留下的痕迹。

"她的左手里，好像还有东西。"

李元斌在我的提醒下，从周教授已经僵硬的左手里好不容易才取出了一张纸。这张纸看样子被胡乱撕扯下来的，上面的字却很是工整。

"烨？"魏如宜念着上面的字。

“我知道这是从哪里撕下来的。”

我带着他们回到了书房，我在落在地板上的书下面找到了一个黑色的记事本。周教授这个年龄的人即虽然是因工作需要而使用电脑，但是平日里还是喜欢用记事本记录。我翻开记事本，看到了没有被撕下来的部分。上面是另外一个字，就在被撕下来的边缘，“高”。

我把从周教授手里的发现的纸放回那页，果然是从这页上撕下来的。

“‘高烨’？”李元斌念叨着，“这是个人名？”

“周教授被拖出书房之前，扯下了这张纸，是想把信息留给咱们？”赵诚揣测道。

“我们要不要报警？”魏如宜瞪圆眼睛惊慌道。

“报警！一定要报警，但是我们要把瓶子收好，记事本也要带走。”我对他们三个说，“一会儿警察来了我们就说是来咨询李元斌家族谱的事情，说得越简单越好……”

* * *

暗角

“至于后来……”齐涵稍作犹豫，“我们报了警，警察也看到了电脑上程序里录下来的东西，说很可惜没有看到犯罪嫌疑人的脸。我甚至做了最坏的打算，警察很有可能把我们当作嫌疑人，但是他们并没有这样做。”

齐涵微微摇着头停了下来，她用眼睛扫过所有人，暗示大家她的这段经历已经结束了。

李建华立刻询问道：“高烨，应该就是后来你们去找的人吧？”

齐涵点点头。

“有些不合常理啊，”慕容雪把背靠到椅背上，歪着脸说，“按照齐涵的说法，这个周教授是搞社会学的，难道当时社会上发生了那么多的怪事，她会不知道？”

齐涵嗤笑道：“你这暴发户出身的女人没什么文化倒也不让人奇怪，懂不懂什么是社会学啊？”

遭到齐涵嘲讽的慕容雪，脸上有点挂不住了，一阵绯红。

“悬空的尸体？”朱晓颖依然沉浸在齐涵的经历当中，“这一点就足够让人无法理解的了。”

“不符合物理学定律？”莫冲用不可思议的语气说，“说不定那个高烨就是个物理学家，能解释清楚……”

“高烨，他可不是什么物理学家。”

万子明的话把大家的注意力都吸引了过去。

“看来你是知道高烨的吧。”陈东说。

朱晓颖干脆直接询问齐涵：“后来你们去找的那个高烨到底是……”

“晓颖啊，先不要问了比较好。”陈东阻止了朱晓颖，“你让齐涵说得太多，可能会疏漏细节的，所以后来的经历还是以后再说。”

朱晓颖嘴角下拉，没有再问话。

陈东把万子明刚才吃饭之前塞给他的纸，从裤兜里掏了出来：“也许我手里的东西会让你们感到不安，但是如果想费点脑子，不如来分析一下我手里的东西吧。”

“晓颖啊，先不要问了比较好。”陈东阻止了朱晓颖，“你让齐涵说的太多，可能会疏漏细节的，所以后来的经历还是以后再说。”

朱晓颖嘴角下拉，没有再问话。

陈东把万子明刚才吃饭之前塞给他的纸，从裤兜里掏了出来：“也许我手里的东西会让你们感到不安，但是如果想费点脑子，不如来分析一下我手里的东西吧。”

陈东摊开了那张纸，放在了桌子上：“这是在吃饭之前我无意中发现的，因为不想扰了大家吃饭的兴致，所以现在拿给大伙儿瞧瞧，来看看这张纸跟齐涵所讲述的纸条有什么区别。”

除了万子明敷衍的眼神之外，所有人的目光都好奇地盯在纸条上。

这张纸上依然是一个“六”字。

“这张纸上的‘六’又是什么意思呢？”

陈东漫不经心，像是一个出考卷的老师正很有成就感的为难自己的学生。

“又出现了一张？”朱晓颖惊讶地看着纸条，“怎么会又……”

“多一事不如少一事，我们连自己的经历都搞不懂，还要查这件事情？”莫冲面露惧色。

陈东把这张纸揉成了一团，他斜着眼看了万子明一眼，“也许，这些纸过去就在这房子里，我刚来的时候太过于紧张，根本就没有发现它们。现在只是碰巧你们也住了进来，人多了，自然发现这些纸条的可能性就大大增加了。”

陈东并不心急，太心急了则会事倍功半。眼前这帮人的心态已经不像前两天那么坦然了，如果这两张纸是在前两天发现的，恐怕李建华的表情会更加的凝重，慕容雪会跟齐涵为此滔滔不绝并且惊慌失措，说不准还会嚷着要离开农场。此时的他们，不多言语，各怀鬼胎。

“接下来轮到谁了？是莫冲吧？”齐涵似乎急于岔开话题。

万子明的眼睛始终没有离开过陈东，陈东也毫不回避的以眼神回应。

“我曾经也为接下来的这段经历而苦恼，尝试理出头绪，但是没有任何结果。所以，请各位仔细听好，希望你们给我一个满意的答案。”

* * *

我上次说到哪儿来着？噢，我想起来了，说到郑阳很不幸的死在了去医院的路上。

料理完郑阳的后事，我们聚在了凌云鹤的咖啡店里。那晚，话题挺沉重的，就是围绕着郑阳的死和我们看到的女鬼展开的。总之那天晚上我们没有讨论出个结果来，也就不约而同的决定不再提起这件事情了。郑阳死了大家都不开心，不过生死两家人，再亲密的关系涉及生死问题就算结束了。

我依然经营着我的酒吧，偶尔象征性地回趟家，陪我老子和那狐狸精吃顿家常便饭。闲来无事也会去凌云鹤的咖啡店坐会儿，跟她聊聊天。何承志依然我行我素，不工作瞎混日子，也经常能见面。贾晓鹏，继续上学，没觉得他有什么变化，总之就是绝口不提郑阳。董平，这小子就是个色鬼，整天琢磨着泡妞上床。

可没有想到，太平日子并没能过很久，最开始出状况的是凌云鹤。那天下午，凌云鹤约了我见面，跟我说起了她遇到的情况。事情还要从监控器说起，凌云鹤住在咖啡店的二楼，卧室隔壁房间着一台连接着楼下监控器的电脑。

凌云鹤会定期清理监控视频，那天晚她把白天的监控零星看了几眼，突然好奇夜里楼下会是怎样的景象。于是，凌云鹤打开了实时监控盯着画面看。

突然凌云鹤发现屏幕上有人影在晃动，她靠近屏幕，发现靠近窗户的桌子边坐着一个人。她记得在打烊的时候已经让伙计把门窗都关好锁严了，更何况咖啡店里还有报警器，不可能有人悄无声息的闯进来。凌云鹤惊慌地把房间门锁好，然后又坐到了椅子上盯着屏幕，可刚才坐在桌子边的人消失不见了。

凌云鹤以为自己花了眼了，事后她告诉我说，那张桌子靠近窗户，虽然是深夜，但是毕竟是繁华地段，总会有车辆路过。也许就是窗外的车灯晃过，让她误以为那有人影。这种事情只发生一次的话，凌云鹤尚能说服自己那是幻觉，可是又连续发生了两次，足以让她坐立不安了。

“行！今天晚上我陪你！我就不信了这人进来之后什么也不偷，就坐在那。”

当时，那张靠窗户的桌子前，一对早恋的小屁孩坐在那卿卿我我。如果他们俩知道晚上会有一个莫名其妙的身影出现在那，不知道是不是还有心情坐在那儿喝咖啡。

晚上，我跟着凌云鹤来到了二楼房间，她谨慎地把房门锁好，然后让我好好看前几天夜里的监控，画面里黑乎乎的一片看得不太清楚，似乎有人影，似乎又不是。

“时间也差不多了，应该快能看到人影了。”

听了凌云鹤的话，我茅塞顿开，二话没说来到门前打开门锁。凌云鹤当时就慌了：“你干什么啊？”

我没说话，开门朝楼下走去。凌云鹤没敢跟过来，只是站在门口小声问我要做什么。我快步来到楼下，虽然漆黑一片，但是我还是按照印象里的方向找到了开关。我开了灯，整个一楼亮了起来，随后我迅速地回到了二楼。

凌云鹤惊讶问道：“你开灯做什么啊？”

我坐在电脑前面回答说：“如果那个家伙出现了，我们就可以看清楚了。”

“但是如果我们开灯了，那个人不来了怎么办？”

“你还盼着那人来是怎么着？如果不来的话，说明那家伙还避讳这里有人的，那就没有什么可担心的。”

凌云鹤领会了我的意思，如果楼下亮着灯，我们也可以把楼下的情况看得一清二楚，每一个角落都被尽收眼底。时间一分一秒的过去了，就在我快要睡着的时候，突然感觉到肩膀生疼。

“唉？”

我抬头一看，凌云鹤一只手用力抓住了我的肩膀，另一只手指着显示器上的分画面。靠近窗户的桌子旁边有一个黑乎乎的人影！

“鬼！”凌云鹤捂住了嘴巴。

这身影坐到了靠近窗户的桌子边，破烂的衣服已经朽的快破碎了。我和凌云鹤被惊得目瞪口呆，不久那身影缓缓起身。我赶紧再看互相连接的分画面，可是原本那身影该出现的画面里却什么也没有。我看了楼下所有的监控画面，但还是什么也找不到。

于是我开始回放身影昨夜第一次出现的时间，不过我不管怎么找，这身影都只出现在一个画面当中，由画面边缘出现，再走出画面消失不见。

那晚的事情让凌云鹤惊恐万分，她不敢再住在咖啡店二楼了，跑去住了酒店。后来的几天，凌云鹤常来酒吧待着，白天偶尔回咖啡店里看看。她不怎么喝酒，只是跟着我聊聊天，不过坚决不提那天晚上的遭遇。

我跟凌云鹤的心态没有本质差别，她是因为害怕而不愿意提起，在我看来既然那家伙没有伤人，何苦要费神去琢磨呢？不过这种想法有终止于何承志的一个电话。

何承志约我在他家见面，那是一所很大的房子里。进门后，何承志请我坐在沙发上，他脸色很难看，眼圈很深。

“我说你突然约我来干嘛？我还得去看着店啊……”

何承志单刀直入，“还记得我们那次的通灵游戏吗？”

我点头默认。

“郑阳死了之后，大家都觉得没事了，事不关已就一切都高高挂起？”何承志像是受到了极大的不公正待遇一般，“但是现在我出事了！”

“你别逗了，你能出什么事儿？我看你小子挺好的啊。”

“你愿意在这里陪我一晚上吗？”何承志毫无缘由的问我。

“你怎么了这是？”

我以为他生病了，便伸手要去摸他的额头，却被他一巴掌打了回来。

“别手欠啊，”何承志不悦道，“你陪不陪吧？”

夜里，我和何承志坐在沙发上，相对无言。这让我想起见证郑阳死亡的晚上，那晚贾晓鹏也是这样坐在一旁沉默不语的。我端着手机翻看一些搞笑的段子，时间一分一秒的过去，我困倦地斜在沙发上打盹。就在我半睡半醒之际，何承志这小子竟然用手拍我的脸。

我清醒过来之后发现何承志这小子挺直的坐着，眼睛不停在客厅周围打量搜索着，就像有一只蚊子在他眼前晃悠。我懒得理他，看了眼时间，已经过了午夜。这小子把我急匆匆的找来却啥事不说，根本就是耍我玩嘛。不过既来之则安之，就算是屁事儿没有，我也要在这住上一宿，顺便蹭顿早饭。

“你小子到底找我来干什么啊？”我眯着眼睛劈头盖脸的问，“就这么陪着你干坐着啊？”

“快了。”

何承志低声蹦出俩字来。

“靠！你小子……”

我话还没说完呢，何承志这小子就转过脸，用食指挡住嘴巴，不让我说话了。

“咚咚咚。”有人在敲门。

已经夜深人静了，谁会在这个时间到访呢？

“咚咚咚。”

何承志并没有起身开门，他就板板正正的坐在沙发上，一动也不动。

“咚咚咚。”

我拖着酸痛的腿站起身来到门前，从猫眼向外看。走廊里是感应灯，如果外面有人的话，一定会亮起来。可此时，走廊里面一片漆黑。

“没人，”我回到客厅，“不按门铃还敲门，敲完了门还玩失踪。”

何承志瞪圆眼睛死盯着我，盯得人发毛。

“咚咚咚。”

这次我听出来了，这幽幽的敲门声并非来自通往外面的门。敲门声是客厅里传来的，我望着客厅里的几扇门，这些门全部都是关着的。除了刚才我去查看过的外门，还有四扇门，两扇门分别通往两间卧室，一扇门通往厨房，另一扇通往卫生间。

“难道家里还有别人吗？”

何承志生硬地摇着头。

“咚咚咚。”

又是敲门声，这次我更加确定了声音的来源——卫生间的门！

“咚咚咚。”

我惶恐地看了何承志一眼，他还是没有要起身的意思。

"咚咚咚。"

敲门声依然不急不缓。我摸着卫生间的门把手，怎么也不敢打开。

"咚咚咚。"

我抹了一把汗，咬咬牙开门走了进去。里面亮着灯，地砖反射着卫生间内一目了然，也没有地方可以容下一个人藏身。我刚退出了卫生间，厨房门又被敲响了，我打开了厨房门。同样的，厨房里不见人影。我敞开厨房的门，转身回到了客厅。

"这他妈的是怎么回事？"

何承志摇摇头并不回答我的话，只是失魂落魄地望着我。

"咚咚咚。"

其中一间卧室的门被敲响了。

我大声地骂了一句，然后迅速地在这扇门再次被敲响的过程中打开了门，依然没有人。我憋着一股火，心里的愤怒远比惊恐要更加猛烈。

"咚咚咚。"

最后一扇门也响了，打开门之后点亮了灯，里面还是空无一人。我敞着门质问何承志："你现在给我个解释，这他妈的到底是什么情况？"

沙发上，何承志蜷缩着身子，他双臂抱紧抬起的双腿惊恐地盯着我的脸，然后他的眼神再渐渐向上盯着我的头顶。看着何承志眼神，我瞬间顿悟，刚才打开门之所以见不到人，是因为敲门的人在门的上方。我立马闪回身，一屁股坐在了地板上，望着卧室门内的上方，一个暗色的身体垂了下来。

鬼！？鬼看起来是个女的，虽然倒立着，但是长发却没有向下垂，而是紧紧地贴在头顶。很快那家伙便开始缓缓地缩回到门上方。

我也二话没说站起了身，拎起桌子上的一只花瓶，然后再次谨慎地走进那间卧室，可房间里空荡荡的，门上方空空如也，鬼已经消失不见了。

我冲出房间，怒视何承志，他一定是事先知道会发生了什么事情，但是却不告诉我！

"事情要从……"

何承志开始马后炮了，我懒得理他，一把拉起他的衣领，扯着他马上离开了这房子，开门之前我先查看了猫眼，开门之后又战战兢兢地向头顶查看。

不敢乘电梯，我们俩从楼梯快步下楼。何承志被我扯着衣领，十足一副窝囊相，看起来像被人讨债了一样。奔出住宅区来到路边，我拦了一辆出租车直奔凌云鹤住的酒店，打开房门的竟然是董平。

酒店房间里不仅有董平，就连那段时间很少露面的贾晓鹏也在。见到我跟何承志站在门外，凌云鹤先是一愣，然后连忙说："我们想晚点再找你和承志过来的，没想到你们俩这就赶过来了。"

我带何承志来是为了跟凌云鹤商量刚才在他家里遇到的事情，没有想到大家都到齐了。贾晓鹏还是老样子，双眼没神无精打采。我跟他们说起刚才在何承志家发生的事情，何承志在一旁默不作声，就好像这事情跟他毫无关系一样。凌云鹤询问他时，他才回过神来。

"已经好几天了……那天晚上我在家里睡觉，突然听到了敲门声，以为是睡多了太迷糊，没有当回事。结果过了一会儿又听到了敲门声，我就把床头灯点亮，穿上拖鞋要出去开门，我竟然发现被敲响的是卧室门。如果是小偷的话，怎么可能会这么大胆子来敲卧室门？我马上把灯关了，然后把台灯拆下来拿在手里打开了门，可是门外什么人也没有。我马上关上门把客厅的灯点亮了，客厅里没有人，其他房间我也都找过了。我来到走廊门口，打开门，可是外面也没有人。我以为是有人喝醉酒晚上回家敲错了门，可就在我走到卧室门口准备回去睡觉的时候，敲门声又出现了，这一次是我面前的卧室门……"

"就像我刚才看到的事情一样？"我急忙问他。

"没错！我打开了门，我看到有个人影从门上面探下来！是鬼！然后那鬼又慢慢的缩上去了。我当时吓得不敢回卧室了，坐在沙发上不敢睡觉。天亮后，我以为是自己出现了幻觉，又或者只是一场噩梦。但是那晚我又听到了敲门声，我不敢再开门了，把房门锁的严严实实的。几天下来都是这样的，我真是害怕会落得跟郑阳一样的下场。"

贾晓鹏听到郑阳的名字也没有过多的反应。

"所以你就找到了我？"我愤愤不平地从床上起身走到窗户边，"然后又不肯告诉我实情？"

何承志愧疚地低下了头，我不好继续责难，便询问其他人："那么你们三个怎么聚到这来了？"

董平一下子站起来了，"我阳痿了！"

这句话若是放在平时我肯定会爆笑，但是此时我却笑不出来。不过想想也知道，一个大男人如果不是到了非说不可的地步，谁能把难言之隐说出口，还当着朋友的面？

“什么意思？”

我不由自主地往他的裤裆看，这小子一贯是以猛男自称，再说了他这难言之隐跟今天的事情有什么关系。

董平说起他这两天的经历，原来那晚他约了个女孩回家上床，当晚的姿势是女上位，董平躺在床上享受着肉体上的欢愉。进入他视野的先是那个销魂的女人，接着另一样东西让他心惊胆战。董平看到窗帘之间的缝隙中出现了一张脸，那张脸董平记得——灰暗的皮肤、幽深的眼眶……

“当时我就软了，”董平满脸通红，“我马上把那女人推开，抽身出来把窗帘拉开，可是那什么也没有！”

“不会是你看错了吧？”我狐疑道，“也许是那晚你看到女鬼后受到影响，所以才会产生幻觉。”

“不可能，我怎么可能看错，并不是一瞬间的事儿，干了那么长的时间，我就觉得有一双眼睛在窗帘后面看我干事儿……”

董平说完了他的遭遇，凌云鹤也把她住到酒店的原因告诉了大伙儿。

天已经蒙蒙亮了，我问贾晓鹏：“晓鹏，最近你遇到什么事情了吗？”

“我认为郑阳死了之后，那些东西从来就没有离开过！我总是觉得床下有人，这些天我甚至不能在床上睡觉……”

一切的事情都是从那次通灵游戏开始的，但是这个世界上玩过通灵游戏的人可不止我们几个人，怎么偏偏我们撞了邪？

“去庙里吧。”凌云鹤突然提议说，“去求神拜佛也许可以避免再遇到这样的事情呢。”

谁也不知道去求神拜佛是不是真的有用，但是似乎也没有更好的办法了。于是我们想趁着大清早赶紧去最近的一座庙里，凌云鹤开着她的那辆商务车载着我们往山上开去。

“现在只有你没有遇到鬼了，”董平神经兮兮地对我说，“不会是你小子八字硬吧？妈的，我现在都硬不起来了……”

为了分散大家的注意力，坐在副驾驶的位置上的我打开了收音机。广播里正在播报清晨的路况，女主持人也偶尔插科打诨的说两句无关紧要的玩笑话。车里的气氛稍微缓和了一点，广播里的女主持突然变了态度和语气：“请在开车的司机朋友们注意一下，在新华街发生了连环车祸，请各位司机朋友绕行。那么下面呢……”

就在女主持人又要开始打诨的时候，她就好像被喉咙里的东西噎住了一样，近十秒钟的时间她一句话也没有说，这可以算得上是播出事故了。

“山上街的路段也发生了交通事故……请司机朋友……还有……”

我们的车就行驶在山上街，这是去寺庙的必经之路。同时我们也行驶到了车祸现场附近，受事故影响前方的道路已经不通了。消防车、警车和救护车来了一大堆，一辆卡车横翻在路中央，卡车周围的车辆不是撞烂的就是撞翻的。眼看着路边的一辆轿车燃烧起来，有人在燃烧的汽车中惊声尖叫。

凌云鹤慌了神，连忙把车停到了路边，我们纷纷下车，眼看着又一辆救护车呼啸而过，很快就有伤者被抬到了救护车上。贾晓鹏从地上的碎玻璃中拾起了一台照相机，调动了一会儿然后脸色大变：“这是刚才被抬走的那个女人手里的掉下来的，你们看看就知道是怎么回事了。”

我接过相机，看着录下来的画面——车里的女人正在给女儿拍摄，一家人说说笑笑，开车的是丈夫。小女孩抱着一只玩具熊，透过车窗，可以看到卡车正渐渐超过轿车。正在拍摄的女人换了一个角度，画面能看到卡车驾驶室里司机正在开车，可是一个黑影猛然从司机身后出现了。司机顿时慌了神，接着画面一转，我听到了叫喊声和撞车的声音……

车上的黑影正是我们几个最惊恐惧怕的，鬼！没有想到除了我们之外的人会碰到这种事情。

警察跑过来要我们马上开车离开事故现场，这时我的手机就响了，是那个狐狸精打来的，她在电话里很慌张：“小冲啊，快点回家来，你爸爸他出事了。”

于是我马上让凌云鹤开车载着我们去了我家。

* * *

“就讲到这吧，”莫冲已经讲述完他的经历了，“既然是前奏，那么我不能坏了规矩继续往下说吧。”

莫冲打了个擦边球，即便莫冲继续讲下去也不会有人阻拦，不过每个人都把自己的经历当成是砝码，用来制衡他人换取更多的回报。

“半夜鬼敲门，这在过去只是听老人讲起过，这要是成了真，也太吓人了吧。”齐涵不由得把目光挪向头顶。

李建华清了清喉咙，说道：“我有两个疑点，第一，为什么郑阳死了之后，你们遇到的事情好像都并没有对你们本身造成伤害；第二，其他人碰到类似事情的原因又是什么，连环车祸看起来是卡车事故造成的，你们在相机里看到卡车驾驶室里突然出现了鬼，司机惊慌失控。那么，卡车司机与通灵游戏有关吗？”

“哎，这我就不清楚了，咱们讲述经历不就是听听看有没有我忽视的地方吗？”莫冲的语气并不严肃，他苦笑着摇摇头。

“既然是前奏，那么就算不知道你后来的经历，也大概能推测出来。你既然都说是遇见鬼了，那么后来的灾难爆发一定都是鬼造成的。”

莫冲听到慕容雪的话，他把身体向前倾斜了一点，虽然那与慕容雪还有些距离，但是还是尽量靠近些：“可不要犯经验主义错误，这场灾难发生之前，谁也没有想过会有今天的结局。所以，那黑影到底是不是鬼，还不一定呢。至于，后来发生的事情，没有亲耳听到的话，还是不要妄加论断吧。”

慕容雪虽然没有答话，但眼神里带着不屑。

弥漫

“前奏总是让人忍不住往下想。不过毕竟是每个人都要说一段，既然大家都没有更多的问题了，为什么不听听下一个人的经历呢？”

说着，陈东望向窗户，钻进木板缝隙的阳光并没能让客厅里更加明亮。

“我还有疑问，”慕容雪瞪着眼，“我的疑问跟其他人的都一样，想知道莫冲后来的事情，至少说说他父亲究竟出了什么事。”

有那么一瞬间，莫冲嘴角上扬似笑非笑，过后他立刻又藏起了这怪诞的表情。陈东将这细微的表情尽收眼底，说道：“大家都想知道后来发生的事情，不过毕竟是每个人都讲述一段经历，你想要知道，恰恰就是莫冲的下一段经历了。”

慕容雪咬了咬嘴唇，没说话。

“我们还是赶在太阳下山之前让子明把他的这段经历说完，这样我们可以有更多的时间来休息了。夜里，你们不是还要听我的经历吗？”

万子明低垂着眼睛，似乎尚在酝酿，其他人都在默默地关注着他。万子明开始了他的叙述。

* * *

从那之后，还是会时常遇到由于接吻造成情侣之间嘴嘴相连窒息死亡的事件，尸体被从旅馆或者住宅区抬了出来。诡异的车祸也依然不断。

我还记得当时有一处工地，在拆迁房屋的时候竟然挖出了尸体，法医检查过之后得出的结论是他们是受挤压窒息而死的，他们一定是无意中走入了粉笔画设下的圈套中。我甚至一度认为，那些粉笔画是活的，会像一条冰冷的蛇无声地在路上、墙壁上蔓延。

我开始做一连串的噩梦，总是梦到天花板上面垂下一撮头发。噩梦中，我跳起身用力拉扯那撮头发，头发越拉越多，越拉越长，墙皮不断往下掉，我的手还能感觉到头发里掺杂着墙灰的干涩。我被下落的灰尘迷了眼，一边遮着眼睛一边用力继续扯，突然一颗人头出现了。我并没停手，还在继续拉扯，渐渐地另一颗人头也出现。只是，两颗人头嘴嘴相连！我认出那个长发的人头，是刁雪宣，另一颗正是陆云。

在难以忍受的恶臭下，我惊慌失措地跌倒在地，发现自己躺在一条漆黑的马路上，屋顶的两颗人头消失不见了。我大口喘着粗气，猛然觉得不对劲！我躺在粉笔画上，我躺在铁轨上！几声鸣笛，一列火车向我开来，我在尖叫中被撞得四分五裂。

我尖叫着醒了过来，狼狈地滚下床。我靠着床边，抱着膝盖瑟瑟发抖。

“我不爱刁雪宣了，我不爱刁雪宣了……”

我下意识嘟嘟囔囔，眼睛不停地在周围打转，生怕身边出现粉笔画。别觉得爱情有多伟大，在人命关天的问题上根本就不值得一提。有句话说得好，爱情是什么？爱情是两个人在解决了温饱问题之后，闲着没事干了才需要的东西。我虽已经解决了温饱，却依旧朝不保夕，我没有必要为了一个不爱我的女人付出生命，更何况她已经死了。

那段时日里，没有人可以置身事外，说不定你今天还看到的人，明天就会听说他死在车祸中或者被镶在墙里了，还说不定可能是跟老婆接吻的时候憋死了。

“没事，别想太多……”

“情况不太好，你小子小心点吧，别告诉别人是我跟你说的啊……”

“记住了，能不出门别出门，也别没事乱跑……”

这三句话出自一人之口，是徐晓龙在一个星期之内在不同时间告诉我的。当徐晓龙告诉第一句话的时候，事情还没有那么严重，可说起第三句话的时候，事情便发展到不可收拾的地步。

事情的突变还要从一个早上说起。那个早上，我走在街上，发现很多人都围在路边，救护车和警车就停在人群之外。几个医护人员抬着担架回到救护车上，担架上是一个全身上下都红通通的人，好像没了皮肤一样。

“太吓人了，怎么也不盖上点？”

围观的女人吓得直皱眉头，却还是忍不住仔细观望。

“可能是烫伤或者烧伤的吧，怕感染所以不敢贸然采取什么措施。”

烫伤？烧伤？

如果真的是这样的话，那人的模样也太可怕了。我分辨不出那人的性别，那人的头发已经没有了，脸上没有一寸完好的皮肤。而且那人失去皮肤直露骨肉，竟然没有流血。真是搞不明白，在清晨的大街上这人究竟出了什么意外？

当天晚上我约了夏东阳和徐晓龙喝酒。徐晓龙看上去很是疲惫，看来他一定在为诡异的事件奔波劳苦，我请他喝酒就当是缓解工作压力了。

酒过三巡，夏东阳红着脸见我低沉不语心不在焉，便戏谑道：“你小子还有什么好闷闷不乐的，事情都过去那么久了，还想着那个女人呢？”

我摇摇头，心里还在想着清晨在路边的遭遇：“晓龙，打听个事，早上在这附近街道上发生的事你知道吗？”

徐晓龙突然严肃起来，不知道是因为口干还是想给自己时间酝酿一下，他喝下了一大杯啤酒。

“都是自己人，反正也不瞒你们。今天我说的事情，就当是咱们酒后聊天。”

我和夏东阳分别点头，并好奇地看着徐晓龙，眼睛眨也不眨。

“今天早上附近街上发现的那个女人，已经死了。”

“她是怎么死的？”

“一个老太太逛完早市回家，在街边发现了她。当时她就已经不成人样了，一个人动也不动地坐在街边。还好老太太体格好，没吓晕过去，马上就去找人来了。我们的人跟救护车到的时候已经围了很多围观群众了，还没送到医院人就不行了。”

“她为什么会变成那样？没了皮？”

“医生也不清楚，而且那个女人失去的不仅仅是皮肤，她身体上很多组织都被破坏了，真是惨不忍睹。在她还有意识的时候，我的同事问她发生了什么事。她说昨晚回家，在街上走着眼前一黑就什么也不知道了。她恢复意识的时候就已经被带上了救护车了。”

酒足饭饱，我们三个在饭店门口就分开了。临别前徐晓龙对我和夏东阳说：“晚上最好都别出门，从明天开始，晚上还是都在家待着吧。”

我们三个朝着不同的方向走，我一边走，一边哼着歌，让自己尽量放松下来，这座城市这么多的人，我就不信倒霉事会真的栽到我的头上来。

当我来到一处十字路口的时候，只见一个惊慌失措的女人从我面前一闪而过。她边喊救命边一瘸一拐地奔跑，好像是扭伤了脚。

“喂！怎么回事？”

听到我的叫声，她像遇到了救星一样，跌跌撞撞地跑到我的旁边。我急忙扶住她，问她发生了什么事。可她几乎说不清楚话了，只是指着身后那条路说出事了。

我顿时酒醒了大半，急忙冲到了那条街上。这是一条老街，店铺早就关门打烊。街道上亮着的路灯屈指可数，一家破旧的五金店铺门前站着个人，那人撑着一把黑色的雨伞，黑伞下面是一件把整个身体完全遮盖住的黑袍子。

撑着黑雨伞的家伙注意到了我，他一闪身就钻进了店铺旁边的深巷中。店铺门口还躺着一个人，我立刻跑上前查看，地上的人比我早上见到的女人还要让人心惊胆战。

这个区分不出性别的人已经没了皮肤，身上的一层肉也好像被削掉了，但地上不见血迹。眼皮和嘴唇之类可以活动和遮掩的皮肉已经没了，面颊上的骨头若隐若现。两颗大眼珠子一动不动，两排牙齿赫然外露。

我退后了两步，马上拿出手机给徐晓龙打电话，让他赶紧找同事到这边来。与此同时，撑着黑伞穿着黑色袍子的家伙从巷子里大摇大摆地走了出来。实在太嚣张了，他撑着伞站定在路中央，黑袍子下面那让人看不到的眼睛正死死地盯着我。没多久，那家伙便撑着黑伞当着我的面奔向了另一条巷子。

“你妈的！”

我气得浑身颤抖，这种挑衅行为简直不可原谅，我立马追了上去。可是不管我追到哪个巷角，都只能看到黑袍子的背影一闪而过。本来天就黑，巷子错综复杂，很快我就跟丢了。我累得满头大汗，站在黑暗的巷子里喘着粗气。同时另一种体会涌上心头，恐惧。一时脑热过后我冷静下来，也许这根本就是个圈套，想把我引诱到这个偏僻巷子里的圈套。我必须立刻逃离这里！当我刚刚绕过了一个巷口时，就听到了扭伤脚的女人在大声叫喊。我明白了，这家伙的目标并不是我，而是那个女人。

我随着叫喊声追出巷口，在路灯下见到了她。她一只手撑着路灯柱，另一只手护着自己的身体。撑着黑伞穿着黑袍子的家伙正站在女人面前几步远的位置，女人惊叫道："你走开！你快走开！你别过来！"

"马上给我滚开！"我怒斥道。

那个撑着黑伞的家伙马上又消失在了附近的巷子里，这次我可不会上当了。女人受了惊吓，直扑到我身上。徐晓龙他们很快赶来，而五金店门前的人已经死了。

"没有想到咱们俩刚分开你又遇到这样的事情了。"

听徐晓龙这么讲，我叹了口气，只能是自认倒霉了。接着我就把怎么遇到这个女人，怎么一时脑热去追那个撑着伞的怪人的经过说了一遍。

"按道理来讲啊，那人撑着伞怎么可能在巷子里跑得那么快呢？"

徐晓龙的疑问也正是我的困惑，那个女人在冷静下来后终于可以回答警察的问题了，警察问一句，她答一句。总结起来事情就是这样的，她跟男朋友看完电影的夜场，准备回到住处。跟所有夜行的恋人一样，两人选了一条人烟稀少的偏僻老街。

两个人正卿卿我我地走着，突然从巷子里蹿出了一个人来，正是那个撑着黑伞穿着黑袍子的家伙。男人在心爱的女人面前都有一种想显示男性力量的心理，所以马上走上前询问那家伙要干什么。也就是一眨眼的工夫吧，那个撑着伞的人突然闪到了女人和她男朋友之间，在黑伞的阻挡下，女人只听到了男朋友的叫喊声。女人慌了，马上撇下男朋友奔走呼救，由于她穿着高跟鞋奔走，不小心把脚崴伤了。再然后，她就遇到了我。

听完女人的叙述，徐晓龙被同事叫了过去，回来的时候脸色非常难看："老万，我们最担心的事情还是发生了。"

"出什么事了？"

"刚才一共发生了三起同样的案子。"

第二天开始宵禁，宵禁伊始人们还是怨声载道的，不过很快就再也没有人埋怨了。因为在夜里，总是会有不听话的人清晨被发现死在街道上。当然还有一些事情被忽略了，依然有人的嘴巴粘连在一起而死亡，依然有人被发现死在了严严实实的墙壁中，还有人被发现横尸周围有粉笔画的车祸现场。

白天所有人都照常工作、生活，只是所有人都死气沉沉满脸的不快。很少有人愿意外出，走在街上人们没有丝毫停留观望的意思，步伐匆匆。商店少有人来，我的工作也轻松了不少。同事几个人总是聚在一起猜测夜里到底发生了什么事情。

“知道‘夺命黑伞’的传说吗？没有人能逃过‘夺命黑伞’的索命！”

“放屁，如果看见黑雨伞的人都死了，那谁告诉你黑雨伞的事情……”

大家议论纷纷，只有我怀着心事不参与其中。

下班之后，所有人都立刻赶回家。天还没有黑，大街上就几乎没有人了。我给徐晓龙打过电话，得知他跟同事每晚都会外出巡逻。

“昨晚上，一个不留神，我们一个同事出了事。”

听到徐晓龙这么说，我一阵惋惜。

“既然有牺牲，就应该让牺牲有价值吧！”我劝慰道，“咱们发现粉笔画的时候不是也借助监控器之类的东西吗？这次不能试试？”

“这次没查到真正有价值的监控录像。”

挂掉电话之后我很焦虑，不知这群穿着黑袍子撑着黑伞的家伙到底是什么人？

又是一个夜晚，我看腻了电视剧，便来到开着的窗户旁望着楼下。路灯照亮了空无一人的街道，我听到了汽车行驶而来的声音。那是辆崭新的轿车，从发动机的声音上判断应该价格不菲。正当车子驶过楼下的时候，突然熄了火。司机骂骂咧咧下了车，还踢了前轮胎一脚。我不是很待见这开车的年轻人，披散着长发，口无遮拦，举止粗鲁。

长发青年点了支烟，靠在关闭的车门上拿起手机打电话。他冲着电话又骂骂咧咧不知道说了些什么，接着他突然没了动静，我以为他是被自己的烟给呛到了。但是他放在耳边的手机突然掉在了地上，然后他惊叫着跑开了。从他逃走的相反方向，我看到了穿黑袍子撑着黑伞的家伙出现了，紧紧跟随在他的身后。

我待不住了，总不能见死不救吧。但是我也不是个送死的白痴，我一边打开房门，一边拿着手机给徐晓龙打电话，让他赶紧跟同事过来。我直奔楼梯口，没想到外面的空气竟如此冰冷。

我是不是很傻逼？为了一个素不相识的人跑到外面来冒险？不，我知道我的动力是什么，我要知道那撑着黑伞的家伙到底是什么来历。也许他们正是最近诡异事件的关键所在！

长发青年逃在最前面，撑着黑伞的家伙紧跟其后，那家伙动作敏捷，丝毫不受黑伞的阻力。我眼见着长发青年绕过放在路边的垃圾箱，然后又绕了回来。那个撑着黑伞的家伙似乎有些恼羞成怒了，飞快地蹿上了垃圾箱，然后又跳跃下来紧逼长发青年。

长发青年已经是上气不接下气了："救命啊！"

我冲他挥挥手，他立刻朝我奔来。我边跑边回头问："你车门没锁吧？"

"没……"

我快步来到车前，一把拉开车门钻了进去，长发青年紧跟在我身后，关门的瞬间穿黑袍子的家伙已经跟到车门外了。

"哥们儿，"长发青年喘着粗气说，"太谢谢你了。"

"你他妈不知道现在宵禁吗？"

他本想反驳，但是见我要打人的神情，没敢接话。

车窗外，靠近长发青年的车门外，依然站着撑黑伞的家伙。风徐徐吹来，黑色的长袍子随风飘摆。

"快打电话报警！我的手机掉在车外面。"

长发青年总算有了一个像点样的提议了。

"我刚才已经打过了，他们很快就会赶来了。"

我没工夫搭理他，一直盯着车外撑黑伞的家伙。这家伙比我想象的要淡定，既没有马上离开，也没有想打开车门。更像是一个在雨天里撑着伞站在马路旁等公交的人。

我尝试着发动这辆车，可试了几次之后这车根本就发动不起来。副驾驶座上的长发青年竟然莫名地慌张起来，他慌里慌张地看着外面的家伙，问我："为什么这家伙还不走？"

"不知道。"

"现在怎么办？"

"不知道。"

"你想想办法行不行……"

"你能不能闭嘴？"

我把座椅放倒想躺下休息一会儿，可长发青年突然惊慌地靠到我的身边，本来车子里面的空间就够窄的了，他竟然还要挤过来。

“你快看啊。”长发青年背对着我惊呼。

“什么啊，”我坐起身来，看着他所指的车窗外，“怎么……”

外面竟然站了两个撑着黑伞的家伙，一模一样，一动不动，我甚至根本就分不清哪一个是我们最先看到的，哪一个是后来的。还没等我做出反应，第三个又来了，三个人都站在靠近长发青年的一侧车门。不要紧，我心想，徐晓龙就快到了，而且不发生意外的话在车里等到天亮也没有问题。但是我忽视了另一个问题，我这样想不代表身边的这位也会这样想。

外面的三个家伙开始围绕着汽车转动起来，就像在举行某种献祭仪式。长发青年开始发飙了，他抓着长发惊叫：“他们要做什么？邪教吗？要把咱们俩烧死在汽车里吗？”

我又给徐晓龙打了电话。

“我们这边也出了点状况，再坚持一下，我们会尽快赶过去的。”

外面的三个家伙保持相同的距离，很有规律地移动着。他们面对着汽车移动，我却看不到长袍子下面的脸。

长发青年神经兮兮地对我说：“你看，他们的移动是有规律的，每当他们绕到我这里的时候，你那边就会有空缺，所以只要抓住这个空当的时候就能……”

三个人走到了靠近我的车门旁，长发青年突然打开了车门，往车外跑去。

“我先走一步了！”他撂下这句话便逃走了。

原本围绕车身转的家伙发觉了长发青年的举动，便一股脑地扑向了他。长发青年惊恐不已，一不留神跌倒在地。他跌倒之后本想站起身来回到车里，可我为了自保早已锁上了车门。

可长发青年只是逃到车前端，就被那三个家伙围住了，他一屁股坐在车盖上，惊慌地向后蹭，一直到后背接触到了挡风玻璃。只见长发青年还没来得及抵抗，他就被拉进了其中一个家伙的黑袍子下面，我看不到黑袍子下面正在发生的事情，我只能隔着汽车门窗听着那深入骨髓的凄厉尖叫。

不到半分钟，长发青年被放了出来，他失去了皮肤，摇摇欲坠的骨肉连在一起。他的头发随着头皮消失不见，脸上是失去了眼皮遮盖的眼珠子，没有嘴唇阻挡的牙齿让人看着浑身发冷。

长发青年惊恐地瞪大眼珠子看着自己的双手，然后是身体，他惊慌地大喊大叫，抱着头蹿到了路边蹲在地上瑟瑟发抖。

我不能忍受这种事情再发生在我的身边了，我激动地冲出车门对着站在原地不动的家伙们怒号：“有种的就别撑着伞装神弄鬼，有种的就脱了袍子像个爷们儿一样站出来！”

这三个撑着黑伞的家伙转过身来，用那双我看不到的眼睛盯着我，再一次，我被自己莫名其妙的冲动所折服。我退缩了，我被那双我看不到的眼睛吓到了，我开始后退，而他们也正缓缓地逼近我。

我还是上当了，我还是自己送上门来了，我是不是也会落得跟那长发青年一样的下场？突然一辆警车迅速开了过来，我听到了徐晓龙的声音：“让开！”

警车直冲过来，我不顾一切往街道旁边逃去。接着我就听到汽车碰撞的声音，警车直接撞在了我刚才藏身的汽车上。

徐晓龙车急忙下车，其中两个撑着黑伞的家伙很快就消失在了街道的尽头。而两辆车碰撞的地方有了一些异样，黑色的伞掉落在车旁，黑色的长袍子夹在了两车之间垂落在地上，可是我却没有看到穿黑袍子的人。虽然刚才场面的确有些混乱，但是还不至于一个人在我身边溜走了我却没注意吧。几辆警车随后赶来，警察跳下车往这边跑来。

我看到了那块垂落在地上的黑袍子，想去捡起来。

“别碰！”徐晓龙一把拦住了我。

警察跑到了长发青年身边，此时他张着嘴巴、瞪大眼睛，一动不动地坐在路边，就像人体标本一样。他已经死了。

“那黑色的袍子……”徐晓龙本想跟我解释什么，但是话音未落那原本被夹住的黑袍子突然动了起来，袍子完全张开包裹住了最近的警察。接着，一片慌乱，警察被拖进黑袍子下面之后挣扎了几下，其他人还想帮忙撕扯下来那黑袍子，可根本就没用。黑袍子很快就放出了人来，这个警察也跟那个青年一样，浑身上下已经没有一处是完好的。那黑袍子又站立在了街道上，缓缓地拾起了落在地上的黑雨伞。

有个警察掏出了枪对准了撑着伞的黑袍子：“别开枪！没用的，别误伤到自己人。”

那撑着伞的黑袍子一跃而起站到了警车上，接着犹如气球般飞了起来，很快便消失在了夜空中。这天晚上，我眼睁睁地看着两个人在我的面前死去，一个是长发青年，另一个就是后来赶来的警察。但是这天晚上死去的人却不止两个。

“接到你的电话之后我们就往这边来，但是路上遇见一个人在被追赶，我们就去救人，但是失败了，那人的死法跟刚才在你家楼下看到的一样。”警察局里，徐晓龙讲述着遇到我之前发生的事情，“我们开枪了，但是没有用，那件黑袍子一点损伤也没有。”

如果黑袍子下面没有人，那黑袍又是如何站立起来的？那些被抓进黑袍子下面的人又为何会失去皮肉？

“我们立刻叫同事增援，本想救那个从袍子下面出来的人，但是救护车到的时候已经来不及了。黑袍子也消失不见了。”

“飞走了？”

“没有，蹿到路边不见了，连开枪都没用的话怎么抓住那玩意儿？”徐晓龙无奈地说，“所以赶到你家楼下的时候见你面前竟然站着三个黑袍子，我只好开车撞过去阻止他们对你下手……”

那天晚上发生的事件不胫而走，第二天白天，路上的行人渐少，就好像那些夜里才出现的东西会在光天化日之下把人吞进黑袍子中一样。已经没有人愿意在这个炎热的季节里开窗了，为什么？因为那些东西会飞！而且根本就不知道数量到底有多少。

第三天的夜里，我看到了对面楼一户开着窗户的人家飞入了一个黑袍子。我躲在窗帘后面眼睁睁地看着那家伙像苍蝇一样随意地飞进了窗户里，后来的惨状可想而知。

这是最糟糕的情况吗？不，当然不是，起初大家还在做着天下太平的春秋大梦，先是找各种理由证明发生的都是偶然事件，然后又找出各种理由来让自己相信所有的事情都会好起来。直到可怕的结果就摆在大家面前，再也无法回避。

有些胆子小的人，不，应该说明智的人开始封死家里的窗户了，就像现在我们所处的房子一样。大家最害怕的事情是半夜睡觉的时候突然听到窗户被敲响，拉开窗帘会隐约看到窗户外面有黑影飘动。那是来夺取我们血肉的家伙，让所有人在深夜中不寒而栗。

第七天的夜晚，我透过被钉死的窗户缝隙看着外面。那晚的月亮很圆，不过很快月亮就被一片黑影遮住了，不是乌云，而是好像夜空中飞舞的蝙蝠一样的东西。它们撑着黑伞在天空中越来越多，成片成片地在空中盘旋，我知道，是那些撑着伞的黑袍子，它们来了。

* * *

最后的晚餐

“这，就是我所经历的前奏。”

没有人催促询问万子明后来发生的事情，慕容雪失魂般嘟囔着：“那些东西竟然还会飞……”

“想到那些东西会突然出现在头顶，还是很让人不安的。”朱晓颖惊慌地说道，“无处不在，无处可逃。”

“这么说的话，那些黑伞应该不是毫无用处的，”莫冲推测道，“如果那东西会飞的话，黑色的雨伞会不会就是能让那东西飞行的工具？”

“我不这么想！”李建华反驳道，“刚听到这段经历的时候，我跟子明当初的想法一致，觉得是有人在作怪，穿着袍子装神弄鬼，结果袍子下面根本什么也没有。如此看来，那家伙会飞，也就没有道理可言了。什么黑伞？工具？说不定也是那家伙身体的一部分！”

“那么，之前的经历呢？”齐涵也加入进来，“跟刚才这段经历有没有什么关联？原本只是些莫名其妙的诡异事件，怎么突然就出现了撑黑伞的黑袍子？”

齐涵的语气中透露着不信任，她始终盯着万子明。而万子明只是坐在椅子上一言不发，就好像刚才的经历并非出自他之口。陈东站起身来，散步般走到窗户旁边，哈着腰从木板缝隙之间望着窗户外面。

“天就快黑了，”没有人能看到陈东的表情，“这段经历就到这儿吧，既然知道今天大家讲的经历都是前奏，都想明天再告诉其他人灾难的爆发，不如就到此为止吧。”

谁也都没有继续追问下去，万子明依然地事不关己高高挂起的态度盯着陈东。

“天色不早了，我该去厨房准备晚餐了。”朱晓颖说完便起身走向厨房。

“既然晚饭还要准备一阵子，那我还是去外面一趟吧。”陈东转过身来说。

齐涵突然斜眼看了陈东一眼："大哥，你在这里住了那么久了，难道每天都要去仓库几次吗？"

陈东意味深长地点点头。

"该不会是我们来了之后大哥才需要每天都出去吧？"齐涵又接着问了一句。

李建华和莫冲沉默地望着陈东，像是想借着齐涵的嘴巴探听出自己想知道的事情。

"大哥，你是也想让大家都能跟着你出去熟悉熟悉附近的环境吧？"看似慕容雪在替陈东解围，却更像是让陈东不得不带着他们当中的一个或几个人一同外出。

"小雪说得对，我总是不能一个人到外面去忙。"陈东笑着应和道，"不过听刚才的话，齐涵你大概是不愿意跟我去仓库帮忙了，仓库里其实有很多事情要做，跟着我出去过的人都知道。"

李建华怀有深意地望了陈东一眼。

"我还是找愿意跟我到仓库帮忙的人吧，现在可不比灾难前的日子，我要处处小心才好。"

李建华期待地望着陈东。莫冲并没有任何表示，而一贯沉默的万子明却有些耐不住性子了。

"子明啊，你跟我出去帮帮忙吧。"陈东对万子明说，"建华身上有伤，跟我出去不太合适。"

事情有了定论，李建华便将期待的目光从陈东身上挪开了，不想让人觉察。

接着慕容雪跟着进了厨房，齐涵则站在窗边看着即将落尽的夕阳，莫冲上了二楼。李建华端着枪送陈东跟万子明出了门，然后谨慎地把门从里面锁好。

一路上，陈东就像之前那般小心谨慎。两人用最短的距离和最快的速度赶到了仓库。进入仓库之后，陈东小心地关上了仓库门，然后摸索到手电筒，端着枪在仓库里检查了一番。

"你想听我说什么？"

没有想到万子明又主动开口了。陈东清楚若是万子明主动引起话题，自己若还想在对话上占主动，那么就要比他更加犀利和圆滑。

"不如我替你说吧，第一张写着'六'的纸是你做的，这张纸我认识，在楼上房间的衣柜里有这样的纸张。你有意在纸上写着‘六’，然后丢给所有人看。但是第二张纸，你却只是给了我。”万子明没有接话，陈东便继续说下去，“为什么你不把第二张纸也给大家看呢？因为你发现大家的反应并不是你希望的那样。所以你把第二张纸直接给了我，只是希望我一个人看到这张纸，对吧？那么‘六’究竟是什么意思呢？”

“既然你知道我的用意，又为什么却执意要把那张纸给其他人看？”

陈东并不想解释：“如果你这次不想告诉我‘六’的含义，那么你又要错失机会了。”

“是你主动把我带出来的，想必你更加急于知道‘六’的含义吧。”

“如果你不相信其他人，我也不大奢望你会信任我，既然这样我检查完发电机咱们就可以回去了。”

说完，陈东在黑暗中朝着发电机的方向挪去。

“你还记得昨天听到脚步声之后，咱们俩一起到楼上检查之后遇到的事情吗？”万子明终于开口了。

“嗯。”

“为什么当时你告诉我楼上是雷声，你根本就不能否认我们看到的东西。”

“你是说蜡烛被风吹灭了？”

面对陈东随意和明知故问的态度，万子明调整好呼吸继续说：“还记得那双脚印吗？脚印的左脚上有‘六’个脚趾。”

陈东用近乎于嘲笑的口气说：“你可真喜欢找麻烦，明明就是个‘六’的事情，却让其他五个人搅和进来。不过，我也有两个疑问。”

“嗯？”

“第一个，你也说了，就是个脚印，脚印这个东西本来就是一个痕迹，你说你看到了六个脚趾，为何这么肯定呢？也许是你看错了，或者那个痕迹在留下的时候有了偏差呢。”

面对陈东的第一个怀疑，万子明没有着急回答：“你的第二个疑问是什么？”

“第二个疑问其实我已经说过了，就算你觉得那是六个脚趾，也没有必要在大家都不知道脚印存在的情况下写出‘六’让大家猜测吧？”

“我没法解答你的第一个疑问，我只是把我的怀疑说出来罢了。至于我为什么要把‘六’写出来给所有人看，因为我觉得一定有人知道些线索，所以我想用‘六’来试探他们的反应。”

“就因为这个？”陈东摇摇头，对万子明的回答似乎并不满意，“我猜测，你不仅仅对房子中的某个人不信任，你甚至怀疑咱们俩在楼上的时候，他们五个人合谋派了某个人光着脚到楼上去偷听我们的谈话，并留下了脚印。我说得对吧？”

见万子明无言以对，陈东转身去检查发电机了。

万子明缓步跟在陈东的身后：“你有没有想过，齐涵和慕容雪之所以不想继续下去，并非因为诡异的事件让她们感到恐惧？而是因为她们俩有不可告人的秘密，谎话已经扯得太多了。更何况讲述经历已经到了关键的部分，她们俩怕是兜不住了。”

“这是你的猜测？”

“合理推测！我也知道李建华找你谈过，而且我告诉你李建华并没有看上去那么简单，他说的话不会毫无根据的。”

陈东启动了发电机，发电机发出了低沉有规律的声响，他起身对身旁的万子明说：“如果李建华说他怀疑你，你还觉得刚才的话是正确的吗？”

“那就说说李建华吧，”万子明毫不犹豫地把矛头指向了李建华，“我记得李建华先是遭遇了杀人的植物，然后昨天的经历是他的朋友死在了树里。今天的经历，说的是生长在公寓顶层中杀人的巨大植物。”

“我知道。”

“既然他遇到的事情与植物有关，他自然应该更加提防这些东西。可距离农场并不是很远的地方是树林，为什么他从来也不表现出对树的惊恐和怀疑呢？并且这一路逃亡也不见他对树木有反应……”

“你的意思是？”

“他撒谎，那根本就不是他的经历，或者……”万子明稍作犹豫，“或者，李建华讲述的经历是真实的，不过他已经知道所遭遇灾难的真相。”

陈东领会了万子明的意思：“你是想通过我来撬开李建华的嘴巴？”

“不仅仅是我想撬开他的嘴巴吧？”

两人回到房子里时，朱晓颖和慕容雪还在厨房里忙碌着，而齐涵则保持着陈东和万子明出门前的姿势，依然盯着窗户外面。天色彻底暗下来了，齐涵转过身对陈东说：“大哥，是不是可以把灯点开了？”

陈东拨动开关，客厅里的灯终于亮了。莫冲从楼梯上走了下来。

“晓颖，晚饭准备得怎么样了？”

自从朱晓颖接管了厨房以来，陈东就很少入足那里了。

“很快就好了，稍等等。”朱晓颖回答。

回到客厅的万子明坐在椅子上闭上了眼睛，并不想与任何人交流。

待晚饭被端上桌子之后，陈东并没有立刻宣布开饭，他站在桌子的一边，笑眯眯地望着大家：“各位，在晚饭开始之前我要告诉大家一件事情。”

大家互相观望，想从其他人那里得知陈东将要宣布的事情。可还没来得及反应，陈东就继续说道：“我们将要迎来最后的晚餐。”

日记本

“最后的晚餐”这几个字着实让其他六个人感觉到惊讶，陈东解释道：“不用担心，并不是说吃完这顿饭就让你们离开这里。”

朱晓颖和齐涵面面相觑。

“纵观这三天，大家似乎已经缺乏动力讲述经历了，我希望这顿饭可以成为我们在这里新生的开端。”陈东继续低声说，“好了各位，既然是新的开始，大家是不是也要有一个全新的面貌呢？”

虽然陈东讲了许久，但他始终没有打破规矩——他绝对把自己的音量保持在规矩的范围内。

“男同胞们，这三天来我没有看到你们有刮胡子，这可不是新生活的态度。还有姑娘们，你们除了到农场那天没有好好洗一个澡，这几天你们都没有真正收拾一下自己。现在大家应该好好洗漱一番，然后准备迎接这最后的晚餐吧。”

陈东的话刚说完，李建华就马上把话接住了：“大哥，现在外面是什么情况你也知道，何苦做这些没有意义的事情呢？”

陈东不慌不忙地回答道，“所谓的‘意义’也都是人定的，而且我接下来的经历大家会非常感兴趣的。不过我想看到大家的态度，所以请好好收拾一下自己。”

空旷的农场，老旧的房子，住着这样一位难以揣测的男人。陈东在其他人心里本就是个神秘的人物，接下来的经历又是不是真的能像他说的那样有所突破呢？

“不过还是要记住这里的规矩，说话不要太大声。”陈东叮嘱道，“剃须刀在卫生间的柜子里，小心点用。”

大家立刻行动起来，都很有默契地先后使用了卫生间。用了不短的时间，所有人都一改之前的邋遢样。朱晓颖把头发洗干净之后绾了起来，而慕容雪洗过澡之后皮肤白嫩格外妖娆。至于齐涵，沐浴之后她原本紧张的情绪缓解了不少。陈东最后一个回到座位上，跟其他男人一样，他把胡子剃掉之后显得年轻了许多。

这顿最后的晚餐气氛融洽，大家都在低声说着些不着边际的玩笑话，就好像外面发生的灾难与这座空旷的农场毫无关系一般。饭后大家在被铺上围坐在一起，等待着陈东讲述他的下一段经历。

* * *

林岗从外地回来之后我没有跟他提起过这些天发生的怪事，下班后我便赶紧离开了图书馆。后来的几天，我试探地问过他：“回来这几天还适应吗？”

林岗只是憨憨地一笑：“这有啥适应不了的，该上班就上班呗。”

既然林岗没有遇到什么异常的事情，那我不如就当自己是遇到了偶然事件。一切安好，皆大欢喜。

可是过了也就十几天吧，林岗被发现死在了图书馆的房间里。那天早上我按时到达图书馆舢板，已经有两个同事大姐候在大门口了。

“怎么不进去啊？”我问道。

“不知道林岗干什么去了，都这时间了怎么还不开门！耽误了开馆时间领导要责怪的！”

同事娥姐有备份钥匙，她急匆匆地赶来开了门。玻璃大门被打开了，一阵凉意袭来。

“可能是他家里有事，回家一趟还没回来吧？”

“刚才给他打手机了，关机。”

我觉得事情有点蹊跷，便又拨通了林岗的电话，果然已经关机了。于是我便给他家里打电话，他妻子说他并没回家。我刚挂掉电话，就听到尖叫声从林岗的房间传来。

房间门是开着的，里面摆设整齐，林岗坐在地上背靠着床，一只拖鞋在脚上，另一只拖鞋甩在门边。林岗的表情怪异，哭不像哭笑不像笑，脸完全都拧在一起。他的眼睛睁着，眼球上布满血色，让人怀疑他的眼睛随时会流出血来。他张着的嘴巴犹如漆黑的洞穴，空荡无底。他的脖子微扬，脖子上有一个明显的五指手印，他是被人掐死的。

经过警方调查，现场没有过强行进入的痕迹，大门钥匙放在桌子上。如果是林岗主动打开门让凶手进来的话也说不通，早上大门紧锁，凶手是如何把钥匙留在桌子上的同时把大门锁上的？

如果说犯罪现场是密室的话，实在勉强。房间门是开着的，整座图书馆才算得上是密室。有备份钥匙的娥姐在案发时有不在场证明，于是图书馆因为这起谋杀案整整一个星期都没有开馆。

"图书馆的门窗都锁着，窗户外面还有护栏，老林那么老实的人，这是得罪谁了？"

听着女同事絮絮叨叨说着各自不靠谱的猜测，我心里不是滋味，会不会是那个频繁出现的女人？又或者是那个矮木偶？但我记得林岗脖子上的痕迹是一双很大的手，不像是女人的手，也不像是木偶那么袖珍的手能做到的。会不会又出现了我没有见过的东西？我记得我在一本书上读到过，一个人如果是被掐死、勒死的，眼睛上的血色应该是针状的。可是林岗的眼睛都快流出血来了。

林岗的葬礼上，我看着林岗遗像上那憨厚的笑容扪心自问，觉得有些对不起他。只是林岗的悲剧来得快，去得也快。谁也不会因为一个人的离去而改变自己的生活，我的同事更是如此，谁都没有再提起过林岗，就像林岗这个人从来没有出现去过一样。每个人都只是琢磨着自己那点事，谁顾得了谁？

领导在林岗被淡忘的几天之后突然召集大家开会，同事都很担心领导会安排我们轮流在图书馆值班。

"哎呀妈呀，我可不想再倒霉了。当初就怀疑我，我可不想晚上在这个鬼地方住！连凶手都没查到呢……"娥姐不满地胡乱猜测着。

领导只是过来告诉我们需要整理图书馆每层房间里的杂物而已，发生了那么不吉利的事情最好是清理一下不干净的东西。领导交代完之后便离开了。这几位老大姐根本也干不了什么重活，于是我把楼上轻松的工作交给了她们仨。

我从一楼的房间开始收拾整理，里面都是些旧书架和破损的图书。收拾到了二楼的时候，我发现有些东西不太对劲。是这么回事，每层楼的房间很少被打开，大多数房间里布满了灰尘，但是二楼的房间全然不同。布满灰尘的架子上堆满了松散的书页，可是房间的尽头的桌子上有一圈痕迹，其实这个痕迹说白了就是干净的意思，最近有人趴在桌子上做过什么事情。一张旧式的办公桌上铺着一块玻璃，上面很明显的有一圈是干净的。各个房间的钥匙之前都放在林岗睡觉的房间里，所以之前只有他可能来过这里。

我又往桌子前凑了凑，发觉桌脚边有东西，我低头一看，是一个塑料桶。塑料桶并没落灰，还没打开盖子我就闻到了浓烈的汽油味。林岗为什么要把汽油放在这里呢?

我随手拉开抽屉，里面有一个发了黄的本子，旁边还放着一支钢笔。我打开了本子，发现内容是林岗的日记，从日期上看这是他刚从外地回来之后开始记录的，并一直记录到他临死的前一天。日记最初记录的还算详细，越是到后面便越是简练。最后几页只有几个字，像在写暗语一样。

我先翻看了第一天的日记内容。

“昨晚睡觉的时候我竟然听到有人说话的声音，我打开门看到有个女人站得很远，可一转眼就没了。不可能是幻觉，那女的真真的。不是梦，我都这么大岁数了怎么能梦到那样的小姑娘呢？”

我翻到了第二篇日记。

“晚上睡得好好的，竟然有人敲门，我起来好几次也没有看见门外有人。不做亏心事，不怕鬼敲门，我一个老头子了，本分了大半辈子，我怕个啥子……”

敲门？我想起了那天晚上敲门的木偶，说不定林岗当时也没有注意到低矮的木偶。

接着是第三篇日记。

“晚上还有敲门的动静，我站在门口等着！刚听到敲门声我就开门看，我开门了却还是没看到人影儿，就听到有个小孩笑的声……”

从这三篇日记的内容上看，林岗跟我碰到的事情大同小异。

我的注意力再次转移到了桌子下面的汽油上，把汽油带到这里的话只有一种可能了，那就是烧东西。可是这里值得烧掉的也只有日记本罢了，但到底是什么原因让林岗想要在临死前烧掉日记本呢？难道里面藏着不可告人的秘密？

我继续翻看日记本，接下来林岗提起了我看到过的刑场景象，再接着林岗又写到他也看到了乌云蔽天的海边，以及那绝美的塑像。又翻了一页，日记的风格发生了很大的变化，没有详细地记录了，只有日期和只言片语。

上面很工整地写着“东西大街 6–4”，看来是个地址。我端起日记本，发现日记本这页的下面有点墨迹，我翻回到前一页发现并不是这一页的钢笔痕迹印到下一页的。这么说，原本写着地址的一页之前还有一页被撕掉了？

我仔细一看，的确有撕下去的痕迹，而且不止一页。如果林岗很详细地写了很多东西，又为什么要撕掉？东西大街6–4，这个地方我没听说过，应该不是什么繁华的地段。随后我跟其他同事打招呼说出去办点事，然后出门叫了一辆出租车将地址告诉司机，过了半个多小时才到达目的地。停车的街道上随处可见垃圾，人行道上甚至可以见到破碎断裂的砖头。

我在被阳光曝晒的几乎看不清字的路牌上看到了“东西大街”的字样，我沿着路来到了“6–4”门前。没想到这竟然是一家旅行社，旅行社的名字我也已经是模棱两可了，因为那名字实在是毫无特色。我顿足于旅行社门前，难道林岗之前来过这里？难道他准备去散心？要出去旅游？

旅行社的门边有一块告示板，上面贴着旅行社近期行程安排，每周都会有一条旅游路线的推荐。比如这一周的推荐是海南岛五日游，下一周的安排则是杭州三日游，从广告上来看这家旅行社应该有着跟凄凉表面完全不同的火热生意。

这两张广告占着整个广告栏的三分之二，上一周的广告单已经被人撕掉了，只剩下了一个角。而上一周，正是林岗死的日子。林岗在日记上写着的地址应该是跟行程广告有关。于是我往林岗家里打电话，寒暄过之后，我便问他的妻子：“嫂子，林哥在去世前，有没有跟你提起他去过旅行社？”

“那天他打电话给我，说他在旅行社，说想带我出去转转。我说咱们刚从外地回来就马上再请假出去不太好吧。但是你大哥说想出去走走散散心，他就跟我念叨着要去的地方，可是念叨念叨着突然他着急说还有事，就挂了电话……”

一定有什么东西引起了林岗的注意，挂掉电话之后我走进了旅行社。办公桌边一个戴眼镜的胖子正无精打采地看着报纸，见我进门便满脸堆着谄媚笑容。

“跟团旅游？带女朋友吗？我们有情侣优惠……”

我没有心思听这胖子的推荐，我问他：“跟你打听件事，上周你们贴的那个广告……”

我话音未落，他扶了一下眼镜："那个啊，那个已经过期了，是上周的，所以被人撕掉了也没有贴上去，我们这两周有新的行程路线。"

"哦，"我应了一声，"上周的行程是去哪儿？"

"那个团啊，都回来了，是去江南的。"

"那你还有没有那张广告单了？"

我想再详细地知道那张广告上的内容，那胖子见我没有报团的想法所以有点不耐烦，于是我佯装无奈道："哥们儿，我也没有办法，都是女人事儿多。我本来跟女朋友约好的说上周出去旅游，但是我工作忙没去成，我就说还有好地方可去。但是她这个人有脾气，偏偏不听，还让我把上周跟这两周的广告拿回去，说这样有个比较。"

听说还有戏，胖子便又笑脸迎人，把一张折得歪歪扭扭的广告单连同另外两张一并递给我。旅行社门口我端详着上一周的广告单，上面印着江南水乡的照片、景点路线和价格。我看不出其中有什么门道，于是我便先坐车回到了图书馆。中午吃饭的时候我还在端详着这张广告单，女同事见状就问我是不是要出去玩，我说就是帮朋友看看。

"江南啊，乌镇不错，"娥姐拿起了我放在桌边的广告单，"'文人墨客'，你瞅瞅人家这广告词说的……"

午饭之后，我回到了发现日记本的房间。我又翻到了日记本上写着地址那页上，实在看不出有什么值得注意的地方。这日记本该不会是林岗提示的一个部分吧？我又翻到了下一页，这一页与前面写着地址的日记内容很相似。上面记着几个数字——"2–8–3–12"。简直就是生涩难懂的密码，不知道林岗为什么要搞得这么复杂。我又在接下来的一页里看到了类似的数字，"3–7–5–4"，还是不懂。又一页，"5–8–9–9"。

我直接翻到了最后一页，是林岗死亡当天的日记，上面不再是一连串的数字，而是两个字——"烧掉"。为什么林岗要用汽油将日记本烧掉？难道跟他之前撕掉的几页有关系吗？

虽然我想继续追查下去，但是看着那一连串的数字无可奈何。难道让我去研究摩斯密码什么的？我也不认为林岗已经达到了运用摩斯密码的水平。

于是我做了一个冒险的决定，既然想知道发生了什么事情，那就要让自己再次深入险境。越接近危险的地方，就一定越能够接近真相。

我从地上捡起废报纸把日记本包裹起来装进了口袋里，然后我提起一直放在桌子下面的汽油，锁好门来到了楼下。我来到了以前林岗住的房间，自从他死后就没有人愿意再进来了。虽然出事之后被清理过了，但基本保持了原样。我把汽油、包裹好的日记本和广告单一起扔进了衣柜里，然后头也不回地离开了房间。

我的计划很简单，就是夜里再次体会深入危险的感觉。自从林岗死了之后，不单单娥姐有这里的钥匙，我们四个人都有。当然，我的另外三个同事也在我面前埋怨过，说希望再专门雇一个人来掌管图书馆的钥匙，她们觉得手里有这里的钥匙是很不吉利的事情。

既然有钥匙，深夜的图书馆对我来说就是畅通无阻的。白天，我买了一些必要的工具，比如便携式的应急灯、工具刀还有火柴和打火机，有备无患。

深夜的图书馆格外阴冷，我带上所有装备迅速钻进了图书馆的大门，白天还非常熟悉的图书馆此时已经变成了另外一个世界。我沿着走廊快步来到了林岗住的房间，打开了衣柜。里面的日记本不见了，只剩下汽油和广告单。

"呼。"

我分不清这是怎样的语气，但是我知道周围有人："谁？"

一个女人的声音幽幽地从床下传了出来："笨死了……这话应该我问你吧！"

我把应急灯点亮照向床下，谁知道一把枪竟然对准了我。

"你别乱来啊！"我拿着灯不敢动了。

"废话，你再拿灯晃我的眼睛我就不客气了！"

我立马把灯光换了一个方向，眼看着一个年轻女人笨拙地从床下爬出来。

枪始终对着我，年轻女人站起身定睛说道："竟然是你，李东？"

"我叫陈东。"我解释道。

"你就是杀死林岗的凶手吧。"

我认出了眼前的女人，她是前几天来查案的警察。

"你可别胡乱猜疑啊。"

"那你为什么深夜回到图书馆来？难道是留下了关键的证物在现场？"

没想到她这么快就暴露了底牌。

"我放在衣柜里的日记本是被你拿走的吧。"我试探道。

"我就知道这个日记本没有那么简单。"说着她从后腰拿出了日记本。

“那你也不能根据日记本，就断定我是杀死林岗的凶手吧。”我见她没接话便继续说，“我半夜来图书馆是因为我发现了一些疑点，希望能查出林岗死亡的真相。”

“没猜错的话，这个日记本原本是属于林岗的，这是他临死前的日记，对不对？”她的语气带着三分质问七分自信。

“的确是他的，我现在有所发现，不过就算我现在告诉你，恐怕你也不会相信的。”我又问她，“对了，怎么称呼你？”

“邱锦，叫我小邱就行了。”

邱锦的语气里依然充满了敌意。

“先把枪放下行吗？以前我也是当过兵的，我可是知道如果这玩意儿走火了是要人命的。”

邱锦白了我一眼然后把枪收了起来。随后我问她为什么会在半夜来，她倒是爽快，说她不想让上司瞧不起。

“不管我怎么分析案情他们都觉得幼稚，”邱锦不满地埋怨道，“我就是要在这里好好地查一查，找出点有用的线索让他们瞧瞧。”

接着邱锦质问我发现林岗的日记之后为何不交给警察，还问我为何在夜里回到图书馆。于是我把林岗去外地回来之后，在图书馆里的遭遇和后来的调查经过说了一遍。

“不会是真的吧？”

邱锦虽然嘴上说不太相信，但是她明显有点害怕了。

“既然要想查清楚林岗在日记的内容，就要再一次见见那些诡异的场面。”见邱锦的目光时不时地扫向门口，我问道，“你是第一天埋伏在这儿吗？”

邱锦无声地点点头。

“还好你及时遇到了我，不然你一个女人看到那种场景肯定会吓到的。”

“别乱说话，女人怎么了？我可是个警察，才不会怕。”

话虽如此，邱锦的眼睛禁不住朝门边望去。

“这里的门窗都锁好了，你是怎么进来的？”

邱锦带着几分稚嫩的得意：“没有什么难的！我白天到图书馆来，晚上你们闭馆之前我就藏到这个房间里，我就知道你们因为忌讳林岗的死不可能进来检查。”

接着我们俩便开始商讨林岗临死前所记录的日记内容，我对邱锦说起了林岗撕掉写完的几页日记：“你没注意林岗日记后面的几页吗？撕去了几页之后又用一连串数字补写上了，你不觉得奇怪吗？”

邱锦认为日记本中暗藏玄机，否则林岗不会动了想要烧掉日记本的念头。就这样，我和邱锦一边讨论，一边把日记本放在桌子上翻动了起来。

突然，我又听到了熟悉的窃窃私语声，女人的低语声在我的耳边回荡。立刻关掉了应急灯，悄声问邱锦是不是也有听到。

黑暗中，我隐约看到邱锦点点头：“就好像有个看不到的人站在咱们俩的身边嘀咕。现在怎么办？”

“也许我们应该主动出击吧，跟我来！”

我带着邱锦挪到门边，邱锦拔出了枪。我轻轻地打开了房门，窃窃私语声在房门被打开的瞬间消失不见了。我把随身携带的工具刀从身上抽了出来，与邱锦一起来到了冰窖般的走廊。快到正门前厅的时候，从前并没有听到过的声音徐徐传来。停步在走廊转角处，我更加确定声音来自转角另一边的前厅当中。我冲邱锦做了一个弯腰的手势，随后我们俩靠着墙角俯下身朝着门厅望去。

前厅有一个蹲在地上的背影，那背影的旁边地上摆放着一个狭窄精致的工具皮箱。这人把手里的工具放入了工具箱，然后又从里面拿出一把刀来，他的动作十分娴熟，似乎在切割东西。

邱锦起身趴到我的耳边低声道：“他在切割一个人。”

我立马回过身惊奇地看着邱锦，从她的角度的确可以清楚地看到这人切割的东西。还没等我反应过来，邱锦就一下子蹿出了墙角，端着枪指着那人叫道：“不准动！”

白痴！邱锦已经贸然行动，我只好也一下子蹿了出去。那个人依然蹲在地上完全不理会身后的我和邱锦，依然很专心地忙碌着。

“我是警察！立刻将手里的凶器放下，把手放在我能看到的地方！”

那人依然不慌不乱，这让邱锦很是尴尬。大概过了半分钟，那个人把手里的刀子放回了工具箱内，然后提着工具箱缓缓地站起身背对着我们。这人穿着宽大的风衣，他缓缓地把风衣上的兜帽扣到了头顶。一具尸体就躺在他的脚边。

“不准动，把你手里的东西放下！”邱锦继续命令道。

这个人迅速地转过身体，正对着我和邱锦。在兜帽的遮挡下，我只能看到他的下半张脸。

“把手里的东西放下，不准动！不然我就开枪了！”

眼前这个穿着风衣的男人用空闲的手拉了拉头顶的兜帽，他嘴角上扬露出了两排整齐亮白的牙齿。接着，他一转身，洒脱地迈出了脚步走向另外一条走廊。他冷静得太过分了，很难想象我身边端着枪的邱锦此时会是怎样的感受。我马上点亮了随身携带的应急灯照亮了眼前的走廊尽头，空无一人。

“他哪儿去了？是不是走进哪个房间了？”邱锦呼吸急促。

“不可能，这些房间的门都是锁着的。”

我们飞快地蹿到了走廊的尽头，走廊尽头的窗户外都有铁栅栏。

邱锦突然折返回去：“或许尸体旁边会有线索。”

我们回到正门前厅，地上还留着血迹，唯独尸体不见踪影。灯光下，血液就像装在杯底的饮料被吸管吸走了一样，聚集到了一起然后消失不见了。

“我刚才是在做梦吗？”邱锦蹲了下来，“血哪儿了？”

邱锦甚至用手去触摸血液消失的地方，但是她只摸到了冰冷的地砖。

我突然听到了周围地上有细微的声响，很有节奏。

“周围有人！”

我立刻用灯光照射周围，终于看到了发出声音的东西——那是一只手，一只断手。我仔细地打量着这只断手，它一定属于一个身材高大的人。手指出奇的长，指头上连着肌腱，上面还附着皮。断手是用钝器强行从手臂上剥下来的，断处破损不堪，似乎是某种暴行的见证。我刚才听到的声音，正是断手食指在轻轻敲击地面发出的。如果这只手完好地存在于一个人的身上，我想手的主人一定很惬意地看着我和邱锦慌张的表情。

这只断手开始试探性地向我们移动了，邱锦用枪指着断手。断手迅速地向蹲在地上的邱锦冲去，跳向她的脸。邱锦反应迅速，断手扑了个空一跃而过。

紧接着，邱锦开了一枪，没打中！

可是那只断手已经没了踪影，邱锦缓缓地站起身，时刻提防着那只手的再一次袭击，可是那只手并没有再度出现。

“这个场景有点眼熟，我总觉得在哪里见过……”邱锦站在我身边嘀咕着，然后她突然愣住了。我以为邱锦发现了那只断手，便把灯光照射在身体周围。可是前厅里除了我和邱锦，再也没有活动的东西了。

“你听到了吗？”邱锦轻声细语。

我听到流水声由远及近，紧接着便感觉到了脚下有水。我顺着流水声用灯光照向了楼梯，水果然是从楼上流下来的。

“水管漏了？”邱锦问我。

“当然不是，但我知道是怎么回事，跟我来吧。”

我蹚着水往楼上走，邱锦满脸狐疑地跟着我。快到三楼的时候，我手里的应急灯开始忽明忽暗起来。

“妈的，一到关键时刻就给我掉链子。”见没有灯光可用，我提醒邱锦，“不管看到什么景象都别大惊小怪的！”

我的话刚刚说完，邱锦就露出了惊恐的表情，她缓缓地把枪放下了。邱锦的目光在我的身后，于是我握紧了手里的刀子然后猛然回身，想给后面的家伙来一个措手不及。但是转身的瞬间，我也被吓了一跳。

双脚就在我的面前，红色的旗袍摇摇欲坠。又是那具穿着红旗袍的女尸，此时女尸正在被摇摇晃晃地放下来，她脖子上的绳子正一点点地抻长了。

突然，女尸的长发下面落下了一滴液体滴在了我的面颊，一股恶臭扑面而来。我大声地干呕起来，扶着墙低下身用手蘸了地上薄薄的水，洗掉了脸上的液体。

邱锦靠在我身边惊讶地盯着这具穿着红色旗袍的尸体，极力掩盖着声音的颤抖：“这是怎么一回事？”

“不知道，这是我第二次看见这玩意儿了，太他妈恶心了！”我站起身，用手背擦了擦嘴角，“你有没有觉得这里像游乐场里的鬼屋？”

邱锦依然紧张地看着女尸：“尸体怎么会吊在这里？刚才你跟我说话的时候，尸体突然从上面垂下来了，一点征兆也没有……”

“刚才看到的那只手，应该就是杀死林岗的东西。想要证明是断手掐死了林岗，就必须找到它！”

邱锦陷入了沉思：“我总是觉得那只断手，似乎我在……”

“看来只靠咱们俩寻找那只断手还有些困难，你是警察，你告诉同事的话他们应该会相信的，不如打电话求助吧？”

听了我的建议，邱锦摸了摸口袋，叹了口气说：“我的手机不知道哪儿去了？”

“不会是刚才在楼下你躲避断手的时候掉了吧？”

“有可能。”

说着我拿出了裤兜里的手机，可不知为何我的手机已经关机了，无论如何启动都无法开机。若是先出去求助再回到图书馆，变数实在太多，我们俩只能继续孤军奋战。

地上的水依然在流淌，我们绕过穿着红色旗袍的女尸，继续向三楼的厅堂进发。三楼厅堂的门关着，水从大门下的缝隙中不停地流出来。

“里面有声音？”邱锦用耳朵贴着大门。

“那是雷声。”

我用力地推开了大门，映入我们眼帘的果然又是那个乌云遮天的海岸。雷声阵阵，远处是一望无际昏暗的大海，那座美轮美奂的塑像依然立在海岸边。

邱锦睁大眼睛看着眼前的一切，她放下枪，不由自主地朝前走了几步。雷声阵阵，雨不停地击打着海滩，透过雷声可以听到有女人在耳边窃窃私语的声音。我们跨过大门，来到了海岸沙滩。

“这里怎么会变成这样？”

邱锦的头发被海风吹动着，她站在那座塑像的旁边。闪电的照耀下，邱锦皱着眉头目不转睛地盯着这件曾经把我迷惑得够呛的塑像。她一定也被这件精美的艺术品吸引住了。塑像上，女人的惊恐表情依旧栩栩如生。我欣慰地看着塑像，能再次看到它简直就是我的荣幸。

“太完美了，是吗？”

我忘情地盯着塑像，甚至忘记此行的目的。

“不！”邱锦的声音微微颤抖，“太过分了，完美得太过分了！”

有人！我感觉到有人就在附近盯着我和邱锦。我顺着眼神望去，是那个我曾经见过的长发女人，虽然依旧看不清她的面目，但我能感觉到她正在靠近我和邱锦。

“快逃！”邱锦突然拉了我一把。

我被邱锦的举动弄蒙了，我还以为她会拿着枪质问那个女人是谁。谁知道她拉着我就跑，我们俩踩在沙滩上迅速地奔向厅堂的大门。就在我们俩刚刚踏出了厅堂的大门，邱锦立刻将大门关上了。我用力拉紧大门的同时，厅堂里的女人正用力地撞击着大门。

那晚的情况与之前的几次有所不同，之前我见过那个窃窃私语的女人，总是我在追赶她，可这次她竟然反过来追赶我和邱锦。

我喘着气用力关紧大门，里面的女人力气很大：“咱不能就这么跟里面的人耗着吧？”

“你先坚持一会儿！”

邱锦把枪收了起来，接着把有些湿的日记本找了出来，翻开之后仔细地贴近日记本，希望能在黑暗中辨别出上面的字。

大门内侧的女人猛力撞击着，“妈的，她是不是女人啊？”我一边骂着一边继续拉紧双臂。

“别吵！”

邱锦依然目不转睛地盯着日记本。

“啊啊啊！”

大门被女人打开了一道缝隙，她的叫喊声犹如野兽嘶叫。我用尽全力把缝隙关上了。

“你到底在干什么啊？”我感到脚下的水越来越冷了。

“我知道了，我知道这是怎么一回事了。”邱锦突然撕下了几页日记把日记本丢到水中，“现在准备跑，一起到二楼去！”

“怎么……”

我还没明白过来是怎么一回事，邱锦就直接开始说：“准备，我数到三！一、二……”

我一脑袋的冷汗，根本就没有时间多考虑。

“三！”

我们俩飞速朝着楼梯奔去。

“别回头！”

邱锦大声提醒，我们俩同时绕过了楼梯上摇摇摆摆的女尸，迅速跑进了二楼的厅堂，然后用力关上了大门。

“快找点东西来把门锁住啊！”

这一次换了邱锦拉紧大门，外面女人的吼叫声传了进来。

我赶紧来到了办公桌旁，在抽屉下面找到一把很大的链锁，我拿着链锁把门从里面锁上了。

“你刚才说你知道了……到底知道什么了？”我气喘吁吁地扶着门。

邱锦并不回答我，只是带着我在尚无变化的厅堂里转了一圈，以确定这里没有危险。厅堂大门被外面的女人不断撞击着，轰隆声在原本寂静的二楼厅堂回响着。

“林岗的确是被那只断手杀死的，我总觉得那断手很眼熟，后来我看到三楼的景象之后就更加确定了。”

“你别啰唆，赶紧说到底是怎么回事？”

“你先看这个，”说着邱锦递给我一张纸，“这是从林岗日记本上撕下来的。”

我接过那张纸，好不容易才看清楚上面的字，“2–8–3–12”。

“看清楚了就跟我来！”

我既然看不出门道来就只好跟着邱锦。

“你们这里的书架都是有编号的对不对？”

我点头称是。

黑暗中邱锦摸索着找到了八号书架，然后又找到了第三行，从那上面找出了一本书递给我，《鲁迅全集》。我愣住了，不明白邱锦为什么拿出这本书给我。门外的女人已经停止撞击大门了，一切都安静了下来，仿佛什么事情也没有发生过一样。

邱锦见我不明白她的意思，她马上打开了这本书，翻到了其中一页，再次把书递给了我。这页上的文章是《药》。

“林岗的日记本我也翻过，他的奇闻怪事我也都知道。既然你跟林岗遭遇的事情都一样，所以你应该记得吧？”

“差不多吧。”我点点头。

“你和林岗都在二楼的厅堂看到这里发生了变化，你们俩都看到了刑场，对不对？”

我无声地点点头。

“林岗为什么把日记本上原本写着的东西撕掉了，我也已经想清楚了。这么说吧，他写的这些数字其实是有含义的，比如刚才给你看的那页。”

“2–8–3–12”，我好像也看出了一些门道来。

“数字‘2’代表的是楼层，‘8’代表了第八号书架，‘3’是表示书架上的层数，‘12’是指第十二本书。”邱锦继续解释，“你和林岗看到的，就是书里发生的场景！”

“刑场上的那段？”

“没错，就是《药》里的情节。”

黑暗中看书很不容易，但是我还是找到了描写刑场的段落。

“你是怎么注意到的？”

我合上书问邱锦。

“就在我刚才跟着你去了三楼大厅，看到了那里发生的变化之后，我终于想通了。”

“也是书里的场景？”

“没错，记得两三年前我读过一篇惊悚小说，名字叫作《恐怖岛》。刚才我靠近塑像的时候发现，那塑像不仅仅是个女人，她还护着自己的孩子。”

女人？孩子？我似乎只是注意到了塑像中女人那栩栩如生的面庞，根本就没有注意到还有什么孩子。

“《恐怖岛》讲的是，一位好奇的艺术品爱好者独身一人来到了爱琴海上的一座希腊孤岛，在孤岛上发现了举世罕见的雕塑精品。但是岛上所有的居民却像避瘟神一样躲避它，连看也不愿意看那精美的艺术品一眼。可是那位爱好者却踏上了无人问津的海滩，他最终知道了雕塑的由来，如此栩栩如生的雕塑品可不是从天而降的，随后他见到了传说中的戈根姐妹！”

“戈根姐妹？”

“就是‘蛇发女妖’。”

邱锦的话令人难以置信。

“这不可能……蛇发女妖……”

“这就是我刚才带你逃走的原因，幸亏你见过她几次都没有看清楚她的脸。”

“你的意思就是如果看清楚了她的脸，我就会变成石头？”

“那你以为刚才看到的塑像是谁的作品？”

我开始在脑海里搜索着我深夜在图书馆里看到过的场景，比如那只断手，还有楼下门厅前穿着风衣的男人。书？如果都是跟这里的书有关系，那么那只断手……

“断手的来历我也想到了，”邱锦回忆道，“林岗的确是被那只断手杀死的，来自莫泊桑的一篇小说——《手》。”

“什么？”

“简单点说，就是一只被剥离的断手，掐死了人。”

“懂了。”我干脆道。

“但是，有一幕我始终想不通。就是刚才我们看到的那个人，到底是谁？他对着一楼门厅前的尸体做了什么？”

我思索着曾经阅读过的书，似乎有了答案：“那个人就是‘杰克’。”

"哪个'杰克'？"

"魔鬼开膛手。"

"就是伦敦东区杀死五个妓女的杀手？"

"我曾经读到过记录这些案件的书，他杀人的经过我就不用多讲了吧。"

犹豫了片刻，邱锦问："你是不是把林岗的汽油放在楼下房间里了？"

我瞬间被点醒了："我懂了，林岗当初要烧的不是日记本，而是图书馆里的书！"

"对，林岗发现了怪事的根源，否则林岗不会贸然决定烧书的！"

我这时发现了脚下的异样。

"你看地上的水？"

邱锦也低头看，我们发现地上的水跟我们在一楼看到的血迹一样，全都逆流缩到了厅堂门外。我低下身摸了摸地砖，冰冷干燥。地上的水虽然都缩了出去，反而另外一样东西从门缝下面进来了。

"这是烟吗？"

我用力地闻了闻："不是的，这不是烟气，好像是雾气。"

"雾气？"邱锦匆忙地穿过厅堂来到了窗户边，"外面街上的路灯还亮着，根本就没有什么雾气！而且就算外面下了雾，怎么可能跑到图书馆里？"

"我想林岗担心的事情开始发生了！"

听了我的话，邱锦疑惑地望着我。

"这是伦敦的夜晚，伦敦是雾都，尤其是在19世纪末，工业污染很严重，所以伦敦的夜晚弥漫着这种工业雾气。你没有感觉到这个雾气其实还有点其他气味吗？"

邱锦来到我的身边，躲避着靠近她脚边的雾气。

"门外面恐怕已经不是我们能想象到的景象了。"

"杰克？你是不是说他可能就在外面？"

"不仅仅是那个杀手吧？蛇发女妖说不定也在外面等着呢。"

听我这么说，邱锦打了个冷战，"现在该怎么办？"

"你有枪，那可是咱们俩的胆。我有刀，也能防身。现在咱们俩只能按照林岗未完成的道路继续走下去。"

"烧书？"

“对！”我坚定地回答道，“林岗这个老实本分的人之所以想烧掉这些书，想必他深知这件事情的后果是多么严重。”

邱锦没有马上表态，还在犹豫着。

“我现在理解林岗为什么会把日记本后来的几页撕掉，然后再重新用数字暗号的形式记录下来了！”我的思路渐渐清晰起来，“林岗是担心他所记录的内容会跟书一样变成真的，所以当他记录到关键的部分，他便撕掉了，换了一种无关紧要的方式。”

“好，我们烧书！不过也要想好后路，如果烧掉这里的话，消防车很快就也会来救火。而且咱们俩出去之后一定要统一口径。”邱锦已然下定了决心，“记住，今晚我找你来图书馆，是为了来调查可能忽略的线索。没有想到碰到了一个穿黑衣服戴着口罩的人，这个人在放了火之后就逃走了。”

“行，就这么办。”

接着，邱锦问我：“你带火柴或者打火机了吗？”

“带了！”

我掏出了打火机。

“现在就把这些书点着吧！”

“不，林岗之所以使用汽油是有原因的，他是想全身而退。就算咱们俩在这里点着了书，很容易就会让整个图书馆烧起来。而门外面的情况咱们不清楚，很可能逃不出去被烧死在这里！所以咱们俩应该去一楼房间，找到汽油，并在一楼把图书馆点着。从正门大厅全身而退！”

邱锦赞同了我的计划，她一边检查枪，一边说：“不管外面是什么，都要搏一次！”

准备好之后，我用钥匙打开了链锁，并用力推开了二楼厅堂的大门。阴风阵阵，雾气也随之而来，邱锦轻轻地咳嗽了两声。

借着雾气中的昏暗灯光，我和邱锦一前一后地从厅堂里走出来，外面的情景怪极了。地面和墙壁已经不再是大理石地砖了，变成了暗色的石砖，楼梯旁立着一盏金属路灯。

“怎么会这样？”

邱锦惊奇地嘀咕着，她看着附近的变化，远处的浓雾中可以隐约看到另外一盏路灯。

“看来咱们俩这次要对付的真的是‘开膛手杰克’了。”

我紧盯着不远处的浓雾，时刻准备面对这魔鬼般的对手。

“还是小心点好，我可不觉得那个满脑袋蛇头的女妖会善罢甘休。”邱锦走到了我的前面。

我们俩沿着石头砌成的楼梯往楼下走，越是往楼下走，雾气越是浓稠。到了一楼，我们俩停在一根金属路灯旁辨认着方向。

“虽然这里发生了变化，但是格局应该没有改变，方向也不会搞错的。”我望着浓雾深处。

“图书馆这么大的地方都会变成这样，如果任其发展下去还不一定会变成什么样子呢。”邱锦自言自语。

“往这边走，只要去房间里拿到汽油，下一步就……”

我话还没说完，就听邱锦叫了一声：“啊！”

“怎么了？”

只见邱锦空着的那只手正捂着自己的胳膊，血从手指缝隙中流了出来。

“刚才有个人用刀子划了我。”

“谁？”

“应该是杰克，不过雾太浓没能看清楚。”

我把上衣脱下来撕下一个袖子，帮邱锦包扎了一下。

“很快我们就能离开这里了，坚持一下。”

“没事，这点伤不算什么。”

可是刚走了两步邱锦又中了一刀，这次是后背。

“妈的，又来了？”

我根本就没有听到有脚步声靠近，杀人狂根本就不按套路出牌，走廊这样狭窄，这家伙是怎么从不同的方向袭击邱锦的？

终于来到了房间门前，可是门怎么也打不开。就在我焦急万分的时候耳边又响起了熟悉的私语声。

“女妖要来了！”

不远处路灯的照射下，浓雾中可以隐约看到女妖的身影。虽然依旧看不清她的脸，但她头上的蛇影却在浓雾和灯光的衬托下一清二楚，蛇发在她的头顶扭曲晃动着。真的有谁看到过她的脸吗？或是说，那些艺术家在雕塑和绘画中展现出的蛇发女妖都是凭空想象的吗？

“快点开门！”

蛇发女妖挪步而来，门终于被我打开了。我和邱锦一下子蹿进了房间里，然后锁好了门。房间里并没有发生任何的变化，邱锦坐在床边喘着粗气。我握着刀用肩膀顶着房间门，也许那个女妖已经到了门口，不过房门一点动静也没有。

“你的伤怎么样了？”我关心地问邱锦。

“没事，你还是赶紧找到汽油吧，”邱锦站起身看着窗户外面，“图书馆和外面简直是两个世界。”

我赶紧打开了衣柜，拿出了汽油。然后我掏出了身上打火机试了试，打火机还好用。

准备出门行动之前，邱锦拉住了我，示意我别出声。一阵轻微的声音摩擦着我的耳膜，那是木头被挤压变形的声音。虽然不大，但是却听得我触目惊心，没有想到平和的表面下依旧暗藏杀机。

“外面是两种可能，”我盯着轻微变形的房门低语道，“开膛手杰克，蛇发女妖，不管哪一个都是致命的。如果是杰克的话还好说，可若是蛇发女妖就难办了……”

“好办！既然这家伙挤在门外，我就不相信还能躲过子弹！”

我让开了身子，邱锦对着门连开了两枪，枪响过后立马什么声音也没有了。浓雾并没有从门上裂痕中散进来，也没有听到窃窃私语的声音，我摸着冰冷的门把手决定冒险开门。

“如果我开门之后变成了石头，就说明那女妖就在我的面前，你不要朝门外看，直接开枪。”

邱锦摇摇头，说：“这样太冒险了，不行！”

“听我说！如果门外是杰克的话，我手里有刀，他未必就是我的对手。如果能活捉了这个魔鬼开膛手，我想我也会声名大振的！”

我的冷笑话还是没有让邱锦轻松下来。

“能看清我的手指吗？”我示意邱锦，“当我伸出三根手指的时候，我就开门，你要盯紧我！”

一！二！三！

当我的手指伸出第三根的时候，我快速开门。门外除了黑暗什么也没有，没有了伦敦街头的汽灯，也没有了砖石砌成的墙，更没有了百年前伦敦夜晚的浓雾，就像什么也没有发生过一样。

邱锦见我不动身，挪了挪身子举着枪站到我的身边。一时间我和邱锦无言以对，这不是我们俩期盼的情景吗？什么也没有发生，什么危险也没有了。

"现在又该怎么办？"

邱锦有些犹豫到底是不是还要烧掉图书馆。

"这些东西消失不见了不代表不会再出现，你身上的伤没有消失吧？"

听了我的话，邱锦看了眼手臂上的伤，深意地点点头。

话刚说完，就听走廊尽头传来了金属碰撞的声音。一个高挺而细长的身影出现在了走廊的尽头，那家伙戴着坚挺的帽子，手里拿着一把长柄的弯刀。这又是谁？又是哪本书里的家伙？

"那是谁？"邱锦被惊到了。

"我不知道，我也不想知道，我只要这些家伙全都完蛋。"

我转过身拿起了地上的汽油，然后引着邱锦转身就向图书馆大门口跑去。邱锦在我的背后叫道："那家伙追上来了！"

我们毫无阻拦地来到了一楼正门厅堂。

"不行啊，如果只是把汽油倒在这里，根本也不可能让火着起来！"邱锦的话提醒了我。

"有个杂物间，里面是些图书馆装修之后剩下的装修材料和旧杂志！"

我直接奔向另外一侧的走廊，那个拎着长柄弯刀犹如死神的家伙正在一步步地朝我们走来。我一脚踢开杂物间的门，并冲进去朝里面泼洒汽油。随后，我立刻把打火机点燃丢了进去，火一下子烧了起来。

那个手持长柄弯刀的家伙很快就要靠近前厅了，还好我们俩距离厅堂更近。

"跑！"

火光中，我带着邱锦往大门外飞奔而去，终于赶在那手持长柄弯刀的家伙之前到了大门前。

我把大门开了一个足够我们逃出来的缝隙，我先蹿出了门，然后我回身去拉邱锦。邱锦本来已经逃出来了，却被身后的家伙拉扯住了胳膊上包扎伤口的衣服。

邱锦因为伤口被拉扯疼痛而惊叫了一声！我看到了那家伙的手，很白很长，但像枯草一样毫无生气。我立刻用刀子切断了邱锦胳膊上的衣服，将她拉扯出来。随后我立刻关上了大门，不过这玻璃门真的能挡住那家伙吗？

但那家伙并没有破门而出的意思，他微微地抬起头，露出了苍白的脸。他的眼圈发黑，有一双通红的眼睛，尖长的下巴光溜溜的。这个家伙竟然笑了，他的牙齿是黄色的，跟他的下巴一样尖锐。

我赶紧退后了两步，邱锦拽着我的胳膊向后躲。那家伙的背后出现了火光，可是他并不慌张，他张开苍白的手然后用力地拍打在我面前的玻璃上。我从来没有见过那么长的手指，接着那家伙拖着长柄弯刀朝着火光的方向走去。

我与邱锦站到较远处看着整个图书馆渐渐燃烧起来，我希望所有不应该发生的事件都会随着这一把火付之一炬。图书馆烧的比我想象的要快得多，很快便火光冲天了。

“你看那儿！”

邱锦指着火焰下图书馆的窗户，那里竟然站满了人，他们一动不动地凝望着我们俩。望着这些人的身影，我感到浑身发冷，一股寒意由内而外地迸发出来。

＊＊＊

“这就是我今天要告诉大家的全部经历了。”

黑暗中，所有人都瞪大了眼睛望着陈东。

“讲……完了？”齐涵还沉浸在那段经历当中没有回过神来。

“是的。”

“后来呢？”慕容雪忍不住追问。

“后来的事情就等着明天告诉你们了，”陈东躺倒在被褥上打了个瞌睡，“时间已经不早了。”

“不过我想不仅仅我有问题要问你，大家都有自己的疑问吧。”齐涵语速很快，“比如，你没跟我们解释过那个旅行社的地址到底是什么意思。”

陈东闭上眼睛，叹了一口气，说：“我相信你们几个当中的有心人不会不明白林岗在旅行社究竟发现了什么。”

“我想我能解释清楚。”莫冲跟着躺下身来。

大家的注意力都转移到了莫冲的身上。

“林岗到旅行社的初衷也许是要带妻子出去旅游，不过我想他看到广告单之后一定是发现了一个线索，或者说广告单给了他一个提示。”莫冲侧过身脑袋枕在胳膊上，用眼睛扫过所有人，然后接着说，“江南水乡……林岗大概是想起了自己看到刑场的那段吧，鲁迅就是来自水乡。林岗应该就是在那个瞬间想起了鲁迅，想起了自己曾经看过的书，想起了那段情节来。”

“我事后也想过，跟莫冲的想法一样。”陈东闭着眼睛补充说，“除此之外也就没有更多的解释了。林岗是在看过广告单之后确定了他探寻的方向。”

“你和邱锦火烧图书馆之后，有作用吗？”慕容雪轻声问道。

“当然没用，这还用问吗？”齐涵不耐烦地说。

“大哥遇到的事情是从书里走出来的，可我总觉得我们进入了一个怪圈。看似是得到了答案，实则只是很表面肤浅的东西。”朱晓颖低声说，“我们并不知道为什么那些东西会从书里走出来，总需要原因吧？”

陈东又闭着眼睛打了一个瞌睡，并用懒散的口气说道：“后面的事情还长着呢，至于我后来发现的到底是不是原因，我也不知道。但是总比碌碌无为、遮遮掩掩的好吧。我刚才花费了那么长的时间去讲述我的经历，已经把最初经历的‘原因’说完了。不过这理所应当还有后话，我只是开了个头，一个新的开始。明天就是晓颖最先叙述经历了，是时候循序渐进了，我可不想再看到任何的遮遮掩掩。每个人都有自己的判断能力，既然事已如此，既来之则安之。世界已经毁灭了，我们虽然是幸存者，但也都有死去的那一天。不过，死也想死个明白吧。”

万子明仰着脸微笑，他接过话说：“大哥说的话在理，既然我们无力改变灾难的结局，也说好了要探查真相。既然大哥已经迈出了第一步，我们其他人也不要落后才行。”

“不过晓颖的压力也别太大，怎么讲或者如何继续进行下去还是取决于你的。”陈东跟了一句。

朱晓颖沉默相对。

“我有点害怕，前天晚上和昨天晚上发生了怪事，今天晚上会不会也……”

说着，慕容雪的眼睛胡乱转着，生怕身边某个角落里会发出难以预料的声响。

李建华动了动身子，说：“就算是有事情发生，我们也无法阻止，不如安心睡觉吧。如果你真的害怕，还是自求多福，保佑我后背上的伤痕不会出现在你的身上……”

第四日

全面施压

“你昨晚的那套言论可真是精彩极了。”万子明坐在了木箱子上。

此时已经是清晨，陈东再一次带着万子明来到了仓库。

早些时候，七个人醒来后并没有发现可怕事情发生在他们的身上，没有新的伤痕，也没有可怕的噩梦。当陈东决定带上万子明去仓库的时候，李建华的眼中流露出不满的神色，不过陈东毫不在意。

黑暗中，万子明问道：“但是我们的打击面是不是有点广了？”

“你的目标是李健华，而我也有自己的目标。”陈东倚靠着仓库的大门，“不过我们俩在这里谈话，你能保证房子里就没有人在谈论咱们两个人？”

万子明在沉默中思索着。

“你如果想保住自己而去沦陷其他人，是行不通的。大家能够活到现在绝非偶然。想要沦陷别人就要先牺牲自己，我昨晚已经做了表率。”陈东严肃道。

万子明不加掩饰地说：“没错，能活到现在绝非偶然，不过就算是幸存者还是能分出个三六九等的。”

“那就走一步看一步吧。不如就看看今天到底会不会朝着我所希望的方向发展。”

在回去的路上，万子明突然叫住了陈东。不过陈东并没有停下来的意思，依然端着枪往前走：“有事的话回房子里再说。”

“不。”

万子明固执地拉了陈东一把，陈东猛然回身，条件反射似的用枪顶着万子明的胸口。万子明也马上举起手来，不过脸上却不见慌张的神色。

“不要在我背后做这种事情，明白吗？”陈东说完话就把枪放下了。

“别紧张嘛，大哥。”万子明依然保持着举起手的姿势。

“大哥，我只是想问你一个问题。”

陈东的目光注视着周围的动静，农场的空地、远处的树林，一切都没有异常。

“下次不准再这样做了。”陈东端着枪转过身，盯着万子明。

“我就是想问问你，如果朱晓颖并不配合，那又该怎么办？”

陈东只是冷冰冰地回了一句：“你只管留意李建华说的话，就不用关心其他人了。”

从回到房子里到吃早饭为止，除了朱晓颖的那句“饭好了，准备吃饭吧”就再也没有人说话了。万子明时不时地盯着陈东，而陈东只是背靠椅子闭目养神。莫冲从楼上下来之后便无所事事地玩弄着自己的指甲，李建华擦着自己的那把枪，低头默不作声。慕容雪在厨房里帮忙做饭，齐涵依然站在窗户旁边通过木板之间的缝隙看着外面。

早饭时，作为首先要讲述经历的朱晓颖，并没有受到前一天晚上陈东那番表态的影响。此时的她出奇地镇定，甚至镇定得让人觉得不自然。

“晓颖，你做的饭越来越好吃了。”

慕容雪在没话找话，谁都懂得“巧妇难为无米之炊”的道理。农场的仓库里多的是大米，不过是陈米，剩下的就是腌得太久的咸菜。虽说仓库里还有肉罐头，可数量不多，总不能每天都拿出来几罐来改善伙食吧。

朱晓颖听到了慕容雪的赞扬，微微一笑：“是吗？那你多吃一点吧。”

“晓颖啊，我希望你的压力不要太大，顺其自然，大家今天的经历都能够说到灾难爆发的关键的部分了。”陈东借着对朱晓颖的话来鞭策其他人。万子明面无表情，李建华心不在焉，莫冲眼神下垂故作沉思状。

不过齐涵却坐不住了。

编号707

“顺其自然？太含糊了吧？要么什么都不要讲，要讲就把经历讲得清清楚楚。不然怎么能知道有些人是不是说了真话呢？”

陈东笑着应和道：“说得非常有道理，你有这样的想法是非常好的。所以也请做个榜样，到时候你做出表率。让大伙儿瞧瞧。”

吃过早饭，收拾完桌子，谁也没有敦促朱晓颖。大家像是在举行庄严的仪式一般再度安静地围坐在一块儿。

朱晓颖轻轻抚了抚额角的头发。

“那我就开始讲了。”

朱晓颖的话伴随着嘴里的一口气缓慢地吐出来，像是终于将积压已久的气叹了出来。

* * *

我回家了。

我拿火车票直奔火车站，我的家乡跟我上学的城市在同一个省，是一座边境城市。我到家时已经是夜里了，我事先没有告诉父母要回家。

“回家来也不早点告诉我和你爸，我也好早点烧些你爱吃的菜。”

母亲帮我热着饭菜，我只是坐在餐厅的椅子上沉默不语。

“晓颖啊，是不是遇到什么不顺心的事情了？”原本坐在客厅里看报纸的父亲也来到了餐厅，“你呀，不如回家来让爸爸给你安排工作，就到你房伯伯的医院去实习，什么都……”

“爸！”我无奈地吐了口气。

“好啦，我不说了，不说了。”

父亲摆摆手，笑呵呵地回到了客厅。不过父亲的话却一直都在我的耳边回荡，悔意缠绕着我。我后悔了，真的后悔了，其实家里也可以帮我安排好很多事情，什么实习啊，工作的。当初只因为在电话里跟我母亲吵嘴，母亲说我从小到大都娇生惯养，我不服气，执意不依靠家里的帮助。

如果我当初不那么倔强，我根本就不会去畅清院，不会看到那些回来的死人，我更不会去什么精神病医院。不过是为了争一口气，证明给父母看我靠自己也可以找到工作。那时的我，只希望生活可以恢复正常，可是事情并没有朝着我期望的方向发展。

那个周末，父母开车去临城参加老朋友的聚会。本来是想带我去的，可是我执意要留在家里休息。没想到那竟是与他们的永别。每天晚上我都会被噩梦惊醒，这天晚上也是一样。

我又梦到了那晚在精神病院住院部的恐怖经历，耳边回响着王月的尖叫声。我惊醒之后好一阵才反应过来自己已经回到了家，我感到口干舌燥，便打开灯来到厨房。我倒了一杯水站在窗边向外看，因为我们家所住的楼位于小区的边缘，厨房窗外就是街道。

时间已经是凌晨两点多了。我看到街道边站着个穿着黑衣服的人，虽然我家住的楼层并不算低，不过还是能勉强看清楚这个人的动向。突然路边不知何时闪出了一个穿着怪异的小混混，他走起路来晃晃悠悠的，应该是喝了不少的酒。

大概是女孩子的第六感吧，我的注意力又转移到了那个穿黑衣服的人身上，预感有事情要发生。我又倒了一杯水，站在窗边继续朝楼下看。小混混已经注意到了直板板站在路边的黑衣人，他摇摇晃晃地靠近那人。

小混混走到了黑衣人面前，比比画画的好像是要找麻烦。不知道黑衣人跟小混混发生了什么争执，小混混咋咋呼呼地想要动手了。只见小混混东拉西扯，黑衣人却始终也不反抗，站在路边任由小混混胡来。

眼看着小混混越来越嚣张了，又是扯又是踹的，实在是让人觉得气愤。不过又觉得黑衣人实在是窝囊，个子比那个小混混高却放纵他欺负自己。可怜之人必有可恨之处，我也懒得理。

我把杯子放好之后准备关了灯继续睡觉，还没等我出了厨房，外面突然传来了呼救声。我赶忙来到了窗户旁边，只见小混混翻滚在地，路边的地上满是血迹。

我像根木头一样站在窗边瞪眼望着楼下，动也不敢动一下。只见小混混全身是血躺在地上，穿黑衣服的人依然趴在他的身上撕咬着。可事情还没完，紧接着一辆车冲了过来，直接撞在了街边的路灯上。几个路人边跑边呼救，一个长发女人拖着腿被身边的男人扶着奔逃。可是没跑多远，男人就撇下长发女人独自逃窜。女人跌倒在地，伸手向男人呼救，可是那个男人头也不回。

几个人影突然追了上来扑向长发女人，顿时血肉横飞。更多的人蹿了出来，有人逃跑有人追。我立刻打电话给父母告诉他们家里这边出事了千万不要回来，可是电话怎么也打不通。对面楼的灯一户一户地亮了起来，很多人都探出头来看楼下发生的事情。可是街上的情况越来越混乱，对面二楼的人家竟也开始呼救了。

怎么会这样呢？难道在家里不安全吗？我赶紧去了门口，确定门是锁好的。我开始在客厅里踱步，外面的惨叫声愈演愈烈，我甚至不敢再到窗边去查看楼下的情况了。

我知道他们是死人，一定是死人！可是他们怎么会来到这里呢？畅清院、精神病院住院部，然后是审讯室，现在他们已经出现在了所有人的视野里了。他们在杀人，在咬人！我想起了在精神病院住院部里的那个夜晚，他们在吃人！

一阵轰鸣声把我的思绪打断了，我随着声音来到了客厅的阳台。楼下的一辆汽车着起火来，刚才正是汽车爆炸的声音。街上的人越来越多，甚至无法分清哪些是死人，哪些人在逃命，只是看到不断有人倒下。

为什么他们不躲在家里？为什么要跑到外面去？一定是家里也不安全！没错，不然的话他们不会冒险的，一定是那些死人会跑到家里来。就在我思绪混乱之际，对面楼的一户人家火光四起。

就在我被吓得浑身颤抖的时候，门铃响了，然后又是一阵匆忙的敲门声。爸妈回来了？

咚咚咚！

敲门之后又是门铃声。

“开门！”

门外传来叫喊声。我从猫眼向外看，在走廊灯下我看到了一个人，我认识这个人。是我们医学院临床医学专业的男生，他叫薛宇。我们并不熟悉，只知道他跟我住在同一座城市，其他的我就不清楚了。

“开门！”薛宇在门外敲打着门，“朱晓颖，快开门！”

薛宇还能叫出我的名字，这是不是说明他是一个正常人？并不是死人？

咚咚咚。

我终于打开了门。

薛宇在我开门之后先是定神看了我一眼，接着他面色苍白地走了进来。薛宇穿着黑色的皮夹克，他手里拿着一支手枪。可是他怎么会有枪？

薛宇确定门被锁好之后，又在各个房间里检查了一遍，然后把家里所有的灯悉数关掉了。做完这一切，薛宇收起了枪，站在窗边凝视窗外。

“朱晓颖，我们马上准备离开这里，请你跟我走。”

眼前的薛宇与我印象里的完全不同。

“我为什么要跟你走？你是警察吗？”

“虽然现在跟你解释是在浪费时间，但是我想在这种情况下想让你跟着我，就必须让你信任我，我会尽量在短时间内回答你提出的问题。”薛宇硬邦邦地说，“我不是警察。”

“外面是怎么回事？”我连忙问。

“我想你比我更了解外面的情况！首先，你曾经在畅清院实习过，那里发生过小规模的事件。后来，你又去了精神病医院的住院部实习，你是那晚事件的唯一幸存者。”

我错愕道：“你到底是谁？”

我瞪大眼睛看着薛宇，而薛宇的眼神并不避讳我，他很坚定地看着我。

“告诉我你到底是谁。”

薛宇微微低下身，从身后拿出了一个档案袋，再从里面拿出了一张照片给我。

“你应该认识这个人吧。”

我惊讶地看着照片上的人：“张卓娅？”

照片上的人的确是张卓娅，照片上的她面容憔悴，眼圈泛红。照片上她坐在一张椅子上，木愣愣地看着镜头。

“我知道你认识她。”薛宇说，“既然这样我想你……”

“你先告诉我你到底是什么人？”

“我会跟你解释的，但你现在跟我走！”

薛宇把张卓娅的照片装回了档案袋，又把档案袋别进了后腰。

“我为什么要跟你走？”

“现在情况紧急，事情的严重性你很清楚，只有跟我走才能安全！”

“如果让我跟你走，就告诉我你的身份，你怎么会有张卓娅的照片，她现在在哪儿？”

薛宇顿了顿，无奈地坐下了身。

“张卓娅是‘畅清院事件’的幸存者。”

我心里一惊，张卓娅没有死！

“卓娅现在在哪儿？”

“我们可以等到了其他地方再说……”

“那好，你告诉我你的身份！”

薛宇无奈地对我说：“我是特工，为防止外国特工潜伏，我原本是在这座边境城市工作，这里有一座针对他国特工潜入而建立前沿哨所。不过因为工作需要，我被暂时调到了你上学的城市，为了调查一位潜伏在你们学校的外国特工。我隐藏身份在医学院上学，临床专业的，这你知道的。”

特工？薛宇是特工？

“后来我在医学院的工作结束了，而你也被介绍去了畅清院实习。后来我又被派到了畅清院所在的城市，因为那里发生了异常的事件。我在那里找到了唯一的幸存者——张卓娅。她告诉我有很多原本已经死去的人从楼上冲下来，随后便开始了杀戮。她躲到了下水道才幸存下来。我相信她的话，因为现场的警察可以证实。但是，第二天我再次见到张卓娅的时候，她已经死了……”

“你说什么？卓娅死了？”

事情的反复逆转让我一时间回不过神来。

“张卓娅死于自杀，她死于精神崩溃，咬破了自己的手腕。没有了张卓娅，最直接的线索就断了。于是我继续在畅清院里寻找线索，后来我找到了张卓娅的手机，她最后拨打的号码是你的。调查后发现你的确是在这里实习过，不过在事件发生之前你就已经离开了。随后你去了精神病院的住院部实习，并且那里很快也发生了同样的事件，你成为了那次事件的幸存者。”

轰隆的巨响，薛宇站起身看了一眼窗外，语速明显加快了：“我们怀疑你与这些事件有关系，所以警察先有意放走了你，我的同事一直跟踪保护你。今天晚上我的同事负责监视你家……”

“你们一直在监视我？”

“我们还监听你的所有通话，包括你在家里跟父母的对话我们都一清二楚。没有想到就在今晚，外面的情况完全失控了。按照上级的指示我来带你走，到一个安全的地方。”

“那些都是死人！我没有撒谎！我没有对警察撒谎！”

终于有人相信我的话了，我发泄着内心积压已久的苦闷。

我颤抖着身体告诉薛宇，从畅清院第九层楼里出现死人开始，一直到最后我在医院审讯室里看到的景象。

“你说在审讯室也看到了死人？”薛宇惊讶道，“为什么你当时不告诉警察？”

“我担心他们不让我离开那里，因为他们根本就不信我，会把我当成神经病！”

“也许这就是事件爆发的前兆，只是我们已经错过了。”

“我不知道那些死人为什么会回来，我真的不知道，不是我的错……”

薛宇劝慰我冷静下来，可是我很担心父母的安危：“为什么我联系不上爸妈？会不会出了什么事？”

临走前我们俩站在窗边看着外面的景象，几辆汽车匆匆地从街道上尚能行驶的地方开过去。虽说汽车开过的时候还有人拍打着车窗求救，可是没有车肯停下。求救的人很快变成了牙齿下的碎肉。几辆汽车撞在了一起并爆炸起火，惨叫声不绝于耳。

“他们是死人，可是死人为什么会回来？”我惊讶地自言自语。

“你是唯一一个真正接近过他们的人，也许你是事件的关键所在。”

为什么薛宇觉得我这样重要呢？不过我也有一个自私的想法，既然薛宇是特工他就能保护得了我，我不如就跟着他好了，说不定还会知道父母的下落。

“你要带我去哪里？”

“带你去我们的前沿哨所，我会尽力保护你的，你放心吧。”

“我知道你有枪，可是他们怕枪吗？”

薛宇摇摇头：“你觉得楼下的那些死人还会再死一次吗？很坦白地讲，我不知道。但是我明白在这种时候谁都希望自保，我的枪要对付的其实是还活着的人。”

“你竟然要对其他人开枪！你疯了吧！”我无法理解薛宇的意思。

“只要其他人循规蹈矩，别挡我的路就行。”

薛宇的语气冷冰冰的，让我浑身不舒服。客厅里的灯突然灭掉了，外面的火光照亮了整个客厅。随后我跟在了薛宇的身边，他来到门前掏出了枪，他把耳朵贴在门上。

“你最好跟紧点。”

还没等我反应过来薛宇便打开了门，他立在门边用枪指着门外。门外漆黑一片，走廊里不断传来呼救声和哭喊声，我仿佛置身于地狱入口。

“走廊的灯为什么都灭了？”

我并不是为了得到答案，只是希望听到薛宇的回答，听到他的声音会让我感到安全。

“电路已经坏了。”

来到电梯口，电梯也因为停电而无法使用。我们俩沿着黑暗的楼梯向楼下走去，整座楼都充满了恐怖的尖叫声。我越走越心慌，当某一层传出的尖叫声似乎就在身边的时候，我不由自主地放慢了脚步，薛宇鼓励地拍了拍我的肩膀。

一个满脸血污的女人突然打开房门惊恐地大叫：“救救我，救救我！”

薛宇在第一时间把我倚在墙边，并用枪对着那个女人。她对着我们俩伸出手来，黑暗中我能看到她手上的深色血液，她的眼睛里满是哀求。女人在摔倒的瞬间手抓着墙角，我眼睁睁地看着她被拖回了房子里，呻吟声断断续续，接着便是一阵骨头断裂的声音传来。房子里传来的吞噬声更是让我不寒而栗。薛宇一只手拉着我，一只手举着枪迅速领着我蹿下楼。

我们终于来到了二楼，楼外的嘈杂声也越来越清晰了。薛宇在楼道转角处停了下来，我留意到几个身影正趴在一具尸体上啃食，只见走廊的墙上和地上满是血迹。薛宇带着我慢慢后退，我险些被脚下的血迹滑倒，幸而被薛宇扶住。他先是来到一扇门前，轻轻地拉了拉门把手，门没有任何反应。接着他又试着开另外一扇门，这扇门被打开了。

走入房门，客厅已经是乱七八糟了，桌子翻倒，杂志散落在地上。

“有血。”我拉了拉薛宇的胳膊，小声提醒他。

薛宇也注意到了卧室门前的血迹，他举着枪，慢慢走近房门。房间门没有关严，里面传出来撕咬咀嚼的声音。突然声音消失了，继而一个女人出现在薛宇的面前，她满嘴的血污，近乎绿色的眼睛直勾勾地盯着薛宇。

“她不是人！是死人！”我失声叫道。

女人张开了嘴巴，一股血流喷涌而出。

砰！

薛宇对着死人的头开了一枪，子弹打在了死人的眉间。本以为死人会马上倒地不动，可是我错了，正如薛宇在楼上时的疑问，“已经死去的人还会再死吗？”

接着那死人马上起身，张开嘴巴表情扭曲。薛宇又连续开了三枪，死人的脸已经被打烂了，并发出悲鸣般的吼叫声。我甚至能透过破烂的面颊看到她的牙齿。她尖叫着，破烂的皮肤破裂得更加厉害了。

死人迅速扑上来，薛宇拉着我一个闪身进了房间，然后迅速地锁上房门。薛宇举着枪对着门向后退了几步，门不断震动。窗外是楼和楼之间的拐角处，外面的一楼就是车库。薛宇打开窗户对我说：“跳下去，下面没有死人！”

楼下的车库门是打开的并微微上扬，我可以踩着车库门下去。我慌张地爬出窗外，此时房间的门轰隆作响，随时会被撞开。我一只脚踩在了车库微微扬起的门，支撑柱后刚把另外一只脚也踩下去，车库门竟然开始缓缓关闭起来了。我一扬身子，摔了下去，躺在地上的我脑子晕乎乎的。

薛宇在窗口上望着我：“你没事吧？”

还没等我反应过来，一个人影就扑了过来！死人扑在了我的身上，感觉到死人冰凉的脖子，我的脸上也被死人嘴里喷出来的血染满了。

“啊！”

我失声叫喊起来，挣扎着不让死人的嘴巴靠近我。

薛宇从二楼跳下来一脚踢开了死人的头，他立马扶起我将我拉进了车库，并用力拉下了车库门。接着薛宇拿出了一只手电筒，那东西不大，但是光线非常强，他端着枪和手电筒检查着车库。车库门正被外面的死人砸得轰隆作响，我吓得躲到了薛宇的身后。

“这里有辆车，上车！”

薛宇拉开了车门，我一下子钻到了副驾驶座位上。可是我刚坐下就发现身子下面有东西，我抬起身一看，竟然是一只紧握的断手。

“啊！”

我马上起身出了汽车，薛宇倒是不害怕，他一把抓住断手并从手里拔出了汽车钥匙。汽车启动了，车灯亮的一瞬间，我看到车前盖上有一块血淋淋的皮肉，地上也有尸体的残块。

“系好安全带！”

在薛宇的提醒下，我慌张地把安全带系上了。

薛宇把车库门打开，他一踩油门，汽车迅速向后倒退。只是觉得汽车颠簸了两下退出车库，突然有两只手抓住了车前盖。刚才汽车的两下颠簸正是轧到了死人！薛宇一边开着车朝小区外驶去，一边打开车窗对着那爬上车的死人头部开了一枪。死人随即滚落到了车下，又是一阵颠簸。

街道上的混乱状况比在楼上看更加惊心动魄，有人在路上奔逃着，身后有死人在穷追不舍。远处传来巨大的轰鸣声，火光冲天，那是一家加油站。

薛宇开着汽车娴熟地躲开了路边相撞的汽车和冲过马路追赶活人的死人。

“这是地狱！这是活生生的地狱啊！”我浑身颤抖地缩在副驾驶座位上。

一架直升机出现在街道上方，只是直升机还没能飞出我们的视野范围就开始打转，很快便撞到了一座高楼上，火光四起，残骸落地。我的心情跌到了低谷，绝望到了极点。这已经不再是小范围的事件了，已经扩散到了整座城市，把这座城市已经变成了人间地狱。

“你说的‘前方哨所’在哪儿？”

“‘SUPER’。”

我迅速在脑子里搜索这个单词，汽车一个急转弯，我的脑袋险些撞到了车窗。

“是那家健身房？”

我知道那家叫“SUPER”的健身房，“SUPER”修建在市中心的矮山上，旁边就是市图书馆。每逢假期我都会去SUPER上瑜伽课。那里健身设施齐全，一共有四层楼，健身的会员非常多。可是特工机构会设立在人来人往的健身房里？健身房每一层都有操课教室，他们到底会在哪里工作？

薛宇将车开到健身房门前的停车场，地上散落着尸体的残肢。薛宇停下车，并没有熄火。他观察着周围的情况，然后掏出了手枪。

“准备下车，跟紧点！”

健身房的门并没有上锁，薛宇推开了沾染着血迹的玻璃门，门上有一个明晃晃的血手印。漆黑的健身房里冷如冰窖，大概是不想引起死人注意，薛宇没有使用手电。既然附近已经有死人了，那就说明这里并不比外面安全。薛宇带着我来到了一台跑步机的旁边，他蹲下身试着按动了开关，可是跑步机上的显示灯并没有亮，这里停电了。

我依然像个傻瓜似的跟在薛宇的身后。他带我来到了前台，我发现里面躺着一个人，薛宇立刻用枪对准了他并用脚推了推，那只是一具脸被啃食掉的尸体了。

我们俩绕过前台来到后面的走廊，那里依旧黑漆漆的一片。我听到了咀嚼声，薛宇指了指第一个房间，然后冲着我摇摇头，示意我别轻举妄动。他先是绕到了第一个房间的门前，朝里面瞄了一眼然后快速蹿了过去。接着薛宇就示意我跟过去，我踮着脚赶紧冲了过去。在我闪过去的一瞬间房间里的咀嚼声和撕扯声格外刺耳，我快步跟着薛宇来到走廊尽头的房间迅速钻了进去。

房间内，薛宇点亮手电筒打开了墙边的大铁柜子，接着我就听到了咔嗒的声响。电源被启动了，走廊里的灯光亮起来的。我弯下身，朝门缝下面看，看到了有死人走动的影子。门被轻轻碰撞了一下，然后人影渐渐走远了。

薛宇来到门前："准备出去，跟紧了！"

我站在薛宇的身后，故意用手臂触碰着他的后背，这样我心里才有了那么一点安慰。薛宇打开了门，外面走廊里的灯光照在他毫无表情的脸上。我侧耳听着周围的声音，走廊里出奇地安静。刚才有死人啃食尸体的房间已经空了，满地都是血迹。

越过前台，健身房里已经是灯火通明，这时巨大的落地玻璃窗被敲响了，穿着暴露的女孩披头散发地拍打着玻璃呼喊求救。她表情扭曲，脸上的浓妆在眼泪和汗水下已经花了。

就在我瞪着眼不知所措的时候，几个死人追上来一把抓住了她的头发。直到倒下的一刻，她惊恐的眼睛始终在瞪着我。死人沿着玻璃来到了门口，就要冲进来了。薛宇反应迅速，拉着我来到电梯门前。这时电梯停在了四楼，薛宇按动了电梯按钮之后就举着枪侧身靠在电梯门边的墙上。

"不要着急进电梯，也许里面也有死人！"

薛宇一边盯着旁边的电梯门，一边注意着从门外闯进来的死人。我们进退两难。电梯到了，门叮的一声打开了，闯进来的死人正快速接近我们。薛宇闪身用枪对着电梯里，确定里面是安全的："进去！"

我先蹿进了电梯，可就在薛宇躲进电梯的瞬间，死人已经奔到了电梯门前把手伸了进来。薛宇开枪暂退了死人，电梯门终于关闭了，外面的死人怒号着击打电梯门。

薛宇来到楼梯按钮前不知进行了怎样的操作，按钮键盘升起继而出现了一个拉手。薛宇用力拉动了拉手，电梯里白色的灯光变成了蓝紫色。

"身份确认。"

一个女人的声音出现在这个狭窄的电梯里，拉手也缩了回去。取而代之的是一个屏幕，上面显示出了一个手掌的印记，原来是掌纹识别。

"身份确认。"

女声再次出现了。

薛宇把右手放在了屏幕的印记上，屏幕边缘的一条光线滑过屏幕。突然电梯里的灯又变成了红色，不停地闪动着。

"这是怎么了？"我惊慌地问薛宇。

"出故障了。"

薛宇立刻转身来到了电梯另一端，上面有一个圆形的监控器。薛宇一个跃身踩在了电梯的扶手上，用力地拧动了监控器，监控器被拉下来并出现了另外一个拉手。

在薛宇用力拉动下，拉手向下转动，随后他松开手监控器恢复了原状。薛宇跳跃下来，电梯里的灯在短暂熄灭之后又亮了，就好像电脑重新启动一样。薛宇重新把手放在了屏幕上。

"身份已经确认。"

女声言毕，电梯开始移动了。

"咱们这是要到几楼去？"

薛宇对着电梯门抬起了手枪，目不转睛地答道："到下面去。"

我恍然大悟，原来薛宇他们工作的地点在地下。可是看着薛宇端着枪紧张谨慎的样子，让我怀疑地下是不是真的安全。当电梯门缓缓打开的同时，正对着电梯门的墙上出现了几个数字"707"。

薛宇依然不动身，端着枪环顾走廊四周。

"这是什么地方？"我在薛宇身边耳语道。

"'707'情报站。"

说完，薛宇迈出了电梯门。

* * *

“我就说到这里吧。从那晚开始，我所经历的灾难就全面爆发了。”朱晓颖说着叹了口气。

主角

“这样就没有意思了吧？”齐涵略带不满的语气，“既然你一直知道‘707’情报站，为什么之前又绝口不提呢？”

相比齐涵咄咄逼人的态势，朱晓颖淡然地坐在椅子上，并不急于辩解。

“你为什么不再解释一下，为什么说到‘707’情报站的时候停下了呢？”齐涵趁势继续追问。

“小涵，”朱晓颖平静的语气中透露着轻视和冷淡，“你以为只有你着急？我也很苦闷，因为我不知道我接下来要说的是不是真的能解释灾难的真相，我理所应当要把事情的先后经过告诉大家。”

“即便如此，事情还是有个轻重缓急的，重点懂吗？你……”齐涵突然激动起来，似乎还有话要说。

“你什么你？”慕容雪对齐涵呛道，“晓颖也尽力了，如果真的想有所隐瞒，她完全可以避开这段经历！我想避开某段不想说的经历这种事情，你齐涵肯定玩得溜吧？”

“你这话是什么意思啊？是说我对经历有所隐瞒？还是没有说实话？”

“你心知肚明。”

齐涵和慕容雪你一言我一语地低声争论着，如果没有陈东之前立下的规矩，任由二人大声争吵，恐怕争执很快就会升级的。只是这一次没有人劝阻二人，又都侧耳听着两人争论的内容，仿佛其中会有值得留意的蛛丝马迹。

在齐涵和慕容雪的争论中，朱晓颖悄声起身去了厨房，过了没多久，她拿着一杯水回到椅子上坐好，喝了一大口。

“我没有必要隐瞒任何事情，我会把我知道的都说完，可是我实在不明白你为何这样着急。小涵啊，若你觉得我做得不妥，那就请你做个榜样吧。”

齐涵没有得到任何的人响应，她默不作声地坐在椅子上，手微微颤抖。

“晓颖，帮个忙行吗？”李建华开口道。

“什么事情？”

“我觉得我的背不太舒服，能帮我看看吗？”

“也许是伤口正在愈合，所以才会让你感觉到痒痛。”朱晓颖一边说一边站起身，“到窗户这边来，我帮你看看吧。”

李建华来到了光线相对明亮一些的窗户旁边，他把背后的衣服掀起来。朱晓颖提着药箱过来，用剪刀把绷带剪开，染有伤口血迹的绷带落在了地板上。

“伤口已经好多了，我帮你重新包扎好。”

在朱晓颖包扎伤口的过程中，众人都悄声看着这一系列动作。李建华在齐涵和慕容雪争辩无果之后让朱晓颖帮忙检查伤口，这个时机的确让其他人在心中玩味许久。

待朱晓颖包扎好之后，众人这才脱离了齐涵宣泄情绪般的质疑，开始正视朱晓颖刚才讲述的经历了。

“那些死人竟然都打不死？”慕容雪言语过后又有些后悔了，她低声嘀咕着，“也对，死人怎么可能再死一次呢？”

“那个‘707’情报站，竟然会在一家健身房的地下，很难猜到啊。”莫冲满脸的不可思议。

陈东注意到竟然没有人提出更加关键的疑问，比如说这些死人究竟是从何而来？“707”情报站与该事件又有何关联？此时朱晓颖的经历明显有了很大突破，她的确按照陈东所说的做了，可是又很巧妙地止步于此。

“薛宇是个特工？真没有想到你在医学院的同学是特工。”陈东尽量表现出应有的惊讶来。

“幸亏有他，否则我一定会死在家里的。”朱晓颖的语气充满了感激之情。

“接下来是不是该轮到我了？”

李建华有些急不可耐了，其他人也没有再对朱晓颖的经历提出更多的疑问。

“不过我的这段经历也不算短，为了避免麻烦，我还是先去下卫生间比较好。”李建华转向陈东，“大哥，你能扶我去一下卫生间吗？刚刚换了绷带，所以后背不是很方便。”

“没问题。”陈东站起身，李建华顺势拉住了他的肩膀，两个男人在众人的注视下走向二楼的楼梯。走进卫生间后，李建华锁好了门。陈东坐在了马桶上，悠然地看着扶在门边的李建华。

“你觉得朱晓颖的经历真的有突破吗？”

“当然有。”陈东毫无犹豫，似乎李建华的问话在他的意料之中，“朱晓颖当然有突破，起初她并没有想说出这段有关‘707’的经历。”

“所以，其实齐涵的责难并不是没有道理的？”李建华问。

“齐涵只是太鲁莽，责难的方式有些欠妥。”陈东答道，“否则的话，在慕容雪与她争执的时候，大家也不会不加劝阻地旁观了吧？”

“大哥，有样东西你会感兴趣的。”

说着，李建华从裤兜里掏出一样东西，放在手心里递到了陈东的面前。那是一块残片。

“这是什么东西？”陈东看着李建华手里的残片并没有主动接过来，“跟朱晓颖有关系？”

李建华把残片放进陈东的手里：“你好好看看吧。”

陈东接过残片仔细瞧着，残片似乎是某张卡片的一部分。从残片的边缘看来，卡片大部分被烧毁。残片上面还能看到“0”的大部分，然后就是“7”。

“‘707’？”陈东嘀咕着。

“极有可能，不过你不好奇我是如何得到这块残片的？”李建华忍着背部的疼痛低身问陈东。

“怎么能确定这张残片就一定能跟‘707’有关呢？就算是有‘07’两个数字，或许完整的并不是‘707’呢？而且那是特工组织，怎么可能会有这种容易暴露的证据？”

听了陈东的话，李建华并无意争辩，更像是让陈东知晓这张残片的存在一样。

“大哥这样想，也不是没有道理。不过，朱晓颖的确有所突破，也朝着你希望的方向发展，但是这不能代表她没有说谎话。如此精彩绝伦的经历，说不定背后隐瞒了一些事实。”

“明眼人大概都能看得出来朱晓颖的经历是有问题的，不过谁又能保证别人没有问题呢？”陈东一边搭话，一边在回忆着李建华之前对朱晓颖的种种猜测，原来李建华掌握着某件他认为可以证实朱晓颖撒谎的东西。可是，在朱晓颖坦白“707”情报站之前，李建华的怀疑根据是什么呢？

“噢，不着急，朱晓颖说到她随薛宇来到‘707’之后便停止讲述。我怀疑‘707’有秘密，但是朱晓颖未必会告诉大家，也许在特定的情况下她才会说出口吧。”

两个人回到楼下时，众人都态度平和地围坐在桌子旁，可见陈东和李建华在上楼之后，其他人并未发生过任何争论。

“你们俩怎么去了那么久呢？”朱晓颖问道。

李建华笑着回答说：“这可是男人之间的秘密。”

陈东坐定身子望向万子明，但万子明的目光却停留在李建华的身上。正如万子明所说，李建华的确知道太多的秘密了。李建华在无形之中扮演着掌控者的角色，掌控了其他人的过去，还有可能把持其他人的未来。

怒

为什么李建华的手里会有那样一张残片？如果只是凑巧得到了那张残片的话，他完全没有理由在没有听说过“707”情报站的前提下，带着残片逃亡根本说不过去。如果说朱晓颖背后有谜团，那么掌控他人秘密的李建华呢？

“晓颖的经历的确已经到了灾难爆发的阶段，虽然暂时停下来了，不过可以理解吧，经历总不能一次性让她说完。如果有人觉得突破得还不够，那么请在接下来的讲述中做个表率吧！”

听着陈东暗指自己的话，齐涵并没有流露出不满或是难堪的神色，更像是怀揣着心事。

“接下来轮到李建华讲了吧。”

所有人的目光随着陈东的话转移到了李建华身上，李建华清了清喉咙：“那我就开始讲述我接下来的经历吧。”

* * *

昨天我说到，发现公寓大厦顶的巨大树木之后，我逃出了公寓。事件发生的当天夜里，我就连同其他幸存者被送走了。先是被告知这只是一场意外事件，接着就是身体检查，然后是整晚的问话。

最后这座公寓大厦的公司承诺会给我们一笔补偿款，但是不想让我们乱说话：“这只是小范围的意外，没有必要引起恐慌。公司会赔偿你们的损失，也希望你们遵守约定，不要为公司带来更大的损失……”

总而言之我拿了钱，选择沉默。识时务者为俊杰，有些事情并不是我能够处理的，所以不如拿了钱该做什么就做什么。至于其他事情，总会有人解决的。

仅仅在事件之后的第二天我就搬进了新的公寓，新公寓叫“沃尔巴斯”，据说是一位南美商人投资建设的。新公寓大厦的位置跟我们公司所在的写字楼是平行的，可以很清楚地瞭望到我曾经居住的公寓大厦——那座已经被巨树整个占据的公寓。

与此同时，为那棵巨树命名就引起了一大群人的口水战，就像我昨天所说的那样，有的人提出这株巨大的植物应该叫“亚当”，另外一些人则说这株生长在中国的树应该叫作“盘古”。是不是很可笑？新闻也只是不停地在吹捧那棵树多么壮观，多么巨大，引来各国专家的争相研究、观望。

白天我在公司窗前望着那棵依然伫立在公寓大厦顶部的巨树，那棵树自从那晚被发现之后就再也没有动过一下，像个乖孩子一样老老实实，仿佛那晚的悲剧只是它的一时顽皮所致。

夜里，我关了灯坐在窗边。那座公寓大厦在巨树周围使用了照明灯，在黑暗的夜空中分外耀眼。即便是睡觉，我也会开着窗帘侧着脸面向这棵巨树。希望自己在醒来的第一时间可以看到它，或者说可以觉察到这棵巨树有没有活动的迹象。

那段时间，我总会做噩梦，会梦到自己被树枝纠缠住，然后被拖进公寓走廊的通风口。最终被粗大的树枝分尸、消化、吞噬。每当深夜被惊醒，我便会浑身大汗地坐在窗边望着树影，直至黎明。

不过令人欣慰的是那栋公寓大厦被封锁起来了，美其名曰“保护世界第一树”。我渐渐意识到，虽然失去了一座大厦，可那棵巨树将会带来更多的经济利益。

那天中午，我在那座公寓大厦的外围游荡着，阳光的照耀下那棵树虽然高大，却显得死气沉沉。我周围站满了拍照留念的游客，而街道对面的茶楼，靠窗户的座位甚至炒到了惊人的消费价格。街边是兜售巨树模型的商贩，很难想象那单薄的、被制作成树形的塑料竟然价格不菲。

就在我准备穿过围观人群离开的时候，手机响了起来。

“你好，请问是李建华先生吗？”是个女人的声音。

“你是哪位？”我接着电话，抬头盯着那棵巨树。

“我知道你在张望那棵……‘世界第一树’。”

她在某个我看不到的地方望着我？我连忙左顾右看。

“不用找了，我就在马路对面！”女人说完就挂掉了电话，我马上回头望向马路对面。一个女人正从马路对面走过来。

“李先生，你好。”

女人与我的年纪相仿，她身材高挑完美，气质也别具一格，甚至让我闪过一丝邪恶的念头。

“你是哪位？”

面对她伸过来的手我并没有任何的动作，这个女人很有风度地把手放下了，没有一丁点的尴尬。

“我叫张笑烨。”

“请问你找我有什么事？”

“我要找你详谈一件事情……”张笑烨侧脸望着那棵巨树，“跟这棵生长在大厦顶端的巨树有关！”

张笑烨是怎么找到我的？她提起那棵巨树又是什么目的？带着这份怀疑，我跟张笑烨来到过去我经常去的茶楼，她叫了一壶价格昂贵的茶水，选择了二楼窗边的桌子。

“在这个寸土寸金的地方修茶楼，也不知道到底赚不赚钱。”张笑烨不像是喜欢喝茶的人，“我说得对吗，李经理？”

看来，张笑烨对我的工作也很了解。

“过去未必赚钱，但是有了这棵树，情况就不大相同了。”我希望早点进入主题，“咱们还是说说关于那棵树的事情吧。”

“那好，咱们也开门见山吧，我知道你曾经在那栋公寓大厦里居住过，事发当晚你也在大厦当中。”

张笑烨扫了一眼窗边正乐呵呵地拿着望远镜望着巨树的小孩子。

“那又如何？”

张笑烨没有正面回答我：“你觉得那座公寓顶上的巨树始终会这样一动不动吗？”

“动也好，不动也罢，跟我有什么关系？”我苦笑着微微摇头。

“我也是当晚的幸存者，那天晚上我有幸逃脱出来，但是我的朋友死在了里面，事后我却只是拿到一笔钱，被要求保持沉默。”

“是你的男朋友吧？”

我是从张笑烨提到朋友时的表情看出来，柔情中带着刻骨的痛。

“是的，他为了救我而死在了里面，最后只是一笔钱来打发了我？我不能接受！”

张笑烨突然抬高了音量，惹得其他人都望向我们俩。

没有想到我的话引得她如此激动：“对不起。”

“说对不起的应该是我。”张笑烨低着头说，“我找到了其他几位幸存者，大家都失去了亲人、朋友，不希望他们死不瞑目。我也从他们的口中得知是你最先发现了那棵巨树……”

“我的确是第一个发现那棵巨树的人，我也看到了很多人被那棵树抓走了，但我也无能为力。”

“不，我们可以做到的！我们应该让其他人知道这棵巨树的危害！”张笑烨愤然道，“它是活着的，也许现在只是睡着了，但是谁知道它什么时候会醒过来呢？”

“你想让我做什么？”

“你说的话是最有说服力的，我希望你能站出来告诉大家真相。”

“你知道那天晚上死了多少人吗？”

“几百人？”

“是的，几百条人命是无法掩盖的，也许真的是不想引起不必要的恐慌而已。现在这棵树已经被发现了，事情早晚会被曝光的！”

我暗示她我不想参与这件事情。

“那天晚上逃出来的时候有个小孩子被巨树抓走了，可是孩子的母亲只能无助地在我们面前哭，撕心裂肺啊。我不要求你马上做出决定，你能不能先跟我去见见他们，然后再做打算？”

我很犹豫，毕竟目前我的事业蒸蒸日上，我不想再参与这些事情了。可我是那晚惨剧的见证者，良心总是过意不去。最终，我还是跟着张笑烨离开了茶楼上了她的车。

汽车行驶到一座豪华小区里停了下来，张笑烨将车停到了一座房子前面。此时，院门前已经停了不少豪车。张笑烨按响了门铃，没多久身穿黑色衣服的男人来开门。

“李先生请进来吧。”

我跟着张笑烨走进门，穿过欧式装修风格的走廊，来到客厅。十几个人已经坐在客厅的沙发上了，沙发正座的是位富态的女人。她眼睛泛红，似乎刚刚哭过。见我走进来，她马上站了起来握住了我的手：“李先生能来，我真的是感激万分！有了你的帮助，我儿子在九泉之下也会欣慰的。”

“烨子，”她立马转向张笑烨，“没有想到你这么快就说服了李先生。”

我狐疑地望着张笑烨。

“阿姨，你稍等一下，容我单独跟李先生说两句话。”

张笑烨带着我去了另外一个房间关好门，我发现这是一间休息室，落地窗外就是阳台，阳台上摆着摇椅和精致的圆桌。

张笑烨指着两张面对面的沙发对我说：“请坐吧。”

坐定身后我质问道：“张小姐，我记得我们事先并没有说明我是来帮忙的，我也没有答应你任何事情吧。”

“对不起，请听我解释。”张笑烨说，“刚才跟你说话的就是我男朋友的妈妈，她很伤心，也很希望我能把你请来跟大伙儿一起查明真相……”

“我知道你们失去了爱人和亲人非常难过，可我只是个小白领啊。而且查明真相这种事情总会有人处理的，死了那么多人事情迟早会曝光的！”

“你能来我就很感激了，如果你现在离开了，她老人家一定会很难过的，”张笑烨快哭出来了，“所以我还是希望你能坐一会儿，就当安慰她老人家，行吗？”

张笑烨跟我说起了她的男朋友周步祥，周步祥的父亲早年亡故，他是由母亲拉扯大的，这么多年来都是娘俩相依为命。我能理解一位母亲失去儿子的痛苦，于是我答应张笑烨会安慰周步祥的母亲。

我回到客厅之后，周步祥的母亲站起身对我们说道：“各位，我们都是受害者，我们的亲人都死在了那个晚上，发生了这样可怕的事件，他们竟然不公布真相……”

“呜呜呜”，一个三十出头的女人放声痛哭起来，“我的命怎么那么苦哟，我的男人怎么就……”

一时间，客厅里的孤儿寡母们哭成一片，简直就像进了殡仪馆一样。相比之下我简直是最幸运的人，我没有亲戚朋友住在公寓大厦，而我也平安地全身而退。我压根儿没有心思听这些人的哭诉，每个人都有自己的一份痛苦，每个人都有自己的苦水要去吞咽，没有时间去品尝别人那份。

“李先生，是你最早发现了那棵树，能不能跟大家说说那棵树到底是什么东西？”周步祥的母亲擦着眼泪说，“如果不是你及时发现了那棵树，恐怕还会有更多的人遇难……”

我突然被推到了备受瞩目的位置上，我挺直身子，扫视过一双双充满泪痕的眼睛。

“我觉得我们现在能够做的事情是等待……我知道大家的亲人都在那晚遇难了，但是死了那么多的人，事情迟早会曝光的……”

“胡扯！”一个女人突然从沙发上站了起来，“根本就是胡扯，人命最重要！不管出于什么理由，竟然有人说要用那棵树做科研，太可怕了，他们都疯了……”

其他人也激动地跟着议论起来。与此同时，我感觉到另外一种气息，顿时浑身发冷。这种让人惊恐的感觉很熟悉，我深知能透过这些人的痛哭声听到其他细微的声响。

“对不起，我刚才太激动了，我去下洗手间……”

那女人起身离开了沙发，为我和张笑烨开门的男人引她去了洗手间。

其他人继续讨论，有个胖男人涨红了脸非常激动，似乎跟身边的人起了争执。他们的讨论声被我有意隔绝，我在他们激烈争执的言辞之外寻找着那声音的来源。立在墙边的老钟？水晶吊灯？不，不是它们发出的声响，我的眼神不断游移寻找着。

“你怎么了？”张笑烨看出了我的反常。

可还没等我回答，穿黑衣服的男人便慌张地冲进来：“出事了……”

同时，女人的尖叫声从客厅外传来。我顿时感到身体周围包裹着一股冰冷的气息，这气息是那么熟悉。我冲出了客厅，张笑烨紧跟在我的身后。卫生间门前，那精致的木门已经被撑裂开了。张笑烨走上前去想打开门，被我一把拉扯住：“先别乱来！”

其他人闻声赶来时，卫生间的门被撑破了。密密麻麻的黑色藤条缠绕着之前进入卫生间的女人，她痛苦扭曲的脸上染满了鲜血。

“救救我！”

女人发出呻吟，并将一只手缓缓地从那团黑色的藤条当中伸出来。接着是吞咽声，是那团藤条发出的吞咽声。

“往后退！全都往后退！”

我惊讶地发现，每一根小臂粗的藤条上竟然布满了绿色的眼睛，那些眼睛时而张开时而闭合盯着每一个人。我感到身上的寒气越来越重了，不由自主地向后退。

“救救我！”

被缠绕的女人摇了摇沾满血的手，可是没有人敢伸手去救她。

藤条上的眼睛全部闭合上了，绿色的锐利视线随之消失不见，更加冰冷的寒气冲击着我。藤条上眼睛的位置张开了一张张的嘴，里面长着锋利细密的牙齿。细齿既不像人齿那般白，更不是刚才眼神里透露出来的暗绿色，细齿是血红色的！藤条每动一下，细齿就会很有规律地快速咬合一次，“咔嗒咔嗒”的声音让人浑身起鸡皮疙瘩。

“救救……”

女人被那团长着牙齿的藤条彻底吞没了，伴随着骨头被挤碎碾压的声音，裸露在门外的藤条突然快速朝门内抽合，一股血光喷溅而出落在我的脚下，旁边还有女人的碎皮和骨头残渣。藤条上的眼睛再度出现，暗绿色的眼神里透露着杀气。

“快往后退！”

我大声喊着，并与众人快速远离卫生间。

混乱，惊叫，这些声音是从隔壁房子里传来的。我拉开走廊窗户的窗帘，隔壁房子里的窗户映着混乱的人影。我向更远处的房子望去，也是同样的情景。

大家退回到了客厅里，我赶紧关上了客厅大门。张笑烨一边打开电视机，一边用手机报警。

“紧急情况，紧急情况，现在发布公共安全警报！请居住在市中心的居民有序地撤离……”

电视屏幕里的主持人表情严肃，眼神中不禁流露出惊慌的神色。

张笑烨一边报警，一边用遥控器换了一个频道。

“大家现在看我的身后，这就是前不久被发现的世界第一树！就在刚才，这棵树竟然活动起来了，并且在市中心地段接连发生了多起意外事件。据专家分析，这棵树的根部不停地延伸到……”

画面中女记者身后的行人都顿足观望着巨树，巨树在缓缓地移动着粗大的树枝，突然人群附近的下水井盖被顶了起来，尖叫声四起，黑影过后画面消失了。

那一瞬间我回想起了很多事情，偷东西和杀人的花草、吃人的树，这些都是前兆，背后就是那棵巨树在搞鬼！可是那棵巨树究竟是什么东西？短短的两三天时间，它的根部就延伸到了整座城市。

“我们必须马上离开市区！”

大家就像从睡梦中醒了一般，立刻慌张地向房子外面逃窜。

“你先带阿姨离开这里！赶快！”张笑烨叮嘱黑衣男人。

“烨子啊，快跟我们一起走吧！”周步祥的母亲担忧地望着张笑烨。

张笑烨安慰道：“我会马上跟上去的，你们先走！记住，不要去东边的路，所有的车都会聚到那里去的！”

周步祥的母亲跟着黑衣男人迅速离开了房子，张笑烨对我说：“咱们俩坐我的车走！”

话音刚落，墙壁上出现的裂痕由远及近地向我和张笑烨滑动过来。

“快闪！”

用力猛推张笑烨后我仰着脸摔倒在地板上，粗壮的藤条就在我的脸边划过。我马上坐起身往后蹭，那突如其来的藤条竟然一动不动地卧在了地板上。

我起身抬起腿小心翼翼地跨过藤条，可是我的另一条腿还没越过去的时候，我胯下的藤条睁开了一双双眼睛。暗绿色的眼睛直勾勾地盯住了我，仿佛这些眼睛随时会变成一张张长着锋利牙齿的嘴巴。

我飞速跨过藤条拉着张笑烨往门外跑，我们身后的地板发出崩裂的声音。我们来到外面立刻关上了厚重的木门，身后的木门顷刻间便发出了砰砰的碰撞声。

张笑烨惊慌地朝着自己的车子跑去，我纵观整座住宅区，求救声不绝于耳。不远处有个女人刚刚逃出房门，还没等气喘匀，就被藤条拉回房子，瞬间便没了踪影。

见张笑烨将车开了过来，我立马打开车门闪身进去，“情况紧急，你最好小心开车。”

路上行人神色慌张，都在奔跑逃命。所有的汽车虽然都在加速朝着不同的方向开着，但是目的却相同，那就是逃离这座城市。

“小心！”

张笑烨在我的提醒下，应声一个急转弯躲过了危险。街上一个井盖被突然掀起来砸在了一辆轿车的挡风玻璃上，随即轿车失控地跟一辆满载乘客的公交车相撞。接着藤条从井盖下面呼啸而出，蹿向了满载乘客的公交车。惊叫声不断。

我们行驶过了一个路口，熙熙攘攘的车拥堵在了街道上。这条街上都是名牌商店，橱窗玻璃早已破碎，里面并没有出现粗壮的藤条。应该是早些时候被人趁乱洗劫一空了。

我们的车后已经跟上来很多的车辆，想后退更改路线已经来不及了。后面的车不断鸣笛，前面的司机探出头来不满地催促着前面的车辆。

“现在可是进退两难了。”我打开车窗前后张望着。

“总不能在这里等死吧？”张笑烨也在不断鸣笛，“在这里待久了可不是什么好事！”

整条街道上都挤满了车辆，不断响起的鸣笛声让人们更加烦躁不安。

张笑烨瞪圆眼睛望着旁边的大楼顶："你看上面！"

我趴在挡风玻璃上向上看，楼上出现了一道巨大的裂痕。整座楼开始停电，灯光从楼下到楼上开始熄灭。楼顶上有奇怪的影子在随风摆动着，很多雪花一样的东西从天上飘下来。

张笑烨慌张地喘着粗气："是雪吗？"

我摇摇头，感到不可思议："这个季节怎么可能会下雪呢？"

张笑烨打开车窗，用手接住了一大片飘落下来的东西。张笑烨把手伸了回来，仔细地盯着落下来的东西。

我接过她拿回来的东西打量着："你胆子真大，还敢从外面拿东西进来……"

我被自己的话噎住了，因为我看出这是——"人皮！"

"怎么可能？"

张笑烨露出一副惊讶又不敢相信的神情来。我在她面前举起这张人皮，人皮虽然不大，但是借着车灯可以看清楚人皮上的纹路。

"真的是人皮！"张笑烨惊呼。

我立马打开窗把人皮丢了出去。

只见楼上的裂痕越来越大了，继续等下去的话若是这座高层建筑倒塌掉，整条街上的车都会被压成馅饼。

汽车无法朝前开，张笑烨连忙朝后观望，后面的汽车根本没有察觉到危险，依然对着我们鸣笛催促。总不能在这里等死吧，无论如何都要拼一拼，等着肯定会死，拼一拼或许还有一线生机。

"来，咱们俩换个位置，我来开车！"

车前面还有一块不算大的空间，但是足够我发挥了。我把车向前开了一下，然后迅速转动方向盘把车子开到了旁边狭窄的人行道上。

"李建华，你疯了啊！"张笑烨见我将车靠近高楼非常惊慌，"你要做什么啊？"

我二话没说马上开车向后退，旁边路上车子里面的人都惶恐地看着我。就在我把车子倒出了这条街之后，这幢楼果然倒下了，整条街上的车子都被压在了碎石下面，灰尘四起。我们的车子距离这条街已经够远了，但还是被吞没在灰尘中。

待灰尘散尽，我看到了大楼的残骸，大块的砖石、裸露的钢筋，早已看不出大楼原本的模样了。在残骸之上盘附着一大堆的藤条，藤条上面长着巨大的花骨朵，花骨朵正在一下又一下地颤抖着，人皮就是从花骨朵顶端飘出来的。

花骨朵开始膨胀盛开，车灯照亮了整个花朵。花朵中央不像是花蕊，更像是根根人骨。花朵里又飘出了东西，当那些东西都飘到了挡风玻璃上时，我才发现是花瓣。

“花瓣？”

正当张笑烨想打开车窗准备伸出手想接住外面的花瓣时，被我喝止住了。外面飞舞的花瓣，若是在平日里的确是难得一见的美景，可此时此刻却暗藏杀机。

旁边街道上的汽车里走出一个男人，虽然车里好像有人在急切地叫他回到车中。但他却对劝阻置之不理，站在车子外面看着漫天的花瓣。

越是等待下去，飘洒的花瓣就越是浓密。再过一会儿恐怕就很难看清楚道路了，我准备尽快离开这里，否则这种环境下驾车是很难逃出去的。

“你快看那个男人。”

张笑烨一惊一乍地指着车外的那个男人，只见飞舞的花瓣迅速围绕着他转动起来，最终将他团团包裹住了。男人开始挣扎，可是花瓣越来越多。张笑烨恐慌起来，不断劝我赶紧开车离开。

“别急，还是多了解一下这些东西才好……”

花瓣越团越大，几秒钟后猛地爆裂开来。花瓣四散，那男人只剩下一副白骨。白骨没有马上倒下，他活动了几下胳膊，想朝车门走去。不过还没等迈出腿便栽倒在地，头骨里便迸出红白相间的液体。

我二话没说马上开车离开，那些花瓣又侵入了刚才那男人开着的车门，女人和小孩的尖叫声格外刺耳。花瓣飘荡着组成了不同的形状，它们聚集在一起更像是有生命的活物，不停地寻觅着鲜活的生命。我载着张笑烨在路上行驶，没有汽车遮掩的路人纷纷被花瓣纠缠。我无心再继续看路人的惨状，只想保住性命。

这场灾难彻底改变了我的命运，打破我的梦想，击毁了我蒸蒸日上的事业。车外这些可怕的东西可以在短短几秒内就打破所有的平静，把我的生活撕得粉碎。

* * *

李建华讲述完了这段经历，接下来便是许久的沉默，众人似乎都在琢磨着这段经历的细枝末节。

“看来这段经历也没有什么可讨论的吧？”齐涵率先打破沉寂，用轻蔑的口气说，“不就是灾难爆发时的事情吗？”

面对齐涵主动碰壁，陈东只想当个旁观者，只要给予其他人自由的时间还有平和的环境，让他们尽管自由发挥好了。这就好比是关在羊圈里的羊，某种意义上来说羊是自由的，只要不想逃出羊圈，羊在圈里做什么都是无关紧要的。

李建华慢悠悠地说道：“既然提到了‘爆发’，我的这段经历并没有跑题。我也知道大家都好奇背后的真相，不过后来我跟张笑烨的遭遇很出乎意料，但我不敢保证那跟真相有关。下一次，我会尽我的所能告诉大家我知道的事实事情。”

“到底是谁在巨树暴露的当天晚上迅速做出反应，把你们带走……”莫冲若有所思，“会不会他们是有意这样做的呢？这些人并不是很在意你们到底会不会向外公布这件事情，所以对你们根本就没有任何有效阻止消息扩散的措施，只是象征性地给你们一些钱？”

听完莫冲的猜测，朱晓颖似乎也想到了什么：“这些钱只是用来麻痹你们的，让你们觉得他们似乎很重视这件事情，为了不引起恐慌而给你们补偿费。也许那座公寓的什么公司根本就是知道这棵树会在被发现后的第三天晚上彻底爆发！”

“太可怕了，”慕容雪战战兢兢，“原来那棵大树并非静止不动了，而是根部在整座城市中蔓延！”

“不过我还是很有兴趣听听明天这段经历会有怎样的发展。”陈东的话明显是要结束对李建华这段经历的讨论了。

* * *

区域之内

见没人继续对李建华的经历提出疑问，众人的目光之下，慕容雪虽然稍微皱了皱眉头，但没有回避讲述经历的意思，她瞄向冷着脸的齐涵。

“时间也不早了。”莫冲看了看窗户旁边，“应该轮到小雪讲她的经历了，不然咱就赶不上中午饭的时间了。”

万子明依然沉默不语，李建华点头表示赞同。

“小雪，你要不要先休息一下？”朱晓颖询问道。

“不用休息，”慕容雪回答说，“我随时可以开始，只是你们在这里听了这么久，要不要去下卫生间什么的。不然既想听我说完经历，又要憋着，会影响判断的。”

“我要去。”齐涵站起身来，“还是稍等一下我吧。”

“用我陪你去吗？”朱晓颖说。

齐涵看了眼通向二楼的楼梯，然后点点头。

其他人五个人安稳的坐在椅子上，大家相视无言。慕容雪，看上去是在发愣，陈东猜测她是在默默地整理思绪。万子明始终像在另外一个世界神游，莫冲则东瞅瞅西看看，就是不与任何人直接对视。李建华的眼睛始终盯着楼梯看，时不时偷偷摸索着手里的枪。

没过多久，朱晓颖就跟着齐涵走下楼来回到了椅子上。慕容雪开始了她的经历。

直升机离开了市中心，可惜我并没有及时理解爸爸的良苦用心。绝望感冲击着我。我握着郝丹的手，手心直冒冷汗，而郝丹的手冰冷异常。

“小雪，现在我们该怎么办呢？”郝丹哭了起来。

城市中到处弥漫着凄惨的叫喊声，路上的汽车都在飞快行驶，直到失控相撞。怪物一定开始在城市中出没了，不然隔离墙里面的人不会如此着急离开了。

我坐在车子里，绝望的眼泪不停流淌。不管是在白金汉小镇，还是遭遇绑架，至少我都怀有希望，只要渡过眼前的难关一切都会好起来。可是这一次我似乎无法逃脱了。

“丹子，不用担心，我会保护你！”

话虽如此，其实我心里也没底。

既然这里发生了重大的灾变，那么就要尽快逃出城市。我马上开车掉头就走，还没开出三条街，那些怪物已经赫然出现在了街道上。撞车，逃命，血迹，爆炸声……我的心脏怦怦直跳，总觉得下一个街口我就会立刻车毁人亡。

我彻底慌了神，根本就分不清哪些是奔逃的正常人，哪些是怪物。他们身上到底发生了什么变化？我根本就无法区分，更何况曾经的可怕经历让我发自内心地不想救任何人。或许前一秒还正常的人，在下一秒就会变成可怕的怪物！

我眼睁睁地看着正在奔跑的人突然从腰部折断了，整个上半身都垂在身后，肚子里冒出了怪物的脑袋，上面附鳞片一样的东西。到处都是血，到处都是惊叫声，照这样下去我们根本就逃不出城市的，于是我只好调转车头。

“咱们这是要去哪里啊？”郝丹惊慌地问我。

“往回走！”

一辆失控的汽车迎面而来，我急打方向盘与那车擦边而过，那辆车撞倒两个怪物后一头撞进路边的门市房内。我很快就把车开到了隔离墙空缺处，我毫不犹豫地踩足了油门直撞进去。汽车在铁丝网的剐蹭声中，冲进了隔离墙内。在经过一路斜坡和障碍物，最终汽车撞在了一根路灯上熄火了。

“赶紧下车！”

被吓傻的郝丹在我的提醒下缓过神来随我下车。我警惕地盯着周围，相比隔离墙的另一边这里静悄悄的，连个人影也没有。不过我知道这种寂静只是暂时的，那些怪物很快也会发现隔离墙上的缺口，呼啸而来。我故作镇定地带着郝丹朝最近的一处高楼走去，那楼顶的探照灯还亮着呢。

“小雪啊，”郝丹对我说，“这里会不会也有那些怪物？”

“现在还不知道，不过再过一阵，这里很快就会有了。”

并不是危言耸听，隔离墙只是一个摆设，是以秩序为基础的摆设。此时已经毫无秩序可言了，即便是铜墙铁壁也变得单薄如纸了。

这座楼过去是银行，踏入敞开的门厅，我感觉到脚下有东西。我慢慢地蹲下身，才发现那拖沓我脚步的东西竟然是成堆的钞票。落寞感油然而生，过去用以支撑我身份的东西已经变得一文不值了，这场灾变当中我与其他人毫无差别。

银行的走廊黑洞洞的，我们俩摸着黑跌跌撞撞地往楼上奔去。通往楼顶的门前，我们俩又停下了。我希望门外的楼顶还有人，还有尚未离去的直升机。我打开了通向楼顶的门，可是楼顶平台上空荡荡的什么也没有，除了那盏探照灯。

“我们现在该怎么办啊？”

郝丹哭得没了音调，一屁股坐在地上。

我没有安慰她，因为安慰没有任何作用。如果当初我在白金汉小镇上还等着别人的安慰，我早就死了；如果我在被绑架的时候还等待着他人的怜悯，我也死定了。

我赶忙跑到了楼顶的边缘，我要看看周围到底有什么地方可以容身或者可以帮助我们离开城市。我注意到了附近的一座大厦，有一层楼还有亮光。

“丹子！行了！别哭了！”我有点不耐烦了，“我还没死呢，你哭个什么劲啊！”

郝丹擦了擦眼睛来到我的身边，扯着我的胳膊说：“小雪，你快想想办法吧。”

“你过来看！”我拉着来到楼顶的边缘，“那里有灯光，说不定有希望！”

希望是如此渺茫，隔离墙内的楼房大都是漆黑的一片，而隔离墙之外则火光四射。我跟郝丹冲下了楼，楼下的广场上恰好能远远地看到隔离墙的缺口。

“小雪，那边有人影！”

郝丹指着缺口的方向，在火光的映射下我能看到一个个逃窜的身影，根本判断不出来那到底是正常人还是怪物。

“丹子，快走吧。”

我拉着郝丹在漆黑的街道上奔跑，我非常担心在某个路口会出现已经盘附在人身体里的怪物。来到了那座大厦楼下，大门却是紧闭着的。这门是左右拉开的自动门，我把手伸进门缝中间，希望能够用力拉开玻璃门，可是玻璃门纹丝不动。郝丹找到了一根被匆忙离去的人丢在地上的铁棍，她把铁棍插进门缝中，最终玻璃门在我们俩的合力下打开了。

“小雪，”郝丹跟着我走进了大厅，“亮灯的窗户在几楼？”

“我也记不住了，就往楼上走吧。”

说话时我的眼睛和耳朵还是在留意着附近的动向。此时我和郝丹的面前是一座看不清楚模样的巨大雕塑。

“小雪，我们不会遇到怪物吧？”

“刚才咱们俩进来的时候也看到了，入口根本就没有血迹，所以咱们应该是最先进来的人！”

我们俩不知道爬了多少层楼才看到了灯光，借着幽暗的灯光，可以看到走廊上有很多杂物。我随手拾起了地上的纸张，可因为灯光昏暗看不清楚那些纸上写着什么。

“啊！”

我听到了惨叫声，声音从走廊的尽头传出来。

我和郝丹继续沿着走廊前进，靠近了亮灯的房间走廊有一大排的玻璃窗，玻璃后面挂着帘子。灯光就是从帘子后面照射进来的，帘子没有一丝缝隙，只能隐约看到一个人影在里面晃动，惨叫声也是从里面传出来的。

“啊啊啊！”

我顺着玻璃窗朝走廊里面望去，那里有一扇门，我拉着郝丹快步走过玻璃窗来到门前。门前与走廊一样狼藉不堪，可想而知他们在刚才离开的时候有多么仓促。我打开门走进房间，距离那个叫喊的女人只有一帘之隔，女人的叫喊声愈加刺耳。帘子上有血迹，女人也在不停撕扯帘子来减轻自己的痛苦，帘子已经摇摇欲坠了。

郝丹突然用力拉住我的手，我回身一看，她打开了一个柜子，柜子里面是空的，正好容得下我们两个人。我们俩一同钻进了柜子当中把柜门留了一个缝隙。血染的帘子终于被拉掉了，我看到了那个叫喊的女人。女人挺着肚子张开腿坐在床上，身上的血从床边不停地往地上淌。

她应该在生孩子！他们竟然在逃走的时候丢下了一个孕妇！

“我们是不是应该去帮帮她？”郝丹建议说。

“不行！”我态度坚决，“咱们先看看再说吧。”

我想起了绑架我的孕妇，她的肚子里就不是什么孩子，而是一只可怕的怪物。

“生出来了！”

郝丹在柜子里用力推了推我。

女人用力地叫喊着，地上的血也越来越多。她停止了叫喊声，长长地松了一口气。我听到了孩子的声音，可是孩子不像是在哭。惊人的一幕出现了，女人用尽力气扬起了手里的孩子。难道她要摔死自己的孩子？而就在举起孩子的一瞬间，女人又放下了孩子，犹豫片刻后她做了一件就算后来我经历再多的血腥也难以忘记的事情。她一只手捧住孩子的身体，另一只手用力握紧了孩子的头，用力把头捏碎了。

我张着嘴巴看完了这短暂的过程，怎么会这样？不管怎么说这都是她的孩子啊！我身边的郝丹正小声地哭泣。女人把孩子的尸体丢在了一边，然后“哇哇”地吐了几口便一头栽倒在病床上。

我鬼使神差地打开了柜门。

“小雪！小雪！？”

郝丹在柜子里小声叫我，让我不要贸然过去。

我慢慢走到了女人的身边，脚下的血很黏。我仔细打量着帘子后面的整个房间，房间像是后来装修过的，更像是一个急救室。我低身盯着地上孩子的尸体，这是一个可怕的混血儿——孩子的下半像是蛆虫，而手跟我见过的怪物一样，犹如扇子一般，皮肤也是暗色的。

"真恶心！"

郝丹从柜子里跟了出来。

病床边上全身是血的女人抓住了我的胳膊，她瞪大眼睛盯着我："救救我，别丢下我，救救我！"

说完这些话女人再度栽倒在一边死掉了，她睁着眼睛，没能瞑目。女人的手还抓着我的胳膊，我挣脱出来之后把她的眼睛合上了。最后的希望也彻底破灭了，所有的疑问都闷在我的胸口里，太难受了。围墙外面就像沉浸在烈火地狱般，隔离墙把外面的火光跟里面的黑暗分离开来了。

"会不会已经有怪物进来了？"郝丹很慌，"我们现在怎么办啊？是不是没有人会来救我们了？"

我很了解郝丹，她在遇到困难时总是悲观而没有主见。为了安慰她，我违心地说："别担心，他们只是暂时撤离了，他们既然是开着直升机离开的，以后他们一定会回来搜查幸存者的！"

"那现在咱们怎么办？"

我站在窗边看着旁边的大楼："咱们去那儿！"

"那是……"

"我爸爸公司在那儿，我对里面比较熟悉。我们就去其中一层楼里躲起来，那里的茶水间存放了很多食物。咱们俩可以躲在那里等待救援。"

我和郝丹来到楼梯间飞快地往楼下跑，可是只走了一层楼，楼下就传来上楼的声音。从转角的空隙里我能看到一个飞速上蹿的身影。直觉告诉我那根本就不是一个人，那是怪物！

快走！快逃！

我跟郝丹不顾一切地往最近的走廊里跑，怪物也已经来到了走廊转角，"丹子，别往后看！快找个房间！"

第一个房间，打不开，第二个房间也打不开，接着是第三间、第四间……直到走廊尽头才打开了最里面的房间门。我和郝丹立马冲进了房间，可是这门却是坏的，根本无法上锁。房间简直就是个破烂的仓库，几张很大的金属亮面桌子放了好几排，桌子上的杂物也堆得很高。

"小雪，咱们躲哪儿啊？"

我在观察着房间的结构，在房顶上看到了通风管道，上面可以藏身。

"爬上去！"

郝丹在我的帮助下爬上通风管道，她伸出手想拉我上去："你也快上来啊！”

我看着这条破旧的通风管道，恐怕撑不住两个人的重量了，我得另觅藏身处了。我急忙拉开金属桌子下面的柜子拉门，里面恰好能容下我一个人。我马上钻进去想把桌子的拉门关上，但是金属门却怎么也拉不上。更倒霉的事还在后面呢，房间门被那怪物推开了。

我缩着腿不敢动了，我算是体会到心跳到嗓子眼是什么感觉了，血液一直在顶着脑袋，眼珠子都快冲出去了。那怪物在房间里搜寻着，要知道成为怪物的人都先是腰部折断了，然后从腰部长出了怪物，也可以说是扯开了皮囊吧。这样的话怪物的高度实际是比正常人矮了接近一半，会不会因此发现我藏在柜子里，而这该死的柜子门又拉不上了！

怪物越来越靠近我藏身的柜子，我捂住嘴浑身打战。不知道藏身在通风管道上面的郝丹是不是还安全。一个转身，那怪物的腿出现在我的面前，这人在变成怪物之前应该是个男人，腿上套着西裤，脚上踩着皮鞋。

怪物好像没有看到我，它继续往前走，我接着便看到了已经成为这个怪物尾巴的上半身，人的上半身垂在怪物的身后，随着怪物的前进而一颤一颤的。

我不想也这样死去，更不想死后被这怪物占据着身体。我看到了这个男人的脸，脸上布满灰尘没有一丝的血色，恐怕已经死了有段时间了。我真希望这怪物赶紧走过去，不要让我再面对这样一张死人的脸。

就在我心里默默期盼能够化险为夷的时候，原本已经死去的脸突然转向了我，然后猛然睁开只剩下眼白的眼睛。

什么？这个人不是已经死了吗？他不是已经成了怪物了吗？难道他还活着？

那怪物竟然以这种方式发现了我，怪物甩过尾巴低下身用那张让我作呕的脸盯着我，那张脸看起来很猖狂很兴奋。

完了，被发现了，我要死了！

“啊！”

这一次轮到我失声叫喊了，我甚至选择闭上眼睛等待死亡的到来。一阵轰鸣，在巨大的声响下我的耳朵被震得生疼。

“小雪，快点出来！”

怪物已经被压在了破旧的管道下面，身体还在微微打战。

“刚才管道突然断了，一下子就砸下来了，怪物被压在下面了！”

郝丹伸手把我往外拉，我贴着抖动的怪物爬出了被挡住的柜子。

“它死了吗？”郝丹问。

“应该没有，咱们还是赶紧走吧！”

如果怪物从破管道下面钻出来，恐怕不是我们俩能对付得了的。

小心地回到走廊，虽然这里还不见其他怪物的踪影，不过到底又有多少怪物进入到隔离墙里面的市中心就很难预料的。此时要做的事情就是赶紧下楼到爸爸公司所在的大楼里去，然后再做下一步打算。危险的大环境一样，不过在熟悉的环境下活下来的概率更大一些……

* * *

境遇

“够了！还是别再往下说了。”

齐涵粗鲁地打断了慕容雪的讲述。

“为什么啊？”

慕容雪眼神蒙眬。

“你说为什么啊？”齐涵就像个火药桶，“说来说去不就是那么点事情吗？大家都是从人间地狱里逃出来的，说那些有意思吗？有点突破好不好？”

慕容雪抖了抖精神，回过神来：“原来是这样的啊，那么对不住大家了，我今天就说到这里吧。”

说完，慕容雪起身去了厨房，任由齐涵愤然地望着她的背影。慕容雪很快就回来了，她端着杯子喝下一口水来到桌子旁，接着她用手一扬把杯子里剩下的水全都泼在齐涵的脸上。齐涵这火药桶算是被真的点着了，她刚想站起身，就被慕容雪冲上来压住了。慕容雪用手握住了齐涵的下巴，恶狠狠地盯着她。

这状况恐怕齐涵怎么也想象不到，她慌张地看着慕容雪显得十分怯懦。

“你不是喜欢欺负我吗？”慕容雪尽量压低声音，“我告诉你，过去我有钱有势，别人不敢欺负我。现在我什么都没了，更是什么也不怕了。对，大家都是从人间地狱里逃出来的，别总是冲着我来！记住了！”

慕容雪撒了手，回到了椅子上。齐涵摸着自己的下巴然后很愤怒地站起来大吼道："慕容雪，你太过分了！"

齐涵委屈地看着其他人，希望有人能支持她或去谴责慕容雪的行为。

"齐涵，"陈东冷冰冰地说，"我早就说过，在这里不准大声说话。"

齐涵本以为陈东会为自己说句公道话，谁知道在陈东眼里刚才发生的事情远不比遵守规矩重要。

齐涵只能悻悻坐下身，气得浑身发抖。甚至连平日里好话说尽的朱晓颖也没有在两个人的争执中出面调停。

"这算什么啊！"齐涵低声不满道。

"我就不明白了，凭什么你总是欺负我……"

慕容雪的话没说完，齐涵就说道："你也别太过分了，不然我对你不客气！你说来说去也只是随大流，能说明什么？证明你慕容雪命大？"

"你齐涵这两天唠唠叨叨的又有什么突破？"慕容雪冷眼回击。

陈东盯着其余四个人，他们有着同样的冷漠神情。陈东清楚为什么没有一个人愿意出面给两个争执的女孩调停，他们都想逼迫其他人说出自己想听的话。既然现在齐涵已经咬住了慕容雪，那么大家坐收渔利好了。

"放屁，我有没有什么狗屁突破，也轮不到你来指责我！"

齐涵有点强词夺理的意思了。

"我今天就让你知道一下什么叫实质性突破！"

慕容雪起身来到了自己床铺的位置上，然后把卷起来的被褥打开。慕容雪翻出一张包裹在塑料袋中的纸，她把这张纸小心地放在桌子上，大家同时盯住了这张纸。纸看起来有些破损，虽然不像是年代久远的物件，不过也算是受尽了沧桑和磨难。

"小雪，这是什么东西？"朱晓颖好奇地问道。

慕容雪用冰冷的眼神始终盯着齐涵，那眼神狠毒无比，仿佛可以剜掉齐涵身上的肉。

"这是在那条走廊里发现的。"慕容雪解释道，"就是我刚才说的那段经历，在通向亮灯的房间途中，在地上发现的。"

"你刚才不是说地上的东西你没有看清楚吗？"

莫冲回想起刚才慕容雪说的经历。

慕容雪解释说："这不是我发现的，其实是郝丹捡起来的，她给了我。"

李建华没有说话，他拿起那张纸。

“我就不懂了，”齐涵说，“为什么你在讲述刚才那段经历的时候没有提起这张纸。”

“我是打算讲述完这段经历就告诉大家的，不过，没想到被你打断了。”慕容雪白了齐涵一眼，继续说，“既然是留在走廊里的，我想这必然跟我遇到的事件有关。”慕容雪说，“我以为地上的纸张都是些文件之类的东西，可是我发现郝丹给我的这张纸不太一样。”

“这张纸既然你能始终带在身边，我想也不可能是一张废纸吧。”陈东说。

纸还在李建华的手里，他目不斜视地看着这张纸。朱晓颖问：“上面是什么？是结构式吗？”

“嗯？结构式？”

李建华把那张纸递给了朱晓颖。朱晓颖仔细盯着纸张，然后传递给了莫冲。

“我以为上面会是化学结构式。”朱晓颖这才解释道。

李建华问道：“晓颖，你怎么看待纸上的东西？还有……”

“还有你刚才为什么想起了化学结构式，你也是想问这个吧？”陈东替李建华把问题问完了。

“噢，”朱晓颖态度淡然，“因为小雪说她到了亮灯的房间里发现那里被改建成简易病房了，所以我觉得那里很有可能在研究引发灾难的病毒。”

最后这张纸又回到了慕容雪的手中，她把纸放到了齐涵的面前，嘲笑般地叮嘱说：“齐涵，你可要看仔细了！”

齐涵的脸色越来越难看，手也在微微地颤抖。她看过之后把纸放在了一边，陈东又拿起这张纸。上面没有文字，更没有化学结构式。这张纸看起来油墨很重，可是用手触摸后却没有墨渍会沾到手上。这张纸也就巴掌大小，是整张纸的一个部分。

“你们刚才都看过了，觉得这张纸有什么值得深究的地方？”陈东把纸放在桌子中央，所有人的目光又聚集到了这张纸上。

“这要先问问慕容雪吧，”齐涵怯懦地看着那张纸，“毕竟是她拿出来的，她总不可能带着一件她觉得没用的东西逃命吧。”

“当然不可能带着没有用的东西逃命，”慕容雪说，“其实那天晚上走廊的地上有很多的纸张，我捡起来看过，都只是一些文件，根本看不出跟我遇到的事情有什么关联。”

“那这张纸呢？”李建华问。

“这张纸虽然只是一小部分，却跟其他的文件大不相同，所以我就一直带着。”慕容雪解释完了。

“你一直也没有仔细看过这张纸？”莫冲问。

“没有，因为一直在逃命，过了很久我才注意到这张纸在我的身上，如果不是今天的事，恐怕我已经忘记了身上有这么个东西。”

“咱们还是研究研究这张纸上面到底是什么吧。”万子明说，“这张纸看起来好像没什么特别之处，但是摸起来质地却有很大的不同，感觉有点粗糙。”

“但是这张纸上的墨渍却没有脱落，而且这张纸也算是始终跟着小雪经历了风风雨雨，看来印刷质量很好。”莫冲说。

“这几点说明什么？纸张的质地虽然触摸起来很粗糙可是绝对不是劣质的纸张，而且也没有油墨脱落。我刚才用手指使劲蹭了几下，可是手指上却很干净。”李建华扬起手指说，“这绝对不是普通的文件。”

朱晓颖拿起了这张纸：“这张纸无论质地还是印刷都与众不同，这说明在撤离的时候有人与其他撤离的大多数人不同，这张纸就是属于那些人的。”

“但是我们还是没有进展了对不对？”慕容雪说，“真没有想到这么一张过去我没有注意的纸张能分析出这么多的东西来，会不会是我们太多心了呢？”

“当然不会了，”陈东说，“其实这张纸上还有另外一样东西，虽然油墨看起来很重，但是上面隐约可见图案。”

说着陈东就又拿起了那张纸，他指着破损的边缘接着说：“就在边缘的地方，虽然不明显，但是确实是存在的。”

其他人也都对这个图案很感兴趣，除了齐涵，不管其他人发现了什么，讨论什么，她都一副冷冰冰的样子。

“这个图案……是什么啊？”莫冲的眼睛几乎贴到了纸上，“完整的图案会是什么呢？只有这么一个……尖？”

“这比想象断臂维纳斯的原貌还要难，”李建华闭眼仰头，“至少看到那东西还能看出来个七八成的面貌来，但是这图案恐怕连原来图案的两成都没有。”

慕容雪说：“既然咱们都看不出来更多的信息了，那就先把这张纸收起来吧。”

“放二楼去吧，”莫冲提议说，“小雪带着这张纸一路走来，总不能到了这里损坏了吧。”

“那好，我去放到二楼卧室的衣柜里吧。”

当陈东回到一楼时发现大家的举动没有任何变化，都在等待着他的归来。

“时间也不早了，晓颖，能为大家做点吃的东西吗？”陈东笑着对朱晓颖说。

朱晓颖爽快地点了点头，起身去了厨房。

“我帮你。”慕容雪十分得意，相比之下齐涵格外沉默。

莫冲跟李建华在小声嘀咕着什么，陈东倒是不担心这两个人之间隐藏秘密，他打心眼里认为这两个人之间并不是真的互相相信对方的。

“大哥，用不用我陪你去……”李建华扭头问陈东。

“噢，不必了，今天中午我想休息一下，去仓库的话，还是等晚上再说吧。”

陈东还有一件更重要的事情要做。

一直到吃饭之前，齐涵始终是一个表情——发愣。不过陈东偏偏要在齐涵这个状态下压榨出几分味道来，他认为要么是她受到了慕容雪的反击而情绪低落，要么就是刚才那张纸让齐涵想起了自己的经历。可是陈东更愿意接受另外一个观点，齐涵是在看到那张纸之后才失魂落魄的，难道她跟那张纸有关系吗？

沿着这个思路，陈东又想起了这两天他们几乎都在跟纸打交道，起初是齐涵关于纸条的经历，然后又是写着“六”的纸条，当然那是万子明在故弄玄虚。不过知道万子明故弄玄虚的人只有陈东，那么为什么其他人并没有提出来疑问呢？为什么没有人怀疑这些纸之间是不是有联系呢？

午饭时，朱晓颖坐在了齐涵的身边，对她也算是一点安慰。

“齐涵，不管刚才发生了什么不愉快的事情，还是希望你能振作起来。”

李建华用劝慰的口吻对齐涵说。

“我没事，”齐涵回答，“我今天算是见识到什么叫小人得志了，不过贱人自有天收，我不着急……”

“哈哈哈哈，”慕容雪放肆地笑了，她一边捂着嘴一边有点不好意思地看着陈东，“大哥，不好意思，刚才笑的声音有点大了，我会注意的。只不过我觉得实在太好笑了，‘贱人自有天收’？这话说得太有意思了，如果真的是‘贱人自有天收’，那么咱们遇到的事情跟天谴有什么区别？就当我是贱人，可是你呢？你遇到的事情就不算天谴了？你就不是贱人了？”

“好了，好了，你们俩都少说两句吧。”朱晓颖劝说道。

齐涵只是用鼻子“哼”了一声，没有反驳。慕容雪则始终保持着趾高气扬的态度，她的这种高姿态情绪持续到了饭后帮助朱晓颖收拾桌子。陈东倒是觉得慕容雪的高姿态是完全没有必要的，如果他们一起指责慕容雪当初没有拿出那张纸，而是在与齐涵发生争执的情况下才拿出来的话，恐怕情绪低落的人就是她慕容雪了。只要瞬间的抉择，两个女孩的境遇就会完全颠倒。

学者

午饭之后，在齐涵讲述经历之前，陈东清了清喉咙，说道：“在齐涵继续经历之前，我有必要提醒大家。我认为完全没有必要打断一个人的叙述，一段经历讲述完之后会有时间来讨论的，无论对正在讲述的经历有多大的意见和不满。”

齐涵低着眼睛点点头。

“我就说这些了，齐涵你可以开始讲述经历了。”

齐涵耸了耸肩，一脸无奈的表情，开始了她接下来的经历。

* * *

周教授死了，死前她留下了一个名字，高烨。

只是记录周教授死亡过程的视频让我无法释怀，我确定周教授一定是发现了关于纸条的线索。那一晚，我很惊恐，比任何时候都害怕，我把周教授的记事本丢在了房间角落里。我很担心自己会像周教授那样被看不到的东西吊起来杀死，我开着所有的灯盖着被子坐在床上盯着角落里的记事本，不知道什么时候睡着了。

我们四个人约了第二天中午见面，我因为堵车迟到了。我把记事本包裹在报纸里，再放进背包里面。等我到了魏如宜的住处的时候，我发现大家的气氛很不对，我以为是我迟到让他们几个不高兴了。

“对不住了，刚才堵车。”我赶忙解释。

可是他们三个人谁也没有应声，桌子上放着装着纸条的瓶子。他们围坐在桌子周围谁也不说话。我把包着报纸的记事本也放在了桌子上。

“发生什么事了？”

在我的询问下才得知，李元斌想要退出，他解释说：“不过是个女人嘛，我又没跟她结婚，我做了这么多也算仁至义尽了吧，还想让我怎么样啊？我可不想这么玩命！”

李元斌痴情男子的形象完全毁了，魏如宜气得微微发抖。赵诚一把拉住李元斌的衣领怒号：“你他妈说的还是人话吗？”

“得了，”李元斌满脸鄙视，“你们也别装，你赵诚真的只是想找出弟弟失踪的原因？你是害怕诅咒，害怕自己也死了！你们看看那个周教授，原本跟她没关系不也死了吗？别矫情了！宜姐，你也是，儿子死了，老公死了都无所谓的，留得青山在不愁没柴烧。你条件这么好再找个男人好好过日子生儿子不是……”

只见魏如宜冲过去，甩了李元斌一个耳光。

“我魏如宜怎么就没看出来你是个白眼狼呢？还以为你是个重情重义的好男人，没有想到你是个小人！真够无耻的！”

李元斌轻轻地揉了揉脸：“行啊，我无耻。你们愣充英雄好汉就不无耻了？什么逻辑啊？”

他拿起桌子上的瓶子，飞速地打开盖子取出了纸条，掏出事先准备好的打火机将它点燃。还没等大伙儿反应过来，那纸条一眨眼的工夫就化成灰烬。赵诚上前给了李元斌一拳，李元斌挣脱之后逃窜出门。

“我这是救你们，别查了，命都查没了！”

李元斌头也不回地跑了。

“小子，你别走，有种你给我回来咱们俩单挑！”

“赵诚！”魏如宜叫住了准备追出去的赵诚，“算了，随他去吧。”

赵诚垂头丧气地回到了沙发上。魏如宜满面的憔悴，继而流出了眼泪来。

“纸条没了就没了吧，虽然也不是什么好东西，但是毕竟跟我儿子有关，看到纸条就能想起我儿子……”

我觉得有必要让魏如宜哭出来，一个女人失去了儿子和丈夫，憋在心里没有地方哭多么痛苦，痛痛快快地哭一场也好。

到了第二天，警察找上门来了。前一天晚上我陪着魏如宜住在她家，赵诚刚进来没多久警察为我们带来了一个惊人的消息，李元斌死了。尽管发生了不愉快的事情，但是李元斌一个大男人竟然说没就没了，也真是蹊跷得很。

“你就直说吧，”赵诚说，“李元斌到底是怎么死的？”

警察给我们看了几张现场的照片，照片里是李元斌的住处，血染满了整个房间的每一寸。在地上还有一只被血液浸染的断手。

警察告诉我们说李元斌是昨晚被发现死在家里的，邻居听到李元斌临死前在家里哭，没错，不是尖叫，也不是求救。是哭，是一个男人绝望的哭声。

邻居吓坏了，敲门也没有人来开，还能听到乱七八糟的摔打声。邻居只好报警，警察很快就来了。以为李元斌在家里嗑药了，当时在门外还能听到他的哭声。

警察在敲门无人应答的情况下，马上开始撬门。里面一股刺鼻的血腥味就冲出来了，屋子里到处是血，地上、墙上、天花板也在往下滴血，警察只是在黏稠的血液中找到了那只属于李元斌的断手。魏如宜都不敢继续看这些现场的照片了，赵诚扶着额头一言不发。

警察在询问过李元斌最近两天的情况后便离开了。可是李元斌到底是怎么死的？他的尸体哪里去了？我自然而然地又想起了血色的沼泽。

“你们说李元斌的死会不会是因为他烧了那张纸条？”魏如宜白着脸问。

“不知道。”赵诚摇摇头没了话。

“现在是不是应该停手不要继续调查了呢？”

我直接把这层窗户纸捅破了，这也是他们俩的顾虑吧。

“李元斌烧了纸条就出事了，这也太可怕了！再想想周教授，是不是沾上这件事情了就会出事情呢？”

魏如宜瞪圆了眼睛，脸依然冰冷煞白的。

我们三个暂时分开了，我们各有心事，心里很乱，都想要静一静。

回到学校我来到了金爽失踪的地点。金爽的失踪要比李元斌的死还要让我感到心寒，至少李元斌还留下了一只手，可是金爽连根头发都没留下。

回到宿舍里，我把所有的灯都点亮了。我不敢洗澡，不敢开窗，我把电视机的声音开得比平时都大。我把记事本落在了魏如宜那里，记事本不在身边我倒是心里平静了些。

我终于想通了，已经没有继续查下去的意义了。不如趁着麻烦还没上身就赶紧脱身得好，我想远离跟纸条有关的事情，我想回归正常的生活。

我突然有一种飘飘然的感觉，满脑子都是美好的前景。我是研究生了，我前途无量，为什么要继续为与我无关的事情担惊受怕呢？纸条？跟我有什么关系？我大不了退避三舍好了。

“我跟这件事情无关！”我平静地自言自语，“我没有捡到纸条，也没有烧掉纸条，也不要再参与跟纸条有关的事情了。”

我躺在床上放松自己，继续沉浸在幻想当中。

灯突然熄灭了，房间里顿时一片黑暗。跳闸了？外面的路灯光照进了房间，阳台窗户的窗帘薄得很。我把电闸盒的盖子打开，拉起电闸然后按动了开关。灯亮了，可是瞬间之后马上又灭了。我连续试了几次，还是没有用。我越来越觉得不对劲了，就像身后有一双冰冷的眼睛在看着我。

嗒嗒嗒。

我听到了脚步声，这脚步在金爽失踪的那晚也出现过。

嗒嗒嗒。

我不敢回头，只是不断尝试着拉起电闸。但是脚步声一直在回响，就像是有人在我的身后踱来踱去。

嗒嗒嗒。

我立刻转身，发现脚步声来自门外，门外的走廊灯让那双脚的影子在黑暗的房间里拉长了。

“不怕不怕，那个人进不来的。”我小声自言自语。

可是门外究竟是谁？好奇心驱使着我慢慢地靠近门，把眼睛靠近猫眼，外面一片黑暗。我低头一看，门缝下面还是有光照射进来。可是为什么我在猫眼里看不到光呢？难道被挡住了？

突然我的脖子被掐住了，脸一下子被贴在了门上。我看不到这双手，只能感受到双手的存在。这手又热又烫，很粗糙，力气也非常大。就在我快要窒息时，又被向后甩在地上。我一边捂着喉咙咳嗽一边望着门，门上除了猫眼之外根本就没有那只手的影子。

我爬进屋钻上床窝在墙角里裹着被子。我在被子里摸着自己的脖子，隐隐作痛。嗒嗒嗒的脚步声并没有离去，依然在门外。阳台关着窗户可窗帘却在轻轻摇动，像极了金爽出事的那个夜晚。

我摸出手机想给赵诚打电话，可是手机里却传出了嗒嗒嗒的脚步声，我一害怕连忙把手机丢到了一旁。

我惶恐地熬到了天亮，门外的脚步声不知何时消失了，窗帘也早已停止摆动。我伸手捡起地上的手机再次拨通了赵诚的号码，电话恢复了正常。可是还没等我说话，赵诚就慌忙道：“现在马上到宜姐家去，快去！”

说完赵诚就挂掉了电话，我刚从床上跳到了地上就跌倒了，我的腿又酸又麻。我好不容易站起身，可是到了门口我又不敢动了。昨天晚上的事情记忆犹新，不敢碰门把手。正在我犹豫的时候门外传来说话声，这让我壮了几分胆子，一咬牙打开了门，门外经过的情侣很意外地看着我。女孩跟男孩窃窃私语了一句，两个人就离开了。

我很快就赶到了魏如宜的家。

"齐涵，你也出事了？"

我感到有点意外，电话里我并没有说明昨晚的遭遇，赵诚怎么会知道的。而且他说的是"也出事"，看来不只我出了意外。

"你怎么知道我昨晚……"

"照照镜子就知道了。"

"宜姐呢？"

"她在房间里。"

我先照了照镜子，这才明白宿舍门口那对情侣为何会露出诧异的目光——我的脖子上有一圈红色的痕迹，仔细看就会发现那是手指印。我走进魏如宜的房间，我发现她的脸青一块紫一块，头发被撕扯下来了不少。

"齐涵，昨天晚上我听到怪声了？"魏如宜依旧惊恐不安，"有东西来找我了，我会不会死啊？会不会像周教授一样？"

我边安慰着魏如宜，边问赵诚："你昨晚有遇到什么怪事吗？"

赵诚转过身掀起衣服，他背后全都是伤痕。

"我听到了怪声，可我问起邻居的时候，他们都说没听到。大热的天谁家也没有关窗，怎么会没听到呢？"

魏如宜和赵诚的眼神里不仅仅是困惑，还有惊恐。

"我们现在该怎么办啊？"

"已经沾染上了这件事，恐怕不是我们想不管就不管的了。"我说出了心中所想。

"我也赞同，"赵诚说，"现在看来，就算是撒手不管也会难逃厄运。"

"真的一定要查下去吗？"魏如宜犹豫了。

"宜姐，李元斌死得就够蹊跷了。警察在他家门外的时候他还活着，可开门之后就剩下了那只手了，房子里都是血，就像红油漆一样……"

"别说了，别说了……"

魏如宜被我的话吓哭了，可她并不知道我在讲这些话的时候浑身冒着冷汗。

“但是线索没有了，那张纸条被烧掉了，还怎么继续查下去？”赵诚说着点燃了一支烟。

“不是完全没有线索了，还记得周教授留下的线索吗？高烨！”

“就单单靠名字能找到‘高烨’吗？”赵诚郁闷地吞云吐雾。

“据我对周教授的了解，虽然她没有提起过这个高烨，不过值得她交往的人大概也不会默默无闻。只要我回学校打听一下，应该会有收获。”

我们三个很快就来到了学校，魏如宜和赵诚在学校附近的冷饮店里等我。这家店虽然不大，不过因为在学校附近所以客流量也不小，即便假期临近，学生依然是常客。

我刚走出店门，就听到身后跟出来的两个学生在交谈：“神经病真是多……”

“什么啊？”

我以为是他们注意到了魏如宜身上的伤痕和她不佳的精神状态。

“电视上说的你没看见吗？平时可看不到电视上说精神病院一下子就死了那么多……”

我走进办公楼敲响了周教授办公室的门，很快一位面目和善的女老师打开了门。

“周教授……”

我结结巴巴的，不知道该怎么说。

“你是来给周教授收拾东西的吧？”

“是啊，老师你好。”

“没有想到周教授会遇到入室抢劫这样的事情，”她惋惜地说，“她的东西我已经收拾好了……”

原来警察对外公布周教授的死因是遭到了入室抢劫。

“你的脖子怎么了？”女老师注意到了我的脖子。

“不小心伤到了。”

说完我就到周教授的桌子上去拿已经收拾好的纸箱子。既然这个女老师看起来好说话，不如就在她身上试试看。

“老师，谢谢你了，”接着我有意无意地放低声音问，“我还有件事想问问你。”

那女老师很客气地点点头。

“你知道高烨吗？”

我刚说完，那个女老师的脸就变了形，对我的态度也一百八十度的大转变。

“不知道。”她冷冷地说。

“是这样的，周教授在去世之前跟我提起过这个人，我不知道这个人知不知道周教授去世的事情，所以……”

话还没说完呢，她就下了逐客令：“我还有事情要做，你拿着东西赶紧走吧。”

我一咬牙，只好转身走出了办公室。就在我苦恼于不知该如何进行下一步的调查时，我遇到了一个人。

“巧儿？你还没放假回家吗？”

这个女生叫凌巧巧，是我认识的一个女生。

“齐涵，你的脖子……”

“没事，不小心弄的。”为了不让她始终注意我的脖子，我赶紧问道，“对了你怎么还没回家？”

“我现在在学校做导师助理，谁知道什么也没有学到，光让我给那帮老师端茶倒水了……”

既然她能接触到很多老师，会不会听说过高烨这个人呢？我随即向他打听。

“高烨？哎哟，你可问对人了。不过这个高烨好像很不受待见，他过去在咱们学校任教，但是只是很短的一段时间。”

我没有接话，只是好奇地看着凌巧巧。

“咳，是这么回事，我前几天被叫去整理档案室。这不要放假了嘛，我可不会傻呵呵的就知道干活，不过可以随意翻看档案，也挺有意思的。没有想到这个高烨虽然不在学校工作了，但是有份档案还留在档案室。”

“那你知不知道这个人的详细情况？还有，他为什么不在学校工作了？”

“这我就不知道了，反正我也听周教授提起过他，周教授你知道吗？就是那个前几天……”

“我知道周教授过世了，周教授怎么说起这个人的？”

“那天跟周教授聊天，她对高烨不褒不贬，就说其他人都容不下他……”

这句话让我又不知道如何去理解了：“周教授就没说大家容不下他的原因吗？”

凌巧巧摇摇头。

“那你知道怎么能找到这个高烨吗？”

“应该不难，档案室里有他的档案，但是你找这个人做什么啊？”

我编瞎话说周教授去世前有东西让我交给高烨，但是直到周教授去世也没能告诉我这个人的联系方式。凌巧巧她曾经在学生会里的竞选上欠我一个人情，所以她很爽快地答应帮忙。真是天无绝人之路。

“我去档案室帮你看一眼，但是这件事情你可要保密啊……”

凌巧巧又说了一大堆提醒我的话。她回来的时候递给我一张纸，“档案上的地址不知道现在还用不用了……”

有新的线索就很不错了，我先把箱子捧进了我住的宿舍里，然后回头去找魏如宜和赵诚。

“现在有高烨的地址了，不过不知道准不准。”

赵诚从我手里接过地址之后非常激动，像是找到了救命稻草。

“等什么啊，还不赶紧去找他！”

赵诚惊呼，惹得店里的其他人望着我们。

出租车上，我依然觉得这个叫高烨的人非常神秘。我知道他是个男人，年龄呢？跟周教授岁数相仿？又或者也是性格孤僻独自居住？

本以为高烨会住在比较热闹并且老年人居多的社区，可是出租车停下之后，我才发现这个社区非常奢华。社区的房子看起来都非常别致，一草一木都修剪得非常精细。我们也是在门卫保安处说出了高烨的名字才被放进来的，保安依然用很鄙视的眼神看着我们。

“咱们是没有好车代步，不然那帮看门狗也不会看不起咱们。”赵诚又说了一句很难听的骂人话。

按照保安的提示，我们来到了一幢装修精美的房前。在按响门铃之前我还是没有想过见到高烨之后该如何解释。

叮咚。

门铃最后一个音消失的同时，门被打开了。就像里面的人老早就知道我们在门外了。

开门的是个五十多岁的男人，西裤、白衬衫、黑色的马甲。他的头发梳到了一边，很亮很整齐。他从内而外地散发出一种很吸引人的气质。

“请问你们找哪位？”

“我们想找高烨高先生，请问他在家吗？”

“我就是，各位请进。”

我看着这个男人笔直的背，他走路的每一个动作都像是事先练习过无数次的一样，完美无缺，跟我想象中的形象格格不入。

我踩着精致的地毯，穿过走廊来到了一间客厅。客厅里的摆设与这座房子很搭，无论是墙壁上一人高的油画，还是巴掌高的花瓶。

“几位请坐吧。”

高烨轻轻地扬起手来示意我们坐到精致的沙发上。他的气场实在很强大，表面上看他的笑容的尺度非常完美，可是这样轻松的气氛却让我有一种窒息感。

“请问几位想喝点什么？”

面对高烨的微笑我不知道该回答什么了。

“随便吧。”我随口说。

“矿泉水。”魏如宜回答。

“我也要矿泉水。”赵诚紧随其后。

高烨接着问我：“这位小姐，咖啡可以吗？”

“好的。”

我们三个坐在客厅里东张西望，每一样饰物都值得我们欣赏考量很久。高烨把饮料端来后，他象征性地喝了一口咖啡然后就放在了旁边，他双手手指交叉放在大腿上，身体往后倚，对着我们微笑。

“三位，冒昧地问一句，你们来找我有什么事情？”

魏如宜和赵诚同时看着我。

“高先生，事情是这样的，周教授的事情想必你是知道了吧？”

“不好意思，不太清楚，周教授出了什么事？”

高烨表情淡定，不过女人的第六感告诉我周教授的死他是知道的。

“高先生，我能先问你另外一个问题吗？”

我低声试探着询问，不知道接下来的问题会不会引起他的不满。

“哈哈哈，”高烨的笑容很完美，“当然可以。”

“当初你为什么会离开学校？”

我问了一件有点无关的话题，但是我无法克制自己。不过也正是这看起来无关紧要的话题，引到了我们想知道的事情上。

“是周教授跟你们说的吗？”高烨半问半回答，“现在的人往往都见不得不同的见解。碰巧我就是那个存在不同见解的人。于是我就成了一根插在其他人喉咙里的刺，不拔出来就会很痛苦。与其被人排挤不如全身而退。”

“那么高先生具体是研究什么的？”魏如宜问。

“社会学和历史学，”高烨回答，“只不过跟大多数社会学家和历史学家研究的方向略有不同。”

跟高烨的谈话非常顺利，于是我决定直奔主题。

“高先生，周教授已经死了，是她临死前让我们来找你的。”

“周教授已经去世了？”

“是的，她临终前让我们来见你，不知道你是不是知道周教授让我们来找你的原因。”

“周教授前一阵子的确联系过我，说发现了跟我研究领域有关系的东西。”

高烨竟然不再继续说下去了，他饶有兴趣地看着赵诚。

“是不是一张纸条？”赵诚问。

赵诚实在太鲁莽了，为什么这么快就说到重点上，应该再绕几圈探探虚实才好。

“的确是纸条，只不过我没能查看纸条的质地，周教授为我发来了很多清晰的图片，我也只是根据她传来的图片进行了研究。”

“那有结果了吗？”

“已经有了结果。”

“请问纸条到底是什么东西？”魏如宜急切地瞪大眼睛，“那张纸条给我们带来了很大的困扰。”

“其实就连周教授的死也跟那张纸条有关系，所以我们找到你想知道如何避免这张纸条带来的……”

“带来的严重后果？”高烨接过话来。

“高先生，纸条不只被我们发现，还有很多人都发现了纸条，我眼看着自己的朋友消失在了血色的沼泽当中，纸条到底是什么来历？希望你能告诉我，如果有解决的方法也请你告诉已经捡到纸条的人！”

“你看看我的脖子，”我扬起脸，“这就是纸条造成的！你再看看宜姐，她脸上的伤！赵诚身上也有很多的伤痕，我们连自己受伤的原因都不知道。”

高烨面不改色，他犹如湖水般深邃的目光始终望着我，就好像我的理由并不充分，并不能说服他。

“我们本来有四个人，”魏如宜小心谨慎，很担心会招惹到这个气场强悍的男人，“他叫李元斌，他死得很蹊跷，只留下一只断手，满屋子都是血！”

高烨站起身眺望窗外。

“我希望你们在得知这个结果之前心里有个准备，因为不管你们经历过什么匪夷所思的事情，我要告诉你们的结果依然让你们很难接受。”

“高先生请讲！”

高烨看了一眼挂钟，眼神又瞄向窗外。

“社会学和历史学是我的专长，所以我就从这两方面说起吧。恕我把话题扯得远一点，很多历史事件都是修饰过的‘结果’，历史上谁是‘好人’谁又是‘坏人’并不是由‘结果’决定的。‘结果’只是一个表面现象，这一点你们懂吗？”

高烨虽然在与我们说话，可是他的眼神却始终瞄着古典挂钟。

“但是历史的‘假象’还是会露出破绽，社会学可以运用破绽来揭开‘真相’。通俗地讲，社会学是对一个社会由宏观到微观的分析，涉及整个社会的边边角角，社会的发展必然是其历史原因造成的，历史原因至少占了很大一部分。所以说社会发展的某一个细节会反映出某段历史的真伪。”

虽然听不太懂，可是我拼命地记住他说的内容。

“这样吧，你们稍等一下，我上楼去书房拿几张纸条的影印过来，对着那副本我很快就会让你们理解我刚才讲述的要点，请几位稍等。”

高烨走出了客厅。

“我根本就听不懂他在说什么，就是觉得脑子乱，他让我们做好什么心理准备，一会儿历史一会儿又社会，到底这纸条是怎么回事？”魏如宜慌了。

“我也不懂，反正他说他马上就会回来的。”

赵诚的话掩饰不了他的多虑。

我回想着刚才进门时第一眼见到高烨的感觉，他的每一个动作，每一句话里都透露着让人琢磨不透的信息。半个小时过去了，高烨还是没有回来。我突然有了另外一种担忧，我起身朝外走去。

“你要去哪儿？”赵诚问。

“去二楼找他！”

魏如宜和赵诚跟在我后面。

我快步踩着通向二楼的地毯，不得不感叹高烨这位学者的高生活质量，楼梯边挂着精美的油画，楼梯扶手上雕刻着繁复的树藤花纹。来到二楼，只有一扇门是关着的。我拉开了这扇紧闭的门，我见到了高烨。魏如宜捂着嘴巴惊叫起来，高烨死了，他是上吊自杀的。绳子绕在他的脖子上，另一端系在吊灯上。他空荡荡的脚下是一张翻倒的金色边椅子。他已经死了。

我感悟到了我第一眼见到高烨的体会，他的那种吸引力和坦然……他在我们到来之前就已经选择了自杀。可是高烨为什么要自杀呢？

"你不能死啊！你快告诉我们到底是怎么回事……我不想死……"

魏如宜冲上去撕扯高烨的尸体，发疯般地叫喊。赵诚并不上前去劝阻，而我根本就没有心思顾及失控的魏如宜了。这里是书房，刚才高烨说他把纸条的影印放在这里，会不会有他留下线索呢？我马上去翻动距离高烨尸体最近的书架，高烨的藏书都很冷门，我也只是随意翻动了几下就放回了原处，如此之多的书我又如何找到线索呢？

"别动！你们听。"

神经紧张的魏如宜目光呆滞，眼睛眨都不眨一下，她在仔细地用耳朵听。

那是一种腐朽的声音，很轻很轻，声音似乎是从高烨尸体中传出来的。我不愿多看一眼他的死相，要知道上吊自杀的人死相是非常难看的。高烨的尸体在轻微地颤动，幅度很小。颤动在扩散，先是用来上吊的绳子，然后是绳子上的吊灯……难道是地震了吗？可我为什么一点也感觉不出来呢？

高烨的尸体开始转动了，尸体飞快地旋转，吊灯终于承受不住拉力而散落在地。绳子几乎锯断了高烨的脖子，刚才那个衣着整洁充满魅力的高烨已经血肉模糊了。

"这又是怎么回事？"赵诚惶恐地看着地上的尸体。

"来了，来了……"魏如宜颤抖着絮叨起来。

我的第一个反应就是往门外跑："等什么呢？不要命了？"

我们三个同时向门外跑，我在最前面，魏如宜在最后。刚出书房的门，还没到楼梯。魏如宜惊叫一声，书房的门突然关上了，她的一半身子被门夹住了。

"我被抓住了，救我。"

魏如宜伸出一只手，另一只手正在用力地想推开书房门，可是厚重的木门却越关越紧。我想回头帮她，却被赵诚拦住了。

"别管她了，你疯了吗？快逃命！"

赵诚拉住我向楼下跑，而魏如宜正在被拉进书房里，表情惊恐异常。木门的压力迫使魏如宜的骨头发出断裂的声响，让人心惊不已。赵诚不知何故停在了客厅门外，他的手扶着门边，眼睛盯着壁炉。壁炉并不是装饰品，而是一个实实在在的炉子。

“怎么了？”

我的指甲都快嵌进赵诚的胳膊里了。

“那里面有东西，一定有！”

赵诚眼睛通红，看上去就快失去理智了。

不能再等了，我们马上顺着走廊冲出了房子。一切如旧，可是有一股寒意渗透人心。原本晴朗的天突然暗了下来，乌云蔽日，凉风阵阵。我看着荒凉的街道，奢华的建筑没有任何的变化。可是它们在阴暗的天气下就好像刚刚开始枯萎凋谢的花朵，虽然没有变形却已然死气沉沉。

“人都哪里去了？”

我们走上街道，周围不见一个人影，就像这个社区已经废弃了几十年甚至上百年一样。

“你看！”

我发现有人在看着我和赵诚，一张脸出现在了不远处街边的玻璃上。我慢慢走向街道对面的房子，可赵诚却压住了我的肩膀。

“别过去，那是……”

那是一张人的脸皮，脸皮被用力撕扯下来然后甩在了玻璃上。我眼睁睁地看着脸皮缓缓地从玻璃上滑下去，蹭得玻璃上都是滑腻的血迹。

其他人都死在了房子里吗？为什么我连惊叫声都没有听见呢？到底发生了什么事情？我们不敢继续在这社区停留，一路狂奔出了社区。

* * *

齐涵没有继续讲下去，她脸色苍白地用眼神扫视过其他人，示意自己已经讲述完了这段经历。她汗水直流，就好像刚才她真的为逃命而狂奔一样。

“说不通啊，”慕容雪两眼发直，摇摇头说，“难道其他人发现房子里有异常了还没有赶紧逃出去吗？”

知情人的绝望

李建华沉思道：“如果换作是你在没有任何预知的情况下听到房子里有声音，你会马上逃出去还是一探究竟呢？”

慕容雪领会地微微点头。

“你刚才讲述的这段经历，是不是就已经算是‘爆发’的开始了？”

陈东不希望让齐涵就这样悄无声息下去。

齐涵叹了口气说：“很突然的，我们在高烨家的一个小时里，事情竟然就严重到了无法收拾的地步。”

“你们已经接近真相了，至少是关于纸条的真相。”莫冲抱着双臂扮思索状。

“高烨是知情人。”朱晓颖肯定道，“他自杀是出于绝望，他已经知道了爆发的时间，不然他不会连续盯着挂钟看。”

“应该是这样的，遇到高烨之后我才知道原来死亡也有着巨大的魅力。高烨的一眸一笑，每一个动作都是那样完美，他的语气又是如此坦然，没有想到那竟是死亡的前奏。”

齐涵这番怪异的论调让人惊愕。

万子明身体倾斜，对齐涵说：“可是我不明白一点，高烨为什么会自杀呢？而且在自杀之前为什么不把他知道的真相告诉你们呢？”

李建华大胆猜测道：“我是这样设想的，他看了周教授发给他的影印，而且视频里周教授非常兴奋，认为这是一个巨大的发现。很有可能当时周教授得到了高烨的肯定……”

“按照你的说法，周教授也是知情人，既然都是知情人，周教授知道即将有灾难发生，那么为什么她还会那么……兴奋？”慕容雪再次提出了疑问。

“这就好比是一个研究病毒的专家，在自己的身上发现了一种最新的病毒，这位专家恐怕不会因为自己身染病毒而沮丧，反而会因为发现了新病毒而感到欢喜，说不定还会用自己的名字为这个病症命名。”朱晓颖解释说，“高烨大概也有过这样的过程，他也为自己的惊天发现而感到了狂喜，这是他毕生研究的对象。可是当热情退散之后，他只有绝望，因为这项发现预示着无法制止的灾祸。正是这种绝望感让他自杀。”

“高烨虽然没有把真相说出来也不代表我们没有线索，”万子明说，“高烨在临死前也说了很多，不如我们从他说的话中寻找线索看看。”

“高烨跟周教授有共通点，就是社会学，我根本就不懂社会学，真是很难琢磨。”莫冲坦言道。

“我听过周教授的课，大概意思我还是明白的，”齐涵解释说，“通俗地讲，社会学几乎囊括了社会的各个领域，没有社会学研究不到的地方。总之的确是范围很广。”

李建华沉思状："无解，既然社会学涵盖的范畴这么广，该如何判断高烨从哪个角度找到了真相呢？"

陈东说："咱们也不能忽视了高烨的另一个研究方向。"

"历史学？对呀，我们不能只看到高烨和周教授的共通点，周教授之所以要跟高烨探讨，很可能说明周教授需要高烨另外一项专业知识，那就是历史学。"慕容雪眼神放光。

"高烨也说过类似的话，许多事件都是假象，会欺骗人的眼睛。我听说过这样一句话，'历史永远都是胜利者的历史'，恐怕齐涵这段经历的真相之上还有一层我们无法看破的尘埃。"

"太复杂了，我总是觉得历史学是研究过去的，社会学是研究当前的，把这两门学问联系起来解决我们的问题……"莫冲显得沮丧又搞不清楚方向。

"哈哈哈哈，"万子明虽然笑声不大，但是却很让人心慌，"我们是不是太傻了点？"

大家的注意力都聚集在他的身上。

"社会学家们当初有没有预料到会有这么一天呢？当然除了高烨和周教授之外，他们都是在发现真相之后很快就死了。不过还是高烨爽快点，是自杀的，也算能瞑目了。周教授真可怜，死在了自己最后的研究对象上。"

万子明说完又无声地笑了起来。

"我们才可怜呢。"李建华淡淡的一句话让绝望的味道扩散开来，充斥着整个房间。

"哪怕是死，我也想死个明白。"慕容雪突然无缘无故地冒出一句话来。

"别乱说，我们现在很安全，我们不会死的。"朱晓颖马上反驳道。

"已经是下午了，中午我没有去仓库，现在我得去瞧瞧了。"

"我跟你去。"万子明的要求没有让陈东感到意外，陈东也不反对。万子明任由其他人稍微显不满的眼神看着他起身跟上陈东的背影。

陈东在离开之前没有做详细的安排，只是叮嘱说："你们自己分工吧。总之提高警惕，谨记。"

进入仓库，陈东在仔细检查过发电机之后又坐到了箱子上。仓库里一片黑暗，从门缝挤进来的光没有照射到两个人中的任何一个。

"你无时无刻不小心翼翼，可是你却从来也没有提起过到底是什么让你如此担忧。"

黑暗的仓库里，万子明没能察觉到陈东的笑容。

“我们都是幸存者，还是小心为妙。都说好了伤疤忘了疼，更不能伤疤还没好就把疼给忘了。我不会拿自己的命冒险，你们更不会。”

“大哥，你有没有注意到，大家的方向已经转变了。”万子明说道。

“我可是没有想到慕容雪和齐涵会发生争执，而且争执起来的结果也真是让我意外，齐涵竟然会甘拜下风……”

“你该不会跟着我来这里是幸灾乐祸的吧？”

“当然不是，齐涵打断了慕容雪正在讲述的经历，这是我首先没有想到的。虽然并不知道她的真实意图，但更没有想到慕容雪拿出一张纸来给大家看。”

“你在想为什么慕容雪在讲述经历的时候没有提起郝丹给她的那张纸，只是一言带过了？”

“我有两点疑惑。首先，慕容雪若是真的无意提及她手中的那张纸，即便在与齐涵的争执中，她依然不必拿出来示人。其次，如果她有意给大伙儿看，她完全可以光明正大地在经历中讲出来，然后把这张纸给大家看，可是她却没有这么做。而且她究竟为什么会一路风风雨雨都带着那张纸？原因是什么？”

陈东淡淡地说道：“既然你提出了疑问，想必你已经考虑出了可能的答案吧。”

“慕容雪出示那张纸是必然，她恐怕深知那张纸的重要，还认为我们当中有人与那张纸有关。”万子明继续说，“我总是觉得慕容雪拿出这张纸是给齐涵看的，齐涵当时一言不发，不单单是心情不好吧。我觉得她是很恐惧，害怕面对那张纸。”

“你的意思是齐涵经历中的纸条，就是慕容雪出示的那张纸？”

“不，应该不是，齐涵在看到那张纸之后并没有惊恐到无法忍受的地步。如果慕容雪拿出来的正是齐涵口中的‘纸条’恐怕她早就失控了。若是我们当中有人隐瞒事实，我想慕容雪和齐涵会是突破口。按照目前的状况来看，不用你我亲自动手，事情还会继续发展下去的。”

出

陈东对万子明的结论并不感兴趣，他沉默地将自己隐藏在黑暗中。

“大哥，接下来你感兴趣的是什么？”万子明直接问道。

“我想知道莫冲的经历会是什么，不过我更希望大家能不要动不动就生气争执。”陈东说，“有些事情还是顺其自然比较好，如果你真的急于知道他们到底隐藏着什么秘密，你应该多跟他们接触。”

万子明微微点头并未搭话。

“好了，我们这次谈话可以结束了，不早了我们该回去了。不然让其他人等这么久，会有想法的。”

其实万子明心里清楚，其他人为此不会有一句怨言的。为什么？因为跟着陈东来到仓库是潜移默化的共同目标，每个人都有机会到仓库来，又都希望可以用足够的时间告诉陈东自己想说的话，然后从陈东口中得到想要的信息。

陈东带着万子明回到了房子里，所有人再次重聚。

“我想到了一点，小涵的经历应该是最开始那些收到纸条的人发生意外，接着就是跟纸条贴边儿的人纷纷出事了……我怎么感觉这纸条像是传染病呢？”朱晓颖的声音越来越小，“悄无声息地杀死了那么多的人……”

“你说得对，纸条带来的灾难已经不再是它本身了，而是它带来的影响。我依然记得那种感觉，被无形的死亡环绕着，又无法描绘死亡究竟是什么样，只觉得它无时无刻不跟在我的身边……”

齐涵的话足以让房间里的温度降低不少，她紧张地盯着自己的周围。朱晓颖安抚地拍了拍齐涵的肩膀，齐涵这才松了一口气从惊恐的状态中摆脱出来。

“不要太紧张，”陈东笑盈盈的地齐涵说，“现在你应该暂时抛开自己的经历，帮忙分析莫冲接下来遭遇的经历。”

话语权已经转交到了莫冲的手中。莫冲也毫不客气，没有任何铺垫地开始了他的讲述。

* * *

凌云鹤开着车载着我们往我家的方向去。当时两个疑问一直在我的脑子里颠来倒去。卡车里的黑影是怎么回事？我宁愿相信是车上的人发生了争执而造成了交通事故，也不愿意把这个黑影联系到鬼上。

另外一个疑问就是那个狐狸精打来的电话。我那个狐狸精小妈，她的名字叫柳曼妮，比我大不了几岁。她靠青春吃饭，拿青春卖钱，我爸娶她也就是花几个钱的事。名义上她是我小妈，其实我只是把她当成我爸身边的一只宠物猫。不过我从来没有掉以轻心，猫急了还会挠人呢，我不可能让她把属于我的东西夺取，一分钱也不行。

凌云鹤很快就驾车来到了别墅区门口，保安见车子陌生不让进门，我火了，打开车窗骂道："你娘的瞎了狗眼！耽误老子正事削死你！"

那保安认出了我，马上变了一张脸开始说好话放行。车子一停下大家伙就跟着我冲进家门。

"怎么回事？出什么事了？"

客厅里，只有柳曼妮和我爸的秘书李辉在。柳曼妮穿着黑丝袜跷着二郎腿坐在沙发上脸色焦急，李辉则在客厅里踱步，见到我来了冲我点点头。李辉就是我安插在我爸身边的人。

"小冲，你回来了。"柳曼妮脸色蜡黄，又拿出为人母的态度对我说话，让人作呕。

"你们先坐。"我没搭理她，示意凌云鹤他们先坐下休息。

"洁姨，沏茶！"保姆马上按照我的吩咐端来茶水。

"到底怎么回事？我爸呢？"

"你先别着急，你爸在房间里休息，这事儿咱……"

我直奔二楼卧室，柳曼妮和李辉跟在我身后。卧室里，我爸窝在床上，整个身体都被厚重的被子包裹着，只有脑袋露在外面。

我爸他也算久经商场，那帮跟着他干的哥们儿都叫他莫狐狸，精明可见一斑。此时的他却目光呆滞，浑身发抖。

"爸？"我小声试探，"你怎么了？"

我轻轻坐到床上看着他，他脸上全是汗水。

我爸张着嘴巴，缓缓地把脑袋从别处挪了过来对着我："冲啊，你回来了……"

我爸对着我一脸怪笑："我看到你妈了，她回来了，但是她怎么还带着别人回来了呢……"

我心里一惊。

"鬼，有鬼！"

"我爸这是怎么了？怎么没送医院？"

"家庭医生看过了，就说是受了惊吓……"柳曼妮在我身后解释说。

"我爸到底这是怎么了？怎么就受了惊吓？"我质问。

"这几天你爸他总是一惊一乍的，总是说有人在盯着他。一会儿说浴室里有人，一会儿又说电视机后面有人，那可是壁挂电视！这两天我都累死了，今天正好李辉来汇报工作，你爸爸说要先洗个澡，结果突然从浴室里冲出来，一头钻进卧室里，医生来就说他是受了惊吓……”

“只叫家庭医生来有什么用啊？你以为是做体检啊？”我气愤地看着语塞的柳曼妮。

“不用担心，我已经按照太太的吩咐打电话找了律师过来。”我领会了李辉的提醒，柳曼妮的脸色从蜡黄变得灰暗了。为了不打扰我爸的休息，我先带着其他人离开了卧室回到楼下。

“我说柳曼妮你什么意思啊？不把我爸送到医院去你叫律师来干吗？”

柳曼妮马上拿出一副无辜的表情来，与平日里披散着卷发故作高雅的姿态完全不同，她开始卖可怜了。

“小冲啊，我没有别的意思，你爸爸突然就神志不清了，有些东西还是早点订立下来比较好。”柳曼妮紧锁眉头说，“我可没有独吞你们莫家财产的意思啊，如果真要那么干我就不打电话给你了……”

这时我看到李辉对我会心一笑，我明白这是他在其中起了作用。

“再说了，你爸也没什么大事，这不好好的吗？”柳曼妮白了我一眼。

我对李辉说：“通知律师不用来了。”

李辉点头称是。

“怎么回事啊？说不来就不让来了？”柳曼妮脸上挂不住了。

“你难道不知道吗？我爸老早就立了遗嘱，所有的财产都是我的。而且我爸现在这种状态下立的新遗嘱是无效的。”

我大大方方地坐到沙发的正座上。

“小冲，你忘了一件事。”柳曼妮得意地笑了起来，多了几分得意，“我是你爸爸明媒正娶的老婆，不管怎么样我也应该分一份！”

狐狸尾巴终于露出来了，柳曼妮完全不顾及我朋友也坐在客厅里，大言不惭。

“你真是可笑，柳曼妮，这里所有的一切都是我的，并不是我爸爸的。”

柳曼妮反击道：“哎哟，小子，你爸还没死呢，财产还轮不到你瓜分呢！”

“你蠢就蠢在这儿了！”我都快把口水喷到柳曼妮的脸上了，“你还不知道吧，我妈在世的时候财产都在她的名下，我妈临死前把财产全数留给了我。我爸表面上是老板，其实是在帮我打理生意。你们几年前的婚礼，现在的房子，就连你的内衣裤都是我买的，都花的是我的钱！我爸死不死对你最大的影响就是你是不是会成为妙龄寡妇！当初没有我点头，你连当这个寡妇的机会都没有！”

柳曼妮傻了眼，连个屁也放不出来了。凌云鹤在一边就差笑出声来了，柳曼妮的狼狈相跟她平时那高贵太太的气质实在不符。

其实我也有小心思，我爸的遗嘱里的确把一切财产都给了我，但是我并不放心，想探知柳曼妮到底有没有背着我让我爸重新立遗嘱。看柳曼妮的表情，我爸的确没有被这骚狐狸迷乱心智。更何况李辉作为我的眼线一直盯着我爸。

“我爸现在生病了，我不想让他看到老婆孩子闹别扭。你没有功劳还有苦劳，这几年哄得我爸很开心，继续好好哄着，我看着高兴了就多给你俩钱花花。”

说完，我端起茶杯饮下一小口茶，正座饮茶是我爸这个一家之主平时做的事情，我不趁此机会夺过家里的话语权还等什么时候？

“救命！救命啊！”

我爸突然在二楼的卧室里大喊起来，我飞快地冲上了二楼，其他人也跟在我的身后。我爸依然窝在被子里面，他全身冒汗颤抖得更加厉害了。

“又来了，又来了！”我爸惊恐地看着我。

“什么又来了？”

听到我这么问，我爸竟然开始笑了起来，笑得让人心慌。

“爸？”

“就在床下面呢！”

我突然想起了一个人，郑阳！那天晚上我们眼看着郑阳的床下出现了一个女鬼！

我爸的眼睛往床下的方向看，就在我准备挪身向床下望去的时候，我的脚踝被一只手抓住了。那只手非常用力，我的脚踝都快断了，我想闪开却被绊倒在地。

“兄弟，怎么了这是？”

董平一把将我给拽了起来。

我小心地弯下腰来，可是床下漆黑的一片。

“你是不是觉得床下有……”凌云鹤面露惊恐。

我侧脸看了一眼我爸，他一直窝在床上笑吟吟地望着我。

我想借着手机的光亮来看清楚床下到底是不是有鬼，我慢慢靠近，小心地掀起下垂的床单。床下空荡荡的，我仔细看了每一个角落，床下什么也没有，就连灰尘也被保姆洁姨打扫得干干净净。

“是不是看错了？”何承志低声问。

我拉起裤腿翻下袜子，脚踝上有一个明显的手印。说明刚才不是我的错觉，一定是鬼干的。

“是不是有鬼跟来了？我们该怎么办呢？”贾晓鹏的反应最为强烈。

“来！”我爸裹在被子当中招呼我，“你过来！”

我一边紧盯着床下一边来到床边：“爸，怎么了？”

我突然感觉到鼻子发酸，当初总是跟他吵嘴觉得他多事，现在却觉得他很可怜，他现在只是个受惊吓的老男人。

“有人在对我说话！”

我爸神经兮兮地说。

“对啊，我这不正在跟你说话吗？”

“不是！”我爸先是大声回答，然后又小心地压低声音，“不一样的，我刚才听到的说话声在我的耳朵里面，是在里面……”

说完我爸突然张开了嘴巴，双眼胡乱地转动着，他的嘴巴张得更大了些，扬着脸嘴巴冲向我。

眼睛！黑漆漆的嘴巴里竟然有一双眼睛在盯着我。

“啊啊啊……”

我爸的嗓子眼里发出了声响，他的脖子也变得粗了。紧接着一只手从他的嘴里伸出来抓住了他的上颌和鼻子。我爸的眼睛都快冒出眼眶了，他两腮错位骨头断裂的声音非常刺耳。另一只手出现了，手指挤出他的嘴巴拉住了他的下巴。

我爸颤抖着身体张开了双臂，没有人敢动。而那双暗色的手在继续用力，血液就像泉眼喷出泉水一样从我爸的嘴里冲了出来。鬼从我爸豁开的嘴里爬了出来，我爸的嘴巴到脖子、胸部完全被撕扯开了。鬼从血肉当中爬了出来，床上的血液不断流到地板上，我的脚底又黏又热。

“啊啊啊！”

柳曼妮这才缓过神来大声尖叫起来，同为女人的凌云鹤淡定多了，她飞快地朝门外跑去。卧室里的其他人也都发疯一样挤向门外，谁也不敢再多看一眼那血肉之上的鬼影。慌忙中柳曼妮在血上滑倒在地，因为紧张她纠缠在了血液中怎么也爬不起来。我站在门外看着柳曼妮带着哭音在血液上挣扎，鬼在朝着她爬去。

“救命啊！”

我毫不犹豫地关上了门，我见识过鬼的可怕，我爸已经死了，我不能再让我和朋友冒险了。

“发生什么事了？”

洁姨并不知晓卧室里发生的事情。

“把卧室钥匙给我！快点！”我拉着门把手冲洁姨喊。洁姨慌里慌张地从围裙的口袋里拿出了卧室门的钥匙，我连忙锁上了卧室门。

楼下，所有人都站在一起。

“楼上出什么事了？”

“报警吧，赶快报警……”

“小冲，快告诉我出什么事了，为什么外面那么多的警车？”

洁姨拉着我的胳膊焦急地说。

一听到她这么讲，我顿时慌了神。怎么可能？警车已经来了？难道我们当中已经有人报警了？

“从嘴里出来了！那是鬼！”

“怎么可能呢？就算是鬼也应该是从床下……”

“不！鬼敲过我的门！”

大家都在七嘴八舌地讨论着。

“都别说了！”我大叫了一声。

我的眼睛始终盯着二楼卧室的门，我不知道此刻那扇门后面到底是怎样的景象，我甚至连柳曼妮的尖叫声都没有听到。

“洁姨，刚才外面发生了什么事情？”

“你们上楼之后，我在厨房里干活，就听到外面很吵，邻居小两口突然开着车就走了！都把垃圾桶撞翻了，然后啊，警车也开进别墅区里了……”

我马上来到了窗边，刚到下午天色就已经暗了下来，而远处火光冲天，红光一片。

“快看那边！”

凌云鹤趴在窗户边指着对面房子的街道上，满身血污的女孩从房子里夺门而出，一边逃命一边尖叫着。

“窗户！”

我应声望向远处房子的窗户，那房子里亮着灯，可是窗户的玻璃上却爬过一个身影，那犹如蜘蛛的爬行动作让我联想到前一天晚上在何承志家里看到的景象。

我让洁姨打开电视机，想知道哪里发生了火灾。

“输油管道爆炸？”

新闻说城市内的火灾是由于输油管道爆炸引起的，原因还在调查中。

“事情恐怕严重到我们无法想象的地步了！”凌云鹤颤颤巍巍地说，“输油管道爆炸？到底是什么原因引起爆炸的？”

这时电视新闻播报说：“各位观众朋友，由于这次火灾严重，为了便于消防官兵的通行，城市南部道路暂时封锁，请市民留在家中不要……”

我家就在城市南部，我们现在就在城市南部！城市南部的交通封锁？灾难到底严重到何种程度我当时还不知道，可是输油管道的爆炸吸引了很多人的眼球，那些尚未遭遇灾难的市民会被麻痹的。

事情正是在那个时候一步步恶化的！从城市南部一直到城市的其他角落，出现了这些日子只在阴暗中四处爬行的家伙。

“我们该怎么办？”

“留在家里！”

“胡说八道！楼上卧室里有什么你们没看见吗？”

“我的意见是留在房子里，虽然刚才卧室里也出现了鬼，但是已经被关在卧室里，至少现在是安全的，我们先想想办法再出去！”

我的建议在后来被证明是错误的，不过事后发生的事情证明无论做何种决定都是错的。我们正一步步地走向悲剧，并且根本就无法掌控局面。

我坦言我当时还是寄希望于有人能来解救我们，并很让人信服地告诉我们“不用担心，你们安全了，事情已经解决了”。然后会解释这些鬼是怎么出现的，不过最后一定会给我们一个结论——我们以后不会遇到这么可怕的事情了！

“我们不能在这里等死！”贾晓鹏情绪激动。

“也许事情并没有那么严重呢！会有人来救我们！”李辉抱着与我一样天真的想法。

凌云鹤则认为应该立刻开车离开，离开这座城市。而董平和何承志坚决反对离开房子，他们俩认为二楼的鬼既然能被关住，只要守住房子应该是没有安全隐患的。

“都别吵了，就算离开我们又用什么方法呢？”我厉声问道，“开车？凌云鹤的车绝对能把我们都装进去，但是你们忘了相机里的画面了吗？”

“可是怎么会在……伯父的嘴里出来呢？”

何承志的问话让我回想起父亲死时的场面，我不由得浑身打战。

“是那场通灵游戏造成的吗？”凌云鹤慌忙说。

董平板着脸，“别逗啊，咱们怎么就那么大的本事能把这些玩意儿引出来？”

“我觉得是巧合而已，当时这些鬼已经很活跃了，碰巧我们在玩通灵游戏的时候引出来了一些。只是我们当时并不知道。”

“好了，”我觉得他们的讨论没在重点上，“我们与其去猜测原因，不如找找目前能解决眼前事情的方法，想想这些鬼出没的规律！”

“通灵游戏当天我们第一次到鬼，”凌云鹤说，“后来在我的咖啡店里，晚上也出现了鬼。”

“我在家里总是听到敲门声，打开门之后我发现有东西会从门上面探下来。”何承志阴森森地说。

“我干那事儿的时候我看到窗帘后面有一张脸……”董平惊呼。

听到我们的谈话，李辉惊讶道：“你是说你们早就遇到过这些事情了？”

“我以为只有我们碰到了这些东西！”我继续说，“本来是想去庙里求神拜佛的，但是路上遇到了连环车祸，从现场相机的画面上看到汽车里出现了鬼。再接着，卧室的床下，再然后就是我爸……”

“你们继续说着，我去沏壶茶来。”

洁姨搓着手走向厨房，眼神里充满惊慌。一个老妇人在现在这个情况下没有慌乱就已经很不错了，她只有继续工作才会觉得一切如旧，才能让她分分神。

“我有个推测，”我勉强剥丝抽茧整理出一点头绪来，“从目前的状况来看，现在发生的这些情况有一个共同点，鬼只从黑暗中出现。”

我首先得到了何承志的认同：“那晚的通灵游戏，蜡烛的阴影下出现了鬼，他们嗜血！还记得那碗粳米饭吗……”

“后来在鹤姐的咖啡店里，监控器根本就没有拍到鬼是从哪里出现的，是不是也可以认为是在某个注意不到的黑暗角落里出现的呢？”我看了贾晓鹏一眼，“郑阳的事情我就不用说了，床下、黑暗的角落，刚才也是卧室里的床下。”

“我家房间里的门上，也是黑暗的角落！”何承志回应。

“晚上窗帘后面……”董平若有所思。

“这样说，这些鬼的确只出现在阴暗的角落里？包括人的嘴里？”

李辉的话让凌云鹤不由自主地捂住了自己的嘴巴，然后她不停地盯着其他人的嘴。

“茶来了。”

洁姨充满僵硬笑容的脸对着大家，她刚刚把茶壶放下，我们就听到外面传来强烈的爆炸声。

黑暗，停电了，然后家里的应急灯亮了起来，客厅里再次出现了光亮。我很安慰家里安装了这个其他人家并不会安装的东西。

我们几个人一股脑地来到了窗前，外面轰隆的响声持续了十几秒钟。

“是发电站！”

“妈的，那边可是城东！”董平火气很大。

洁姨的惊叫声把我们的目光从窗外徐徐升起的火光中牵引回来，她挥舞着手臂指着客厅一个立柜的后面。脸色发暗的鬼空洞着黑色的眼睛从狭窄的缝隙中蹿出，那鬼的双手扶着柜子边缘用力向外爬。

“那边也有！”

董平指着沙发下面，一颗脑袋从沙发下面探出来，依旧是空洞而黑暗的眼睛。

“啊啊！”是洁姨的声音，我回身一看，垂在地上的窗帘后面一只手已经压住了她的肩膀。她动也不敢动一下，吓坏了。

可是谁也不敢靠近洁姨，没有人愿意冒险。窗帘动了几下，那后面的东西渐渐出现了，干枯的头发，空洞的眼睛，那颗脑袋缓缓地落在了洁姨的肩膀上并抓住了她的头，好像要把洁姨的脑袋压碎一样。

“啊！”洁姨更没法动弹了。

* * *

“我不记得谁第一个冲出了房门，总之在离开家之前我看了一眼客厅，那几个从阴暗角落里慢慢爬出来的鬼已经站起来了，洁姨也被拉入了窗帘中。”莫冲说，“我们冲出房子四散开了，李辉开着他的汽车，凌云鹤载着何承志和贾晓鹏离开了。我和董平没有上任何人的车，我们不相信车上要比步行安全。”

莫冲停了一会儿，但是其他人还在等着他继续说下去。莫冲见状补充道：“不好意思，我已经讲完了。”

“你这段经历让我感到很压抑，鬼出现在黑暗的角落里……实在是……”朱晓颖情不自禁地把目光投向桌下。

“不过你们当时就没有想要救柳曼妮吗？还有你们逃出房子之前就没有想过拉一把洁姨？”齐涵问。

“你说呢？”莫冲的脸上没有一丝的愧疚，“也许大家都想去救人，可是谁也伸不出手吧。”

接下来的讨论很皮毛，只是在讨论莫冲的经历是如此让人没有头绪和让人感到无助而恐慌。

李建华摇摇头：“我也想找出一些值得我们琢磨的线索，可是真的找不到。”

气氛突然凝重了。

“仔细琢磨，何止是角落里？一想到那些鬼会从人的嘴里爬出来我就浑身不自在。”慕容雪抱着自己的双臂，下意识地摸了下脖子。

“的确，这段经历实在是太没有缘由了，黑暗的角落？缝隙？也许是布满灰尘的墙角，会出现一只手，然后又慢慢爬出来一个鬼来，”万子明带着吓人的腔调，“不管到了哪里都会让人不安！就算不断逃命，那么自己的嘴呢？是不是还要时时刻刻担心自己的嘴巴？”

真实面对和想象是两码事，正如万子明的那番话，经历在脑子里来回播放的话实在让人难以承担。

“我感到惶惶不安，请允许我用这个词。”万子明偶尔像沉默寡言，偶尔像个多话的醉汉。而莫冲这个原本并不起眼的男人更加难以琢磨。他的这段经历十分精密，让人只能为之感叹却又无法找出让人生疑的地方。恐惧是很好的烟幕弹。

“这段经历还有什么地方值得我们探讨的吗？”慕容雪并不甘心。

李建华又陷入了沉思，回忆经历中的细节。万子明的注意力并不在莫冲身上，他的眼睛始终盯着陈东，面带微笑。莫冲的表情很平淡，甚至有那么一点让人不舒服的愉悦感。

两难

“既然莫冲的经历大家听完了，是不是该听听我的经历了？”万子明完全不用别人催促，已经示意要开始自己的这段经历了。

“那么其他人呢？还有什么疑问吗？”陈东问道。

其他人要么沉默，要么摇摇头。

“希望我的这段经历不会像莫冲的那样给大家带来恐惧。”万子明对莫冲笑了笑，“那么我就开始了。”

* * *

从那晚开始，黑袍子带来的惨剧频频发生，大多数居民跟我一样，封死了所有的窗户。即便是白天，路上也鲜有车辆和行人。

终于，在一个寂静的夜里，灾难毫无征兆地爆发了。当晚，我看到漫天飞舞着黑色的袍子，成片成片地在天空中盘旋。借着月光，这些撑着伞的黑袍子犹如蝙蝠一样，在高楼之间穿梭。

“还好我已经提前做好了准备，妈的！”

我坐在窗户下面，通过狭小的缝隙看着对面二楼的一户人家，那户人家并没有完全封死窗户，而是依赖原有的铁栏杆。黑袍子撑着伞晃晃悠悠地路上飘移着，没一会儿它就飘然而起，飞到了二楼的铁栅栏之外。

没事的，一定会没事的，虽然是玻璃窗，但是也不会那么容易被这些东西闯进去。或许这户人家认为铁栅栏可以阻挡这些家伙，因为它们不仅仅是一张袍子，还有黑伞，撑开的黑伞可不容易进入到铁栅栏当中。

我眼看着那黑袍子飘浮在铁栏杆之外，紧接着房间里的人赶紧拉上了窗帘。很快那窗户外面已经聚集了三个黑袍子，它们轻易地进入了铁栏杆内，铁栏杆并没能拦住那些黑伞。黑伞的尖部先挤进了栏杆之间的缝隙，随后黑袍子也钻了进去。

玻璃破碎，尖叫声并没有持续很久，接着就是死一般寂静。我红着眼睛看着黑袍子穿过了铁栏杆飞了出来，它们已经结束了凶残的盛宴。我并没有过多地同情房子里的人，我更多的是恐惧，还有近乎于变态的幸灾乐祸。我感慨幸亏自己把窗户钉得严严实实。

没多久我就看到了另外一番景象，路灯下一个身影从楼道里窜出来，是个失去了皮肉的男人。没有想到他还能奔跑，他在追逐着一个刚刚从楼道里飞出来的黑袍子。

“还给我，还给我！”

可是撑着伞飘浮在马路之上的黑袍子并没有急于飞走，而就在他前面不远处缓慢地飞行着，就像在捉弄嘲讽着失去皮肉的男人。

还给他？他还想夺回被黑袍子剥去的皮肉吗？很快那男人就结结实实地倒在了地上，再也爬不起来了。

我能活下来绝对不仅靠运气，我灵敏的嗅觉告诉我危险的气味已经越来越浓了。我提前准备好了水和食物。当然在事情恶化之前超市出现了抢购的现象，不过这不代表会有很多的幸存者。

我打开了电视机，只有一个频道有画面，女主持人是在严肃地告诫市民不要外出，一定要留在家里，不要给陌生人开门等等。

“你是不是也已经死了？”我靠近电视机屏幕对着不停重播的画面中的女主持人说。

虽然一切都只是刚刚开始，但是我已经有了深深的绝望感，我时时刻刻都在跟这种绝望感做斗争。

从那晚开始算起，第一天，我听到窗外有广播的声音，一辆很大的卡车一边广播一边开进街道，喇叭里不停地告诉我们要坚持住，不要开门，禁止外出，还告诉我们不要放弃希望之类的话。当卡车开出街区之后，广播的声音变了，里面传出了惨叫声。原本是希望稳定市民情绪的卡车让我们这些躲在房子里的人更加惊恐。

第二天，我从窗户的木板缝之间看到了对面楼的几户人家开始从里面堆积柜子，希望能阻挡随时破窗而入的黑袍子。偶尔能见到几辆飞驰而过的汽车。

停电停水是在第三天发生的，没有食物的供给，再也没有汽车从这里经过。停电之前我坐在电视机前面看着那生死未卜的女主持，我是为了给自己一个希望，告诉自己一切尚在掌控范畴内，电视台还在工作。突然停电了，一切都陷入了黑暗。

我每天都吃很少的食物，喝一定量的水，每天都保持适度的运动。我做运动是为了在有机会能逃离这座被黑袍子沦陷的城市时，不至于体能不支。

到了第七天，我身上散发着汗臭。不过相比外面的尸臭气，我更喜欢闻自己身上的汗臭味，因为这是一个人活着的证明。这些天我握着刀子躺在床上睡觉的时候总会被尖叫声吵醒，而且我所住的这栋楼内也被黑袍子闯入，尖叫声距离我住的房间并不算远。

一定有人绝望到自杀，我每天也在跟这个可怕的念头做斗争。

“我不能死，我不想被这些东西扒皮，也不想自己给自己一刀！”

我拿着刀子，眼睛盯着自己的手腕，我都不知道自己会不会在下一秒钟割上一刀。外面黑色的袍子不分昼夜地飞舞，好像盘旋在天空的秃鹫随时准备飞下来撕扯散发臭气的腐肉。

那是一个白天，外面天气阴沉。我怀疑是黑袍子成群飘浮在天上遮挡了太阳。

咚咚咚。

我吓了一跳，竟然会有敲门声！

“谁啊？”

“快开门……”

会不会外面站着一个已经没有皮肉的人，但是这个人却不知道自己快死了……

“开门……”门外的人在催促，“快点……”

我移开了挡在门口的柜子，用猫眼朝外看，走廊里漆黑一片我什么也看不见。

“开门……”

我握了握手里的刀柄，轻轻地打开了门锁躲在了门后。外面的人进来之后马上锁好门，飞快地把我移开的柜子重新搬到了门边，一气呵成就像这个房子始终是他的藏身处一般。

“我就知道你一定还活着！”来人是徐晓龙。

自从那晚我们分开之后就一直没能联系上，电话已经成了摆设。我借着微弱的光亮看着徐晓龙，他的脸上有新鲜的伤口，手里握着一把枪，紧身的上衣刮破了好几道口子，后背也被血染了一大片。

“不是我的血。”

徐晓龙见我盯着他身上的血迹低声解释说。

“你为什么会来这里？”

“我需要帮手！”徐晓龙声音沙哑。

“你是警察，难道你们没有得到上级的指示吗？是不是会派救援来……”

“不会有救援了！”

徐晓龙所说的每个字听起来都很认真都很有力。

“你在开玩笑吧，电视上说等待救援……”

“电视台的人早就死光了，内容是重复播放的！”徐晓龙叹了口气继续说，“我们是三天前跟上级失去联络的，不知道他们那里发生了什么事情。但是一定不是好事，恐怕也被这些东西给端了。”

“我想不通！”我直愣愣地盯着握着枪坐在床上的徐晓龙，“为什么会出现这些黑色的袍子，袍子下面什么也没有！”

徐晓龙双眼盯着天花板，叹气道：“我当然知道，我怎么可能不知道？”

说完徐晓龙从裤兜里掏出了一个瓶子，递给了我。我找出了已经充满电的手电筒，打开，一道光柱射向小瓶子，我看到了一小块黑色的东西在里面飞快移动。

“这该不会是……”

“这是黑袍子的一部分，”徐晓龙说，“在警察局沦陷之前我无意中弄到的。”

“不可思议，你是怎么弄到的，外面的东西不是连开枪都没有用吗？”

瓶子里面是黑色的一角，破碎的部分。黑色的边缘看起来像布料一样，我能看见一根根线头，而这些线头好像活着的虫子般在不停蠕动着。

“太他妈恶心了！”我把瓶子丢给了徐晓龙，“你有什么打算？”

徐晓龙回答说：“我想先休息一下，不过我们可以把事情从头到尾缕一遍。”

这也是我的打算，无论如何也要先搞清楚状况再说。

“你还记得刁雪宣吗？”徐晓龙问我。

刁雪宣，这个名字听起来很熟悉又陌生，正是这个当初让我痴迷的女人，拉开了诡异事件的序幕。

“当然记得，我怎么会忘记呢。”

“她遭遇的事件应该就是所有怪事的开端。”

我恍惚地点点头。

“接下来就是‘粉笔画’，莫名其妙出现的铁轨，墙上出现的门！”

“对呀，当时粉笔画事件沸沸扬扬，但是还没有到现在这么严重，状况失控之前粉笔画又出现了吗？”我紧张地问道。

“不知道，大家早就被这些黑袍子吓破了胆，谁还会记得无关紧要的粉笔画。”

“但是这之间是不是有什么联系？不应该毫无预兆啊。”

徐晓龙坐起身：“我来找你也正是因为这个，我想我有找到答案的线索。”

听徐晓龙这么讲，我赶忙问：“你该不会是想要我帮忙去找线索吧？”

徐晓龙说：“我想去查清楚事情的原因，也想救人。”

救人？没搞错吧，我觉得我们才是该被救的人。

“咱们当务之急是赶紧离开这里！”

“你怎么就知道离开这里之后会安全？”徐晓龙问我。

“如果你心里不存在一丁点的希望的话，你就不会想去救人了，救人总要把人带到安全的地方去吧。”

徐晓龙笑了：“现在你的食物还能坚持多久？不如搏一次，趁着现在还能逃，想办法逃走。你跟我在一起的话，逃出去的机会会更大，再加上我们要去救的……”

等等，我想起了夏东阳，我和徐晓龙共同的朋友。

“夏东阳？是不是去救他？”

徐晓龙失望地摇摇头，回答：“他已经死了。”

看来徐晓龙之前去找过夏东阳，没有想到他还是没能挺住。

“那这次我们要去救的人是谁？还有你说的线索是什么？”

徐晓龙清了清喉咙说：“黑袍子在泛滥猖獗之前，我接到过一个电话，是我的远房亲戚，叫季瑞。这小子在市档案馆工作，当时我们局里正为黑袍子的事头痛，妈的，粉笔画那些事还没处理完又出了这些黑袍子。我出任务的时候接到了他的电话，说什么这里有东西让我看看，跟现在发生的事情有很大的关系。因为当时出了案子，所以没来得及多说就挂了电话。后来黑袍子泛滥，我想起了那通电话，可是已经无法联系上他了。不过这小子挺机灵的，应该是躲在档案馆了。”

对于徐晓龙的坚持我很无奈，如果说他真的想救人，不如随便在某个房间里找到一个还算有点反抗能力的人一起逃走。我认为徐晓龙更想去寻找所谓的答案。

“如果档案馆里真的有答案的话，很有可能会是解决这些黑袍子的方法！为什么不去尝试一下呢？”

我依然很被动地接受徐晓龙的观点，我们俩合作才会有希望逃出去。可是这也注定是一次赌博，谁又能知道我是不是去送死呢？想活命就要搏一次，我最终答应跟徐晓龙一起去档案馆。

我拿出了所剩无几的食物和水，两个人坐在床上开始无味地咀嚼着，耳朵也在听着除了咀嚼声之外的任何声响。吃过东西，徐晓龙去厕所撒了泡尿，然后他勒紧腰带问我房子里还有什么可以用的武器。

“要武器没什么用吧……”

“你误解了我的意思，武器不是用来对付黑袍子的，是用来对付其他人的。”

我心里直打战，对付其他人？

“当然是对付其他人的，”徐晓龙解释说，“你以为幸存者都会团结起来吗？大家为了活命都会不惜一切代价。我也很佩服你，真敢为我开门，你就不害怕我进门之后是为了掠夺生存资源的吗？”

我承认当时我没有想到这一点，此情此景我更不会像过去那样应一句“我知道你不是那样的人”来恭维他。我沉默了，无言以对。

“跟我说说外面的情况？”

“你从窗户的木板缝里不是能看到外面吗？”

“我觉得不现实，就像看电影一样，总觉得是置身事外了。”

“忘了告诉你了，我来的时候路过你家隔壁，门开着，那两口子上吊自杀了。”

想着墙的另一边吊着两具尸体，就感觉那股子尸臭味拼命地往我的鼻孔里钻。

“成了，别矫情了，咱们该走了，再不走天就黑了。”

我们俩搬开了柜子，徐晓龙打开了门锁。臭味随着门打开而冲了进来，比刚才我让徐晓龙进门时候的味道更难闻。

徐晓龙探出头在走廊里张望一番，确定没有危险后我也跟了出去。走廊的墙壁上挂着黏稠的污垢，地上都是乱七八糟的杂物，很多的房门都敞开着。

邻居夫妻俩的尸体挂在房间中央一动不动。我又有了一个可怕的念头，既然他们俩都死了，那么这扇门是谁打开的？

我跟着徐晓龙，小心翼翼地避开脚下的杂物。走廊尽头的窗户也只剩下了窗框而已。就要快到楼梯的时候，靠近楼梯口的门突然打开了。徐晓龙一个激灵用枪对着那扇被打开的门。开门的是个战战兢兢的老太太，她看了看徐晓龙又瞅了瞅我。

“孩子，你们不该出去！快点回房间去！”

面对老太太严正的警告，我开始怀疑自己是不是该出去冒险了。

“大妈，你的房子安全吗？”

徐晓龙眼睛谨慎地看着周围。

“安全，窗户我都提前找人钉上了。”

“大妈，现在关上门，把门锁好，别轻易给别人开门。一定会有人来救你的，食物要留着慢慢吃。”

徐晓龙的态度像在哄骗一个小孩子，而老太太则玩命点头说：“我一个老太太吃得少，命硬，肯定能坚持下来。”

徐晓龙听完老太太的最后一句话就把她的门给关上了。

走到楼下，走廊里只有黏稠的墙壁和散落满地的杂物，我们并没有碰到黑袍子。来到了楼门口，徐晓龙先是探头向外看，我随即也跟了出去。我无言地望着整个街道，原来我这些天通过木板缝中看到的只是这场灾难的一角。

我朝着远处的建筑望去，所有的楼房不论高矮，都是一副死气沉沉的样子。不远处的马路边横七竖八地停着几辆汽车，有的车门开着，看起来汽车里的人逃走时很匆忙。不远处躺着几具开始腐烂的尸体，也许就是从车里逃出来的人。

我恍惚觉得这座城市在这几天的时间里经历了几十年甚至上百年的岁月，完全看不出还有人存在的气息。这座看起来久经沧桑的城市充斥着一股腐臭，我不知道到底有多少尸体堆积在这座城市的各个角落，使这座城市的死亡气息越来越凝重。

“你是怎么逃过来的？”

我小声询问徐晓龙。

“嗯？”

“你是从井盖下面的下水道里爬过来的？”

“别傻了，你以为这里是国外的下水道？能并排走汽车的那种？”

“那你是怎么过来的？开车？”

“不是，”徐晓龙指了指旁边的楼，“记住了，千万别傻乎乎地以为自己跑得快就一股烟似的溜到马路上，那些黑东西比人跑的速度快多了，只有在建筑物里穿行才可以。”

“这里哪有黑袍子？咱们不如就趁现在……”

徐晓龙指了指远处一座暗色的矮楼，在他的提示下我觉得这座我经常见到的矮楼很不正常，但又说不出哪里不对劲。

徐晓龙从地上拾起一只皮鞋，用尽力气扔向了靠近那座矮楼的马路边。就在皮鞋落地的一瞬间，那矮楼表面上突然有东西一跃而起。正是那些黑袍子，原来它们收起了黑伞贴在了楼的表面，在这样阴沉的天气里很难注意到。

黑袍子撑开黑伞纷纷飞到了皮鞋掉落的马路上，十几个黑袍子在马路上空转悠了一会儿发现并没有它们需要的血肉之躯便飞回到了建筑表面。

我不敢说话了，连大气也不敢喘。徐晓龙悄声带着我走进了楼内，关上门后我小声问他：“现在怎么办？”

“没事，反正现在的楼房开个口就是门，总有地方可去。”

“还有，档案馆在哪儿？我都没听说过那地儿！”

“那个鸟都不拉屎的地方，不起眼。距离这里也不算近。”

我跟着徐晓龙来到一楼走廊的尽头，徐晓龙找到一块镜子伸出了窗外确认墙壁上没有黑袍子才打开窗户无声地跳出窗外。我也跟着跳了出去，我们俩开始向档案馆进发。

一开始还是很顺利的。每到一处建筑的外面，徐晓龙都会先探查里面的情况，就这样我们穿行在一座座建筑当中，见识到了各种各样的死尸——有的是被剥了皮肉，有的则是自杀身亡。连续几座建筑里都没有碰到黑袍子，更没有遇到活人。

我们俩藏进一家装饰品店，商店里的东西散落满地，虽然没有尸体可尸臭气依然不断。墙上依旧是我无法解释的黏稠物。

“墙上黏糊糊的东西是什么？”

“应该是黑袍子在上面待过的痕迹。”

我感到一阵恶心。

商店柜台后面的过道通向后门。徐晓龙依旧谨慎，门外是一条便道，对面就是另一扇门，看起来像是饭店的后门。门是锁着的，徐晓龙确定没有黑袍子在附近后，便从旁边的杂物堆中找到了一根铁棍和一件破烂的衣服，他把衣服绑在铁棍的前端然后开始撬门。

徐晓龙尽量小心，但是轰隆的声音还是不绝于耳。门终于被打开了，我和徐晓龙飞快地了进去。这里是饭店的后厨房，锅碗瓢盆之类的餐具堆在灶台上。

“看。”

徐晓龙指着地上。

我注意到了地上的残尸，旁边的锅里也有。我分不清这些被血液浸染的尸块上有没有皮肉。

“你们是谁？”

柜子旁边闪出一个身穿厨子衣服全身沾染血渍的胖子。

徐晓龙并没有举起枪来，相反他把枪放到了身后。

“你们是不是要离开这里？要逃出去？”胖子继续问。

徐晓龙和我继续沉默。

“带我一起走好不好？我不想待在这里了！”

胖子想靠前来，我们俩则同时向后退了几步。

“我们是想逃走，但是并不想带上你。”徐晓龙冷冰冰地回答。

“为什么不带我走？我快撑不下去了！”

胖子红着眼看着徐晓龙，好像他受到了唾骂和侮辱一样。

徐晓龙吐了一口唾沫，很鄙视地看了这个肥硕的男人一眼。

“别妨碍我们，不然别怪我不客气。”

“为什么不带上我，求你们了……”胖子苦苦哀求。

“烹尸！”徐晓龙说，“你这个浑蛋！”

烹尸！没错，尸体残块还在锅里，我怎么没有想到他在烹尸呢？我快吐了，这感觉比闻到尸臭还要难受。

“我没有办法，东西都吃光了，我也想活命！”胖子快哭了，“我只能吃尸体了。”

“你在撒谎，”徐晓龙虽然激动，却尽力压低声音，“我是警察，我处理过‘烹尸案’的现场，这尸体上的皮肤还在，不是被黑袍子杀死的！是被你杀的！你个王八蛋！”

“哈哈哈，”那胖子突然笑了起来，笑声大得让人心惊，“饭店大厅里都是那些东西，所以我才用铁棍别住了那扇门！”

我定神一看，厨房门上果然别着一根从椅子上拆下来的铁棍子。那胖子突然跳到我们的面前来，讥讽地说道：“既然你们不带我走，那我们就同归于尽！”

说完那胖子竟然快步冲上前要打开门上的铁棍。

“住手。”我脱口而出。

徐晓龙更是麻利，他立刻夺走我手里的刀子飞步上前。他先是一把抓住胖子油腻的头发，然后向身后用力，顺势又松开胖子的头发，再快速捂住了胖子的嘴巴，接着他手起刀落用力在胖子的脖子上拧了一圈。整个过程一气呵成，胖子没有来得及挣扎，也没有发出叫喊声。顿时血流成河，他抽搐几下就不动了。徐晓龙轻轻地放下了胖子的尸体，我则惊呆于一旁。

徐晓龙顺手拿起灶台旁的一张围裙擦了擦手和胳膊上的血，然后又擦干净用来抹了胖子脖子的刀，他拿着刀刃把刀子递给我，我看着刀柄却怎么也不敢接。

徐晓龙抬起脸看着我说：“拿着。”

我接过了刀柄，刀柄还是热乎乎的，不知道是不是血的温度。

“你也看到了，是这胖子杀人在先，然后又威胁我们！难道要我们来陪葬？他死有余辜！”

面对徐晓龙的解释我只能点点头。

徐晓龙又凶狠狠地冲着胖子正在流血的尸体吐了口唾沫。我顿感心中泛凉，凉彻骨髓，眼前只是不断回映着徐晓龙背对着我抹了那胖子脖子的景象。

“妈的，希望这附近其他的房子里门都是开着的，”徐晓龙的语气带着几分无奈，“不能冒险打开这扇通往前厅的门了。”

我和徐晓龙只能从进来的门离开了，我们又钻进了旁边一家店铺当中。就这样来来回回地在店铺中折回，好在没有在房子里遇到黑袍子，但是在穿越街道时险些惊动了附着在墙壁上的黑袍子。

我们终于在天黑之前赶到了档案馆的附近，我们俩躲在一辆车的后面，车里赫然坐着一具没有皮肤的尸体。而档案馆的楼房外面附着着不少的黑袍子。如果天黑下来了恐怕就不容易发现这些能要命的家伙了。

“现在怎么办？”我又没了主意。

“贸然闯进去恐怕不行，你看看大门上边的那些黑袍子，就算我们闯进去了恐怕这些玩意儿也会跟着钻进去的。”徐晓龙仇视地盯着黑袍子，“我总觉得那些伞也是活着的。”

十字路口有相撞的汽车，是不是觉得这场景很眼熟？从黑袍子开始泛滥的那晚开始，这些相撞的废铁成为了大家逃命的累赘，它们阻塞了逃亡的通道。

“你看那栋楼的大门！”

我应声向档案馆所在的楼望去，那是一扇厚重的金属门，衬托在古式建筑上看起来非常搭，当然也要忽视掉门口几具发臭的尸体。

“那扇门现在是开着的，只要逃进去然后关上大门就能挡住外面的黑袍子！”

“可是我们怎么知道这房子里面不会有黑袍子呢？”

徐晓龙好像也早已考虑到了我的问题，他回答说：“我们当中有一个人来吸引黑袍子的注意力，它们都很敏感，如果外面有动静里面的黑袍子会立即飞出来追杀。”

关键的问题是，如何引诱这些黑袍子的注意力然后还能顺利地逃进大门内？

“我去引开这些黑袍子！”徐晓龙很坚定，不容别人质疑，“这附近肯定有可以发动的汽车，我开动汽车之后黑袍子会聚集到我这里来，我会开车绕过这些停在路上的废铁，然后再想办法把车停在楼门口，逃进楼内！”

我边想象着行动过程中的场景边点点头。

“你要注意了，我的动静虽然很大，但是你也要尽量看好那扇门，尽量确保里面的黑袍子也被吸引出来了，明白吗？”徐晓龙叮嘱。

其实我们俩的计划非常冒险。首先，徐晓龙不能保证自己能找到可以开的汽车，也不能保证汽车发动起来之前不会引起黑袍子的注意；其次，我也不能真的确定门里的黑袍子都飞出来追捕徐晓龙，如果我进门之后发现我根本就是进了黑袍子的老窝，那该怎么办呢？

“你觉得你的那个叫季瑞的亲戚还活着吗？”行动之前我问徐晓龙。

“不知道，”徐晓龙如实回答，“不过我相信咱们这次一定不会白来！”

说完他就开始低身检查车辆，我则直勾勾地盯着我视野中所有的黑袍子，它们正附着在建筑上等待着下一次的猎杀。我听到了汽车发动的声音，黑袍子果然开始有反应了。徐晓龙把一辆轿车发动起来，他按响了喇叭开动了车子。黑袍子们猖狂起来，纷纷从建筑上飞起，原本被盖在黑袍子下面的黑伞也随之扩张而开了，并快速飞向正在开动的汽车。正如预料的那样，开着的门中果然飞出了几个黑袍子。

徐晓龙开车远去，时机差不多了。我以最快的速度飞奔到那楼的大门口，一股脑地钻进门里。里面漆黑一片，什么也看不清楚。

我试着关上大门，可大门竟然纹丝不动，我低头一看发现门竟然被卡住了。此时徐晓龙还不知道这里的情况，如果他在这个时候开车过来的话我们俩就死定了！

我立马蹲下身用刀子用力向上启大门，眼看着徐晓龙的车开始往这边开过来了，可黑袍子并没有盘旋在汽车的周围。门也终于在我的努力下可以关闭了，汽车停在了门前，原来黑袍子正扁平地扑在了汽车顶上，在汽车停下的一瞬间里黑袍子准备马上起身，张开黑伞，进攻！

我在黑袍子动作之前用刀子把它钉在了车顶上，打开车门的徐晓龙看了一眼正在挣扎的黑袍子后，把发愣的我拉进了大门之内，然后砰的一声关闭了大门。紧接着我听到了大门被撞击的声响。

一道火光。

徐晓龙点亮了手里的打火机，外面的天已经暗下来了。这里的地面跟其他地方没有两样，纸张、文件、杂物遍地都是。空气虽然冰凉，却依然让我浸泡在尸臭当中，冰凉的尸臭味更容易让人反胃。徐晓龙确定暂时没有危险后便一屁股坐到了地上，用力喘吸着。

“你是怎么做到的？”

“附近有个工地，工棚下面能让汽车穿过去，工棚暂时阻止了这些黑袍子，所以我侥幸逃过一劫。”徐晓龙面无表情，“你也够厉害的，其实我也挺怀疑你是不是能活着跑进来，咱们俩只要有一个人稍有差池，就都得送命。”

“季瑞会在这里吗？档案馆在几楼？”

“四楼，我在外面观察，四楼上面还有一个阁楼，那里应该是藏身的最佳地点。”

我和徐晓龙往楼上走，路过半开着门的电梯，里面黑乎乎的一片，两扇门之间夹着一具没有皮肉散发着恶臭的尸体。我们俩径直往四楼走去，谁也不想在二楼和三楼做停留，因为谁也不清楚这些房间里是不是还有残余的黑袍子，我们没有必要去招惹。

来到四楼，有一道铁栅栏门挡住了我们的去路，借着打火机的火光看到的栅栏门上的金属牌上写着“档案馆”的字样。徐晓龙拉了拉门上的铁链，上面挂着一把大锁头。

徐晓龙返回到楼梯下面，找来了一根椅子腿，他把椅子腿插进了锁头的空当中用力，椅子腿折断了两次才把锁头撬开。

“妈的，早知道这么费劲还不如开一枪算了。”

四楼跟下面几层楼的格局貌似没有区别。

“季瑞？季瑞？”徐晓龙小声地试探了几声。

我们俩检查了走廊里所有的房间，里面除了堆积如山的档案资料，既没有黑袍子，也没有尸体。

走廊尽头是会议室，里面整洁，椅子也都摆放得十分整齐。

“这里也没有人。”我说。

“去阁楼。”

徐晓龙带着我绕过了会议室，原来在会议室的后面还有一条宽敞而空荡的走廊，走廊再往里面几步就是通往阁楼的楼梯。天已经黑下来了，徐晓龙的打火机成了最后的照明工具。阁楼的门是圆形的，看起来就像是插在酒桶上的木塞子。门前有一块不算大的地毯，徐晓龙弯腰拉起地毯，又从下面抓起一块活动的地砖，地砖下面有一把钥匙。

“季瑞在最后一条短信里告诉我这里有一把开门的钥匙。”

说完徐晓龙就打开了木塞一样的门。

徐晓龙径直走入了门中，相比之下我觉得自己真的是胆小怕死。我站在门口犹豫了一下，看着徐晓龙在阁楼里朝上看，动也不动，让我怀疑他看到了会要我们命的东西。

“进来吧。”

我这才走进阁楼关上门。

圆形的顶棚竟然是透明的，可以清楚地看到外面的景象。天空乌云密布，乌云看起来更像是燃烧后的烟雾聚集不散。附近几座已经破败的楼房更是看得一清二楚，甚至连附着在建筑表面上的黑袍子也尽收眼底。

“这房顶是用什么做的？”我惊叹道。

“不知道，大概是某种玻璃吧，真没想到原来这里还可以看到外面的景象。”接着，徐晓龙无所顾忌地大声喊了几声，“你在这里吗？季瑞！”

阁楼空旷且一目了然，圆形的地板仿佛是一整块的，再也没有其他摆设了。这里不可能还有其他人。

“那里有东西。”我看到在阁楼的正中央放着一样东西，我走上前去拾起来，是一个档案袋。

“这应该是季瑞留下来的，打开瞧瞧。”徐晓龙对我说。

我轻轻一扯就把陈旧的档案袋上环绕的绳子扯下来了，档案袋里有一本薄薄的书，这本书也如档案袋那样年代久远，不过被保管得非常完好，但从封面上看就不是近几年的出版物。海蓝色的封面上只有作为书名的四个黑字。

“都市传说？”

徐晓龙借着打火机的光亮看清楚了书名。

打开这本书，里面分成几个部分来讲述这座城市的传说，里面讲述了关于接吻时嘴巴长在一起的人、迷雾中的粉笔画，还有撑伞的黑袍子在深夜里剥夺人皮。可是里面只是详细描述了现象却没有表述出现这些现象的原因。

“扯淡！都他妈的扯淡！”

徐晓龙愤怒地将这本旧书扔到了地上。

我一言不发，这的确也不是我想要的结果。《都市传说》？这本书的作者又是谁？他为什么会知道这些都市传说？是不是知道未来的某一天这些传说都会变成现实？

徐晓龙坐在地上望着近乎透明的房顶喃喃自语。我也仰头看，天色越来越暗沉，那些如烟雾般的黑云就快压下来了，不知道还能不能看到挂满星辰的夜空……

* * *

“我讲完了。”万子明说。

许久的沉默之后，朱晓颖慢慢说道：“这个结局我实在是很难接受。”

慕容雪接着说：“太压抑了，怎么可能会是《都市传说》？”

“我觉得这只是表面现象，更深层的原因还没有挖掘出来，比如这本书是从哪里来的？为什么会出现在档案馆里？这本书已经很老旧了，当初的作者又是谁呢？”李建华提出了疑问。

“是不是可以理解为，到底是什么原因让都市传说成了真，不过我倒是很期待万子明后来的经历。不知道到底能不能挖出真相来。”莫冲渴求地望着万子明。

“真是迷茫，”齐涵有气无力，似乎对这段经历有着太多的不满，“今天的经历听起来让人迷茫。”

没有人询问陈东的意见，不过他已经闻到了另外一种味道，阴暗的气息。

“大哥，咱们是不是可以准备晚饭了？”李建华问。

“嗯，天色不早了，我也该去仓库检查一下发电机了。”

“还是我跟你一起去吧。”万子明说。

没有人再露出嫉妒的目光，都赞同万子明跟随陈东出门。不过陈东也发现这五个人中有一双眼睛显得很异样，很无知。

会有事情发生！陈东在端着枪离开房门时默默地告诉自己，不过既然可以理所当然地回避也未免不是好事。万子明身后的门被莫冲关上了，他紧跟陈东身后。

谋划

仓库里，陈东，万子明。

一片黑暗中，陈东没有使用手电筒，两个人都看不到彼此的脸。

“我知道房子里现在正在发生一些事情。”

“原来大哥已经发现了。”万子明漫不经心地说道，“我也理解大家的想法，进展缓慢，眼前又有一个软柿子可捏，为什么不先捏爆了再说呢？”

“还是希望他们不要破坏规矩才好。”

“我想大哥也很好奇房子里正在发生的事情吧？”

“当然好奇，不过一会儿就会有结果了吧。”陈东回答。

时间一分一秒地过着，外面已经彻底黑了下来。两个人在黑暗中相对无言，似乎都在为房子里正在发生的事情给予更多的时间。

“时间也差不多了，咱们该回去了。”

两个人谨慎地走出仓库，回到房门前。开门的一瞬间借着房间里的光亮可以看到慕容雪脸上的得意。看来她的确不是那个软柿子，而且她的得意正说明事情进展顺利。

陈东和万子明回到了客厅里，桌子上的并不是晚饭，而是另外一样东西。李建华坐在桌边的椅子上沉默不语，莫冲靠窗户边站着，眼睛盯着走进来的陈东和万子明。朱晓颖也并没有在厨房里忙碌，她正陪在齐涵身旁。而齐涵在无形中已经被所有人包围起来，她白着脸不看任何人。

慕容雪来到桌子边，用手撑着桌子看着齐涵，她用审问的口气说：“你现在应该解释解释了吧？”

“我能问问刚才发生了什么事情吗？”

陈东回到椅子上，万子明也沉默地坐下身。

李建华解释说：“你们俩出去之后，晓颖和小雪去了厨房，齐涵上楼去了卫生间，我和莫冲在楼下整理被褥。齐涵下来之后莫冲便去了二楼。”

“我有点放松警惕了，这才意识到二楼没人盯着外面的动静。我发现二楼卧室的衣柜竟然是开着的，我马上想到了小雪那张纸是放在衣柜里的，我打开衣柜一看，放在里面的纸不见了！”莫冲神色惊讶。

“刚才上楼的人除了莫冲就是齐涵，如果是莫冲拿走了那张纸他完全没有必要把这件事说出来，那么只可能是齐涵了。”慕容雪斜眼望着齐涵，“于是我们搜了齐涵的东西，在她的行囊里发现了另外一样东西。”

陈东打量着桌子上的东西，还是一张纸。齐涵虽然是低着头一言不发，但是陈东却感觉到她身上的一股锐气，也不知道她身边的朱晓颖会不会被这股锐气刺痛。

“我知道我们这么做不是很妥当，但是……”

面对李建华的辩解，齐涵突然抬起头来：“够了，不用解释！这的确是灾难了，没了秩序了，所以你们就能当着我的面不经过我的允许检查我的东西了？”

“大哥，我们的做法的确有些不妥，”慕容雪对陈东说，“不过还是请大哥谅解，不过既然大哥的‘规矩’里没有说不能这样做那就说明这种做法并不被禁止喽？”

陈东微笑了一下，没有立刻表态。

慕容雪继续对齐涵说：“那请你解释一下你为什么会有这张纸呢？”

陈东的手伸向了在齐涵行囊当中发现的那张纸，而旁边则是慕容雪事先拿出来的那张。陈东端详着这张并不完整的纸，这两张残页无论从质地还是图案上看，应该是出自同一张。

“如果这两张残片出自同一张纸，那么这两个图案应该会连为一体对不对？不过这两张并不是相邻的两个部分。”

陈东放下了两张残页，万子明小心地拿到了面前。

“虽然发生了非常不愉快的事情，但是我还是想听听齐涵该怎么解释这张残页。”陈东态度平和。

齐涵身边的朱晓颖也劝说道：“小涵，既然之前小雪已经拿出了残页来，你就把知道的事情告诉大家嘛。”

齐涵对陈东说：“她慕容雪事先并没有拿出残页来，可却没有人指责，怎么到我这里就成了罪过了？还有，放在二楼的那部分残页不是我拿的，到底为什么会出现在我的行囊里，我想你们几个在场的人最清楚，你们检查我行囊的时候我可没有碰它一下。”

陈东当然知道这根本就是个拙劣的圈套，没有任何的技术可言。圈套应该是狡猾而奸诈的，让落入圈套的人不知不觉，至少应该后知后觉吧。

齐涵继续讲："至于这张残页，我会告诉你们的，不过不是现在，我会在明天讲述经历的时候告诉你们的。"

"我赞同。"陈东要维持局面的平衡，"既然你们是在齐涵不情愿的情况下找出了残页，她也答应了大家的要求。虽然我也很好奇这张残页的来历，不如都退一步，让齐涵冷静冷静，明天再详细地告诉大家。"

"好了好了，这样就好了……"朱晓颖连忙打圆场，但是陈东并没有把话说完，他摆摆手说："先让我把接下来的话说完。"

陈东对所有的人严肃地说："我不喜欢看到这里出现不和睦的场面，更不喜欢这种场景在我的背后出现。"陈东停顿了一下，把头转向了慕容雪，"另外，我非常不喜欢你刚才说话的态度和说话的内容。"

慕容雪马上就把得意和傲气收敛起来，并且摆出了一副做错事情甘愿受到批评的表情。

陈东这才对朱晓颖点点头，示意自己已经说完了。

"好了，那么就准备吃晚饭吧。小涵，你来厨房帮我一下吧。"

朱晓颖带着齐涵去了厨房，暂时避开了其他人。

陈东不知道除了齐涵之外的这几位哪里来的默契，当他们不确定自己是不是也会赞同他们的行为时，万子明陪着他到了仓库，而房子里的人便合谋对付齐涵。这出戏的过程并不出彩，尽是些蹩脚的阴谋和显而易见的陷阱，但是却很完美地收场了。朱晓颖表面是在护着齐涵，但是实际上只不过是为了先稳住她。

"我要收起来这两张残页了，我还会把它们放在老地方。"陈东继续说，"不过我不希望你们当中还有人随意地移动它们，如果需要用到残页的话请先经过我的同意。"

陈东转身上了二楼。他知道这场戏算是拉开了序幕，也正如万子明说的那样，不用他亲自动手，其他人正在把一场戏演给他看。不过其他人为何会合谋对付齐涵？发现齐涵的行囊里的残页是事先知晓？还是纯属巧合？

陈东来到卧室打开了衣柜，把两张残页放了进去，然后关上了衣柜门。回到楼下的陈东发现大家表情依然严肃，桌子上的饭菜与以往并没有什么不同。吃饭的过程中，大家全都沉默不语。

陈东想起了一样东西，这东西自从其他人来到之后就被忽视了，直到他们五个人合伙陷害齐涵才被重新拾起。没错，就是他们的行囊。既然在两个人的行囊中发现了重要的秘密，那么其他人的呢？陈东并不急于知道这些人在行囊里是不是还藏着秘密，他不要亲自动手。吃过饭之后朱晓颖同样叫了齐涵来帮忙收拾桌子，其他人则围坐在桌子旁。

“女孩最好是提前准备好，该去卫生间就去卫生间，想洗洗脸什么的也抓紧时间吧。”陈东说。

混乱日

慕容雪没有马上动身，她先象征性地用眼神询问有没有人要同去。发生了陷害齐涵这件事情之后，谁都忌讳单独到二楼去引起别人的怀疑而让自己陷入被动。李建华表示他也要去二楼。等到慕容雪和李建华下来后，朱晓颖带着齐涵去了二楼，所有人都在这段时间里穿梭于客厅与楼梯之间。待大家都用完卫生间，所有人都铺好了被褥，有的躺下来，有的则盘腿坐在被褥之上。越是夜深也越是说明下一天的到来不再遥远。齐涵面无表情，眼神发愣，她时不时地偷瞄其他人。

“好了各位，”陈东示意大家，“我要开始今天的最后一段经历了。”

* * *

我和邱锦把图书馆烧掉了，里面那些人影始终在火光中盯着我们，让我浑身起鸡皮疙瘩。

消防车来救火，邱锦的同事也赶了过来，到了警察局我和邱锦按照早已经想好的来应付她的同事。因为有邱锦在，警察对有人闯入放火没有任何的怀疑。图书馆被烧掉了，我们这些员工也被安排休假。

回家之后我睡了整整一天，晚上打开手机看到邱锦发来的短信，她说想见我。如果不是邱锦的短信，我甚至怀疑这些天发生的一切只是一场噩梦。

我拨通了邱锦的电话，我们俩相约在市中心的广场见面。

下床时，我的脚踩到了地板上散开着一本书，我顿时大惊。我立马用手指夹起那本书扔到了炉灶上烧掉了。

其实那本书不过是本菜谱，有人托我从图书馆里借出来，看完后便还给了我。几天前我在夜里翻过几页后就扔在床边，再后来又赶上林岗到外地去，我匆忙住进了图书馆也就忘记把书还回去了。我把烧完之后剩下的灰烬全部都倒进了马桶里，放水冲了很多次我才放心。

市中心的广场上，邱锦从人群中钻出来：“你的状态可不怎么样。”

“我睡了一天，”我坐到了广场旁边的椅子上无力地望着她，“但是现在我还是觉得很难受。”

邱锦靠近我：“你现在试着大口呼吸几次，让自己的呼吸均匀。”

按照邱锦的说法我果然清醒了不少。

“怎么想起找我了？”

“我当然要找你啊，你忘了昨晚上的事情了？”

邱锦这番让人误解的话在附近的路人频频回头。

“那又怎么了？图书馆不是已经被烧了吗？咱们俩也没事不是？”

“可是图书馆里那些东西到底是什么来头？”

“从书里出来的。”

“完了？”

“完了。”我回答。

“你没明白我的意思，我是说书里的情节和人物为什么会出现在现实中？”邱锦接着问我。

我脑子里一团乱麻，连忙摇头。

“我现在有两个想法，你要不要听听。”

“你说。”

“第一，昨晚遇到的事情仅限于发生在图书馆里；第二，图书馆里的怪事我们姑且认为是那里面的书造成的，那么图书馆的书到底外借了多少出去……”

对啊，我怎么忽视了这个问题呢？图书馆还有不少的书在外面。

“你知道现在有多少书在外面吗？”邱锦问了我。

“不知道，图书馆里对于外借的书一般做两个备份和记录，一份是手写的，一份是存档在电脑里，不过很遗憾，这两样东西当时都在图书馆里，被付之一炬了。”

“那该怎么办？”邱锦又没了主意。

“我饿了，先去吃饭吧。”

米线店的客人不少，不过邱锦完全没有胃口。

“你不饿吗？”

“我吃不下，你没想想接下来咱们该怎么办吗？”

“什么怎么办？”我嘴里含着米线模糊地回答她，“事情已经结束了好不好？昨晚上图书馆已经被烧了啊。”

邱锦听不出来我的言外之意，我已经不想再继续调查下去了。而且根本就没有任何迹象表明事情在火烧图书馆之后还会继续延续下去。这时候墙角的电视机在播放地方新闻，正好在讲到昨晚那场图书馆的火灾。而恰好邻座情侣的话对后来的事情起到了推动作用。

“哎？那个图书馆着火了？怎么回事啊？我还有书没有还呢？是不是不用还了啊？”

那女孩子的小市民的嘴脸让我实在不爽。这对情侣就继续呼啦呼啦地说书没有还占便宜了什么的。

“你也听到了，图书馆有很多书外流，如果出事了该怎么办啊？”邱锦见我不表态便继续说，“你想没想过如果小孩子借了你们那里的书出了问题该怎么办啊？”

“小孩子的书有什么好怕的？里面也不会……”

“万一呢？我说万一！”

简直是无理取闹。

“那我也没有办法，借阅的备份资料都烧了，难不成咱们俩到电视台去告诉他们要小心在图书馆里借的书，说不定里面有东西跑出来？还不得把咱们俩当神经病？”

“我们总可以暗中调查一下吧，不然你的良心过得去吗？”

“你是警察，竟然让我帮你调查，你可以找你同事……”

“你就说吧，到底帮不帮忙？”邱锦干脆道，“别说你没有办法！”

我犹豫了一下：“只要看看到底会不会有意外情况出现就行了？”

“对。”邱锦坚定地点点头。

我马上让服务员过来结账，然后就带着邱锦出了门。

“去哪儿？”

“你不是要证实一下吗？我知道有个人一定借了书，想证实的话找他绝对行。”

“这个人是什么来头？”

“书呆子，喜欢待在家里读书，没事写写稿子赚点钱。”

我说的书呆子叫任吉丹，是个死脑筋，岁数不大净写一些古板又奇怪的东西，所以稿费也越来越难赚。他经常来我们图书馆借书，我们也就渐渐熟悉了。

我和邱锦乘出租车来到了任吉丹家附近，一条在半山腰上的石子路在路灯下显得分外别致，站在路边就可以看到整座城市灯火通明。

“他就住在附近吗？”邱锦问我。

“是，这小子是个地主，等到了你就知道了。不过别让他那副讨人厌的德行恶心到就行了，跟他说话也要小心一点。”

来到了任吉丹家的院门不算高，看上去只是摆设而已。从外院外面就能看到里面的装饰。院子里种着一棵不知名的树，地上铺满了同样大小的石子，小路旁边是一洼水潭。

房子里的灯还亮着，我冲里面喊了一声：“吉子！开门！”

木门被打开了，任吉丹探出脑袋认出了我。

“我知道你会来找我的。”他走在水潭旁的小路上，“新闻我看到了。”

任吉丹打开了院门，他拖着厚重的眼镜片仔细地打量着邱锦，一副不信任的表情。

“这位是？”

“这位是我女朋友，邱锦。”

我了解任吉丹的性格，如果不把邱锦说得跟我关系近一点的话，他很可能不愿意让我们进门。

石子透过鞋底让我的脚掌生疼，任吉丹来到了门前拉开了木门，我们走进了宽敞的走廊。任吉丹打开了走廊里的灯，同时我闻到了一股老物件散发出的气味。

“两位请跟我来。”

任吉丹停了下来拉开走廊旁边的一处拉门。这是间茶室，任吉丹托着厚重的眼镜坐到了地上的垫子上。然后示意我和邱锦也坐下来。

我还是能闻到那股怪味，而且这怪味有些熟悉，只是一时间回想不起在哪里闻到过。

“我们有事找你帮忙。”邱锦有些等不及了。

但是任吉丹并不回答，他开始了一道道的饮茶顺序，洗茶，泡茶，然后倒茶给我和邱锦。

“香吗？”任吉丹突然问道。

“这茶的香气闻起来真的很特别……”

不知道邱锦是想敷衍还是单纯地在拍任吉丹的马屁，但是我实在是被那股越来越浓的味道熏得受不了，压根儿就喝不出茶的味道来。

“啧啧啧啧，”任吉丹摇着头，他的眼镜看上去会随着他的摇动而掉下来砸翻他的茶杯，“我说的可不是什么茶香。”

“你小子别绕弯子让我在我女朋友面前丢脸行不行？”我假装不悦。

“哈哈哈，”任吉丹笑得生硬，“行，我也不卖关子了。”

任吉丹站起身，来到茶室间边缘的拉门前，那扇拉门连接他的书房。他用力拉开了房门，映入我眼帘的是成堆散放的书，而且大多数都是旧书。我也回想起来那股气味了，是纸张受潮发出的气味。在图书馆里偶尔会闻到图书因为处理不当而散发出这股味，可是图书馆里的味道远不如这里的浓。

“你们是因为书的事情来的吧？”

任吉丹回到垫子上坐好。看样子事情比我想象的要复杂得多。

“图书馆是你们俩烧的吧？”

任吉丹的眼睛在厚重的眼镜片后面盯着我们俩。

除了我和邱锦之外，其他人都认为是杀死林岗的凶手又充当了纵火犯的角色。他怎么会知道？

“是我们做的，”邱锦竟然承认了，“不过你怎么会知道？”

“东子，你女朋友可比你爽快多了。”任吉丹瞥了我一眼说，“那我也不避讳什么了。”

我情不自禁地扭头望着堆满书房的旧书，总觉得有双眼睛在那堆书里面看着我。

“说来话长，二位不要着急，先尝尝我这上好的铁观音。”任吉丹饮下一口茶水不慌不忙，“我不喜欢外出工作，只是每天写点文章而已，我也有自己的理想，我想写出真正属于我的东西来。”

任吉丹说这话很让人费解，不过我并没有打断这个骨瘦如柴的家伙。

“编辑觉得我写的东西不深入，太肤浅，我甚至被一个出过两本书的家伙冷嘲热讽。写不出深刻的文字，是因为我的经历不够深刻，也有人建议我到外面走走去，但是我觉得到外面乱跑是浪费写作的时间。有人曾经说过‘书读百遍其义自见’，书啊可是好东西，都是前人的精华所在，只要好好读书就能体会其中的深刻含义，我中华大地林林总总的奇观都会浮现在脑海之中……”

任吉丹还在神经兮兮地絮絮叨叨个没完没了。

“可我还是发现很多书都肤浅至极，我先去了图书馆借书，找不少历史书籍，然后又去了旧书摊和旧书屋，因为我喜欢闻那股书香气，只有这种书香才能激发我的灵感。每天我都会到院子里读书，时而翱翔在古代战场当中，时而周旋于古代宫廷的政变纷争中，看过《资治通鉴》吗？简直让我爱不释手……”

我假装咳嗽提醒任吉丹不要跑题，他恍然大悟地回到了现实。

“事情要从几天前说起，我读了一阵子书，准备开始动笔了。开头是最不好写的，每天也磨炼不出多少字，大多数时间我还是在看书。一天晚上，我梦见自己躺在房间里睡觉，外面有弹琴的声音，那曲子美死了。我赶紧跑到了外屋来，把门轻轻拉开一道缝看着外面，月光下不见人影，只有那曲子还在我耳边回荡……”

任吉丹的这段经历与我第一次在图书馆里看到的某个场面异常相似，我便疑惑地问他："你觉得那是梦吗？"

再次被打断的任吉丹微笑说："你应该心知肚明才是。"

邱锦坐在我旁边一言不发。

任吉丹继续说："第二天整个白天我都在回味前一夜的琴曲，太美了，简直要把我带进自然美景之中了，我根本就没有心思写书了。当天晚上，我又听到了琴声，这一次我更加小心翼翼地拉开了外门，这次我看到了两个人，一个在听琴另外一个人在弹琴，就在院子里的树下。正当我闭着眼睛背靠在门边欣赏着琴曲，可是那琴声突然变小了，竟有了渐行渐远的意境。等我再探出头的时候树下的人不见了……"

任吉丹果然也看到了让人匪夷所思的现象。

"到了第三天，我期盼着天黑的到来，而我又恍惚觉得我见过这两个人，而且是在某本书里见到的！"

"我知道你遇到了谁，高山流水遇知音！"邱锦的脸上挂着些兴奋的表情，该不会是被任吉丹这个家伙传染了吧？

"啧啧啧啧，东子啊，你这女朋友可比你有见识。没错，那就是俞伯牙和钟子期！我听到的是绝世名曲《高山流水》！于是，我文思如泉涌，新作的开头也很快就写好了。不过，俞伯牙可不姓'俞'，其实他就姓'伯'……"

"后来呢？"我可没兴趣听他絮叨。

任吉丹听到我这样问，脸拉得老长，那副厚重的眼镜差点掉了下来："那天晚上只有伯牙一个人坐在树下弹琴，我仿佛真的看到了高山万丈河水奔流，那晚我就是钟子期，我就是他的知音啊！于是我站起身拉开门就要往外走，伯牙只顾着专心弹琴，甚至都没有看我一眼。突然我听到院子里石子被踩得吱嘎作响，一个人影出现在树后，我以为真正的钟子期出现了。不过树后出现的人身材很高大，一身战场上才穿的长衣，拎着一柄长剑，脸上戴着假面……"

"假面？"

"就是面具。"邱锦替任吉丹回答我。

"那人拎着长剑站在了伯牙面前，可是伯牙好像什么也看不见，他沉浸在高山流水的曼妙之中。只见剑起头落，就连伯牙的琴也被劈成了两半！"

任吉丹的身体开始颤抖了，我连忙提醒他不要太投入："喂，别太紧张，慢慢说。"

"那人捡起了伯牙的人头，转过身朝着我走过来，'你是谁'，我大声问。可是他理都不理我，拎着伯牙的人头往房门这边走。我只能眼睁睁地看着他拎着伯牙的人头消失在了黑暗的走廊尽头。”

任吉丹喝下一口茶，半杯茶水从他的嘴边洒出来了。

“我战战兢兢起身跟了上去，我打开了走廊里的灯发现书房门被拉开了，书房里根本就不见人影。我顺着另一扇门来到茶室，这里也是空无一人。我回到了院子里，树下的残琴和伯牙的尸体消失不见了，我恍惚地坐在门口等到天亮，还以为那是一场梦……”

“等一下，”邱锦敏感打断了任吉丹，“你为什么不报警？退一万步说，晚上有人弹琴的话你的邻居难道听不到吗？”

“我告诉过你了，他是地主，这条街上的房子都是他的，相邻的房子是空着的，隔着几座才租给别人住了。”

邱锦恍然大悟：“你继续。”

“整个白天我都没有合眼，我的思路越来越清晰了。我要写作，我不停地写了一个上午，终于把书稿的一小部分写完了，这是我写得最好的小说了。同时，我发现放在桌子上的一本书里讲到了伯牙子期的故事，但是伯牙不应该是这样死的，这都乱套了！还有那个戴着假面的人到底是谁？难道是书里边角旮旯的人物？”

“你不害怕吗？”我问。

“不怕，我的理想是写一本让别人看得起我的书，我不要只当个别人戏谑的地主。那晚之后我灵感如泉涌，我花了一下午时间到旧书摊旧书店去买书，把书都堆在了书房里。”

“后来在夜里你又看到书里的人出现了？”邱锦问。

“当然，当然，”任吉丹放松下来，“不过可不只如此，那几个夜晚我看到了很多意想不到的人和事，可是……等会儿，说起来还真是麻烦，我先给你们看一样东西你们大概就能理解了。”

任吉丹起身走到茶室和书房之间的门前，面对成堆散发着潮湿霉味的书堆，他爬了上去消失在黑暗的书房当中。几分钟后，他又爬了回来，偶尔还会直起身跪在书堆上扶一扶眼镜，样子很是滑稽。他的手里还抓着一叠稿子。

任吉丹把稿子交给我：“你先看看吧。”

邱锦靠过身来。书稿是用钢笔写的，黑色的墨水在上面留下工整的笔迹。这是一部恐怖小说，翻开其中的一段是这样写的——

柳絮儿躺在床上辗转反侧，始终不明白他对自己的心意，那回眸一笑，令她无法释怀。可那个在坟前哭泣的女人是谁呢？柳絮儿昏昏欲睡，眼皮打战，远处有脚步声徐徐而来，同时还伴随着铁链碰撞的声音。柳絮儿犹如被泼了冷水般清醒过来，铁链声越来越近了……

放在平日，这段文字未必会让我惊恐，可是此时面对诡异的任吉丹，我不免觉得呼吸阻塞。

“你让我看……”

任吉丹眯着眼把手轻轻地举起放到耳边，他是要我仔细听。但是后来发生的事情根本就不用听，用眼睛就能看到，虚掩的拉门之外冒着淡绿色的幽光。

我听到了脚步声，随之而来的还有铁链碰撞的声音。难道是铁链拴在人的脚上？这是唯一合理的解释了。伴随着两种声音的交替，一个人影映在薄薄的拉门上，借着幽绿色的光我看到低垂着头散乱着头发的女人。女人从拉门之外走过，然后绿色的幽光随着脚步声和铁链声渐行渐远而消散……

“这个女人是……”

我的话还没说完，邱锦竟然拔出枪，然后趴在了地上，轻轻地拉开了拉门把头贴在地上朝门外看。

任吉丹并没有对邱锦的举动感到惊讶，他指着我手里的书稿让我继续看下去，还没看几行我便大惊失色。再扭头一看邱锦，她正朝着那个女人消失的方向看。

“你回来！”我失声叫道。

那一瞬间，门外那犹如烟雾般的绿色幽光再次出现了。

邱锦的脑袋正在一个女人跨开的双腿之间，修长的衣服就快接近邱锦的头了。邱锦已经慌了，她吓得浑身颤抖起来。我一把拉住邱锦的脚，用力把她拉回了房间里。我又一跃而起拉上了茶室的门。

那女人正背对着房间里的拉门，在我拉上门的瞬间，绿色的光瞬间消失，不知道那个女人是不是还在门外。

“她是谁？”

邱锦颤抖着靠着茶桌用枪指着拉门的方向。

“你是警察？”任吉丹平静地问。

“她不是因为工作原因来这里的，我们是私人关系。”我急忙解释道。

“那女人到底是谁？”

邱锦的枪依旧指着拉门。

“你看看就知道了。”

我把书稿交给邱锦，她接过书稿慌张地读起来。

刚才在邱锦探头出去的时候，我简略地读了书稿后面的部分。书稿上写着柳絮儿听到脚步声和铁链声渐渐消失在走廊尽头，于是就蹲下身子打开门向走廊里看。可是走廊里一片漆黑，于是她拿出了手机来照明，却发现自己竟然蹲在一个女人的胯下，女人正红着眼睛低头瞪着她。

“怎么会这样？”邱锦把书稿扔在了桌子上，“这根本就不是书！也不是图书馆里借出来的书！”

任吉丹很是不满：“请你注意用词，这当然是一本书。”

邱锦并没有跟任吉丹计较，她慌张地盯着拉门。

“你们以为只有图书馆里的书才会让里面的东西出现？”任吉丹的脑袋很不协调地摇动了几下，“不不不，当然不是，只要是书，里面的东西就会出现，所以我写的那也是书，你们刚才看到了我书稿里的东西就是证明！”

任吉丹如痴如醉地偏执着，让人无法理解。

哗啦哗啦。

外面传来的声音让邱锦慌张不已：“外面是什么声音？”

“这里有这么多的书，我怎么可能马上知道又是哪本书的内容呢？”

任吉丹站起身来，径直走到了门前，毫不担忧地拉开了通向走廊的门。门外一片黑暗，任吉丹回身看着我和邱锦。

“来，我们一起去看看。”

我一时拿不定主意了，邱锦端着枪点头表示她想跟任吉丹出去看看。既然女人都表示愿意出门了，我总不能做缩头乌龟吧。

任吉丹轻车熟路地走在黑暗走廊里，我和邱锦就没有那么轻松了，只能尽量加快脚步跟上任吉丹。任吉丹没有着急开门出去，他把耳朵贴近门。

哗啦哗啦。

石子碰撞的声音时有时无断断续续，听起来像是有人用铁锹铲起院子里的石子。任吉丹轻轻地拉开了外门，月光照射进来，我只能看到他的后脑勺。任吉丹索性把外门全部拉开了，一阵凉风迎面而来。

那棵不知名的大树依然挺立在院子里，很难想象那个晚上俞伯牙会在树下被人切下脑袋。邱锦用胳膊肘捅了捅我，我发现了任吉丹想让我看的东西。院子中央的地上凸起了一大块，白色的小石子不停地向四周翻滚。

哗啦哗啦的声音不断，邱锦站在我旁边自言自语地问：“下面会不会长出东西来？”

黑色的土包从石堆中翻滚出来完全浮出地面，那上面最顶端用一块石头压着几张冥币。这是一个坟包！

“呜呜呜。”女人的哭声从坟包里传出来，只见一只惨白的手从黑色的土壤里伸出来，接着是披散头发的脑袋——一个白衣女人边哭边从坟包里向外爬。哭声像黏稠的液体从我的头顶灌下来，让人难以摆脱。

女人已经爬出了坟包，双手捂着脸蹲在坟前哭泣。她猛然放下手死盯着我们三个人，她灰白的脸上却没有眼睛，眼眶处竟然是平的，脸和额头连在一起。血水从她灰白的脸上流下来浸透了胸前的白衣。

“这就是那个哭坟的女人，柳絮儿他们不知道，这个女人是从自己的坟地里爬出来哭自己呢……”

任吉丹瞪大眼睛兴奋而又自豪。

我本以为是图书馆里发生的小规模事件，此时才发现事情远比想象的复杂得多。

哭坟的女人重新趴到坟上哭泣，邱锦拿着枪对准任吉丹：“告诉我这到底是怎么回事？怎么会这样？”

邱锦的做法我很不赞同，我不认为任吉丹会知道的比我们多。

“喏，不要太激动，我只是一个作家，我只是创造出了我头脑里的东西。我只是一个外在形式的表现者，我，只是一个艺术家，一个敢于创造的艺术家。”

任吉丹终于矫情完了。

“你撒谎，你骗人，你一定知道这是怎么一回事。”

我担心邱锦会做出不理智的事情：“邱锦，冷静点！”

面对枪口任吉丹毫不担心，犹如一个疯狂而极端的狂热者，不顾及任何后果地盯着自己的艺术品。我则想立刻化解掉眼前的潜在威胁。

“他说谎，他一定知道真相。”邱锦望着我。

“不对，不应该是这样的！我不是这么写的，你应该站起来了，不应该再哭了！”

任吉丹冲那白衣女人命令道。

一阵寒风从坟包上那个女人爬出来的通道里吹出来，让我不由得眨眨眼睛。

任吉丹从门廊上跳到布满石子的院子里时，因为没有站稳滚在地上，他迅速爬到哭坟女人的身边。任吉丹没有惊慌，他并不害怕那个没有眼睛的女人。任吉丹一把拉住那个哭泣女人的双手，那女人淌满血泪的脸正对着他。

“不对不对！你不应该这样！”

白衣女人在任吉丹的摇动中继续哭泣。

“你是我创造的，怎么会这样……”

任吉丹还没说完，他的脖子被一只手捏住了，那手是从坟包上的通道里伸出来的。任吉丹憋红了脸说不出话来，他把双手向后扬着，好像在求救。

我刚要冲下去，就被邱锦拦住了。

“你不要命了？”

此时任吉丹身体的大部分已经被拉入了坟包里的通道，哭坟的女人不为所动继续哭泣，仿佛在为被拉入坟包的任吉丹感到悲伤。任吉丹的双腿消失在坟包之内，哭坟的女人突然停止了哭泣。瞬间一切都安静了，只剩下了徐徐而来的风吹着那棵树哗哗作响。

那女人一脑袋钻井了坟包，动作麻利，犹如一条逃命的蛇。坟包开始下沉，石子又开始哗啦哗啦地作响。坟包平了，只留下刚才还压在坟包上的几张冥币。又一阵风吹来，冥币迎风而起。

邱锦瘫坐在地上。

烧掉图书馆之后事件根本就没有得到解决，到底什么才是这些可怕事件的界限呢？任吉丹也死在了自己写的书稿之下，似乎又完全超越了书的概念，是不是只要是文字构成的东西就会出问题呢？

“邱锦，你冷静点……”

我话音未落，脑袋就挨了一下子，顿时头昏眼花耳朵嗡嗡作响。我晃悠悠地倒在地上了，恍惚看到了一位花白着头发的老太太，她穿着松散的外套、黑色的裤子，手里拿着一根粗大的拄杖。

“你是谁？”邱锦大声问。

“嘿嘿嘿。”

老太太古怪的声音嘲弄着躺在地上的我。

担心老太太会对邱锦不利，我连忙抓住了老太太小得不成比例的脚。老太太的脚像铁块一样硬，她纹丝不动。我扬起脸望着她，她的脸像腐朽的木头一样毫无生气，凹陷的眼睛黑洞洞的。

老太太见我的手还拉住她的脚，她扬起了手里的拄杖。在我松手的瞬间，老太太的拄杖落在了我的手边。拄杖把木板的地面压出了一个印记来，若是刚才打中了我的手恐怕已经断了。

老太太又嘿嘿笑了几声，拎着拄杖弓着腰跑进了房子的走廊里。一旁的邱锦看傻了眼。

“快点离开这儿！”我叫道。

“那老太太也是书里的人吗？”邱锦慌张地问我，“是任吉丹写的吗？”

我无法回答邱锦的问题。我带着她从院子的石子上跑过，不算远的几步路让我心惊胆战，生怕有一只手从石子下面抓住我的脚踝。

我们俩按照来时的路奔跑，经过路口的时候，一间属于任吉丹的房子里逃出了一个女人。女人披散着长发慌张地从房子里跑出来，“啊啊啊”，她惊恐地叫喊着。

邱锦拉着我的胳膊，问我要不要救那个女人。

“不！”我异常坚定，“我们怎么知道这个女人不是从书里出来的。”

一个满身血污的肥硕男人从房子里面飞快奔跑出来，他手里拎着一把杀猪用的尖刀，光着上身围着染血的围裙。他一把抓住了女人的头发，把她向房子里面拉。

男人冲着我笑，全然不理会女人的挣扎，他边笑边舔了舔尖刀上的血。很快两个人消失在了房子里，女人的呼救声也随之消失不见。无论这女人从何而来，她已经死了。

原本昏暗的路灯开始闪烁起来。身处于半山腰，我看着山下整座城市，刚才还灯光通明的城市开始停电了——从城市的一端朝着另一端一下子黑了，犹如被一张巨大的嘴吞食掉了。

“我们快点离开这里吧。”

我转身寻找邱锦，只见她颤抖地凝视着自己的双手。

“陈东……陈东……”

邱锦唤着我的名字。

“邱锦？你怎么了？”

邱锦的目光转移到我的身上，她把手掌对着我。只见她手掌上出现了火焰的光亮，我急忙伸手拉她的手却被烫伤了。邱锦仰起脸张着嘴巴，她的嘴巴里开始冒烟了。她的手、头发、眼睛、全都冒出火光来。还没等我来得及反应，就被猛然出现的火光冲倒在地。被火焰包围的邱锦伸出手来向我求救，可是她瞬间就消失不见了。我在热浪中咳嗽了几声。

趴在地上准备爬起身的我听到一阵脚步声，我立马警惕起来。我应声望去，一个性感的女人出现了，她盘着长发穿着时尚，可是最吸引人眼球的并不是她的美貌，而是她独特的气质。她毫不慌张，与周围环境格格不入，她神秘的气质让我的注意力不能从她的身上挪开。她迈着淡定而轻盈的步伐，从我眼前走了过去，没有人追赶他，她也没有伤害任何人，她只是淡淡地看了我一眼，表情坦然。

待她走远，我这才回过神站起身。刚才邱锦站过的地方连灰烬也没有。突然天上开始飘落下很多的纸张，都是书页，我不知道这些飘舞的书页是从哪里来的。一片书页飘落在我的面前，我鬼使神差地用手接住了那张书页。我仔细地看着这张书页，上面讲述了一个叫邱锦的女警察在拯救被火围困的小孩过程中不幸身亡的事迹，上面还有一张她的照片。

* * *

“原来邱锦也是书里的人，真正的‘邱锦’早就已经死了，不过有一本书记录了她。”陈东说，“我的这段经历就算告一段落了。”

“邱锦竟然也是书里的人物……”慕容雪瞪大眼睛。

陈东留意了一下其他人，大家全无睡意。

“邱锦果然是书里的女人。”万子明笑了，就像他早就料到了结局一样。

“但是有一个疑点，”朱晓颖说，“你见过邱锦的同事，那她的同事怎么会不知道没有这个人呢？难道说，你见到的警察，他们也是……”

杀

“这个问题我很难回答……”话音刚落，陈东说着就望向窗户，“哎？什么时候开始下雨了？”

空气沉闷起来，远处雷声阵阵，看来这个夜晚会下一场大雨。

“大哥，其实我也很好奇，为什么你在你和邱锦放火之后的那个晚上，她的同事并没有对于她的出现表示惊讶或者恐慌，如果那些人不是她的同事，她会被认出来的。”莫冲恍惚道，“可是如果像晓颖猜测的那样，他们也是书中的……那也太不可思议了，该如何判断谁是真实的人，谁又是书中的呢？”

“鬼？”

慕容雪这个“鬼”字被外面的雷声盖住了，除了她自己谁也没有听到。

“你说什么？”

陈东看到了慕容雪的口形。

“邱锦是鬼？”慕容雪很是惊恐。

万子明回应说：“这应该不是一个概念吧，邱锦死了，但是恰好一本书里记录了她，所以她才会再度出现。”

“至于她的同事为什么不惊讶于她的存在，我也只能猜测，很可能这座城市早就已经陷入到了怪圈当中，城市当中很多的人和事已经脱离了正轨，只是一直没有被发现。但到了事情严重到被察觉的时候，一切都晚了。”陈东继续询问众人，“你在超市里结账的时候会怀疑排在你前面的那个人根本就不应该存在吗？”

“我明白了，那些书里的东西可能已经存在于城市当中，只是没有大的变故大家当然都毫不知情。”朱晓颖领会地点点头。

齐涵只侧躺着身子，沉默不语。

“我还有一个问题，”李建华紧锁眉头，“就是你看到的那个女人，很吸引你的那个女人。”

“那个女人怎么了？”陈东反问。

“就是她的外貌，她长什么样？衣着有什么很显眼的特征吗？”

李建华依旧是紧缩眉头。

“我只是被这个女人本身所吸引了，除了外表甚至是衣着，被很内在的东西吸引了。”陈东打趣道，“至于她的其他特征，我实在……”

外面雨声不断，若是白天一定能看到乌云蔽天，此时李建华的表情也十分阴霾。

“书里出来的东西，”万子明低声念叨着，“根本很难区分出什么是真实的，什么才是书里出现的。”

“大家还有什么疑问吗？”

面对陈东的问话，大家都沉默了。齐涵最先躺下身窝到了被子里。

“那大家就睡觉吧，”陈东的话差点被雷声盖住了，“外面的雨不小，这种天气最适合睡觉了。”

慕容雪躺下身，瞥了早已躺下的齐涵缓缓说道：“有人可是要好好睡觉养足精神了，明天还有事情要告诉我们呢。”

原本闭着眼睛的齐涵突然睁开了眼睛，然后又立刻闭上了。

雨水杂乱打在房顶，雨水声在客厅里回荡着。客厅里空气沉闷，七个人都躺在被窝里沉睡着，均匀的呼吸声被掩盖在风雨声中。不知过了多久，一声巨响的雷声传来，万子明猛地坐起身。

“快起来！”万子明叫喊道，“都给我起来！”

其他人纷纷从睡梦中惊醒，只是都还没反应过来万子明惊叫的原因，只是发出了嗯嗯啊啊的沉吟。

“喊什么啊……”慕容雪声音沉闷，“你做噩梦了啊？”

“齐涵不见了！”万子明失声大叫。

众人听闻后立刻坐起身来，之前齐涵睡在朱晓颖的旁边，此时她的被铺空着，被子掀开不见人影。

“她会不会在楼上，去了卫生间？”朱晓颖恍惚道。

陈东一跃而起冲向通往二楼的楼梯：“大家先别乱动！”

五个人谁也没有轻举妄动，很快陈东就从二楼飞快蹿了下来。

李建华早已在心里认定齐涵不可能在楼上，见陈东下来了，他端着枪站起身：“我的枪还在！大哥，你的枪呢？”

“枪还在，齐涵不在楼上。”陈东的回答肯定了李建华的推测。

“齐涵会去哪儿啊？”

朱晓颖话音刚落外面就传来一声惊雷。

相比之下慕容雪要冷静得多，她迅速在齐涵的床铺上翻动起来：“齐涵把自己的东西都带走了！”

朱晓颖回过神来慌忙起身去了厨房，之后她折返回来说：“放在案板上的一把刀不见了。”

“齐涵跑了！”李建华站在门口的走廊里说，“大门敞开着！”

“齐涵是疯了吗？这么大的雨，她自己一个人能去哪里？”朱晓颖叫道，“她走了多久了？”

“别紧张，也别叫喊，记住，不管发生什么事情都不准大声说话！”陈东用沉重的语气严肃叮嘱道。

万子明蹿进厨房，回来时手里拎着一把菜刀，他对其他人说：“必须把她找回来！这种天气她不可能走远！她一定知道很重要的事情！”

“等一等，”李建华说，“先冷静一下……”

“这不是该冷静的时候，”莫冲打断了李建华的劝说，“不管出于什么原因都不能让齐涵一个人在外面。而且子明说得没错，她一定知道很重要的秘密！不能放她走！”

“当然不能放她走！”慕容雪恶狠狠地说，“必须把她抓回来！”

慕容雪迅速脱下外衣，把里面那件单薄的衬衣下摆用力系紧，然后迅速跑进了厨房，手里握着两把短刀子。她把其中一把递给了朱晓颖，朱晓颖先犹豫了一下，迅速把头发盘起来，然后接过短刀。

局面一目了然，现在只有李建华还没有表态到底要不要去追赶齐涵，但他是不可能逆转眼前的局势的。

“好，我们一起出去把她找回来！”李建华终于表态了。

陈东随手脱掉外套扔在被褥上，率先来到了门口。门果然没有锁，并在风雨中晃动不止。

万子明见状很是愤怒，他先是狠狠地吐了一口：“呸！”然后愤恨道，“她想出去找死也就罢了，把门这样开着是想要我们的命！”

六个人一齐冲进雨中，但是大家刚奔下台阶就不敢挪步了。一轮红月挂在天空，雨水不断打下来与红色的月光互相交映，每一滴雨水都散发着暗红色的光亮，地上的雨水远远看起来像血池一般。远处的树林也被雨水打得哗哗作响，雨水击打的声音汇合在一起像极了野兽的嘶号声。

“我们去哪儿找啊？”

莫冲对其他人大声叫喊，否则说话声就会被雷鸣遮盖住。

此时陈东已经挪步到了五个人的身后，在雨中他看着其他人被淋透的身影。

“她不可能走远，她一定沿着我们来时候的路逃走了！”慕容雪顶着雨指着远处。

“有人走过来了！”

朱晓颖发现了远处的异样，赶紧后退两步。

陈东抹了一把脸上的雨水，果然看到远处出现了一个蹒跚的身影。

“是齐涵吗？”莫冲问。

“不知道，已经走过来了！”

李建华立刻举起枪来对着那个疑似齐涵的身影。

“别乱来！”

陈东一步跨上前拍了拍李建华举起的手臂，李建华犹豫片刻还是把枪放下了，远处的身影也越来越近了。

“那是齐涵！没错，真的是她！”朱晓颖惊叫道，“小涵！”

朱晓颖刚想往前追去，却被慕容雪一把拉住了：“别过去，她不太对劲。”

齐涵走近了，雨水把她的头发顺成了几道，她低垂着身体缓慢走过来。

“小涵？”朱晓颖喊道，“你刚才去哪儿了？”

齐涵站在几米开外的地方不再靠近众人。雨水不停地从齐涵的脸上浇下来，她睁大眼睛看着所有人。齐涵的眼睛不知道是否因为雨水的浇灌而成了红色，她手里提着一把尖头菜刀，菜刀摇摇晃晃地冲着地面，雨水顺流而下。齐涵的身体颤抖起来，她身上的衣服看起来也有些破烂了。

“为什么！？”齐涵突然冲着众人大声地喊叫。

六个人都目不转睛地盯着齐涵。而齐涵的身体颤抖得更剧烈了，行囊也从她的肩膀上脱落下来。她带着哭腔叫喊道：“为什么？为什么你还活着？我明明已经杀了你！”